강 따라 길 따라

강 따라 길 따라

초판 1쇄 인쇄 2013년 11월 06일
초판 1쇄 발행 2013년 11월 15일

지은이   김 명 돌
펴낸이   손 형 국
펴낸곳   (주)북랩
출판등록   2004. 12. 1(제2012-000051호)
주소   서울시 금천구 가산디지털 1로 168,
          우림라이온스밸리 B동 B113, 114호
홈페이지   www.book.co.kr
전화번호   (02)2026-5777
팩스   (02)2026-5747

ISBN   979-11-5585-063-3 03810(종이책)
          979-11-5585-064-0 05810(전자책)

이 도서의 국립중앙도서관 출판시도서목록(CIP)은 서지정보유통지원시스템 홈페이지(http://seoji.nl.go.kr)와
국가자료공동목록시스템(http://www.nl.go.kr/kolisnet)에서 이용하실 수 있습니다.
(CIP제어번호 : 2013022841)

두 바퀴로 달리는 4대강 국토 종주 여행

강 따라 길 따라

김명돌 지음

book Lab

일신우일신(日新又日新)

진실로 새로워지기 위해서는 날마다 새로워야 하고 또 나날이 새로워야 한다. 퇴보가 아닌 진보를, 향하가 아닌 향상을 해야 한다. 이는 나의 좌우명이자 사훈(社訓)이다. 좌우명은 중국 후한의 학자 최원이 그의 앉은(座) 책상 오른편에 좋은 글귀를 새긴(銘) 쇠붙이를 놓고 이를 바라보면서 마음의 거울로 삼고 행동의 길잡이로 삼았다는 데서 유래한다.

사람은 자신이 생각한 대로 인생의 길을 간다. 생각한 대로 말을 하고 행동하고, 이는 습관이 된다. 습관은 제2의 천성으로 그의 삶이 된다. 그래서 좋은 습관을 들여야 한다. 내게 있어 일신우일신은 언제나 습관적인 강한 자기 암시로 다가왔다. 하나를 성취하면 또 하나의 목표를 세우고, 성취하면 또 새로운 목표를 세웠다. 내가 목표를 세웠지만 다음에는 목표가 나를 이끌었다. 힘들고 어렵더라도 포기하지 말라고, 어떤 시련과 고통이 따를지라도 결코 단념하지 말라고 목표는 나를 채근질했다.

높이 나는 새가 멀리 본다. 그래서 모두 높이 날기를 열망한다. 하지만 높이 나는 새가 되길 바라면서 그의 고통과 슬픔은 모르고 있다. 비상하여 새로운 하늘과 새로운 땅을 보기 위해서는 피와 땀과 눈물을 감내하는 치열한 몸짓이 따라야 한다. 그리고 성취한 뒤에 오는 허탈감, 외롭고 고독한 아픔 또한 즐길 줄 알아야 한다.

2007년 1월 2일, 나는 색다른 계획에 도전했다. 내 일터가 있는 용인의 세무법인 青山을 출발하여 문경새재를 넘어 안동의 고향집으로 가는 도보여행으로 261km, 8박9일간의 여정이었다. 추위와는 아랑곳없이 고향집으로 가는 길, 청산으로 가는 길은 행복했다. 이듬해인 2008년 1월 1일, 다시 새해 벽두의 도보여행을 시작했다. 지난해의 후속편으로 고향 안동을 출발해서 죽령을 넘어 용인으로 가는 260km, 7박8일간의 도보여행이었다. 고향집과 생업의 터전을 오가는 도보여행은 50년 인생의 중간결산이었다. 과거를 돌아보고 미래를 생각하며 현재를 살아가는 아름다운 사색여행이었다.

　두 번의 도보여행은 자신감을 주었고, 2010년 2월 국토를 종주하는 도보여행을 시도했다. 국토의 최남단 마라도에서 출발하여 최북단 강원도 고성 통일전망대를 향해 가는 23일간의 여정이었다. 마라도 자장면 집 기둥에 '김명돌, 걸어서 마라도에서 통일전망대를 가다.'를 새기고 출발하여 통일전망대에 이르는 790km 도보여행은 역사적이고 감격적이었다. 한 걸음 한 걸음이 백만 걸음이 되어 국토 종주 이천 리 길을 걸었다. 제주도에서 배를 타고 완도로, 다시 배를 타고 보길도로, 다시 배를 타고 해남 땅끝마을로 와서 국토의 중앙부를 가로질러 걸었다. 홍천을 지나서 1차 목적지인 인제의 원통에 도착했다. 국토 종주 출발하는 날, 군복무 하는 아들의 휴가 귀대 버스 승차장에서 "마라도에서 걸어서 네가 복무 중인 군부대에 면회 갈게."라고 한 약속을 지키기 위해 원통을 지나 인제 서화면 천도리 군부대를 찾아갔다. 아들을 만났다. 그리고 우리는 힘껏 껴안았다. 마침내 통일전망대에서 폭설이 내려 하얗게 눈으로 덮인 금강산과 해금강을 바라보며 눈시울이 뜨거워졌다. 누구나 살아가면서 일생에 특별한 날이 있다. 그날은 내 생애의 역사적인 아주 특별한 날이었다.

　그리고 2010년 7월 지리산 중산리에서 고성의 진부령까지 1년 4개월에 걸친 32회, 640km 거리의 백두대간 종주를 마무리했다. 백두대간은 백두산 장군봉에서 지리산 천왕봉까지 한반도 산의 근간을 이루는 1,625km 구간이다. 백두대간 종주의 대미를 장식하기 위해 마지막 산행으로 백두산 등정을 했다. 짙은 구름과 강풍 속의 백두산이었지만 능선에 오르자 푸르른 천지가 속살을 보여주며 장엄한 모습으로 반갑게 맞아주었다. 푸른 하늘 푸른 천지를 돌면서 백두산을 음미했다. 그리고 소리 높여 힘차게 애국가를 불렀다. 눈시울이 뜨거워지는 감격을 느끼며 미완의 백두대간 종주를 마무리했다.

두 발로 걸어서 고향을 오가고 국토를 종주하고, 그리고 백두대간을 종주한 일은 내 인생의 특별한 일이요 기념비적인 사건이었다. 천리 길도 집 앞의 한 걸음부터 시작하여 이루어진다는 사실을 체감했다. 티끌 모아 태산이라더니 적소성대요 우공이산이었다.

2013년 1월 3일, 나는 다시 길을 떠났다. 태양은 지고 싶을 때 지고 강물은 가고 싶은 곳으로 가듯이 나는 내 마음의 길을 갔다. 임시 개통된 한강과 낙동강, 금강과 영산강 자전거 길을 두 바퀴로 달리는 997km의 4대강 국토 종주였다. 한파주의보가 내린 여명의 바닷가에서 나는 시도했고, 그리고 마침내 도착했다.

삭풍이 몰아치는 경인아라뱃길 아라서해갑문에서 출발해서 21km 거리의 아라바람길을 달려 아라한강갑문에 도착했다. 13세기 고려 고종 때부터 800여 년간 굴포천 유역의 홍수 예방을 위하여 끊임없이 뱃길을 열고자 했으나, 기술력의 부족과 시대적인 상황으로 실현하지 못했던 천년의 약속이 흐르는 내륙뱃길을 열고 운하의 길을 따라 함께 열린 아라바람길이었다.

그렇게 시작된 여정은 말도 많고 탈도 많은 4대강 개발의 현장을 따라 팔당대교에 이르는 56km 한강 종주길과 충주 탄금대로 가는 132km 남한강 종주길을 달리고, 상주 상풍교로 이어진 새재를 넘지 않는 100km 새재 자전거 길을 지나서 낙동강을 따라 낙동강 하굿둑에 이르는 324km 낙동강 자전거 길을 마무리했다. 길은 다시 대청댐으로 옮겨져 금강하굿둑에 이르는 146km 금강 종주길, 담양댐에서 시작하여 영산강 하굿둑까지 133km 영산강 종주길을 달리면서 한겨울에 펼쳐진 912km 거리의 4대강 국토 종주를 사실상 마쳤다. 하지만 상풍교에서 내 고향 안동댐에 이르는 85km 낙동강 자전거 길을 달리지 않고서는 무엇인가 부족한, 미완의 종주라는 생각에 아직 여름의 열기가 식지 않은 8월 말 낙동강 자전거 길을 달렸다. 낙동강은 나의 생명의 젖줄이었기에 내 혈관에는 낙동강이 흐른다. 내 고향집을 향하여 햇살로 물결치는 낙동강을 따라가는 자전거여행은 4대강 국토 종주를 마무리하는 압권이었다.

대한민국에서 태어나 내 나라의 산하를 내 발로 걸어보고 자전거로 달려보는 일은 분명 소중하고 의미 있는 일이다. 정든 고향과 정든 타향을 걸어서 오가고 국토를 종단하면서 분단된 민족의 통일을 기원하고, 백두대간의 근골을 두 발로 걷고 생명의 젖줄인 강을 따라 달리는 일은 자신의 뿌리와 존재에 대한 확인이요 자기성찰인 동시에, 국가와 사회, 국토와 자연에 대한 사랑이고 관심이다. 내 나라 내 땅의 역사와 문화를 알지 못하고 먼 나라부터 찾는다면, 이는 별을 바라보느라 발밑의 꽃을 보지 못하는 처사다.

공식적인 종주가 끝난 후 기회 있을 때마다 자전거에 몸을 싣고 다시 4대강 길을 나섰다. 눈꽃 덮였던 그 길가에 화사하게 핀 봄꽃을 보면서 탄성을 질렀다. "내려올 때 보았네 올라갈 때 못 본 그 꽃"처럼 반대편으로 달리면서 그때 보지 못했던 경관을 보며 즐거워했다. 자전거로 가지 못했던 4대강 인근의 문화유적, 자연유산은 자동차로 찾아갔다. 강을 따라 주변에 자리 잡은 민족의 자취와 현재를 맛보았다. 여행은 세상 속에서 흐르는 물이 되고 바람이 되고 풀잎이 되고 햇살이 되고 구름이 되고 자연이 되어 자신의 존재를 잊어버리는 물아일여의 삼매경을 맛보게 했다.

오래전 우리 민족은 맥족이라 했다. 맥은 꿈을 먹고 사는 전설의 동물이다. 꿈을 가져야 한다. 아름다운 꿈은 화려한 인류문화와 문명을 창조하는 모태가 되었다. 꿈이 없는 인생은 거리를 방황하는 삶이다. 그리고 꿈이 이루어지면 새로운 꿈, 꿈 너머 꿈을 향해 가야 한다. 마치 그것이 내가 가야 할 숙명의 길인 것처럼. 집을 짓기 위해서는 먼저 설계를 한다. 설계도 없이 좋은 집을 지을 수는 없다. 인생의 설계는 소망하는 미래의 모습을 미리 그려보는 것이다. 멋진 미래의 모습을 상상하고, 그 꿈이 이루어졌다고 생각하면 그 자체로 기쁨이 되고 자극이 된다. 멋있는 미래의 자신이 오늘의 자신을 보고 있다고 생각하면, 힘들고 어려워도 저절로 힘이 솟는다. 고진감래라, 고생 끝에 낙이 있다. 포기하지 않으면 꿈은 이루어진다.

'글'과 '길'은 받침 하나의 차이다. 길을 가는 것은 글을 쓰는 것이요, 글을 쓰는 것은 길을 가는 것이다. 오늘 내가 쓰는 이 글은 남은 삶의 동반자가 되고, 나아가 이 글을 읽고 있는 그대의 길을 밝혀주는 좋은 친구가 되기를 바란다. '일신 일일신 우일신'을 꿈꾸며 오늘도 길을 가자! 가자! 가자!

김 명 돌

목차

01

아라바람길

1. 마음이 담긴 길

백문이 불여일견이라 했다. 여행은 삶을 풍요롭게 한다. 자연 속에서 배우는 여행의 묘미는 삶을 보다 성숙하게 한다. 여행은 과거에서 현재로 이어지는 고리와 미래로 가는 열쇠를 보여주고, 행운의 네 잎 클로버를 찾기 위해 행복의 세 잎 클로버를 짓밟는 어리석음을 범치 않게 하는, 망원경과 현미경으로 바라보는 보다 지혜로운 길을 가게 한다. 길은 세상의 학교요 몸으로 체득하는 책이다. 여행에서 만나는 인연들은 세상을 가르쳐 보여주는 스승이다. 강단의 지식과 거리의 지식은 다르다. 직접적인 경험과 간접적인 경험은 다르다. 모든 것을 몸으로 경험할 수 없기에 책을 통해 경험한다. '삼만 리를 걷고 삼천 권의 책을 읽으라'는 경구는 여행의 소중함을 가르친다. 여행은 돌아올 곳이 있다. 돌아올 곳이 없으면 그냥 떠나는 것이다. 여행은 돌아올 곳이 있기에 처절한 그리움을 느끼며 낯선 인연을 더욱 소중하게 인식 한다. 여행은 하늘과 구름, 태양과 달과 별과 나무와 풀잎과……, 수많은 만남을 가져다준다. 인생을 관조할 수 있는 기회를 준다. 인생은 방랑에 대한 동경과 고향에 대한 동경을 동시에 가지고 있다. 귀거래사를 부르며 고향으로 돌아가고 싶지만 갈 수 없는 방랑의 길은 고향에 대한 그리움을 더욱 깊게 한다. "견문이 넓은 사람일수록 안목이 좁은 사람을 본 적이 없다."라고 주자는 말한다. 여행은 일상에서 벗어난 비움의 시간이요 침묵의 시간이다. 그래서 여행은 자신을 객관화시켜준다. 나무가 아니라 전 생애적 관점에서 숲을 보게 한다.

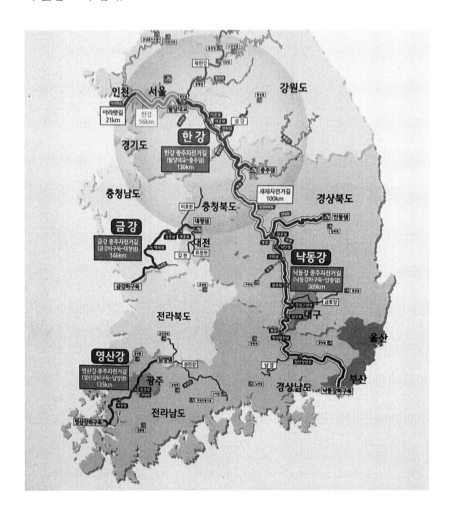

　자전거로 달리는 4대강 국토 종주는 흐르는 물을 따라가는 방랑의 길이요 자유의 길이요 편력의 길이다. 안락지대를 벗어나 불편지대로 임하는 모험이요, 틀에 박힌 관념의 속박에서 변화를 추구하는 동굴로부터의 탈출이다. 체 게바라는 말한다. "우리의 진정한 소명이 세계 곳곳을 방랑하는 것임을 깨달았다. 항상 호기심을 갖고, 눈에 띄는 모든 것을 들여다보고, 세상의 구석구석을 돌아다니며, 그러나 어떤 곳에 뿌리내리지는 않고……."

속담에 '세상은 물이요 인생은 고기'라고 한다. 4대강 국토 종주는 흐르는 물을 따라 진정한 세상의 빛 속으로 들어가는 자전거 유랑(流浪)이다. 물은 만물을 생육시키는 생명의 근원이다. 산골의 옹달샘도 물이요, 냇가의 개울물도 물이다. 한강물도 물이요, 서해의 바닷물도 물이다. 물은 낮은 곳으로 흐른다. 세상에서 가장 낮은 물은 바다다. 해불양수(海不讓水), 바다는 맑든 흐리든 사양하지 않고 모든 물을 받아들인다. 바다가 세상의 모든 물을 다 받아들일 수 있는 것은 넓은 가슴으로 가장 낮은 곳에 위치하기 때문이다. 흐르는 물은 다투지 않는다. 산이 가로막으면 돌아간다. 바위를 만나면 몸을 나누어 비켜간다. 가파른 계곡을 만나면 숨 가쁘게 달리기도 하고, 깎아지른 절벽을 만나면 용사처럼 뛰어내린다. 깊은 호수를 만나면 남김없이 차곡차곡 채운 다음 뒷물을 기다려 비로소 나아간다. 너른 평지를 만나면 수평을 이루어 유유히 구름에 달 가듯이 하늘을 담고 흘러간다. 산고수장(山高水長), 흙 한줌이라도 헛되이 버리지 않기에 큰 산이 이뤄지듯이, 큰 강은 작은 실개천 모두를 받아들이기에 그 큼을 이뤄낸다.

노자는 『도덕경』에서 상선약수(上善若水), 곧 최고의 선은 물과 같으며, 흐르는 물에 도(道)가 있으니 물 흐르듯 살라고 한다. 그래서 노자 철학을 물의 철학이라고 한다. 물은 세상에서 가장 부드럽고 약한 것이지만 단단하고 강한 것을 공격하는 데 물을 능가하는 것은 없으니, 물처럼 부드럽고 겸허하게 사는 것이 인생의 무게를 간직하는 방법이며, 물처럼 사는 인생이 가장 아름답다고 노래한다.

최고의 선은 물과 같다.

물은 만물을 이롭게 하면서 다투지 않고

뭇 사람들이 싫어하는 낮은 곳에 처한다.

그러므로 도에 가깝다.

머무름은 땅을 이롭게 하고

마음 씀은 연못처럼 그윽하며

사귐에는 어짊을 더하고

말로는 믿음을 더욱 굳건히 한다.

바름으로 정치를 맑게 하고

일은 능히 풀리게 하며

움직임에는 때를 기다린다.

다투지 않으니

고로 허물이 없느니라.

4대강 국토 종주 자전거 길이 임시 개통됐다는 연말의 뉴스에 방랑벽이 다시 고개를 내밀었다. 자전거로 강을 따라 국토를 유랑한다는 생각으로만 벌써 가슴이 설레인다. 자전거 매장으로 달려가서 먼 길을 함께 떠날 친구를 만났다. 길을 가다가 아플 때를 대비해 응급처치까지 교육받은 후 탄천으로 달려갔다. 분당의 탄천변은 평소 하루에 10km, 일주일에 50km 정도를 뛰고 걷는 사색과 명상의 장소이자 심신의 훈련장이다. 얼마 만에 타보는 자전거인지 기억조차 가물가물하다. 이내 엉덩이가 아파왔다. 하지만 마음은 즐거웠다. 시골장터에서 자전거를 배울 때 수도 없이 넘어졌던 유년의 추억들이 스쳐갔다. 자전거는 넘어지기를 두려워하면 배울 수 없다. 넘어지면 일어나고, 그리고 다시 넘어지면서 일어나는 법도 배우고 넘어지는 법도 배우는 인생의 이치

와도 같다.

안전장비를 갖춘 아직은 어색한 모습에 "나, 이상하지 않아?" 하고 물어보면 중 1학년 막내아들은 "괜찮아요! 멋있어요!" 한다. 12월의 바람과 추위를 맛보며 탄천에서 한강을 오가고, 분당에서 용인의 회사를 오가고, 용인 시가지를 관통하는 경안천과 금학천을 달리면서 연습을 했다. 두 발로 걸어가는 도보여행에는 일가견이 있다고 생각했지만, 두 바퀴로 달리는 자전거여행은 아무래도 익숙하지 않았다. 하지만 느림의 미학 도보여행에서 느낄 수 없었던 속도감과 박진감은 신선했다.

'저 하늘과 저 바다 끝에는 무엇이 있을까? 저 지평선 너머에는, 저 산 너머에는, 저 시간의 끝에는, 저 즐거움의 끝에는, 저 고통의 끝에는 무엇이 있을까?'라고 하며 사람들은 끝을 알 수 없는 수많은 길을 따라 생의 여로를 간다. 그리고 그 선택에 따라 자신의 삶을 만들어간다.

세월(歲月), 해와 달이 간다. 시간이 흘러가는 것이 아니라 내가 간다. 자연은 그런대로 가고 나는 나대로 간다. 가을이 가고 겨울이 왔다. 한 해가 가고 새로운 인위적인 한 해가 왔다. 새로운 한 해를 시작하는 때, 바다 끝에서 강을 따라가는 먼 길의 시작점에 섰다. "인간사에 만조(滿潮)를 타면 행운을 얻게 되나 그것을 놓치면 인생의 모든 항해가 얕은 물에 들어가 비운을 맞게 된다."라고 셰익스피어는 말한다. 할 수 있을 때 하지 않으면 하려고 할 때 할 수 없게된다. 타이밍과 기회를 놓치면 다시는 그 기회를 잡지 못할지도 모른다. 새해 벽두에 시작하는 자전거 국토 종주 도전은 생의 만조를 탈 수 있는 소중한 기회였다.

2012년 1월 2일 오후, 국토 종주의 출발지를 확인하기 위해 인천의 아라서해갑문에 도착했다. 출렁이는 바다 위로 소리 내어 이리저리 날아다니는 갈매기들이 서해의 낙조와 어우러져 비경을 연출했다. 아라서해갑문은 영종대교와 인천국제공항을 배경으로 하는 낙조가 환상적이며 갯내음이 물씬 나는 인천 오류동에 위치한 정서진에 있다. 관광지로 유명한 강릉의 정동진(正東津)이 서울 광화문의 정 동쪽에 위치해 있다면, 전남 장흥의 정남진(正南津)은 광화문의 정 남쪽에 있고, 정서진은 광화문의 정 서쪽에 있어서 경인운하와 함께 개발된 관광지이다. 광화문의 정 북쪽에는 한반도에서 가장 추운 중강진이 있다.

예상과는 달리 출발지는 공사가 아직도 진행 중이었고, 어디가 스타트라인인지 표시도 제대로 되어 있지 않은 상태였다. 임시 개통이 보여주는 성급한 성과주의, 전시행정의 산물이었다. 하지만 공식 개통이 된 후 다시 찾은 출발지의 모습은 '국토 종주 4대강 자전거 노선 아라 자전거 길 2012년 4월 22일 개통'이라는 표석을 비롯하여 길바닥에는 '가자, 가자, 가자! 바퀴는 굴러가고 강산은 다가온다.' 'START 0M' 'FINISH 633,000M'라는 표식이 반겨주었다. 시작과 끝 지점, 경인아라뱃길 서해갑문에서 부산 낙동강 하굿둑에 이르는 거리가 총 633km라는 표시였다.

2012년 1월 3일 한겨울의 세찬 바닷바람이 불어오는 여명의 아침, 해장국의 온기를 응원군 삼아 아라서해갑문 자전거 국토 종주 출발점에 섰다. 한파주의보 속에 눈보라를 벗 삼아서 먼저 서해

정서진에서 한강으로, 그리고 새재를 넘어 국토의 중앙부를 가로질러 남해 을숙도로 달려가는 낙동강 길이다. '녹색 미래를 향한 위대한 항해'라고 새겨진 글귀가 철탑 위에 휘날리고 '녹색성장, 더 큰 대한민국'을 선명하게 알리는 풍차가 바람에 돌아간다. 이른 시간인데도 인천국제공항을 오가는 차량 행렬이 줄을 지어 서해를 가로질러 아득히 긴 영종대교를 달린다. 끊임없이 새로운 생명이 탄생하는 서해의 갯벌이 바다를 배경으로 서서히 알몸을 드러낸다.

집 나서면 개고생이라지만, 시작도 하기 전에 추위가 무섭게 덤벼든다. 하지만 문 열고 밖으로 나가 펼쳐진 거리를 달리면서 보고, 호흡하고, 냄새 맡고, 만져보고, 느껴볼 수 있다면, 그 사실만으로도 얼마나 행복한가? 그 맛에 끌려 또 다시 한겨울의 방랑을 시작한다. 독과 양분이 공존하는 마음의 감옥에서 벗어나서 살아 있다는 존재의 의식을 맛볼 수 있는 새로운 하늘, 새로운 땅을 찾아가는 길에는 피와 땀과 눈물이 따른다. 고통 없이는 아무것도 얻을 수 없다. 진정한 소명을 행하기 위해서는 대가를 치러야 한다. 아라바람길의 출발지에서 위대한 항해의 돛을 올린다.

원수와 함께 가면 지척도 천리 길이요, 좋은 친구와 함께 가면 먼 길도 가볍게 느껴진다고 한다. 아프리카 속담에도 멀리 가려면 함께 가라고 한다. 하지만 나는 홀로 길을 간다. 길은 홀로 홀가분하게 떠나는 것이 현명하다는 자신만의 진실, 침묵의 시간을 갖기에는 홀로가 좋다. 어디에도 매이거나 물들지 않고, 자유롭고 순수하고 흔들리지 않음이 '나홀로 여행'이다. 얼마간의 시간이든 일상적인 끄나풀에서 벗어나 자신의 그림자만을 데리고 훨훨 가는 것, 그것은 홀로의 멋이고 맛이고 여유다. 스스로를 운수야인(雲水野人)이라 하는 중국의 방랑자 명료자는 말한다.

"지금은 다만 천애(天涯)의 재물이라곤 몸뚱이 하나밖에 없네. 심신의 무거운 노고 없이 경쾌한 오늘날, 인생의 낙은 내가 살아가는 동안 계속되지 않겠는가. 대충 옷 한 벌로 차려입고 가고 싶은 데 가고, 자고 싶은 데서 자며, 묻지도 말고, 울지도 말고, 허탄해 하지도 말며 묵묵히 길을 나서 다시 걸어가느니, 여행이란 결국 눈을 열고, 눈으로 보는 마음을 열고, 마음으로 느끼며 영혼의 소리를 듣는 것, 마음과 영혼 속에 있는 모든 것을 비우고 길을 떠났을 때 진정 새롭고 신선한 것으로 채울 수 있다. 방랑의 목적은 결국 도를 배우는 것, 방랑이 깊어갈수록 영혼의 도는 더욱 깊어가며 삶을 풍요롭게 한다."

대한민국 도로원표 서쪽 끝 정서진 아라바람길에서 첫 바퀴를 굴리며 길을 떠난다. 아라서해갑문에서 아라한강갑문(21km), 한강 종주 자전거 길(56km), 남한강 종주 자전거 길(132km), 새재 자전거 길(100km)을 지나서 낙동강 종주 자전거 길(324km)을 달려서 종착지인 낙동강 하굿둑 을숙도에 이른다. 길은 길에 연해서 그 길은 다시 금강 종주 자전거 길(146km)과 영산강 종주 자전거 길(133km)로 이어지고, 낙동강 종주 구간인 상풍교에서 안동댐으로 향하는 길(85km)을 역류하며 장장 이천오백 리 997km의 4대강 국토 종주 대장정을 마무리하는 여정이다.

2007년 새해 벽두에는 혹한의 겨울, 용인에서 안동까지 문경새재를 넘어 260km를 걸어서 가고, 2008년 새해 벽두에는 안동에서 용인으로 죽령과 박달재를 넘어 260km를 걸어서 왔다. 고향 안동까지 걸어서 가고, 고향에서 생업의 터전 용인까지 걸어오는 길이었다. 눈보라 몰아치는 2009년 겨울, 두 발로 걸어서 790km 국토를 종주했다. 국토의 최남단 마라도에서 최북단 강원도 고성 통일전망대까지 23일간의 여정이었다. 그리고 그해 산길 680km 백두대간을 종주했다. 지리산 중산리에서 산 넘고 물 건너 강원도 진부령까지 걸었다. '천리 길도 한 걸음부터'라는 진리를 두 발로 한 걸음씩 걷고 또 걸어서 실증했다. 티끌 모아 태산이었다. 적소성대(積小成大)요 우공이산(愚公移山)이었다. 두 발로 걸었던 한 걸음 한 걸음이 이제는 자전거를 타고 두 바퀴를 굴리며 한반도의 젖줄 4대강을 따라서 달려간다.

중국의 사상가 루쉰은 "희망이란 본래 있다고도 없다고도 할 수 없다. 그것은 마치 땅 위의 길과 같은 것이다. 본래 땅 위에는 길이 없었다. 걸어가는 사람이 많아지면 그것이 곧 길이 되는 것이다."라고 말한다. 김춘수는 "내가 그의 이름을 불러주기 전에는 그는 다만 하나의 몸짓에 지나지 않았다. 내가 그의 이름을 불러주었을 때 그는 나에게로 와서 꽃이 되었다."라고 노래한다. 원래 길도 꽃도 없었다. 내가 걸어가고 내가 그 이름을 불러주었을 때 길이 되고 꽃이 되었다. 산에도 들에도 사람들이 다니고 짐승들이 다니면서 길이 생겨났다. 원래 희망이란 것도 없었다. 있다고 믿는 자에게만 생겨나는 것이 희망이다. 희망은 가난한 자의 양식이다. 새로운 길을 찾아나서는 배고픈 자에게 희망은 타오르는 불꽃이요 어둠의 횃불이다. 희망이 없는 절망은 없다. 모든 존재는 자신이 선택한 희망으로 생의 여로를 간다. 삶은 오만 가지 생각의 갈래에서 스스로 선택한 마음의 길을 가는 것, 아메리카 인디언 야키 족 치료사 돈 후앙이 노래한다.

마음이 담긴 길을 걸으라.
모든 길은 단지 수많은 길 중의 하나에 불과하다
그러므로 그대가 걷고 있는 그 길이
단지 하나의 길에 불과하다는 사실을
언제나 기억하고 있어야 한다.

그대가 걷고 있는 그 길을 자세히 살펴보라.

필요하다면 몇 번이고 살펴봐야 한다.

만일 그 길에 그대의 마음이 담겨 있다면

그 길은 좋은 길이고,

만일 그 길에 그대의 마음이 담겨 있지 않다면

그대는 기꺼이 그 길을 떠나야 하리라.

마음이 담겨 있지 않은 길을 버리는 것은

그대 자신에게나 타인에게나

결코 무례한 일이 아니니까

　사람들은 저마다 선택한 마음의 길을 간다. 그리고 걸어온 그 길 위에 존재한다. 등산가에게 인생은 등산이다. 요리사에게 인생은 요리이며, 건축가에게 인생은 건축이고, 도박사에게 인생은 도박이다. 사람들은 몸 바쳐 사랑하는 것에 비추어 인생을 바라본다. 새가 자신의 날개로 날아가듯이 사람들은 스스로의 날개로 날아간다. 길은 사람들이 다니고 그 이름을 불러주기 전에는 한낱 버려진 존재였다. 강물 따라 길 따라 흘러가는 국토 종주 자전거 길은 내가 그 이름을 불러준 마음의 꽃길이다. 인생은 고해(苦海)라고 한다. 어느 날 자신의 의지와 상관없이 사막에 버려진 순례자의 길이다. 어느 길이든 가야 할 길이라면 꿋꿋이 그 길을 가야 한다. 좌절하거나 포기하지 않고 묵묵히 주어진 길을 가야 한다. 인디언이 기우제를 지내면 비가 온다. 인디언은 비가 올 때까지 기우제를 지낸다. 종주의 끝 지점을 향하여 길 위의 길을 가고, 길 없는 길을 간다. 기우제를 지내는 자아의 연금술로 길을 간다. 고통과 고행의 길, 성찰과 수행의 길을 간다. 비록 길이 험하고 외로울지라도 가보지 않은 그

길 위에서 일찍이 맛보지 못한 달콤한 향기와 열매를 즐기며, 인생이란 소풍
에서 맛보는 최고의 보물찾기가 되리라 믿으며 길을 간다. 창랑의 물 맑으면
갓 끈 씻으면 되고, 창랑의 물 흐리면 발을 씻으며 국토의 젖줄을 따라 달려간
다. 북풍한설 몰아치는 엄동설한에 40여kg 배낭을 둘러메고 두 바퀴를 굴리
며 혈혈단신 흘러간다. 그림자 벗 삼아 미지의 길 위에서 도전과 응전을 만나
고, 자연과 사람을 만나고, 역사와 문화를 만나고, 잃었던 자신을 만나는 구도
자의 마음으로 위대한 항해를 시작한다.

2. 다이아몬드, 도전!

나무는 뿌리가 없으면 죽고 물은 근원이 없어지면 끊어진다. 물은 묵묵히 자신의 길을 간다. 망망대해에 도달하기 위해 쉼 없이 흘러간다. 챔피언에게도 무명의 시절이 있다. 인생도 빛나는 정상에 오르자면 피와 땀과 눈물을 흘리며 그 길을 올라가야 한다. 한번 뛰어서 하늘에 도달할 수는 없다. 날기를 원한다면 우선 일어서야 한다. 그리고 걷고, 달리고, 오르고, 춤추는 것을 배워야 한다. 둥근 하늘로 올라가는 사다리를 만들고, 돌고 돌아서 마침내 그 꼭대기에 이른다.

물은 순환한다. 산골의 옹달샘에서 시작한 시냇물은 강으로 흐르고, 강물은 바다로 간다. 바다는 다시 수증기로 올라가 구름이 되고, 구름은 바람에 날려 내륙으로 가서 비가 되어 온 대지를 적신다. 다시 빗물이 모여 실개천을 만들고, 시냇물을 만들고, 강물을 만든다. 그리고 큰 물줄기로 몸을 불린 강물은 대지를 적시며 다시 바다로 흘러간다.

바다는 모든 생명 탄생의 근원지다. 원시 지구의 대기에 있던 물질들이 합쳐져 새로운 물질을 만들어내고, 이 물질이 바다로 녹아들면서 유기물이 만들어졌다. 이 유기물이 원시 바다의 물질들과 결합하여 생명체를 구성하는 물질들, 곧 핵산 성분의 뉴클레오티드와 단백질 성분의 아미노산이 생겨났다. 이렇게 탄생한 초기 생명체는 단순한 형태의 생물이었지만, 시간이 흘러 진화하면서 바다 속에서는 더 많은 생물들이 탄생했다. 바다에서 생명체가 처음 탄생한 이래 지금부터 약 5억 년 전, 약육강식이 판치는 바다에 살던 어류들에게 바다로 흘러들어오는 강물 속은 아무도 살지 않는 미지의 세계요, 도전해야 할 신천지였다. 바다에 살던 어류들은 민물 속으로 들어가려면 삼투압을 극복할 수 있는 신체적 구조 조정이 필요했다. 그래서 그들은 온몸을 비늘로 둘러싸고 심장을 발달시켜 펌프의 압력으로 삼투압을 막아내는 데 노력했고, 이런 꾸준한 노력이 진화로 이어지면서 약 3억 9천만 년 전 최초의 담수어가 나타났다.

강물 진입에 성공한 어류의 수가 늘어나면서 민물 속에서도 약육강식은 시작되었다. 이렇게 되자 민물 어류 중 또 일부가 아직 아무도 살지 않는 육지를 개척할 전략을 수립했고, 육지에 오르기 위해 그들은 아가미를 폐로, 지느러미를 사지로 전환시키는 구조 조정 노력을 시작했다. 이러한 노력이 진화로 이어지면서 약 3억 6천만 년 전 최초의 양서류가 상륙에 성공하여 육상에서 동물의 역사가 시작된다. 최초의 육상동물 유립테루스가 탄생하고 이어서 각종 곤충과 양서류가 등장했으며, 나아가 공룡이 나타나 지구를 지배하게 되었다. 이윽고 포유류가 번성해서 그 중 일부가 인류의 조상이 되었다고 한다. 드디어 블루오션을 찾아가는, 황무지를 찾아가는 개척자의 불굴의 노력이 미래 생존전략의 현명한 삶의 방식으로 마무리된 것이다.

찰스 다윈은 1835년 동태평양 적도 부근의 갈라파고스 제도를 둘러보고 위대한 저작 『종(種)의 기원』을 써내려가면서 "방울새의 부리가 왜 다르게 생겼을까?"라는 의문을 가졌다. 어떤 섬에 사는 방울새의 부리는 짧고 강하고, 다른 섬에 사는 새의 부리는 길고 가는 것은 각각의 자연환경에 따라 진화했기 때문이라고 생각한 것이다. 다윈은 목사가 되기 전 한번이라도 열대지방 구경을 하고 싶다며 먼 항해를 떠났다. 아버지의 꾸지람을 뒤로 하고 5년 가까이 걸린 세계여행을 한 후, 다윈은 신의 존재에 의문을 던지는 생물학자가 되어 돌아왔다. 여행에서 돌아온 다윈은 조물주, 즉 인위적인 선택자가 없어도 자연은 스스로 적응에 성공한 자들을 선택한다는 잠정적인 결론을 도출해낸다. 진화론의 탄생지인 갈라파고스 제도에서 4년의 세월을 보낸 27세의 다윈은 1836년 10월 2일 보고 듣고 느낀 것을 꼼꼼히 적은 18권의 공책을 들고 비글 호와 함께 영국으로 돌아왔다. 그리고 '비글 호 항해기'를 출간하여 일약 유명 작가의 반열에 오른다.

『비글 호 항해기』는 훗날 『종의 기원』 『인간의 유래』 『인간과 동물의 감정의 표현』 등 다윈의 주요 저서들에 과학적 증거를 제공하는 역할을 하며 인류 역사상 가장 중요한 이론 중의 하나인 '진화론'의 기반을 마련해준다. '진화론'은 목사 지망생으로 원기 왕성했던 청년 다윈의 가슴속에 뛰는 열정과 억누를 수 없는 호기심으로 인해 탄생했다. 다윈은 『비글 호 항해기』를 자신의 최초의 문학적 작품이라 불렀고, 이 책의 성공이 다른 어느 책보다도 자신을 기쁘게 해준다고 고백한 바 있다.

도전과 모험은 인간의 삶을 이루고 발전시킨다. 유목민은 시간보다는 공간에 살기 때문에 정착하지 않고 항상 새로운 초원을 찾아 나선다. 미지의 길을 가는 새로운 도전은 세공되지 않은 다이아몬드 원석과 같다. 처음에는 볼품없는 허름한 돌멩이 같아서 나중의 결과를 알 수 없기에 불안하다. 열과 성을 다해 끊임없이 집중하여 가공하고 다루면 원석이 빛나는 다이아몬드가 되듯이, 시련과 역경에도 멈추지 않으면 도전은 마침내 원하는 바를 성취하게 된다. 다이아몬드는 다이아몬드로 가공한다. 최고의 품질을 얻기 위해 기울이는 노력과 집중은 바로 열정의 다이아몬드이다. 안락지대 끝에서 변화를 추구하는 도전은 인생을 꽃피우는 부싯돌이요, 식지 않는 열정은 불타오르는 영광의 길이다.

어둠이 채 걷히지 않은 추운 아침, 인적 없는 아라바람길을 달려간다. 앞바퀴와 뒷바퀴에 몸과 마음을 맡기고 내달리며 길 위의 향연을 즐긴다. 음지에는 녹지 않은 눈이 간간이 빙판을 이룬다. 조심조심 미끌미끌 빙판길을 달린다. 서서히 날이 밝아오고 온몸에는 열기가 가득하다. 두툼한 등산복 차림에 내의를 입었으나 바람은 허점을 노리며 스며들 틈을 찾는다. 교통신호나 장애물이 없어 한달음에 서해에서 한강으로 내달릴 수 있는 평탄한 길이지만, 얼어붙은 눈과 세찬 바람이 두 바퀴를 붙들고 천천히 가라며 걸음을 더디게 한다. 눈을 들어 하늘을 보고 뱃길을 보며 자전거여행의 묘미를 만끽한다.

여행은 일상에서 벗어나 뿌리와 존재의 의미를 깊이 사색할 수 있는 기회이니만큼 단순히 지식이나 유희가 아닌 테마(thema)를 가지고 떠나야 한다. 문화유산과 자연유산, 특히 산과 강과 바다는 우리 민족의 젖줄이자 혈맥이므로 체득해야 한다. 국토를 아는 것은 애국의 시작이다. 햇살 비추는 산이나 들판에 앉아 자연을 응시하고 고요히 자신을 비춰보는 일은 즐겁다. 계절의 변화도, 하늘의 달라짐도, 푸른 먼 바다를 항해하며 어디서 와서 어디로 가는지 자신을 응시해봐야 한다. 영혼을 찾아 자기를 돌아보는 침묵의 시간이 없다면 어떻게 제대로 된 삶이라 할 수 있겠는가. 자신을 알고, 자신과 가장 가까운 친구가 되는 법을 배우고, 온전한 자신이 되는 법을 배워야 한다. 그리고 자신의 길을 가야 한다. 그래서 나 홀로 여행은 자기성찰의 시간이다.

사람들은 저마다의 길을 간다. 잔잔한 파도의 해변 길, 굽이쳐 흐르는 호젓한 강변 길, 울창한 숲이 신선한 공기를 내 뿜는 산길, 강한 생명력의 갈대가 우거진 들판 길, 골목골목 돌아가는 돌담길을 걸으며 저마다 나직하게 세상과 대화를 한다. 그리고 자신을 찾고, 참 행복이 무엇인지를 찾는다. 유토피아! 어디에도 없는 이상향을 찾아 이리저리 헤매며 미지의 길을 간다. 그리고 홀로서기를 배운다. 홀로 와서 홀로 걷다가 홀로 가는 법을 배운다. 톨스토이는 "일과 오락이 규칙적으로 교대하면서 서로 조화를 이루면 삶이 즐거워진다."라고 말한다. 누에는 네 번의 잠을 자고 나서 고치가 된다. 고치는 번데기로 변하고 다시 나방이 되어 하늘을 향해 날아간다. 누에의 꿈은 나방이 되어 하늘을 나는 것이다. 누에는 누군가를 위해 비단을 만들고 실크로드를 만들지 않는다. 자신을 위해 몸부림친 결과가 인간에게 유익을 끼치는 것, 내가 나답게 살고 나답게 사는 것이 타인에게 유익이 된다면, 그 길은 진정 가장 좋은 길이다.

추운 바람에도 아랑곳하지 않고 '아라바람길 Bikeway' 표석이 든든하게 자리를 지키며 길을 안내한다. 유람선과 풍차 쉼터가 어우러진 모습이 다분히 이국적인 경인아라뱃길은 조선 초기 화가 겸재 정선의 '인왕제색도'를 본떠 만든 인공폭포인 아라 폭포, 물 위 45m 높이에 설치돼 유리바닥 사이를 흐르는 물길을 볼 수 있는 아라 마루, 수향원과 두리생태공원 등, 코스 중간 중간에 자전거에서 내려 잠시 쉬고픈 볼거리들이 있다. 아라바람길에는 테마 공원인 수향 8경이 있다. 수향 1경으로 아직 조성 계획 중인 '서해', 수향 2경 아라인천 여객 터미널, 수향 3경 시천공원, 수향 4경 아라 계곡, 수향 5경 수향원, 수향 6경 두리생태공원, 수향 7경 아라김포 여객 터미널, 계획 중인 수향 8경 한강이다.

또한 경인아라뱃길에는 운하를 가로지르는 명물인 16개의 '이야기가 있는 다리'가 있다. 첫 번째 다리인 청운교를 지난다. 봉수마당과 백석교를 지나고 시천교를 지나서 아라 뱃길에서 가장 높이 걸려 있는 다리인 목상교에 이른

다. 시천교와 계양대교에는 경관을 조망할 수 있는 엘리베이터가 설치되어 있다. 청운교에서 시작한 다리는 백운교에서 끝이 난다. 우리나라 최초의 석교 아치교로 750년경 신라의 김대성이 불국사를 중창할 때 조성한 가장 오래된 교량인 청운교와 백운교의 이름을 따왔다.

오가는 라이더 한 사람 볼 수 없는 추운 이른 아침 잘 닦인 빙판 길을 유유자적 달려간다. 부산의 낙동강 하구언까지 일주일을 예상하고 준비했기에 등에 짊어진 괴나리봇짐의 무게감이 밀려온다. 4대강 자전거 길을 따라 국토 종주를 하는 기대감 속에 한편으로는 길을 잃어버리지나 않고 종착지까지 잘 마무리할 수 있을까, 체력적인 한계에 부닥치거나 자전거에 이상이 있어서, 혹은 예기치 못한 일로 중간에 그만두어야 하는 일이 일어나지나 않을까 하는 일말의 불안감도 밀려온다.

물길 위로 한 무리의 새떼가 바람을 헤치고 바다 쪽으로 날아간다. 한반도의 서쪽에 있는 바다, 서해는 중국을 비롯한 전 세계 대부분의 지도에 황해(Yellow Sea)라고 표기되어 있다. 중국 황하에서 밀려오는 진흙으로 인해 바닷물이 누렇고 탁해서 황해(黃海)라고 한다. 반면 동해는 조수가 없는 까닭에 물이 탁하지 않아서 벽해(碧海)라 불린다. 서해의 평균 수심은 약 45m, 최대 수심은 100m를 조금 넘는다. 조수간만의 차가 심하고 담수의 유입이 많으므로 해수가 희석되어 평균 염분이 30% 가량 낮다. 서해안의 갯벌은 세계 5대 갯벌 중의 하나로 미국 동부 조지아 연안, 아마존 유역 연안, 캐나다 동부 연안, 북해 연안의 갯벌과 더불어 생물종 다양성이 풍부한 생태계로 유명하다. 갯벌은 바닷물이 높을 때는 잠기고 낮을 때는 물 밖으로 드러나는 연안의 평탄한 지역을 말하는데, 서해안은 우리나라 전체 면적의 83%를 차지하고 있다.

우리나라의 국토는 남북으로 약 1,000km, 동서로 평균 200km의 너비를 가지고 있으며 비교적 많은 섬을 가지고 있는데, 제주도를 위시하여 총 3,418개(유인도 831개)가 있고, 그 대부분이 남해안과 서해안에 밀집되어 있다. 동해와 접하는 해안선은 비교적 단순하지만 남해안, 서해안은 이른바 리아스 식 침강 해안으로 해안선의 굴곡이 심하다. 조석간만의 차가 심한 서해안은 간석지가 발달했으나 해운, 항만 등에는 다소 장애 요인이 되고 있다.

아라서해 갑문에서 자전거 길이 열린 인천은 우리나라 근대 교통의 출발지로서, 나라의 두 번째 큰 무역항으로 1995년에 인천광역시로 승격되면서 강화도를 포함한 크고 작은 섬을 흡수해 거대한 도시를 이룬다. 한반도의 북방과 남방의 중간지대로서 가장 먼저 근대사의 여명을 맞이하여 대륙의 문물이 전파되고 나가는 중요한 관문이었다. 조선 중엽까지 제물포라는 작은 어촌에 불과했었지만 국제항으로 서양의 근대 문물을 받아들였으며, 1897년에는 한국

철도 최초 노선인 경인철도 기공식이 열렸다. 한국 최초의 고속도로는 경인고속도로다. 고속버스 20대가 처음 운행한 경인고속도로는 서울과 인천 사이에 급증하는 수송 수요에 대비해 1967년 3월 착공하여 1969년 4월 건설되었다. 또한 경인아라뱃길은 우리나라 최초의 인공 운하다. 철도와 도로에서 뱃길에 이르기까지 서울과 인천을 오가는 교통수단으로 '최초'라는 수식어가 붙는 인천은 서울과의 교통, 물류와 관련해 최초의 의미가 있는 핵심 도시인 것이다. 또한 세계 최고의 공항이라 할 수 있는 인천국제공항이 자리 잡고 있다.

한반도 전쟁 역사 속에서의 인천은 강화도가 고려의 전시 수도로 세계 전쟁사에 이름을 드러낸 여몽항쟁(1232)을 시작으로, 조선 전쟁사에서 가장 치욕적인 패전을 한 정묘호란(1627)과 병자호란(1636), 서해로 열린 서울의 길목으로 서구 열강들의 침략이 노골적으로 전개된 병인양요(1866)와 신미양요(1871), 청일전쟁(1894)과 러일전쟁(1904), 동족상잔의 깊은 상처를 남긴 한국전쟁(1950), 그리고 최근 연평해전 등 잇단 서해교전, 그리고 연평도 포격 사태까지 800여 년에 걸친 상흔의 역사를 가지고 있다.

1950년 9월 15일 새벽, 제2차 세계대전의 영웅이자 유엔군 사령관이었던 더글라스 맥아더는 모두가 반대하는, 한반도 중간에서 북한군의 허리를 자르는 과감한 인천 상륙작전을 성공시켜 낙동강까지 밀렸던 전쟁의 판도를 단숨에 바꿔놓았다. 미국, 영국, 호주, 프랑스 등 8개국 함정 261척과 한미 해병대, 미군 제7사단 등 7만 5천여 명의 병력으로 감행한 인천 상륙작전의 성공으로 전세를 역전시켜 적을 한만(韓滿) 국경까지 몰아내는 데 성공했다. 50여만 명의 중공군의 개입으로 다시 후퇴하게 되면서 중공군에 대한 강력한 반격을 주장하던 맥아더는 트루먼 대통령과의 불화로 52년간의 명예로운 군 생활을 "노병은 죽지 않는다. 다만 사라질 뿐이다."라는 감동적인 명연설로 마감한다. 당시 맥아더의 연설문 가운데 일부다.

"전 세계 국가들 중에서 한국만이 지금까지 모든 위험을 무릅쓰고 공산주의에 대항해 싸워온 유일한 나라입니다. 한국 국민들이 보여준 그 대단한 용기와 불굴의 의지는 말로는 다 표현할 수 없습니다. 그들은 노예상태를 택하느니 차라리 죽음을 무릅쓰고자 했습니다. 그들이 내게 한 마지막 말은 '태평양을 포기하지 말라'는 것이었습니다."

피 흘려 지킨 자유 대한민국에 살면서 북침을 주장하는 종북 단체 인사들이 맥아더 장군의 동상을 철거하려 했던 생각이 씁쓸하게 스쳐 가는데, 갑자기 비포장 길이다. 분명히 이정표나 다른 갈림길을 보지 못했다. 하천을 따라 울퉁불퉁 비포장 길을 달려간다. 1km 가량 달리니 한적한 자동차 도로가 나온다. 길을 잘못 들었다. 다시 길을 돌이키며 첫 번째 실수에 혼자 미소 짓는다. 자전거 길을 벗어나서 이리저리 헤매다가 차도에 올라 굴포교를 건넌다. 제대로 길을 찾았다. 이정표도 제대로 돼 있지 않은 임시개통 4대강 국토 종주의 힘든 서막이다.

화불단행(禍不單行)이라던가, 아라김포 터미널에 이르러 이정표를 따라가도 한강으로 연결되는 자전거 길이 없다. 길을 찾지 못해 헤매다가 때마침 지나가는 순찰차량의 경찰관과 행인에게 물어보아도 고개를 흔든다. 임시 개통이라 하지만 30분가량 허비하고 나니 야속한 생각이 든다. 그때 한 사람이 자전거를 타고 오는 모습이 보인다. "한강으로 가려면 어디로 가요?"라고 큰 소리로 물으니 따라오라며 손짓을 한다. 다행이구나! 안도의 숨을 쉬는 것도 잠시, 위험스럽게 올림픽대로에 진입하여 갓길로 달린다. 순간 멈칫했지만 선택의 여지가 없다. 빠른 속도로 자동차 전용도로인 올림픽대로를 달리는 10분가량의 아슬아슬 곡에 끝에 도로 아래로 내려온다. 올림픽대로 아래 굴다리를 지나니 드디어 한강 강서지구 자전거 길이다. 제대로 길을 찾지 못해서 아쉬웠다. 하지만 눈앞에 펼쳐지는 한강이 신비롭게 다가왔다. 한강을 오가는 라이더들의 생동감 넘치는 모습이 새로운 세계를 발견한 개척자의 감동으로 느껴졌다.

새로운 세계를 향한 여행은 즐거움을 주고 지적 충만의 기회를 준다. 아름다운 산하, 나무 한 그루, 풀 한 포기에 깃든 자연의 체취와 숨결을 만나면서 경이롭고 행복한 체험, 위대한 발견을 하게 된다. 여행은 감성의 과소비가 아니라 이성과의 만남이요, 현상의 도약이요, 삶의 에너지를 재충전하는 계기가 된다. 공자는 "고기는 강에서 서로 잊고, 사람은 도(道)에서 서로 잊는다."라고 말한다. 고기를 살리는 것이 물이듯 인간을 살리는 것은 도다. 부처나 예수처럼 사랑과 자비를 베풀 수 있는 길을 가야 한다. 그러자면 줄 수 있는 마음을 가져야 한다. 사랑의 등불 마더 테레사는 지옥으로 갔다고 한다. "가난한 사람들처럼 살지 않으면서 어떻게 진정으로 그들을 이해할 수 있겠습니까?"라고 하며 캘커타의 빈민들과 함께 일생을 살다간 테레사 수녀가 지옥에 가 있을 거라니 무슨 말인가? 이는 테레사 수녀가 신의 존재에 의심을 품고 번민을 했기 때문이 아니라, 그녀의 사랑과 자비 때문이라고 한다. 사랑과 자비의 화신인 그녀가 지옥에 있는 수많은 고통 받는 이들을 외면하고 도저히 천국에 갈 수 없어 지옥행을 자원했다는 이야기이다. 성철 스님은 생전에 구산 선사가 입적했다는 소식을 듣고 "구산은 이제 지옥으로 쏜살같이 떨어졌다."라고 조사(弔辭)를 보냈다. 구산을 최고의 고승으로 치켜세운 찬사였다.

도전과 응전을 거쳐 보다 맑은 물로 나아가야 한다. 생명체가 존재할 수 없는 5급수에서도 살아남아 청정한 1급수로 나아가야 한다. 20세기 가장 위대한 정복자 징기스칸은 "강한 자가 살아남는 것이 아니라 살아남는 자가 강한 자"라고 했다. 가난과 질병, 슬픔과 고통이 있는 오염된 물에서 강한 내공을 기르며 온갖 시련과 역경을 딛고 1급수로 가야 한다. 그리고 다시 흐린 물로 돌아와서 물을 정화해야 한다. 약한 자로보다는 강한 자로, 받기보다는 주는 자로 더불어 사는 삶이 되자면 먼저 스스로 자조하고 자립해야 한다. 그러자면 내 안에 있는 적, 내 안에 있는 거추장스런 모든 것들을 깡그리 쓸어버려야 한다.

한강의 세찬 바람결이 앞길을 가로막는다. 매서운 바람을 헤치고 길을 달려 간다. 바람이란 무엇인가. 바람은 어디서 와서 어디로 가는가. 나는 누구인가. 나는 누구인가. 나는 어디서 와서 어디로 가는가. 산다는 것은 무엇인가. 참 되게 산다는 것은 과연 무엇인가. 무엇을 하고 무엇을 근거로 삼아야 하는가. 무엇을 따르고 무엇을 멀리해야 하는가. 무엇을 즐기고 무엇을 싫어해야 하는 가. 바람결에 상념들이 스쳐간다. 오라는 사람 없고 기다리는 사람도 없는 막 막한 길, 하지만 기분 좋게 흥얼거리며 시간과 공간을 가로질러 달려간다. 세 찬 바람에 일렁이는 푸른 물결이 철썩철썩 박수를 치며 응원한다. 심장에서 밀어낸 뜨거운 피가 혈관 속에 흘러흘러 한겨울의 추위를 녹여준다.

3. 아라바람길

아라바람길은 경인아라뱃길 따라 조성된 자전거 길이다. '아라'는 바다라는 의미다. 지표의 70%를 차지하는 바다는 해양이라고도 하며 그것을 채우고 있는 물은 해수, 곧 바닷물이다. 바닷물은 보통 깊이에 따라 태양광선이 들어오는 수심 200m까지를 표층수라 하고, 그 아래로 중층수, 심층수, 저층수로 나뉜다. 바닷물 전체의 93%를 차지하는 심층수는 수온이 평균 2~6도로 변화가 거의 없으며, 이천 년 가까운 세월 동안 전 세계의 바다를 순환한다. 세계의 바다에서 가장 깊은 곳은 마리아나 해구로 1만m가 넘는다. 세계 최고봉 에베레스트(8,848m)를 거꾸로 세워도 모자란다. 우리나라 바다에서 가장 깊은 곳은 울릉도 북쪽 96km 해역으로 수심이 2,985m에 이른다. 서해에서 가장 깊은 곳은 가거도 남동쪽 60km 해역으로 수심 124m, 남해는 마라도 북서쪽 2.3km 해역의 수심 198m이다. 해류(海流)는 일정한 방향과 일정한 속도로 움직인다. 그 흐름은 바닷물의 온도뿐만 아니라 대륙의 기후에도 영향을 미친다. 한류는 적도를 향해 차가운 물과 거대한 빙산을 끌고 오고, 난류는 따뜻한 바닷물을 극지방까지 운반한다. 바닷물은 에어컨과 보일러 같은 역할을 하면서 지구가 적당한 온도를 유지하도록 한다.

과학자들은 온실 효과에 의해 앞으로 남태평양의 작은 섬들은 모두 바다에 잠길 것이라고 한다. 2,025년이면 지구의 기온이 평균 1도가 올라가서 자연히 남극이나 북극의 빙하와 만년설이 녹게 되고, 녹은 물이 바다로 흘러들면 해수면의 높이가 올라간다. 남극대륙 빙하의 면적은 1,350만km²로 남한의 면적의 약 135배에 해당한다. 빙하가 엄청나게 크므로 조금만 녹아도 바닷물의 수위가 올라가게 된다. 투발루는 9개의 섬으로 이루어진 나라로 가장 높은 섬이 해발 6m일 정도로 낮아서 50년 이내에 완전히 바다 속에 잠길 거라고 추측하고 있다. 그래서 투발루 정부는 이웃 국가들에게 국민들을 환경 난민으로 받아달라고 요청하고 있다.

동토와 얼음바다인 북극은 북극해를 포함한 북위 66.56도 이북 지역을 말한다. 면적은 지표의 약 6%에 해당하는 2,100만km²에 이른다. 북극점을 중심으로 약 1,400만km²의 얼음바다인 북극해가 펼쳐져 있다. 북극의 운명이 바뀌고 있다. 탐험의 대상에서 얼음이 녹으면서 개발의 대상으로 주목을 받고 있다. 북극해의 얼음이 사라지면 유럽과 아시아를 잇는 새로운 바닷길도 열려 기존 인도양 항로보다 40%나 시간을 줄일 수 있다고 한다. 2009년 덴마크에서 분리돼 자치정부를 수립한 그린란드는 국토의 80% 이상이 빙하로 덮여 있지만, 최근 남서부 지역에서 농사를 지을 정도로 따뜻해졌다. 북극은 1909년 미국의 로버트 피어리가 걸어서 북극점을 밟기 전까지만 전인미답(前人未踏)의 경지였다. 53세의 피어리는 북극점을 정복한 감격에 겨워 "정복됨을 슬퍼하지 말라. 북극점이여! 나와 함께 눈물을 흘려다오!"라고 외쳤다. 한국 원정대도 1991년 세계에서 11번째로 북극점을 밟았다. 남극은 1911년 노르웨이의 로얄 아문센이 사상 최초로 남극점을 정복한 이래, 1994년 한국남극점탐험대가 1,400여km를 걸어서 44일 만에 지구의 마지막 극지 남극점에 태극기를 꽂았다. 남극과 북극의 빙하는 물이 다른 모습으로 강림한 형상이다. 물은 수없이 다양한 얼음의 모습으로 자신을 연출한다. 용, 호랑이, 토끼, 거북이 등 물은 변신의 귀재이다. 지구 온난화로 빙하가 물이 되어 바다로 흘러간다.

폴란드의 명언에는 사계절을 여인에 비유하여 봄은 처녀, 여름은 어머니, 가을은 미망인, 겨울은 계모라고 한다. '봄은 처녀처럼 부드러우며, 여름은 어머니처럼 풍요롭고, 가을은 미망인처럼 쓸쓸하며, 겨울은 계모처럼 차갑다'는 것이다. 누가 봄바람을 혜풍(惠風), 여름바람은 훈풍(薰風), 가을바람은 금풍(金風), 겨울바람은 삭풍(朔風)이라 했던가. 계모처럼 차가운 겨울 아침 한파주의보가 내린 아라바람길에 살을 에는 삭풍이 몰아친다. 세찬 바람소리가 윙윙거리며 귓가를 때릴 때, 초나라 철학자 남곽자기의 이야기가 바람에 실려온다.

"우리들이 바람이라고 하는 것. 그것은 사실은 대지가 내쉬는 숨소리이다……. 부는 바람을 맞게 되면 물이 격렬하게 꽝꽝거리는 소리, 화살이 허공을 가르는 소리, 숨 쉬는 소리, 부르짖는 소리, 소리 높여 우는 소리, 깊은 굴속에서 불이 나오는 듯한 소리, 새가 지저귀는 듯한 소리……. 앞의 것이 우우 하고 부르면 뒤따르는 소리가 우우 하며 답하지. 가볍게 부는 바람은 작게 화답하고, 거세게 부는 바람은 크게 화답하지. 거센 바람이 한번 스쳐 지나간 후에는 모든 구멍들이 텅 비어 소리가 없게 되지. 자네 혼자만 저 나무들이 휘청휘청 크게 흔들리고 나무 끝이 한들한들 가볍게 살랑거리는 것을 보지 못했는가?"

단군신화에서 환웅은 하늘에서 지상의 인간을 다스리러 내려올 때 우사(雨師)·운사(雲師)·풍백(風伯)을 거느렸다. 이는 바람이 인간의 삶에 큰 영향을 미친다는 사실이다. 바람은 하늘 높은 곳에서부터 귓가로 와서 스러지는 음악이다. 사람들은 다양한 바람의 소리를 들으며 살아가야 하는 숙명이다. 서 있는 위치와 상황에 따라 울고 웃으며 즐거움과 괴로움의 바람을 맛본다. 산 위에서 부는 바람 시원한 바람이 있는가 하면, 바다에서 불어오는 짠맛 나는 바람도 있다.

아라바람길의 한파 속에서 자전거를 타고 달리며 맛보는 바람은 내 마음을 사로잡고 영혼을 울리는 아름다운 선율이다. 바람을 헤치고 바라보는 아름다운 풍경은 눈과 마음을 정화시켜준다. 흐르는 강물 따라 흘러가는 자신을 바라본다. 당국자미 방관자청(當局者迷 傍觀者靑)이다. 바둑을 두는 사람은 미혹에 빠지기 쉽고 곁에서 보는 사람은 맑은 정신으로 대세를 읽는다. 사람은 누구나 이 세상에 다니러 온 고독한 여행자다. 이백은 자신을 하늘에서 이 땅에 귀양 온 신선이라 했다. 헤르만 헤세는 '차라투스트라의 복귀'에서 '고독'을 노래한다.

지상에는/ 많은 길이 통하고 있다.
하지만 그 길이 닿는 곳은/ 하나밖에 없다.

너는 말을 타고 가건 차를 타고 가건/ 둘이서 가건 셋이서 가건
마지막 한 걸음은/ 혼자서 자기 발로 가야 한다.

그러니까 무엇을 알고 있건/ 무엇을 할 수 있건
마침내/ 괴로운 일은 모두 혼자서 해야 한다.

경인아라뱃길이라 불리는 경인운하는 4000t급 선박 두 척이 교차할 수 있는 규모의 수로로서 한강 하류에서 서해, 서해에서 한강 하류로 연결되는 아름답고 찬란한 대한민국 최초의 뱃길이다. 고대에 산을 다스리고 물을 다스리

는 치산치수는 매우 중요한 일이었다. 중국 최초의 왕조 하나라의 시조는 우임금이다. 요임금의 사위로 왕위를 물려받은 순임금은 황하의 치수사업으로 공적을 인정받고 덕망이 높았던 우를 후계자로 삼았다. 순이 사망한 후 3년상을 치른 우는 순의 아들인 상균을 왕위에 앉히려고 했지만, 제후들이 순의 아들인 상균을 순의 후계자로 인정하지 않았기에 우가 즉위했다. 우가 사망한 후 우의 아들인 계가 왕위에 오름으로 중국 최초의 왕위 세습이 이루어졌다. 중국의 삼황오제는 전설의 시대임에도 불구하고 요순 시절은 태평성대로 사람들의 입에 오르내린다. 요임금의 시대에도 홍수로 인한 피해는 22년간 지속되었고 대지는 망망대해로 변해버려 홍수를 다스리는 일이 무엇보다 관건이었다. 이에 요임금은 곤에게 홍수를 다스리도록 했으며, 9년 동안이나 치수했지만 실패한 곤은 사형에 처해졌다. 순임금은 우에게 아버지 곤을 대신하여 계속 치수의 임무를 맡도록 했으며, 우는 치수에 실패한 아버지를 거울삼아 13년 만에 홍수의 피해를 극복할 수 있었다. 사마천은 『사기』에서 우의 공적을 소개했다.

　"우가 몸을 돌보지 않고 애태우며 중국 천지를 13년 동안 헤매며 이룩한 그 굽힘 없는 치수활동은 그대로 그의 인간됨을 말해주는 것이다. 그가 자기 집 문 앞을 지나갈 때 처자의 울음소리를 듣고도 그대로 지나쳐 동분서주 발걸음을 옮겼던 것이다. 마침내는 허벅지의 살이 쭉 빠지고 정강이의 털도 빠졌으며 등은 낙타처럼 굽어 절룩거리면서 걸었다. 후에 이런 걸음걸이를 우보(禹步), 즉 우의 발걸음이라 부르게 되었다."

　우보(又步)는 '걷고 또 걷는다'는 의미다. 『당서』의 "작은 산을 넘고 큰 강을 두 번 건너며, 걷고 또 걸어서 700리에 이르렀다."라는 구절에서 유래되었다.

『여씨춘추』에 "흐르는 물은 썩지 않고, 문의 지도리는 녹슬지 않는다."라고 했다. 쉴 새 없이 걷는 것은 마치 파도의 움직임과도 같다. 파도는 멈추지 않는다. 물러나는 것처럼 보이다가도 이내 세찬 기세로 달려든다. 두 발로 걷고 또 걷는 것은 흐르는 물과 같다. 쉴 새 없이 흐르는 물은 썩을 틈이 없다. 우보는 흐르는 물이 썩지 않듯이 끝없이 일하고 탐구하고 도전한다는 의미이다.

우는 13년 동안 세 번 자신의 집 앞을 지나갔지만 한 번도 집에 들른 적이 없었다. 첫 번째 집 앞을 지날 때, 결혼한 지 나흘 만에 집을 떠났는데 그동안 임신한 아내가 아기를 낳기 위해 몸부림치는 신음소리와 갓난아기의 울음소리를 들었다. 두 번째 집 앞을 지날 때, 아들이 아내 품에 안겨 그에게 손짓하며 부르고 있었지만 그는 손으로 응답하고 그냥 지나갔다. 세 번째 집 앞을 지날 때, 아들이 달려와 그를 끌고 집으로 들어가려 했지만, 그는 치수가 아직 완전히 끝나지 않아 집에 들어갈 시간이 없다고 하면서 그냥 지나갔다.

세상에는 공론가와 실천가가 있다. 세상을 변화시키는 자는 공론가가 아니라 몸소 행동으로 옮기는 실천가다. 즐풍목우(櫛風沐雨)는 우가 치수사업을 하며 고생하던 일에서 생겨난 고사다. '머리는 바람에 빗질이 되고 몸은 비에 젖어 씻긴다.'라니, 제 몸 돌볼 틈 없이 바쁘게 산 인생, 주어진 상황에 굴복하지 않고 긴 세월 객지를 떠돌고 온갖 고생을 다하고 일에 골몰했다는 뜻이다.

경인아라뱃길은 13세기 고려 고종 때부터 800여 년간 굴포천 유역의 홍수 예방을 위하여 끊임없이 뱃길을 열고자 했으나 기술력의 부족과 시대적인 상황으로 실현하지 못했던 천년의 약속이 흐르는 내륙 뱃길이다. 인천 서구 오류동에서 서울 강서구 개화동을 잇는 길이 18km, 폭 80m, 수심이 6m인 뱃길이다. 옆에는 아라바람길이 나란히 달린다. 인천과 김포에는 선박이 안전하게 정박하여 여객과 화물을 내리고 실을 수 있는 터미널이 건설되어 해상교통에서 육상교통으로 전환되는 거점 역할을 수행한다.

　운하는 교통기관의 일부분으로 대부분 육지를 굴착하여 내륙에 선박의 항행이나 농지의 관개, 배수, 또는 용수를 위하여 인공적으로 만든 물길이다. 운하의 역사는 장구하다. BC 3000년경의 메소포타미아나 이집트에서 티그리스 강과 유프라테스 강, 나일 강의 물을 이용한 운하가 만들어졌다. 또 BC 510년경에는 수에즈 운하의 전신이라 할 수 있는 지중해와 홍해를 잇는 운하가 페르시아 제국의 다리우스 1세에 의해 계획되었다고 전한다. 오래 전부터 유럽인들은 아시아에 갈 때 아프리카를 빙 돌아서 가야 하는 불편이 있었다. 그래서 아프리카 대륙과 아라비아 반도 사이를 뚫고 지중해와 홍해를 잇는 수에즈 운하가 건설되었다.

　1869년에 개통된 길이 162.5km의 수에즈 운하는 지중해와 홍해, 인도양을 잇는 세계 최대의 해양 운하이다. 아시아와 아프리카 두 대륙의 경계인 이집트의 시나이 반도 서쪽에 건설된 운하로 아프리카 대륙을 우회하지 않고 곧바로 아시아와 유럽이 연결되는 통로라는 점에서 중요한 역할을 하고 있다. 세계에서 가장 많이 사용하는 킬 운하는 독일 북부에 위치한 길이 98km의 운하로서 1895년 개통되어 북해 연안에서 발트 해 연안의 킬까지 연결되어 있다.

　파나마 운하는 태평양 연안의 발보아에서 대서양 연안의 크리스토발까지 남북아메리카 대륙의 결정점을 이루는 파나마 지협을 횡단하여 태평양과 대서양을 잇는 전장 64km의 운하로서, 1914년 완성되어 운항권을 미국이 관리하다가 1999년에 파나마로 이양되었다. 코린트 운하는 1893년에 완공된 그리스 본토와 펠레폰네소스 반도 사이의 지협부를 흐르는 길이 6.3km의 운하로서 이오니아 해와 에게 해를 연결한다. 운하는 바닷길을 단축시켰으며, 바닷길은 1천 년 이상 동서 교역로로 이용되었던 실크로드를 폐쇄했다. 중국에서 로마까지 이어지는 실크로드는 1년에서 3년까지 걸렸지만 바닷길로는 3개월밖에 안 걸렸다. 이후 바닷길은 식민지 건설의 교통로 역할을 했다.

　중국의 경항 대운하는 그 길이가 북경에서부터 소주, 양주를 거쳐 절강성 항주에 이르는 약 1,794km의 세계에서 가장 긴 운하이다. 아버지를 시해하고 왕위에 오른 수양제(재위604~618)는 605년부터 6년에 걸쳐 무려 1억 5천만 명을 동원하여 경항 대운하를 완성했다. 공사기간 수십만 명이 죽는 무리한 토목공사였지만, 운하가 건설되면서 강남의 물자가 하북으로, 하북의 인구와 문화, 정치는 운하를 통해 강남으로 이동하게 되어 중국은 강남과 하북의 실질적 통일을 이룰 수 있었고 경제대국이 될 수 있었다.

　수양제는 운하가 완성되기도 전에 배를 만들게 했고, 대운하가 완성된 610년 가을에 황제의 배인 용주(龍舟)를 타고 남부 시찰을 나섰다. 수행하는 대신, 궁녀, 환관 등이 수천 척의 배에 나눠 탔으며, 이때 8만 명의 선원이 동원되었고 운하 양안에는 기병들이 줄지어 따랐는데 깃발은 하늘을 가렸다. 수양제가 배에서 먹고 마시는 동안 연도의 5백 리 이내 백성들은 음식을 만들어 바쳤으니 도탄에 빠진 백성들의 원성이 자자했다.

　경항 대운하가 마무리된 2년 후인 612년, 수양제는 113만 대군으로 고구려에 대한 1차 전쟁을 일으켰다. 후방 수송인원까지 합치면 300여만 명이 동원되었으며, 출발하는 데 40일이 소요되고 그 길이가 960리에 뻗쳤다. 중국 역사상뿐만 아니라 세계 전쟁사에 유래 없는 최대 규모였다. 수양제는 수군과 육군으로 나누어 침공했으며, 수군은 바다를 건너 대동강으로 쳐들어와 평양성을 공격했으나 고구려군에게 대패했다. 수양제가 친히 거느린 육군은 별동대 30만 5천 명을 압록강 서쪽에 집결시켜 평양성을 공격할 계획을 세웠으나, 그들의 계략을 눈치 챈 을지문덕 장군의 유도작전에 걸려 살아 돌아간 자가 거우 2,700명 정도였으니 이른바 살수대첩이었다. 을지문덕은 적장인 우중문,

우문술을 조롱하는 오언시(五言詩) '여수장우중문시'를 남겼다.

> 신묘한 계책은 천문을 궁구했고
> 기묘한 계획은 지리를 통달했구나.
> 싸움마다 이겨 공이 이미 높았으니
> 족한 줄 알면 그만둠이 어떠리.

수양제는 우문술을 쇠사슬로 묶어 본국으로 돌아가서 평민으로 강등시켰다. 그리고 613년, 수양제는 친정(親征)을 하며 평민으로 강등했던 우문술을 다시 대장군으로 삼아 평양성을 공격하게 했으나, 반란이 일어났다는 소식을 듣고 놀라 회군했다. 천하가 반란으로 혼란스러워지자 우문술의 아들 근위대장 우문화급은 수양제를 내실로 끌고 들어가 목 졸라 시해했다. 그리고 조카 양호를 황제로 추대하고 섭정으로 모든 권력을 차지했다가 양호도 죽인다. 수나라는 대운하의 조성과 새로운 수도 낙양 건설, 해마다 일으킨 고구려와의 전쟁으로 그 기운이 다해 진시황제가 통일한 이후 재통일한 지 40년 만에 멸망하고 말았다.

경항 대운하 건설은 엄청난 인력과 재력을 허비하여 수나라를 멸망으로 이르게 했지만, 후손에게 내린 중국 발전의 기초가 되는 선물이라 할 수 있었다. 대운하는 현재에 와서 육지 교통의 발달로 그 중요성이 많이 하락했다고는 하나, 남북 물류의 동맥으로 여전히 그 역할의 일부를 담당하고 있다.

2012년 4월 22일 4대강 자전거 길이 정식 개통되고, 2012년 5월 25일 마침내 인천 앞바다와 한강을 잇는 최초의 내륙운하 '경인아라뱃길'이 개통되었다. 경인운하는 1992년 굴포천 방수로 사업이 시작된 지 20년 만이다. 인공 수로로서 뱃길은 물론 인천 부평구 계양구, 김포 일대 홍수 피해를 막는 구실도 한다. 총사업비 2조2천 400여억 원이 투입된 경인아라뱃길과 22조 2천억 원이 투입된 4대강 사업에 대해서 여전히 논란이 많다. 4대강 사업에 대해 환경파괴 논란은 여전하지만 죽어가는 강을 되살리고 기후 변화에 따른 가뭄과 홍수 피해에 대비할 수 있게 되었다고도 한다.

4대강 자전거 길이 정식으로 개통된 후 다시 찾은 뜨거운 날씨의 9월 초, 경인아라뱃길에는 요트와 유람선이 떠다니고, 라이더들은 스타트라인 앞에 세워진 4대강 국토 종주 자전거 길 개통 기념비를 배경으로 국토 종주의 결의를 다지며 환호를 한다. 마침내 경인아라뱃길과 아라바람길의 새 역사가 시작된 것이다. 자전거 행렬이 줄을 잇고, 길가에는 꽃이 피고, 시원한 바람이 이마의 땀을 식힌다. 자연친화적인 풍경을 보면서 한겨울의 라이딩과는 또 다른 즐거움을 맛본다. 아라바람길을 달려 아라한강 갑문에 도착하자 '한강 여의도 15km'라는 입간판이 안내하며 반겨준다. 아라한강 갑문에는 굴포천(판개울)을 만든 선조들의 자취를 따라 땅을 파고 물길을 열어 한강과 만나는 곳에 '판개목 쉼터'와 4대강 자전거 길 아라한강 갑문 인증센터가 세워져 있다.

아라바람길이 끝나고 한강종주 자전거 길이 시작되는 지점에서 '백문이 불여일찍'이라, 인증 샷을 한 후 다시 달려간다. 행주대교 아래를 지나서 서해로 흘러 내려가는 민족의 젖줄 한강과 역류하며 달리자 '서울에 오신 것을 환영합니다'라는 입간판이 반겨준다. 강서습지생태공원을 따라 달려가는 방랑자를 푸른 물결이 넘실대며 품어준다. 방랑자는 어디서 오는지 어디로 가는지 알 수 없는 바람의 소리에 실려 바람같이 달려간다. 아라 바람을 지나 한강 바람을 헤치고 역사의 강, 기적의 강, 한강을 바라보며 길을 간다.

02

한강 종주 자전거 길

1. 기적의 강, 한강!

　　　　강은 물이 흐르는 길이다. 강물은 굽이굽이 쉬지 않고 흐른다. 앞 강물 뒤 강물 흐르는 물은 당겨주고 밀어주고, 어서 따라오라고, 따라가자고 흘러도 연달아 흐른다. 물은 낮은 곳으로 흐르고 트는 대로 흐른다. 강의 목소리는 물의 목소리요, 물의 소리는 생명이 꿈틀거리는 소리다. '반 병짜리 물이 출렁인다'는 속담처럼 가벼운 시냇물은 졸졸졸졸 흐르고 깊은 강물은 소리 없이 흘러간다. 루마니아 망명 작가 게오르규는 "물은 깊을수록 소리가 없다. 때로는 산봉우리에 내리는 눈이 되어, 때로는 서리나 이슬이 되어서 목적지를 향해 가는 것이 물의 성질이다. 아무도 그 뜻을 막을 수 없다."라고 했다.

　강은 생명의 젖줄이다. 강은 자연이 인간에게 준 최고의 선물이다. 인류는 지구에 나타난 후 언제부터인가 살기 좋은 강가에 몰려들기 시작했다. 자연스럽게 강을 따라 나라를 세우고 국경을 정했다. 강물은 주변에 자리 잡은 인간들의 정취와 애환, 수천 년의 역사를 끌어안고 흘러간다. 강과 함께 살아가는 인간들의 온갖 사연들을 묵묵히 받아들이고 아낌없이 베푼다. 강주변의 사람들은 강의 젖줄을 통해 피와 살과 사랑과 꿈과 낭만과 애환과 외로움과 번민과 추억을 맛본다. 강이 주는 모든 것을 먹었기에 피에는 강의 혼과 얼이 흐른다. 한강에서 살아온 이들의 피에는 한강의 혼이, 낙동강을 끼고 살아온 사람들의 피에는 낙동강의 얼이, 금강에서 살아온 인간들에게는 금강의 숨결이, 영산강을 마시며 살아온 이들에게는 영산강의 꿈과 희망이 흘러내린다.

이수광은『지봉유설』에서 강물을 일년 열두 달 저마다 다르게 불렀다. 정월의 물은 얼었던 물을 풀리게 한다는 해동수(解凍水), 2월 물은 흰 개구리밥을 피어나게 한다는 백빈수(白蘋水), 3월 물은 복숭아꽃을 피어나게 한다는 도화수(桃花水), 4월 물은 오이덩굴을 뻗어가게 한다는 과만수(瓜滿水), 5월 물은 보리를 누렇게 익게 한다는 맥황수(麥黃水), 6월 물은 산을 울창하고 푸르게 한다는 산번수(山樊水), 7월 물은 콩꽃이 피게 한다는 두화수(頭花水), 8월 물은 물억새들이 이리저리 옮겨 다니며 자라게 한다는 적묘수(荻苗水), 9월 물은 서리가 내려앉는다는 상강수(霜降水), 10월 물은 다시 거룻배를 띄울 수 있다는 부조수(復艚水), 11월 물은 큰 물결을 이루며 빠르게 흘러간다는 주릉수(走陵水), 음력 12월 물은 모든 것을 넘어선다는 축릉수(蹙凌水)라고 했다.

모든 것을 넘어선다는 음력 12월의 축릉수(蹙凌水) 한강이 넘실대며 흘러간다. 대한민국 수도 서울의 젖줄인 한강을 달려간다. 신규호 시인이 노래한 '한강'이 물결 위에 춤을 춘다.

태백산 속 옹달샘에서 시작하여
굽이굽이 천 리 길을 돌고 돌아

도도히 흐르는 강물은
역사처럼 깊고 길고 또 푸르다.

영욕의 세월을 탓하지 않고

오로지 끊임없이 부활을 꿈꾸며

울렁울렁 쉼 없이 춤을 추는

이 강은 강이로되 바다를 기약하고

이 물은 물이로되 하늘을 지향하는

한민족 중흥의

기적의 강인 것을

　강은 바다를 기약하고 물은 하늘을 지향한다. 한민족 중흥의 기적의 강, 한강을 따라 달려간다. 아라한강 갑문에서 신행주대교와 방화대교를 지나서 여의도와 한강대교, 한남대교, 올림픽대교, 강동대교, 미사대교를 거쳐 팔당대교까지 이어지는 한강 종주 56km의 둔치 남쪽 길이다. 모진 강바람이 불어오는 추운 날씨에도 두 바퀴의 묘미를 즐기는 사람들이 오고간다. 강 건너편에는 행주치마 예쁘게 두른 행주산성이 보인다. 햇볕 따스한 고을 고양(高陽)에 있는 행주산성은 이순신의 한산대첩, 김시민의 진주대첩과 더불어 임진왜란 3대첩 중 하나인 행주대첩이 치러진 현장이다.

　1593년 2월 고니시 유키나가는 3만 대군을 이끌고 행주산성을 여러 겹으로 포위한 채 맹렬하게 공격했지만, 권율은 2,300여 명의 군사를 가지고 1만여 명의 적군을 전사시키며 승전했다. 이때 성 안의 백성들은 남녀노소 구별 없이 모두 힘을 합해 싸웠으며, 특히 부녀자들이 한마음으로 석포에 쓸 돌을 행주치마폭에 담아 날라 비로소 역사의 행주산성이 탄생했다.

　해발 125m의 행주산성에 오르면 남쪽으로 한강이 유유히 흐르고 사방이

탁 트여 눈 맛이 시원해진다. 한강은 한반도 중부를 가로질러 서해로 흘러간다. 크다는 뜻의 '한'과 강의 옛 이름인 '가람' , 곧 한가람에서 유래된 이름이다. 구석기 시대부터 사람이 살기 시작하여 신석기 시대에는 본격적으로 문화 발달의 터전이 되었고, 삼국시대에는 백제의 5백 년 도읍지가 위치한 이후, 조선의 오백 년과 오늘날까지 합치면 천 년 세월이 넘는 기간 동안 한 나라의 수도가 위치한 젖줄이다. 역사적으로 '대수', '아리수', '욱리하', '한산하', '한수', '열수' 등이라고도 불렸으며, 서울 부근의 강은 '경강'이라고도 했다. 태백의 검룡소 발원지로부터 동남천과의 합류 지점인 정선까지의 구간은 조양강, 동남천과의 합류 지점에서 평창강과의 합류 지점까지는 동강, 평창강과의 합류 지점에서 양수리까지의 구간은 남한강이라 부르기도 한다. 하천의 길이는 497km로서 압록강(803km), 두만강(547.8km), 낙동강(506.17km) 다음으로 길며 유역 면적은 압록강 다음으로 넓다.

한강은 북한강과 남한강이 만나서 큰 물줄기를 이룬다. 북한강은 금강산 부근에서 발원하여 남쪽으로 흘러 춘천호에 물을 담그고 의암호로 흘러든다. 인제에서 발원하는 소양강은 남서류하면서 의암호에서 북한강과 만나고, 다시 가평천과 만나 청평호를 이루고, 양수리에서 남한강과 합쳐져서 한강이 된다. 남한강은 백두대간 줄기인 강원도 태백의 대덕산(1,307m) 검룡소에서 발원하여 영월의 동강을 합쳐서 단양을 지나고, 서쪽으로 흐름을 바꿔 제천을 거쳐 충주호로 흐른다. 그리고 다시 북서로 물길을 바꿔 달천을 합치고, 충주를 지난 후 경기도로 들면서 섬강과 몸을 섞고, 청미천, 양화천, 복하천 등을 품고 양평으로 들어가 서쪽으로 물길을 돌려 양수리에서 북한강을 만난다. 천 리 길을 달려온 남한강은 미사리에서 마지막 여울을 만나고, 부산하던 몸짓을 거두어들인 채 흐름을 잊어버린 듯 고요해진다. 두 물이 만난 두물머리에서 한강이 되어 상류지역인 중서부 지방을 동에서 서로 관통하며 김포시 월곶면 보구곶리와 강화도에서 서해로 흘러 강으로서의 생명을 다한다.

강은 마지막 단계에 이르면 더 넓어지며 평평한 범람원에서는 더딘 흐름을 보이고, 산을 깎아 침전물을 바다로 옮기면서 삼각주를 만든다. 그리고 그 물길을 따라 숱한 생명을 낳는다. 한반도의 상징적 배꼽인 강화도는 한강 하류에 있는 역사의 땅이자 눈물의 섬이다. 김포반도에 이어져 한강, 임진강, 예성강 3대 하천의 어귀에 있으며, 동북쪽은 강으로 둘러싸였고 서남쪽은 바다로 둘러싸여 있는 전체가 큰 섬이다. 제주도와 거제도, 진도와 남해도에 이어 다섯 번째 큰 섬으로 저항과 긍지의 숨결이 어려 있고, 민족의 영산인 마니산 (472.1m)과 단군이 세 아들로 하여금 쌓게 했다는 정족산성이 있는 성지이다. '역사가 없는 땅은 행복하다'고 하지만, 강화도는 시련과 아픔 속에 한민족의 위대한 역사가 담긴 땅이다.

백두산 천지와 한라산 백록담의 중심에 위치한 마니산은 단군이 하늘에 제사 지내기 위해 정상에 쌓은 참성단이 있어 태백산 천제단과 함께 하늘의 뜻을 이어받은 곳이다. 그래서 예로부터 천재지변이나 자연재해에서 나라의 평온을 기원하는 제례는 태백산에서, 전쟁이나 인위적 재해에서 나라의 평화를 기원하는 제례는 마니산에서 지내왔으며, 지금도 개천절이면 이곳에서 제례를 올린다. 마니산 정상에 올라 사방을 둘러보면 해안의 간척지와 염전, 옹기종기 떠 있는 작은 섬들, 서해바다의 은빛 물결, 드넓은 김포평야가 한눈에 들어온다.

조선의 문장가이자 정치가였던 송강 정철(1536~1593)은 강화도의 송정촌(松亭村)에서 빈곤과 울분 속에서 신음하다가 파란만장한 생의 마지막을 보냈다. 정승을 지냈고 서인의 영수였으면서도 말년에 호구지책을 걱정할 만큼 비참한 생활을 하던 정철은 하는 수 없이 친구에게 편지를 보냈다. "내가 강화로 물러나와 사면을 둘러보아도 입에 풀칠할 계책이 없으니 형이 조금 도와줄 수 없겠습니까? 여태껏 여러 고을에서 보내온 것도 감히 받지 않았는데, 지금 장차 계율을 깨뜨리게 되니 늘그막에 대책 없이 이러는 게 자못 본심에 부끄럽습니다. 그러나 형처럼 절친한 이에게서는 약간의 것인즉 마음이 편하겠지만 많은 것은 받을 수 없습니다."

정철은 원칙과 소신에 따른 관료 생활, 선명성을 강조한 정치인이었기에 군자(君子)와 독철(毒澈)이라는 극명히 상반되는 평가의 주인공이었다. 이항복은 "송강이 반쯤 취해서 즐겁게 손뼉을 마주치며 이야기 나눌 때 바라보면 마치 하늘나라 사람인 듯하다."고 하여 마치 풍류를 잘 알아 천상세계에서 만날 수 있는 인물로 묘사했다. 정철이 58세를 일기로 죽음에 임했을 때 둘째 아들이 손가락을 잘라 피를 내어 먹게 하자 눈을 살며시 뜬 채로 "이 아이가 헛된 일을 하는구나."라고 하며 눈을 감았다. 한평생 술을 좋아했던 정철은 권주가인 '장진주사(將進酒辭)'를 읊으며 반쯤 취해서 하늘나라 사람인 듯 살았지만, 그의 말년은 허무하고 비참했다.

4대강 국토 종주를 마친 후 강 주변의 역사와 문화 현장들을 답사할 때 정철의 말년 자취가 있는 송정촌을 찾아 나섰다. 위치를 확인할 수 없어 송해면 솔정리 일대로 추정되는 주변을 물어물어 다녔지만, 알고 있는 주민은 없었다. 송해 면사무소에 비치된 송해면지에도 송정촌에 정철이 살았다는 기록만 있을 뿐 위치를 알 만한 자료는 없었으며, 관내의 실상을 잘 알고 있는 공무원들 가운데서도 아는 이가 없었다. 송해면 일대를 누비다가 강화군청 문화예술과에 전화를 했다. 송정촌의 존재와 위치를 묻는 질문에 문화예술과장은 명쾌하게 답했다. "면사무소에서 100여 미터를 더 가면 도로변에 향나무가 두 그루 있고 작은 샛길이 있는데, 그 옆에 우물이 있습니다. 우물 주변이 송강 정철이 말년에 거주했던 송정촌이라고 합니다."

폐허가 된 우물 주변을 둘러보며 여기가 말년에 호구지책을 걱정할 만큼 가난하게 살다가 간 강직하고 청렴결백했던 송강 정철이 거주했던 곳인가 하며 세월의 흔적을 느껴볼 즈음, "위치를 찾았느냐?"라는 문화예술과장의 전화가 왔다. 허허벌판의 송정촌 솔바람 사이로 장진주사가 들려온다.

한잔 먹세그려 또 한잔 먹세그려.
꽃 꺾어 셈하고 무진무진 먹세그려.
이 몸 죽은 후면 지게 위에 거적 덮고 졸라매어 지고 가나
화려한 상여에 만인이 울어 예나
어욱새 속새 떡갈나무 백양 속에 가기만 하면
누런 해 흰 달 굵은 눈 쓸쓸한 바람 불 때 누가 한잔 먹자 할꼬
하물며 무덤 위에 잔나비 휘파람 불 때 뉘우친들 무엇 하리.

송정촌을 떠나 '광세(曠世)'의 문인인가, 시대의 아부꾼인가라는 극단적인 평가를 받는 고려문학의 최고봉 이규보의 묘를 찾아 나섰다. 대몽 항쟁기 고려의 수도가 강화도에 있을 때 이곳에서 벼슬을 하다가 74세의 나이로 세상을 떠났기에 그의 묘는 강화군 길직리에 있었다. 여주가 고향인 이규보는 어려서부터 신동이었으며, 아홉 살 때 이미 문장에 능했기에 일찍부터 너무도 자신만만해 술과 풍류로 세월을 보내다가, 과거에 세 번 낙방 하고 22세 때 사마시에 장원급제했다. 24세에 부친을 여의고 천마산에 들어가 백운거사(白雲居士)라 자칭하며 상심하던 중 26세에 지은 책이 민족의 대서사시 '동명왕편'이다. 이

는 우리의 신화를 괴이하고 허탄하게만 생각하던 당시 지식인의 사고를 배격하고, 고구려의 혼을 불러 깨우고 고구려인의 기상을 그리워하는 노래였다. 이 규보는 '동명왕편'에서 중화 중심의 역사의식에서 탈피하여 우리의 민족적 우월성과 고려가 위대한 고구려를 계승하고 있다는 자부심을 천추만대에 전하고자 했다.

이규보는 나이 30세가 넘도록 벼슬에 나가지 못하고 글만 쓰면서 세월을 보내다가 마침내 출사의 기회를 잡았지만, 다시 3년간 은거하며 불우한 시절을 보내다가 최씨 무인정권에서야 비로소 관직에 나아가 중용될 수 있었다. 그의 시는 자연의 아름다움이나 자연으로 돌아가기를 바라는 마음을 노래하며 현실생활에 얽매인 자신을 돌아보고 한탄한다.

사방을 돌아보아도 조그만 몸뿐이니
하루에 먹는 것은 결국 얼마나 되나

그런데도 구복(口腹)을 채우기 위해

구름 낀 푸른 산에 돌아가지 못하네

이규보의 묘 옆에는 사당이 있었고 그 안에는 현판 '사가재기(四可齋記)'가 걸려 있었다. '밭이 있으니 식량을 마련하기에 적합하고, 뽕나무가 있으니 누에를 쳐서 옷을 마련하기에 적합하고, 샘이 있으니 물을 마시기에 적합하고, 나무가 있으니 땔감을 마련하기에 적합하다'는 뜻으로, 이 집에 사는 것은 전원의 즐거움을 얻게 되는 것과 다름이 없다는 것이었다. 그리고 "상쾌하구나, 농가의 즐거움이여/ 전원에 돌아가 사는 것은 이제 시작이라네. 이것이 참으로 나의 뜻이다."로 '사가재기'를 마무리한다. 이규보는 유유자적 흰 구름처럼 거리낌 없는 거사로 도를 닦고자 하는 백운거사를 자처하며, 세속의 명예와 이익을 초월하고 자연 속에서 즐거움을 누리려는 마음을 가진 채 구속을 싫어하고 호방한 삶을 살았다. 한문학 사상 가장 뛰어난 문장가요 시성(詩聖)으로 평가받는 그는 만년에 시와 거문고, 술을 좋아하여 삼혹호(三酷好) 선생이라 불렸다. 어려서부터 술을 좋아했던 그는 평생을 시와 술을 벗 삼아 지냈지만, 그 자신 그렇게 술을 좋아하면서도 아들이 술을 마시자 일말의 불안감으로 이백이 하루 삼백 잔의 술을 마신 일을 떠올리며 '아들 삼백(三百)이 술을 마시다'라는 시를 남기는 안타까운 아버지였다.

네가 어린 나이에 벌써 술을 마시니/ 앞으로 창자가 녹을까 두렵구나.

네 아비의 늘 취하는 버릇 배우지 마라/ 한평생 남들이 미치광이라 한단다.

한평생 몸 망친 것이 오로지 술인데/ 너조차 좋아할 건 또 무엇이랴.

삼백이라 명명한 걸 이제야 뉘우치노니/ 아무래도 날로 삼백 잔씩 마실까 두렵구나.

역사의 소용돌이에 무심한 채 한강은 소리 없이 흘러가고, 나그네는 설한풍 몰아치는 강물을 따라 달려간다. 흐르는 강물처럼 두 바퀴를 굴리며 운수납자의 길을 간다. 시간과 공간의 여행을 하는 방랑자가 되어 역사의 저편을 더듬으며 달려간다. 극명히 상반되는 평가를 받는 삶을 살다 간 송강과 백운거사를 통해 흐르는 물도 얼음이 되면 손쉽게 부러진다는 동빙가절(凍氷可折)을 떠올린다. 노자는 말한다. "가장 으뜸가는 처세술은 물의 모양을 본받는 것이다. 강한 사람이 되고자 한다면 물처럼 되어야 한다. 장애물이 없으면 물은 흐른다. 둑이 가로막으면 물은 멎는다. 둑이 터지면 또 다시 흐른다. 네모진 그릇에 담으면 네모가 되고, 둥근 그릇에 담으면 둥글게 된다. 그토록 겸양하기 때문에 물은 무엇보다 필요하고 또 무엇보다 강하다. 물만큼 부드럽고 약한 것은 없다. 그런데도 물은 굳고 강한 것과 싸워 이긴다. 물보다 센 것은 없다. 이는 물이 약하기 때문이다."

한강의 뿌리, 검룡소에서 발원한 강물은 천 리 먼 길을 달려 산하를 흐르면서 대지를 적시고, 살아 있는 모든 것에 수분과 자양분을 제공하고, 철따라 꽃을 피우고 열매를 맺는다. 그리고는 서해로 흘러든다. 낙동강은 태백의 황지연못에서 발원하여 남해의 품에 안기고, 금강은 장수의 뜬봉샘에서 발원하여 서해에서 바다와 만난다. 그리고 영산강은 담양의 용소폭포를 시원으로 하여 서남해안 목포 앞바다로 흘러간다. 깊은 산속 옹달샘에서 솟는 한 방울의 물이 작은 자신을 나누며 점점 커가고, 흐르고 흘러 땅을 적시고 생명을 키우며 시내를 이루고 강을 이루어 멀고 먼 바다로 달려간다. 바다는 다시 수중기를 만들고, 작은 물방울은 구름이 되어 바람에 날린다. 무거워진 물방울은 비가 되어 대지를 촉촉이 적시며 실개천을 만들고 시냇물을 만들고 강을 만들며 다시 바다로 윤회를 거듭한다.

인생은 짧다. 영겁의 세월에 비하면 백년을 산다 해도 3만 6천 날에도 못 미치는 아침이슬 같고 새벽안개와 같다. 한강에 배가 지나가도 흔적이 없는 것처럼, 창공에 독수리가 날아가고 바위에 뱀이 지나가도 자취가 없는 것처럼, 해가 뜨면 녹아버릴 눈 위에 남긴 기러기 발자취처럼, 잠시 땅 위에 다녀가는 소풍이다. 소풍은 이왕이면 즐거워야 한다. 소풍 길의 아름다운 풍경 앞에서 떠오르는 사람은 사랑하는 사람이다. 함께 나누지 못하는 마음은 아쉬움으로 변하고, 아쉬움은 다시 그리움으로 변한다. 그리움은 다시 외로움이 되면서 혼자라는 자각이 밀려온다. 그럴 때면 볼을 스쳐가는 한 줄기 바람이 되고, 바람에 밀려 떠다니는 한 조각 구름이 되고, 다시 천하를 누비는 자유로운 방랑자가 된다. 물이 흐르는 길을 따라 몸과 마음의 길을 간다. 강과 산과 바람과 구름과 해와 달과 별은 따로 주인이 있는 것이 아니다. 마음이 여유롭고 한가한 사람이면 누구나 주인이 될 수 있다. 바라볼 눈이 있고 받아들일 마음이 열린 사람이라면 언제 어디서나 그 주인 노릇을 할 수 있다. 화담 서경덕은 길을 가다가 아름다운 산수를 보면 문득 발걸음을 멈추고 춤을 추었다. 한강은 춤을 추듯 서해로 흐르고, 하서 김인후(1510~1560)의 시를 노래하며 방랑자도 춤을 추듯 달려간다.

청산도 절로절로 녹수도 절로절로
산 절로 수 절로 산수 간에 나도 절로
그중에 절로 자란 몸이니 늙기도 절로 하여라

2. 반구정(伴鷗亭)과 화석정(花石亭)

탈레스는 '물은 만물의 기원'이니 모든 것은 물에서 시작하여 물로 돌아간다 하고, 아리스토텔레스는 '물은 대지의 혈기'라고 한다. 혈기는 피의 기운, 활동의 원기이다. 물이 흐르면 생명이 흐른다. 물은 생명이 그 생명을 이어가는 데 있어서 절대 없어서는 안 될 생명 그 자체다. 그래서 생원지수(生源之水), 생명의 원천이라고 한다. 물은 대지를 적셔 풍요롭고 더 행복한 세상을 만들어준다. 대지는 사람들에게 말할 수 없이 짓밟히고 허물리면서도 철따라 꽃을 피우고 열매를 맺어 사람들의 눈과 입을 즐겁게 한다. 아낌없이 주는 대지에게 물은 생명의 젖줄이다. 타고르는 "물은 다만 사람의 사지를 깨끗이 해줄 뿐만 아니라 사람의 마음도 깨끗이 해준다. 왜냐하면 사람의 영에도 접촉하니까. 땅은 사람의 육체를 유지해줄 뿐만 아니라 사람의 마음도 기쁘게 해준다. 왜냐하면 땅의 접촉은 육체적인 접촉 이상의 것이기 때문이다." 라고 한다. 산이 높고 험준하면 나무가 자라지 못하나, 골짜기로 감도는 곳에는 초목이 무성하다. 물살이 세고 급한 곳에는 물고기가 없지만, 연못이 깊으면 물고기와 자라가 모여든다. 사람도 지나치게 고상한 행동과 과격한 마음은 깊이 경계할 일이다. 물은 가만히 흘러가나 사람은 가르침을 배운다. 물은 변신에 능하다. 수증기가 되고 물안개가 되고 구름이 되어 다양한 모습을 연출한다. 용이나 토끼, 호랑이, 돼지 등 자유자재로 모습을 바꾸기도 한다. 물은 자신의 길을 흘러가다가 넓은 바다에 이른다. 강물의 일생은 바다에서 시작하여 바다에서 끝이 난다. 마치 연어가 회귀하듯 빗물이 되어 떠난 바닷물은 다시 강물이 되어 돌아온다.

빗물은 지구의 생명수요 청소부다. 비는 지구의 온도를 적절하게 조절해주고 오염에 찌든 산하와 건물, 공기를 깨끗이 씻어준다. 고요한 밤의 종소리는 더욱 맑고, 비온 후 산과 강의 풍경은 더욱 새롭다. 물이 죽으면 인간의 생명도 존재할 수 없다. 지구는 비를 통해 생명력을 유지한다. 지구상의 모든 동식물은 빗물의 혜택을 누린다. 식물은 물을 빨아들여서 꽃을 피우고 열매를 맺는다. 비가 내리지 않는다면 지구는 서서히 죽음의 사막으로 변해간다. 강수량에 따라 자연환경과 생활방식에도 차이가 생긴다. 비가 내리지 않는 지역은 사막화가 진행되어 사람이 살기 힘들다. 비가 많이 내리는 지역에는 논농사가, 비가 적게 내리는 지역에는 밭농사가 발달한다. 비가 조금씩 오는 사막 주변에서는 유목민들이 초원을 돌아다니며 소나 양 등 가축을 키우며 살아간다. 지표의 70%를 차지하는 물은 97%를 차지하는 바닷물과 3%의 담수로 나뉜다. 담수에는 강, 호수 등의 지표수와 광천수, 냉천수, 온천수 등 지하수가 있다. 육지의 지하에는 인체의 혈관처럼 수맥이 엮어져 있다. 빗물이나 강물이 지하로 스며들어 땅 속의 흙이나 암석 사이를 채우고, 땅속 어느 정도 깊이에 다다르면 그곳에 모여 지하수가 된다. 사막에서 신의 선물이라 불리는 오아시스는 사막의 아래로 흐르는 지하 수맥이 지상으로 연결되어서 땅 속의 물이 솟아나는 것이다. 육지에는 3%의 민물을 만드는 빗물이 있기 때문에 생명체가 존재한다.

한강은 서해와 만나기 전 임진강(244km)과 만난다. 그 지점이 김포시 월곶면 조강리라서 인근 사람들은 이를 조강(組江)이라고도 한다. 독일에서 도나우 강이라고 부르는 강을 동유럽에서는 다뉴브 강이라 부르지만 하나의 강인 것과 마찬가지다. 휴전선 남쪽 끝에 있는 김포는 한강과 서해, 임진강으로 둘러싸여 남쪽에서 북쪽으로 향하고 있는 반도다. 김포반도는 오랜 침식 작용으로 낮아진 준평원에 한강 중상류와 지류에서 운반된 토사가 매립되어 평탄하고 광활한 김포평야를 이룬다. 한강이 서해로 빠져나가는 들목에서 강화로 이어주는 역할을 하며 서쪽은 복병처럼 험하다는 손돌목 염하, 북쪽은 개풍군에서 흘러나오는 조강으로 삼면이 물길에 둘러싸어 있다. 한강과 임진강이 합류하는 지역에는 군사 주둔지역인 애기봉(143m)이 자리 잡고 있어, 종교행사 때면 북녘 땅에 메시지를 전한다. 애기봉은 일명 쑥갓머리산으로 평안감사와 사랑을 나누었던 애기의 슬픈 사연이 전한다.

병자호란이 일어나자 평안감사는 청나라 군사에게 잡혀가고, 애기 홀로 조강리 쑥갓머리산에 올라가 북쪽을 바라보며 애타게 연모하는 평안감사가 돌아오기를 기다렸으나 평안감사는 끝내 오지 않았다. 기다리던 애기는 "내가 죽거든 저 봉우리에 묻어주시오."라는 유언을 남기고 죽었다. 유언에 따라 애기를 산꼭대기에 묻고 애기봉이라 불렀다고 전한다. 애기봉에서 서쪽으로 보이는 섬이 한강 하구에 있는 유도라는 섬이고 바로 아래 조강포가 있었다. 조강나루는 한강을 건너기 위해 나룻배를 기다리는 사람들과 개성이나 한양으로 세미(稅米)를 싣고 가기 위해 만조 시간을 기다리던 사공들이 모이는 큰 포구였으며, 주변에는 주막과 음식점, 숙박업소가 성시를 이루는 인산인해였다. 고려 때의 문인 백원항은 조강을 노래했다.

나룻배 떠날 무렵 늦은 조수(潮水) 밀렸는데
말을 멈추고 나루터에 서서 홀로 웃음 짓네.

언덕 위 세상 사정 어느 날쯤 끝날지
앞사람 건너기도 전에 뒷사람들 또 오누나.

온조와 비류가 건넜을 것이며 고구려군도 넘었을 조강. 6.25 때는 야음을 틈타 인민군이 넘었고 이규보는 800년 전 좌천당했을 때 개성을 떠나 계양부사로 가면서 이 강을 건넜다. 그때 이규보는 조강부를 노래했다

넓디넓은 강물이 경수처럼 흐르는데
시커먼 빛 굽실굽실 굽어보기 무서워라
이미 개성을 떠나온 몸
계양이 가까우니 반가워라
어기여차 배 저어라

시련과 역경을 희망으로 승화하는 이규보의 속마음이 조강을 따라 흐른다. 조강리에서 한강과 만나는 임진강은 한강의 제1지류이다. 원류로 따지면 한강과 임진강은 김포에서 만나기 전까지 한 번도 서로 만난 적이 없다. 하지만 서로 다른 원천의 강이 만나도 그 둘 중 하나의 강은 나머지 다른 하나의 강의 지류로 정의한다. 사전적인 의미로 지류(支流)는 '강의 원줄기로 흘러들거나 원줄기에서 갈라나온 물줄기'를 말한다. 이때 큰 강은 '줄기'로 보고, 작은 강은 '가지'로 본다. 지류의 길이가 아무리 길어도 본류보다 짧으면 지류가 된다. 이에 비해 나뭇가지는 오로지 원줄기에서 뻗어나간 것을 가지라 한다. 나뭇가지는 출발점에서 생각한 개념이지만 지류는 그렇지 않다. 큰 강은 줄기요 작은 강은 가지로 본다.

임진강은 함경남도 두류산 마호비령 남쪽 계곡에서 발원하여 개성과 파주 사이를 지나고, 함경남도 마식령 산맥에서 발원하여 철원 평강을 지나온 한탄강과 합류하여 문산에서 한강으로 흘러든다. 임진강은 물살이 어느 강보다도 빠르고, 강가에 톱날처럼 깎인 바위가 늘어서 있어 경치가 유달리 아름답다. 임진강이 내려다보이는 기암절벽 위에는 황희 정승이 관직에서 물러난 후 여생을 보낸 반구정(伴鷗亭)이 있다. 예로부터 갈매기가 많이 모여드는 절벽에 '갈매기를 벗 삼는 정자'라서 지어진 이름이다. '세종 같은 임금에 황희 같은 정승'이라 불리며 어질고 슬기로우며 청렴결백했던 황희가 이곳 임진강가의 반구정에서 갈매기를 벗 삼아 여생을 보내다가 삶을 마무리했으나, 임진강변의 어부들 중 아무도 그가 황희 정승이라는 사실을 몰랐다고 한다. 황희는 역사를 통틀어 명재상으로 손꼽히며 조선조 최장수 재상이자 청백리의 표상이다. 하지만 그에게도 고민이 있었으니, 둘째 아들 수신이 기생에게 빠져 밤낮없이 술에 취해 살았다. 황희는 점잖게 타일렀으나 수신은 변함없이 매일 술에 취해 들어왔다. 어느 날 비틀거리며 대문을 들어서던 수신은 깜짝 놀랐다. 대문간에서 황희가 관복을 입고 "이제 오십니까?" 하고 절하며 맞이한 것이다. 수신은 어찌할 바를 몰랐다.

"아이고, 아버님 왜 이러십니까?"

"손님이 오면 주인이 의당 의관을 반듯하게 하고 맞이해야지요."

"아이고, 자식더러 손님이라니요?"

"아비의 도리로서 방탕한 자식을 타일렀으나 자식이 받아주지 않으니, 이는 아비로 여기지 않음이니 내 마땅히 손님으로 예우할 밖에."

"제가 잘못했습니다, 다시는 기방에 가지 않고 술에 취하지도 않겠습니다."

　수신은 학문에 정진하여 대를 이어 정승에 올랐다. 『채근담』에는 "꽃은 반만 핀 것이 좋고 술은 조금 취하도록 마시면 이 가운데 무한한 가취가 있다."
라고 했다. 술 주(酒)자는 삼 '수(水)' 변에 닭 '유(酉)'를 쓴다. 닭이 물을 마시고
하늘을 향하여 고개를 드는 것처럼 천천히 조금씩 마시라는 의미이건만, 브
레이크가 없는 주당(酒黨)들은 비난을 받는다. '술을 마시지 않고 여자와 노래
를 사랑하지 않는 자는 일생을 바보로 사는 것이다.'라는 말처럼, 영웅호걸이
나 시인묵객들에게 술은 생명수였다. 톨스토이, 헤밍웨이를 비롯하여 시저, 괴
테, 폭군 네로 등 수많은 정치가와 예술가들이 술을 사랑하다가 요절하거나
자살, 지병으로 죽어갔다. 『삼국지』의 술꾼 중 가장 호탕한 인물은 장비일 것
이다. 그러나 장비는 관우가 형주에서 죽자 원수를 갚는다고 서두르다 대취(大
醉)하여 수하 장졸들에게 살해당했다.

황희는 금강의 발원지가 있는 전라도 장수 사람이다. 황희라고 하면 누구나
으레 너그러움과 청빈을 떠올린다. 하지만 황희는 두문불출이 생겨난 두문동
의 일화에서 알 수 있듯이, 목숨도 초개같이 버릴 줄 아는 과단성이 있는가
하면, 한번 세운 뜻은 끝까지 밀고 나가는 우직함도 있었다. 그래서 여러 번
파직당하기도 하고 유배 생활도 했다. 두문동에 은거해 항거했던 그를 개국공
신처럼 여긴 태조에 이어 태종도 황희를 각별히 신임했다. 세종은 황희를 재
상에 올려 18년이나 정사를 맡겼다. 정치적 동반자인 세종을 먼저 보내고 황
희는 향년 90세에 천수를 다했다.

임진나루 바로 위쪽의 파평면 율곡리 밤골마을에는 이율곡의 5대조 이명신
이 지은 화석정(花石亭)과 수령 600년이 된 느티나무가 그의 자취를 남기고 있
다. 이이는 아버지의 고향인 이곳에서 호를 따 율곡이라 했고, 어린 시절과 나
이가 들어 벼슬에서 물러나서도 화석정에서 제자들과 학문을 논하고 시를 지
었다. 율곡이 8세에 화석정에서 읊은 시다.

숲속 정자에 이미 가을이 깊었으니

시인의 생각은 가이없구나.

멀리 맑은 하늘에 닿아 푸른데

서리 내린 단풍은 햇볕에 붉게 빛나네.

산에서는 외로운 둥근 달이 솟아오르고

강물은 끝없이 바람을 머금네.

변방의 기러기는 어디로 가느냐.

황혼의 구름 속으로 소리는 끊겼다.

16세에 임종도 보지 못하고 신 사임당을 잃은 율곡은 3년 상을 치른 후 삶과 죽음에 대한 회의를 느껴 금강산에 입산했다. 본격적인 승려생활은 하지 않았으나 절경을 탐승하며 불교 공부를 하다가 1년 만에 하산한 율곡은 23세가 되던 해 봄, 결혼하여 성주의 처가에서 강릉으로 가는 도중 안동에 사는 퇴계 이황을 방문했다. 당시 58세인 퇴계는 율곡의 뛰어난 재주를 한눈에 알아보고 제자들에게 율곡을 높이 평가했다. 이틀밖에 머물지 않았지만 그 뒤 두 사람은 계속해서 편지를 주고받았으며, 퇴계는 율곡을 끊임없이 격려하며 학문적인 논의를 했다. 12년 뒤 퇴계가 죽자 율곡은 만사(輓詞)를 지었으며, 스승에 대한 예로써 흰 띠를 둘러 심상(心喪)했다.

동서 분당을 중재하려고 애쓰면서 자신의 직언이 받아들여지지 않는 데다 신하들의 반목에 염증을 느낀 율곡은 41세에 은퇴를 결심하고 사직하여 화석정으로 내려갔다. 그 뒤 여러 번 벼슬을 제수 받았지만 나아가지 않던 율곡은 해주로 생활의 근거지를 옮기고 1백여 명의 대식구를 먹여 살리기 위해 손수

대장간을 세우고 호미를 팔았다. 딱한 사정을 알고 관리인 친구가 쌀을 보냈으나 "그것은 나라의 곡물이니 받을 수 없다."며 돌려보냈다. 45세에 다시 대사간에 취임한 율곡은 47세가 되는 해 이조판서에 제수되었다. 공정한 인사를 하며 유능한 인재를 중요시했던 율곡은 훗날 임진왜란에 공을 세운 이순신, 이덕형, 이항복 등을 천거했다. 그해 12월 병조판서에 임명되어 48세가 되던 해 '십만양병설'을 주장했으나 "평화로운 때에 군사를 양성하여 화란의 단서를 만드는 일"이라는 조종 대신들의 반대로 무산되었다. 그리고 그해 북쪽 오랑캐가 국경을 침입해 탄핵을 받아 벼슬을 내놓고 화석정으로 돌아갔다. 양화진에서 배를 타고 가는 율곡의 답답한 심정이다.

사방은 멀리 구름으로 캄캄한데
중천에 뜬 해는 밝기도 하구나
외로운 신하의 한 줄기 눈물
한양성을 향하여 뿌리네.

이듬해 1월 율곡은 49세로 생을 마치고 어지러워진 나라 일에 대한 염려 때문인지 이틀 동안이나 눈을 감지 못했다. 재산을 남기지 않아 친구들이 돈을 모아 수의를 만들고 염습했으며, 발인하는 날에는 백성들까지 나와 횃불을 밝히며 눈물을 흘렸다. 율곡은 부모가 묻혀 있는 화석정 인근 자운산에 묻혔다. 임진왜란이 일어나자 여종 한 명과 무덤을 지키던 율곡의 부인 노씨는 왜적들에게 몸을 더럽히지 않기 위해 자결했다. 전쟁이 끝난 뒤 후손들은 흩어져 있는 부인과 여종의 유골을 구분할 수 없자, 이 두 유골을 모아 묘를 썼다고 한다. 동갑내기 정철이 이곳을 지나면서 "산이 서로 등졌지만 맥은 본래 한가지요/ 물이 따로 흐르지만 근원은 하나로세/ 화석이라 옛 정자에 사람은 아니 뵈니/ 석양이라 돌아가는 길 혼이 거듭 녹아나네."라며 벗의 죽음을 애석해 했다. 그가 죽은 지 8년 후에 임진왜란이 일어나자 급하게 서울을 빠져나와 의주로 향하던 선조가 한 치 앞도 안 보이는 강가에서 어찌할 바를 모르고 있었다. 율곡은 틈나는 대로 화석정 기둥에 기름을 발라두게 했는데, 그때 수행하던 이항복이 화석정에 불을 질러 그 불빛의 도움으로 무사히 임진강을 건넜다고 전한다.

4대강 국토 종주를 마친 후 황희와 율곡의 자취를 찾아 한강의 지류 임진강으로 갔다. 먼 길을 달려온 한강과 임진강이 가슴을 펴고 서로를 품어 안는 조강리의 풍경은 한 폭의 예술이요 기쁨과 슬픔이 교차하는 감동이었다. 황희의 반구정을 둘러보고 반구정 나루터에서 민생고를 해결하기 위해 임진강을 바라보며 민물장어 집에 앉았다. 석양과 저녁노을이 펼쳐지는 무렵 임진강을 경계하는 군사시설 철책 사이로 초병이 지나갔다. 한강과 임진강이 하나가 되듯, 갈라진 남과 북이 하나가 되기를 기원하는 갈매기들이 푸른 하늘을 날아가고, 소영의 시 '임진강'이 들려왔다.

임진강!
북쪽 땅 함경도 마식령 산골에서 졸졸 흘러내리는 물줄기
오늘도 물줄기는 한반도 허리를 적시고 있구나!
꽉 죄인 남북의 허리를 쉬임없이 풀고 있는데……
꽁꽁 얼어붙은 동토에선 아직도 한겨울이구나!

임진강!
너는 알고 있겠지
선조대왕이 왜놈들의 총칼에 죽어간 영혼들을 달래며

한없이 울었던 임진강 나루터

6.25 동족끼리 싸우다 죽어간 수많은 용사들의 피맺힌 나루터

9월의 어느 날 밤 새벽 3시. 죄 없는 여섯 생명을 앗아간 이 나루터

(후략)

지금은 식도락가의 메카로 자리 잡은 임진 나루터는 서울에서 파주를 거쳐 개성으로 가는 길목에 위치한 중요한 나루였다. 강물이 급류로 흐르고, 나루터 이외에는 양안이 깎아지른 듯한 절벽으로 이어져 천연의 방책이나 다름없어, 임진왜란 때는 임진강에 방어선을 치고 왜군을 맞아 치열한 전투를 치룬 격전지였다. 임진강은 흐르는 세월 속에 몸을 맡기고 한강을 만나 하나가 되어 서해로 흘러간다. 굽이굽이 펼쳐지는 임진강변의 유적지는 예로부터 선현들이 즐겨 찾던 멋과 풍류가 물씬 배어 있고, 화석정에서 멀지 않은 문산읍 마정리에는 남북 분단을 상징하는 임진각과 자유의 다리가 있다. 경의선 열차가 '철마는 달리고 싶다'는 표지판을 달고 멈춰 서 있고, 북쪽에 잡혀 있던 12,773명의 포로들이 돌아오면서 붙여진 이름 '자유의 다리'가 세월 속으로 흘러가는 임진강을 내려다보며 동강난 민족의 숙원 통일을 기다리고 있다.

3. 엄복동처럼 달리자!

고단한 공자의 주유천하, 어느 임금도 반겨 맞아주지 않는다. 길을 가다가 큰 강을 만나서 나루터를 찾는다. 마침 저만치에 밭을 가는 사람이 있어 제자가 물어보니 상대가 되묻는다. "저기 저 점잖은 양반은 누구요?" "공구이십니다." "노나라 공구 말이요?" "그렇습니다." "그라면 나루터로 가는 길쯤은 알 수 있을 텐데?" 그것도 모르냐는 비아냥거림에 공자는 탄식하며 말한다. "온 세상에 질서가 잡혀 있다면 내가 구태여 바꾸려 애쓰지도 않을 것이다. 아침에 온 세상에 질서가 잡혔다는 소리를 듣는다면 저녁에 죽어도 좋겠다."

공자의 유랑은 도를 전하는 즐거운 소풍이 아니라, 좌절과 슬픔의 길이었다. 그래서 공자는 말한다. "인간의 최대의 영광은 한 번도 실패하지 않는 것이 아니라, 실패할 때마다 일어서는 데 있다. 고통은 인간의 넋을 슬기롭게 하는 위대한 스승이다."

여의도를 향해 한강변을 달린다. 강서 생태공원을 지나 하류에서 점차 상류로 올라간다. 물새들이 비행하며 곡예를 펼치는 한강공원의 숲과 강물을 바라본다. 땀에 젖어 시원하게 느껴지는 세찬 바람을 맞으며 출렁이는 한강의 물결과 강 양편에 펼쳐지는 고층 빌딩들의 숲속에서 문명화된 아름다운 서울의 모습을 본다. 방화대교를 지나고 가양대교를 지나 안양천이 한강으로 흘러들어 속살을 보이며 몸을 섞는 합류 지점에 이르자 휴식처에 사람들이 있다. 사람을 보니 반갑다. 복잡한 도심 한가운데를 흐르는 하천은 사람들에게 휴식과 함께 역동적인 에너지를 주는 소중한 존재다. 청계천이 복원되자 서울의 중심부가 얼마나 신선하고 다른 느낌으로 다가왔던가. 안내판에 그려진 안양천의 흐름을 살펴보고, 이야기가 있는 정거장에서 휴식을 취한다. 한강은 강남쪽에 5개의 지천인 고덕천, 성내천, 탄천, 반포천, 안양천이 흐르고, 강 북쪽에 5개의 지천인 향동천, 홍제천, 봉원천, 욱천, 중랑천이 합류되어 서해로 흐른다. 염창동(鹽倉洞)은 '조선시대 소금창고'였으며 서해안에서 올라온 소금이 보관되는 창고가 있었다 하여 그렇게 불렸다는 이야기, 그리고 근처에는 새우젓, 독 등을 만드는 도기 공장과 저자거리, 주막거리도 있었으며, 소금을 운반하는 황포돛대 배가 수시로 드나들었다는 이야기가 적혀 있다. '엄복동처럼 달리자'라는 글귀가 보인다.

엄복동(1892~1951)은 1913년 자전거 판매상인 일미상회에서 점원으로 일하던 중 전 조선 자전차 경기대회에서 우승했다. 이후 각종 대회에서 일본 선수들을 물리치고 여러 번 우승을 차지하여 암울한 시대에 민족적 일체감과 자긍심을 일깨우며 국민적 영웅으로 칭송받았다. 당시 어린이에서부터 노인에 이르기까지 그의 이름을 모르는 사람이 없었을 뿐 아니라, '하늘에 안창남, 땅에 엄복동', '쳐다보니 안창남, 굽어보니 엄복동'이라는 유행어까지 등장했다. 안창남은 우리나라 최초의 비행사였다. 이 두 사람은 일제의 압정에 시달리던 한민족에게 등불 같은 존재였다. 엄복동의 핏줄에는 한민족의 피가 흘렀고, 그 피는 한강이 젖줄이 되었다.

한강은 강원도와 경기도, 충청도의 북동부를 연결하는 큰 간선 수로였다.

한강을 따라 이 넓은 지역의 모든 잉여 생산물이 서울로 흘러들어갔다. 또한 소금을 비롯한 거의 모든 상품과 외국에서 온 물품들이 한강을 타고 항구에서 올라와 보부상이나 행상의 손을 거쳐 각 지점에 도착했으며, 그곳을 통하여 내륙지방의 장터에 이르렀다. 또한 국가 재정의 대부분을 차지하는 조세곡의 수송 수단으로 육로에는 역참제도가, 수로에는 조운제도가 발달했다. 강가의 강창과 해안의 해창까지 조세곡 등의 물자 수송을 담당한 곳이 전국 각처에 산재해 있는 강안의 나루였다.

　수상교통에 의존도가 높았던 조선시대의 상황에서 서울과 멀리 떨어져 있는 전라도의 조운은 해로를 이용하는 것이 필수적이었다. 그래서 나루는 교통의 요지가 되는 관계로 통과객과 물품의 이동이 많았으며, 단순히 통과지의 성격을 안고 있는 것에 그치지 않고 교역장의 구실도 하게 되었다. 금강 유역의 강경은 교역장으로 번영을 누렸던 나루의 대표적인 사례였다. 전성기의 강경은 정기시를 맞으면 200여 척의 크고 작은 선박이 강구를 거슬러 올라와 충주지방을 제외한 오늘의 충청지방에 상권이 확대되었다.

　나루는 만남과 이별의 공간이다. 불교에서는 고통의 바다(苦海)를 벗어난 사람이 건너편 강 언덕인 피안(彼岸)의 나루에 도착한다고 한다. 그처럼 강나루는 생과 사, 해탈과 고통의 분기점이 된다. 강나루를 건너가면서 비로소 피안의 세계에 나그네가 되어 유랑의 길을 간다. 고독하고 정처 없는 방랑 속에서 자유롭고 새로운 세계를 만나는 장소가 나루다. 박목월의 '강나루 건너서/ 밀밭 길을 /구름에 달 가듯이/ 가는 나그네'가 귓전에 들려온다. 물과 뭍과 사람이 어우러지는 나루에는 늘 새로운 일이 벌어진다. 배가 떠나고 들어오고, 사람들이 만나고 헤어지고 울고 웃는다. 그래서 나루는 정적이기보다는 동적이며, 만나고 헤어지는 장소이자 떠나가버린 임을 안타까이 부르며 기다리는 눈물의 장소이다.

역사상 충신 계보의 출발점이라고 하는 신라의 박제상(363~419)이 일본으로 내물왕의 아들을 구하기 위해 율포(栗浦)를 떠날 때, 아내가 뒤늦게 알고 통곡하며 따라오자 박제상은 이별의 손을 흔든다. 아내는 치술령 산 위에 올라가서 남편을 기다렸지만, 기다려도 오지 않는 남편을 기다리다가 망부석이 되었고 새가 되었다는 전설이 있다. 육신으로는 날 수 없기에 새가 되어 훨훨 날아서 나루터의 한계를 자유롭게 극복한다. 나루터의 이별은 바로 단장곡(斷腸曲)이 된다. 나루에서의 이별 장면을 극적으로 노래하여 해동삼첩(海東三疊)이라고 불릴 정도로 유명한 고려시대 풍운아 정지상(?~1135)의 시 '대동강'이다.

비갠 긴 강둑엔 풀잎만 이들이들
남포에서 임 보내니 슬픈 노래 북받치네.
대동강 흐르는 물 어느 때나 다할꼬
이별 눈물 해마다 물결 위에 더 보태니

육지와 물이 만나는 강가나 냇가 또는 좁은 바닷목의 배가 건너다니는 곳에 있는 나루터는 사람이나 짐을 '나르는 곳'이란 의미다. 한자로는 도(渡), 진(津), 좀 큰 것은 포(浦), 대규모의 바다나루는 항(港)이라 한다. 그 중에서 중요한 강이나 바닷목에 군대가 주둔하면서 지키는 것을 진(鎭), 특히 큰 강 하구나 바다 항구에는 포를 많이 썼다. 마포, 강경포, 진남포, 제물포, 남포, 목포나 삼랑진, 주문진, 청진 등이다. 강인 경우에는 그냥 광나루, 동작나루, 송파나루라고도 했다. 한강을 건너자면 배를 타고 이동해야 했기에, 한강의 여러 곳에 나루가 생기게 되었다. 일찍부터 광나루(廣津), 삼밭나루(三田渡), 서빙고나루(西氷庫津), 동작나루(銅雀津), 양화나루(楊花津), 노들나루(露梁津), 삼개나루로도 불린 마포나루(麻浦津) 등이 있어 각종 물품과 사람들이 들끓었다. 조선 초기에 형성된 마포나루는 서해로 뱃길이 통하는 서울에서 가장 큰 포구였다. 한강에 방조제가 없었던 시절 밀물 시 서해 바닷물이 한강 하류에서 55km 내륙에 위치한 마포까지 들어왔다. 강임에도 불구하고 새우와 바닷고기들이 들어오자 어획량이 많아지고, 사람들이 모여살기 시작하면서 포구 문화가 일찍 번성했다. 강남의 여의나루보다는 한양에 가까운 강북의 마포나루가 문전성시였으며, 성 밖 농촌 취락으로 발전되었는가 하면, 강변 풍경이 아름다워 시인 묵객들이 즐겨 찾아 경치를 조망하며 시문을 읊던 정자가 많았다.

마포는 민족의 생명선인 한강의 큰 물결을 안고 삼국시대부터 쟁패의 혈전지가 되었으며, 구한말 개항장으로 관문 역할을 하여 급속히 발전하다가, 병인양요, 신미양요 때에는 프랑스와 미국 함대가 마포 서강 연안에 침입하는 등 풍운의 역사를 겪었다. 그 후 서울에 철도가 부설되고, 6.25 전쟁을 겪으면서 휴전선이 강화만을 막은 이후 배들의 한강 출입이 금해지자 마포의 포구 문화는 사라지게 되었다. 서구문명을 가장 먼저 받아들였던 곳으로 절두산순교성지, 외국인 묘지 등 다양한 근대사의 문화유적이 있으며, 토정 이지함의 집터 표석과 마포종점 노래비 등이 역사를 함께하고 있다.

조선시대 한강 물길을 따라 선비들이 정자를 짓고 풍류를 즐긴 명소들 가운데 오늘날 압구정동 산 310번지 3호 언덕에는 단종, 세조, 예종, 성종에 이르는 33년 동안 정치 일선에서 활약한 권신 한명회가 지은 압구정(鴨鷗亭)이 있었다. 한명회가 압구정을 자신의 호로 짓고 수많은 사람들과 풍류를 즐겼던 정자였기에 압구정이라는 이름이 붙었으며, 정자에는 그 경치를 감탄하는 현판들이 걸려 있었다. 오늘날 압구정동이 밤이면 불야성을 이루듯이 당시에도 중국에서 온 사신들조차도 한명회에게 청해서 압구정에서 연회를 갖고 싶어 했다고 한다. 그 정자에 '청춘에는 사직을 붙들고 늙어서는 강호에 누웠네.'라고 하는 시가 걸려 있었다. 후일 압구정에 놀러 간 김시습이 이를 보고 '청춘에 사직을 위태롭게 하고 늙어서는 강호를 더럽혔네.'라고 고쳐놓았다고 한다. 생육신인 김시습이 한명회를 비난하는 것은 당연지사지만, 그에 대하여 지나치게 비하하는 데는 사실 확인을 게을리 한 채 역사를 소설로 쓴 이광수의 『단종애사』에 기인했다고도 한다. 칠삭둥이 한명회는 서른여덟 살의 나이에 경덕궁의 문지기로서 늦깎이로 초라한 관직에 오르지만, 권람의 천거로 수양대군을 만나 장자방의 역할을 하면서 조선 왕통의 흐름을 바꾸는 역할을 하게 된다. 일인지하 만인지상의 영의정에 두 번이나 오르고, 예종, 성종의 장인이었던 한명회는 일흔세 살의 나이에 병석에 눕고 스스로 명이 다했음을 알고, 압구정에서 사위인 성종이 보낸 승지에게 마지막으로 그의 삶의 철학이자 계명인 "처음에 부지런하고 나중에 게으른 것이 인지상정이니, 원컨대 나중을 처음과 같이 하소서."라고 하며 생을 마감한다. 후일 갑자사화 때 연산군에 의해 부관참시(剖棺斬屍)되었다.

옛날부터 교통수단은 육지에서는 비각(飛脚, 人足)과 마필이었으며, 강나루에서는 도선을 주요 수단으로 했다. 교통수단으로 자전거와 자동차가 들어오면서 도보와 말은 기능을 잃었고, 다리가 만들어지면서 나루 역시 그 기능을 상실했다. 근대적 교통수단의 등장은 나루와 내륙수로의 전성시대를 마치게 했을 뿐 아니라, 한강 유역의 강촌을 퇴화의 길로 몰고 갔다. 그래서 강원도와 충청도 내륙지방의 세금을 거두어 서울로 수송하던 소양강 유역과 충주가 먼저 퇴화하기 시작했다. 금강 유역에도 비슷한 변화가 일어났다. 공주와 금강 연안을 연결하던 나루의 시초로 칭해지는 곰나루에는 교량이 부설되어 나루가 없어지게 되었으며, 상업 중심지로서 번영을 누리던 강경도 강 하구의 군산이 개항장이 되고 철도가 부설되면서 나루로서의 기능은 퇴화했다. 낙동강 유역에는 부산에서 김해를 연결하는 구포가 나루의 모습과 기능을 유지했으나, 부산의 도시화와 교량 건설로 면모가 일신되었다. 영산강 유역의 영산포도 취락이 크게 발달했으나 1970년대 국토개발 계획에 의한 영산강 하구언의 건설로 배가 들어오지 않아서 그 기능을 잃고 몰락의 길을 걷게 되었다.

양화나루에서 광나루에 이르는 한강변에 1970년대 이후 많은 다리가 개통됨에 따라 이제는 나룻배 대신 자동차와 전철이 질주하고, 나루 주변의 인가와 객사 대신 아파트와 같은 고층 건물이 들어서서 옛 모습은 자취를 감추어 역사의 뒤안길로 스러져갔다. 비록 당시의 경관과는 현저한 차이가 있다 하더라도, 지금도 한강 수로를 따라 관광 유람선이 등장했으니, 나루의 현대적 적응이라 하겠다.

자전거의 제한속도가 시속 20km라는 표시판이 보인다. 매서운 바람에 막혀 달려도 달려도 속도계는 겨우 시속 12km를 가리킨다. 사람의 이동속도는 낙타의 이동속도와 비슷했다. 문명의 발달 속에 자전거가 생기고, 자동차가 생기면서 시속 80마일로 빨라지고, 비행기가 생기면서 시속 800마일로, 또다시 우주선으로 1만 8000마일이나 시간의 사이를 좁히고 있다. 뿐만 아니라 패스트푸드나 즉석요리 등 생활 주변 또한 온통 시간의 사이를 좁히고 있다. 시인 워드워즈는 "낙타처럼 걸어야 한다. 낙타는 걸으면서 반추하는 유일한 짐승이다."라고 하며 느림의 미학을 강조한다. 낙타를 평생의 벗으로 여기는 아랍인들은 영혼이 낙타의 이동속도로 움직인다고 믿는다. 낙타는 태어나서 처음으로 엄마 낙타를 따라 여행할 때 엄마가 찾은 오아시스의 물을 잊지 않는다. 그리고 어른 낙타가 되었을 때 그 오아시스를 찾아낸다. 죽을 때가 된 자유로운 낙타는 코끼리처럼 그들만의 낙원으로 떠난다. 모든 짐을 벗어던지고 붉은 사막을 지나 모랫길을 걸으며 황혼 속에 지는 노을을 바라보며 그들의 영혼은 서서히 사라진다.

쉼터에 앉아 바람에 일렁이는 한강을 바라보고 한강을 호흡하며 한가로운 휴식을 취한다. 입안에서 절로 노래가 흥얼거린다. '냇물아 흘러 흘러 어디로 가니, 강물 따라 가고 싶어 강으로 간다. 강물아 흘러 흘러 어디로 가니, 넓은 세상 보고 싶어 바다로 간다.' 고기는 물속에 있으면 절로 자란다. 하지만 물의 급수에 따라 노는 고기가 다르다. 한강의 고기가 다르고 실개천의 고기가 다르다. 동해의 거북이와 우물 안 개구리는 노는 물이 다르다. 인간의 길 또한 노는 물이 좋아야 한다. 근주자적 근묵자흑(近朱者赤 近墨者黑)이다. 함께 길을 가는 사람이 있다면 마음이 통하는 사람이어야 한다. 나그네는 모두 똑같은데 나그네도 급수가 있으니 함께 길을 가는 도반을 선택하기란 쉽지 않다. 『법구경』에서는 "나그네 길에서 자기보다 뛰어나거나 비슷한 사람을 만나지 못했거든 차라리 혼자서 갈 것이지, 어리석은 자와는 길벗이 되지 말라."고 한다. 공자는 세 사람이 걸어가면 반드시 나의 스승이 있다고 했다.

나 홀로 여행에서는 대자연이 바로 최고의 스승이다. 옛사람들은 '산천을 유람하는 것은 좋은 책을 읽는 것과 같다'고 말한다. 산천은 살아 움직이는 도서관이요, 서재요, 강의실이다. 산천의 모든 풍경들은 책이요, 그림이요, 스승이다. 나 홀로 걷는 사람은 시간의 부자다. 그에게는 한가로이 어떤 마을을 찾아 들어가 둘러보며 구경하고, 호수를 한 바퀴 돌고 강을 따라 걷고, 야산을 오르고 숲을 통과하고, 어느 나무 아래서 낮잠을 즐길 수 있는 여유가 있다. 그는 자기 시간의 하나뿐인 주인이다. 가다가 힘들면 털썩 주저앉아 하늘을 쳐다보고 먼 산을 바라보고 흐르는 강물을 바라본다. 지나온 길도 돌아보고 가야 할 길도 쳐다본다. 넋을 잃고 운치를 만끽한다. 꿈은 꾸지만 실천에 옮기지는 못하는 운수납자가 되어 자신을 옭아매던 것들에서 완전하고 절대적인 주인이 되어 자유를 누린다.

육신의 두 발로, 자전거의 두 바퀴로 산천을 유람하는 것, 방랑자의 기쁨을 누릴 수 있는 것은 진정 얼마나 커다란 축복인가. 중국인들은 죽을 때까지 할 수 없는 세 가지를 이야기한다. 전국을 다 여행하지 못하는 것, 음식을 종류별로 다 먹어보지 못하는 것, 8만 5천 자의 한자를 다 배우지 못하는 것이다.

길이란 무엇인가. 길은 한 지점을 다른 지점으로 연결해주는 통로다. 길은 소통이다. 사람들은 제각기 시간의 길을 가면서 우주와 소통하며 길 위의 삶을 추구한다. 그래서 길에는 사람들이 다닌 향기와 흔적이 있고, 길은 역사와 문화를 담고 있다. 인류의 역사와 문화는 길에서 시작되었다. 모든 사물에는 자신의 길이 있다. 인간의 길이 있고 자연의 길이 있다. 선한 길이 있고 악한 길이 있으며, 대지의 길이 있고 산길이 있다. 하늘길이 있고 바닷길이 있으며, 비단길과 초원길이 있고, 인류 역사상 가장 오래된 교역로인 차마고도(茶馬古道)가 있다. 군자의 길이 있고 소인의 길이 있으며, 대장부의 길이 있고 아녀자의 길이 있다. 연어의 길이 있고 넙치의 길이 있으며, 봉황은 봉황의 길을 가고 연작은 연작의 길을 간다. 범은 범의 길을 가고 오소리는 오소리의 길을 간다.

아직 사람들이 가지 않은 임시 개통된 4대강 자전거 길, 선도자가 되어 나선 길이다. 알 수 없는 길을 가는 길 위에 불어오는 매서운 찬바람은 이내 온몸의 땀을 식히고 한기를 느끼게 한다. 추위를 이기기 위해서 다시 움직여야 한다. 자전거에 올라 달려간다. 남극이 추울까, 북극이 추울까. '남극의 눈물'이 떠오른다. 북극은 연평균 기온이 영하 30도, 남극은 영하 70도이다. 북극은 빙하지만 남극은 대륙이기에 땅이 얼어서 더 춥다. 남극의 펭귄은 북극에서 살아도, 북극곰은 남극에서 못 산다. 그렇다면 북극곰은 추위에 더 강한 남극의 펭귄한테 추위에 관한 한 형님이라고 해야 한다. 펭귄은 추위를 타지 않는 걸까. 펭귄은 나름대로 추위를 이겨내는 지혜를 가지고 있다. 황제펭귄은 수천 마리씩 무리를 지어 산다. 잠을 잘 때 몸으로 울타리를 치면 안쪽에 있는 펭귄들은 바람을 피할 수 있다. 그리고 교대를 한다. 안에 있는 펭귄들이 밖으로 나와서 바람을 막아주면 밖에 있던 펭귄들은 다시 안으로 들어가서 잠을 잔다. 혹한의 남극에서 수컷 황제펭귄은 새끼를 부화하며 눈물겨운 생존의 사투를 벌인다.

모든 것이 합력하여 선을 이룬다. 입술이 없으면 이가 시리다. 한 톨의 쌀이 있기까지는 씨앗에 햇빛과 비바람, 농부의 땀과 토질 등 수많은 인연이 결합된다. 한 인간이 살아가는 데도 마찬가지다. 독불장군은 없다. 외로운 길을 달리며 "당신이 내 옆에 있기에 내 인생이 따뜻합니다!"라고 소리친다. 한강의 세찬 바람결에 노자의 소리가 들려온다.

나에게 잘하는 사람에게 잘하라!
나에게 잘못 하는 사람에게도 잘하라!
나를 신뢰하는 사람을 신뢰하라!
나를 신뢰하지 않는 사람도 신뢰하라!

4. 종이 울리네, 꽃이 피네

강물이 흘러간다. 구름이 흘러간다. 바람에 일렁일렁 강물이 흘러가고, 바람에 너울너울 구름이 흘러간다. 자전거를 타고 달리는 유랑자는 바람이 되고 구름이 되고 강물이 되어 흘러간다. 낯선 거리에서 마음껏 자유를 누리며 달려간다. 익숙한 얼굴, 길들여진 생활은 어디로 가고, 낯선 얼굴, 낯선 강과 바람과 구름, 풍경이 눈앞을 스쳐간다. 상류로 올라가지만 오르막이 없고 평탄하다. 강바람이 강해서 힘차게 페달을 밟아도 속도가 나지 않는다. 한강변에서 개최된 몇 해 전 2월의 서울국제마라톤대회에서 세찬 바람이 발걸음을 막았던 기억이 스쳐간다. 자전거의 두 바퀴를 굴리며 센 강이나 템스 강 못지않은 황홀경의 한강을 즐긴다. 아는 것보다는 좋아하는 것이 좋고, 좋아하는 것보다는 즐기는 것이 좋다고 했다. 한강을 달리면서 한강을 만끽한다.

성산대교를 지나고 선유도공원, 양화대교와 당산철교 아래를 달려간다. 소리를 내며 열차가 달리고 있는 철교 건너편으로 절두산순교성지와 한강 유람선 잠두봉선착장이 보인다. 매년 5,000만 명 이상이 한강에서 유람선을 타고 윈드서핑과 수상스키, 모터 스키를 즐긴다. 아름다운 수변 시민공원으로 서울은 세계적인 호반도시가 되었다. 한강에는 양화, 여의도, 잠실 등 10개의 선착장에서 유람선이 취항한다. 한강변 풍치가 아름답던 마포 양화나루의 산마루인 잠두봉(蠶頭峰)은 용두봉, 들머리라고도 불렀는데, 봉우리 모양이 마치 누에가 머리를 들고 있는 것 같다는 데서 그 이름이 유래되었다.

　잠두봉은 흥선대원군이 1866년 병인박해로 천주교 신자들의 목을 치면서 '사람의 머리를 자른 산'이라는 뜻으로 '절두산(切頭山)'으로 불리게 되었다. 프랑스인 신부 아홉 명과 천주교 신자 8천여 명을 죽인 병인박해로 프랑스는 병선 두 채로 양화나루까지 들어와 시위를 벌였다. 이에 대원군은 "서양 오랑캐에게 더럽혀진 국토를 사교도의 피로 씻어야 한다."라고 하여 천주교 신자 색출령을 내리고, 잡힌 신자들을 절두산에서 목을 잘라 한강으로 떨어뜨렸다. 개화를 외치며 갑신정변의 3일 천하를 이루었던 김옥균은 1894년 상해에서 홍종우에게 살해되었고, 그 시체는 바다를 건너와 양화진에서 다시 능지처참 당한 후, 그 머리는 말뚝에 꽂힌 삼각발에 끼워져 '대역부도 옥균'이라는 죄명을 받았던 비극의 역사 현장이다. 절두산과 더불어 대표적인 순교성지인 새남터는 이촌동 앞 한강변의 모래사장이었다. 단종의 복위를 도모하던 사육신이 처형되기도 했던 새남터는 1801년 신유박해 때 중국인 신부 주문모를 비롯해 한국인 최초의 신부 김대건, 정약종, 황사영 등 수많은 천주교인들이 순교했다. 한국 천주교는 병인박해가 일어난 지 백 년째인 1966년 그 자리에 절두산 순교자기념관과 기념성당을 세우고, 새남터에는 1956년 '가톨릭순교성지'라는 기념탑을 세우고 1984년 새남터순교기념대성전을 건립했다.

　잠두봉은 한강 연안 중에서도 양화나루 아래에 있던 망원정과 함께 빼어난 절경으로 유명했다. 중국 사신을 위한 유선장으로 활용되었던 양화진 일대는 서거정이 한겨울에 양화진의 눈길을 걷는 징경(楊花踏雪), 마포 잠두봉 아래에서의 한가한 뱃놀이(麻布泛舟)를 노래한 '한도십영(漢都十詠)'에서 그 경치를 노래하고 찬사를 보냈다.

양화도 어귀에서 뱃놀이하니

별천지가 바로 에로구나

어찌 신선과 학을 타고 놀아야만 하는가.

해가 서산마루에 지면서

황금물결 이루노니

흥이 절로 이는구나.

사라져간 양화나루에는 지금 양화대교와 성산대교가 가설되었다. 광나루에는 광진교와 천호대교가, 삼밭나루에는 잠실대교가, 한강나루에는 한강대교가, 서빙고나루에는 반포대교가, 동작나루에는 동작대교가, 노량진에는 한강철교가, 마포나루에는 마포대교가 설치되었다. 과거와 현재 모두가 한강의 지리적 이점과 남북을 연결하는 교통로의 역할이 가장 많은 곳에 나루와 다리를 설치했다.

한강의 다리에는 대한민국의 근, 현대사가 고스란히 녹아 있다. 현재 한강을 가로지르는 서울시계 다리는 모두 24개다. 한강에 최초로 건설된 교량은 1900년에 준공된 용산과 노량진을 연결하는 한강철교이며, 1912년에는 제2한강철교가, 1917년에는 사람과 차량을 위한 다리인 한강 인도교가 용산구 한강로와 동작구 본동 사이에 설치되었다. 이후 최초로 한국 기술진에 의하여 1965년 양화대교를 기점으로 한강대교가 본격적으로 들어서고, 1994년에는 부실공사와 안전관리 소홀로 성수대교가 무너지는 참사가 발생했다. 88m 높이에 주탑을 세우고 강선 24개를 연결한 올림픽대교는 '제24회 88서울올림픽'을 기념한다. 서울시는 2013년 준공 예정으로 2006년 암사대교를 착공했으며, 2015년 준공 예정으로 2010년 월드컵 대교를 착공했다.

1950년에는 한국전쟁이 막이 오르면서 비극적인 한강 인도교 폭파사건이 일어났다. 6월 28일 새벽 2시 북한군의 전차 2대가 서울 시내로 들어왔다는 보고를 받은 당시 육군 참모장은 공병감에게 한강 인도교를 폭파하라고 명령했다. 전날인 27일 오후부터 준비를 마치고 기다리고 있던 작업 조는 세 개의 철교와 한 개의 인도교를 폭파했다. 북한군 주력 부대가 서울 시내 중심부에 들어온 것은 28일 오후 3시였기에 한강교 폭파를 6~8시간 정도 연기할 수 있었음에도 불구하고, 성급하게 한강교를 폭파하여 수많은 시민들과 한국군 주력 부대, 중화기 및 장비들을 강북에 남겨둔 채 그 퇴로를 끊음으로 역사에 오점을 남기고 훗날 지탄을 면치 못했다.

조선시대 임금이 능을 참배하거나 사냥하기 위해 도강할 때는 한강을 오가는 모든 배들을 강제로 징발하여 이를 엮어서 배다리를 놓고 건넜다. 유명한 배다리로는 바로 연산군 때의 배다리가 있다. 연산군은 문무백관들과 군사들을 모아 사냥을 다녔는데, 사냥터가 지금의 청계산이었다. 백성들이 농사를 짓든 말든 상관하지 않았기에 그 폐해는 극심해서 신하들이 사냥 중지를 간했지만, 연산군은 5만 여 명의 인원을 동원하여 연중 내내 사냥을 다녔다. 그 많은 인원을 배를 타고 다닐 수는 없기에 한강에 배다리를 세웠으며, 이때 동원된 배가 8백 척으로 오로지 임금의 사냥을 위한 다리의 용도로 쓰였다고 하니, 가히 연산군다운 발상이었다. 배다리로 한강의 교역이 중단되면 강나루의 주모들이 손님이 끊겨 머리를 잘라 판다는 주교원가(舟橋怨歌)가 있을 지경이었다.

다리는 마을과 마을, 길과 길, 사람과 사람을 이어주는 통로다. 기다림의 설렘이 있고, 따뜻한 마음과 마음이 만나는 곳이 다리다. 칠월칠석이면 견우와 직녀는 까마귀들이 만들어준 오작교에서 만나고, 홍건적의 난을 피해 안동으로 몽진을 가던 공민왕과 노국공주는 마을의 부녀자들이 허리를 굽혀 놓아준 '놋다리'를 밟고 개천을 건넜다. 역사상 최초의 다리는 고구려의 평양주대교(413)이며, 백제의 웅진교(498), 비형랑이 귀신들을 끌고 놀았다는 귀교(596), 고려 충신 정몽주의 절개 정신이 깃든 선죽교 등 영구성의 다리도 있었다. 그러나 일본 침략에 항의하다 음독자살한 학자 이병선이 유서에서 "만약 조선의 길이 넓고 다리가 단단했던들 조선 역사는 잦은 외침에 찢겨 아예 남아나지도 않았을 것이다."라고 했듯이, 징검다리, 외나무다리, 통나무다리, 흙다리, 잔디다리, 판자다리, 흔들다리 등 장마에 쓰러져 나가면 다시 세우는 임시성의 다리가 대부분이었다. 현존하는 가장 오래된 다리는 통일신라시대에 창건된, 석재를 이용한 최초의 아치교인 불국사의 청운교와 백운교, 연화교와 칠보교다. 국내에서 지은 최초의 현수교는 전남 광양~여수를 잇는 이순신 대교로서, 2개의 주탑이 지탱하고 있으며, 그 높이가 270m로 세계에서 가장 높다. 주탑 간 거리는 국내서 가장 긴 1,545m로, 충무공의 탄신일인 1545년을 의미한다. 이순신 대교의 개통으로 광양에서 여수 이동시간은 80분에서 10분으로, 이동거리 60km에서 10km로 단축되었다.

세계사적으로 알려진 첫 다리는 기원전 약 2000년 경 메소포타미아 고대도시 바빌론에 있던 아치교이며, 세계에서 가장 긴 다리는 중국 산동성 칭다오와 황다오를 연결하는 바다 위 다리인 자오저우완 대교로서 길이가 41.58km다. 미국 샌프란시스코를 상징하는 금문교는 세계에서 가장 아름다운 다리로 꼽히는 대표적인 현수교이며, 호주 시드니의 하버브리지, 영국 런던의 타워브리지는 세계적인 관광 명소다. 다리는 단순한 이동수단이 아니라 세상과 사람을 연결해주고, 사회·문화적·역사적 의미를 띠고 있다. 강물이 흐르듯 나루는 다리로 흘러 다양하게 변신하며 새로운 역할을 한다.

삶에는 꿈이 차야 아름답다. 가슴과 영혼에는 꿈을 채워야 한다. 진정한 꿈이 있어야 역동적으로 살 수 있다. 강을 따라 자전거 국토 종주라는 꿈을 위해 달려간다. 푸른 강물이 세찬 바람에 일렁인다. 김포갑문에서 15km 지점 여의도에 도착했다. 한강시민공원에서 휴식을 취하며 심신을 충전한다. '강 가운데 섬'이라는 하중도, 밤섬에 새들이 바람을 안고 힘겹게 날아간다. 마포 8경의 율도명사(栗島明沙)는 '밤섬 위쪽으로 넓게 펼쳐진 흰 모래밭의 아름다운 경치'를 이른다. 밤섬은 고려 때는 귀양을 가던 섬으로, 조선 순조 때까지는 뽕나무를 많이 심던 곳이었다. 한강 개발은 여의도 둑 건설과 밤섬 폭파로 시작되었으며, 사람들이 떠난 밤섬에는 수많은 동식물이 찾아들었다.

여의도(汝矣島)는 작은 샛강을 사이에 두고 영등포와 떨어져 있는, 배로 건너야 했던 모래섬으로 고려시대에는 죄인을 유배했던 귀양지였다. 홍수에 휩쓸릴 때 제일 높은 곳인 지금 국회의사당이 자리 잡은 넓은 양말산만이 물속에 잠기지 않아, 부근 사람들이 그것을 '나의 섬' '너의 섬'이라 지칭하면서 여의도

라 불렸다. 주로 목축장으로 쓰이며 사람이 살지 않았으나, 1916년 간이비행장을 만들면서 그 존재가 세상에 알려지기 시작했다. 사람이 살기 시작한 것은 광복 후부터이며, 1970년대 중반에 이르러 개발의 문이 열리고 마포대교, 원효대교가 완공되면서 여의도는 한국의 정치, 경제, 언론, 문화의 새 중심지가 되었다. 이후 한강의 기적 속에 거리에는 '서울의 찬가'가 울려 퍼졌다.

'말은 나면 제주도로 보내고 사람은 나면 서울로 보내라.' '서울은 눈 감으면 코 베어 가는 곳' 등의 서울을 소재로 하는 속담은 모두 급속도로 발전해가는 서울의 모습을 단편적으로 표현한 것이라 하겠다. 다산 정약용은 강진의 유배지에서 오랜 질곡의 삶을 살면서도, 아들들에게 서울에서 터를 잡고 살라는 간절한 편지를 보냈다. 이는 예나 지금이나 서울에 살아야 문화의 혜택이나 정보를 얻을 수 있기 때문일 것이다. '서울에서 살도록 하라'는 편지의 일부이다.

"중국의 문명이나 풍속은 아무리 궁벽한 시골이나 변두리 마을에 살더라도 성인이나 현인 되는 데 방해 받을 일이 없으나, 우리나라는 그렇지 않아서 서울 문밖으로 몇 십 리만 떨어져도 태고처럼 원시화가 되어 있다. 하물며 멀고 먼 외딴 집에서야 말해 무엇 하랴? (중략) 내가 요즘 죄인이 되어 너희에게 아직은 시골에 숨어서 앞으로의 계획을 세우게 했다만, 사람이 살 곳은 오로지 서울의 10리 안팎뿐이다. 만약 집안의 힘이 쇠락하여 서울 한복판으로 깊이 들어갈 수 없다면, 잠시 동안 서울 근교에 살면서 과일과 채소를 심으며 삶을 유지하다가, 자금이 점점 불어나면 서둘러 도시의 복판으로 들어간다 해도 늦지는 않을 것이다."

서울은 원래 한 나라의 중앙정부가 있는 수도를 가리키지만, 우리나라에서 오직 하나밖에 없는 우리말 땅 이름이 되었다. 서울특별시는 대한민국의 수도인 서울을 지방자치단체인 특별시로 부르는 명칭이다. 1394년 태조 3년부터 우리나라의 수도가 되어 정치·경제·산업·사회·문화·교통의 중심지가 되어 왔다. 서울의 '서'는 수리, 솔, 솟의 음과 통하는 말로서 높다, 신령스럽다는 뜻을 지니고 있으며, '울'은 벌, 부리에서 변음된 것이다. 즉 서울은 '높고 너른 벌판, 큰 마을, 큰 도시'라는 뜻을 가지고 있다. 백제가 수도인 부여를 '소부리'라 부르고 신라가 수도였던 경주를 '서라벌', '서벌' 등으로 불렀던 데서 서울이라는 말이 탄생했다.

　조선 오백년 도읍으로 변화의 조짐이 없던 서울은 20세기 초를 지나면서 급격하게 변화했다. 1936년 서울 인구가 70만 명이었을 때 일본인들이 10만 명에 이르렀고, 1942년에는 110만 명에 이르렀다. 광복 이후 대한민국의 수도로 자리 잡은 뒤 1960년에는 240만 명, 1980년에는 840여만 명에 달했고, 급기야 인구 천만 명이 모여 사는 서울이 되었다. 서울의 한복판을 흘러가는 한강물보다 더욱 빠르게 변화의 물결이 넘쳐나는 곳이 바로 대한민국의 수도 서울이었다.

　세계 4대 문명의 발상지는 티그리스, 유프라테스 강 유역의 메소포타미아 문명, 나일 강 유역의 이집트 문명, 황하 강 유역의 황하 문명, 인더스 강 유역의 인도 문명이다. 이는 모두 강변에서 발달했다. 우리 민족이 살아온 한반도에서의 문명 또한 강 유역에서 발달해왔다. 한반도의 중앙부 평야지대를 차지하는 한강에는 신석기 시대부터 문화가 발달했다. 한강의 풍부한 수자원과 서해의 황금어장, 농경에 적합한 비옥한 토양, 사통팔달의 교통로, 천혜의 자연조건 등으로 선사시대 이래 인류가 거주하기에 적합한 환경을 두루 갖추고 있었다. 한강 유역은 사람과 물자를 대주는 중요한 역할을 했기 때문에 삼국시대 때부터 각축장이었다. 삼국시대에는 한강 유역을 먼저 차지하는 나라가 한반도의 패권을 장악했다. 백제의 시조 온조왕이 삼각산 동쪽에 위례성을 정했다가 남한산성으로 옮기고, 백제의 힘을 동아시아에 과시한 근초고왕이 마한을 점령한 뒤 남한산성으로부터 다시 옮겨와 도읍을 정한 뒤 남평양이라고 불렀다. 고구려는 정치적으로 안정을 이룬 4세기 광개토대왕 때 북방 진출에서 남방 공략으로 바꾸었고, 475년 장수왕이 백제의 한성을 포위 공격하여 함락시키고 개로왕을 살해함으로써 고국원왕의 복수를 하고 한강 유역을 완전히 점령했다. 백제는 한강 유역을 빼앗기자 그 아들 문주왕이 즉위하여 웅진으로 도읍을 옮겼다. 한편 신라는 이들 두 나라보다 훨씬 늦게 고대국가를 형성했다. 백제와 고구려가 한강을 두고 치열한 싸움을 전개하던 551년, 나제동맹을 맺은 진흥왕이 고구려를 공격하여 한강 상류의 10여 개 군을 차지했고, 백제는 한강 하류를 차지했다. 2년 뒤 백제와의 동맹을 깬 진흥왕은 백제를 공격하여 한강 하류까지 독차지했으며, 신라의 한강 유역 진출은 곧 삼국통일의 기반이 되었다. 삼국을 통일한 신라는 서울을 한산주라 불렀고, 755년 경덕왕이 한양군을 설치하면서 비로소 한양이라는 땅이름을 갖게 되었다.

고려 말부터 대두되던 한양 천도론은 태조 이성계가 왕위에 오른 후 2년이 지나면서 실천되었다. 국호를 '조선'과 '화령' 두 가지를 놓고 경합하는 와중에 한양으로 천도한 것이다. 화령은 지금의 함흥으로 이성계 자신의 고향이었다. 지덕이 끝난 개경에서 새로운 지기가 확장되고 있는 한양으로 천도해야 한다는 주장에 따라 건국 후 곧바로 실현에 옮기게 된 것이다. 계룡산과 한양이 경합했으나 최종적으로 낙점된 곳이 한양이었다. 이성계가 한양을 도읍으로 정하려 했던 주된 이유는 한강을 끼고 있는 인문지리적 위치의 중요성 때문이었다. 한양에서도 '무악'과 '북악'을 두고 극심한 논란이 있었으나 인왕산을 진산으로 삼게 되었다. 무학대사가 도읍지를 정하고자 백운대에서 만경대에 이르고, 다시 서남쪽으로 진흥왕순수비가 있는 비봉(碑峰)에 갔다가 '武學誤尋到此(무학이 맥을 잘못 찾아서 이곳에 온다)'라고 하는 도선이 세운 한 석비를 보았다고 한다. 그래서 길을 바꾸어 만경대에서 정남쪽 맥을 따라 백악산 아래 이르러 세 곳의 맥이 합쳐져서 하나의 들을 이룬 것을 보고 궁궐터를 정하고 보니 바로 지금의 서울이라는 것이었다. 도읍지를 두고 고민하던 왕사 무학에게 한 농부가 "십 리를 더 가면 자리가 있다."고 했는데, 그 자리는 바로 경복궁이요, 농부가 말한 자리가 지금의 왕십리(往十里)라고 한다. 한편, 이중환의 『택리지』 '복거총론'에서도 한양으로 천도한 것은 조운의 편리함 때문이라 할 정도로 전국의 세곡이 몰려들 조운의 발전은 약속된 것이었다. 조운이 모든 물자의 수송을 전담하던 시기의 마포는 무역항으로 발전하여 상업 지역으로서의 번영을 누렸다.

한강 유역의 서울을 수도로 한 대한민국은 6.25 전쟁 직후 폐허가 되었으나, 60년대 이후 경제개발의 신화를 써왔다. 1962년 한국의 1인당 국민총소득(GNI)은 110달러(약 12만 원)로 지금 세계 최빈국에 속하는 아프리카의 가나나 가봉보다도 소득 수준이 뒤떨어졌다. 하지만 그해 경제개발 5개년 계획이 시작되고, 기초적인 산업의 토대가 형성되면서 비약적인 발전을 시작했다. 한국 경제의 첫 번째 롤 모델은 필리핀이었지만, 1970년 필리핀을 추월하고, 1965년만 해도 북한의 국내총생산이 남한의 2배 이상이었지만 70년대 초 북한을 추월하고, 70년대 후반에는 60년대 초 1인당 소득 수준이 아시아에서 일본 다음으로 각광 받는 나라였던 말레이시아를 추월했다. 2005년에는 1인당 GNI가 1만 6,291달러로 아시아의 네 마리 용 중의 하나인 대만(1만 5,676)을 처음 앞질렀다. 대만은 일본 대기업의 주문을 받아 생산하는 중소기업 중심의 경제 체제인 반면, 한국은 일본과 경쟁할 수 있는 글로벌 기업들을 배출했다. 일본을 모방해온 대만과 일본 추월을 꿈꿔온 한국의 목표에서 비롯된 차이였다. 이제는 한국 경제의 일본 추월이 멀지 않았다고 한다. 2012년 한국의 국가 신용등급이 처음으로 일본을 앞서고, 전문가 10명 중 7명은 20년 안에 1인당 국내총생산(GDP)에서 일본을 추월하고, IMF 구매력 기준으로는 2017년이면 한국이 일본을 앞설 것이라고 한다.

대한민국은 선진국들이 200년에 걸쳐 이룬 산업화와 민주화를 50년 만에 이룬 나라, 2차 세계대전 이후에 독립하거나 새로 탄생한 85개국 가운데 '20-50클럽(1인당 소득 2만 달러, 인구 5,000만 명)'에 가입한 유일한 나라로 '미꾸라지가 진짜 용이 된 나라'다. G7 중에서 인구 5,000만 명이 안 되는 캐나다(3,400만)를 제외하고 6개국이 20-50에 해당하며, 대한민국이 세계 7번째 '20-50클럽'에 가입했다. 1인당 소득이 2만 달러 이상으로서 1,000달러의 '20배'를 넘었고, 인구가 5,000만 명으로 100만 명의 '50배'를 넘어섰다. 세계적 석학 수준의 경제학자들은 이를 '기적'이라고 한다. 1960년 기준으로 인구 약 2,500만 명, 1인당 소득 80달러, 국내 총소득 20억 달러였던 세계 최빈국이 50년 만에 단순 계산으로 인구는 두 배, 1인당 소득은 250배, 국내 총소득은 500배가 넘었으니 기적이라는 표현은 당연하다. 위대한 대한민국이 이룬 쾌거, '한강의 기적'이었다. 플라톤은 문명화된 그리스에서 태어나고, 남자로 태어나고, 소크라테스의 제자가 된 것이 최고의 행운이라고 했다. 자랑스러운 대한민국에서 태어난 베이비부머로서 현대사와 기적을 맛보고 느낄 수 있어서 커다란 행운이라 여기며 역동적으로 달려간다. 민족사의 애환이 깃든 한강물을 따라 '서울의 찬가'가 들려온다.

"종이 울리네 꽃이 피네 새들의 노래 웃는 그 얼굴 그리워라 내 사랑아 내 곁을 떠나지 마오 처음 만나고 사랑을 맺은 정다운 거리 마음의 거리 아름다운 서울에서 서울에서 살으렵니다. 봄이 또 오고 여름이 가고 낙엽은 지고 눈보라쳐도 변함없는 내 사랑아……."

63빌딩을 비롯한 고층 건물의 스카이라인이 예술적으로 펼쳐진다. 한강철교 아래를 지나면서 순간, 달리는 자전거를 멈춘다. 마침 철교에는 열차가 지나가고, 올림픽대로에는 자동차가, 푸르른 한강에는 유람선이, 한강 자전거 길에는 자전거가, 인도에는 사람들이 걸어가고 있다. 인류 문명의 다양한 이동 수단이 겹쳐 있다. 하늘에는 새들이 날아가고, 강에는 물고기가 헤엄을 친다. 구름이 흘러가고 바람이 스쳐간다. 나는 다시 나의 길을 간다.

5. 삼각산아! 한강수야!

푸른 물 넘실대는 동작대교를 달려간다. 서얼 출신으로 자신을 일러 '책에 미친 바보(看書痴)'라고 한 조선 후기의 실학자 이덕무(1741~1793)가 동작나루를 두고 노래한다.

찬 강 나무에 서릿발이 무늬 졌는데,
별안간 빈 배 노 젓는 소리 부지런도 하구나.
때마침 오리들 헤엄에 물결 꽃무늬 같은데
달려와 보니 봉우리는 말 머리 위의 구름이네.
비단 돌 밟는 신 소리 언제나 그치려는지
부채는 금모래를 치니 날이 다하도록 어수선하구나
물가 주막에서 옷 갈아입고 시골길 재촉했건만
오랜 나그넷길 돌아와서도 개운치가 않구나.

거친 바람을 마시며 잠실대교, 올림픽대교를 지나서 광나루 자전거공원에 이르러 휴식을 취한다. 강폭이 넓은 나루라서 광나루라고 불리던 그 나루는 어디로 가고, 지금은 공원이 들어서 사람들의 휴식 공간이 되었다. 선사시대 사람들의 생활상을 볼 수 있는 암사동 선사 유적지, 암사동 생태경관 보전지역을 지나간다. 수변을 따라 자연적으로 형성된 버드나무 군락과 갈대밭이 뛰어난 경관을 자아낸다. 암사대교 공사가 한창 진행 중인 현장 앞에 정화 습지가 자리를 잡고 있다. 차도의 빗물은 물억새가 심어져 있는 정화 습지를 거쳐 깨끗이 씻겨져 한강으로 흘려보내진다.

인적이 드물어지고 드넓은 한강 유역에 풀잎을 뒤흔드는 바람 소리만 들려온다. 아라바람길에서부터 지금까지 평탄한 길로만 달리다가 처음으로 오르막을 맞이한다. 커브를 틀며 힘겹게 올라간다. 자전거 길 옆으로 갑자기 자동차의 소음이 귓가를 때린다. 자연의 소리를 듣다가 문명의 소리에 깜짝 놀란다. 오르막이 있으면 내리막이 있는 법, 시원스럽게 달려 내려간다. 속도감을 즐기며 힘든 오르막을 달려온 보상을 받는다. 다시 한적한 강둑길을 달리다가 서울과 경기도 하남의 시계가 만나는 곳에 도착한다. '안녕히 가세요. 서울에서 다시 만나요' 하며 서울이 인사를 하고, '살고 싶은 도시 하남' '철새 도래지 하남' '친환경 도시 하남'이 대문을 활짝 열어 웃으며 반겨준다. 인천에서 출발하여 서울을 지나 경기도로 들어간다.

한강 종주 자전거 길

이중환은 『택리지』에서 사람이 살 만한 이상적인 곳의 요건으로 지리(地理), 생리(生利), 인심(人心), 산수(山水) 등 네 가지 모두가 충족되는 지역이라 하며 팔도 사람을 평한다. 경기도는 서울 주위 500리 이내의 땅을 이른다. 경중미인(鏡中美人)으로 거울 속의 미인처럼 우아하고 단정하다는 의미이다. 경기도인의 세련됨이 나타난다. 함경도는 함흥과 경성에서 유래한 도명이다. 이전투구(泥田鬪狗)라 별칭된다. 진흙밭에서 싸우는 개처럼 맹렬하고 악착같다는 의미로 척박한 산간 지방에서 살아온 기질이 나타난다. 평안도는 평양과 안주에서 유래한 도명이다. 맹호출림(猛虎出林)으로 별칭된다. 숲속에서 나온 범처럼 매섭고 사납다는 의미로 씩씩한 기상이 드높았음을 나타낸다. 황해도는 황주와 해주에서 유래한 도명이다. 석전경우(石田耕牛)로 별칭된다. 거친 돌밭을 가는 소처럼 묵묵하고 억세다는 의미로 인내심과 억센 기질을 나타낸다. 강원도는 강릉과 원주에서 유래한 도명이다. 암하노불(巖下老佛)이라 별칭된다. 큰 바위 아래에 있는 부처처럼 어질고 인자하다는 의미로 순박함과 어짊이 나타난다. 충청도는 충주와 청주에서 유래한 도명이다. 청풍명월(淸風明月)이라 별칭된다. 맑은 바람과 큰 달처럼 부드럽고 고매하다는 의미로 여유 있게 풍류를 즐겼던 충청도인의 성품이 나타난다. 전라도는 전주와 나주에서 유래한 도명이다. 풍전세류(風前細柳)라 별칭된다. 버드나무처럼 멋을 알고 풍류를 즐긴다는 의미로 남도 가락과 더불어 생활하는 전라도인의 멋과 여유가 느껴진다. 경상도는 경주와 상주에서 유래한 도명이다. 태산준령(泰山峻嶺)이라 별칭된다. 큰 산과 험한 고개처럼 선이 굵고 우직하다는 의미로, 같은 남도 지방이라도 전라도에 비해 험준한 산이 많은 지역에서 생활해야 했던 경상도인의 기질을 보여준다. 이외에도 황해도는 봄 물결에 돌을 던지는 듯하다는 춘파투석(春波投石)이라고도 하고, 경상도는 소나무나 대나무와 같은 절개를 가졌다는 뜻의 송죽대절(松竹大節)이라고도 했다.

팔도(八道)의 유래와 별칭은 인간과 인간의 삶의 공간에 대한 표현으로, 그 지방의 색깔을 표현하고 있다. 백제의 땅이었던 경기도는 통일신라 이후 신라의 땅이 되었다. 경기도는 원래 도성과 그 주위의 벼슬아치들에게 식읍으로 주던 땅으로, 도성을 중심으로 한 주변의 행정 구역을 일컫는다. 지금과 같이 경기도를 하나의 도로 칭하게 된 것은 조선 태종이 8도제를 시행하면서였다. 한반도의 중심부에 있으면서 한강 이북과 한강 이남으로 나누어지며, 한강 하류에는 광역시로 거듭난 인천이 자리하고 있다.

경중미인 경기도로 들어서자 자전거 타는 사람들을 만나기가 어려워진다. 나 홀로 무대다. '대한민국 최고 명품 산책로'란 현수막이 다리에 걸려 있다. 미사대교를 지나서 13.5km의 위례 강변길을 달려간다. 선동 축구장과 잉어 산란장, 나무고아원을 지나고, 미사리 선사 유적지를 거쳐서 미사 생태공원과 신장 생태공원의 억새밭을 지나 산곡천에 도착한다. 미사리는 원래 한강에 있는 섬이었으나 조정 경기장이 만들어지면서 육지와 연결되었다. 미사리 선사 유적지는 어둡고 긴 밤 달려온 아득히 먼 역사의 숨결을 간직하고 있다. 신석기 시대, 청동기 시대, 삼국시대가 시대별로 층위를 이루었고, 각 층에서 유물이 대량으로 발견된 최대 규모의 선사시대 복합 유적지다.

산곡천이 한강으로 유입되고 위례 강변길과 위례 사랑길의 갈림길이 되는 체육공원에서 휴식을 갖는다. '국민 체력 기준표' 앞에서 나의 체력은 표준이 되는지 확인하고는 미소 짓는다.

하남시에는 위례 강변길과 위례 사랑길 외에도 위례 역사길과 위례 둘레길이 있다. 위례 사랑길은 닭바위와 사랑나무인 연리목을 지나서 도미나루를 거쳐 백조들이 어우러지는 철새 도래지에 이르고, 배알미동을 지나 팔당호를 이루는 팔당댐에 도착한다. 위례 역사길은 광주향교에서 이성산성을 지나고 춘궁동 동사지를 거쳐 선법사에 이르며, 39.7km의 위례 둘레길은 시청에서 객산과 남한산성을 지나고 금암산과 이성산성을 거쳐 덕풍골에 이른다. 배알미동은 한강을 오가던 모든 사람들이 임금이 있는 삼각산을 바라보고 예를 갖추던 곳이었으며, 도미나루는 정절의 여인 도미 부인에 대한 애틋한 사연이 있는 곳이다.

백제의 4대 임금 개루왕은 도미의 아내가 얼굴이 아름답고 지조가 곧다는 말을 듣고 도미에게 "여자들이란 정절을 주장하지만 어둡고 으슥한 곳에서 꾀면 안 넘어가는 사람이 드물다."고 말한다. 그러자 도미가 "세상인심은 알 수 없으나 신의 아내 같은 사람은 죽더라도 듣지 않을 것입니다."라고 말했다. 그래서 왕은 시험하기 위하여 도미를 잡아두고 강압적으로 그녀를 취하려 했으나, 도미 부인은 여종을 단장시켜 왕의 침실로 들여보냈다. 임금이 속은 것을 알고 도미의 두 눈을 뺀 후 작은 배에 실어 강물에 띄워 보내고, 그 후 다시 도미 부인을 끌어다 범하려 하자 달거리를 핑계로 시간을 얻은 도미 부인은 도망하여 이 강 나루에 이르렀는데, 배가 없자 하늘을 우러러 통곡했다. 그때 작은 배 하나가 나타나 배에 올랐다. 흘러가는 대로 몸을 맡기니 배는 작은 섬에 이르고, 그곳에는 남편이 기다리고 있었다. 두 사람은 눈물로 상봉하고 풀뿌리를 캐어 먹으며 뱃길을 떠나 고구려에 이르렀고, 고구려 사람들은 이들을 반겨 맞아주어 그곳에서 살았다고 한다. 상상하기 어려운 슬프고도 아름다운 이야기다.

백제의 서울로 480년 동안 영화를 누려왔던 하남과 광주는 한강의 상류 남한강을 끼고 역사를 일궈왔다. 사람의 손길보다 강물의 범람으로 넓어지면서 비옥해진 한강변은 옛사람들의 생활터전으로 적절한 곳이었다. 미사리에는 한민족의 뿌리를 이룬 선사시대의 자취와 수천 년 전 선조들의 삶을 가늠해

볼 수 있는 흔적들이 한강변에 가득히 묻혀 있다. 그 한강 상류를 곁에 두고 번성해온 곳이 하남이다. 아직도 밝혀지지 않는 백제 땅의 참모습은 어떠했을 까. 광주는 남한산성을 중심으로 역사를 일궈왔다. 조선시대 한양을 지키는 외곽에 4대 요새가 있었다. 북쪽의 개성, 남쪽의 수원, 서쪽의 강화, 동쪽의 광 주였다. 광주에 있는 남한산성(490m)은 아름다운 산세와 굴곡으로 이루어져 8km의 석축으로 둘러싸여 있다. 우리나라 산성 중 가장 보존이 잘되어 있고 시설이 가장 완벽한 것으로 손꼽히며 북한산성과 함께 도성을 지키는 성이다. 남한산성은 『고려사』 기록에 "백조 온조왕 13년에 산성을 쌓고 남한산성이라 부른 것이 처음"이라고 한다. 그 후 신라 문무왕 때, 조선 선조 때, 광해군 때 등 여러 차례 개축을 하다가, 인조 때 후금의 위협이 높아지고 이괄의 난을 치 르고 난 뒤 대대적으로 개수한 것이 오늘의 남한산성이다.

이중환은 『택리지』에서 "여주 서쪽에 광주가 있다. 석성산에서 나온 한 가 지가 북쪽으로 뻗어내려 한강 남쪽에 가서 된 고을로, 광주의 성읍은 만 길이 나 되는 산꼭대기에 있다. 옛 백제의 시조 온조왕이 도읍했던 곳이다. 성 안 쪽은 낮고 평평하지만 바깥쪽은 높고 험하여서 청나라 군사들이 처음 왔을 때 병기라고는 날도 대보지 못했고, 병자호란 때도 끝내 성을 함락하지 못했 다. 인조가 그 성에서 내려와 항복한 것은 양식이 떨어지고 강화도가 함락되 었기 때문이다."라고 기록하고 있다. 서울의 동쪽 요새로서 성벽에 서서 내려 다보면 서울과 하남, 광주와 성남 일대가 한눈에 들어오는 남한산성, 병자호란 때 청나라에 항복하는 국치를 겪었지만 정작 남한산성은 한 번도 패배하지 않은 난공불락의 성이었다.

남한산성은 조선의 선비정신과 불교의 호국정신이 함께 어우러진 곳으로 3.1정신과 일제 만행에 대한 저항의 상징인 만해 한용운의 '만해사상연구소가 들어서 있다. 산 가운데 일장산(453m)은 낮이 가장 길다고 해서 붙은 이름으로, 여기에는 서장대라 불리는 수어장대가 있다. 인조 2년(1624) 남한산성을 축조할 때 동서남북에 세운 네 개의 장대 중 제일가며, 현재 남아 있는 유일한 장대로서 성곽을 따라 멀리 내다보며 적을 감시하고 주변을 살피기 위해 세워졌다. 수어장대는 병자호란(1636) 당시 인조가 45일 동안 머물면서 직접 군사를 지휘, 격려하며 청군에 대항했던 곳이다. 그리고 인조는 삼전도에 나아가 항복했으며, 이후 삼전도는 굴욕적인 역사의 현장으로 기록된다.

병자호란은 광해군을 축출한 인조반정에서부터 비롯된다. 광해군은 기우는 명나라와 새롭게 떠오르는 후금의 사이에서 중립 외교노선으로 실리적인 외교를 펼쳤으나, 반정으로 권력을 잡은 인조와 서인 세력은 친명반청 노선으로 바꾸었다. 이에 청 태종은 크게 분노하여 임진왜란을 겪은 지 불과 35년이 지난 정묘년(1627)에 13만 대군을 이끌고 쳐들어와 짓밟고, 형제의 맹약을 맺기로 하는 등 다섯 가지를 합의하고는 철수했다. 태종은 국호를 청으로 바꾸고 왕을 황제로 바꾼 후, 형제 관계를 폐지하고 새롭게 군신 관계를 맺어 공물과 군사 3만 명을 보낼 것을 청한다. 이에 인조는 명나라와의 의리를 지키기 위해 청과 화(和)를 끊는다는 선전조서를 팔도에 내렸다. 그리하여 청 태종은 군사 12만 명을 이끌고 질풍노도처럼 3일 만에 한양까지 달려왔으니 이것이 병자호란이다.

청군이 압록강을 건넜다는 소식을 접한 인조는 봉림대군과 세자빈을 먼저 강화도로 피하게 하고, 자신은 길이 막혀 소현세자와 군사 1만 3천을 거느리고 남한산성으로 들어가 진을 치고 명나라에 구원을 요청했다. 겨우 50일을 견딜 수 있는 식량으로 40일이 지나자 화친을 주장하는 주화파와 죽음으로 막아내자는 척화파의 대립으로 성 안의 상황은 말이 아니었다. 척화파는 임진왜란 때 구원병을 보내줘 은혜를 입은 명나라를 배신하고 의리를 저버릴 수 없다는 명분이 있었다. 최명길이 항복문서를 작성하자, 강직한 성격의 김상헌은 달려들어 가로채 북북 찢어버리고는 주저앉아 소리 높여 통곡했다. 최명길은 찢어진 문서를 주워 모으며 말했다. "대감은 참으로 의로운 선비요. 하지만 나라에는 문서를 찢는 신하도 필요하고, 나처럼 주워 붙이는 신하도 있어야 하오." 결국 인조는 남한산성에 들어온 지 45일 만인 1637년 1월 30일, 삼전도에 내려가 항복하고 만다. "천은이 망극하오이다." 하며 아홉 번이나 맨땅에 머리를 찧은 인조의 이마에는 피가 흘렀다고 전한다. 청 태종은 소현세자와 봉림대군, 우국충절의 오달제, 윤집, 홍익한 삼학사 등을 볼모로 잡아 심양으로 돌아갔다. 김상헌은 잡혀가는 그때의 심정을 노래했다.

가노라 삼각산아 다시 보자 한강수야
고국산천을 떠나고자 하랴마는
시절이 하 수상하니 올동말동하여라.

최명길은 훗날 임경업의 일과 간첩사건으로 청의 심양에 소환되어 감옥에 갇히게 되었다. 그때 벽 하나를 두고 옥살이를 하던 김상헌이 "그토록 애써 주화론을 펼친 결과가 이것이란 말인가!" 하고 준엄하게 꾸짖었다. 그러나 두 사람은 함께 옥살이를 하면서 비로소 서로 다른 길을 통해 충절의 산에 오르고 있음을 알았다. 김상헌이 먼저, "이제야 서로의 우정을 되찾으니/ 문득 백년 의심이 풀리는구나." 하며 오래 묵은 감정을 풀자 최명길도 답했다. "그대의 마음은 돌 같아/ 끝내 돌이키기 어렵지만/ 내 마음은 둥근 고리 같아/ 때로는 돌아서 간다오." 최명길과 김상헌의 화해를 두고 이경여는 "두 어른의 경권이 각기 나라를 위한 것인데, 하늘을 떠받드니 큰 절개요 한 시대를 건져내니 큰 공적일세. 이제야 원만히 마음 하나를 이루는 곳, 남관의 두 사람은 이미 백두옹(白

頭翁)이로세."라고 했다. 김상헌은 심양에 끌려가 4년 동안 있다가 1645년 소현세자와 함께 귀국했지만, 인조와의 관계가 원만하지 못해 벼슬을 버리고 덕소 인근 석실에 은거했다. 그의 후손들은 2대에 걸쳐 김수항 등 세 명의 영의정을 배출하기도 하며 조선 후기에 이르기까지 안동김씨 세도가를 이루었다.

삼전도의 치욕은 조선 역사상 가장 치욕적인 일로 기록되었으며, 최명길은 벼랑 끝에서 사직을 구한 공은 인정받지 못하고 국치의 주범이라는 오욕을 당했다. 최명길은 말년에 난세를 당하여 악역을 담당할 수밖에 없었던 자신의 심경을 "산성에서 죽지 못한 것이 모두 죄이러니/ 춘풍을 보고 울며 두건에게 절하노라."라며 절절하게 노래했다. 세월이 지난 뒤 영조는 인조가 겪은 시련과 심양에 볼모로 잡혀갔다가 8년 만에 돌아온 효종의 비통함을 잊지 말자는 뜻으로 수어장대 옆에 무망루(無妄樓)를 지었다. 영조와 정조는 여주 영릉의 효종 능묘를 참배하고 돌아올 때면 언제나 이곳에 들러 하룻밤을 지내면서 잊을 수 없는 치욕의 역사를 되새겼다고 한다. 비록 두 달 남짓한 짧은 전쟁 기간이었으나 그 피해는 임진왜란 7년 전쟁에 버금가는 것이었다. 수많은 고아들이 생겨났고, 끌려간 50만 명에 달하는 조선 여성의 환향녀 순결 문제로 '화냥년'이라는 말이 생겨났다. 이에 인조는 경기도는 한강, 평안도는 대동강, 황해도는 예성강, 강원도는 소양강, 충청도는 금강, 경상도는 낙동강, 전라도는 영산강, 함경도는 압록강을 회절강(回節江)으로 지정하여 환향녀들의 어두운 과거를 묻으려 했으나 부정한 여인의 이미지는 씻어지지 않았으며, 숱한 애절하고 가슴 아픈 이야기를 낳았다.

광주는 60년대 이후 한강 남쪽의 노른자위 땅들을 서울시와 성남시에, 1989년에는 동부읍과 서부면, 중부면 일부를 하남시에 내어주면서 쪼그라들 대로 쪼그라들어 더 이상 넓은 고을 광주(廣州)가 아니다. 광주의 남종면에는 한강의 아름다운 자연경관을 끼고 조선인의 생활문화에 깊이 스며든 도자기를 만드는 분원마을이 있다. 광주는 가는 곳마다 가마터가 있다고 할 정도인데, 조선 백자를 생산해냈던 백자 도요지로 명성이 높았다. 조선은 건국 초 전국의 가마를 조사, 정비하고 도자기 번조를 맡는 중앙 기관으로 사옹원을 두었다. 세종 때는 광주에 사옹원 소속의 분원을 두어 궁중에서 쓸 도자기 일체를 생산해냄으로써 지방 관요인 광주 관요는 중앙 관요로 승격되었다.

한국천주교회는 조선 교구 설정 150주년이 되던 지난 1979년 '천진암성지화'를 내걸고, 그해부터 2079년까지 3만 평 규모의 '천진암 대성당 건립 100년 계획'을 세워 현재 거대한 성역화 작업을 추진하고 있다. 천진암(天眞庵)은 원래 사찰이었으나 조선 말기 유신들의 도피처로 이용되었다. 이익의 영향을 받아 서학에 눈뜬 남인계 유학자들이 권철신을 중심으로 강학(講學)을 가지며 유교 경전에서 천주 신앙으로 발전했고, 나아가 천진암은 한국 천주 신앙의 발상지가 되었다. 그리고 1801년 신유박해 때 이곳에서 천주학을 공부했던 이승훈, 정약종, 권철신, 최창현 등이 모두 참수되었다. 한국 천주교사는 1784년 이승

훈이 북경에서 영세를 받고 온 그해가 아니라, 이들이 함께 모여 천주학을 공부하고 포교의 실마리를 만든 이보다 4년이 앞선 1780년이다.

주마등같이 스쳐가는 역사의 숨결을 따라 달린다. 이른 아침부터 달려온지라 시장기가 밀려온다. 배가 고프다. 민생고를 해결해야 하는데 강변길에는 먹거리가 없다. 달리고 달려 팔당대교에 이르렀다. 강변에 매운탕집이 즐비하다. "혼자 와도 밥 줍니까?" 하며 들어갔다. 다행히 매운탕 1인 분도 준단다. 두 다리 뻗치고 앉으니 이내 눕고 싶다. 하지만 식사하는 손님들이 있다. 얼굴은 붉게 얼었고, 온몸은 땀에 흠뻑 젖었다. 머리가 헝클어져 모자를 벗을 수 없다. 창밖에는 푸르른 강물이 유유히 흘러간다. 얕은 물이 시끄럽지, 깊은 물은 소리를 내지 않는다고 하던가. 얼큰한 민물매운탕이 뱃속으로 들어가 짜릿하게 영혼을 울린다.

식사를 하고 나오니 매서운 바람결이 시원하게 느껴지고, 천하가 내 손 안에 있는 듯 상큼하다. 위례사랑길을 앞에 두고 팔당대교를 넘어서 남양주로 들어간다. 팔당대교 위에 서서 강 하류를 바라본다. 달려온 길이 보인다. 하얀 새들이 날고 있는 한강이 가는 물 오는 물 역사의 물길을 이루고, 멀리 녹색 숲과 아파트 숲이 한 조각으로 어우러져 자연과 인공의 조화를 느끼게 한다. 다시 강 상류를 바라본다. 흘러내려오는 강변에 팔당역이 보이고 멀리 팔당댐이 보인다. 팔당호를 지나 멀리 산 위에 구름이 한가롭다. 구름이 흘러가는 저 길이 잠시 후 내가 가야 할 북한강과 남한강으로 이어지는 길이다. 다리를 건너고 팔당역을 지나서 이제 한강 종주 자전거 길을 마무리한다.

03

남한강 종주 자전거 길

오기(BC 440~BC 381)는 집념의 사나이다. 어떻게든 출세하고 싶었다. 그는 위나라 사람으로 집안이 천금의 부를 가진 호족이었다. 그 재산으로 취직하려 했지만 실패하고 가산을 탕진했다. 고향 사람들은 재주도 없는 놈이 돈 힘으로 출세하려 하다가 저런 꼴이 되었다고 조소했다. 오기는 자기를 비웃은 사람 삼십 수인을 죽이고 도망쳤다. 위나라 성문까지 따라 나온 어머니가, 네게 재능이 없는 것이 아니다, 아직 재능을 닦지 못한 것이다, 열심히 공부하라고 했다. 오기는 재상이 되지 않는 한 평생 고향에 돌아오지 않겠다고 어머니 앞에서 맹세하며 그 증거로 자신의 팔목을 물어뜯었다. 오기는 그런 사람이었다.

오기는 증자(曾子)의 제자가 되었다. 증자는 이름을 삼(參)이라고 하며, 공자보다 46세 연소한 제자로서 효자의 대명사요, 『효경(孝經)』의 저자다. 공자는 증자에게 "신체발부(身體髮膚) 수지부모(受之父母) 불감훼상(不敢毀傷) 효지시야(孝之始也) 양명어후세(揚名於後世) 이현부모(以顯父母) 효지종야(孝之終也)."라는 가르침을 주었다. 신체와 터럭, 살갗은 부모에게 받은 것이므로 감히 손상시키지 않는 것이 효도의 시작이요, 후세에 이름을 떨쳐 부모를 드러나게 하는 것이 효도의 끝이라는 뜻이었다. 오기는 증자의 문하에서 열심히 공부했지만 중도에 파문을 당했다. 어머니가 세상을 떠났다는 소식을 들었는데도 고향으로 돌아가지 않았던 것이다. 이러한 불효자를 증자가 용납할 까닭이 없었다. "너 같이 불효막심한 놈을 내 제자로 할 수 없다. 당장 나가거라."

오기는 노나라로 갔다. 거기서 병법을 배웠다. 유학보다는 병법이 체질에 맞았는지 병법 공부는 일취월장하여 군(軍)의 간부가 되었다. 그 무렵 제나라가 노나라를 공격해왔다. 노나라에서 누구를 장군으로 임명하느냐 고심 중에 오기를 장군으로 하자는 천거가 있었지만, 오기의 처가 제나라 여자라고 해서 반대하는 사람이 있었다. 그 말을 들은 오기는 출세를 위해 자기 아내를 죽였다. 오기는 장군이 되어 제나라의 군대를 물리쳤다. 하지만 얼마 지나지 않아 그 지위에서 해직되었다. 오기는 노나라를 떠나 위나라로 와서 장군이 되어 진(秦)나라를 함락시키는 공을 세웠다. 그 공으로 오기는 태수가 되었다. 하지만 그의 꿈은 재상이 되는 것이었다.

당시 제나라의 맹상군이 위나라에 망명하여 재상이 되었다. 오기는 기분이 나빴다. 맹상군이 죽자 위왕은 사위인 공숙을 재상에 등용했다. 오기는 공숙과 원래 사이가 나빴기에 신변의 불안을 느껴 다시 초나라로 갔다. 초왕은 오기를 높이 평가하여 재상에 임명했다. 드디어 오기는 숙원을 달성한 것이다.

오기는 열심히 재상 직을 수행했다. 일을 하지 않으면서 국록을 축내는 자들을 정리했다. 왕족도 예외가 없었다. 군사를 양성해서 남방의 종족들을 평정하고, 북방에 인접한 소국을 병탐하여 초나라를 강국으로 만들었다. 초왕은 오기를 깊이 신임하여 국정의 전반을 맡겼고, 오기에 의해 해를 입은 적들은 복수의 칼을 갈고 있었다. 어느 날 초왕이 죽자 오기의 적들이 일제히 일어섰다. 포위되어 피할 길이 없다는 사실을 안 오기는 병법가로서 마지막 지혜를 짜서 초왕의 시체 위에 엎드렸다. 추적해온 적들은 활을 쏘았고, 오기의 몸에는 수십 개의 화살이 꽂혔다. 그런데 그 화살은 오기의 몸에만 꽂힌 것이 아니라 죽은 왕의 시체에도 꽂혔다. 그것이 오기가 노린 것이었다. 오기가 죽은 뒤 오기에게 활을 쏜 사람들은 모두 주살되었다. 왕의 시체를 향해 활을 쏜 큰 불경죄를 저질렀기 때문이다. 사마천은 『사기(史記)』에서 이때 오기 때문에 일족을 멸망당한 집이 70여 가나 된다고 기록하고 있다. 약육강식의 전쟁이 하루도 쉴 날이 없었던 전국시대의 격변기, 비참한 최후에도 불구하고 오기는 파란만장한 개혁가, 빛나는 무패의 전략 전술가로 평가받는다. 오기에게는 오기가 있었다. 남에게 지기 싫어하는 깡다구가 있었다. 앞을 가로막는 세찬 바람결에 나그네에게도 새삼 오기가 발동한다.

심은 만큼 거두는 것은 자연의 순리다. 콩을 심으면 콩을 거두고 오이를 심으면 오이를 거둔다. 종두득두(種豆得豆)요 종과득과(種瓜得瓜)다. 아름다운 생명의 동산에서 밭을 갈고 씨앗을 뿌리면서 부지런히 일하는 인생의 성실한 농부가 되어 눈물로 씨를 뿌리면 기쁨으로 단을 거둔다. 인생의 대지에 사랑을 심고 희망을 심고 용기와 환희를 심고 정성으로 씨앗을 뿌리고 감사하며 열심히 갈면 웃으면서 열매를 거둔다. '인생은 예술'이라고 한다. 나는 내 인생의 조각가다. 내 인생은 내가 만들어내는 작품이다. 무엇을 조각할지는 순전히 나의 선택이다. 세계 최초로 히말라야를 정복한 힐러리 경은 말한다. "도전이야말로 인간의 본질이다."라고.

여명의 아침에서 한낮으로 시간이 흐르고, 아라바람길을 지나고 한강 종주길을 거쳐서 드디어 남한강 자전거 길의 출발선에 섰다. 안내판에는 '인천서해갑문 79km, 김포한강 갑문 58km, 여의도 42km, 북한강 철교 8km, 여주 이포보 56km, 이화령은 230km'를 달려가야 한다고 표시되어 있다. 국토 종주 남한강 자전거 길은 구 팔당역에서 출발하여 북한강과 나란히 남양주로 올라가다가, 북한강 폐철교를 건너 양평, 여주, 원주를 지나서 충주 탄금대에서 마무리하는, 남한강의 절경을 맛보는 길이 132km의 그림 같은 길이다. 하얀 눈이 날리는 남한강 자전거 길을 달려간다.

찬바람이 몰아치고 폭이 3m인 폐철로 자전거 길에는 눈이 쌓이기 시작한다. 팔당역에서 양평 양근대교까지 가는 길은 옛 중앙선 폐철로 26.8km를 재활용한 길이며 전국에서 가장 아름다운 자전거 길로 손꼽힌다. 폐철로를 달리는 남양주 다산길이 아래로 내려다보이는 눈 날리는 한강과 나란히 하며 신비로운 절경을 연출한다. 세상에 공짜는 없다. 추위와 위험이란 대가를 치르면서 한겨울의 라이딩(riding)에서 맛볼 수 있는 선경의 운치를 즐긴다.

어떤 말이나 자극을 주어 사람의 생각이나 행동에 변화와 영향을 주는 것을 암시라고 한다. 남이 나에게 주는 암시는 타인 암시, 내가 나 자신에게 주는 암시는 자기 암시다. 타인 암시건 자기 암시건 긍정적이고 적극적인 암시는 좋은 암시이다. 타인과 함께 있으면 즐겁고 의미 있고 배울 게 있는 타인 암시도 중요하지만, 일상 속의 자기 암시는 더욱 중요하다. 신념은 강한 자기 암시다. '나는 할 수 있어.' '하면 된다.' '세상에 안 될 일이 어디 있어.' 하는 강한 자기 암시는 심적으로 힘이 된다. '네가 믿는 대로 되리라.' 한 예수의 가르침이나 원효의 '일체유심조(一切唯心造)'는 모두 강한 자기 암시를 갈파한다. 적극적이고 긍정적인 자기 암시는 삶을 변화시킨다. 혹한의 추위를 벗 삼아 자전거로 국토 종주를 할 수 있다는 자기 암시는 특별한 성취의 시작점이다.

남한강 자전거 길 제1경인 팔당댐에서 가던 길을 멈춘다. 호수 둘레에 당집이 여덟 군데 있었다고 해서 팔당이라고 전한다. 예전에는 팔당댐 위를 통과하여 광주와 천진암으로 갈 수 있었지만 지금은 휴일에만 통행을 허용한다. 조안면과 하남시를 잇는 팔당댐은 높이 29m, 길이 510m의 다목적댐으로 1973년에 준공되었으며, 하루 260만 톤의 물을 공급하는 수도권의 생명줄로

서 최근 40년 만에 리모델링을 했다. 팔당댐으로 인해 두물머리 일대는 거대한 인공 호수인 팔당호가 되어 극적인 풍광을 연출한다.

댐은 계곡이나 하천을 가로질러 저수, 취수 등의 목적으로 축조하는 공작물로서 높이가 15m 이상인 것을 말한다. 한 가지 목적에 이용되는 댐을 단일 목적댐, 두 가지 이상의 목적에 이용되는 댐을 다목적댐이라 하는데, 1965년에 준공한 섬진강댐이 다목적댐의 효시다. 우리나라에는 총 16개의 다목적댐이 있으며, 한강 수계에는 소양강댐, 충주댐, 횡성댐이 있고, 낙동강 수계에는 안동댐, 임하댐, 합천댐, 남강댐, 밀양댐이 있으며, 금강 수계에는 대청댐, 용담댐 등이 있다. 댐은 하천 유량을 조절하여 각종 용수를 공급하고 발전을 하며, 홍수를 제어하기도 한다. 또 댐 주변의 수려한 경관과 호수면을 이용한 각종 위락시설은 국민생활에 활기를 넣어주기도 하는 등 긍정적인 면이 많다. 하지만 기상변화, 지형파괴, 산림훼손, 부영양화 현상으로 인한 수질오염 문제 등 환경에 미치는 부정적인 문제도 대두되고 있어 환경 친화적인 개발이 필요하다.

　우리나라는 유엔이 정한 물 부족 국가로서, 연 강수량의 3분의 2가 6~9월에 집중되는 기후 특성과 국토의 대부분이 험준한 산지라서 빗물이 빠른 속도로 단숨에 바다로 빠져나가는 지형 특성 때문에, 수자원 이용이나 홍수 방지 면에서 불리한 여건이다. 그래서 다목적댐을 만들어 한여름에 집중적으로 내리는 빗물을 가두어 필요할 때 사용할 수 있게 함으로써 홍수와 가뭄을 예방하고 전기를 생산한다. 우리나라 모든 댐은 130억 톤 정도의 물을 저장할 수 있지만 녹색댐인 푸른 숲은 저장할 수 있는 물이 180억 톤이다. 생태계를 파괴할 수 있는 일반 댐보다는 산이 많은 우리나라에서는 숲을 가꾸어 녹색댐을 이용하면 산소를 공급하고 물 부족도 해결이 된다.

　송이송이 내리는 눈발이 점점 커져간다. 온 세상이 하얗게 눈으로 옷을 입는가 하면 자전거 길에도 눈이 쌓이기 시작한다. 인도에는 사람들이 걷고, 강물 위로는 새들이 날고, 물속에는 물고기들이 헤엄치고, 자전거 도로에는 자전거가 달리고 있다. 눈 밖 세상과 마음속 세상의 관조자가 되어 달려간다.

경치 좋은 곳에는 전망대가 있고, 전망대 사이사이 표지판에 다산 정약용의 시가 새겨져 발걸음을 잡으며 한결 운치를 더한다. 북한강과 남한강이 만나서 큰 물줄기를 이루는 팔당호를 바라보며 흰 눈 속에 가려진 다산의 시심을 '연꽃'에서 맛본다.

진흙 속에서 나온 연꽃잎이
동그란 주먹처럼 파랗게 떠 있네.
다른 꽃들 다투어 핀 뒤에야
나를 보고 방긋 웃어주겠지.

중앙선 폐철로 구간 중 첫 번째 절경인 260m 길이의 봉안터널을 지나간다. 눈길을 벗어난 안도감에 긴장이 풀린다. 터널을 빠져나온 길은 큰 원을 그리며 추억의 간이역인 능내역으로 진입한다. 중앙선 폐철도 구간의 팔당대교와 두물머리 중간에 자리한 능내역은 팔당호로 돌출한 잘록한 반도에 자리해 있다. 능내역은 2008년 12월 3.5km 떨어진 곳에 운길산역이 신설되면서 자연스레 폐지되었다. 기적소리 끊어진 지 오래인 외로운 능내역은 이제 자전거 길로 다시 활기를 찾기 시작했다. 능내 역사는 리모델링되어 사진을 전시하는 전시장으로 사용되고 있으며, 철로에 조성된 남한강 자전거 길을 이용하는 사람들에게 여유와 추억을 주는 쉼터가 되고 있다. 객차번호 '11502'인 차량 한 량이 세월의 입을 굳게 다물고 서 있다. 국토 종주 남한강 자전거 길이 역사 앞을 지나면서 능내역은 기차가 다닐 때

보다 더 유명세를 타고 있다.

조선시대 선비들은 배를 이용해 한양을 쉽게 오갈 수 있는 한강 상류 쪽에 많이 살았다. 능내역 앞에는 팔당호를 내려다보며 조선 후기의 문신이자 유학자이며 실학을 집대성한 다산 정약용(1762~1836)의 생가인 여유당과 다산기념관이 있다. 다산은 경상도 장기로, 전라도 강진으로 18년의 유배를 갔다. 유배에서 풀려 마재로 돌아온 다산은 17년을 더 살다가 75세를 일기로 세상을 떠났다. 한없이 외롭고 철저한 고독 속에서 헐벗고 굶주린 백성을 위한 최고의 학자, 저술가로 5백여 권의 대작을 완성했다. 호인 다산은 유배지였던 귤동의 뒷산 이름이고, 당호인 여유당은 '겨울 냇물을 건너듯이 네 이웃을 두려워하라'는 뜻이다.

다산이 유배를 떠날 때 그의 두 아들은 18세와 15세였다. 다산은 아들에게 편지를 보낼 때마다 "우리 같은 폐족일수록 책을 많이 읽어야 한다."고 하며 '독서'와 '폐족'을 강조했다. 아버지의 유배로 벼슬길이 막힌 아들에게 훗날 기회가 왔을 때 잡을 수 있도록 미리 준비를 해두어야 한다는 절절함과 안타까움이었다. "동트기 전에 일어나라. 기록하기를 좋아하라."는 다산의 가르침이 들려온다. 청년 시절 다산에게 가장 영향을 준 사람은 큰형수의 동생으로 사돈 관계인 8년 연상의 이벽이었다. 뛰어난 담론으로 천주교를 전파하던 이벽은 1785년 을사박해 때 15일간 방 안에서 기도와 명상을 하다가 탈진해서 죽었다. 중국에 가서 최초로 세례를 받은 이승훈은 다산의 매형이고, 최초의 천주교 교리 연구회장으로 순교한 정약종은 셋째 형이다. 천주교를 금하는 법령이 선포되어 경상도 장기로 유배를 간 다산은 맏형 정약현의 사위인 황사영이 백서 사건을 일으켜 다시 강진으로 유배를 가게 된다. 이때 정약전은 흑산도로 귀양을 가는데, 나주 율정점에서 눈물로 헤어진 두 형제는 살아생전에 다시 만나지 못했다. 강진에서 해배되어 율정을 지나던 정약용은 "살아서는 중요한 율정점이여! 문 앞에는 갈림길이 놓여 있었네."라는 시를 읊으며 형과 이별을 하고 다시 만나지 못하는 아픔의 눈물을 뿌렸다. 다산로 전망대에 새겨진 다산의 시 '그림에 쓰다'이다.

> 모래톱 길은 청노새가 가고/ 아이 종은 거문고를 안고 따르네.
> 유난히 속기(俗氣) 없는 나그네 행색/ 아마도 해금강을 향해 가나봐.

하얀 눈이 휘날리는 폐철로 구간을 청노새도, 거문고를 안은 아이도 따르지 않지만, 자전거를 탄 나그네 행색으로 남한강을 향해 북한강을 달려간다. 길에는 제법 눈이 쌓여간다. 북한강과 남한강, 두 물이 합류하는 두물머리를 바라본다. 넓게 펼쳐진 팔당호와 두물머리를 바라보며 예봉산(683.2m)에서 운길산(610.2m)으로 향하는 아름답던 눈길 산행의 추억이 다가온다. 인근의 수종사에서 팔당호를 바라보며 '동방 사찰 중 제일의 전망'이라고 극찬한 서거정의 노래가 들려온다.

> 가을이 오매 경치가 구슬퍼지기 쉬운데
> 묵은 밤비가 아침까지 계속 내리니 물이 언덕을 치네.
> 하계에서는 연기와 티끌을 피할 곳이 없건만
> 상방 누각은 하늘과 가지런하네.
> 흰 구름은 자욱한데 뉘게 줄거나.
> 누런 잎이 휘날리니 길이 아득하네.
> 내 동원에 가서 참선 이야기 하려 하니
> 밝은 달밤에 괴이한 새 울게 하지 마라.

산과 강이 어우러지며 절경이 펼쳐지는 북한강을 따라 올라간다. 북한강 (317.5km)은 한강의 제1지류로서 금강산 부근에서 발원하여 철원, 화천을 지나 춘천의 소양강과 합류하고 가평천, 홍천강이 이에 합류한다. 한강의 지류 가운데 가장 긴 강으로 화천댐, 춘천댐, 의암댐, 청평댐 등이 건설되었고, 이에 따라 주변에 소양호, 의암호 등 여러 호수가 생겨났다. 소양강댐은 북한강 수계를 막아 세운 다목적댐이다. 춘천을 아름다운 호반의 도시로 만든 것도 북한강이요, 춘천에서 양평에 이르는 청평댐, 하중도인 남이섬, 대성리 유원지 등을 만드는 것도 북한강이다. 운행 71년 만에 2010년 역사 속으로 사라진 낭만열차 경춘선 폐철도가 북한강 자전거 길로 새 단장이 된다. 북한강 자전거 길은 남양주 북한강 철교에서 가평군 대성리, 자라섬, 강촌역을 거쳐 춘천 의암 호반으로 이어지는 150km 구간이다.

운길산역에 못 미쳐 북한강 폐철교가 보인다. 페달을 밟는 다리에 힘이 들어간다. 자전거 길로 새 단장한 폐철교에서 두물머리를 바라본다. 두물머리는 한강 8경 중 제1경이다. 2경은 양평 교평 지구의 억새림, 3경은 여주 당남 지구의 이포보와 초지 경관, 4경은 여주 천남 가산 지구의 자연형어도와 물새 군락지, 5경은 여주 연양 지구의 황포돛배, 6경은 강천 지구의 쑥부쟁이, 7경은 충주 능암리섬, 8경은 충주 탄금대이다.

북한강 상류와 하류를 번갈아 바라본다. 금강산에서 흘러온 북한강은 이제 두물머리에서 한강의 본류인 남한강을 만나서 한반도의 젖줄인 한강으로 몸집을 불리고, 서울을 지나고 김포를 지나고 강화를 지나서 서해로 들어가며 강으로서의 일생을 마감한다. 그리고 먼 훗날 윤회하여 다시 한반도를 적시며 흘러내릴 것이다.

눈과 강과 철교가 어우러져 아름다운 한 폭의 그림을 연출한다. 누가 눈보라 몰아치는 이 추운 겨울날 자전거 타고 북한강 폐철교에 올라서 이런 선경을 맛볼 상상을 할 수 있겠는가? 입가에 미소가 스쳐간다. 연암 박지원이 배를 타고 주변 풍경을 감상하는데, 일행 중 하나가 "강산이 그림 같다."고 감탄사를 내뱉자, 연암은 "강산도 그림도 모르는 사람"이라고 쏘아붙였다고 한다. 명나라 문인화가인 동기창은 "산수가 진짜 산수화요, 산수화는 가짜 산수다."라고 했다. 나는 가짜 산수화를 보고 그림 같다고 하며 기쁨을 만끽한다.

부자는 만족하는 자다. 많이 가진 자가 아니라 자족할 줄 아는 자다. 자족하는 자는 나눌 줄도 안다. 재물뿐만 아니라 재능도 나눈다. 가진 것은 무엇이라도 나눈다. 불가에서는 남에게 무엇을 베푸는 것을 보시(布施)라 하는데, 이는 법시(法施), 재시(財施), 무외시(無畏施)로 구분한다. 재산이 없어도 나눌 수 있는 일곱 가지를 무재칠시(無財七施)라 하고, 이는 안시(眼施), 화안열색시(和顔悅色施), 언사시(言辭施), 신시(身施), 심시(心施), 상좌시(床座施), 방사시(房舍施)다. 아름다운 강산을 가슴에 가득 채워 누구에게 나누어줄까 생각하니 부자가 따로 없다.

중앙선 기차가 다니던 북한강 폐철교는 길이가 560m로 강 위를 건너는 자전거 길로는 전국 최장이다. 상류에 새로운 철교가 들어서면서 애물단지 폐철교가 되었다가 능내역과 마찬가지로 새로운 생명력으로 활기를 띠고 있다. 아스팔트 대신 천연 목재로 바닥을 깔고 철교 트러스에는 조명을 설치했다. 트러스의 자연스럽게 녹슨 모습이 예쁘게 보이고, 철교의 녹슨 부분은 세월의 흔적을 간직하고 있으며, 바닥 곳곳에는 흐르는 강물이 보이도록 강화유리를 설치해 강물 위를 달리는 기분을 느끼게 한다. 철교 양단에는 쉼터와 화장실도 설치해 있어 시원한 강바람을 맛보며 주변의 경관을 마음껏 느낄 수 있다. 철교의 초소 위로 올라가니 아름다운 풍경이 눈을 더욱 즐겁게 해준다. 때마침

북한강 철교 위로 전철이 운길산역을 향해 달려간다. 열차소리 반주에 맞춰
정태춘의 '북한강에서'를 불러본다.

저 어두운 밤하늘에 가득 덮인 먹구름이
밤새 당신 머리를 짓누르고 간 아침
나는 여기 멀리 해가뜨는 새벽 강에
홀로 나와 그 찬물에 얼굴을 씻고
서울이라는 아주 낯선 이름과
또 당신 이름과 그 텅 빈 거리를 생각하오.
강가에는 안개가, 안개가 가득 피어나오.

2. 남한강으로!

북한강 폐철교를 건너면서 남양주 땅을 벗어나 양수리(兩水里)로 들어선다. 두물머리를 의미하는 양평군 양서면 양수리는 관광의 명소로서 북한강과 남한강의 두 물이 합처지는 곳이다. 팔당댐이 완공되고 양수환경 생태공원으로 일대가 그린벨트로 지정되자, 두물머리는 어로 행위 및 선박 건조가 금지되면서 한양의 뚝섬나루와 마포나루를 이어주던 마지막 나루터의 번창했던 기능을 잃게 되었다. 자갈과 모래 등이 퇴적해 생긴 삼각주로 이른 아침에 피어나는 물안개, 번창하다가 쇠락한 옛 영화가 얽힌 나루터, 강으로 늘어진 수양버들, 특히 겨울 설경과 아름다운 일몰을 자랑한다. 드라마에 자주 나오는 수령 400년이 넘는 터줏대감 느티나무 고목은 명물로 물가에 자리를 잡았고, 동쪽 강물 깊숙이 머리를 뻗은 반도 끝에는 물과 꽃의 정원인 세미원이 있다.

양수리역에서 휴식을 취하며 역 대합실에 들어가서 안동으로 가는 열차 시간표를 살펴본다. 중앙선은 안동을 통과한다. 여기에서 열차를 타면 고향으로 갈 수 있다. 하지만 오늘은 두 바퀴를 굴리며 나그네의 길을 가야 한다. 18번 '고향역'을 나지막히 읊조린다. 열차를 타고 어디론가 멀리 떠나고 싶어 하던 유년의 추억이 스쳐간다. 자전거 국토 종주가 끝난 후 태백의 남한강과 낙동강의 발원지를 찾아 나섰을 때, 백두대간의 가장 높은 고개인 두문동재(1,268m) 너머 추전역을 찾아갔다. 싸리밭골에 있는 추전역은 1973년 험준한 산악과 협곡을 뚫고 태백선이 개통되면서 만들어졌다. 인적이 끊긴 고요한 역사(驛舍)에는 '한국에서 제일 높은 역 해발 855M'라고 새겨진 표석이 위용을 뽐내고 있었고, 멀리 매봉산 풍력 발전소의 바람개비는 바람에 신이 나서 돌아가고 있었다. 세계에서 가장 높은 열차 역은 3,454m에 위치한 스위스의 융프라우요흐다. '유럽의 지붕'이라 불리는 융프라우(4,158m) 정상 바로 밑에 위치한 융프라우요흐는 눈 덮인 산봉우리와 아름다운 설경으로 유명하다. 융프라우요흐로 가는 산악 철도는 1895년부터 1912년에 걸쳐 건설되었다. 처음 2km 구간 초원을 오르던 열차는 나머지 7km 구간 모두 산허리를 뚫은 터널 구간을 힘겹게 올라 정상까지 50분이 소요된다. 융프라우요흐에서 가장 높은 곳인 스핑스 전망대는 해발 3,571m에 이른다. 빙하 속의 엘리베이터를 타고 오르면 알프스 풍경이 360도 파노라마로 펼쳐진다. 전망대로 향하는 길에 '톱 오브 유럽(Top Of Europe)'이라는 문구가 새겨져 있어, 이곳이 바로 유럽의 정상이구나 하는 실감이 난다. 융프라우요흐 전망대 매점에서 먹던 따끈한 대한민국 컵라면의 추억이 새롭다.

양평읍을 향해 하얗게 덮인 눈길을 달려간다. 양평이 배출한 인물들은 위정척사운동과 일본의 국권 침탈에 맞서 거세게 의병활동을 전개했다. 인근에는 그 중심에 있었던 조선의 선비다운 선비 이항로의 생가와 묘소가 있고, 한음 이덕형의 묘소와 신도비, 조선 중기 영의정을 지낸 이준경(1499~1572)의 묘가 있다.

이항로(1792~1868)는 시대의 변화와 타협할 줄 모르고 우리 것과 우리의 자존을 지킨 조선의 마지막 유학자다. 구한말 위정척사운동의 중심인물로 외래

사조의 유입을 끝내 거부하고 대마도에서 순국한 의병장 최익현, 13도의 의병장 유인석 등 많은 우국충절의 인물들을 문하에서 배출했다. 한음 이덕형(1561~1613)은 임진왜란 때 이순신과 유성룡 다음으로 활약했던 명신이다. 이덕형은 북상 중인 왜장 고니시 유키나와(小西行長)가 충주에서 만날 것을 요청하자, 고니시가 약속을 어겨 만나지는 못했지만 말을 몰고 혈혈단신 적진으로 뛰어들었다. 왕이 평양에 당도했을 때 왜적은 벌써 대동강에 닿아 화해를 요청하여 단독으로 왜장 겐소와 회담하여 그들의 침략을 공박했다. 이덕형은 오성과 한음으로 유명한 이항복과 함께 명나라에 건너가 구원병 요청에 성공하여 평양을 탈환하고 한양으로 돌아와서 병조판서가 된다. 정유재란 때도 공을 세우고, 38세의 나이로 우의정과 좌의정을 역임하고 광해군 때는 영의정을 지낸다. 그러나 영창대군 처형과 폐모론에 반대하여 영창대군을 강화도에 귀양 보내게 되자, 홍문관의 이성을 비롯해 삼사가 모두 이덕형을 모함해 처형할 것을 주장했고, 그러자 광해군은 관직을 삭탈해 수습했다. 이덕형은 국사의 그릇됨을 상소하는 등 끝내 나라를 걱정하며 지내다가 53세의 나이로 세상을 떠났다.

세상일은 비바람처럼 변하고
강은 세월과 같이 흘러간다.
고금 영웅의 뜻을
모두 한 척의 배에 부친다.

'세상일은 비바람처럼 변한다'는 이덕형의 노래가 세월과 같이 강물 위로 흘러간다. 죽마고우 이항복은 고려 때의 문장가 이제현의 후손이다. 영의정에 올랐던 이항복은 인목대비 김씨를 폐위하자는 주장에 맞서 싸우다가 삭탈관직 된 후 함경도 북청으로 유배되어 적소에 위리안치된 채 파란만장했던 일생을 마감했다. 의지가 곧고 강한 성격이었던 이항복은 의를 지키며 살다가 의로 인해 죽은 사람으로 기지와 해학이 뛰어났으며, 자신의 직책과 보신에 두려움 없이 강직했고 소신이 뚜렷해 시비를 정확히 가렸다. 그는 초연히 중립을 지켜 어느 당파에도 속하지 않은 조선의 진정한 선비였다. 권율의 사위였던 외로운 신하의 눈물이 눈이 되어 바람결에 날린다.

철령 높은 재에 자고 가는 저 구름아
고신원루를 벗 삼아 띄워다가
임 계신 구중궁궐에 뿌려본들 어떠하리.

본격적인 남한강 줄기를 따라 인적 없는 낯선 폐철로를 달려간다. 남한강은 정선의 아우라지 사공들이 뗏목을 만들어 한양까지 목재를 운반하던 수송로였으며, 영월의 어라연과 단양을 지나서 영남의 유생들이 문경새재를 넘어 충주에 이르러 나룻배를 타고 한양으로 가던 과거 길이었다. 남한강 물길은 충주에서 강을 따라 서쪽으로 내려오면서 원주, 여주, 양근을 지나고 양수리에서 북한강을 만나 한강을 이룬다. 신작로나 철길이 뚫리기 전에는 경상도와 강원도, 충청도의 물산이 한강의 뱃길을 타고 서울에 닿았는데, 여주에서 한양과의 거리는 물길로 2백 리가 못 되고, 정선 아우라지에서 띄운 뗏목이 물 많은 장마철이면 서울까지 사흘에 도착했다. 팔당댐이 생기고 1978년 충주댐이 건설되면서 뱃길은 아예 사라지고 말았다.

산이 스쳐가고 강이 흘러간다. 얼어붙은 강에는 하얀 눈이 덮여 있다. 산과 강과 눈과 바람, 그리고 두 바퀴로 달리는 한 존재가 어우러진다. 점차 흐려지는 하늘과 찬바람이 눈과 볼을 스친다. 용담터널을 통과한다. 굴속이 어두워 캄캄한 한밤중 같다. 앞에서 자전거 한 대가 달려오는 모습이 희미하게 보인다. 라이트를 켰지만 상대는 불빛이 없다. 왠지 으슥한 기분이 든다.

미당 서정주는 '나를 키운 8할이 바람'이라 했던가. 터널을 나오자 세찬 바람이 몰아치고 강을 따라 물이 흘러간다. 강은 물이 흐르는 길이다. 빗물과 그 밖의 지표수가 모여 물길을 따라 흐르는 것이다. 보통 큰 하천은 강(江), 작은 하천은 천(川)이라 부른다. 하천은 인류문명 탄생의 근원이며 생태계의 보고이고 생명의 젖줄이다. 또한 야생 동식물의 서식지로서 지구 환경보전에 중요한 역할을 하는 자연 공간이다. 우리나라의 지세는 북쪽이 높고 남쪽이 낮은 한편, 척량산맥이라 일컬어지는 태백산맥과 함경산맥이 동해에 치우쳐 있어서, 황해와 남해로 흐르는 하천은 길이가 길고 경사가 완만한 반면에, 동해로 흐르는 하천은 길이가 짧고 경사가 급하다. 우리나라 하천에는 중앙정부에서 직접 관할하는 직할 하천, 도에서 관할하는 지방 하천과 시군에서 관할하는 준용 하천으로 편제되어 있다. 남한의 직할 하천은 62개에 2,858km, 지방

하천은 55개에 1,314km, 하천법을 준용하여 관할하는 준용 하천은 3807개에 26,049km이다. 압록강 두만강 한강 낙동강 대동강 금강은 유로 연장 400km를 넘는 우리나라의 6대 하천이다. 만경강이나 동진강은 강으로 불리지만 안성천이나 삽교천보다 작다. 큰 하천은 강이나 천으로 불리는 지류들이 많다. 압록강의 지류에는 허천강 장진강 부전강 후창강 자성강 충만강이 있고, 한강에는 북한강 남한강 소양강 홍천강 섬강 임진강이, 낙동강에는 밀양강 남강 황강 금호강 영강 등의 지류가 있다.

세계에서 가장 긴 강은 총 길이가 6,690km에 이르는 나일 강이다. 나일 강은 부룬디, 우간다, 르완다, 수단, 에티오피아, 이집트, 케냐, 탄자니아, 콩고 등의 나라를 통과하여 동지중해로 유입되는데, 그 유역이 아프리카 대륙의 약 10분의 1을 차지한다. 연간 강수량 2,000mm에 달하는 열대의 물을 거의 비가 오지 않는 하류의 건조지대로 옮기는 자연의 거대한 수로이다. 사막의 땅에서 일어난 이집트 문명은 이 거대한 수로인 나일 강이 있음으로써 가능했다. 일찍이 그리스의 역사가 헤로도투스는 "이집트는 나일 강의 선물이다."라고 했다. 이집트를 이야기하는 것은 곧 나일 강의 과거와 오늘을 이야기하는 것이다. 하류의 늪지대에서 자라는 파피루스는 배와 종이의 원료로 사용되어 이집트의 문자와 회화를 발달시켰고, 나일 강의 범람은 천문학과 수리학, 건축학의 발달을 가져왔다. 줄어들지 않는 수량과 평온한 흐름은 수송로 역할을 하여 주위의 부족들과 물자를 결집시켜 대문명이 건설되는 초석을 이루었다. 이집트의 마지막 지점인 나세르 호수변의 아부심벨 대신전은 피라미드와 함께 이집트 최대의 문화유산이다. 이 거대한 암굴 신전을 건축한 사람은 '이집트의 태양'이라 불리며 환상적인 명성을 날린 제19왕조의 람세스 2세이다. 푸른 강과 황색의 사막에서 살았던 고대의 신하들이 람세스 2세에게 바치는 헌사의 한 구절이다.

"당신의 땅은 하늘 끝까지 뻗어가고, 하늘 아래의 모든 것은 당신의 권한에 속하며, 태양의 원반이 비추는 모든 것이 당신 눈 아래 있나이다."

아마존 강은 세계 최대 수량의 하천이며 길이 6,400km로 나일 강에 이어 세계 두 번째로 길고, 아마존 정글은 세계 최대의 열대우림이다. 아마존의 총 면적은 700만㎢로 우리나라 면적의 70배에 달하며 서유럽보다도 더 크다. 아마존에는 지구 전체 삼림의 30%가 존재하며 강 유역의 수량은 지표수의 20%를 차지한다. 식물의 광합성 작용으로 지구 전체 산소량의 4분의 1을 만들어 내어 '지구의 허파'라고도 불린다. 또한 세계 동식물 종의 10분의 1이 이곳에 살며, 모든 조류의 4분의 1이 서식하는 생태계의 보고이다. 아마존 유역은 브라질, 페루, 볼리비아, 콜롬비아, 베네수엘라에 걸쳐 광범위하게 펼쳐져 있는데, 강의 본류는 안데스 산맥에서 발원하여 페루에서 상류를 이루고, 브라질에서 중류와 하류를 만들며 대서양으로 흘러 들어간다. 브라질과 페루는 국토의 60%가 아마존 유역에 속하며, 특히 브라질은 아마존 유역 전체의 대부분을 차지한다.

아마존에는 여인국의 전설이 있다. 여인들은 싸움의 신 아레스를 숭배하며 사냥과 전투를 즐기면서 강력한 부족국가를 이루었다. 씨를 얻기 위해 일정한 시기에 다른 나라의 남자와 만난 후 사내아이를 낳으면 이웃나라로 보내거나 죽였다. 여인들은 활을 쏘기 쉽게 어렸을 때 오른쪽 유방을 잘라버렸다. 남자들도 그들의 용맹을 당할 수 없을 정도였다. 영웅 헤라클레스가 여인들의 여왕 히폴리테가 가지고 있던 허리띠를 구하러 원정하면서 많은 여 전사들이 목숨을 잃었고, 이에 대한 복수로 여인들이 아테네를 공격했으나 패하여 여인국은 전설 속으로 사라졌다. 1540년 남미 잉카제국을 정복한 스페인 병사들은 안데스 고원을 내려와 열대 밀림 지역으로 들어섰다. 울창한 정글 속을 헤쳐 나가던 그들은 정체를 알 수 없는 여 전사들의 습격을 받고 가까스로 목숨을 구해 빠져나온 후, 그곳을 그리스 신화에 나오는 아마존 여인국이라고 생각하여 아마조니아라고 이름 붙였다.

몽양 여운형(1886~1947)의 생가 및 기념관을 지나서 신원역에 도착했다. '민족의 독립과 통일을 위해 몸 바친 여운형 선생의 고향'이라는 현수막이 담벼락에 걸려 있다. 고향을 사랑하는 사람들은 고향이 낳은 위대한 인물에 환호한다. 마을 사람들의 애향심이 느껴진다. 신원역을 지나고 국수역을 향해 달려간다. 낯선 한적한 거리에 눈발이 오락가락한다. 제8경 기곡터널이 모습을 보인다. 옛 중앙선 폐철도 자전거 길 구간의 9개 터널 중 가장 길이가 긴 569m를 자랑한다.

아신역을 지나니 서쪽하늘에는 노을이 물들고, 동편에는 먹구름이 밀려오고 눈발이 더욱 세게 날린다. 날이 저물어간다. 푸른 물 건너편 강하면이 보인다. 간간이 휘날리던 눈발이 갑자기 폭설로 변한다. 마음이 급해진다. 하얗게 눈으로 덮인 자전거 도로를 위험스럽게 마치 곡에 하듯 달려간다. 신선은 산에만 있는 것이 아니라 들판에서 자전거도 탄다. 넘어질 듯 질 듯하면서도 달려가는 모양새가 신비롭다. 어둠이 가득해지고 들판의 거리에도 불빛이 나타난다. 가로등에 휘날리는 눈꽃이 벚꽃처럼 떨어진다. 어둠과 얼어붙은 길의 위험에서 벗어나고자 자전거에서 내려 걸어간다. 어디서 먹고 어디서 잘까? 밤이 오고 세찬 눈보라가 몰아친다. 하루를 마쳤다는 작은 성취감과 잠자리를 구해야 하는 심란함이 교차한다.

베토벤은 "훌륭한 인간의 두드러진 특징은 쓰라린 환경을 이겼다는 것이다." 라고 했고, 세네카는 "불은 금의 시금석(試金石)이요, 역경은 강한 인간의 시금석"이라고 했다. 고난은 승리의 전주곡이다. 실패는 성공의 어머니다. 사람은 실패를 교훈삼아 성장한다. 자전거를 탈 때 넘어지지 않고 배우는 사람은 없다. 한 번 넘어져서 무릎이 깨어졌다고 자전거 타는 것을 포기하지 않는다. 넘어지는 것은 잘 탈 수 있는 한 방법을 배우는 것이다. 에디슨은 "나는 실패한 것이 아니라 전구를 만들지 못하는 수천 가지 방법을 잇달아 발견한 것이다." 라고 했다. 실패를 바라보는 건강한 방법이 위대한 발명가 에디슨을 만들었다. 땅에 넘어졌으면 땅을 짚고 다시 일어서면 된다. 포기하는 것은 선택이지 운명이 아니다. 의지가 약해서이지 운명의 그림자가 찾아온 것이 아니다. 강렬한 욕망이 없어서이지 방법이 없어서가 아니다. 뜨거운 노력은 몸과 마음을 발달시킨다. 간절한 염원은 반드시 이루어진다. 최후에 웃는 자가 가장 신나게 웃는 자다. 세상에 공짜는 없다. 모두가 피와 땀과 눈물의 3대 액체를 요구한다. 삶은 꿈을 이루는 긴 여행이다. 여행을 즐기면 꿈은 이루어진다. 행운은 물레방아처럼 돌고 돌아 어제 정상에 있었던 사람이 오늘 밑바닥에 깔릴 수도 있고 정반대일 수도 있다.

드디어 행운이 다가온다. 길 건너 모텔이 보인다. 자전거를 끌고 들어가니 아저씨가 당황한다. '한파주의보가 내린 이 추운 겨울에, 이렇게 눈발 날리는 날에 자전거를 타고 이 무슨 몰골입니까?' 하는 눈빛이다. 먼 길 가는 나그네의 첫날밤, 아저씨의 호의로 자전거는 청소하는 사람들의 휴식처에 보관하고 따뜻한 욕조에 몸을 담근다. 4대강 국토 종주 첫날의 도전, 정서진에서 출발하여 양평까지 멀리 왔다는 뿌듯함이 피로를 몰아낸다. 하루의 성취감이 솟구친다. 저녁식사는 배달로 간단히 요기하고자 주문하고, TV를 켜자 뉴스에서 곳곳에 대설주의보가 내리고 사고가 빈발하다고 한다. 염려보다는 투지가 불타오른다. 백척간두진일보(百尺竿頭進一步)다. 백 척의 긴 장대 끝에 서서 움직임이 없는 사람이라면 비록 입도(入道)의 경지에 이르렀으나 아직 진정으로 깨달은 것이 아니고, 백 길의 장대 끝에서도 다시 한 걸음 전진할 수 있다면 온 세상이 모두 자기의 것이 될 것이라고 했다. 이제 시작이다. 아니, 시작이 반이니 4대강 국토 종주의 반은 이미 이루었다. "내일 일을 위하여 염려하지 말라, 한 날 괴로움은 그날에 족하니라."라고 했으니 내일 일은 내일 염려하리라 생각하고 피곤한 몸을 눕힌다. 몸은 깊은 잠속으로 빠져들고 나그네는 안온한 밤을 맞이한다.

3. 여강상춘

사람의 자취는 대개 길가에 남는다. 길에는 사람의 흔적이 있다. 길을 떠날 때면 마음이 설렌다. 가지 않은 길, 미지의 세상, 새로운 풍경이 기다린다는 사실에 가벼운 흥분과 기대감이 있다. 넓고 푸른 하늘, 아름다운 산하가 밖에서 기다리고 있다. 눈과 귀를 열고 세상을 호흡하면서 아직 가보지 않은 저기 길을 향해 달려가면 신명이 난다. 연산군 때의 풍류객 성현은 "산다는 것은 떠돈다는 것이고, 쉰다는 것은 죽는다는 것"이라고 했다. 용기 있는 자만이 새로운 하늘과 새로운 땅을 만난다. 더 빨리 더 멀리 더 좋은 것을 더 많이 차지하기 위해서가 아니라, 저기 저 길 끝에 놓여 있는 새로운 세상을 더 많이 보고, 듣고, 느끼고, 배우고, 깨닫기 위해 낯선 길을 간다. 독일의 대문호 괴테는 그의 37번째 생일날 아무도 모르게 집을 빠져나와 길고 긴 여행을 떠났다. 독일 남부를 지나 오스트리아를 거쳐 이탈리아 전역으로 이어진 여행은 일상에서 벗어나 새로운 세계를 접하며 자기성찰을 이루는 계기가 되었고, 그 결과 여행문학의 정수인 『이탈리아 기행』이 탄생했다.

차가운 바람이 맞이하는 하얗게 변해버린 아침세상이다. 밤새 내린 눈으로 길은 꽁꽁 얼어붙었다. 폭설은 사라지고 맑은 하늘이 새 날을 밝힌다. 세찬 바람을 뚫고 달려간다. 동쪽 하늘에 해가 떠오른다. 눈부신 태양이 찬 기운을 뚫고 강렬하게 빛을 내리고 있다. 아침이면 대지를 밝게 비추며 떠오르는 태양은 그 빛으로 인류에게 안정감과 따뜻함을 가져다주고 어둠, 혹한, 밤의 맹수로부터 지켜주었다. 인류는 동서양을 막론하고 태양을 숭배했다. 태양 없이는 어떤 생명체도 존재할 수 없다는 사실을 알게 된 인류는 태양을 최고의 숭배대상, 곧 태양신으로 섬겼다. 고대 이집트에서는 태양신 호루스에 대한 숭배사상을 가졌고, 잉카제국이나 아즈텍 문명에서는 태양신에게 살아 있는 인간의 심장을 바쳤다. 오늘날 비록 태양을 신으로 섬기지는 않는다 할지라도, 태양은 여전히 인류와 모든 생명체에게 생명의 빛을 주고 정기를 주는 감사의 존재다. 그래서 새해 첫날에 떠오르는 태양을 보고 사람들은 종교를 초월해서 간절한 마음으로 기도한다.

J. 옥스넘은 "세상이 시작된 이래 태양이 그 빛을 비추지 않은 적이 없다. 하지만 우리는 태양의 모습을 보지 못하면 자주 그의 변덕을 불평한다. 그러나 진실로 비난받아야 할 것은 구름이지 태양이 아니다. 구름 뒤에서 태양은 늘 비추고 있으니까."라고 한다. 언제나 태양은 구름 뒤에서 빛을 발하고, 모든 밤에는 반드시 태양이 찾아온다. 희망이 없는 절망이 없듯, 태양이 오지 않는 밤은 없다. 밝은 빛을 만물에게 골고루 비추고 모든 생명체에게 나누어주는 태양은 "해가 뜨면 먼지도 빛난다."는 괴테의 말처럼 만물을 빛나게 한다. 가슴 가득 아침햇살을 담고 주어진 하루를 달려간다. 자전거에 몸을 싣고 빙판길을 조심조심 달린다. 눈앞에 펼쳐진 설경이 가히 장관을 이룬다.

양평의 진산 용문산(1,157m)이 성큼성큼 선명하게 다가온다. 화악산(1,468m), 명지산(1,267m), 국망봉(1,168m)에 이어 경기도에서 네 번째로 높은 산이다. 용문산에는 원효 대사가 창건하고, 도선 국사가 중창한 용문사가 있다. 의상 대사가 꽂았다고도 하고 마의태자 지팡이에서 싹이 돋았다는 설을 간직하고 있는 천년 세월을 건뎌온 은행나무와 함께 천년 고찰 용문사는 사시사철 찾는 이들의 발길이 끊이지 않는다. 이 산의 사천왕처럼 당당하게 버티고 서 있는 천연기념물 제30호로 지정된 우리나라에서 가장 큰 이 은행나무는 여름에는 가지와 잎이 무성해 몸체를 보기 어렵지만, 늦가을이나 겨울에는 온전한 모습을 볼 수 있다.

망국의 한을 품고 금강산을 향해 가는 마의태자는 용문사를 지나서 홍천으로 향했다. 신라의 마지막 왕 경순왕은 후백제 견훤과 왕건의 세력에 눌려 더 이상 나라를 지탱하기 힘들자, 935년(경순왕5) 신라를 고려에 넘기고자 했다. 마의태자는 "나라의 존망에는 반드시 천명이 있거늘, 어찌 힘을 다하지 않고 천년 사직을 가벼이 남의 나라에 넘겨줄 수 있는가?"라고 반대했지만, 경순왕은 국서를 보내 고려에 항복하고 말았다. 마의태자는 통곡을 하고 개골산(금강산의 겨울 이름)으로 들어가 바위를 의지해 집을 짓고 풀을 뜯어 연명하며 베옷(麻衣)을 입고 일생을 마쳤다. 바람도 구름도 쉬어 가는, 하늘이 닿을 것 같은 홍천군 서석면에서 인제군 상남면으로 넘어가는 행치령 정상에는 마의태자 노래비가 서 있다.

행치령 고개 넘어 백자동 고개 넘어
산새도 오지 않는 깊은 산골 갑둔리
날빛보다 더 푸른 천추의 그 푸른 한
나라를 찾겠노라 그 큰 뜻을 품은 채
어찌 눈을 감으셨나 마의태자 우리 님

오빈역을 지나서 양평군립미술관을 통과한다. 교차로에 '자전거여행의 천

국 양평'이라는 표석 위에 자전거에 올라타서 역주하는 사람의 형상이 역동적이다. 다시 강변으로 내려와서 달린다. 바람에 날리는 강가 풀숲에 '6.25 양민학살지현장비'가 서 있고, 누가 다녀갔는지 한겨울 아침 한 송이 꽃이 차갑게 놓여 있다. 비에 새겨진 시 '통곡의 그날'이다

이유도 없었어라 영문도 몰랐어라
고귀한 생명들이 철사로 꽁꽁 묶여
석유불 생지옥 속에 한 덩이로 엉켰어라

선량한 수백 명은 총성에 스러지고
비명은 공포 속에 지하로 스며드네
통분한 말 한마디 할 순간조차 없었어라
수중에 잠겨버린 시신들은 어디 갔나
백사장 집어삼킨 강물만 출렁이네.

아직도 붉은 깃발은 북녘에서 날리는데

양평읍 남한강변 떠드렁산 또 백사장
생생한 학살 현장은 기억조차 흐려졌네.
원혼은 강변을 돌며 통곡하고 있구나.

비극의 학살 현장을 뒤로 하고 영령들의 명복을 비는 마음으로 페달을 밟는다. 한 바퀴 두 바퀴 자전거의 바퀴가 돌아가듯, 세월의 흐름 속에 역사의 수레바퀴가 굴러간다. 양근대교를 지나고, 스치는 바람결 따라 그리움을 안고 흘러가는 남한강의 제2경 억새림을 바라보며 양평대교에 도착한다. 어디서 아침 식사를 할까. 배도 고프지만 따뜻한 국물이 내장을 휘돌아야 추위와 경쟁할 수 있다. 양평 읍내로 들어간다. 그렇게도 흔한 양평해장국집이 정작 양평에서는 보이지 않는다. 소박하게 보이는 작은 식당 문에 '아침식사 됩니다.'라고 적혀 있다. 식당 밖에 자전거를 세워둘 공간이 없어서 끌고 문을 열고 들어서니, 나이 드신 아주머니가 의아한 모습으로 반겨준다. 걱정이 되시는지 따뜻한 국물을 더 갖다주신다.

양평은 경기도 동쪽에 위치해 강원도와 경계를 이루고 있다. 경기도에서 면적이 제일 크다고 하지만 산지가 대부분이며, 강상면과 강하면을 제외하면 양평고을 전체가 북한강과 남한강에 둘러싸여 양평 부근의 물길은 예로부터 강원도에서 서울로 들어가는 길목 구실을 했다. 양평군은 1930년 양근현과 지평현을 합하여 되었으며, 양근에는 강원도에서 서울로 가던 길목으로 가장 큰 포구인 양근포구가 있었다. 칠미포구라고도 불리던 양근포구는 강원도 일대에서 나는 메밀, 콩, 수수 등을 실은 배들이 남한강을 따라 내려와 머물렀다가 서울로 들어가던 길목이었다. 올라오고 내려가는 물품들이 양근포구로 몰려 양평읍의 장날(3, 8일)은 날이 갈수록 커졌으나, 서울에서 강원도로 가는 신작로가 놓이고 트럭이 다니면서 양근포구는 그 기능을 상실하고 말았다. 양평장은 1900년대 초, 중반부터 시작된 5일장으로, 양평역 근처 기찻길 아래 공터와 도로변에서 장이 열린다. 주민들뿐만 아니라 용문산을 찾는 등산객과 각지에서 찾는 이들로 붐빈다.

뱃속을 든든하게 무장하고 다시 길을 나선다. 양평대교 옆을 지나는 남한강 자전거 길에 '양근나루터'임을 알리는 풍상을 겪은 표석이 세월의 무게를 안고 서 있다. '이포보 14km'를 알리는 이정표가 길을 안내한다. 나무 데크를 돌아서자 공원이 있다. 찬바람만이 몰아치는 쓸쓸한 겨울 공원의 표석에는 양헌수의 시 '양근고을로 가는 길에'가 새겨져 있다.

눈이 쌓인 빈산에
냉기가 얼굴을 스치고
행인은 손을 호호 불며
힘겹게 지팡이를 짚고 가네.
얼음 같은 마음은
이미 깊은 강물에 끼이었고
세찬 바람은
온 골짜기의 소나무를 울리네.
나그네의 꿈은 아직도
청학동에 남아 있고
고향을 그리는 마음
홀연히 백운봉을 바라보네.

시골 노파가 손님을 맞아

추위를 녹일 것을 권하여

정성스레 새로 거른 막걸리를

걸쭉하게 가득 따르네.

국토 종주가 끝난 후 다시 찾은 초가을의 공원에는 푸른 나뭇가지에 새들이 노래하고 파란 풀잎에는 생명의 기운이 감돌았다. 온갖 생명체들이 활기를 띠는 길가에 코스모스가 형형색색 활짝 피어 있어 계절의 순환에서 오는 자연의 신비가 오묘했다.

하얀 눈으로 덮인 자전거 도로를 달려간다. '눈이 올 때는 자전거 통행금지'라는 표지판과 바리케이트를 무시하고 눈 덮인 허허벌판 강변길을 달려간다. 임시개통이 된 국토 종주 길에 눈이 온다고 포기할 수는 없었다. 아직 남들이 하지 않은 일, 자신도 해보지 않은 일, 신세계를 찾아가는 길에 짜릿한 흥분과 희열을 느끼며 유랑의 멋을 누린다. 전망대에서 가던 길을 멈추고 휴식을 취한다. 큰 나무를 가운데 두고 나무 데크를 설치한 전망대에서 흐르는 물길을 바라본다. 남한강은 수도권 사람들의 삶의 공간을 구분하는 소중한 식수원이다. 갑자기 갈증이 느껴진다. 몸이 물을 갈구한다. 얼어붙은 페트병의 한 모금 물로 온몸을 축인다.

인체는 70%가 물로 이루어져 있으며 혈액은 90% 이상이 물로 되어 있다. 물은 혈액과 함께 온몸 구석구석을 돌아다니며 영양물질과 노폐물을 실어 나르고 심장의 뜨거운 열을 몸 전체로 골고루 전달하는 역할을 한다. 몸을 움직이게 하는 근육에도 75%의 물이 있고, 단단한 뼛속에도 22%나 되는 물이 있다. 사람이 처음 만들어지는 시기인 수정란일 때는 99%가 물이고, 물로 가득 차 있는 양수에서 자라다가 갓 태어나면 90%가 물인 아기가 된다. 죽음을 앞

둔 노년기 때는 몸속에 50% 정도의 물밖에 지니지 않아서 몸이 건조해진다. 물에서 태어난 육신에서 점차 물이 빠져나가면 육신의 생을 마감하게 된다.

　마을로 들어서며 우회도로를 달린다. 빙판길을 따라 산으로 올라간다. 온몸은 이내 땀에 젖는다. 지그재그로 온 힘을 쏟는다. 할 수 없이 내려서 자전거를 끌고 걸어 올라간다. 끌고 올라가는 것은 반칙이 아닌가 하는 생각이 스쳐가지만, 어쩔 수 없지 않는가 하며 자위한다. 두 발로 걷는 데는 자신이 있었지만, 두 바퀴로 오르는 얼어붙은 산길에서는 초보 라이더였다. 고개 마루에서 잠시 땀을 닦고 급경사 내리막길을 달려간다. 위험하지만 신나는 순간이다. 땀은 이내 식어버린다. 조심조심 내려간다. 공사 중인 개군 레포츠 공원으로 들어선다. 인근에 개군산이 있어 붙인 공원 이름이다. 울퉁불퉁 공사 중인 비포장도로를 지나느라 엉덩이에 통증이 느껴진다. 우회도로를 마무리하며 다시 잘 닦인 강변길을 달려간다. 강바람이 불어온다. 강변을 끼고 살아가는 농촌의 모습이 정겹게 다가온다. 낯선 행인을 경계하는 개들의 소요가 일어난다. 물새 한 마리 힘내라고 응원하며 날아간다.

푸른 물결 따라 양평을 지나고 여주군 대신면으로 들어간다. 멀리 이포보와 파사산이 보인다. 해발 230m에 불과한 파사산 능선을 따라 쌓은 파사산성은 석축 산성이다. 성곽의 둘레가 약 1,800m로 신라 5대 파사왕 때 만들어졌고, 임진왜란 때 유성룡의 건의에 따라 승장 의엄이 승군을 모아 3년에 걸쳐 수축했다고 전해진다. 강을 끼고 벼랑에 의지한 파사산성은 한강을 차지하려는 삼국 쟁패 시대 군사 요충지였으며, 한강을 가장 온전히, 그리고 가장 아름답게 내려다볼 수 있는 곳이다. 산정에 오르면 여주, 이천, 양평이 한눈에 들어오고 남한강이 그림처럼 펼쳐진다. 신여주팔경에는 이포유락(梨浦遊樂)이 있다. 4대강 16개 보 중 으뜸 디자인으로 꼽히는 이포보와 이포보 습지, 당남리 생태공원을 안고 흐르는 남한강 푸른 물줄기는 이포를 찾는 즐거움의 극치다. 30대 초반 이포나루에서 배를 타고 고기를 잡던 시절이 아득히 밀려온다.

길옆에는 '민족지킴이' '문화지킴이'라고 새겨진 돌장승을 비롯하여 천하대장군, 지하여장군 등 다양한 장승과 솟대가 서 있다. 장승과 솟대는 민중의 애환을 풀어주는 친화력 있는 조형물이다. 장승의 기원은 고려시대로 보고 있으며 주된 임무는 마을의 수호신 기능을 하는 것이다. 마을 어귀나 큰길가에 서서 마을에 악귀가 범접하지 못하도록 하여 평안을 주고, 마을과 마을의 경계표시나 여행자의 이정표가 되어주기도 했다. 대부분 돌장승이지만 광주, 여주, 용인 등은 주로 나무장승이 많이 남아 있다. 나무장승은 돌장승에 비해 소박하고 친근한 맛이 난다. 나무가 썩어 더 이상 지킴이 역할을 못 하게 된 장승은 마을 뒷산에 무덤을 파고 묻으며 제사의식을 치른다. 그 수명은 보통 10년쯤인데, 이 짧은 장승의 운명에 예우를 갖춰 보내는 풍습이 있었다. 장승을 패어 군불을 지핀 『변강쇠전』의 한 대목이다.

"천하의 색골 옹녀가 천하의 오입쟁이 변강쇠에게 투정을 부렸다. 건장한 저

신체에 밤낮 하는 것이 잠자기와 그 노릇뿐, 굶어죽기 고사하고 우선 얼어 죽을 테니 오늘부터 지게 지고 나무나 하여 옵소. 옹녀의 투정을 받고서 강쇠가 나무를 하러 갔다. 그런데 하라는 나무는 안 하고 장승을 빼내어 지게에 지고 왔다. 이를 보고 깜짝 놀란 옹녀가 말했다. '에그, 이게 웬일인가, 나무하러 간다더니 장승 빼어왔네 그려. 나무 암만 귀타 하되 장승 빼어 땐단 말은 듣도 보도 못 했소. 만일 패어 때었으면 목신동증(木神動症) 조왕동증 목숨보전 못 할 테니, 어서 급히 지고 가서 전 자리에 도로 세우고 왼발 굴러 진언(眞言) 치고 달음질로 돌아옵소.' 그러나 강쇠는 도끼 들고 달려들어 장승을 패어 군불을 지핀다. 이에 함양장승 대방이 발론하여 통문을 보내 조선팔도 장승을 모두 소집하여 장승동증을 발동하여 강쇠를 공격한다."

변강쇠는 장승을 화장한 죄로 조선에 있는 모든 장승들이 가지고 온 수백 가지의 병으로 결국 죽고 말았다. 전설로서의 『변강쇠전』은 당시 무분별한 성문화를 보여준다. 신목(神木)인 솟대는 우리민족 고유의 희망 안테나로서 풍요와 이상세계의 동경의 상징이었다. 긴 장대 위에 앉아 있는 새는 인간계와 신계를 넘나드는 전령으로 인간이 바라는 바가 이루어지도록 매개 역할을 하는 샤머니즘 문화의 산물이었다.

비상하는 백로의 모습을 형상화한 이포보에서 휴식을 취한다. '남한강새물결맞이이포보개방축'이라는 때 묻지 않은 현수막이 반긴다. 이포보는 핵 안보 정상회의에 참석한 태국의 잉락 총리가 찾아서 더욱 유명해진 곳이 되었다. 이포보를 건너갔다가 다시 돌아오면서 보 가운데 서서 시원한 강바람을 맛본다. 전망대에서 강변 풍경을 바라보고 주변의 생태계 습지와 초지를 둘러본다. 여주의 이포리와 천서리를 잇는 이포대교에 차들이 지나간다. 막국수로 유명한 천서리(川西里)는 이름 그대로 남한강의 서쪽에 있는 마을이라는 뜻이다.

서울의 마포나루와 광나루, 여주의 조포나루와 함께 한강 4대 나루터의 하나였던 이포나루는 이포대교가 생긴 뒤 나루터의 기능을 잃고 뱃사공도 사라졌다. 강물을 따라 이동하는 배가 운반과 교통 수단이었던 조선시대까지 한양과 강원도를 잇는 번화한 나루였으나, 이제는 역사 속으로 사라지고 새롭게 이포보가 다시 들어섰다. 한양의 광나루에서 뱃길 따라 내려온 단종은 이곳 이포나루에서 잠시 애환의 눈물을 뿌렸다. 폐위되어 강원도 영월 땅으로 가는 유배 길이었다. 그때 단종이 물을 마셨다는 우물 어수정(御水井)이 인근에 있다.

단종은 세종의 손자이고 문종의 아들이다. 세종은 아들 18명을 두었지만, 맏아들 문종이 후사가 없어 걱정이었다. 뒤늦게 문종의 세 번째 빈인 현덕빈 권씨에게서 아들을 얻었으니, 바로 단종이었다. 단종은 태어난 지 이틀 만에 어머니를 잃고, 여섯 살에 할머니를 잃고, 열 살에 할아버지(세종)를 잃고, 열두 살에는 부왕인 문종마저 잃었다. 열두 살에 조선조 6대 임금이 된 단종은 즉위 3년 만인 열다섯 살에 숙부 수양대군에게 왕위를 빼앗기고, 이듬해 사육신의 계획이 탄로 나 영월의 청령포로 유배되었다. 그리고 금성대군의 계획이 탄로 나서 사약을 마시고 죽으니, 그때 단종의 나이 열일곱 살이었다. 단종은 조선 역사상 8세의 가장 어린 나이에 즉위한 24대 왕 헌종에 이어, 다음 어린 나이에 즉위해서 가장 어린 나이에 죽임을 당한 비운의 왕이었다. 한국사에서 가장 어린 나이에 즉위한 왕은 7세에 즉위한 고구려의 태조왕과 신라의 진흥왕이다. 태조왕(47~165)은 한국사에서 119세까지 가장 오래 장수한 왕이며, 조선에서 가장 오래 장수한 왕은 83세에 승하한 21대 왕 영조(1694~1776)이다. 고구려 발전의 초석을 마련한 장수왕은 광개토대왕이 39세의 젊은 나이로 세상을 떠나자 제국을 물려받아 78년을 왕위에 있었으며 97세까지 장수했으니 그 이름에도 걸맞다.

조선은 장남이 왕위 계승을 하는 원칙이 있었으나, 정작 장남이 임금이 되기는 어려운 나라였다. 막중한 책임을 지고 태어난 왕의 맏아들 중에는 몸이 약한 사람이 유난히 많았다. 조혼으로 인하여 어린 왕비의 몸에서 태어났기 때문이다. 태조에서 순종까지 27대를 이어온 조선의 임금들 중 맏아들로 왕위를 계승한 이는 일곱뿐이다. 문종(5대), 단종(6대), 연산군(10대), 인종(12대), 현종(18대), 숙종(19대), 경종(20대)이다. 이들 중 장수한 왕은 60세인 숙종뿐이다. 하지만 둘째 아들이 왕이 된 경우는 모두 12회로, 맏아들보다 둘째가 왕이 된 경우가 오히려 더 많았다. 유난히 자손을 중시하고 적통을 보존하려고 애썼던 조선왕실 5백년 역사에 참으로 아이러니한 사실이다. 적장자가 아닌 셋째 아들 세종이 왕이 된 것은 우리 민족의 큰 행운이었다. 역사에는 가정이 없다고 하지만, 세종이 병약한 문종이 아니라 강건한 둘째 수양대군에게 왕위를 물려주었다면, 비운의 단종은 탄생하지 않았을 것이며 조선은 더욱 강건한 국가가 됐을 수도 있다.

남한강을 젖줄로 하고 있는 경기 남부에는 예로부터 여주와 이천이 같은 생활권이었다. 여주에는 고려시대의 명재상 서필(901~965)과 외교가인 그의 아들 서희(942~998)의 사당과 신도비가 있다. 이천 서씨의 시조인 서신일은 아들 서필, 손자 서희, 증손자 서눌이 모두 고려의 재상을 지냈다. 서신일이 어느 날 화살을 맞고 사냥꾼에게 쫓기는 사슴을 구해주었는데, 꿈속에 신인이 나타나서 "낮에 구해준 사슴은 나의 자식이니 그 은덕으로 당신의 자손 대대로 재상이 되게 하리라." 하고는 사라졌다. 이때 이미 나이가 80이 넘은 부인의 몸에 태기가 있어 서필을 낳았다고 한다. 서희는 한국사에 있어 싸우지 않고도 이

긴 최고의 외교가였다.

이천(利川)은 본디 백제 땅으로 시작하여 고구려의 남천현에 소속되었다. 이천이란 지명은 고려 태조 왕건이 후백제를 치러갈 때 주민 서목이 도와 남천을 무사히 건너고 이섭대천(利涉大川, 강을 건너감이 이롭다)이라 말한 데서 비롯되었다고 전한다. 이천은 땅이 기름져 백성들이 부유했다. 좋은 물과 기후, 토양이 좋아 다른 지역 쌀에 비해 쌀알이 맑고 투명하여 기름지다. 이천 쌀은 영양가가 매우 높고 밥맛이 좋아 예로부터 임금님께 진상한 밥으로 알려져 있다.

이천의 진산인 설봉산(394.3m)은 이천 사람들의 정기가 모인 산이요, 이천 사람들이 의지하는 명산이다. 설봉산에는 삼국시대 말 고구려군이 축성한 산성 터가 있는데, 고구려가 백제를 밀어내고 이천 지역을 사수하기 위해 쌓은 성으로 알려져 있다. 고구려는 나제동맹으로 밀고 오는 신라에 성을 내주고 말았다. 백제는 나제동맹에서 배신한 신라를 공격했으나, 김유신은 설봉산성을 전초 기지로 삼고 백제를 차단했다. 매년 10월 설봉산성이 있는 칼바위 꼭대기에서 봉화제를 올리며 설봉 문화제를 시작한다.

이천은 도자기의 고장이다. 흙과 불과 혼의 합작품이라 일컫는 도자기 예술이 중국에서 들어온 것은 9세기 말엽이었다. 화려한 발전과 변신을 거쳐 고려시대에는 고려청자를 빚어내며 절정을 이루었다. 13세기 초 몽골의 침입으로 민심이 피폐해지면서 고려청자 문화가 쇠퇴의 길로 접어들고, 조선시대에 들어와서 다시 조선의 도공들은 청자와 백자의 중간 형태인 분청사기를 구워냈다. 이어서 환상의 도자기 백자가 탄생했다. 하지만 구한말을 겪으면서 조선의 가마는 불이 꺼지고, 조선의 자기들은 자취를 감추었다. 그 유구한 도자의 맥을 잇고, 잃어버린 선조의 예술혼을 재현코자 도공들이 이천 도예장에 모여들었고, 1965년 한일 국교가 정상화되면서 도자기 문화의 원조를 잊지 못하는 일본인들이 주된 고객을 이루며 찾아왔다. 1,300도의 불꽃을 견뎌내야 탄생하는 도자기는 불꽃의 고난을 이겨낸 위대한 산물이다.

이포보를 출발해서 당남리 섬을 지나고, 여주보를 향해 광활한 여주 저류지 둑길을 달린다. 최대 1,530만 톤의 물을 가둬 홍수를 예방할 수 있는 여주 저류지는 4대강 사업을 통해 조성된 대표적인 수변공원이다. 드넓은 잔디광장과 미로원, 각종 공연을 개최할 수 있는 야외무대가 있어 지역축제와 문화공간으로 활용된다. '여주강변 저류지'라는 커다란 표석이 찬바람을 맞으며 강변의 벌판에 서서 나그네를 반겨준다. 일직선으로 뻗은 저류지 끝이 가물가물하다. 남한강 자전거 길의 첫 번째 보인 이포보에 이어 두 번째 보인 여주보 수변공원에 도착했다. '여강의 푸른 물처럼 임의 뜻은 푸르리라驪江常靑'라고 새겨진 표석이 맞이한다. 자연 습지와 광활한 초지 경관이 어우러진 여주보에서 강변 풍경을 바라보며 시원하게 불어오는 강바람의 상쾌함과 평온함을 맛본다.

4. 뿌리 깊은 나무

4대강 사업으로 모두 16개의 보가 설치되었다. 한강에 3개, 낙동강 8개, 금강 3개, 영산강에 2개이다. MB 정부 최대 국책사업인 '4대강 살리기 사업'에 대한 논란이 끊이지 않는다. 4대강에 설치된 16개의 보를 없애야 한다고도 주장한다. 보의 안전과 기능, 보를 막으면 물이 고이고, 물이 고이면 썩고, 물이 흐르는데 보를 설치했으니 홍수가 심화된다는 논리다. 그렇다면 잠실 수중보의 물은 썩고 서울은 해마다 물바다가 되어 오래전에 보를 제거해야 했을 것이라고 반박한다. 또한 서울은 상류에 건설된 댐과 준설을 통해 홍수 피해가 최소화됐다고 한다. 댐은 물을 저장하거나 방류하면서 홍수와 가뭄을 극복하는 역할을 하지만, 댐과 달리 보는 일정한 수심을 유지시켜줄 뿐 물이 흘러들어오는 양만큼 나가기 때문에 물을 가두는 것이 아니라고도 한다. 4대강 사업의 수질, 보 안정성, 예산 낭비 등의 문제점을 지적하는 감사원의 4대강 감사 결과 발표로 온 나라가 시끌시끌하다.

미국 미시시피 강 상류 1,872km 구간에는 43개의 댐과 보, 라인 강 1,233km에는 11개의 댐과 86개의 보, 센 강 776km에는 34개의 보, 텍스 강 346km에는 45개의 보, 그리고 다뉴브 강에는 700여 개의 댐과 보가 있다. 선진국의 댐과 보는 관광자원이다. 댐과 보는 휴양지와 관광명소로 그 지역의 경제 활성화에 큰 도움을 준다. 4대강 사업은 22조 원을 들인 대형 국책사업으로, 16개의 보를 설치해 전국적으로 저수량 6억 2천만 톤의 거대한 물그릇을 만드는 건국 이후 최대의 치수사업이었다. 한반도는 여름에는 강수량이 집중되어 홍수피해를 보고, 봄에는 강이 말라 가뭄에 시달린다. 홍수와 물 부족에 대비하는 치수사업은 꼭 해야 할 사업이다. 공사 부실은 시정해야 하지만, 16개의 보를 다 뜯어내서 강을 옛날 모습으로 되돌려놓아야 한다는 주장은 설득력이 없다. 4대강 사업으로 자전거 길이 만들어졌다. 강 따라 길 따라 떠날 수 있는 자전거여행은 시대의 아름다운 부산물이다.

수변공원을 지나 여주보 위에서 아름다운 남한강의 정취를 맛본다. 남한강의 중심에 위치해 있는 여주보는 세종대왕 때 만들어진 측우기를 형상화했다. 물새들이 날아가는 바다와 같이 넓고 푸른 남한강을 바라본다. 하류에서 상류로 달려온 길이 강물 따라 아득하다. 반대편에는 한 폭의 그림 같은 남한강의 넓고 푸른 물길 위에 멀리 여주 읍내가 보인다. 천년의 세월을 흐르고 흘러내려도 남한강은 여전히 푸르디푸르기만 하다. 경기 동쪽을 가로지르며 흐르는 남한강은 조선시대에 충청, 강원, 영남에서 조공을 서울로 수송하는 수로였다. 육지보다 더 빠르고 거대한 길목이었기에 남한강 일대는 나루터도 많았다. 목계와 가흥을 지난 남한강은 점동면 삼합리에서 섬강과 청미천을 합하여 신륵사 부근으로 흐른다. 이중환은 『택리지』에서 "강의 상류에 마암과 신륵사의 바위가 있어서 그 흐름을 약하게 하여 웅장하거나 급하지 않고 마치 호수처럼 잔잔하다."라고 쓰고 있다. 태백에서 발원한 남한강의 여러 물굽이 중에서 가장 수려한 곳 중의 하나가 신륵사 부근으로, 남한강은 이곳에서는 '여강(驪江)'으로 불린다. '검은 말(驪)'을 닮은 강(江)'이라는 뜻으로 남한강 물길 중 여주를 휘감아 도는 40km 구간을 따로 부르는 이름이다. 여강은 여주의 한복판을 남북으로 가로질러 흐르는 강 주변의 풍경과 어우러지며 그 수려함이

하도 뛰어나 지나가는 문장가들이 그냥 지나친 적이 없다고 한다. 공민왕 때의 학자 이집(李集)이 '여주에 돌아와'를 노래한다.

천지는 끝없지만 삶은 유한해
떨치고 돌아온 뜻
자네 알겠나.

여강(麗江) 한 구비 아름다운 산
반쯤은 그림 같고 반쯤은 시야

신돈의 미움을 사 생명의 위협을 느낀 이집, 유한한 삶을 그렇게 보낼 수는 없는 일이라 훌훌 털어버리고, 반은 그림 같고 반은 시 같은 남한강 한 구비 아름다운 산이 있는 여주로 돌아가서 지은 시다. 이중환은 『택리지』에서 "여주읍이 강 남쪽에 위치하는데, 서울과의 거리는 물길이든 육로든 200리가 못 된다."라고 한다. 산 빛이 곱고 강물이 맑은 산자수명한 한 폭의 산수화 같은 여주는 옛사람들이 대동강의 평양, 소양강의 춘천과 더불어 우리나라 3대 강촌으로 꼽았다. 서거정은 "강의 좌우로 펼쳐진 숲과 기름진 논밭이 멀리 몇 백 리에 가득하여 벼가 잘되고 기장과 수수가 잘되며, 나무하고 풀 베는 데 적당하고, 사냥하고 물고기 잡는 데 적당하며 모든 것이 다 넉넉하다."라고 했다. 또한 『여지도서』에는 "신륵사의 그림자가 강물 속에 거꾸로 비치고, 마암(馬巖)은 요충지로서 강물을 막아서니, 정말로 나라의 상류를 제어하며, 경기 지역의 중심지가 되었다. 우리나라에서 땅 넓이가 여주와 비슷한 고을이 얼마나 되는지 모르지만, 상서롭고 복스러운 기운을 간직하여 나라의 근본이 되는 지역으로 여주처럼 융성한 곳은 없을 것이다."라고 기록하고 있다.

여주가 남한강의 대표 강촌이라면, 북한강의 대표 강촌은 춘천(春川)이다. 춘천은 북한강을 흐르는 의암댐이 도시의 3분의 1을 차지한다. 춘천의 하천은 분지를 중심으로 북서쪽에서 북한강, 북동쪽에서 소양강이 흘러 분지 안에서 합류하여 남서류하다가 홍천강과 합류한다. 소양강과 북한강 사이에 우두(牛頭)평야와 샘밭(泉田) 등 기름진 충적지가 펼쳐져 있고, 시내에는 소양호, 춘천호, 의암호가 있어 하류의 홍수 조절과 발전 및 관광지, 내류수로 등 중요한 몫을 한다. 봄 춘(春), 내 천(川), '봄이 오는 시내'란 뜻의 춘천은 그래서 호반의 도시라 불린다. 강과 호수 등 물이 많기 때문이다.

세계에서 가장 유명한 물의 도시 베네치아는 수많은 운하와 섬으로 이루어졌다. 괴테는『이탈리아 기행』에서 "베네치아는 결집된 인간의 힘이 만들어낸 위대하고 존경스러운 작품이며, 한 명의 지배자가 아닌 수많은 민중이 남겨놓은 뛰어난 유적이다."라고 했다. 베네치아는 이탈리아 북동부 아드리아 해변에 위치한 베네토 주의 주도이며, 예로부터 '아드리아 해의 여왕', '꿈의 섬'이라 불리며 너무나 잘 알려져 있다. 영어로는 베니스라 불리며, 177개의 운하와 118개의 섬으로 이루어져 있고 그 사이에 400개의 다리가 놓여 있다. 베네치아의 역사는 567년에 이민족에 쫓긴 롬바르디아의 피난민들이 만 기슭에 취락을 형성하면서 시작되었다. 7세기 말에 무역의 중심지로 발전했고, 10세기에는 이탈리아에서 가장 번영한 자유 도시국가가 되었다. 이후 눈부신 번영을 이루면서 13~15세기에는 지중해를 지배하는 해양제국이 되어 '이탈리아의 진주', '공화국의 귀부인'이라는 호칭을 받았다. 이후 오스만 터키의 진출에 제해권을 빼앗기고 많은 해외 식민지를 잃으면서 17~18세기부터 쇠퇴의 길을 걷는다. 1797년 나폴레옹에 의해 점령되고 얼마 후 오스트리아에 의해 병합됨으로써 베네치아 공화국은 막을 내리게 되었다.

십여 년 전 두 아들, 두 조카와 함께 다녀온 베니스의 추억을 되새기며 매서운 겨울바람 몰아치는 아름다운 강촌의 여주보를 건너간다. 보의 벽에 훈민정음(訓民正音) 서문 원본이 큰 글씨로 새겨져 있다. 현대어로 해석한 글이다.

"나라 말이 중국과 달라서 문자로는 서로 통하지 아니하므로 이런 이유로 어리석은 백성이 말하고자 하는 바가 있어도 마침내 제 뜻을 나타내지 못할 사람이 많다. 내 이를 위하여 딱하게 여겨 새로 스물여덟 글자를 만드니 사람마다 하여금 쉽게 익혀서 날마다 쓰기에 편하게 하고자 할 따름이니라."

백성을 가르치는 바른 소리 훈민정음은 1446년(세종 28) 음력 9월 29일에 반포한 국자(國字)다. 훈민정음은 줄여서 정음(正音)이라고도 하고, 속칭 언문(諺文)이라고도 했으며, 현대의 명칭은 한글이다. 훈민정음은 세계 2,900여 종의 언어 가운데 유네스코에서 최고의 평가를 받으며, 1997년 10월 유네스코 세계 기록유산으로 지정된 국보 제70호다. 2013년부터는 10월 9일이 다시 공휴일로 부활되어 한글날을 기념한다. 세종대왕은 훈민정음 반포 이듬해인 1447

년 이의 실용성 여부를 실험하고 존엄성을 부여하며, 나아가 역성혁명의 정당성을 알리고 조선 건국의 합리성을 설파하기 위하여 '용비어천가(龍飛御天歌)'를 지어, "뿌리 깊은 나무는 바람에 움직이지 않으니 꽃 좋고 열매가 많고, 샘이 깊은 물은 가뭄에 그치지 않으니 내가 이루어져 바다로 가노니"라고 하며 뿌리 깊은 나무 조선왕조의 창업을 송영한다.

뿌리 깊은 나무는 바람에 쓰러지지 않는다. 샘이 깊은 물은 가뭄에 쉽게 마르지 않는다. 나무는 하늘을 향해 가지를 펼치지만 땅속으로 그만큼 깊이 뿌리를 내린다. 키가 크고 뿌리가 얕으면 작은 바람에도 견디지 못한다. 키가 자라는 만큼 뿌리도 깊이 내려야 한다. 모죽이라는 대나무는 심은 지 5년이 지나도록 아무리 정성을 들여도 큰 변화가 없다. 하지만 5년이 지나면 하루 70~80cm씩, 짧은 시간에 무려 30m까지 자란다. 그러나 대나무는 쓰러지지 않는다. 사방으로 내린 대나무의 뿌리가 땅속 깊숙한 곳에서 주변 십리까지 내렸기 때문이다. 5년을 숨죽인 듯 세상에 뻗어나갈 준비를 한 끝에 당당하게 위용을 자랑하며 나아간 것이다.

인생도 한 그루 나무와 같다. 삶에 대한 진지한 고민과 사색은 삶의 뿌리를 깊이 내리게 한다. 그래야 풍파에 쉽게 휩쓸리지 않는다. 인생은 복잡하고 오묘하다. 내 의지와는 상관없이 침몰되기도 하고, 자고 나니 하루아침에 유명해지기도 한다. 천국과 지옥을 오르내리는 연속일 수도 있다. 계절이 순환하듯 길흉화복도 돌고 돈다. 모든 것은 마음이 만들어낸다. 일체유심조다. 태산처럼 흔들리지 않는 깊은 마음의 뿌리를 갖는 것이 인생의 성장이다.

하늘 높이 자라기 위해 깊은 뿌리를 내리는 내공의 길을 간다. 여주보를 지나서 강변길을 물길 따라 달려간다. 영녕릉(英寧陵)을 지나간다. 세종대왕과 왕비 소헌왕후, 효종과 왕비 인선왕후가 능선 하나를 이웃해 나란히 잠들어 있는 곳을 합친 능호를 영녕릉이라 한다. 세종과 소헌왕후의 조선 최초의 합장 능인 영릉(英陵)은 조선 왕조의 국운을 100년은 더 연장시킨 천하의 명당자리라고 한다. 효성이 지극한 세종은 당초 "다른 곳에 복지(福地)를 얻는 것이 선영 곁에 묻히는 것만 하겠는가." 하며 태종의 능침이 있는 대모산 중턱에 자신의 능침을 정했으나, 예종이 즉위하면서 영릉을 현재의 여주 능서면 왕대리로 천장(遷葬)했다.

조선왕조 500백년사에서 치적이 가장 뛰어난 왕은 제4대 임금 세종이다. 세종은 갖가지 병마에 시달리면서도 백성을 자신보다 아끼고 더 사랑했다. 곁에 앉은 사람도 알아볼 수 없을 정도로 심한 안질에 시달렸고, 옆구리에 난 창과 풍질 때문에 같은 자리에 오래 앉아 있지 못했으며, 각기가 심하여 보행도 자유롭지 못했고 당뇨병도 있었다. 재위 32년의 치적을 마무리하고 영면에 든 것은 왕의 나이 54세 때이다.

조선시대 임금의 평균 수명은 45세이다. 60세 이상 장수한 왕은 다섯으로, 영조 83세, 태조 74세, 고종 67세, 정종 63세, 숙종 60세이며, 단종은 17세, 예종은 20세, 헌종은 23세로 단명했다. 단명의 이유는 주로 과다한 영양섭취, 운동부족, 무절제한 성생활 등이었다. 중국은 왕조별로 큰 차이가 있지만 진시황제부터 청(淸) 말 부의까지 2,100여 년 동안 335명 황제의 평균 수명이 41세이다. 중국은 권력 쟁탈에서 적의 손에 목숨을 잃은 황제가 3분의 1을 차지한다. 로마 37명 황제의 평균 수명은 37세이며, 평균 재임기간이 8.5년으로 자기의 수명을 다하고 죽은 자는 13명밖에 안 된다.

영릉(寧陵)은 효종(1619~1659)과 인선왕후의 쌍릉이다. 세종릉은 넓은 터에 호방하고 당당하게 자리 잡고 언제나 많은 사람들이 번잡한 반면, 영릉은 좁고 깊숙한 골 안에 들어와 있어 찾는 이가 별로 없어 조용하고 호젓하다. 효종은 인조의 둘째아들로 봉림대군에 봉해졌고, 병자호란이 일어나 강화로 피신했으나, 인조가 청나라에 굴복하자 소현세자와 함께 청나라 심양에 볼모로 잡혀갔다가 8년 만에 돌아왔다. 인조의 뒤를 이어 왕위에 오를 소현세자는 청나라에 대하여 초기에는 최고의 치욕을 당했다는 반청 감정을 가졌지만, 심양의 볼모 생활을 통하여 청나라의 발전을 체험하고 큰 자극을 받았다. 청나라를 과거의 야만국으로만 볼 것이 아니라 정치·문화의 강국임을 인정하고, 이러한 바탕 위에서 국제관계를 유지해야 한다는 자세를 갖게 되었다. 그러나 인조를 비롯한 조정대신들은 청나라를 여전히 오랑캐의 나라로 보았으며, 소현세자가 청과 긴밀한 관계를 맺고 있는 데 대해 지나치게 냉담했다. 소현세자는 귀국 후 얼마 뒤 의문의 죽음을 당하고, 나아가 그의 아들도 세자로 책봉되지 못했으며, 소현세자의 빈과 세 아들은 사약을 받는 등 참혹한 최후를 맞이했다.

소현세자가 의문의 죽음을 당하자 봉림대군은 생각지도 않게 왕위에 올랐다. 효종은 자신이 왕으로 해야 할 일을 잘 알고 있었다. 그것은 자신을 왕으로 밀어준 선왕 인조의 치욕을 대신 복수하기 위해 북벌(北伐)의 길로 나아가는 것이었다. 어영청을 설치하여 이완을 어영대장으로 삼고 송시열, 송준길을 등용하여 북벌 이념의 전도사로 삼았지만, "중원을 정벌하여 삼전도의 치욕을 씻을 것이다."라는 북벌의 길은 멀고도 험했다. 북벌 계획에 혼신의 힘을 쏟던 효종은 그 꿈을 이루지 못한 채 재위 10년 만에 41세의 나이로 승하하니, 불운했던 시대의 불행한 왕이었다. 효종은 대동법을 실시해 백성들의 조세 부담을 덜어주고 화폐개혁을 하는 등 백성들의 고단한 삶을 헤아렸다.

영녕릉 숲에서 쓸쓸한 역사의 바람이 불어와 나그네의 상념을 더한다. 두 다리는 무심히 움직여 페달을 밟고 자전거는 앞으로 앞으로 나아간다. 돌아본다. 지나온 역사와 세월을, 지나온 길을, 모두가 저 멀리 아득하다. 어디쯤일까. 얼마나 남은 것일까. 길 위에서 길을 물으며 달려간다. 드디어 여주가 보인다.

5. 청산은 나를 보고

여행은 미지의 길을 가는 춤이요 멜로디요 온몸으로 쓰는 글이다. 아름다운 해방이요 경이로운 견문 터요, 추억의 시간이요 동경의 실현이다. 시공의 만남과 이별을 통해서 화원을 아름답게 가꾸는 인연의 산실이다. 여행을 즐길 줄 아는 것은 축복이다. 물속에 있는 물고기는 자신의 모습을 볼 수 없다. 흐르는 물은 거울이 되지 못하지만, 멈춰 있는 물에는 모든 사물이 비친다.

길을 간다. 넓고 푸른 남한강 줄기를 따라 두 바퀴를 굴리며 새로운 길을 간다. 새로운 공간으로 단장한 추억의 명소 양섬을 지나서 여주로 간다. 윤동주가 '새로운 길'을 노래한다.

내를 건너서 숲으로/ 고개를 넘어서 마을로
어제도 가고 오늘도 갈/ 나의 길 새로운 길
민들레가 피고 까치가 날고/ 아가씨가 지나고 바람이 일고
나의 길은 언제나 새로운 길/ 오늘도…… 내일도……
내를 건너서 숲으로/ 고개를 넘어서 마을로

여주 읍내로 들어선다. 여주 문화의 거리에 여주팔경을 거의 다 볼 수 있었

다는 청심루 표지석이 서 있다. 일제강점기에 앞잡이 노릇을 한 여주군수 강진수의 집에 불을 질렀는데, 곁에 있던 청심루에 불길이 옮겨져 잿더미가 되었다고 한다. 목은 이색이, 포은 정몽주가, 도은 이숭인 등이 시를 지어 현판에 걸었다지만 흔적이 없다. 노수신(1515~1590)의 시다.

구름과 안개 처마 끝에 오래 머물고
4월에 청심루 오르니 얼굴이 차갑네.
여강의 깊은 물은 오대산 물줄기이고
용문산 길게 뻗은 산세 6대 명산이네.
석양 모래섬 그림자 하늘 끝에 이르고
안개 긴 절 종소리는 나무 사이로 들리네.
긴 강을 쳐다보는데 한 줄기 휘파람 소리
지난번 이야기는 모두 한가로운 소리네.

지금은 태백의 검룡소에게 자리를 내주었지만, 세조의 난치병을 고치게 했다는 전설의 오대산 우통수를 예전에는 한강의 발원지로 보았기에, 노수신은 여강의 깊은 물을 오대산 물줄기로 노래했다. 여주는 수많은 사찰과 나루가 흥망성쇠를 겪어온 남한강 중류 지역에서 가장 큰 도회지로 수상, 육상 교통의 중심지였다. 고려시대의 나루터인 여주나루는 수심이 깊고 물살이 완만하여 배가 잠시 들르기에는 편리했지만, 하안은 경사가 급해서 하역을 하기 불편했다. 마포나루까지는 보통 2일, 늦어도 4~5일이면 도착했다. 여주군청 뒤에는 나루 표석이 남아 있다.

읍내를 끼고 큰 폭으로 유유히 흘러가는 남한강을 따라 여주의 심장부를 달려 여주대교에 이르러서 차도로 올라선다. 4대강 국토 종주 자전거 길 강천보로 가는 길과 신륵사로 가는 갈림길 표시판이 안내한다. 여주와 남한강의 풍경을 한눈에 바라보는 산 위에 자리 잡은 영월루(迎月樓)로 올라간다. 고풍의 누각인 영월루는 원래 여주군청의 정문에 있었는데, 1925년 경 파손될 운명에 처해 있어 이 자리로 옮겼다. 다리 건너편에는 여주세계생활도자관이 있고, 옹기종기 여주 도자기 공장들이 모여 있다. 시간과 공간의 세계를 넘나들며 존재의 의미를 새삼 깨닫는다. 영월루 강변 아래로 내려가 '검은 용마'의 전설을 지닌 마암을 둘러본다. 큰 바위 표면에 새겨진 '馬巖'이 흐르는 강물을 바라보며 강물에 배를 띄우던 목은 이색의 일화를 전한다.

이성계가 조선을 건국하자 고려 말의 충신이었던 이색은 새로운 왕조에 참여하지 않고 태조가 내린 벼슬을 거절한 채 초야에 묻혀 살고 있었다. 5월의 어느 날, 제자들과 함께 여강에 배를 띄우고 분위기가 무르익자 이색은 술을 한 병 꺼냈는데, 이성계가 보낸 술이었다. 이색은 그 술을 한 잔 마시고 배 위에서 그만 세상을 하직했다. 이색의 의문사는 정도전과 조준이 꾸민 계략이라고 제자들이 주장했지만 흐르는 세월 속에 묻혔다.

영월루 공원에는 '驪興閔氏貫鄕碑(여흥민씨관향비)' 표석이 서 있다. 인근에는 여흥 민씨 명성왕후의 생가가 있다. 일제의 명성황후 시해 암호명은 '여우사냥'이었다. 모방의 천재답게 영국의 민속 야외 스포츠 '여우사냥'에서 따온 것이었다. 일본도를 든 낭인들이 경복궁 옥호루로 들이닥쳐 궁녀들 틈에 있는 명성황후를 찾아내 칼을 휘둘러 가슴을 베었다. 숨이 끊어져가면서도 당당하고 비명조차 지르지 않는 의연함에 화가 난 낭인들은 황후를 윤간하고 밖으로 끌어내 석유를 끼얹고 불을 질렀다. 시해사건에 참가했던 낭인의 칼집에는 '一瞬電光刺老狐(일순전광자노호)', 곧 '단숨에 전광과 같이 늙은 여우를 베었다'고 적혀 있었다.

영월루에서 내려와 강천섬을 향해 달린다. 첫날인 어제 한파주의보에 시달리며 적응해서인지, 오늘의 추위도 세찬 바람도 녹록하지 않건만 어느덧 익숙해진다. 잔잔하게 흘러가는 남한강을 따라 황포돛배 선착장을 지나고 금모래은모래 강변 유원지를 달려간다. 금모래은모래 공원은 남한강변을 따라 강천보까지 펼쳐져 있는 금은 모래밭이다. 오랜 세월 강가를 지켜온 모래에서 시간의 소리가 들려온다. 모래를 이용해서 시간을 측정한 지혜의 소리가 들려온다. 모래시계에서 똑딱똑딱 모래가 흘러내린다. 모래가 빠져나가듯이 시간이 빠져나간다. 모래시계를 뒤집듯이 시간을 되돌릴 수 있는 모래시계, 거꾸로 가는 모래시계를 만들어 추억의 여행을 가려 한다면 바벨탑의 교만일까? 시간이 내 곁을 스치며 우주 속으로 흘러간다. 우리의 인생에는 몇 시간이 주어질까. 80년을 산다고 가정하면 29,200일이며 하루는 24시간, 일주일은 168시간, 한 달(30일)은 720시간, 일 년(365일)은 8,760시간이니, 80년은 무려 700,800시간이다. 이는 분으로는 42,048,000분, 초로는 2,522,880,000초이다. 이렇게 많은 시간을 지니고도 현대인은 시간에 쫓기고 살아간다. 시간 압박은 현대인의 큰 스트레스이고 질병의 원인이다.

스위스의 한 노인이 80년 동안의 삶을 돌아보았다. 잠자는 데 26년, 식사하는 데 6년, 세수하는 데 228일, 넥타이 매는 데 18일, 다른 사람이 약속을 안 지켜 기다리는 데 5년, 혼자 멍하니 공상하는 데 5년, 담뱃불 붙이는 데 소비한 시간 12일이었다고 한다. 심장이 뛰는 소리, 감사해야 한다. 이는 심장이 운동을 하여 피가 온몸을 돌고 있어 살아 있다는 의미다. 심장에서 나온 피가 온몸을 한 바퀴 돌아 다시 심장으로 되돌아오기까지는 약 25~30초밖에 걸리지 않는다. 초속으로 60m, 분속으로는 3,600m, 시속으로는 216km나 된다. 심장은 사람마다 차이는 있지만 1분에 60-90번, 80년이면 일평생 30억 번 전후를 운동한다.

의식하지 못하는 사이에 시간은 흘러간다. 똑딱똑딱하는 소리는 죽음이 다가오는 소리, 남은 인생이 줄어드는 소리다. 소중한 인생을 낭비하지 않고 살아야 한다. 시간이 간다. 아니다. 내가 가고, 바람이 가고, 구름이 가고, 자연이 간다. 광활한 우주 공간과 영원한 시간 속에서 미세한 한 점에 불과한 한 인간이 묵묵히 자신의 길을 간다. 주어진 시간이 지나면 존재도 사라진다. 생을 마감하고 지수화풍으로 돌아간다.

인간은 시간을 측정하도록 약속을 했다. 시계는 인간이 자연현상 가운데 규칙적인 운동을 하는 것을 기초로 하여 시간을 측정하는 도구다. 해를 이용한 인류 최초의 시계인 해시계, 물을 이용한 물시계에 이어 모래를 이용해서 만든 시계가 모래시계다. 모래시계는 8세기경 프랑스의 성직자 라우트 프랑이 고안한 것으로, 휴대성이 좋은 것은 물론 해시계나 물시계보다 정확도가 높았다. 뒤집어놓지 않고 가만히 두면 그냥 유리관과 나무 조각, 그 속에서 생명을 잃고 머무르는 한줌의 모래에 불과한 모래시계. 그러나 인간이 그 시계를 뒤집을 때 모래시계는 살아서 움직이며 존재의 시간을 관리한다.

하늘의 별이 많을까, 아니면 지구의 모래가 많을까? 호주의 시드니 천문학회에서는 해변과 사막에 있는 모래와 하늘에 떠 있는 수많은 별들 중 어느 것이 더 많은지 재미있는 발표를 했다. 결과는 모래보다 별들의 숫자가 10배 더 많은 70섹스틸리언이었다. 1섹스틸리언은 1,000의 12좌승이니 상상을 초월하는 숫자다. 한자를 만든 옛사람이 억(億)이란 숫자를 만들 때 '億은 人+意'로서, 당시 사람들이 헤아리기에는 뜻밖의 엄청난 숫자였는데 오늘날의 억은 초라한 숫자의 모습이 되었으니, 문명의 발달이 괄목하다.

지구 표면의 20% 정도는 사막으로 분류된다. 사막이라고 하면 보통 불모의 모래벌판을 생각하지만, 실제로는 사막의 작은 일부만이 모래언덕 곧 사구이고, 나머지는 흙, 자갈, 암석으로 이루어진 황무지 상태다. 사하라 사막도 순수한 모래언덕은 전체 면적의 7분의 1 정도에 불과하다. 아랍어의 사흐라(불모지)에서 유래된 사하라 사막은 세계 최대의 사막으로, 아프리카 대륙 총 면적의 약 4분의 1에 달하고, 세계 사막 전체 면적의 26%를 차지한다. 길이가 동서로 5,000km, 남북으로 2,000km, 면적은 750만㎢에 이른다. 평균 고도 300m 정도의 평평한 지역이지만 높은 곳은 3,000m가 넘으며, 일교차가 심해 낮에는 섭씨 40~50도에 이르고 밤에는 10도까지 내려가는 곳도 있으며, 해발 1,000m 이상의 고지대에는 겨울밤에 얼음이 언다. 강우량은 극히 불규칙하여 4년 동안 비가 한 방울도 내리지 않는 곳이 있는가 하면, 하루에 300mm의 강우량을 기록하기도 한다.

원래 리비아는 로마시대까지만 해도 밀, 올리브, 오렌지가 풍성한 제국의 주요 곡창지대였지만, 국토 대부분이 사막지대로 변하면서 물이 부족해졌다. 사막에서 지하수를 찾던 리비아는 사하라 사막 한가운데에서 120조 톤이라는 지하수를 찾아, 이를 이용해서 옥토를 가꾸어 녹지를 조성하고 곡창지대로 바꾸었다. 지하수원을 지중해 연안 지역까지 연결한 리비아의 대수로 공사는 단일 규모로는 세계 최대 공사로, 동아건설과 대한통운이 맡아서 진행한 세계 8대 불가사의로 불릴 정도로 기념비적이었다. 공사 후 송수관을 통해 매일 100만 여 톤씩 맑고 깨끗한 물이 식수와 용수로 보내져 이웃 나라의 부러움을 사고 있다.

사막의 모래언덕 위에서 생텍쥐페리는 먼 별나라에서 온 어린왕자를 만났다. 갈증에 고통 받는 그와 함께 샘을 찾아 나선 어린왕자는 "사막이 아름다운 것은 어딘가에 샘물이 있기 때문이고, 밤하늘의 별들은 보이지 않는 꽃 때문에 아름답다"라고 한다. 사막의 여우는 어린왕자에게 "가장 중요한 것은 눈에는 잘 보이지 않는다."고 말한다. 지평선 깊숙한 모래언덕 속에 숨어 있는 샘물처럼 가장 중요한 것은 눈에 잘 보이지 않는다. 스티브 도나휴는 '사막을 건너는 여섯 가지 방법' 중에서 "인생이란 사하라 사막을 건너는 것과 같다. 끝이 보이지 않고 때로 길을 잃기도 하며 신기루를 좇기도 한다. 사하라 사막을 건너는 동안에도 우리는 언제 그 끝에 다다를지 알 수 없다. 우리의 인생은 그 모습을 많이 닮았다."라고 말한다.

생텍쥐페리는 비행 중 사고로 사하라 사막에 불시착한 상황에서도 사막을 사랑한다. 사막에 불시착하여 며칠 동안 갈증을 달랠 길 없어 빈사지경을 헤맨 생텍쥐페리는 "물은 생명에 필요한 것이 아니라 생명 그 자체다. 물의 은혜로 우리 안에 말라붙었던 마음의 모든 샘들이 다시 솟아난다."라고 말한다. 생텍쥐페리와 어린왕자의 낭만적인 사하라 사막은 바로 인생의 여정이다. 인생이란 사하라 사막을 걷는 것과 같다.

금모래은모래 공원의 선착장에 외로운 황포돛배가 오지 않는 겨울날의 손님을 기다리며 쓸쓸하게 떠 있다. 여주군에서는 추억 속의 황포돛배를 전통 기법으로 제작하여 조상들의 슬기와 지혜를 맛볼 수 있도록 운행 중에 있다. 강 건너편에 있는 고려시대의 나루터인 조포나루에는 옛 모습을 그리워하는 '조포나루터'라는 표석과 함께 황포돛배를 그린 옛 강변 풍경의 그림이 있다. 황포돛배는 황포를 돛에 달고 바람의 힘을 이용하여 서해바다의 수산물과 내륙지방의 농산물을 수송했던 장삿배로 신륵사와 지평, 양동으로 통행하는 조포나루에서 흔히 볼 수 있었던 남한강 상류의 전통적인 배였다. 조포나루는 마포나루, 광나루, 이포나루와 더불어 조선시대 한강의 4대 나루 중 하나였다. 충주에서 서울까지 수운의 이용이 번성할 시기에는 신륵사 하류에 보제원이 설치되어 통행자의 숙박을 제공하기도 했다.

강 건너편에는 신라 진평왕 때 원효대사가 창건한 것으로 알려진 신륵사와 강월헌(江月軒)이 한 폭의 그림처럼 펼쳐지며 남한강변에 고즈넉하게 앉아 있다. 신륵사는 고려 말의 고승 나옹선사(1320~1376)가 입적하면서 유명해진 절이다. 뒤로는 숲이 우거지고 마당 앞으로는 남한강이 유유히 흐르는 절경으로 여주의 대명사로 불린다. 강변의 너른 마당 왼쪽에는 나옹선사가 아홉 마리의 용에게 항복을 받고 그들을 제조하기 위해 지었다는 구룡루가 있으며, 그 앞에서 오른쪽 언덕으로 오르면 유명한 다층 전탑과 대장각비가 남한강을 내려다보고 있다.

나옹선사는 24세 때 양주 회암사에서 크게 깨달음을 얻고 원나라 연경으로 건너 가 인도 승 지공선사의 지도를 받은 후, 광활한 중국을 주유하고 공민왕 7년(1358년)에 귀국한다. 나옹선사의 법맥은 태조 이성계의 왕사인 무학대사에게 이어진다. 회암사에 머물던 나옹선사는 병이 깊었는데도 왕명을 따라 밀양의 형원사로 내려가던 중 신륵사로 들어가서 입적했다. 그때 하늘에선 오색구름이 산마루를 덮고 용이 호상하는 등 신기한 일이 벌어지면서 세상에 이름을 떨쳤다고 전한다. 목은 이색은 그 날의 일을 기록했다.

"이 날 진시에 고요히 세상을 떠났다. 고을 사람들이 바라보니 오색구름이 산마루를 덮었다. 화장을 하고 유골을 씻고 있는데 구름도 없는 날씨에 사방

수백 보 안에 비가 내렸다. 이에 사리 155과를 얻었다. 신령스러운 광채가 여드레 동안이나 나더니 없어졌다."

'겨울은 강철로 된 무지갠가 보다'라고 하는 시인 이육사의 노래처럼, 아름답지만 매서운 추위를 즐기며 달려간다. 시련은 영혼을 세척하고 정신을 단련시킨다. 조롱박처럼 한 곳에 머물지 않고 시련과 역경 속에 천하를 주유해야 한다. 일본의 시인 월성(1817~1856)은 "남아가 뜻을 세워 고향 떠나가니/ 학문을 이루기 전에는 돌아오지 않으리라/ 살다 죽을 곳이 어디 고향뿐이런가/ 인간 세상 어디든지 청산이 있는 것을"이라고 노래한다. 큰 뜻을 펼칠 무대인 청산은 도처에 있다고 한다. 청산은 마음이 머무는 그곳이다. 발길이 닿는 모든 곳일 수도 있다. 청산은 이상향이고 유토피아다. 나옹선사의 참선 곡이 신륵사에서 울려 퍼지며 남한강 물결 위에 흘러간다. 나그네의 마음에서도 절로 노래가 솟아나온다.

청산은 나를 보고 말없이 살라 하고
창공은 나를 보고 티 없이 살라 하네
사랑도 벗어놓고 미움도 벗어놓고
물같이 바람같이 살다가 가라 하네

청산은 나를 보고 말없이 살라 하고
창공은 나를 보고 티 없이 살라 하네
탐욕도 벗어놓고 성냄도 벗어놓고
물같이 바람같이 살다가 가라 하네

청산은 물같이 바람같이 살아갈 세상의 품이다. 청산은 사랑도 미움도, 탐욕도 성냄도 벗어놓으라고 한다. 세상을 향한 할 말이 있어 떠난 길인데, 남한강에서 만난 청산은 나를 보고 말없이 살라 한다. 두 바퀴를 굴리며 달려간다. 바람결에 물결에 벗어놓고 비운다. 가볍고 홀가분해진다. 남한강 자전거 길 136km, 정중앙에 도착했다. 팔당대교에서 충주댐까지 정중앙인 68km 지점에서 휴식을 갖는다. 드디어 남한강 최상류에 위치한 마지막 보인 강천보가 모습을 드러낸다. 황포돛배의 돛을 형상화한 강천보는 야경이 아름다운 곳이다. 강천보에 위치한 한강문화관에 들어가니 고요하고 한적하다. 한강변에 살아온 사람들의 발자취와 한강 따라 얽히고설킨 문화를 살펴보고, 전망대에 올라 남한강 물줄기에 어린 시간과 공간의 흔적을 바라본다.

강천보 위를 지나고 급경사 내리막길을 내려간다. 위험한 구간이라 걸어서 가도록 안전시설을 했다. 물고기가 다니는 길 어도(魚道)가 보인다. 하천을 가로질러 댐이나 보를 설치하면, 수중생물의 이동 통로가 막혀 왕래를 할 수 없게 되므로 인위적으로 길을 만들어주어야 한다. 잠시 앉아서 고기들이 지나가는 것을 신기하게 살펴본다. 나그네가 떠나갈 길을 만나듯 고기가 물을 만났다.

물은 지구상에 존재하는 모든 생명체의 고향이요 삶의 터전이다. 육지나 강과 호수, 바다에 사는 모든 동물과 식물은 물에 의지해 살아간다. 물의 탄생은 46억 년 전 지구의 탄생으로 거슬러 올라간다. 지구에 화산 폭발이 일어나면서 들끓던 마그마가 식어 암석이 만들어지는 과정에서 수증기를 머금은 가스가 새어나오고, 수증기는 차가운 공기 중에서 응결해 구름이 되었다. 그리고 곧 엄청난 비가 쏟아졌고, 내린 비는 모여서 강과 호수가 되고, 더 낮은 곳으로 흘러들어 바다가 탄생했다.

물은 지구에서 사라지지 않는다. 형체를 바꾸며 순환한다. 액체 상태의 물이 기체가 되면 수증기라 하고, 고체 상태가 되면 얼음이라 한다. 고체, 액체, 기체의 상태로 모양을 바꾸며 끊임없이 돌고 돈다. 액체 상태의 물은 태양 에너지를 받아 증발하면서 기체가 된다. 하늘 높이 올라간 수증기는 식어서 작은 물방울이나 얼음 알갱이로 변한다. 이런 물방울이나 얼음 알갱이들이 응결핵을 중심으로 한데 엉겨 구름이 된다. 물방울이 추운 곳에서는 눈으로 내리게 된다. 땅에 떨어진 물은 땅속으로 스며들기도 하고, 호수나 강을 이루어 바다로 흘러가기도 한다. 이렇게 육지나 바다에 모인 물은 다시 수증기가 되어 구름을 이루고 비가 되어 내린다. '물의 순환'이다. 물은 바다에서는 2,500년 정도 머물고 증발하여 대기에서 8일 정도 머물다가 눈비가 되어 내린다. 하천에서 16일, 담수호에서는 17년 정도 머물고, 지하수로는 1,400년 정도 머문다. 물은 지구 표면의 약 70%다. 지구 전체의 물을 100%라고 하면, 그 가운데 바다는 96.5%를 차지하고, 빙설 1.74%, 지하수 1.7%, 호수와 늪지는 0.014%이며 하천은 0.0002%에 불과하다. 넘실대는 남한강은 그 중의 일부다.

강바람이 불어오는 제방 길을 달리다가 우회전을 하며 굴암교를 지나서 강천섬에 들어선다. 한강6경 안내판이 강천섬을 안내한다. 강천섬에는 환경부 지정 멸종위기 종 2급인 단양쑥부쟁이가 서식한다. 냇가의 모래땅에서 자라는 두해살이풀로 기다림과 인내를 상징하여 한국인의 마음을 닮았다고 하는 쑥부쟁이는 '쑥을 캐러 다니는 불쟁이네 딸'이라는 뜻이다. 쑥부쟁이는 11남매를 둔 대장장이의 큰딸이다. 동생들을 위해 쑥을 캐러 산이나 들로 다니다가, 어느 날 절벽에서 발을 헛디뎌 떨어져 죽은 효심과 산에서 만나 구해준 청년을 기다리는 기다림의 전설이 깃들어 있다. 안내판 한 쪽에는 시비 '바위 늪의 찬가'가 세워져 있다.

남한강 굽이돌아

강천섬 아름다운 둥지에

뿌리 내린 당신

억겁의 세월을 흘러온

어머니의 물줄기를 보며

그리움의 여운을 담아

노오란 보랏빛 자태를 머금고

어두운 긴 잠의 질곡에서 깨어

새로운 탄생의 숨결이 머무는 바위 늪가에

영혼이 담긴 질기디질긴 생명의 들꽃으로

널리널리 퍼져 환희의 진주이슬을

멀리멀리 흩날려다오

   삶의 쉼표를 즐기며 새로운 느낌표를 맛보는 자전거 종주 여행. 삶을 현미경으로 확대도 해보고 망원경으로 당겨보기도 한다. 일상에서 탈출한 깨달음의 전율이 바람을 타고 뇌리를 스쳐간다. 국토 종주를 마치고 다시 찾은 가을의 강천섬에는 황량한 겨울의 섬에서 살아남은 질기디질긴 생명의 들꽃 쑥부쟁이가 아름답게 꽃피어 지천에 널려 화원을 이루고 있었다.

6. 목계나루

하늘과 강물과 눈과 바람과 추위를 벗 삼은 외로운 방랑자가 강둑길 낯선 벌판을 달려간다.

강천섬에서 나오면서 남한강과 잠시 헤어진 자전거 길은 영동 고속도로를 따라 우회도로를 달린다. 허기진 배를 채우기 위해 식당에 들어가자 아주머니가 반갑게 맞이한다. 두부찌개 1인분의 반찬이 푸짐하다. 혹한의 겨울에 거지는 아닌데 행색은 이상한지라 의아해 한다. 자전거 국토 종주를 위해 부산의 을숙도까지 가는 길이라고 하니 놀란다. 혹시 국토 종주를 한다고 앞서간 사람을 본 적이 있느냐고 물으니, 이 추운 겨울에 누가 가겠냐며 아직 없다고 한다. 다만 수능을 본 고등학생이 부산까지 가는 길인데 돈이 없으니 먹여주면 하루 일을 해주고 가겠다고 해서 안쓰럽고 대견스러워서 그냥 먹이고 재워서 보냈다고 한다. 4대강 자전거 도로가 개통되었으니 앞으로 많이 올 것이라는 이야기를 나누며 따뜻한 국물로 속을 푼다. 다시 찾은 가을의 자전거 길에서 다시 만난 '토담손두부' 아주머니는 맛있는 특별 음식까지 주는 인심을 베풀었다.

식당에서 나와 든든한 배를 앞세우고 산길을 올라간다. 잠시 전의 평온했던 시간은 어디로 가고, 온몸이 땀으로 젖는다. 얼어붙은 내리막길을 조심스럽게 달리면서 세찬 바람에 땀을 식힌다. 온탕과 냉탕을 넘나드는 여행자의 여유를

즐기며 섬강교를 지나간다. 자전거에서 내려 다리 아래로 흘러가는 섬강을 바라보고, 멀리 섬강이 남한강에 몸을 합하는 모습을 바라본다. 충주에서 내려온 남한강 줄기가 원주의 부론면 앞을 흘러 경기도와 강원도의 접경을 이루면서 문막 서쪽으로 흘러 섬강과 합쳐져 여주로 흐른다. 섬강은 남한강의 지류로서 횡성군 태기산에서 발원하여 횡성 곳곳을 적시며, 강바닥이 보일 만큼 맑은 물과 병풍처럼 둘러쳐져 있는 강가의 기암괴석으로 태고의 신비를 자랑한다. 송강 정철이 "한수를 돌아들어 섬강은 어드메뇨 치악은 여기로다." 하고 읊었던 아름답고 유서 깊은 강이며, 국민 관광지로 지정된 간현 협곡은 섬강이 빚어낸 천혜의 승경을 이룬다. 인근 문막읍 동화리 산속에는 세종의 증손인 벽계수 이종숙의 묘지가 있어 흘러가는 섬강의 반짝이는 물빛을 내려다보고, 어디선가 갈 길 바쁜 나그네를 잡는 황진이의 노래가 들려온다.

청산리 벽계수야 수이 감을 자랑마라

일도창해하면 다시 오기 어려우니

명월이 만공산할 제 쉬어간들 어떠하리

섬강교를 지나서 '하늘이 내린 살아 숨 쉬는 땅' 강원도로 들어간다. 우회도로에서 다시 원주시 부론면 강변길을 달린다. 섬강이 남한강에 몸을 합치는 지점에 있는 개치나루터에서 외롭게 떠 있는 빈 배를 바라본다. 숱한 사연을 가진 두 물이 만나 하나가 되는 신비로운 모습을 뒤로 하고 다시 길을 재촉한다. 자전거 길 포장공사 중인 한적한 강변길을 달리다가, 강원도에서 충청북도로 넘어가는 남한강대교에서 잠시 숨을 고른다. '안녕히 가십시오. 강원도' 라는 안내판의 인사를 받고 다리를 건너니 '아름다운 충북으로 어서 오세요.' 하는 표지판이 반긴다. 한겨울에 두 번째 넘는 남한강 대교다. 2008년 신년 벽두, 안동에서 용인으로 가는 도보여행에서 목계나루터를 지나서 겨울철새들이 날아다니는 그림 같은 풍경의 남한강을 따라 강원도 부론면에 들어와서 건넜었다.

때마침 지나가는 아저씨에게 사진을 찍어달라고 부탁하고 멋지게 포즈를 취한다. 촬영이 됐다는 아저씨의 말에 고맙다고 인사한 후 카메라를 받아들고 확인했다. 아뿔싸, 사진은 찍히지 않았다. 날씨가 너무 추워서 아저씨는 장갑을 벗지 않았고, 카메라는 작동하지 않은 것이다. 돌아보니 아저씨는 이미 저만큼 가고 있다. "너무합니다, 아저씨!" 하고는 미소 지으며 다시 길을 나선다.

남한강 대교에서 충주시 앙성면 영죽리로 이어지는 11km 일직선 남한강 둑길을 달려간다. 인적도 짐승의 발자취도 없는 순백의 눈길을 달려간다. 세찬 바람소리와 으스스한 갈대소리만 귓가를 스쳐간다. 제법 눈이 많이 쌓였다. 가슴 벅찬 설경에 찬사가 절로 나온다. 설국의 자전거여행, 부귀영화도 염라대왕도 부러울 것이 없다. 얕은 내리막길에서 비틀비틀 곡예를 한다. 위험스럽지만 돌아갈 수 없다. 막다른 길에 이르자 남한강 팔당대교 기점 92km 지점이라는 안내판이 있다. 안내판은 산으로 올라가도록 가리키는데, 바리케이트가 통행을 막는다. 자전거에서 내린다. 아무리 임시 개통이라지만 어떻게 하란 말인가. 낭패감이 스쳐간다. 그때 공사현장의 컨테이너박스에서 사람이 다가와 산길을 넘어갈 수 없으니 우회하란다. 자전거를 끌고 조심스럽게 넘어가겠다고 하니, 폭파 현장이라 위험해서 갈 수 없다고 한다. 우회하는 거리가 얼마나 되는지 물으니 모른단다. 망연자실하여, 이것도 기념이니 사진이나 남기자 하고 사진 촬영을 하고 길을 나선다. 강천리 강변 큰 느티나무가 숲을 드리우며 오고가는 사람들과 남한강을 지켜본다. 나그네에게 '세상사 한 치 앞을 알 수 없으니 운명으로 알고 이해하라'는 듯이 바람결에 손을 흔든다. 허무한 세계를 허무한 그대로 받아들여 생을 긍정하고 허무주의를 극복하는 니체의 운명애, 필연적인 운명을 긍정하고 단지 이것을 감수할 뿐만 아니라 오히려 이것을 사랑하는 것이 인간의 위대함을 보여주는 것이라고 한다.

안내판도 없는 우회도로를 달리다가 산길을 넘어간다. 눈이 얼어 녹지 않은 산길을 따라 자전거를 끌고 올라간다. 찬바람이 불어오건만, 이마와 온몸은 땀에 젖는다. "집 나오면 개고생, 사서 하는 고생이니 즐거라." 하면서 웃는다. 드디어 고개에 올랐다. 잠시 땀을 식히고 뒤를 돌아보며 하얗게 덮인 낯선 설산을 감상한다. 아무도 없는 이곳에서 도대체 무엇 하고 있는가, 자문한다. 오르막이 있으면 내리막이 있는 법, 올라오느라 지체한 시간만큼 만회하기 위해 위험천만한 내리막길에서 속도를 낸다. 앙성면 소재지를 지나고 앙성 온천을 지나간다. 탄산 성분의 앙성 온천은 세계적으로 희귀한 온천수다. 잠시 휴식을 취하며 피로를 풀 수도 있으련만, 탄금대까지 남은 여정을 생각하니 마음의 여유가 없다. 우회도로를 달리느라 시간이 많이 지체되었기에 서둘러 달려간다.

가을에 다시 찾은 남한강 대교에서 영죽으로 가는 강변길은 지난 겨울의 하얀 눈길 대신 황금빛으로 물든 들녘과 강변의 푸른 풀잎들이 반겨주는 생명력이 깃들어 있었다. 우회도로 대신 여전히 완공되지는 않았지만 개통된 산길을 따라 영죽으로 넘어가는 길은 넓고 푸른 남한강의 품을 맛보는 절경이었다. 강변길을 따라 고니와 원앙 등 철새들의 낙원인 도래지와, 물억새 군락지가 장관을 이루는 비내마을과 비내섬을 지나고, 자연 늪지 철새 전망대를 지나가면 민속공예마을로 들어가는 봉황교를 만난다. 가을의 자전거여행에서는 겨울 여행에서 느끼고 맛볼 수 없었던 빠르고 다채로운 감상에 젖을 수 있었다. 계절 따라 맛이 다르다. 자연이 살아 숨 쉬는 능암리섬 강둑길에는 민속공예마을의 장승들이 도열해 환영의 노래를 불러주었다.

정겨운 목계나루터가 보인다. 남한강 상류에 위치한 목계는 한양과 중원 지방을 잇는 수로의 내륙 항으로, 사람이 모이고 물산이 모이던 목계장터가 있었다. 서해에서 남한강을 거슬러 올라온 황포돛배들은 이곳에서 싣고 온 소금과 해산물을 하역하고 쌀을 비롯한 곡물을 싣고 갔다. 하지만 육로가 발달하면서 목계대교가 들어서고 강 양쪽을 연결하던 나루터는 사라져버렸다. 목계대교 아래 자전거를 세워두고 추억 속으로 빠져든다.

2008년 1월 1일, 새해벽두의 도보여행을 시작했다. 고향 안동을 출발해서 영주와 풍기, 그리고 죽령고개를 넘어 단양, 제천을 거쳐 1월 5일 목계나루터에 도착했다. 목계에서 밤을 보내고 남한강 줄기를 따라 여주와 이천, 그리고 목적지인 용인으로 갔다. 안동에서 용인으로 가는 260km, 7박 8일의 도보여행이었다. 한 해 전인 2007년 1월 2일에 있은 용인에서 안동까지 260km, 8박 9일의 도보여행 후속편이었다. 안동으로 갈 때는 이천, 여주, 음성, 충주, 수안보, 문경새재를 넘어서 문경, 점촌, 예천, 하회마을을 지나고, 모교인 안동고등학교를 들러 청산의 시골집으로 갔다. 고향집과 생업의 일터를 오가는 여행은 의미가 있었다.

두 번의 도보여행은 자신감을 주었고, 2010년 2월 국토 종주 도보여행을 시도했다. 최남단 마라도에서 출발하여 최북단 강원도 고성 통일전망대를 향해 가는 23일의 여정이었다. 2년 전 국토 종주 길에 떠도는 나그네 되어 이곳 목계장터에서 지친 몸을 뉘었다. 마라도 자장면 집 기둥에 '김명돌, 걸어서 마라도에서 통일전망대를 가다.'를 새기고 출발했다. 거기서 통일전망대에 이르는 790km 도보여행은 역사적이고 감격적인 특별한 여행이었다. 한 걸음 한 걸음이 백만 걸음이 되어 국토 종주 이천 리 길을 걸었다. 제주도에서 배를 타고 완도로, 다시 배를 타고 보길도로, 다시 해남 땅끝마을로 와서 강진, 장흥, 보성, 벌교, 곡성, 전북 남원, 장수, 무주, 충북 영동, 보은, 괴산, 충주, 목계나루터, 그리고 강원도 원주, 횡성, 홍천을 지나 인제의 원통에 도착했다.

국토 종주 여행을 출발하는 날, 인제에서 군복무를 하는 휴가 나온 아들이 귀대하는 버스 승차장에서 헤어지며 "마라도에서 걸어서 네가 복무 중인 군부대에 면회 갈게."라고 한 약속을 지키기 위해, 원통을 지나 인제의 서화면 천도리 군부대를 찾아갔다. 아들을 만났다. 놀라워하는 아들과 꿈같은 하룻밤을 함께 지내고, 다시 진부령을 넘어서 고성, 화진포, 최북단 대진 항, 금강산 콘도, 그리고 폭설이 내리는 2010년 3월 25일, 민통선 11km를 걸어서 마침내 통일전망대에 섰다. 하얗게 눈으로 덮인 금강산과 해금강을 바라보며 눈시울이 뜨거워졌다. 그날은 내 생애의 아주 특별한 날이었다.

세 번의 도보여행과 더불어 1년여에 걸친 백두대간 종주여행은 성취감의 백미였다. 백두대간은 백두산 장군봉에서 지리산 천왕봉까지 한반도 산의 근간을 이루는 1,625km 구간을 말한다. 남한의 구간은 지리산 중산리에서 향로봉을 제외한 진부령까지 640km이다. 백두대간의 대미를 장식하기 위해 마지막 산행으로 백두산 등정을 갔다. 짙은 구름과 강풍 속에 올라간 백두산이었지만, 능선에 오르자 푸르른 천지가 속살을 보여주며 장엄한 모습으로 반갑게 맞아주었다. 수면고도 2,257m, 둘레 14.4km, 평균 깊이 213.3m, 최고 깊이 384m 천지를 돌면서 백두산을 마음껏 음미했다. 그리고 소리 높여 힘차게 애국가를 불렀다. 눈시울이 뜨거워지는 감격을 느끼며 백두대간 종주를 마무리했다. 행복했다. 최고의 멋진 추억이었으며, 잊지 못할 감동의 드라마였다.

두 발로 걸어서 고향을 오가고, 국토를 종주하고, 백두대간을 종주한 일은 내 인생의 특별한 일이요, 기념비적인 역사적인 사건이다. 꿈은 중단하지만 않으면 이룰 수 있다. 티끌 모아 태산이다. 천리 길도 한 걸음부터다. 우공이산

(愚公移山)이요, 적소성대(積小成大)다. 집 앞의 한 걸음부터 시작하여 천리 길이 이루어진다. 한 걸음 한 걸음을 걸어서 수천 리를 걸었다. 태양은 지고 싶을 때 지고 강물은 가고 싶은 곳으로 간다. 집을 짓기 위해서는 먼저 건축 설계를 한다. 설계도 없이 좋은 집을 지을 수는 없다. 인생의 설계는 자신이 소망하는 미래의 모습을 미리 그려보는 것이다. 멋진 미래의 모습을 상상하고 그 꿈이 이루어졌다고 생각하면 그 자체로 생활의 활력이 되고 힘이 솟는다. 멋있는 미래의 자신이 오늘의 자신을 보고 있다고 생각하면, 힘들고 어려워도 저절로 힘이 솟는다. 고진감래, 고생 끝에 낙이 있다고 한다. 포기하지 않으면 꿈은 이루어진다.

이태백(701~762)은 젊은 날 훌륭한 스승을 만나 산중에서 공부를 하다가 싫증을 느껴 스승에게 아무 말도 하지 않고 산에서 내려와 버렸다. 터덜터덜 냇가에 이르렀을 때 바위에 도끼를 열심히 갈고 있는 할머니를 보고 의아해서 물었다.

"할머니, 지금 뭐하세요?"

"바늘을 만들기 위해 도끼를 갈고 있는 중이라네"

"그렇게 큰 도끼를 갈아서 어느 세월에 만들겠어요?"

"중도에 포기하지 않으면 반드시 만들어질 거야."

이태백은 다시 산으로 올라갔다. 검술을 익히며 협객의 꿈을 키웠던 이태백은 25세 이후 그의 발자취가 닿지 않은 곳이 없을 정도로 중국 각지를 유랑하며 한평생을 하늘에서 귀양 온 신선으로 보냈다. 이태백의 방랑은 단순한 방랑이 아니라, 정신의 자유를 찾아가는 대붕(大鵬)의 비상(飛上)이었다.

물고기는 물속에서 자신의 모습을 볼 수 없다. 여행은 자신을 객관화시켜 볼 수 있으며, 현실을 벗어나 자신을 직시하게 한다. 새벽의 서재에서 떠나는 내면의 여행도 좋다. 어느덧 중년으로 접어든 50대 중반의 나이, 허락된 건강과 세월이 얼마나 남아 있을까 생각하게 된다. 지나온 세월 속에 힘들고 어려웠던 눈물겨운 순간들을 생각하면, 현재의 삶에 나이 든다는 것의 아름다움을 예찬하고 싶다. 하지만 남은 인생의 시작은 지금이다. 나이 드는 데 대한 상실감은커녕 하늘 높이 날아가는 솔개의 눈으로 더욱 값진 인생을 꽃 피우도록 자신을 돌아본다. 선진국은 40대 중반에 행복 점수가 바닥을 치고, 나이가 들면 상승하는 U자형 곡선을 그린다. 하지만 우리나라는 나이가 들수록 행복도가 낮아지는 우하향 곡선이다. 그러면 장수가 축복이 아닌 저주가 된다. 이는 개인의 문제이기도 하지만 국가적인 문제다. 후반전에도 골은 터진다. 행운은 물레방아처럼 돌고 돈다. 보이지 않는 손이 느껴진다. 보이지 않는 운명의 여신이 미소 짓는다.

홀로서기를 꿈꾼다. 나이 들어 건강하게 홀로서기 위해 한겨울의 차가운 강변길을 달려가는 오늘처럼 살아간다. 세찬 바람이 불어온다. 마음에도 바람이 불어온다. 바람이 없으면 물결은 고요하다. 열망의 바람은 열정의 파고를 일으킨다.

『동의보감』에서는 "귀한 사람은 겉모습이 즐거워 보여도 마음이 힘들고, 천한 사람은 마음이 한가해도 겉모습이 힘들어 보인다."라고 한다. 몸을 쓰면 마음이 쉬고, 몸을 쓰지 않으면 마음이 바쁘다. 몸이 힘들면 마음이 편히 쉬게 된다. 마음이 쉬면 잡념 아닌 성찰이 시작되고, 그러면 보지 못했던 사물이 보인다. 사람이 보이고 풍경이 보이고 자신의 내면이 보인다. 요즘 직업들은 예전같이 몸을 쓰지 않는다. 그래서 망상이 그치지 않는다. 망상은 잡념이고, 잡념은 불면증, 편집증, 강박증 등 온갖 병증을 불러온다. '걸음아, 날 살려라!' 하는 격언처럼 걷기는 보약이다. 식보(食補), 약보(藥補)보다 뛰어난 행보(行補)이다. "모든 인간은 태어나면서부터 몸 안에 100명의 명의를 지니고 있다."라고 하는 의성(醫聖) 히포크라테스는 환자들에게 약 대신 걷기 처방전을 주었다. 걷는다는 것은 하체의 기운을 움직이는 행위다. 이는 발바닥의 경락을 자극하는 일이다. 발바닥 가운데가 용천혈이다. 용천혈은 신장과 바로 통하는 혈자리이다. 신장은 정력과 생식을 주관한다. 그래서 전통혼례 때 신랑을 매달아놓고 첫날밤을 잘 치르라고 발바닥의 용천혈을 때리는 풍속이 있었다.

걸으면 정신 줄을 잡는다. 걸으면 세상이 보인다. 자전거여행을 하면서 추억에 젖어 도보여행 예찬을 늘어놓는다. 속도감과 박진감을 느끼면서 시간과 공간의 거리감을 좁히는 자전거여행은 도보여행과는 또 다른 묘미를 느끼게 하는 일신우일신의 결과물이다.

목계대교를 달리는 자동차의 굉음에 정신이 돌아온다. 한기를 느끼며 자전거에 올라 목계를 뒤로 하고 충주를 향해 들판 강둑길을 달려간다. 다시금 세찬 바람이 길을 막는다. 목계나루터의 표석에 새겨진 충주 출신 신경림 시인의 '목계장터'가 바람결에 들려온다.

하늘은 날더러 구름이 되라 하고
땅은 날더러 바람이 되라 하네
청룡 흑룡 흩어져 비 개인 나루
잡초나 일깨우는 잔바람이 되라네.
뱃길이라 서울 사흘 목계나루에
아흐레 나흘 찾아 박가분 파는
가을볕도 서러운 방물장수 되라네.
산은 날더러 들꽃이 되라 하고
강은 날더러 잔돌이 되라 하네

산서리 맵차거든 풀 속에 얼굴 묻고

물여울 모질거든 바위 뒤에 붙으라네.

민물새우 끓어 넘는 토방 툇마루

석삼년에 한 이레쯤 천치로 변해

짐 부리고 앉아 쉬는 떠돌이가 되라네.

하늘은 날더러 바람이 되라 하고

산은 날더러 잔돌이 되라 하네

7. 명돌(明乭)마을

목게나루터가 멀어지고 가금면 장천 둑길을 따라 달린다. 아늑하고 정겨운 시골풍경이 향수를 자극하며 다가온다. 2012년이란 새로운 한 해를 맞이한 지금 세상 사람들은 바쁘게 시작하건만, 나만 홀로 여유로운 나그네가 되었다. 2012년은 60년 만에 찾아온다는 흑룡의 해다. 용은 용기와 비상, 희망을 상징하는 상상 속의 신령스런 동물이다. 주역에는 잠룡, 견룡, 비룡, 항룡의 네 용이 나온다. 잠룡은 연못에서 덕을 기르며 때를 기다린다. 그러다가 드디어 물 위로 올라와 자신의 모습을 드러내는 견룡이 되고, 다시 힘차게 날아올라 꿈을 펼치며 상승하는 비룡이 된다. 그리고 더 이상 올라갈 곳이 없는 항룡은 이제 용의 눈물을 흘린다. 용의 꿈은 승천이다. 나의 꿈은 무엇일까. 바쁜 일상에서 벗어나 꿈을 찾아 내공을 기르며 달려간다. 하루하루 조각배를 타고 낚시로 고기를 잡는 어부가 아니라, 새로운 한 해를 맞이하여 그물로 고기를 잡는 어부가 되기 위해 큰 배를 건조하는 길을 간다.

해가 지면 해가 뜬다. 해가 가면 또 해가 온다. 과거는 역사요, 미래는 신비요, 현재는 선물이다. 시간은 언제나 현재를 지나 망각으로 흐른다. 인간은 망각의 동물이다. 망각은 신이 준 최고의 선물이다. 그럼에도 사람들의 선택적 기억은 기쁨보다 슬픔에 머무른다.

그리스 신화에서는 사람이 죽으면 다섯 개의 강을 건너야 한다. 저승사자는 죽은 자의 영혼이 슬픔을 버리도록 먼저 슬픔의 강인 아케론으로 인도한다. 그리고 이승의 삶이 덧없음을 느끼고 시름에 젖은 채 건너는 시름의 강 코키토스, 슬픔과 시름을 불로 정화하여 깨끗한 영혼을 얻는 불의 강 플레게톤, 불의 강에서 깨끗한 영혼을 얻고 이승의 모든 것을 잊기 위해 건너는 망각의 강 레테를 거쳐, 마지막으로 증오의 강인 스튁스에 도착한다. 망각의 강 레테의 강물을 한 모금씩 마시면서 이승에서의 일들을 하나씩 잊는데, 더러는 이승에서 맺힌 한을 못다 씻어내어 마지막 강 스튁스를 건너지 못한 채 구천을 헤매는 영혼이 있다. 대부분의 죽은 자들은 땅 밑의 죽음의 지하세계를 관장하는 하데스 궁전에 이르기까지 강을 건너면서 이승의 슬픔, 시름, 망각, 증오를 버리고 새로운 세계에서 새로운 삶을 시작한다.

망각의 강 레테, 성경의 요단강, 동북아시아의 삼도강과는 달리 인도 사람들은 갠지스 강을 천상으로 이어지는 계단, 삶과 죽음이 모두 시작되는 신성한 어머니 강으로 여긴다. 실제 죽음이 가까워진 인도 사람들은 갠지스 강변에 와서 죽음을 맞이하고, 그 강변에서 화장되어 강에 버려지는 것을 당연한 장례 절차로 여긴다. 화장을 할 때 나무를 많이 쓰지 않아 시체가 강변에 밀려오는 것은 흔한 일이다. 인도인들에게 갠지스 강은 세상을 윤회시키는 거대한 힘이다.

강변에 몰아치는 세찬 바람에 메마른 풀잎들이 아우성을 지른다. 바람결에 인근 장미산성의 전설, 가금면 갈골 남쪽 골짜기에는 고리장골이라 불리는 고려시대 생매장 터에 대한 전설이 들려온다.

옛날 한 가난한 농부 일가족이 단란하게 살고 있었다. 어느 날 노모가 병석에 눕더니 망령이 들었다. 늙어 병들면 고려장하는 풍습에 따라 농부는 노모의 묘실을 만들기 위해 돌을 나르는 등 분주했다. 그러자 농부의 아들이 할머니를 생매장시키지 말라며 애원했다. 그러나 농부는 노모를 지게에 지고 산길을 올라가고 아들은 울면서 뒤를 따랐다. 농부는 노모를 묘실 안에 앉히고 먹을 것을 조금 넣어준 다음 입구를 닫고는 절하고 돌아섰다. 그때 아들이 할머니를 지고 온 지게를 가지고 따라 나섰다. 농부가 그 지게는 이제 버리는 것이라고 하자 아들은 "이 지게는 잘 두었다가 아버지가 늙으시면 꼭 이 지게로 또 이렇게 모시겠어요."라고 말했다. 순간, 농부는 큰 충격을 받았다. 한참 후 농부는 묘실을 뜯고 노모를 집으로 모셔가서 극진히 봉양했다. 그 후 이 마을에는 고려장 풍속이 없어졌다고 한다.

조정지댐이 가까워온다. 중앙탑 휴게소에 도착했다. 중앙탑은 신라의 석탑 중 제일 높은(14.5m) 7층 석탑으로 8세기 경 원성왕 때 국토 중앙에 조성되었다고 하여 중앙탑이라 불린다. 한반도의 중앙에 있는 충주는 중원문화의 중심지로, 삼국시대부터 남북의 요충지로서 고구려, 신라, 백제가 서로 차지하려고 각축을 벌인 곳이다. 가금면 용전리에는 고구려 장수왕의 영토 확장에 대한 공을 기리기 위해 세워진 것으로 추정되는 광개토대왕비와 비슷한 크기의 중원 고구려비가 있다.

휴게소 할머니를 찾아보았다. 2007년 안동으로 가는 도보 여행길에 식사하며 인사를 나누었던 할머니는 5년 만의 만남인데도 그날을 기억했다. 2010년 국토 종주 도보여행 중에 들렀지만 만날 수 없었으며 오늘은 자전거로 국토 종주를 한다고 하니, 왜 그런 힘든 일을 자꾸 하느냐고 측은해 하신다. 따뜻한 차 한 잔 건네주시는 할머니의 손길을 느끼며 길을 나선다.

조정지댐에서 고요하고 넉넉한 남한강을 바라본다. 상념에서 깨어나 금가면으로 들어간다. 도보여행의 추억이 서린 한적한 강변마을, 그때를 생각하며 천천히 달려간다. 조정지댐에서 충주호에 이르는 수변 지역에는 일찍이 강을 중심으로 문명이 크게 발달했다. 구석기와 신석기, 철기시대뿐만 아니라 삼국시대 이후의 문화재가 많이 분포하고 있어 우리 문화의 흐름을 살펴볼 수 있는 공간이다. 강바람에 역사의 숨결이 실려온다.

강에서 벗어나 우회도로를 따라 한참을 달리다가 자전거 여행자를 위한 숙소 '바이크텔 꿈' 앞의 호수에서 멈춘다. 바다와 같이 넓은 모습으로 변한 남한강 강변에 나 홀로 서 있다. 하늘도 강물도 마음도 푸르다. 바람의 소리, 물결의 소리, 마음의 소리가 화음을 이룬다. 달콤한 휴식을 마치고 강물을 따라 상류 충주댐으로 달려간다. 동량면에서 남한강을 가로지르는 목행교를 건넌다. 4대강 국토 종주 자전거 길은 목행교 아래 갈림길에서 방향을 바꿔 충주댐으로 향한다. 탄금대로 향하는 4km를 달리면 4대강 국토 종주 자전거 길 남한강 구간을 마치지만, 4대강 국토 종주 자전거 길이 아닌 남한강 종주 자전거 길인 충주댐으로 가는 8km를 달리고 다시 탄금대로 돌아오기로 한다.

강변길과 우회도로를 이리저리 달리다가 목적지 약 3km 전방에서 갑자기 멈춰 섰다. 자전거 길에 자전거가 달릴 수 없는 징검다리가 놓여 있다. 내려서 자전거를 들고 징검다리를 건넌다. 불과 10여 미터 남짓한 거리에 왜 다리를 놓지 않았을까. 의아해 하며 댐을 향하여 오르막길을 달려간다. 온몸이 땀에 흠뻑 젖는다. 고지가 저긴데 여기서 내릴 수는 없다고 하며 힘겹게 달려 올라간다. 하지만 목적지를 눈앞에 두고 결국 자전거는 멈추었다. 내려서 걷는다.

역부족이다. 하지만 즐거운 마음으로 자전거를 벗 삼아 도로의 숲길을 한가로이 걸어간다.

'한강 종주 자전거 길 기점 충주댐'이라고 쓰인 표석이 보이고, 준공 기념탑과 물 문화관이 반겨준다. 자전거를 세워두고 주변을 둘러본다. 충주댐 아래로 충주호가 펼쳐진다. 남한강 중류에 있는 충주호는 1985년에 완공된 다목적 담수호로서, 담수 길이는 충주로부터 단양까지 약 63km, 유역 면적은 국내 최대이다. 북쪽으로는 오대산(1563m), 남동쪽으로는 월악산(1,097m), 서쪽으로는 계명산(774m)으로 둘러싸여 있으며, 충주댐이 관통한 남한강과 달천이 만나는 유역에는 침식 분지가 발달하여 평야가 분포하고 있다. 호수에는 관광 유람선이 뜨고 주변에는 월악산 국립공원과 금수산, 옥순봉, 구담봉 등 단양팔경과 제천의 청풍문화재단지가 자리 잡고 있어 사철 변하는 모습이 푸른 물과 대비되어 아름다운 경관을 이룬다.

남한강(514.4km)은 금대봉 검룡소를 시작으로 흘러내려, 민족의 산하와 대지를 적시며 겨레의 정신과 육신을 보듬는 젖줄이자 생명의 근원지 수맥(水脈)이다. 정선에서 북동쪽에서 오는 송천과 합류하고, 남한강의 본류인 동강은 영월 남쪽에서 서강이라 불리는 평창강을 합하여 충북 단양에 이른다. 단양에서 도담삼봉을 끼고 단양팔경을 이룬 남한강은 충주호를 벗어나 달천과 합하여 흘러가다가 양수리에서 북한강과 합류한다. 양수리에서 북한강을 만난 한강은 서울을 지나 김포 보구곶리에서 서해로 흘러든다.

종주를 마친 후 검룡소(儉龍沼)를 찾아갔다. 생태 보전지역에 있어 산행이

제한되었다. 설레는 발걸음으로 가는 숲길에는 키 큰 나무들이 양편에 서서 그늘을 만들었고, 계곡에는 맑은 물이 흘러내렸다. 입구에서는 '한강의 발원지 검룡소', 발원지에는 '태백의 광명정기 에 솟아 민족의 젖줄 한강 발원하다' 라고 새겨진 큰 바위가 반겨주었다. 하루 2,000여 톤 물을 용출하며, 수온이 사계절 9도C를 유지하는 검룡소에서 시작된 남한강 긴 여정의 물줄기는 민초들의 삶의 애환과 염원을 담은 다양한 문화와 토속 신앙을 만들었다. '정선아리랑'은 물길 따라 슬픔과 연민을 싣고 한강 상류지역을 따라 흐르며 구전되어 내려왔다. 전설에 따르면 서해에 살던 이무기가 용이 되기 위해 강줄기를 거슬러 올라와서, 검룡소에 들어가기 위해 몸부림친 흔적이 지금의 폭포이며, 인근에 풀을 뜯어먹기 위해 오는 소를 잡아먹기도 해서 동네 사람들이 소(沼)를 메워버렸다고 한다. 이무기가 올라온 길을 따라 거꾸로 흐르며 강물은 다시 수많은 사연들을 남기며 서해로 흘러간다.

한국의 아름다운 하천 100선에 속하는 동강은 남한강 수계에 속하며, 정선읍 가수리부터 영월에 이르기까지 51km 구간을 이른다. 동강의 어라연은 기암괴석과 어우러진 울창한 송림이 천혜의 절경을 이루며 아름답고 신비롭다. 어라연은 '고기가 비단결같이 떠오르는 연못'이라는 뜻으로, 자연 경관이 빼어나고 수량이 풍부하여 래프팅 장소로서는 으뜸으로 꼽힌다. 서강에 있는 영월군 한반도면 옹정리에 위치한 한반도지형은 삼면이 바다로 둘러싸인 모습을 강이 대신하여 흐르고, 동쪽은 높고 서쪽은 낮은 모습까지 우리나라의 지형을 닮았다. 또한 서강에는 단종의 유배지였던 청령포가 있다.

영월에 위치한 청령포는 울창한 송림과 단종의 슬픔을 간직한 육지 속의 작은 섬이다. 숙부인 수양대군에게 왕위를 찬탈당하고 사육신들의 상왕 복위운동에 의해 노산군으로 강봉되어, 이듬해 남한강을 따라 올라와서 이곳 청령포에 유배되었다. 청령포는 동·남·북 삼면이 물로 둘러싸이고 서쪽으로는 육육봉이라 불리는 험준한 암벽이 솟아 있어, 나룻배를 이용하지 않고는 밖으로 출입할 수 없는 섬과도 같은 곳이다. 수십 년에서 수백 년생의 거송들이 들어찬 수림지가 있으며, 천연기념물로 지정된 관음송은 단종이 유배생활을 하는 것을 보았으며[觀], 때로는 오열하는 소리를 들었다[音]는 뜻에서 관음송(觀音松)이라 불러왔다. 육육봉과 노산대 사이 층암절벽 위에 있는 망향탑은 앞날을 예측할 수 없는 근심 속에 한양에 두고 온 왕비를 생각하며 흩어져 있는 막돌을 쌓아올렸다는 탑으로, 단종이 남긴 유일한 유적이다. 금부도사 왕방연이 홍수 때문에 청령포에서 옮겨와 머물던 관풍헌에서 단종에게 사약을 전하고 한양으로 돌아가는 길에 비통한 심정으로 청령포를 바라보며 읊은 시조가 전한다.

천만 리 머나먼 길에 고운 님 여의옵고
내 마음 둘 데 없어 냇가에 앉았으니
저 물도 내 안 같아서 울어 밤길에 놓다.

후일 김삿갓은 단종이 사약을 받은 관풍헌에서 열린 백일장에서 홍경래의 난 때 항복한 평안도 선천부사였던 조부 김익순을 탄핵한 글을 써서 장원이 되었다. 뒤늦게 이 사실을 안 김삿갓은 "조상을 욕되게 했으니 어찌 하늘을 보고 살 수 있겠느냐."며 삿갓을 쓰고 평생을 방랑했다. 관풍헌에 얽힌 단종과 김병연의 한 많은 인연이다. 사약을 받고 죽은 단종의 시신을 거두는 이가 없자 영월 호장 엄흥도가 시신을 거두어 지금의 장릉에 모셨는데, 장릉 주위의 소나무는 모두 능을 향해 절하듯 굽어 있어 경이롭다. 김삿갓의 무덤은 영월의 김삿갓면에 있다. 김삿갓 계곡에서 흘러내린 물은 청령포를 지나서 충주호로 흘러든다. 조선왕조 27대 519년의 가장 슬픈 왕의 화신, 단종의 넋과 천재 방랑시인 김삿갓의 혼이 한겨울 영월의 청령포에서 흘러 남한강을 스쳐간다.

남한강의 지류인 제천천은 치악산에서 발원하여 원주와 제천을 거치며 여러 지류들을 합하여 충주호로 흘러드는 길이 65km의 하천이다. 제천천 상류에는 자연 발생 강변 유원지인 삼탄유원지가 있다. 삼탄은 소나무여울·따개비여울·광천소여울이라는 세 여울(灘)이 어우러지는 곳이라 하여 붙여진 이름이다. 삼탄유원지가 있는 산척면 명서리는 천등산(807.1m)·지등산(535m)·인등산(665m)의 삼등산이 에워싸고 있는 험준한 산골지역으로, 예로부터 나라의 변란을 피해 숨어들어온 사람이나 화전민들이 땅을 일구던 오지였다. 지금도 유일한 대중교통은 기차로, 충북선 삼탄역이 있다. 제천천 다리를 건너자 마을 입구에는 좋은 돌이 많아 이름 붙여졌다는 '명돌(明乭)마을'이라는 큰 표석과 시비가 세워져 있다. '명돌'이란 이름이 같아서 더더욱 친근한 마을이다.

천등산 봉우리 단풍 물들면
구름 쉬고 새가 날아 적막함 더해주네
인등산 지등산 천등산 지게에
삼탄여울 흐르니 바로 한강수일세

충주호로 스며드는 남한강 상류의 사연들을 더듬어보다가 충주댐을 떠나 탄금대를 향하여 길을 나선다. 올라갈 때는 힘들었던 길이지만, 내리막길은 수월했다. "올라갈 때 못 본 그 꽃 내려올 때 보았네."라는 고은 시인의 짧지만 깊은 울림, 여유로움이 밀려온다. 올라갈 때는 무엇을 찾아서 올라갔으며, 내려올 때 보았던 꽃은 무슨 꽃일까. 성공을 좇아 오르다가 행복의 꽃을 발견할 것일까. 여유로운 내리막길, 느릿느릿 쉼표에 행복이 찾아온다.

목행교 아래를 지나니 날은 이미 어두워지고, 드넓은 탄금호에는 수많은 별들이 빛을 밝힌다. 신립이 열두 번이나 깎아지른 절벽을 오르내리며 활에 물을 적시어 열을 식힌 '열두대'를 휘감는 푸른 강물은 소리 없이 흐르고, 금휴포에는 우륵과 제자들이 가야금을 타다가 휴식을 취한 자취가 바람에 날린다. 충주가 고향인 권혁진 시인의 '탄금호'가 들려온다.

높디높은 파란하늘 어두운 내 가슴 뻥 뚫어주면
맑디맑은 탄금호는 마음 활짝 열고서 어서 오란다.
곱디고운 물결 위로 이 몸은 날쌘돌이 제비가 되면
넓디넓은 넉넉함이 눈에 넘치면서 부자가 된다.
아~ 문득 옛사랑 그리움 밀려와 얼굴 붉혔네.

탄금대(彈琴臺)는 속리산에서 내려오는 달천과 남한강이 합류하는 곳에서 남한강 상류 쪽으로 1km지점의 대문산에 위치해 있다. 산세가 평탄하고 송림이 우거져 주변 경치가 좋다. 신라 진흥왕 때 대가야의 악성 우륵이 가야의 멸망을 예견하고 우거지를 찾아온 것이 충주였으며, 탄금대는 우륵이 '가야금을 타던 터'라 해서 불려졌다. 고구려의 왕산악, 조선의 박연과 함께 3대 악성으로 추앙받는 우륵이 남한강과 접한 기암절벽에 우거지를 정하고 산상대석에 앉아 가야금을 탈 때, 그 미묘한 소리에 사람들이 모여 마을을 이루었다고 한다. 가야금은 '가야 나라의 금'이다. 6가야가 신라에 패망하기 전 가야국은 가야금을 제작하고 풍류를 즐기는 문화코드를 가졌다. 비록 가야는 신라에 무너졌지만 가야금은 신라금이 아닌, 오늘날까지도 가야금이다.

우륵의 가야금 소리가 아름다운 선율로 들려오고, 배수진을 치고 선전 분투했으나 천추의 한을 품고 장렬하게 최후를 마친 신립 장군과 군사들의 처절한 함성이 들려오는 탄금호를 뒤로 하고 충주역으로 향한다. 어느덧 가로등 불빛이 거리를 밝힌 시가지를 달려간다. 멀리 충주역이 보인다. 걸어서 용인에서 안동까지 가던 2007년 1월 4일, 어두운 저녁시간 충주역 대합실에 앉아서 오고가는 사람들과 열차의 몸짓을 보며 하루의 여정을 마감했었다. 그리고 5년이 지난 오늘 2012년 1월 4일, 자전거를 타고 4대강 국토 종주를 하는 길에 다시 충주역에 섰다. 추억은 그래서 아름다운가 보다. 야경이 아름다운 충주역 광장에서 시가지를 바라보며 오늘은 어느 숙소에 묵을까 쳐다보다가 길 건너편으로 향한다. 얼어붙은 얼굴과 땀에 젖은 지친 몸, 상기된 마음을 따뜻한 욕조에 담근다. 용인에서 위문 온 경희, 상필 아우와 우정의 꽃을 피운다. 세상은 고행이 있어 참 재미있다는 역설이 충주에서 진한 맛을 더한다.

04

새재 종주 자전거 길

1. 나는 애국자다!

헤르만 헤세는 "방랑자는 기쁨이란 한때뿐이란 걸 머리로 알고 있을 뿐만 아니라 직접 맛볼 수 있다. 방랑자는 잃어버린 것에 연연하지 않으며, 한때 좋았던 장소에 뿌리를 내리려 안달하지 않는다. 해마다 같은 장소에 가는 여행객들도 많다. 아름다운 풍경을 보면 꼭 다시 오겠다고 다짐하지 않고서는 다시 발길을 돌리지 못하는 사람들도 많다. 이들은 선량한 사람들일지는 몰라도 훌륭한 방랑자는 아니다. 그들에게 사랑하는 사람들의 맹목적인 도취나 보리수꽃을 꺾는 여자의 수집 욕구는 있을지 몰라도, 고요하고 심각하면서도 즐거운, 언제라도 손 흔들어 작별을 고하는 방랑자의 마음은 담겨 있지 않다."라고 '그림책'에서 이야기한다. 방랑자가 되어 길을 간다. 해장국으로 아침 식사를 하고 인간이 즐길 수 있는 최고의 향락을 누리는 방랑자가 되어 충주의 거리를 나선다.

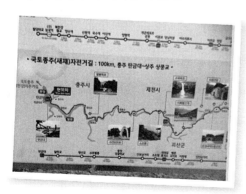

새재 자전거 길은 탄금대에서 시작하여 수주팔봉과 수안보 온천을 지나고, 이화령을 넘고 문경의 불정역을 거쳐 상주 퇴강리에서 낙동강과 만난다. 그리고 다시 낙동강 종주 자전거 길과 만나

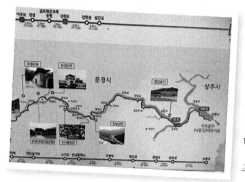

는 상풍교까지 한반도의 중앙부 100km를 달리는 길이다. 남한강과 낙동강을 연결하는, 유일하게 백두대간 고개를 넘는 체력과 인내력을 필요로 하는 구간이다. 충주역을 출발해서 달천을 따라 새재를 향하는 길을 나선다. 달래강 또는 감천이라고도 불리는 달천은 남한강의 제1지류로 물맛이 좋아서 붙여진 이름이다. 속리산에서부터 산간지대를 흘러온 달천은 충주 시내에 들어서면서 넓은 들판을 적신다. 『택리지』에 의하면, 임진왜란 당시 이여송과 함께 온 장수가 달천을 건너다가 목이 말라 물을 마셨는데, 물맛이 명나라 여산의 수렴약수보다 달다고 해서 달천이 되었다고 한다. 강물을 따라 유유히 뻗어난 달천 제방 길은 여유롭고 폭이 넓다. 달천의 물결이 세찬 바람에 파도치듯 일렁거린다. 물새들이 날아올라 날갯짓을 하며 나아가려 하지만 심술궂은 바람이 길을 막는다. 새들 또한 이를 즐기는 듯 정지된 날갯짓을 한다. 가지 말라고 바람이 말을 걸지만 나그네는 가야 한다. 아무리 거센 바람이 유혹하고 길을 막을지라도, 오늘 가야 할 나의 길을 묵묵히 가야 한다. 단월삼거리를 지나서 임경업(1594~1646) 장군의 사당 충렬사를 지나간다. 병자호란 때의 명장으로 역모의 누명을 쓰고 고문 끝에 옥중에서 사망한 임경업은 비록 억울한 죽음을 당했지만, 그를 추앙한 백성들은 그의 화상을 모셔놓고 제사를 지냈다. 인근에는 백마산성의 외로운 장수 임경업의 묘소가 달천을 내려다보고 있다.

국도와 지방도 옆에 만들어진 길을 따라 한적한 강변을 달린다. 싯계마을을 지나 팔봉향 산길을 달려가자 수주팔봉 야영지가 보이고, 정상에서 강기슭까지 달천을 배경 삼아 여덟 개의 기암괴석 봉우리를 지닌 수주팔봉(493m)이

위풍당당하게 나타난다. 그 사이로 팔봉폭포가 우레 같은 소리를 내며 한 폭의 동양화를 그려낸다. 팔봉교를 건너서 살미면으로 접어든다. 모원정 정자에 올라 한적하고 평화로운 시골마을과 수주팔봉, 그리고 달천이 빚어내는 경관을 바라본다. 인적이라고는 없는 낯선 곳이다. 이토록 아름다운 경관을 사랑하는 사람과 함께 나눌 수 있으면 좋으련만, 혼자서 길을 떠나는 아쉬움과 외로움이 밀려온다.

사람들은 외로움을 싫어한다. 하지만 외로움은 인간의 강한 내적 힘을 키운다. '십년한창(十年寒窓)'은 십년 동안 차가운 창문 아래서 찾는 이 없어도 한번 이름을 날리면 온 세상이 다 알게 된다는 말에서 유래했다. 찾는 사람 없이 차가운 창문 아래서 십년을 홀로 공부를 하니 얼마나 외로울까. 하지만 십년 간 자신과의 싸움에서 견뎌내면 후에 온 세상이 다 알 수 있는 성공을 이룰 수 있다. 외로움을 성공 에너지로 승화시키는 것이다. 외로움은 자신에게 들어가는 사색의 입구이자 자신과의 싸움의 장이다. 가장 싸우기 힘든 상대는 바로 자기 자신이다. 외로움과의 싸움에서 스스로를 단련시키고 그 외로움을 즐길 수 있다면, 세상의 그 어떤 장애물도 극복할 수 있을 것이다.

나 홀로 방랑은 외로움과 동행하는 시간이다. 스스로를 가장 외롭게 버리는 시간이다. 버려진 외로움 속에 자신이라는 진정한 친구를 만나고, 항상 함께 있으면서도 잊고 지내던 하늘과 구름과 바람과 산과 들, 그리고 수많은 소중한 존재들을 인식한다. 소음이 가득한 공간에서 살다가 갑자기 침묵의 순간이 오면 두려움과 같은 전율이 온몸을 휩쓴다. 사람들은 대개 침묵의 공간에서는 마음이 편치 못하다. 그래서 와자지껄한 주변 환경을 만듦으로써 존재감을 느낀다. 결국 소음에 길들여진 현대인들은 어딘가 시끌벅적한 공간 속에서 외로움과 두려움을 극복한다.

나 홀로 여행은 굴레에서 벗어나 자유인이 되는 것이다. 비록 버릴 것 하나도 없을지라도, 나를 사랑하기 위해서는 구속하고 있는 그 무엇을 버리고 떠나야 한다. 도보여행이면 신발이라도 버리고, 자전거여행이면 자전거라도 버려야 한다. 철저히 해방되어야 한다. 미래로 통하는 평탄한 길이 어디에 있을까. 장애물이 있으면 돌아가거나, 깨어지고 피를 흘릴지라도 뛰어넘어야 한다. 살지 않으면 안 된다. 아무리 거센 폭풍우가 몰아쳐 온다 할지라도 반드시 살아남아야 한다. 징기스칸은 "강한 자가 살아남는 것이 아니라 살아남는 자가 강한 자"라고 했다. "곤란의 한복판에 기회가 도사리고 있다."고 아인슈타인은 말하지 않는가. 물에 빠져 허우적거리며 헤엄을 배우고, 산에서 길을 잃어야 길이 보인다. 외롭게 방황하고, 시련과 역경을 겪어야 인생의 길이 보인다. 단테는 『신곡』의 서두에서 "인생의 나그네 길, 반 고비에서 눈을 떠보니 나는 어느새 길을 벗어나 캄캄한 숲속을 헤매고 있었네."라고 한다. 막스 뮐러는 『독일인의 사랑』에서 말한다.

"누구든 한번 길도 모르는 산속을 밤새도록 혼자서 헤매어보라. 그럼 우리의 눈은 비상하게 민감해지고, 도저히 알아볼 수 없는 먼 곳의 형체까지 우리의 시야에 들어온다. 우리의 귀는 병적으로 긴장하여 어디서 들려오는지도 모를 잡다한 소리를 알아듣는다. 그리고 발은 바위 새에 불거져 나온 나무뿌리에 채이거나 폭포의 비말로 적셔진 미끄러운 길에 곤두박질친다. 그리고 가슴에 남아 있는 것은 위안 받을 길 없는 황량함뿐, 우리를 따스하게 해줄 기억도, 매달릴 희망도 없다. 한번 그런 산행을 시도해보라. 그러면 당신은 차가운 밤의 전율을 안팎으로 느낄 것이다."

세찬 바람이 불어오는 고요한 팔봉로를 달려서 유황온천으로 유명한 문강 유황온천을 지나고, 중앙경찰학교에서 방향을 바꾸어 '왕의 온천'으로 불리는

수안보 온천으로 향한다. 깊은 산간지대에 자리한 수안보 온천은 우리나라 최초의 자연 용출 온천수로서, 태조 이성계와 숙종이 피부병을 치료하고 요양하기 위해 자주 찾았다는데, 그 명성도 이제는 예전 같지 않아서 관광객의 발길이 뜸하다. 지하수의 일종인 온천수는 지표를 뚫고 자연적으로 나오거나 땅속에 관을 박아 끌어올린 따뜻한 물이다. 각 나라마다 온천수의 온도는 차이가 있다. 우리나라, 일본, 남아프리카공화국은 섭씨 25도 이상, 미국은 21.1도 이상, 영국 독일 프랑스 이탈리아는 섭씨 20도 이상이면 온천수라 한다. 온천수는 탄산, 약 알칼리, 유황 등 성분에 따라 특성이 있어 피부병, 관절염 등 질병 치료에 효과가 있다. 45도 온천수에서 30분 동안 있으면 살균 작용이 일어나고, 60분 정도면 모든 세균이 죽는다고 한다.

안보삼거리를 지나서 국도 옆으로 난 길을 따라 달려간다. 옛날 영남과 충청도를 넘나들던 나그네의 쉼터와 공문서 전달 역할을 했던 대안보마을의 안부역 터를 지나고, 술을 빚어 나그네의 시름을 달래주던 주막이 있던 사시마을을 지나면서 오르막길로 들어선다. 소조령으로 올라간다. 고속도로와 4차선 국도가 개통되면서 차량 통행이 줄어들어 폐허가 된 휴게소가 을씨년스럽게 방치되어 있다. 소조령 정상을 향해 본격적으로 고도를 높이기 시작하자 온몸에 열기가 가득하다. 눈이 쌓인 작은 쉼터에서 휴식을 갖는다. 소조령은 조령 제3관문을 넘은 나그네가 신혜원(고사리)에서 잠시 쉬었다가 이 고개를 넘어 수안보로 향하는 통로다. 소조령에서 괴산으로 들어서면 문경새재를 넘는 길과 이화령으로 가는 길로 나누어진다. 새재 자전거 길이지만 새재를 비켜 이화령으로 방향을 잡는다. 눈 덮인 내리막길을 조금 달리자 수려한 경관을 자랑하면서 '여인천하' '다모' '홍길동' 등 영화와 사극의 촬영지로 유명한 수옥폭포와 수옥정이 반겨준다. 조령 3관문에서 소조령으로 흘러내리는 계곡물이 20m의 3단으로 이루어진 절벽을 이루며 얼음 사이로 폭포수가 쏟아진다.

폭포는 강물이 수직이나 급한 경사를 이루면서 흐르는 물이다. 금강산의 구룡폭포, 개성의 박연폭포, 설악산의 대승폭포가 유명한 폭포로 손꼽힌다. 세계 3대 폭포로는 이과수 폭포, 나이아가라 폭포, 빅토리아 폭포를 일컫는다. 세계의 퍼스트레이디라고 불린 루스벨트 전 대통령의 부인 엘리너 여사는 이과수 폭포를 다녀와서 "이과수 폭포에 비하면 나이아가라 폭포는 수도꼭지에서 떨어지는 물줄기에 불과하다."라고 했다. 이과수 폭포는 브라질과 아르헨티나의 국경선에 걸쳐 있다. 브라질의 파라나 주 남부를 흐르는 이과수 강이 파라나 강과 합류하는 지점에서 36km 상류에 형성되어 있다. 폭포 일대는 브라질과 아르헨티나가 공동으로 국립공원으로 지정하여 보호, 관리하고 있는데, 이과수 폭포는 하나의 물줄기가 아닌 크고 작은 300여 개의 폭포가 모여 이루어지고, 그 폭은 5km에 이르며, 최고 낙차는 100m를 넘는다. 폭포의 폭이 5km라면 얼른 이해되지 않는데, 이것은 여러 폭포와 절벽이 이어지며 연결된 폭포 군의

길이를 말한다. 남미 여행 시 이 과수 폭포에서 맛본 장엄한 광경, 특히 '악마의 목구멍'이 주는 감동은 상상을 초월한다. 세상에서 가장 긴 빅토리아 폭포는 자연이 빚어낸 웅장함의 결정체다. 무지갯빛 폭포 앞에 서면 온몸에 전율이 가득해진다. 폭포가 처음 발견된 1855년 탐험가 리빙스턴은 영국 여왕의 이름을 따서 빅토리아 폭포라고 명명했다.

수옥정에 올라 폭포를 바라보며 고려 말 홍건적의 난을 피해 이곳을 지나다가 초가집 행궁을 지어 슬픔을 삼킨 공민왕의 심사를 그려본다. 한겨울의 쓸쓸한 수옥정을 벗어나서 '수옥정폭포자랑비'를 뒤로 하고 내리막길을 달려간다. 한적한 새재골 휴게소에서 얼큰한 김치찌개로 점심식사를 하며 추위에 얼어붙은 몸과 마음을 녹인다.

이제 충주를 벗어나 괴산을 달린다. 동쪽으로 소백산맥을 경계로 문경과 상주에 접해 있으며, 예부터 산과 계곡이 유명했던 괴산이다. 괴산(槐山)의 괴는 느티나무를 지칭한다. 괴목(槐木)이라고도 하는 괴산의 상징인 느티나무는 애국충절의 혼이 깃든 장수목으로, 괴산에는 유독 오래된 느티나무가 많다. 마을 입구를 지키는 당산나무 또한 대부분 느티나무다. 괴산의 자존심인 느티나무에는 신라 장수 찬덕의 이야기가 전해온다.

신라 진평왕 33년 성주 찬덕이 가잠성을 지키고 있을 때, 백제의 대군이 침입하여 백여 일을 포위, 공격함으로써 성은 바람 앞에 등불이었다. 성 안은 식량과 물이 떨어지고, 원군은 왔지만 번번이 실패했다. 찬덕은 의롭게 싸우다 죽을 것을 역설했으나 군사들은 항복하여 살아남기를 원했다. 그리하여 찬덕은 "너희들은 내가 죽은 후에 항복해라. 나는 죽어 귀신이 되어 백제 놈들을 잡아갈 것이다."라고 외친 뒤 앞의 느티나무에 머리를 들이박고 장렬히 죽었다. 진평왕 40년 그의 아들 해론이 가잠성을 수복하기 위해 공격에 나섰는데, 치열한 전투에도 승부가 나지 않자 해론은 "전에 내 아비가 여기서 전사했는데 아들인 나도 지금 백제와 이 성에서 싸우게 되었으니, 오늘 죽기를 두려워하겠는가." 하고는 홀로 적진으로 달려들어 싸우다가 전사했다. 이를 본 신라군이 용기를 내어 공격함으로써 가잠성을 탈환했다고 한다.

괴산은 푸른 산 맑은 물, 백두대간이 빚어놓은 조령과 화양구곡, 선유구곡, 쌍곡구곡 등 계곡 비경이 선경(仙境)을 이루는 청정지역이다. 면적의 76%를 산이 차지하고, 산이 높고 경치가 아름다워 남부 산악지대는 대부분 속리산 국립공원에 포함된다. 지리적으로 남한의 중앙부이자 충청도의 중앙부에 위치하고 있으며 청결고추, 대학찰옥수수, 절임배추 등 친환경 특산물이 유명한 작은 고장이다. 화양동 계곡에는 우암 송시열의 유적인 화양서원 터와 만동묘 터, 암서재 등이 있다. 조선 말엽, 당시 한량으로 지내던 대원군이 이곳을 지나가던 중 하마비(下馬碑)에서 내리지 않는다 하여 묘지기에게 발로 걷어차이고 가랑이 사이로 지나갔으니, 이때 망신당한 대원군은 서원을 '도둑놈의 소굴'이라며 훗날 섭정 시작 후 곧 서원 철폐령을 내렸다고 전해진다. 향교가 지금의 국립 교육기관이라면, 서원은 학문연구와 선현 제향을 위하여 설립된 사설 교육기관이었다. 최초의 서원은 주세붕이 세운 백운동서원으로, 이황이 풍기 군수로 있으면서 명종에게 소수서원으로 편액과 함께 서적, 노비를 하사받았다. 전국적으로 한적하고 경치가 좋은 곳에 세워진 700개가 넘는 서원은 민폐의 온상이 되었다. 지방 유지들의 거점으로 수령이나 관찰사도 무시할 수 없는 세력이 되어, 자체적인 토지와 노비를 가지고 있었고 세금도 면제받았다. 백성들은 '서원이 있는 데는 개도 오줌을 싸지 않는다.'며 원성이 자자했는데, 대원군이 47개소만 남기고 모두 철폐하자 좋아하지 않을 수 없었다.

괴산군의 캐릭터는 임꺽정과 그의 아내 운총이다. 이는 괴산이 고향인 벽초 홍명희(1888~1968)의 소설 『임꺽정』에서 비롯되었다. 괴산에는 홍명희의 생가가 있다. 이광수, 최남선과 더불어 구한말 3대 천재로 불리는 벽초 홍명희는 일제하 민족운동의 지도자격 인물이었으며, 해방 후 월북하여 북한의 IOC 위원을 역임했고, 내각 부수상과 북한 인민회의 부의장을 지냈다. 벽초의 생가가 복원되고 제월리 마을 집 뒤 언덕에는 '작가 홍명희의 고향'이라는 표지석이, 제월대에는 '벽초 홍명희 문학비'가 세워져 있다. 1928년부터 10여 년에 걸쳐 『조선일보』에 연재한 소설 '임꺽정'은 그의 유일한 작품이자 20세기의 걸작으로, 남북한이 함께 자랑하는 고전이다. 벽초는 임꺽정을 통해 천민 계층을 이상화함으로써 계급의 관점에서 자본주의적 모순을 겨냥하는 역사의식을 보여주었다. 선비이자 자유주의자인 홍명희는 명문가의 자손으로, 그의 아버지는 경술국치를 당하자 비분강개하여 자결한 홍범식이다.

"기울어진 국운을 바로잡기엔 내 힘이 무력하기 그지없고 망국노의 수치와 설움을 감추려니 비분을 금할 수 없어 스스로 순국의 길을 택하지 않을 수가 없구나. 피치 못해 가는 길이니 내 아들아, 너희는 어떻게 하나 조선 사람으로서의 의무와 도리를 다하여 잃어진 나라를 기어이 찾아야 한다. 죽을지언정 친일을 하지 말고 먼 훗날에라도 나를 욕되게 하지 말아라."

홍명희는 아버지가 남긴 이 유언을 액자에 끼워서 책상 앞 벽에 걸어놓고 평생 지키려 애쓰며, "나는 '임꺽정'을 쓴 작가도 아니고 학자도 아니다. 홍범식의 아들, 애국자다. 일생 애국자라는 그 명예를 잃을까봐 그 명예에 티끌조차 묻을세라 마음을 쓰며 살아왔다."라고 말했다. 홍범식의 고택은 괴산군의 주요 문화유적으로 보존되고 있다.

오애시(五哀詩)를 지어 나라가 위급할 때 순절한 민영환, 홍만식, 조병세, 최익현, 이건창을 추모한 매천 황현은 1910년 경술국치로 국권을 상실하자, 한 번도 나라의 녹을 먹은 적이 없는데도 "내가 꼭 죽어야 할 의리는 없지만 나라가 선비를 기른 지 500년에 나라가 망하는 날을 당하여 한 사람도 죽는 사람이 없다면 어찌 통탄스러운 일이 아니겠는가?" 하고는 아편 덩이를 삼켜 절명했다. 빼어난 시인이자 역사가, 그리고 당대 최고의 문장가로 이름을 날렸던 매천은 나라의 운명이 다하자 그 시대를 살았던 지식인으로서의 책임을 지고자 자신의 생을 마감한 것이다. 기울어가는 나라와 운명을 같이한 조선조 마지막 선비 매천의 절명시(絶命詩) 4수 중 일부다.

새와 짐승도 슬피 울고 바다와 산도 찡그리니
무궁화 삼천리는 이미 망해버렸네
가을 등잔에 책을 덮고 천고의 일을 생각하니
글 아는 사람 노릇 어렵구나

오늘을 살아가는 사람들의 애국에 대한 신념, 그리고 애국 선열에 대하여 돌아보며 차도를 따라 조심조심 달려간다. 차도에서 벗어나 한적한 길을 따라 달리던 두 바퀴는 연풍향교 인근 행촌 교차로를 지나면서 이화령 고갯길을 오르기 시작한다. 땀이 범벅된 귓가로 '철새는 날아가고' 음악이 휴대폰에서 흘러나온다. 어머니가 입원해 계시는 안동의 요양병원 의사로부터의 전화다. 어머니를 모시고 큰 병원으로 가야 하니 만났으면 한다. '혹시나!' 하고 염려했던 일이 다가왔다. 내일 찾아가겠다고 했다. 내일은 자전거 종주를 중단할 수밖에 없다. 편찮으신 어머니가 부르신다. 갑자기 걸어서 올라가는 이화령 고갯길이 멀고도 힘들게 다가온다. 삶의 무게가 짓눌려온다. 어머니의 병세가 염려된다. 올해로 뇌졸중으로 쓰러진지 만 20년, 불편한 몸이었지만 어머니는 언제나 험한 세상 살아가는 길에 위안을 주는 안식처요 마음의 고향, 정신의 지주였다.

2. 백두대간 가는 길

꽁꽁 얼어붙은 눈 덮인 이화
령 고갯길을 한 걸음 한 걸음 기
도하는 마음으로 올라간다. 북으
로 조령산(1,026m)과 남으로 갈미
봉(783m) 사이에 위치한 이화령은
상대적으로 높이가 낮아 소백산

맥을 넘는 고갯길로 개발되었다. 가파르고 험하여 산짐승의 피해가 많아서 여
러 사람이 어울려 함께 넘어갔다 하여 이유릿재라 하다가, 후에 고개 주위에
배나무가 많아 이화령(梨花嶺)으로 불리게 되었다.

세찬 바람이 불어오건만 자전거를 끌고 올라가는 전신이 땀으로 흠뻑 젖는
다. 전망대에서 잠시 휴식을 취하자 이내 한기가 다가온다. 냉탕과 온탕을 번
갈아가며 힘겹게 고갯길을 올라간다. '대붕역풍비 생어역수영(大鵬逆風飛 生魚逆
水永)'이라 했던가. 커다란 붕새는 바람을 거슬러 날고, 살아 있는 물고기는 물
을 거슬러 헤엄친다. 바람을 거슬러 날아야만 대붕이 될 수 있고, 물결을 거
슬러 헤엄칠 수 있어야 살아 있는 물고기라 할 수 있다. 바람이 부는 대로, 물
결이 치는 대로 흘러가는 것이 아니라, 바람과 물결을 헤쳐 나가는 불굴의 정
신력으로 도전과 노력을 경주해야 살아남는다. 주어진 여건이 어렵고 힘들지

라도 굳건히 헤엄치고 나가는 자세가 필요하다. 눈을 들어 하늘을 보고 먼 산과 아래의 들판, 속도를 내고 달리는 차량의 질주를 바라보면서 고행의 멋을 즐긴다. 운명을 개척하는 대붕이 되고, 살아 있는 물고기가 되어 한 걸음 또 한 걸음 앞으로 전진한다.

이화령 정상에 도착했다. 중앙에는 '국토 종주 4대강 노선 새재 자전거 길 2011. 11. 27 대통령 이명박'이란 표석이 북쪽 하늘을 배경으로 자리 잡고 있다. 북쪽에서 불어오는 바람을 마주하며 까마득히 먼 하늘과 산하를 바라본다. 서해에서 한강으로, 남한강을 따라 달려온 길을 돌아본다. 성취의 기쁨으로 채워진 가슴이 날아갈 듯 후련해진다. 상서로운 기운이 하늘에서 날아든다. 자동차의 통행이 거의 없어 개점휴업이나 마찬가지였던 휴게소가 새재 자전거 길 개통으로 다시 활기를 띠기 시작했다. 만면에 웃음꽃이 핀 휴게소 아저씨와 차 한 잔으로 얼어붙은 몸을 녹인다. 백두대간임을 알리는 표석과 자기 키보다 더 큰 괴산 청결고추를 들고 서 있는 의적 임꺽정의 표석 앞에서 백두대간 종주의 추억이 스쳐간다.

백두대간은 백두산(2,744m)에서 두류산(백두산에서 흘러내려온 산)의 다른 이름인 지리산(1,915m)까지의 큰 산줄기다. 백두대간의 출발지이자 민족의 성산(聖山)으로 추앙받는 백두산에서 동해안을 끼고 국토의 척추인 양 이어진 대간은 금강산(1,638m)을 지나고, 남한으로 향로봉(1,293m), 진부령(529m), 설악산(1,708m), 오대산(1,563m), 대관령(832m), 두타산(1,353m), 태백산으로 이어 흐르다가, 남쪽으로 낙동강의 동쪽 분수 산줄기인 낙동 정맥을 형성시킨다. 대간의 본줄기는 다시 소백산(1,421m)을 지나고, 죽령(689m)과 역사상 최초로 개통된 하늘재(525m), 이화령(548m), 속리산(1,508m)으로 뻗어내려 한강과 낙동강을 분수한다. 이로부터 다시 금강과 낙동강의 분수령이자 예로부터 영남과 중부지방을 잇는 추풍령(221m), 황학산(1,111m), 삼도봉(1,177m), 덕유산(1,614m), 육십령(734m), 영취산(1,075m)까지 금강의 동쪽 분수산맥을 형성하며, 섬진강의 동쪽 분수령인 지리산에서 총 길이 1,625km에 이르는 백두대간은 끝이 난다.

우리나라의 산줄기는 1대간, 1정간, 13개의 정맥으로 구성되었다. 대간과 정간은 동서 해안으로 흘러드는 강을 양분하는 산줄기이며, 정맥은 대간과 정간으로 갈라져 하나하나의 강을 경계 짓는 분수산맥을 말한다. 백두대간의 산줄기들은 지역을 구분 짓는 경계선이 되어 각지의 언어, 습관, 풍속 등과 부족국가의 영역을 이루고 행정의 경계가 되었으며, 오늘날까지 자연스러운 각 지방의 분계선이 되었다.

백두대간을 체계화한 지리책이 『산경표(山經表)』이다. '산은 산으로 이어지고 산은 물을 넘지 못하며, 산은 인간을 나누고 물은 인간을 잇는다.'는 인문 지리적 입장이 『산경표』의 원리다. 산과 물에 따른 지역 간 문화차이를 반영하므로 우리의 전통문화와 인문, 지리, 역사를 이해하는 데 필수적이다. 『산경표』의 가치는 오늘의 실제 지형과 일치한다는 점에 있다.

한반도 지형의 등뼈를 이루며 평균고도가 1,000m를 넘는 백두대간은 가장 완벽한 자연의 길이다. 대간 능선의 봉우리에서 바라보는 장쾌함은 이루 형용할 수가 없고, 대간의 원시림을 걸으면 태고시대로 되돌아가는 청량감과 생명력을 느낀다. 대간은 하루를 걸으면 헝클어진 마음이 차분해지고, 이틀을 걸으면 건강한 삶이 되살아난다. 백두대간 종주는 산 사나이로서의 자긍심이고 자랑이었다.

험하고 거친 세상을 살아가기 위해서는 야생의 정신이 있어야 한다. 길들지 않은 야생마의 기질, 험하고 거친 산과 정글에서도 살아남을 수 있는 도전적이고 창의적인 정신, 기존의 질서와 가치를 넘어서 상황에 맞는 새로운 용기와 혁신이 있어야 한다. 급변하는 현대사회에서 살아남기 위해서는 지구가 회전하는 속도에 맞는 능동적인 대처가 필요하다. 지구는 24시간 스스로 돌아간다. 시속 약 1,667km로 자전한다. 1초에 약 463m를 돌고 있는 것이다. 또한 지구는 공전하며 태양의 주위를 돈다. 시속 약 108,000km로 회전한다. 1초에 약 30km를 돌고 있는 것이다. 자신을 한 바퀴 돌리면 새로운 하루가 오고, 태양을 한 바퀴 돌면 새로운 한 해가 온다. 빠른 속도로 자전과 공전을 하지만 사람들은 속도감을 느끼지 못할 뿐이다.

달은 지구를 돈다. 29.53일이 걸려서 한 바퀴 돌면 한 달이 된다. 지름 12,740km, 둘레 46,286km의 지구는 365일 태양을 떠나 존재할 수 없다. 태양이 없으면 지구 안의 생명체도 존재할 수 없다. 태양의 둘레는 4,373,097km, 달의 둘레는 10,920km로 태양은 지구의 94.5배, 지구는 달의 4배에 해당한다. 지구는 인류가 살아가는 아름다운 별이다. 육감으로 느끼는 자연의 경이함은 영혼에 여러 가지 탄성을 전달한다. 서쪽하늘에서 밀려온 밤은 영광스러운 창조물을 어둠으로 가리고, 어둠속의 밤은 반짝이는 천상의 보석들로 우주를 황홀하게 연출한다. 그리고 다시 아침이 오면 온 대지와 하늘의 벌판 위에 위대한 작품을 내보인다. 동쪽에서 떠올라 새벽을 깨우는 태양을 기다리고 반기면서, 산에서 들에서 바다에서 아침의 정기를 호흡하는 영혼들은 대자연의 숨결을 마시며 이 땅 위의 평안과 즐거움을 누린다. 태양은 단지 아침에 뜨는 별에 지나지 않는다고 하지만, 그는 단지 혼자 이 세상을 밝히는 별이고, 대자연에 생명을 불어넣는 숭배 받을 만한 위대한 존재다.

문명의 이기를 떠나 자연과 벗하면 침묵의 소리를 들을 수 있다. 사람들은 참으로 많은 말을 하고 산다. 공허하고 의미 없는 말, 불필요하고 쓰레기 같은 말로써 세상과 자신을 어지럽힌다. 아무런 의미도 갖지 못하는 말을 하느니 차라리 침묵하는 것이 낫다. 그러면 자연의 소리를 듣고 내면의 소리를 들을 수 있으며 신의 소리를 들을 수 있다. 신의 음성을 들을 줄 아는 사람은 외경심에서 비롯되는 겸손함을 잃지 않는다. 잠시 잊을지라도 이내 그 앞에서 무릎을 꿇고 자신의 미약함과 왜소함에 부끄러움을 느낀다. 신의 존재가 의식되고 두려움을 느끼면서 침묵하려 노력한다면, 자연과 합일되는 삶을 살 수 있다.

산길을 걷는 것은 기도하는 것과 같다. 골짜기에서 능선으로, 능선에서 봉우리로, 봉우리에서 낭떠러지로 떨어져서, 다시 정상으로 땀 흘리며 태양과 구름과 달을 뒤쫓아 가노라면 절로 무아지경에 빠진다. 내 마음속에 슬픔과 번민들이 있다는 것이 잊히니 산은 좋은 벗이요 훌륭한 의원이며, 산행은 하나의 구도행위가 된다. 내게 있어 젊은 날의 산과 책과 술은 오랜 벗으로, 여전히 함께 어우러져 춤추며 삶을 완성시켜가고 있다. 법정스님이 산을 노래한다.

산을 건성으로 바라보고 있으면
산은 그저 산일 뿐이다.
그러나 마음을 활짝 열고
산을 진정으로 바라보면
우리 자신도 문득 산이 된다.
내가 정신없이 분주하게 살 때는
저만치서 산이 나를 보고 있지만,
내 마음이 그윽하고
한가할 때는 내가 산을 바라본다.

성리학자 어유봉(1672~1744)은『동유기』에서 "산을 유람하는 것은 독서하는 것과 같다. 보지 못한 것을 보는 것도 좋지만, 실은 충분히 익히고 또 익히는 데 핵심이 있다."라고 했다. 독서와 마찬가지로 산을 설렁설렁 보아서는 산의 오묘한 깊이를 알 수 없다. 또 비슷한 시기의 장서가 이하곤은 "산을 유람하는 것은 술을 마시는 것과 같다. 그 깊이는 각자의 국량에 따라 정해지는데, 그 아취(雅趣)를 이해하지 못한다면 얻는 것은 고작 산의 겉모양에 지나지 않는다."라고 했다. 산은 인간과 더불어 자연의 한 조각이다. 자연은 신의 예술이며 은총이고 계시다. 흰 구름과 봄바람은 신의 몸짓이고, 천둥과 번개는 신의 음성이다. 자연에 대한 경외심을 가지는 것은 인생을 경건하게 살아가는 밑거름이 된다. 겨울은 영원히 계속되지 않으며, 봄은 자기 차례를 건너뛰지 않는다. 모든 것은 지나가고, 모든 것은 변한다.

　　일제는 강점기에 이화령에 도로를 개설하면서 의도적으로 백두대간의 맥을 끊었다. 2012년 11월 15일, 민족정기와 얼을 바로 세우고 끊어진 백두대간의 생태 축을 연결하는 공사가 마무리되어, 백두대간 이화령은 87년 만에 복원되었다. 이제 그 도로 위에 터널을 만들고 터널 위에 능선을 조성해서, 끊어진 백두대간의 대동맥이 이어졌다. 끊어졌던 국토의 혈맥이 다시 하나가 되는 역사적인 의미가 있는 일이었다.

　　새재를 넘지 않고 이화령을 넘어가는 새재 자전거 길을 넘어간다. 고향 안동을 오가던 숱한 추억이 깃든 이화령, 오늘은 자전거의 두 바퀴를 굴리며 고행하는 신선이 되어 고갯길을 넘어간다. 청풍명월의 충청북도를 벗어나서 태산준령 영남의 관문 문경(聞慶)으로 간다. 길이 온통 얼어 있다. 오르막 5km보다 내리막 6km에 더욱 많은 눈이 쌓여 있다. 위험한 내리막길에서 자전거를 타고 갈 것인가, 아니면 걸어갈 것인가. 기로에 섰다. 오르막에서 시간이 많이 걸렸기에 끌고 걸어서 가면 목적지에 너무 늦게 도착할 것 같아 조심스럽게 타고 내려간다. 빙판길을 자전거를 타고 비틀비틀 내려간다. 설국의 향기에 취해서 미끌미끌 조심조심 내려간다. 위험천만한 길을 위험스럽게 간다. 얼어붙은 내리막길, 급경사에 급커브의 짜릿한 삼중고를 맛보면서 곡예를 한다. 행여 올라오는 차량은 없는지 먼 데를 살펴본다. 내리막길을 아슬아슬하게 달려 평탄한 길로 내려오니 안도의 한숨이 저절로 나온다.

문경새재 도립공원 입구를 지나자 영남대로 관문이 보인다. 조선시대에는 각 지역에서 한양으로 가는 9개의 주요 도로가 정비되어 있었는데, 그 중 대표적인 것이 영남지방에서 한양으로 가는 영남대로였다. 부산에서 대구, 문경새재, 충주, 용인을 지나 한양으로 이어진 영남대로는 대략 960리로, 14일이 걸렸다. 영천과 안동을 지나 죽령을 넘어 한양으로 가는 영남 좌로는 15일, 김천을 지나 추풍령을 넘어가는 영남 우로는 16일이 걸렸다. 영남의 선비들은 남쪽의 추풍령을 가면 과거에서 추풍낙엽처럼 떨어지고, 죽령을 넘으면 대나무처럼 주르륵 미끄러진다는 속설 때문에 문경새재 길을 많이 애용했다.

도로의 발달 과정은 정치의 중심지를 핵으로 하여 사방으로 확산되어 나갔다. 도로는 사람과 물자를 이동시키는 매개체로 문화의 발전을 동반한다. 최근에 도로의 급속한 이용과 발달은 정치, 경제적 진보를 의미한다. 도로는 원래 사람의 발에 밟혀서 자연발생적인 통로가 생겼고, 이것이 개량되어 교통상 중요한 기능을 가진 도로로 발달한 것이다. 군사적인 목적의 로마 군도(軍道)를 제외하고는 경제, 사회가 발달하면서 지역 간의 교통이 활발해지고, 우마차가 주요 교통수단으로 이용되었다.

인간이 문명의 발달로 원형 바퀴와 달구지를 발명한 것은 기원전 6천 년 경으로 추정된다. 처음에는 소달구지로 곡물을 운반했으나, 보다 더 빨리 달리고 싶은 속도 욕망은 야생의 말을 가축으로 키워 마차를 만들었다. 이 발명은 기원전 3천 년경 아리아족에서부터 전해진다. 이들이 발명한 마차는 세계 각처로 번져나가, 고대 로마제국은 전차군단으로 서양세계를 정복하고 '모든 길은 로마로 통한다'는 명언을 남겼다. 전차(戰車)에서 비롯된 마차의 역사는 오리엔트와 이집트의 부조에서 발견되었고, 중국에서도 은나라와 주나라 시대에 말이 끄는 전차가 매장된 것이 발굴되었다. 우리나라에서는 프랑스에서 마차를 사들여 고종 황제가 애용했는데, 지금 그 마차가 창덕궁 어차고에 전시되어 있다.

교통기관으로서의 마차는 대중화되지 못했고, 주로 화물 운반용으로 이용되었다. 유럽에서만 교통기관으로서 많은 이용과 사랑을 받던 마차는 기차, 자동차, 시내전차 등의 등장으로 밀려나, 지금은 드물게 화물 운반이나 관광용으로 옛 모습을 유지하고 있다.

자기 힘으로 달리는 '말 없는 마차'라는 발상을 하게 된 인류는 1765년 영국의 제임스 와트가 증기기관을 발명함으로써 증기엔진 시대를 열었고, 1825년 스티븐슨이 증기 기관차를 발명함으로써 19세기 교통 혁명의 주역이 되었다. 1886년 세계 최초의 가솔린 자동차가 만들어졌고, 우리나라에는 1911년 영국제 리무진이 들어왔다. 한국 최초의 철도는 경인선으로, 1896년 미국인 모스에 의해 개통되었다. 마차로부터 시작한 자동차, 철도의 시대도 가고, 폭발적인 인간과 물류 이동은 이제 고속철도의 시대, 새와 같이 비행기로 하늘 길을 날아가는 시대를 열었다.

새들이 날갯짓을 하며 하늘 길을 날아간다. 새재는 조령(鳥嶺)이다. 새재는 새도 날아서 넘기 힘들 만큼 험한 고개라 해서 붙여진 이름이다. 경상도에서 '쎄'라고 부르는 억새가 우거져 '새재', '새로 난 고개'란 뜻으로 '새재'라 불렀다고도 한다. 새재는 도적이 들끓어서 대낮에도 혼자 넘지 못하고 반드시 사람들이 모이길 기다렸다가 넘었으며, 날이 저물면 아예 밑에서 묵은 후 다음 날 넘었다고 한다.

새재 일대는 한강 유역과 낙동강 유역을 연결하는 곳이니만큼 삼국시대부터 이곳을 차지하기 위한 싸움이 끊이질 않았다. 새재는 임진왜란 당시 중요한 요충지로서 역할을 하지 못한 아쉬움이 있다. 임진왜란 전에 왜군의 침략에 대비해 성을 쌓아야 한다는 이야기가 있었으나 실행되지 않았다. 20만 병력을 아홉 개 부대로 나누어 침략에 나선 왜군은 부산포에 상륙한 지 채 보름도 지나지 않아 파죽지세로 선산과 상주를 함락시키고 문경으로 진격해왔다. 왜군은 죽령, 새재, 추풍령 세 갈래 길로 나누어 북상했는데, 주력 부대는 새재 방면으로 길을 잡았다. 왜군은 새재에 이르러 그 험준함에 놀랐으나, 정작 방비가 없자 더욱 놀라워하며 힘들이지 않고 통과했다.

신립은 충주목사 이종장, 종사관 김여물과 함께 새재를 정찰한 다음 작전회의를 열어, 두 사람에게 새재와 탄금대 중 어느 쪽이 유리할지 물었다. 김여물은 "왜적은 큰 병력이지만 우리는 작은 병력을 가지고 있기 때문에, 정면으로 전투를 벌이기보다는 지형이 험한 새재 양쪽 기슭에 복병을 배치한 후, 틈을 보아서 일제히 활을 쏘아 적을 물리치는 것이 좋겠습니다. 그렇지 않으면 서울로 돌아가 지키는 것도 하나의 방법일 것입니다."라고 했다. 이종장 또한 "적이 승승장구하고 있어서 넓은 들판에서 전투를 벌이는 것은 불리할 듯싶고, 이곳의 험준한 산세를 이용하여 많은 깃발을 꽂고 연기를 피워 적을 교란한 뒤 기습하는 것이 좋겠습니다."라고 했다. 하지만 신립은, "적은 보병이고 우리는 기병이니 들판에서 기마로 짓밟아버리는 것이 더 효과적인 전술이오. 또 우리 군사는 훈련이 안 되었으니 배수의 진을 쳐야 합니다."라고 한 뒤 탄금대에 배수의 진을 쳤다. 새재의 중요성을 안 왜군이었기에 세 차례나 수색대를 보내 조선군이 배치되어 있지 않음을 알고 아무런 저항도 없이 춤추고 노래하면서 새재를 넘었다고 한다. 이어서 왜군은 탄금대에 배수진을 친 조선군을 전멸시켰다. 조선의 최정에 부대를 거느렸던 신립은 새재를 넘어온 가토 기요마사와 고니시 유키나가를 맞아 분전하다가 참패하고 남한강에 투신, 자결했다.

문경새재에는 아직도 마을민의 소망을 함께 빌며 동질감을 느끼는 동제나 성황제를 지내는 곳이 많다. 그 중 제1관문 옆 산기슭에 고운 자태의 여신을 모신 가장 번듯하기로 유명한 성황당에는 병자호란 때 화의를 주장했던 최명길의 이야기가 전해진다. 젊은 시절 안동부사로 있는 외숙을 만나러 가던 최명길은 하얀 소복을 입은 여인으로 변신한 새재 성황신을 만났다. 안동까지 동행한 여인은 훗날 오랑캐가 쳐들어오면 종묘사직과 백성을 살리는 길은 오직 화의밖에 없으니 명심하라고 했다는 전설이다. 새재는 임진왜란 발발 이후인 1594년 제2관문인 조곡관을, 이어 숙종 때에 고개 정상에 제3관문인 조령관을, 문경에서 새재를 넘는 초입에 제1관문인 주흘관을 두고 성을 쌓았다. 그 뒤로 새재 길은 한양으로 과거 보러 가는 선비들과 영남의 각종 물산들을 부지런히 날랐다.

세월이 흘러 오늘날에는 주흘관에서 조곡관을 거쳐 조령관에 이르는 6.5km 구간은 맨발로 걸을 수 있도록 흙길로 되어 있어 트레킹 코스로 각광 받고 있다. 나무숲 사이로 보이는 보름달을 벗 삼아 걷는 '새재길 달빛기행'도 아주 특별한 기쁨을 준다.

새재를 넘어 만나게 되는 경상도의 첫 고장은 문경이다. 문경은 창공을 훨훨 날아다니는 패러글라이딩을 포함해 래프팅, 승마 등 레포츠의 고장이다. 산림청에서 선정한 100대 명산 중 주흘산(1,106m), 황장산(1,077.3m), 대야산

(930.7m), 희양산(999.1m)의 4대 명산이 있다. 이중환은 『택리지』에서 "우도에는 조령 밑에 문경이 있다. 북쪽에는 우뚝하게 솟은 주흘산이 있고, 남쪽에는 대탄이 있다. 서쪽에는 희양산과 청화산이, 동쪽에는 천주산과 대원산이 있다. 사방 산속이나 들판이 제법 넓게 펼쳐져서 영남 경계의 첫 고을이고 남북으로 통하는 큰 길에 닿아 있다."라고 기록하고 있다.

문경은 신라시대의 변방으로 절이 많다. 그 가운데 문경이 내세우는 최고의 명소는 지증대사(824~882)가 세운 가은의 봉암사다. 속세에서 멀리 떨어진 구석진 시골마을 가은에서도 산길 십리를 더 가야 하는 곳에 '절이 들어서지 않으면 도적이 들끓을 자리'로 지목되었던 희양산이 있고, 그 남쪽 바위 밑 울창한 숲속에 신라 하대의 새로운 사상인 희양산문이 개창된 절이 있는데 그것이 봉암사. 9세기 무렵 서라벌과는 다른 새로운 기운이었던 선종 구산선문의 하나로 창건되어 천년 세월이 지난 지금도 그 전통이 남아 있는 수도처다.

봉암사는 한국 불교의 생명수이다. 1947년 겨울 성철스님을 비롯한 20여 명의 젊은 스님들이 일그러진 불교의 제 모습을 되찾기 위해 '봉암사의 결사'를 싹 틔운다. 자신이 노동하여 생활하자는 '일일부작 일일불식(一日不作 一日不食)'의 맹세로 '오직 부처님 법대로만 살자'는 간결한 정신을 내세우고, 불법에 어긋나는 불공과 천도재를 받지 않았다. 조계종은 1982년 봉암사를 특별 수도원으로 지정하여 오로지 수행과 참선에만 몰두하게 하고, 참배객이나 관광객의 출입을 통제하고 4월 초파일 하루만 일반인을 위해 문을 연다.

왕건과 견훤의 격전장이었던 문경, 그 와중에 극락전만 남기고 폐허가 되었던 봉암사, 백두대간을 산행하면서 아늑한 희양산 바위자락에 앉아 바라보는 봉암사는 한 폭의 선경(仙境)이었다. 산은 산이요 물은 물이라는 가르침이 발은 발이요 바퀴는 바퀴라는 가르침으로 떠올라 문경의 품에 안긴다.

3. 충절의 살구나무

문경의 진산 주흘산 자락에 위치한 시골마을 문경읍을 향하여 고개를 올라간다. 읍내 입구 삼거리에 청운각 안내판이 보인다. 청운각은 박정희 대통령이 젊은 시절 3년간(1937~1940) 문경보통학교 교사로 재직할 당시 하숙하던 집이다. 당시 박정희 교사에 대한 제자들과 주민들의 이미지는 '아침마다 나팔을 불고 청소에 철저한 사람, 운동과 병정놀이를 좋아하고 학생들과 잘 놀아주는 선생, 일본 사람들에게 얕보여서는 안 된다고 끝없이 투지를 불어넣어주던 분, 빈부귀천을 가리지 않고 제자들을 사랑한 사람, 술을 좋아하는 교사, 교사로 만족할 분이 아니라는 느낌을 준 선생' 등 다양했다.

대구사범학교는 흡연은 허용했으나 음주는 금했으므로 박정희 교사는 이때부터 술을 즐기기 시작했다. 특히 막걸리를 좋아했다. 거의 매일 막걸리를 양동이에 받아놓고는, 쪽박을 띄우고 허연 배추와 된장을 안주 삼아 마셨다. 평소엔 말이 적었지만 술만 들어가면 말도 좀 하고 호탕해지면서 '황성옛터'를 뽑기도 했다. 대통령이 된 뒤에도 그때를 회상하며 "여름에 말이야, 밀짚모자 쓰고 수건을 어깨에 턱 걸치고 새재를 쉬엄쉬엄 넘어가다가 주막에 들르지. 풋고추와 된장을 내어놓고 시원한 막걸리를 마시면 그 기분이 최고야."라고 했다. 박정희 교사는 평소 이순신 장군을 좋아했으며, 하숙집에는 붉은 망토에 훈장을 주렁주렁 달고 말을 탄 나폴레옹의 초상화를 걸어놓았다. 군인이 되고 싶었지만, 나이가 많아서 일본 육사도 만주 군관학교도 갈 수가 없었다. 그래서 박정희는 혈서를 써서 만주 군관학교로 보낸 후 입학시험 허락을 받아 군인의 길을 가게 되었다.

청운각에는 '충절의 나무'라 불리던 살구나무 그루터기가 있다. 1979년 10월 26일 박정희 대통령이 시해당하고 이틀 후인 28일, 살구나무가 두 송이 꽃을 피우고 이내 말라 죽었다. 제 철도 아닌 계절에 살구꽃을 피우고 죽은 나무를 보고 문경 사람들은 "젊은 시절 박 대통령과 이 집에서 함께 지낸 살구나무가 그분의 서거를 비통히 여겨 두 송이 꽃을 피운 뒤 순절했다."고 했다. "내 무덤에 침을 뱉어라." "내 일생 조국과 민족을 위하여"를 외치고, "국민들이 먹고 입는 생활에 불안을 느끼지 않는 정도의 경제건설을 하는 것이 민주주의의 성장을 위해서도 절대적인 기본요건이다", "경제건설의 토양 위에서만 민주주의 꽃을 피울 수 있다."라고 하며 민족을 가난에서 구제하기 위해 온 열정을 다한 박 대통령에 대한 충절의 표현이었다.

분향을 하고 돌아 나와 내리막길을 달려 읍내를 벗어난다. 문경온천을 지나면서 새재 자전거 길은 평탄해지고 마음에도 여유가 생긴다. 봉명교를 건너고 다시 소야교를 건너 문경새재 IC 근처 소야마을의 영강변에 형성된 소품처럼 아담한 소야솔밭을 지나간다. 거울처럼 맑은 영강과 금빛 모래사장, 그리고 부드러운 잔디밭이 어우러진 솔밭은 아늑한 쉼터를 제공한다.

문경(聞慶)은 경상도 말을 처음 듣는다고 해서 붙여진 이름이다. 경상도 말씨는 거세고 시끄럽다. 남쪽으로, 또 바닷가로 갈수록 심해져서 악센트는 앞쪽으로 강하게 쏠린다. 아주머니를 부를 때 '아지매'라고 하면서 '아'를 짧고 강하게 부른다. 경상도 말은 '능교' 형의 대표 지역인 대구와 '니껴' 형의 대표 지역인 안동으로 나뉜다. 같은 경북 북부라 하더라도 문경, 상주는 또 달라서, 서부로 분류하여 선산, 구미, 김천 등과 함께 '······사요' 형이다. 옛날에는 이 지역을 낙동강 서쪽이라 하여 낙서(洛西) 지방이라고 불렀다. 능교 형과 니껴 형은 어미뿐만 아니라 이른바 성조(聲調)라고 하는 말의 높낮이와 길이에도 차이가 있어서, '학교 안 가나'에서 능교 형의 대구에서는 '안'에 악센트가 있지만, 니껴 형의 안동에서는 '가'에 악센트가 있다. 이른바 고평평(高平平)과 평고평(平高平)의 차이다.

능교 형의 경상도 말은 담대하고 확실하여 간혹 무례하고 무뚝뚝하고 멋없어 보인다. 그러나 니껴 형은 싸우는 것같이 시끄러우면서도 단어 또는 문장 상에 악센트를 뒤쪽으로 줌으로써 힘도 있고 설득력도 있다. 고평평의 능교 형, 평평평의 서울말과 달리 평고평의 니껴 형은 리듬감과 여운이 있어서 정감이 있다. '진지 잡수셨니껴?', '장보러 가시니껴?'의 니껴 형은 정겨운 안동지방의 표준말이다.

인간은 언어로 존재한다. 말은 생각을 담는 그릇이다. 말은 그 사람의 인격이요 그 사람을 조각하는 칼날이다. 마음으로 먹이를 주어 입술로 나타나는 것이다. 말은 긍정의 사람인지 부정의 사람인지 판별할 수 있는 사상의 옷이다. 아인슈타인은 "어떻게 하면 성공합니까?"라는 제자의 질문에, "S=X+Y+Z"라고 답한다. X는 말을 적게 하고, Y는 즐겁게 일하고, Z는 한가로운 시간을 가지라는 것이었다. 말이 많으면 생각이 흩어지고 내면의 기가 빠져나간다. '침묵은 금이요, 웅변은 은', '경우에 합당한 말은 은쟁반의 금사과' 등 말에 대한 경구는 많다. 자신이 하는 말이 우주에서 떠돌며 자기 운명의 기운을 만든다고 한다. 꿈과 희망을 마음판에 새기고 긍정적이고 적극적인 좋은 말을 해야 한다. 과학이 발달한 먼 훗날, 살아오면서 한 자신의 말들을 모두 모아서 들을 수 있는 그런 날이 올지도 모른다. 욕하고 비난하고 불평하기보다는 좋은 말, 칭찬하는 말을 해야 한다. 칭찬은 고래도 춤추게 한다고 하지 않는가.

미국인이 가장 존경하는 대통령 부동의 1위는 링컨이다. 링컨의 리더십은 언제나 선풍적인 인기를 끌고 있다. 그의 좌우명은 '비판하지 말라'였다. 젊은 날의 링컨은 남의 흠을 들추어내고, 상대방을 비웃는 편지와 시를 써서 일부러 사람들의 눈에 잘 띄는 길에 떨어뜨리기도 했다. 1842년 가을, 변호사인 링컨은 아일랜드 출신 정치가 제임스 쉴드에 대하여 신문지상에 익명의 편지를 보내 비난했다. 웃음거리가 되어 자존심이 상한 쉴드는 편지를 쓴 사람이 링컨이라는 사실을 알게 되자, 즉시 말을 타고 링컨을 찾아가서 결투를 청했다. 링컨은 싸움을 원치 않았지만 피할 수 없었다. 쉴드는 무기의 선택권을 링컨에게 주었다. 팔이 긴 링컨은 기병용 칼을 선택하고 육사 출신의 친구로부터 조언까지 듣고는 약속한 미시시피 강 모래벌판으로 나갔다. 사생결단의 순간, 입회자가 결투를 만류했다. 링컨은 절체절명의 위기에서 벗어났다. 이 사건을 평생 동안 잊지 않고 두 번 다시 남을 비난하거나 비판하는 어리석음을 범하지 않으려고 '비판하지 말라'는 경구를 좌우명으로 삼았다.

공자는 "당신의 대문 앞이 청결하지 못하다면 이웃집 지붕 위에 눈이 쌓였다고 불평하지 말라."라고 한다. 예수는 "제 눈에 있는 들보는 깨닫지 못하고 남의 눈에 있는 티는 본다."라고 말한다. 대장장이 프로미시우스는 사람을 만들 때 사람의 앞에는 장점을, 뒤에는 단점을 담은 두 개의 보따리를 만들었다. 그래서 자신에게 있는 단점은 보지 못하고 상대방의 장단점을 본다. 나와 너, 님과 남은 점 하나 차이요, 나와 남은 받침 하나 차이일 뿐이다. 사람은 각인각색이다. 두뇌 과학자들은 인간의 속 모습은 겉모습보다 더 차이가 난다고 한다. 마음만 먹으면 비난거리는 누구에게서나 찾을 수 있다. 부처님도 마찬가지다. 한 젊은이가 부처님에게 찾아와 입에 담을 수 없는 험한 욕을 했다. 그러자 잠자코 듣고 있던 부처님이 말했다.

"젊은이여, 그대는 집에 손님이 오면 좋은 음식으로 대접하는가?"

"물론이오."

"그렇다면 만약 손님이 그 음식을 먹지 않는다면 그것은 누구의 차지인가?"

"그야 당연히 내 차지가 되지 않겠소."

"젊은이여, 오늘 그대는 나에게 욕설로 차려진 진수성찬을 대접하려 했소. 그러나 나는 그것을 먹지 않을 것이니, 이는 모두 그대의 차지가 될 것 같소. 그대의 욕설에 대해 화를 내며 주거니 받거니 하고 싶지 않소."

부드럽게 웃고 있는 부처님 앞에 무릎 꿇는 젊은이를 떠올리며 조령천을 따라 달린다. 한적한 시골 강변길을 달리다가 신라 최고의 석성인 고모산성 아래 위치한 진남교반에서 잠시 길을 멈추고, 진남 휴게소에서 따뜻한 국물로 몸을 녹인다. 아주머니가 얼어붙은 얼굴을 염려스러운 듯 바라보며 "속이 풀리게 고춧가루 드릴까요?" 하고 묻는다. "그러시지요. 고맙습니다." 하자, "우리 아들도 나이 사십이 다 돼 가는데 장가도 안 가고 자전거를 그렇게 좋아해요." 한다. 따뜻한 인정과 배려를 국물에 담아 느끼면서 마시고는 길을 나선다. 뱃속이 따뜻하니 추위가 물러간다. 일순간 고등학생으로 보이는 한 무리의 자전거 대열이 달려간다. 반가움이 앞선다. 얼마 만에 느끼는 동류의식인가.

경북팔경 선발대회에서 당당히 1등을 했다는 진남교반의 풍경에 매료된다. 조령천이 흘러 낙동강의 지류인 영강을 만나 춤추듯 흘러가고, 그 위로 가로 놓인 철로와 국도가 뻗어가는 모습이 자연과 인공이 어우러져 아름다운 모습을 연출한다. 고모산성과 고부산성의 두 지역을 가르듯 위치한 진남교반은 충주, 한양으로 향하는 옛 교통의 중심지였다. 다리 주변이란 뜻의 교반은 문경선 철교를 의미하고, 토천(兎遷) 또는 토끼비리라 불리는 진남역 위편 오솔길은 옛 한양을 향하는 도보 길인 영남대로의 가장 어려운 코스로 알려진 길이다. '비리'란 강이나 바닷가의 위험한 낭떠러지를 말하는 '벼루'의 사투리로, 후삼국의 경쟁이 치열했던 이곳에서 태조 왕건은 홀로 길을 잃었고, 홀연히 나온 토끼의 안내로 간신히 후백제군의 추격을 면할 수 있었다고 한다.

깎아지른 중앙절벽이 두루마리처럼 펼쳐지고, 영강 위로 폐철교와 옛 국도, 새로 난 4차선 국도, 세 개의 교량이 엇갈려 세월의 명암을 달리한다. 석탄을 실어 나르던 폐선을 이용한 철로 자전거 길과 나란히 달려간다. 레일바이크가 서 있는 한 장의 예쁜 사진 같은 진남역을 지나간다. 전국에서 레일바이크가 처음 등장한 곳으로 문경 철로 자전거는 기찻길을 달리는 자전거다. 석탄 산업이 사양화되면서 문경의 탄광지대를 오가던 석탄 열차는 사라지고 철길만 외로이 남겨졌다. 관광객을 유치하여 지역경제를 살리자는 아이디어로, 점촌에서 무연탄 탄광이 있던 가은까지 연결하던 가은선에 철로 자전거를 시작했다. 진남역을 출발해 진남교반의 절경을 감상하며 영강 물줄기를 따라 불정역까지 갔다가 돌아오는 철로 자전거 코스의 즐거움은 환상적이다. 진남역을 출발해 야생화를 감상하며 달리다가 어두운 터널을 통과하는 독특한 체험의 구랑리역 코스, 석탄 박물관에서 가까운 가은역에서 출발해 구랑리역까지 갔다가 돌아오는 코스. 모두 사연이 담긴 철길과 물길을 따라 펼쳐지는 아름다운 주변 경관을 감상할 수 있다. 지금은 정선 구절리나 곡성 등에서도 폐구간인 철길을 따라 철로 자전거를 운영하고 있다.

봄날의 아우성을 들으며 인적 없는 철로를 따라 달려간다. 모진 바람 불어오는 한겨울의 오후에 새재 자전거 길과 녹슨 기찻길, 옛 영남대로와 영강 물길이 나란히 펼쳐져 있는 네 개의 길을 따라 나 홀로 자전거를 타고 간다. 유유자적 신선이 되어 방랑의 멋과 여유, 낭만을 만끽한다. 불정교를 지나고 건탄교를 건너 점촌 읍내로 들어서서 '살아 있는 철도시설 박물관' 신기마을의 주평역을 만난다. 주평역은 1994년 열차가 마지막으로 기적을 울린 후 사람의 발길이 끊어진 무인역이다. 경북선 영강철교를 지나는 새재 자전거 길을 따라 영강이 만들어놓은, 갈대가 드넓게 펼쳐진 습지를 벗하며 달린다. 갈대와 이름 모를 풀들이 생명의 요람 습지에서 바람에 휘날린다. 바람결에 풀잎들의 노래가 들려온다. 풀은 육지의 사분의 일을 차지한다. 초원에는 풀이 자란다. 물이 없으면 초원에도 생명이 존재할 수 없다. 빗물이 초원을 흘러내리면 생명의 소리가 초원을 요동친다. 열대우림에 살고 있는 풀들은 햇빛을 차지하기 위해 경쟁한다. 먼저 고개 내밀고 강한 자만이 햇빛을 차지한다. 햇빛을 보지 못한 식물들은 성장을 중단하거나 아주 느리게 성장한다. 최고의 승자는 느슨하게 자란 활엽수다. 영강 맑은 물에 따사로운 햇빛이 비치고, 풀들이 노래하고 춤을 춘다.

영강대교와 영강 체육시설을 지나면서 점촌 읍내를 벗어난다. 영강을 따라 비포장 길을 달린다. 속리산 문장대에서 발원하여 동북쪽으로 흐른 영강은 농암면 중앙을 뚫고, 가은과 마성면을 지나며 흐르다가 점촌과 호계면을 지나서 함창에서 이안천을 합하여 사벌면 퇴강리의 낙동강으로 들어간다. 점촌에서 상주의 낙동강 본류까지 이어지는 영강의 5km 습지는 자전거를 타야만 만날 수 있는 갈대의 노랫소리에 생명이 움트는 곳이다.

허허로운 벌판 강둑길을 달려간다. 상주 함창 땅으로 접어든다. 세찬 바람이 불어온다. 습지에서 날아오르는 새소리, 갈대숲의 합창이 석양과 노을을 밀어내고 서서히 어둠을 받아들인다. 일모도원(日暮途遠)이다. 해는 저무는데 갈 길은 멀다. 복수의 화신 오자서와 초나라를 지키겠다던 신포서의 고사성어가 떠오른다. 오나라의 부차와 월나라 구천의 복수전 와신상담(臥薪嘗膽), 복수에 성공한 오자서는 부차의 명으로 자결하며 저주를 남긴다. "내 무덤에 가래나무를 심어라! 그것으로 부차의 관을 만들라! 내 눈알을 빼어 동문에 걸어 놓아라! 월군이 쳐들어와 오를 멸망시키는 것을 보겠다!"

오가는 사람 아무도 없는 낯선 벌판에서 자전거를 눕히고 갈 길을 멈춘다. 잠시 외로운 나그네의 멋을 맛보다가, 다시 영순면 벌판을 달려간다. 날은 어두워지고 희미한 상현달이 하늘 가운데서 벌판을 내려다본다. 별빛이 하나, 둘 밤하늘을 밝혀준다. 달려도 달려도 안내판도 없고 불빛도 없는 비포장 흙길이다. 순간, 제대로 길을 가고 있는 것인지 불안감이 밀려온다. 여기가 어디쯤일까. 점점 더 속도를 낸다. 그렇게 흔하던 4대강 종주길 안내판도 이정표도 없다. 저 멀리 불빛이 아스라이 비쳐올 뿐 차량이 다니는 도로도 없다. 페달을 더욱 세차게 밟는다. 한파주의보에 아랑곳없이 온몸은 땀으로 흠뻑 젖는다.

이윽고 멀리 간간이 차량이 다니는 불빛이 보인다. 하지만 인가를 구경하기 어렵다. 멀리 마을 불빛이 시야에 들어오는가 하면, 자전거 길은 다른 방향으로 간다. 다시 멀리 불빛이 보인다. 사람들이 모여 사는 인가가 있다면, 저기서 여정을 마무리해야지 하며 달려간다. 그러나 길은 점점 마을 불빛과 멀어진다. 비 오듯 땀을 흘린다. 다시 멀리 지나가는 차의 불빛이 보인다. 차가 다니는 도로에 접근했다고 생각하니 안도의 한숨이 나온다. 길을 따라 내 길을 달렸건만, 어두운 벌판에 버려진 느낌이다.

도로에 가까이 왔다고 생각하는 순간 국토 종주 자전거 길 안내판이 보인다. 반가웠다. 다시 낯설고 한적한 시골 제방의 자전거 길을 달려간다. 별빛이 무수히 쏟아져 내린다. 어둠을 바탕으로 천상의 보석들이 빛을 발한다. 지금 대낮인 사람들은 별을 볼 수 없다. 삶도 지금 어둠인 사람들만 빛을 볼 수 있다. 이름 모를 별들이 희망의 등대가 되어 길을 밝혀준다. 옛 아일랜드 동요가 별빛 따라 고요히 흐르며 평화를 준다.

> 어둠속에서 비쳐오는 너의 빛/ 어디서 오는지 나는 모르네.
> 바로 곁에 있는 듯 아스라이 먼 듯/ 언제나 비추건만
> 나는 네 이름을 모르네/ 꺼질 듯 꺼질 듯 아련히 빛나는 작은 별아

별빛에 이어 불빛이 보인다. 마을이다. 예정했던 목적지에 상관없이 저 마을에서 일정을 마쳐야지, 다짐한다. 비포장 흙길을 달려 마을로 들어가는 삼거리에 도착했다. 자전거에서 내려 마을길로 들어서려는데 큰 표석이 보인다. 랜턴을 비추어보니 글씨가 선명하게 새겨져 있다.

"낙동강 칠백 리 여기서 시작되다."

드디어 낙동강에 도착했다. 새재 길을 달려서 마침내 상주시 사벌면 퇴강리에 도착했다. 영강이 낙동강에 합류하여 제대로 넉넉한 강이 되는 낙동강 칠백 리의 시작점에 도착한 것이다. '낙동강 천삼백 리'는 발원지인 태백의 황지연못을 시점으로 본 것이고, '낙동강 칠백 리'는 강다운 강의 모습을 갖춘 퇴강리를 시점으로 본 것이다. 새재 자전거 길의 종점은 상풍교이지만, 오늘은 한발 물러나서 '강에서 한 발 뒤로 물러난 마을' 퇴강리(退江里)에서 마무리한다.

배가 고팠다. 식사를 하면서 잠자리를 정하기로 하고 식당을 찾았다. 시골의 밤, 불빛을 따라갔다. 언덕으로 올라가자 붉은 벽돌로 지어진 십자형의 고딕양식 건물이 눈앞에 나타났다. 식당이 아닌 성당이었다. 작지만 고전적이고 소박한 아름다움이 묻어나는 퇴강 성당이었다. 조암산 자락 아래 낙동강이 내려다보이는 옛 나루터에 위치한 상주 최초의 천주교 교당인 퇴강 성당은 경북의 천주교 요람지로서, 1899년 세례교인이 탄생한 이후 신앙 공동체가 탄생하고, 1935년에는 신자 수가 1,330명에 달할 정도로 교세가 확장되었다. 100년

이 넘는 퇴강리의 천주교 역사, 44명의 성직자와 15명의 수도자를 배출한 신 앙의 산실이었다.

　마을을 내려다보아도 식당으로 보이는 건물은 없다. 낭패감에 젖어 성당 마 당의 정자에 앉았다. 미사가 있는 날이라 마침 여신도가 지나간다. 자전거로 10분 정도 가면 식당이 있는데 영업을 하는지 모르겠단다. 자비로운 여신자 와 마리아상에게 인사를 하고 캄캄한 도로를 따라 식당을 찾아 나섰다. 언덕 을 올라가자 간판에는 불이 꺼졌으나 식당에는 불이 켜져 있고 사람의 모습 이 보인다. 지친 목소리로 마당에 있는 아저씨에게 "식사 됩니까?" 하자 "혼자 입니까?"라고 반문한다. 그렇다고 하자 난색을 표하다가 안으로 들어가라고 한다. 식당 안으로 들어가니 아주머니가 "메뉴가 매운탕밖에 없는데 혼자면 식사가 안 된다."고 한다. 쫓겨날까 불안해서 "아저씨가 들어가라 했는데, 혼자 서도 매운탕 2인분은 먹을 수 있으니 달라."고 했다.

　잠시 후 아저씨도 들어오고 식사가 나오는데, 매운탕이 아닌 청국장이었다. 아주머니는 매운탕 말고 이걸로 함께 식사하자고 한다. 몰골이 불쌍해 보여서 베푸는 인정이었다. 아저씨는 혼자 마시다가 남은 소주를 꺼내서 한 잔 하라 며 건넸다. 뱃속에서 짜르르 소식이 왔다. 주변에 숙소가 있는지, 아니면 상주 나 점촌으로 나가는 택시가 있는지 물었다. 숙소는 없고 택시는 있단다. 식사 후 택시를 수소문했으나 자전거가 있어서 안 된다고 한다. 그 사이 정든 부부 가 결국 점촌까지 태워주겠다고 한다. 봉고차에 자전거를 싣고 함께 점촌으로 나왔다. 모텔 앞에 내려준 고마운 부부 만세였다.

　다음날 아침, 낙동강을 따라 상류 고향 안동의 어머니에게로 달려갔다.

05

낙동강 종주 자전거 길

1. 혈관 속의 낙동강

몹시 가난하고 쪼들린 한 선비가 밤이면 향을 피우고 하늘에 기도를 올리되 날이 갈수록 성의를 더했다. 하루는 저녁에 갑자기 공중에서 소리가 들렸다. "상제께서 너의 성의를 아시고 나로 하여금 너의 소원을 물어오게 하셨다." 선비가 답하기를, "제가 하고자 하는 바는 매우 작은 것이요, 감히 과도하게 바라는 것이 아닙니다. 저는 의식이나 조금 넉넉하여 산수 사이에 유유자적하다가 죽으면 만족하겠습니다."라고 했다. 그의 말을 들은 사자가 공중에서 크게 웃으면서, "그것은 천상계 신선들이 즐기는 낙인데 어찌 쉽게 얻을 수 있겠는가? 만일 부귀를 구한다면 가능할 것이다."라고 대답했다. 허균의 『한정록』에 나오는 이야기이다.

지금은 옛날과 달라 의식이 넉넉하여 마음만 먹으면 아름다운 산수를 마음껏 다녀올 수도 있지만 마음먹기가 어렵다. 천상계 신선의 영역이라는 산수 유람을 간다. 마음껏 기쁨의 나래를 펼치면서 두 바퀴를 굴리며 달려간다.

어머니를 안동병원의 요양원에 모셔드리고 다시 자전거 길을 나섰다. 세찬 겨울바람을 맞으면서 '낙동강 칠백 리 여기서 시작되다' 표석이 세워진 퇴강리에서 해방된 자유를 누린다. 낙동강 종주 자전거 길의 낯선 거리를 달려간다. 매일같이 익숙한 얼굴들에 길들여진 생활은 어디로 가고, 하루 종일을 달려도 아무도 아는 사람이 없다. 바람과 구름, 낯선 얼굴, 낯선 자연이 신선하게 스쳐간다.

내성천이 예천의 회룡포에서 절경을 이루고 금천과 삼강(三江)이 만나며 강폭을 넓힌 낙동강은 퇴강리에서 문경의 영강과 다시 합쳐지면서 그 모습을 확연히 드러내어, 낙동강 하구까지 '낙동강 칠백 리' 물줄기를 이룬다. 이중환은 『택리지』에서 "태백 황지에서 발원한 물길은 용궁과 함창 경계에 이르러 비로소 남쪽으로 굽어지며 낙동강이 된다. 낙동이란 상주(가락국)의 동쪽이란 뜻이다."라고 했다. 낙동강은 영강과 퇴강리에서 합류하여 강폭을 넓혀서 강다운 모습을 갖춘다고 본 것이다.

낙동강 자전거 길은 상풍교에서 시작하여 상주보와 낙단보를 지나고 구미보와 칠곡보, 강정 고령보와 달성보, 합천 창녕보와 창녕 함안보를 거쳐 양산을 지나 부산의 낙동강 하굿둑에서 마무리한다. 한편, 안동댐에서 시작한 낙동강 자전거 길은 상주와 예천 풍양을 연결하는 다리인 상풍교에서 새재 자전거 길과 만나 국토 종주 낙동강 자전거 길로 이름을 바꾼다.

오이를 심으면 오이를 얻을 것이요, 콩을 심으면 콩을 얻는다. 종과득과 종두득두(種瓜得瓜 種豆得豆)다. 사람의 존재의 고향은 어머니다. 어머니의 품에서 사랑을 배우고 희생을 배우고, 용서를 배우고 기도를 배운다. 인간이 만든 가장 위대하고 아름다운 낱말은 어머니다. 이 험한 세상 살아가는 길에 가장 영향을 받는 이는 어머니다. 가장 기쁠 때도 슬플 때도, 가장 아프고 힘들 때도 부르는 이름이 어머니다. 어머니는 사랑과 희생의 상징이다. 신은 사랑이 무엇인지를 보여주기 위해, 당신이 너무 바쁜 나머지 대신 어머니를 만들었다고 하던가.

링컨은 "나의 존재, 나의 희망, 이 모든 것은 천사와 같은 내 어머니에게서 받은 것이다."라고 한다. 백 명의 스승보다 한 명의 어머니가 낫다고 한다. 율곡의 어머니, 퇴계의 어머니, 맹자의 어머니, 에디슨의 어머니, 성 어거스틴의 어머니, 셰익스피어의 어머니, 위인들에게는 모두 위대한 어머니가 있었다. 어머니는 인생의 가장 위대한 스승이다. 스펜서는 "아이는 부모의 거동을 비추는 거울"이라고 한다. 어머니는 자식의 운명에 결정적인 영향을 끼친다. 어머니는 자식을 쏘아 올리는 활이다. 자식은 어머니가 쏜 화살이 되어 과녁을 향해 날아간다. 눈물로, 마음의 기도로 기른 자식은 망하지 않는다. 여자는 약하나 어머니는 강하다고 하지 않는가. 내가 내 부모를 섬기지 않는데 내 자녀가 나를 섬길 것인가. 반포효조(反哺孝鳥), 까마귀는 효의 귀감이다.

어머니는 20여 년을 반신불수의 불편하신 몸으로 지냈다. 어릴 적 기억 속의 어머니는 눈물의 화신이었다. 어머니를 껴안고 울면 어머니의 눈물은 자연스레 나의 눈물이 되었다. 어머니의 한은 나의 한이 되었고, 어머니의 기도는 나의 기도가 되었다. 어머니는 내게 신앙이었고 종교였다. 어머니에게 나는 믿음이었고 희망이었다. 어머니는 내가 하는 모든 일에 신뢰와 기대를 가졌다. 어머니의 믿음은 작은 열매를 맺었다. 흐르는 세월 속에 어머니의 몸은 상했지만, 마음의 한과 눈물은 치유되었다. 고단한 삶 속에서도 한없는 사랑으로 감싸 안으신 어머니는 열심히 살아야 할 이유였고 힘의 원천이었다. 석사학위를 받고난 어느 날, 어머니는 "이제 공부 그만하고 재미있게 살아라." 하셨다. 어머니의 말씀이 마음속에 와 닿았다. 그것은 어머니의 최고의 칭찬이었다.

어머니는 혼자 힘으로 거동을 못 하셔서 시골집에서 10분 거리인 요양원을 오가며 지냈다. 80세가 넘자 시력도 많이 약해져서 불편해 하시며, "옛 말이 그른 게 없다고 했는데 있다. 중풍 들면 삼일 만에 안 죽으면 석 달 만에 죽고, 석 달 만에 안 죽으면 삼년 만에 죽는다고 했는데, 내가 너무 오래 살아 고생시킨다."라고 하셨다. 시골 이웃 할머니들은 "동네에서 고생을 가장 많이 한 여인이 동네에서 가장 부러운 할머니가 되었다.", "네 어머니는 정말 고생 많이 했다. 어머니에게 더 잘해드려라."라고 하셨다. 어머니를 껴안고 수없이 울던 나날들은 포기하고 절망하고 싶어도 그럴 수 없는 힘의 원천이고 추억이고 그리움이고 희망의 샘이었다.

1월 6일, 어머니는 노인 요양병원에서 안동병원의 응급실로, 그리고 중환자실로 옮겨가며 정밀검사를 받았다. 결과는 '담도결석, 간경화, 고혈압, 당뇨병'이었다. "여기서 수술할 수도 있지만 장비가 좋은 대학병원으로 가는 것이 좋다. 여기에서 수술 시 과 출혈로 수술 도중 사망 가능성이 높지만, 대학병원에서 내시경으로 하면 그만큼 위험은 줄어든다. 특히 간경화와 고혈압으로 인하여 예측 불허"라는 의사의 청천벽력 같은 선언에 머뭇거릴 수가 없었다. 즉시 앰뷸런스로 분당 서울대학교병원으로 출발했다. 앰뷸런스는 빠른 속도로 달렸다. 고속도로를 달리는 위급한 앰뷸런스 소리가 오늘은 타인의 이야기가 아닌 나의 현실이 되어 귓전을 울렸다. 어머니와의 이별이 가까워오는가 생각하니 눈가에 이슬이 맺혔다. 분당 서울대학교병원에 도착하여 다시 제반 검사가 진행되고, 응급실의 밤은 점점 깊어갔다.

다음날 어머니는 수술실로 옮겨졌다. 의사의 "못 깨어나실 수도 있습니다."라는 무거운 말에 눈시울이 붉어졌다. 1시간 남짓 간절한 마음으로 기도했다. 다행이었다. 어머니는 병실로 옮겨지고, 우리는 3박 4일을 함께했다. 안동에서 따라온 막내며느리가 먼저 안동으로 돌아가자 서운해 하셨다. 어머니는 내가 없으면 불안해 하셨다. 어릴 적 내가 어머니에게 그랬듯이 어머니는 애기였다. 함께하는 시간은 어머니의 마음을 헤아리고 느낄 수 있는 좋은 기회였다. 병실에서 중 1학년 막내와 약속을 했다. "내가 어릴 적에 할머니 품을 떠나려 하지 않았듯이, 너도 네 엄마 품을 지금까지도 떠나려 하지 않는다. 할머니는 이제 늙고 병이 드셔서 힘이 없기에 아버지가 반대로 할머니를 보살펴드리고 있다. 너도 나중에 네 엄마가 늙고 병들면 아버지처럼 네 엄마에게 할 수 있느냐?" 막내는 "예!"라고 힘차게 대답했다. 하지만 불리한 기억은 잊어버렸다고 선택적으로 기억하는 장난스런 아들이라 알 수가 없다.

자식이 장성하면 부모가 늙고 쇠약해지는 것은 자연의 이치다. 어린아이일 때는 누구나 부모의 도움을 받고 그 품을 떠나지 않으려 한다. 그러면 부모가 노쇠하여 함께 있어주기를 바랄 때 함께하는 것은 당연하다. 부모가 낳고 기르기에 고심참담했으면, 보답해야 하는 것은 인륜지사가 아닌가. 자식으로서 생명을 받고 뼈와 살을 받은 그 은혜만 해도 무엇으로 다 갚을 것인가. 생텍쥐페리는 "부모들이 우리의 어린 시절을 꾸며주셨으니, 우리는 그들의 말년을 아름답게 꾸며드려야 한다."라고 했다.

퇴원하는 날 오전, 급박한 상황이 발생했다. 어머니가 용변을 보셔서 2인실 병실에 향내가 가득했다. 기저귀를 갈아드려야 했다. 안절부절 하다가 용기를 내어 처음으로 어머니의 기저귀를 갈아드렸다. 40분간에 걸친 어설픈 솜씨였다. 어머니가 부끄러워하실까 마음이 쓰였다. 어머니는 담담하셨다. 어머니는 여자가 아닌 어머니였다. "요즘 병동에 할머니 병간호하는 사람들은 대개 남자들이예요." 하는 간호사의 말에 세태의 변화가 느껴졌다.

어머니를 모시고 다시 안동으로 왔다. 안동병원의 요양시설로 모셨다. 이별하지 않을까 하는 두려움, 수술실 앞에서 헤어질 때 이승에서 마지막일 수 있다는 절박함, 다시 만날 것을 바라는 간절한 소망, 그 후의 만남은 이전의 만

남과는 달랐다. 신은 내게 주실 것이 많아서 아직 사랑하는 어머니를 데려가지 않음을 감사했다.

고이 잠든 어머니의 모습을 바라본다. 4일간의 금식으로 배고픔을 호소하시더니, 밥상이 나온 지 한 시간이 넘었는데도 식사도 하지 않고 곤히 주무시기만 하신다. 꿈속에서라도 육신의 고통 잊을 수 있다면, 꿈속에서라도 훨훨 날아다닐 수 있다면, 꿈속에서라도 자유롭게 평안을 누릴 수 있다면, 천천히 깨어나시면 좋겠다.

어머니를 떠나 살았지만 하루도 어머니를 잊은 적이 없었다. 어머니를 생각하며 수많은 불면의 밤을 보냈다. 겨울이면 얼어붙은 붉은 얼굴과 손발, 부르트고 꺼칠꺼칠한 손으로 등을 긁어주면 시원했던 기억, 비록 글은 모르셨지만 몸과 마음으로 가르치신 사랑과 희생은 내 혼의 정수를 흘렸다. 오늘 가진 모든 것은 "나는 너를 믿는다!"라고 하신 어머니의 은덕이었다. 낙동강의 지류 미천(眉川)이 휘감아 돌아가고 구름이 쉬어 넘는 고향 운산(雲山), 어머니와 함께 살아온 청산(靑山)에는 물같이 구름같이 흘러온 소박한 사연이 서려 있다. 세상의 모든 어머니는 위대하다. 누구나 이 세상에서 가장 위대한 어머니는 바로 자신의 어머니라고 고백할 수 있어야 한다. 혈관 속에 어머니의 피가, 낙동강이 흘러간다.

낙동강은 황지에서 시작하여 을숙도에 이르는 천삼백 리의 강으로 한반도에서 압록강 다음으로 긴 강이다. 황지의 작은 연못에서 발원하여 경북 봉화의 오지를 달려서 명호면에서 운곡천과 만난 후 청량산을 휘어 감고, 안동으로 들어오면서 도산서원을 지나며 안동호를 이룬다. 안동댐 아래에서 임하댐에서 흘러오는 반변천과 만나 비로소 풍부한 강이 된다. 하회마을을 감아 돈 낙동강은 태백산에서 발원한 내성천과 충북 죽월산에서 시작하는 금천을 합류하는 삼강리를 지나 퇴강리에서 영강을 껴안고 내려간다. 흐르는 물길을 남쪽으로 돌려 상주 남쪽에서 위천, 선산 부근에서 감천, 대구 부근에서 금호강, 남지 부근에서 남강을 합친 뒤, 동쪽으로 유로를 바꾸어 삼랑진 부근에서 밀양강을 합치고, 다시 남쪽으로 흘러 부산의 낙동강 하구언에서 남해로 들어간다. 실질적인 또 다른 낙동강의 발원지로도 불리는 너덜샘은 우리나라에서 가장 높은 고개인 태백시 천의봉 아래 두문동재에서 태백 방향으로 꼬불꼬불 2km정도 내려가면, 샘이라기보다는 약수터 같은 모습으로 단장하고 있다.

　아름답고 평화로운 시골마을 퇴강리에서 시작한 자전거 길은 넉넉해진 품으로 유유히 흘러가는 강을 따라가다가 상풍교에 다다른다. 본격적으로 영남의 젖줄인 낙동강을 따라 달려간다. 노산 이은상의 시 '낙동강'이 하늘 높이 들려온다.

보아라, 가야 신라 빛나는 역사
흐른듯 잠겨 있는 기나긴 강물
잊지 마라, 에서 자란 사나이들아
이 강물 네 혈관에 피가 될 줄을
오! 낙동강 낙동강
끊임없이 흐르는 전통의 낙동강

　낙동강 지류인 시골 청산의 미천(眉川)에서 유년시절을 보내고 낙동강 본류와 더불어 안동 시내에서 젊은 날의 꿈을 키웠던 시간들을 지나서, 이제 혈관 속에 흐르는 낙동강을 따라 두 바퀴를 밟으며 바다를 향해 달려간다. 유유자적 희희낙락 달리던 수월한 강변길은 이내 급경사의 오르막길로 바뀌고, 힘들게 고개를 오르고 다시 내리막길을 달리며 상주 박물관을 지나 경천대 관광

지에 들어선다. '하늘조차 아름다운 경치에 놀랐다'는 경천대(驚天臺)는 낙동강 천삼백 리 여정에서 제일의 경관으로 손꼽히며, 드라마 '상도'의 촬영지이기도 하다. 안동 하회마을과 예천 회룡포에 이어 굽이쳐 흘러내리는 강물의 세 번째 물돌이동인 경천대는 깎아지른 기암절벽과 울창한 숲으로 이루어져, 하늘이 만들었다 하여 '자천대'로도 불렸다.

사벌평야를 감싸고 흐르는 강가에 숲이 우거지고, 풍광이 빼어나 국민 관광지로 지정된 경천대 남쪽 200m 지점에는 임진왜란 때 '뭍의 이순신'으로 불리는 정기룡 장군이 용마를 타고 훈련했다는 바위가 있다. 매헌 정기룡 (1562~1622)은 조선 중기의 무신으로, 1586년에 무과에 급제하여 임진왜란과 정유재란 때 용맹을 떨쳤으며, 삼도 수군통제사 겸 경상 우도 수군절도사의 직에 있다가 1622년 통영의 진중에서 죽었다. 상주에서는 마치 천마를 타고 다니는 것처럼 동에 번쩍 서에 번쩍했다는 그의 활약상이 전설처럼 전해온다. 바다에 23전 23승의 이순신 장군이 있었다면, 육지에는 60전 60승의 정기룡 장군이 있었다. 경천대의 표석에 새겨진 비문의 내용이다.

"영남문화의 맥이요 젖줄인 낙동강의 신비를 안은 무지산 경천대는 천하의 절경이다. 하늘이 만들었다 하여 자천대(自天臺)로도 불리는 아름다운 28경의 승지에 충혼이 서려 있어 더욱 이름났다. 1637년 청나라 심양으로 볼모로 잡혀간 봉림대군을 도와 북벌의 의지를 다지면서 이때부터 경천대(擎天臺)라 불렀다고 한다. 또한 임진왜란 때의 명장 정기룡 장군이 이곳 용소에서 용마를 얻었다는 전설이 있으며, 김상헌 등 많은 문사들이 이곳의 빼어난 절경을 보고 절조와 자연을 찬미하는 명문을 남겼다."

상주는 세종 때 경상도 관찰사의 근무처인 감영(監營)이 설치된 곳으로, 한 시대 정치문화의 중심지였다. 경주와 상주에서 한 자씩 따와서 경상도(慶尙道)라고 하는 데서 보듯이, 그 시절 상주의 중요성을 알 수 있다. 들이 넓고 땅이 기름진 상주에는 부유한 사람이 많았고, 또 이름난 선비와 높은 벼슬을 지낸 사람도 많았다. 정기룡 장군, 서애 유성룡의 수제자로 17세기 조선 사회의 사상적 중심에 섰던 우복 정경세 등이 상주 양반문화의 전통을 대표한다. 정경세(1563~1633)는 상주 청리면에서 태어나 18세에 상주목사로 부임한 유성룡의 문하에 들어갔고, 이후 퇴계 이황의 양대 제자인 유성룡과 김성일 가운데 유성룡의 학맥을 잇는 수제자가 되었다. 30세에는 임진왜란을 맞아 의병장으로 활동했으며, 이후에는 관직에 나아가 이조판서, 홍문관 대제학 등을 지냈다. 학문에만 머물지 않고 실천을 중시했던 그는 기호학파의 김장생과 함께 17세기 조선사회의 사상적 중심에 섰다.

자전거의 도시, 곶감의 도시 상주는 '삼백(三白)'의 고장'으로 유명하다. 삼백이란 쌀과 목화 그리고 누에고치를 일컫는다. 광복 이후 목화 수요가 줄어들면서 그 자리를 곶감이 차지했다. 곶감은 전국 생산량의 60%를 차지하고, 상주 쌀은 조선시대 진상품이었다. 상주의 감은 상주 둥시라 불린다. 둥시란 둥근 감이란 뜻으로, 떫은맛을 내는 탄닌 성분이 50~60일 동안의 건조 과정에서 하얀 당분으로 변해 달착지근한 맛을 낸다. 상주 한우는 감 껍질을 먹고 자란다.

상주에서는 기원전 2~3세기 이래의 청동기 유물이 다수 출토되어, 경상도의 다른 지역에 비하여 상대적으로 일찍 발달한 정치 집단이 형성되어 있었던 것으로 추정된다. 들이 넓어 쌀 생산이 많았고, 들에 물을 대던 보가 많았다. '보'란 낮은 지세를 이용해서 물을 모아두는 일종의 저수지다. 고령가야 시대에 축조된 '영남에서 제일가는 못'인 함창의 공갈못에는 총각과 처녀의 사랑의 줄다리기, 연밥을 따고 베를 짜며 낯선 고장에서 시집살이하는 고단한 서민들의 삶의 정서가 배어나는 '상주 함창 공갈못 노래'가 전해진다.

상주함창 공갈못에/ 연밥 따는 저 처자야
연밥 줄밥 내 따줄게/ 이 내 품에 잠자주소
잠자기는 어렵잖소/ 연밥 따기 늦어가요

상주 함창 공갈못에/ 연밥 따는 저 큰 아가
연밥 줄밥 내 따줌세/ 백년언약 맺어다오
백년언약 어렵잖소/ 연밥 따기 늦어간다.

공갈못은 점차 흙으로 메워져 전답이 되었다가, 현재는 다시 조그맣게 복원되었다. 퇴계 이황을 비롯해 수많은 선비들이 공갈못에 와서 노닐었는데, 무수한 세월이 흘러 그토록 넓었던 공갈못의 모습은 간데없고, 이제는 고작 마을 저수지도 못 되는 작은 크기로 남아 있다. 18세기 강필공은 '검호시'에서 공갈못의 절경과 변화무쌍함을 노래했다.

소백 동남에선 이 못이 가장 장해
때때로 벼락 치는 바람도 인다네.
절로 못 개천 물을 모아 호대하고
늘 만상 맑은 물에 담그었네.

흐르는 세월 속에 모든 것은 변화무쌍하다. 베이컨은 "명성은 강물과도 같아서 가볍고 속이 빈 것은 뜨게 하며, 무겁고 실한 것은 가라앉힌다."라고 한다. 시냇물은 강물과 합치고 강물은 바닷물과 합친다. 흘러가는 구름은 바람과 섞이고 산들은 높은 하늘과 접한다. 햇빛은 대지를 껴안고 달빛은 바다와 접한다. 옛 상주의 영광은 어디로 갔는가. 내가 지나온 길이 한눈에 보이고, 하늘에는 구름 몇 조각이 흘러간다.

이 세상에 외톨이인 것은 없으나, 내가 홀로라면 이 모든 것이 무슨 의미가 있는가? 쓸쓸한 나그네의 마음과는 달리 두 바퀴는 바람을 헤치며 강변길을 따라 굴러간다.

2. 자전거의 도시

노력은 재능이라는 비단 위에 한 땀 한 땀 꽃무늬를 수놓는 경건한 몸과 마음의 노동이다. 인생의 열매란 노력하고 수고한 어떤 과정을 거쳐 종결에 드러나는 결과물이다. 피와 땀과 눈물의 3대 액체를 필요로 하는 노력 없이 얻어지는 것은 없다. 무언가 열심히 추구해서 얻어지는 유형, 무형의 열매는 다음 행보의 발판이 된다. 그리고 그 위에서 새로운 도약의 길을 간다. 니체는 "등산의 기쁨은 정상을 정복했을 때 가장 크다고 한다. 그러나 나의 최상의 기쁨은 험악한 산을 기어오르는 순간에 있다. 길이 험하면 험할수록 가슴이 뛴다. 인생에 있어서 모든 고난이 자취를 감추었을 때를 생각해 보라. 그 이상 삭막한 것이 없으리라."라고 한다. 길이 험하고 외로울 때 인생은 풍요로워진다. 고난과 역경은 가슴을 뛰게 하고 머리를 차갑게 한다. 괴롭고 힘든 과정을 거치지 않고는 결코 숭고하게 될 수 없다. 괴로움은 영혼을 세탁한다. 괴로움의 눈물은 비천한 인간을 고상한 인간으로 순화시킨다. 니체는 또한 "인간의 위대성을 나타내는 나의 공식은 운명애이다. 필연적인 것은 감내하고 그리고 사랑해야 한다."라고 한다.

경천대에 올라 흐르는 낙동강을 바라본다. 황지연못이 보이고 을숙도가 보인다. 혈관 속을 흐르는 낙동강을 바라보다가 길을 나선다. 내리막길과 우회

도로 고갯길을 지나서 자전거 박물관에 도착한다. 상주는 자전거의 도시다. 전국에서 자전거를 보유하고 있는 집이 가장 많다. 시청과 동사무소에서는 관광객에게 자전거를 무료로 빌려주며, 시내 전역과 낙동강을 따라 자전거를 타기에 좋은 길들이 연결되어 있다. 국토 종주 자전거 길이 개통되고 상주에는 자전거 박물관이 세워졌다. 박물관에는 나무 자전거, 이색 자전거, 경기용 자전거 등 60여 대가 전시되어 있다. 박물관 앞의 다리에는 자전거를 타는 모형이 있어 전국에서 자전거 대표 도시임을 자랑한다. 낙동강변의 억새숲과 함께 어우러지는 상주 자전거 축제는 '저탄소 녹색성장' 시대의 대안적 교통수단인 자전거의 중요성을 홍보하고, 전 국민의 자전거 타기에 대한 관심 제고와 붐을 조성한다. 자전거 이용 활성화는 녹색지구와 건강을 지키는 데에도 의미가 있다. 에너지 수입 96%라는 국가 현실 속에 저탄소 녹색 교통수단인 자전거는 단순한 레저를 넘어 교통수단으로 대체된다. 출퇴근과 장보기 등 실용적인 수단으로 일상적인 생활화가 되고 있다.

자전거는 바람의 저항을 헤치고 사람이 두 발로 바퀴를 돌려서 타고 다닐 수 있도록 만든 기기다. 최초의 자전거는 1790년 프랑스의 시브락이 목마에 바퀴를 만들어 붙인 것이라고도 하며, 1818년 독일의 드라이스가 목마의 바퀴를 개량하여 만든 드라이지네가 원조라고도 한다. 처음에는 단순히 사람이 발로 땅을 차면서 앞으로 나가게 된 것이었는데, 앞바퀴가 좌우로 움직여서 방향을 돌리게 된 것은 1816년에, 발을 땅에 대지 않고 달리게 된 것은 1839년에, 공기 타이어를 붙인 것은 1886년에 나왔으며, 오늘날과 비슷한 형태나 기능을 지니게 된 것은 1910년대에 이르러서이다. 우리나라에는 언제 들어왔는지 불분명하나 윤치호가 미국에서 가지고 왔다고 전한다. 1905년의 법조문에 "야간에 등화 없이 자전거를 타는 것을 금한다."라는 규정이 있는 것으로 보아 이 무렵에 자전거가 어느 정도 보급되었으리라고 추측된다.

자전거 타기는 걷기, 달리기 등의 다른 유산소 운동과 같이 심폐기능을 발달시키는 운동이다. 특히 하지의 근력이 약한 사람, 관절이나 허리가 좋지 않은 사람, 골다공증인 사람의 체력 향상을 돕는다. 또한 칼로리 소비가 많아 비만인 사람도 발목이나 무릎에 부담을 주지 않으면서 할 수 있는 효과적인 운동이다. 자전거 타기는 달리기, 걷기 운동에 비해 하체에 의존하는 비율이 높기 때문에 운동 지속시간을 길게 할 필요가 있다.

건강과 재미로 타는 자전거가 자칫 생명까지 위협하는 사례가 늘고 있다. 자전거 문화가 확산되면서 자전거 교통사고가 2011년 1만 2,121건으로, 5년 새 40%나 증가했다. 사고 증가의 원인은 안전의식의 부족이다. 과속이나 안전장구 착용을 소홀히 하는 것이 문제다. 자전거를 타기 위해서는 자전거 관련 도로 표지판을 알아야 한다. 자전거 전용도로는 자전거만 다닐 수 있는 곳이며, 자전거 보행자 겸용 도로는 자전거와 보행자가 함께 다닐 수 있는 곳이다. 보행자 전용도로에서는 자전거를 반드시 내려서 끌고 가야 한다. 자전거 횡단도로에서는 자전거를 타고 길을 건널 수 있으며, 횡단보도에서는 횡단보도 옆에 자전거를 위한 길이 따로 있지 않으면 반드시 내려서 끌고 가야 한다. 어린이 보호표지가 있는 곳에서는 가능한 한 천천히 달려야 하며 주위를 살펴야 한다.

2012년 4월 22일 자전거의 날을 기점으로 총연장 1,757km에 이르는 자전거 길이 개통되었다. 길이만 보면 경부고속도로의 4배, 호남고속도로의 9배가 넘는다. 전국에는 2012년 11월 현재 약 800만 명의 자전거 동호인이 있으며, 그 수가 급속히 증가하고 있다. 사람들은 자전거에 열광하고 있다. 값비싼 장비를 구입하기 위해 지갑을 서슴없이 연다. 추위에도 무더위에도 자전거를 타기 위해 밖으로 향한다. 자전거 예찬론자들은 동그라미 두 개에서 찾은 신세계를 자랑한다. 자전거를 타고 길에 나서면 자연스럽게 자연을 만난다. 비교와 경쟁보다는 마음을 비운다. 오르막과 내리막을 만난다. 오르고 나서 만나는 내리막은 시원하고 상쾌하다. 인생 오르막과 내리막의 판박이다. 자전거에는 인생이 담겨 있다. 자전거는 속도보다 교감이다. 자연처럼 자연스럽게 세상을 만난다. 바람을 가르며 달려가는 짜릿한 즐거움은 걷기, 달리기와는 또 다른 묘미가 있다. 울퉁불퉁한 길에서는 엉덩이가 아프다. 하지만 그 속에 재미가 있다. 역설의 기쁨이 있다. 궁둥이를 살짝 들면서 아픔을 덜하기 위해 일어난다. 자전거를 통해 무한 자유여행을 한다. 더불어 밝고 건강한 좋은 세상을 만든다.

자전거에는 도전이 있고 추억과 낭만이 있다. 길을 모르고 헤매거나 낯선 거리에서는 더 많은 추억을 남겨준다. 외로움이 밀려올 때 아름다운 풍경을 친구로 보여준다. 낯선 장소, 낯선 공간이 익숙해진다. 오늘은 이쪽 내일은 저쪽 이리저리 다니면서 자유를 만끽하며 보지 못하던 새로운 세상을 만나고 경험한다. 천천히 달리면 주변 풍경이 느릿느릿 다가온다. 운동 목적이든, 아이들 혹은 가족과의 유대를 위해서든 또 다른 세상을 보여주는 의미 있는 터닝 포인트 역할을 한다.

자전거 박물관을 지나서 강변길을 달려간다. 다리를 건너 들어간 경천섬의 경천숲에 세찬 바람이 몰아친다. 비봉산과 청룡사를 바라보며 추위 속에 황량한 경천섬을 한 바퀴 돌아 나온다. 강 건너편에는 드라마 '상도' 촬영장이었던 초가집이 옛 모습을 드러낸다. 섬에서 강 건너 도남서원이 보이고 하류 인근 상주보가 반긴다. 섬에서 나와 도남서원에서 바퀴를 멈춘다. 선조 39년에 창건된 도남서원에는 정몽주, 김굉필, 정여창, 이언적, 이황, 노수신, 유성룡, 정경세를 배향했다. 대원군의 서원 철폐 시에 헐리고 최근에 다시 지었다. 도남서원을 지나 강변길을 달리다가 낙동강 10경인 상주보에서 내려 휴식을 취한다. 수고 뒤에 휴식은 꿀맛이다. 한참을 달려 모양이 병풍같이 생겼다고 해서 이름 붙여진 병풍산을 바라보며 강창교를 지나가고 다시 중동교를 향해 달려간다.

병풍산에 세워진 병풍산성은 둘레 1,770m의 석축 산성으로 견훤의 아버지 아자개가 은거했다고 전해진다. 상주의 속리산 서쪽에는 견훤산성이 있다. 속리산은 보은과 괴산, 그리고 상주에 걸쳐 있는 산으로 경관이 아주 뛰어난 바위산이다. 문장대에 오르면 자체의 경관은 물론 바라보는 전망은 장쾌하기 그지없다. 상주 장암리에 속해 있는 문장대(1,054m)의 원래 이름은 항상 구름 속에 있다고 해서 운장대였다. 세조가 문무 대신들과 함께 시를 읊었다고 해서 그 이름이 바뀌었다. 산성 자체도 장관인데, 전망이 매우 수려한 견훤산성은 한때 후삼국 가운데 가장 강성했던 견훤의 패기만만한 모습을 보여준다.

견훤(867~935)은 상주 가은현 출신으로 농사를 짓다가 장군이 된 아자개의 아들이다. 강보에 싸인 어린아이였을 때 아버지는 밭을 갈고 어머니는 일을 돕느라고 아이를 수풀 밑에 두었는데 호랑이가 와서 젖을 먹여 사람들이 모두 괴이하게 여겼다고 한다. 처음에는 신라의 군사로 나아가 서남해안의 비장이 되었다가, 국정이 어지럽고 백성들이 도탄에 빠지자 892년 지금의 광주인 무진주에서 일어났다. 이후 지금의 전주인 완산주에서 후백제를 열고 스스로 왕위에 올랐다.

강을 따라가던 자전거 길이 우회도로로 접어든다. 중동면을 지나고 중동교에서 다시 강물을 만난다. 짬뽕을 시키면 자장면이 그리워진다던가, 강 길을 달리다가 우회도로를 접어들면 강이 그리워진다. 때로는 우회 산길을 여유롭게 즐기지만, 그래도 내가 가야 할 길은 강물 따라 가야 한다. 다리를 건너니 낙동면 물량리다. 낙동강 안쪽이라 해서 물안골, 무량골, 물량곡이라고도 불렀다. 강 건너 작은 마을에서 위천이 낙동강으로 합류한다. 위천은 일연스님이 입적한 인각사가 있는 군위군 고로면 학암리 화산에서 발원하여 서남쪽으로 흘러 상주군 우물리에서 낙동강을 만난다. 『상주의 얼』에 기록된 이곳 우물리 우무실 마을은 위천의 물이 낙동강으로 들어오고, 속리산, 팔공산, 일월산, 세 산의 지맥이 한 곳에 모인 절승의 명기라고 한다. 그래서 이곳을 이수삼산합국(二水三山合局)의 천하대지, 곧 낙동강과 위천 그리고 속리산, 팔공산, 일월산이 한 곳에 모인 천하대지라 불린다.

군위군 화산(828m) 자락에 위치한 인각사는 신라 선덕여왕 11년 의상대사가 창건한 절이다. 일연은 입적하기 5년 전부터 인각사에 머물렀고, 그의 나이 여든이 되어서 『삼국유사』를 완성했다. 한국 고대의 역사 지리 문학 종교 언어 민속 사상 미술 등 총체적인 문화유산의 보고로 평가받는 『삼국유사』에는 고려시대 대몽 항쟁기를 거쳐 몽골 지배 초기 온 국민이 고통을 겪던 시절, 우리 민족의 자긍심을 향상하는 역사의식이 스며 있다. 『삼국사기』가 김부식 한 사람의 작품이 아닌 것처럼 『삼국유사』도 제자들과 공동 작품이라는 설이 유력하다. 150년이라는 시차를 두고 쓰인 『삼국사기』와 『삼국유사』는 우리 민족의 고대사회에서 삼국시대까지의 역사와 문화를 알려주는 귀중한 문화유산이다. 또한 일연스님은 우리의 문화와 역사를 찾아가는 답사여행의 원조라고도 일컬어진다.

상주보에서 낙단보에 이르는 자전거 길은 여러 곳의 급한 오르막과 내리막 길, 급커브길이 연이어 계속 펼쳐지는 난코스로, 나각산 옛길과 농로, 고갯길과 쉼터로 이어져 있어 힘은 들지만 즐거움은 배가되는 구간이다. 나각은 소라로 만든 악기를 뜻하는 말로, 나각산(240m)은 낙동강에서 보면 모양이 소라 뿔처럼 생겼기에 이름 붙여졌다. 이윽고 낙동강 9경인 낙단보에 도착했다. 아담한 낙단교와 낙단대교가 보인다. 낙단보에서는 아직 한창 공사가 진행 중이다. 가까스로 자전거를 끌고 보 위에서 공사 중인 중장비 옆으로 길을 만든다. 낙단보에서 낙단교와 낙단대교, 낙동리의 모습을 바라본다. 낙단대교를 바라보며 흘러가는 시간과 강물을 바라본다. 과거를 조망하고 변해버린 오늘을 직시한다. 눈길은 다시 먼 미래를 쳐다보며 정취를 즐긴다.

낙동강변에서 제일 큰 나루였던 낙동나루에 스며 있는 옛사람들의 애환과 전설이 다가온다. 낙동리의 관문인 낙동나루는 낙동강 천삼백 리의 물길 중에서 가장 큰 나루였다. 지금은 흔적조차 희미하지만 낙동나루는 원산, 강경, 포항과 함께 조선시대 4대 수산물 집산지로 꼽혔다. 낙동강 하구에서 꼬리에 꼬리를 문 황포돛배들이 낙동나루에서 소금과 해산물 등을 부리고 쌀, 곶감, 누에고치 등 상주의 특산물을 실어갔다. 일제강점기까지 뱃사람들과 장꾼들로 문전성시를 이루던 객주 집과 주막은 이제 육상교통의 발달로 그 자취를 감추어버렸다. 『택리지』의 기록이다.

상주의 다른 명칭은 낙양이라고 하는데, 조령 밑에 있는 큰 도회지로서 산세가 웅장하고 들이 넓다. 북쪽은 조령과 가까워서 충청도 및 경기도와 통하고, 동쪽으로는 낙동강으로 임해서 김해 및 동래와 통한다. 육로로 운반하는 말과 짐을 실은 배가 남쪽과 북쪽에서 물길과 육로로 모이는데, 그것은 교역하기에 편리한 까닭이다.

낙동나루는 영남지방 사람들이 서울로 용무를 보러 가거나 과거를 보러 갈 때 거쳐야 하는 중요한 길목의 하나였다. 대구, 경산, 영천 등지의 사람들은 상주를 거쳐 문경새재를 넘어 괴산으로 갔고, 안동, 영양 일대의 사람들은 죽령을 넘기도 했다. 조선시대에는 과거 길이었으며 광복 전까지는 부산에서 온 소금배가 낙동강을 거슬러 올라와 안동과 예안으로 가는 건널목이었던 낙동나루는 이제 낙단교가 완공되어 나룻배로 강을 건너는 사람의 자취는 찾아볼 수 없게 되었고, 관수루만이 외로이 세월의 흔적을 보고 있다. 자전거를 세워두고 '낙동강을 바라보며 정취를 즐긴다.'는 뜻으로 이름 지은 관수루(觀水樓)에 올라 아름다운 경관을 조망하며 낙동강과 나루터의 정취를 느껴본다. 관수루 누각 안에는 이규보와 이황을 비롯한 시인묵객들이 지은 낙동강을 노래한 시가 걸려 있다. 낙동나루를 찾았던 조선 초 김종직의 '낙동요'다.

황지의 근원 물은 겨우 잔에 넘치는데

냅다 흘러 예 와서는 넓기도 한지고

한 줄기에 예순 고을 갈리고

나루 곳곳엔 돛대가 너울너울

바다까지 곧바로 내려가길 4백 리

관풍에 왕래하는 장사꾼 배들

아침에 월파정을 떠나

저녁에 관수루에 묵네

누각 아래 배에서는 천만 량을 실었으니

남민들이 혹독한 조세를 어찌 견디리.

쌀독은 비고 도토리 밥도 없는데

강가에선 노래와 풍류 살진 소를 잡는구나.

나라의 사신들은 유성과 같건마는

강가의 해골들은 누가 허물이나 묻겠는가.

  낙동강 유역에서 낙동(洛東)이란 지명을 지닌 곳은 상주시 낙동면 낙동리가 유일하다. 낙동강은 삼국시대에는 황산강, 황산하, 황산진으로 불렸으며, 고려시대에는 낙동강 명칭을 함께 사용하기 시작했고, 조선시대 이후 비로소 낙동강이 대표 명칭이 되었다. 당파싸움에 휘말려 유배생활을 했던 청화산인(靑華山人) 이중환은 동가식서가숙하며 전국을 떠돌아 다녔다. 그는 『택리지』 발문에서 "내가 황산강가에 있으면서 여름날에 아무 할 일이 없어 우연히 (『택리지』를) 논술한 바가 있다."고 밝혔다. 황산강은 낙동강의 별칭이다. 그래서 이중환이 『택리지』를 저술한 곳이 상주일 것이라고 추론한다.

  이중환은 자신의 호(號)조차도 청화산인(靑華山人)이라 칭하고 청화산 자락으로 들어와서 살았다. 청화산은 괴산, 문경, 상주의 경계에 솟은 백두대간의 봉우리로서 이중환은 이를 조선 최고의 절경으로 꼽는다. 청화산은 우복동천(牛腹洞天)을 품고 있다. 우복이란 소의 배 안을 닮아서 사람이 살기 편안하며, 동천은 산과 내가 둘러 있어 경치가 좋은 곳이라는 뜻이다. 조선 후기에 몰락한 양반 가문의 자제들도 우복동을 찾으려는 시도가 있었다. 다산은 어디에도 없는 유토피아 우복동의 존재 자체를 부정하고, 현실을 둘러보고 주변 문제들을 해결하면서 살아가야 한다는 것을 강조하면서 『다산산문집』 '우복동가'라는 시에서 다음과 같이 적어놓았다.

속리산 동편에 항아리 같은 산이 있어

옛날부터 그 속에 우복동이 감추어져 있었다네.

산봉우리는 둘러싸고 골짝물이 천 겹 백 겹 굽이치고

여민 옷섶 겹친 주름 터진 곳도 없네.

출입문은 대롱만큼 작은 구멍 하나라네.

송아지가 배를 땅에 붙여야 겨우 들어갈 정도라네.

(중략)

종이 위에 누에 깔리듯 인구가 너무 많아

나무하고 밭 일구고 발 안 닿은 곳 없으니

남아 있는 빈 산지가 어디에 있을 겐가.

아아, 우복동이 세상 어디에 있겠는가.

점심때가 지나자 배꼽시계가 소리를 낸다. 낙동나루에서 식사를 하려다가 식당에 자리가 없어 그냥 지나쳐서 때를 놓치고 나니, 시골이라 식당이 보이지 않는다. 한참을 달려가다가 시골마을 칼국수 집에서 칼국수로 점심을 해결하고자 들어갔다. 낮 시간인데도 막걸리 마시는 아저씨들이 거나하게 취했다. 칼국수가 푸짐하다. 막걸리를 한 잔 곁들일까 하다가, 뱃속에서 칼국수와 막걸리가 만나면 부풀어오를 것 같은 생각이 들자 웃음이 나서 단념했다. 배고프고 곤해 보이는 자에게 베푸는 칼국수 집 아주머니의 성의를 도저히 다 감당할 수가 없어서 음식을 남기고 돌아 나왔다. 미끼는 낚시꾼의 입맛이 아니라 물고기의 입맛에 맞아야 한다. 인생은 흑 또는 백이 아니라 각인각색 형형색색이다. 이것이 고객 지향적인 자세다. 아주머니의 후한 인심 덕분인지, 따뜻한 칼국수 국물 덕분인지 추위는 물러가고 찬바람이 시원하게 느껴진다.

'임금의 하늘은 백성이요, 백성의 하늘은 밥'이라고 한다. 중국 속담에도 '밥통만 채워진다면 만사가 안성맞춤'이라고 했다. 또 '마음으로 통하는 으뜸가는 길은 밥통'이라고 했다. 밥통은 소중하다. 하지만 동물들은 밥통을 다 채우지 않는다. 먹을 만큼 먹으면 남기고 비워둔다. 하지만 인간들은 배가 터지도록 먹는다. 조금 남겨두는 여유, 삶의 여유가 없다. 뱃속의 창자를 가난하게 해야 정신이 맑아진다. 말을 많이 하면 마음의 기가 새나간다. 먹는 입, 말하는 입을 줄여야 한다. 입보다는 귀를 열어야 한다. 말과 음식의 과소비만 줄여도 인생은 그런대로 조금 더 나아질 것이다. 말할 상대가 없어 입안에서 구린내가 난다. 나 홀로 여행의 특권이다. 벌써 찾아온 50대 중반의 나이, 세찬 바람을 뚫고 삶을 돌아본다. 그리고 자유자재하며 행복의 길을 찾아간다.

3. 내 생명 조국을 위해

상주를 벗어나 구미시 도개면을 지나간다. 도개는 신라 불교의 '길이 열린 곳'이라 해서 붙여진 이름이다. 일선교 아래로 강물이 천천히 흘러간다. 도개면 일선리에는 신라 최초의 절 도리사가 있다. 법흥왕 14년인 527년에 이차돈의 순교로 불교가 공인되기 100년 전, 위나라에서 온 묵호자가 다녀간 뒤 아도라는 스님이 와서 낮에는 머슴으로 일하고 밤에는 불법을 전했다. 어느 날 아도가 신라의 서울인 서라벌에 갔다가 돌아와 냉산 밑에 이르자, 눈 덮인 겨울인데도 복숭아꽃과 오얏꽃이 만발해 있었다. 아도 스님은 그곳에 절을 짓고 이름을 도리사라고 했으니, 그때가 418년이었다. 2~6세기에 만들어진 가야와 신라의 고분 205기가 있는 낙산동 고분군이 있는 일산리를 지나며 해평리를 달려간다. 강 건너에는 선산읍과 금오산(976m)이 보인다.

선산 땅에 인물이 많이 태어났다는 사실을 말할 때마다 이곳의 명산인 금오산과 이곳을 거쳐 흐르는 낙동강의 수려함을 거론한다. 『택리지』에는 "논과 밭이 아주 기름져서 백성들이 아주 안락하게 살며, 죄를 두려워하고 간사함을 멀리하는 까닭에 여러 대에 걸쳐 사는 사대부 집이 많다. 금오산은 판서 최선문의 고향이고, 문하주서 벼슬에 오른 길재의 고향이기도 하다. 최선문은 노산군을 위하여 절의를 지켰고, 길재는 고려에 충절을 지켰다."라고 기록되어 있다. 또한 '조선 인물의 반은 영남에서, 영남 인물의 반은 선산에서 난다라고 했으니, 대표적인 인물이 길재와 사육신의 한 사람인 하위지다. 길재는 고려 후기에 절의를 지킨, '고려삼은(三隱)'으로 불리는 목은 이색과 포은 정몽주의 문하에서 공부했고, 38세에 고려에 충절을 지키기 위해 늙은 어머니를 모셔야 한다는 핑계로 낙향하여 제자들을 길렀다. 김숙자, 김종직, 김굉필, 정여창, 조광조 등으로 그의 학맥이 이어져 조선 성리학의 꽃을 피웠다. 선조 때의 학자 장현광은 "영남의 한복판에 있는 선산군, 산과 물이 서로 어울려 기세가 화합하고 정기와 맑음이 모여서 대대로 뛰어난 인물이 났다."라고 하면서 자신의 고향을 자랑했다.

금오산(金烏山)은 바위로만 이루어져 벼랑이 많아 명산의 기개가 어려 있다. 금오란 이름은 이곳을 지나던 아도 스님이 저녁노을 속에서 황금빛 까마귀, 곧 태양 속에 산다는 금오가 나는 것을 보고 '태양의 정기를 받은 산'이라 하여 그렇게 불렀다고 한다. 1570년(선조 3년)에 금오산 아래에 길재의 충절을 기리기 위해 금오서원을 세우고 임금으로부터 사액을 받았다. 임진왜란 때 소실되었다가 광해군 때 서원을 옮겨 세우고 액자를 다시 썼으며, 흥선대원군의 서원 철폐령 때도 철거되지 않았다. 서원 앞에 마을이 있고, 그 앞으로 감천이 낙동강을 향해 흐르며 길재의 노래를 들려준다.

오백년 도읍지를 필마로 돌아드니
산천은 의구하되 인걸은 간 데 없네
어즈버 태평연월이 꿈이런가 하노라

금오산 기슭에는 박정희 대통령의 생가가 있다. 오늘의 대한민국 산업발전을 있게 한 박정희 대통령은 한적한 시골이었던 선산군 구미면 상모리에서 태어났다. 1961년 5.16으로 국가재건최고회의 의장이 되었고, 이후 5대에서 9대 대통령을 역임하고, 1979년 10월 26일 궁정동 만찬장에서 당시 중앙정보부장 김재규의 총탄에 서거했다. 박대통령의 생가는 비교적 화려하지 않고 꾸밈없이 소박하게 조성되었다. 입구에는 '새마을운동 중흥'이라 쓰인 표석이 방문객을 맞이한다.

"우리 스스로가 우리 마을을 우리 손으로 가꾸어 나간다는 자조·자립정신을 불러일으켜 땀 흘려 일한다면, 모든 마을이 멀지 않아 잘살고 아담한 마을로 그 모습이 바뀌어지리라 확신한다. 이 운동을 '새마을운동'이라고 해도 좋을 것이다.   -박정희 대통령 말씀 중에서-"

새마을운동은 이렇게 시작되었다. 박정희 대통령은 '가난은 나라도 못 구한다'는 말 대신 가난은 나라만이 구할 수 있다'는 신념으로 경제개발 5개년 계획을 세우고 '주식회사 대한민국의 사장'으로 일했다. "나는 물론 인간인 이상, 나라를 다스리는 데 착오가 없지 않았습니다. 그러나 나는 당대의 인기를 얻기 위해서 일하지 않았고, 어떻게 하면 우리나라도 다른 나라 부럽지 않게 떳떳이 잘살 수 있을까 항상 염두에 두고 일해 왔습니다."라고 하며, '내 생명 조국을 위해'라는 일념으로 조국을 근대화한 주역이었다. 생가에는 박정희 대통령 추모관을 비롯하여 공부하던 방, 우물, 감나무 등이 있다. 주변을 둘러보고 60~70년대의 가난을 체험하게 하는, 에베레스트보다 높은 보릿고개 체험장의 평상에서 막걸리 한 주전자에 두부를 곁들이다 보면 박정희 작사·작곡의 씩씩하고 명랑한 새마을노래가 들려온다.

새벽종이 울렸네 새아침이 밝았네

너도나도 일어-나 새마을을 가꾸-세

(후렴)

살기 좋은 내 마을 우리 힘으로 만드세

새마을 운동은 잘살아보자는 소망의 운동이었다. 소망은 위대하다. 지나친 욕망은 몰락으로 인도하지만, 소망은 구원으로 인도한다. 씨앗을 뿌리지 않고 거두기를 원하면 욕망이지만, 뿌리고 추수를 원하는 것은 소망이다. 욕망의 끝에는 희망을 가장한 절망이 기다리고 있지만, 소망의 끝에는 절망을 가장한 희망이 있다. 연꽃이 더러운 흙탕물에 살면서도 물을 정화시키고 아름답게 꽃을 피우듯이, 소망은 험한 세상의 고난과 역경 속에서 빛으로 인도하며 자유의 꽃을 피운다. 소망하고 또 소망해야 한다.

박정희 대통령 국장(國葬)에서 국립 교향악단은 교향시 '차라투스트라는 말했다'를 연주했다. 박정희 대통령은 초인(超人)이었다. 거세개탁한 시대의 강물을 모두 받아들여 새로운 시대를 이끌어간 초인이었다. 박정희 대통령의 생가 인근 선산에는 김재규의 생가가 있다. '적은 가까이에 있다'고 한다. 만델라 대통령은 "친구는 가까이하되, 적은 더 가까이하라."라고 했다. 일본에서는 '적은 혼노지에 있다'고 한다. 전설적인 영웅 오다 노부나가(1534~1582)는 1582년 일본 통일을 눈앞에 두고 부하였던 아케치 미쓰히데의 반란으로 혼노지란 절에서 최후를 마감한다. 적은 내 안에 있고, 적은 언제나 가까운데 있다.

금오산은 우리나라 자연보호 운동의 발상지다. 1977년 9월 고향인 금오산을 방문한 박정희 대통령은 중턱 대해폭포 주변에서 깨진 병조각과 흩어져 있는 쓰레기를 보고 "자, 우리 청소부터 하자." 하면서 자연보호를 강조한 후, 그 이듬해인 1978년 10월 5일에 자연보호헌장을 선포했다.

한 마리 용이 승천하는 기개를 닮은 구미보 전망대에 올라 강 언저리까지 가득 채운 맑은 물을 바라본다. 구미보를 지나고 해평면을 지나가며 드넓은 습지를 만난다. 왕버들과 갈대가 무성한 해평 습지는 낙동강 중류의 수변공간으로, 흑두루미들이 이동하다 지친 날개를 접고 잠시 휴식을 갖는 곳이다. 해평 습지와 해평 들판을 아름답게 수놓는 흑두루미의 아름다운 풍경은 낙동강 8경으로 일컬어진다. 또한 금호리에는 낙동강에 하나밖에 없는 바위섬인 녹전암이 있다. 낙동강을 오르내리는 뱃길이 무사하도록 용왕에게 제사를 지냈던 곳으로, 귀양지이기도 했다.

해평 철새 도래지에서 다시 길고 긴 우회도로를 따라 달린다. 산길을 넘고 도시를 지나간다. 낙동강 자전거 길이 2012년 4월 22일 정식 개통된 이후에는 강을 따라 수변 데크와 제방에 길이 만들어져 산호대교로 가깝게 연결되었다. 강변길을 따라 구미 산업단지를 지나서 구미대교를 건너고, 다시 강변을 따라 구미 시가지를 달려간다. 강변 체육공원에는 무수한 차량들이 서 있고,

강 건너에는 구미공단의 공장들이 빼곡히 들어차 있다. 남구미대교에서 길을 찾지 못해서 다리를 세 번이나 오가며 한참 동안 길을 헤맨다. 제대로 된 이정표가 없다. 잘 만들어놓은 자전거 길에는 뻔질나게 '4대강 국토 종주 자전거 길' '낙동강 종주 자전거 길'이라고 표지판을 세워놓고는, 막상 갈 길 막막한 우회도로를 시작하면서 제대로 된 이정표가 하나 없다. 남구미대교 주변을 왔다 갔다 하면서 시가지를 관통하는 강물을 바라본다. 멀리 금오산을 날아다니던 까마귀가 서글픈 울음을 내며 다가온다.

남구미대교를 건너 지도를 보고 차도를 따라 칠곡으로 방향을 잡고 산을 향해 달린다. 석적 체육공원을 지나면서 산에서 내려와 공사 중인 도로를 이리저리 헤매다가 제방을 달리는데, 어디서 나타났는지 낙동강 종주 자전거 길이 모습을 나타낸다. 먼 길 떠났던 친구를 만나듯 반가웠다. 경부고속철도 KTX 교량이 보이고 경부고속도로 왜관 낙동교가 시야에 들어온다. 제2왜관교를 지나고 호국의 다리를 지나서 오늘의 종착지 왜관으로 들어간다. 근대문화유산으로 지정된 구 왜관철교를 만난다. 일제강점기에 건설된 이 다리는 1950년 8월 3일 북한군의 도강을 막기 위해 경부선 복선철교와 함께 폭파되었다. 이로 인해 국군과 유엔군이 반격의 기회를 잡았다하여 낙동강은 나라를 지킨 강으로 '호국의 강'이라는 영예를 얻었다. 왜관지구 전적기념관을 지나고 드디어 낙동강 7경인 칠곡보에 도착했다.

낙동강이 남북으로 가로지르는 칠곡은 낙동강 전투가 치열했던 곳이다. 6.25 전쟁 때 파괴되지 않은 곳이 거의 없었다. 낙동강 방어선은 칠곡군 왜관읍을 꼭짓점으로 하여 북쪽으로 동해안의 영덕에 이르고, 서쪽으로는 낙동강 본류가 남강과 합류하는 창녕군 남지읍에 이르는 길이 240km의 전선이었다. 이 전선 안에 연합군의 중요한 보급 기지였던 부산, 마산, 영천, 포항 등이 있어 반드시 지켜야만 하는 방어선이었다. 1950년 7월 29일 유엔군 총사령관이었던 워커 중장은 상주에 있던 미군 제25사단 사령부에서 낙동강 방어선을 사수해야 할 당위성을 천명한다.

"우리들의 후방에는 더 이상 물러설 방어선이 없다. 우리 부대들은 적을 혼란에 빠뜨리고 그 균형을 깨뜨리기 위하여 끊임없이 역습을 감행해야 한다. ……부산으로 철수한다는 것은 사상 최대의 살육을 의미하게 될 것이기 때문에 우리는 끝까지 싸워야 한다. ……차라리 같이 싸우다 죽을 것이다."

미국에서 6.25 전쟁은 '잊혀진 전쟁'으로 '역사의 고아'라는 소리를 듣는다. 당시로서는 이름도 모르는 낯선 나라에서 연인원 150만 명의 미군이 참전했고 3만 5천 명이 전사했는데도, 제2차 세계대전과 베트남 전쟁과는 달리 기억에서 지워버리고 싶은 전쟁이었는지 모른다. 워싱턴의 '한국전쟁 참전용사 기념관'이 베트남전쟁 기념관보다 13년이나 뒤인 1995년에 개관한 것은 우연이 아니다. 참전용사들은 6.25 전쟁을 벌떼처럼 밀려드는 중공군보다도 혹독한 추위가 더 무서웠다고 회고하는, '가장 추웠던 겨울'이라는 별칭으로 부른다.

미국은 북한의 기습남침을 막아낸 '사실상의 승리'라는 점을 강조하기 위해 '잊혀진 승리'라는 테마로 펜타곤에 6.25 전시관을 개관했다. 북한은 정전협정을 조인한 날짜인 7월 27일을 '조국해방전쟁 승리기념일'로 선전하며 국경일로 삼고 있다. 중국은 미 제국주의의 침략에 맞서 북한을 지켜낸 '항미원조전쟁' '정의로운 전쟁'이라고 주장한다. 맥아더 기념관에 펄럭이는 'Freedom Is Not Free.(자유는 거저 얻어지는 것이 아니다)'라고 쓰인 깃발은 휴전상태로 여전히 현재 진행형인 6.25 전쟁을 상기시킨다. 왜관 전적 기념관에는 당시 사용되었던 각종 전투장비와 북한군에게서 노획한 총기류 및 군수품이 진열되어 있고, 전투

기념비 비문에는 추모의 글이 새겨져 있다.

"영령들이여!
우리는 보았노라, 들었노라, 기억하노라.
이곳 유학산 봉우리에 그리고 낙동강 기슭에 남긴 그때 그날, 그들의 희생을.
고귀한 피의 발자국을 우리 겨레는 소중하게 간직하리라."

칠곡군 가산면 다부동 전승비에는 "한 줄기 낙동강 물에 조국의 운명을 걸어놓고 자유와 정의를 수호하느냐, 노예와 사막의 구렁에 빠지느냐? 피가 끓고 살이 튀는 화랑정신의 아름다운 전통을 이 지역의 전투에서 생생하게 아로새겼다."라고 적혀 있다. 전쟁 당시 미군의 폭격으로 무너졌던 왜관철교는 '호국의 다리'로 복원되었다. 2008년 10월에 '칠곡 왜관철교'로 등록 문화재로 지정되어 아픔의 과거를 희망의 미래로 이어준다. 전쟁 기념물로 보존되고 있는 왜관 인도교 아래를 지나가는 낙동강은 호국의 강으로서 슬픈 역사를 보여주며 유유히 흐르고 있다.

왜관 읍내를 한 바퀴 돌아본다. 왜관이라는 이름은 조선 성종 때부터 낙동강 하류에서 뱃길을 타고 올라온 왜물, 곧 일본 물건을 서울로 실어가기 전에 보관해두었던 창고가 있었던 데서 연유한 이름이다. 대구에서 공무원 생활을 하던 20대 중반에 다녀갔지만 거리는 낯설었다. 왜관 터미널 인근에서 숙소를 잡았다. 왜관역 앞 '소문난 24시 국밥집'에서 저녁식사를 한 후 낯선 모텔에서 피곤한 몸을 눕힌다. 신은 사랑하는 자에게 잠을 준다는 진리를 확인하듯 깊은 잠에 빠져든다.

다음날 아침, 어제의 그 국밥집에서 따뜻한 국물로 하루의 결의를 다진다.

아침의 거리, 한적한 왜관 읍내를 지나간다. 희망에 찬 하루가 열린다. 진정한 자유인으로서 여행자의 묘미를 느낀다. 낙동강이 환히 웃으며 반겨준다. 어둠의 생각들과 어제의 피로는 갈대밭 사이로 숨어들고, 신선하고 차가운 숲의 향기가 가슴을 찌른다. 달린다. 힘차게 페달을 밟는다. 무아지경의 황홀함 속에 다리는 다리대로, 배낭을 짊어진 몸은 몸대로, 마음은 마음대로 제각기 갈 길을 간다. 앞바퀴는 길을 인도하고 뒷바퀴는 그 뒤를 따르며, 일체감과 단결심으로 조화를 이루며 낙동강의 아침을 달린다.

왜관공단 옆을 지나고 하산 정수장을 지나서 평탄한 길을 시원스레 달려간다. 선조 때의 사육신인 성삼문, 박팽년 등 여섯 분의 위패를 모신 사당 육신사를 지나서 성주대교에 이른다. 우회도로를 따라 봉천리를 지나고 문산 들을 지나간다. 주곡산을 넘고 죽곡리를 지나 강창교에서 금호강을 만난다.

금호강(117.5km)은 영일군 죽장면 가사령에서 발원하여 서남쪽 영천으로 흐르면서 임고천과 고현천, 신령천을 합한다. 금호읍을 지난 강물은 경산시의 북부를 가로지르고, 대구시의 동쪽에서 북쪽을 거쳐 서쪽으로 휘감으며 흘러, 달성군 성서면 파호동에서 낙동강과 합류한다. 상류인 영천시 자양면에는 영천댐이 건설되었고, 대구시의 북쪽을 휘돌아 흐르는 강 주변에는 검단공단, 제3공단, 비산동 염색 산업단지 등의 공단들이 들어서 있어서 한때는 '죽음의 강'으로 불렸다.

금호강 맑은 물을 따라 조성된 고수부지 체육공원의 평화롭고 시원스런 길을 달려간다. '금호강은 똥물'이라고 하며 1980년대 대구에서 공무원 생활을 하던 추억들이 스쳐간다.

달구벌이라 불리던 부족국가가 대구라는 이름을 갖게 된 것은 신라 경덕왕 때인 737년이었다. 대구는 1601년 경상 좌도와 우도가 합쳐지면서 경상 감영이 설치되었고, 이후 경상도의 중심지가 되었다. 대구의 역사에는 팔공산 (1,193m)을 빼놓을 수 없다. 팔공산은 대구, 경산, 군위, 칠곡, 영천 경계에 있는 산으로, 최고봉인 비로봉을 중심으로 동봉과 서봉이 양 날개를 편 듯 솟아 있다. 기도에 효험이 있다고 해서 유명한 갓바위(780m)라고 불리는 관봉(冠峰)은 태백산맥의 지맥인 팔공산맥에 속하며, 대구 분지를 둘러싸고 있는 산봉 중의 하나이다. 관봉의 동쪽 계곡에서는 청도천이, 서쪽 계곡에서는 문암천 등이 각각 발원하여 금호강으로 흘러든다.

대구(大邱)는 1,000m급의 바위산이 도시를 삥 둘러싸고 있는 형국의 독특한 지형을 가진 도시다. 경주, 전주, 충주, 원주, 진주와 같이 다른 도시들이 강물이 흐른다는 의미의 '주(州)'자가 붙어 있는 반면, 대구는 언덕 '구(邱)'자가 붙어 있다. 대구는 북쪽의 팔공산과 남쪽의 비슬산(1084m) 두 개의 골산이 시내를 남북으로 둘러싸고 있다. 고려 후기 일연이 35년간이나 머물면서 『삼국유사』를 구상하고 집필한 산이 비슬산이다. 자연석을 소재로 한 휴양 명소로 자리 매김한 비슬산(琵瑟山)의 비슬에는 네 개의 왕(王)자가 있어서, 풍수도참에서는 네 명의 왕이 대구에서 나온다고 예언한다. 박정희, 전두환, 노태우 대통령이 탄생했으니 또 한 명은 누구일까? 이 글을 마무리할 무렵 박근혜 대통령이 탄생했다.

금호강이 낙동강으로 접어드는 파호동의 강창마을 서쪽에는 경치가 매우 뛰어난 곳에 이락정이라는 정자가 있고, 인근에는 당나라 이여송이 혈을 지른 곳이라는 '혈 지른 데'가 있다. 대구 시민의 휴식처인 화원동산은 강변의 풍경이 마치 꽃동산처럼 아름다워 이름 지어진 곳으로, 화원정 정자에 앉으면 사방이 틔어 경치가 매우 아름답다. 신라의 왕들이 이곳에 와서 놀았다고 하며, 둘레에는 신라의 고총이 많다. 조선시대에는 봉수대를 두어서 성주, 덕산의 봉수를 받아 마천산 봉수에 전했다고 한다.

　금호강과 낙동강이 합류하는 곳에 자연적으로 생성된 달성 습지는 4대강 개발 사업으로 자연환경이 급속도로 되살아났다. 달성 습지는 물안개가 피어오르거나 해질녘 갈대밭을 물들이는 낙조가 아름답다. 달성 습지가 끝나는 곳에 위치한 강정 고령보는 전국에 건설된 16개의 보 중에서 규모가 가장 크다. 사문진교를 지나서 낙동강 제방과 고수부지에 조성된 평탄한 길을 따라 강정 고령보를 향해 달려간다. 낙동강 종주 자전거 길은 달성군과 고령군의 행정 구역상 경계를 두 번이나 넘나든다. 처음에는 강정 고령보를 건너, 다음에는 달성보이다. 달성보는 항해를 시작하는 크루즈를 형상화했다. 달성보의 공도교를 건너서 박석진교로 향한다.

4. 산은 산 물은 물

우회도로 산길을 넘어간다. 이마에 땀이 흘러내린다. 목과 입을 가리던 덮개를 벗고 땀에 저린 윗옷의 가슴을 열자 몸 안으로 상쾌한 바람이 침투한다. 그 누가 알겠는가, 이 겨울의 낭만을. 그 누가 상상이나 할까, 이 고통 속의 희열을. 고개에 올라 열기를 식히며 낙동강을 내려다본다. 산의 주인은 나무와 산짐승들이고, 강과 바다의 주인은 물고기와 수생식물이다. 여행자는 자신의 관점이 아닌, 여행지 주인의 마음을 이해하고 그 뜻을 헤아리고 소통해야 한다. 그러면 이름 모를 풀 한 포기 나무 한 그루가 무언의 메시지를 보내줄지도 모른다. 잊고 지냈던 소중한 것이 마음 한구석에서 되살아난다. 여행 대상과의 소통은 진정한 여행의 의미를 깨닫게 해준다. 여행은 늘 남을 경계하고 경쟁하며 살아야 하는 현대 도시인의 압박과 팽팽한 가슴의 긴장을 풀어내주고 부드러운 가슴을 갖게 해주는 치유의 역할을 한다.

멋과 여유, 자유함의 기쁨을 맛보며 내리막길을 달린다. 고령군 성산면 무계리를 지나간다. 대가야의 땅 고령의 강변길이다. 김종직이 "풍속이 순박하니 백성들의 삶이 조용하다."라고 노래한 고령은 오랜 옛날부터 낙동강을 중심으로 터를 잡았던 마을들이 점차 부족국가의 형태를 띠었다. 고령에는 우리나라 최초로 순장묘가 발굴된 지산동 고분군을 비롯하여 대가야 박물관, 악성 우륵을 기리는 우륵 박물관, 팔만대장경을 지고 나른 개포 나루터 등이 있으며, 예로부터 사통오달의 교통의 요충지라 교통이 번잡했다.

낙동강을 중심으로 여섯 가야, 곧 김해의 금관가야, 함안의 아라가야, 진주 또는 상주 함창의 고령가야, 고성의 소가야, 성주의 성산가야, 그리고 고령의 대가야가 자리를 잡았다. 대가야는 서기 42년 신라 유리왕 때 이진아시왕이 세운 부족국가다. 서기 500년경부터 세력을 떨쳐 금관가야가 멸망한 뒤 침체해 있던 가야 역사에 새로운 중심을 이루다가, 562년 여섯 가야 중 마지막으로 진흥왕에게 정복당함으로서 가야 역사에 종지부를 찍었다. 『삼국사기』의 초기 기록에서도 신라와 난형난제를 이룬 만큼 당시를 고구려, 신라, 백제와 북쪽의 부여를 합쳐 5국시대로 볼 수 있다고도 했다. 대가야의 도읍지인 고령은 고려시대 영천현이 되었다가 1395년 태조3년에 고양군과 영천현에서 한 글자씩 따서 고령이 되었다. 이첨의 시다.

새벽녘에 고령 고을을 떠나서
나그네 발길 물 동쪽에 이르니
서리꽃은 아침 햇살에 반짝이고
나무 마음은 봄을 향해 풀리네

고령의 서남쪽에는 합천이 있다. 합천에는 매화산, 가야산, 황매산 등 여러 명산이 있다. '남한의 소금강'이라 불릴 정도로 아름다운 매화산은 가야산의 남쪽에서 솟아 홍류동 계곡 건너에 있는 해인사와 가야산의 주봉인 상왕봉, 남쪽 줄기인 가산을 바라보고 있는 날카로운 바위산으로, 기기묘묘하게 솟아난 바위 봉우리들이 마치 불가에서 천 개의 불상이 진좌한 것 같다고 하여 천불산이라 부르고, 세속의 사람들은 이를 만발한 매화꽃에 비유하여 매화산이라 부른다. 해인사 들목에 있는 홍류동 계곡에서 바위에 부딪히는 시냇물을 보며 고운 최치원이 노래한다.

겹친 바위 사이를 미친 듯이 흐르는 물이 겹쳐진 산을 울리어
지척 사이인데도 사람의 소리를 분간하기 어려워라
항상 인간들의 시비하는 소리가 들릴까 염려하여
짐짓 흐르는 물소리로 하여금 산을 다 덮게 했다.

인간들의 시비소리가 들리지 않게 흐르는 물소리로 덮은 가야산에는 해인사(海印寺)가 있다. 삼보사찰 가운데 법보사찰인 해인사에는 사람들에게 불교의 힘을 깨닫게 해주는 대장경 판전과 그 안에 팔만대장경이 있다. 국보 제52호인 대장 경판전은 대적광전 뒤의 집 4채로, 1398년 태조 때 세워지고 성종 때 중수했는데, 해인사가 입은 일곱 차례의 화재를 모두 피하고 오늘날까지 그 늠름한 자태를 뽐내고 있다. 또한 해인사에는 성철 스님의 부도가 있다. 성철 스님은 1911년 산청에서 태어나 24세에 해인사로 들어와 승려가 되고, 출가한 지 5년째 되는 해부터 솔잎가루와 쌀가루만을 먹으며 공부에 몰두했으며, 팔공산 파계사로 들어가 자신의 거처 주위에 철조망을 치고 8년 동안 장좌불와(長座不臥), 곧 눕지도 자지도 않고 앉은 채 참선을 했다. 조계종 종정에 추대되었으나 취임식에도 나가지 않고, 사람을 시켜 짧은 법어를 그 자리에 전했으나, 그 말의 뜻을 아는 사람은 많지 않았다. "보고 듣는 이 밖에 진리가 따로 없으니 사회 대중은 알겠느뇨? 산은 산이요, 물은 물이다."

바람소리 벗 삼아 고요한 강변길을 달린다. 박석진교 다리 건너 현풍에는 가마솥에 끓인 탕을 뚝배기에 담아 팔면서 맛이 알려진 '현풍할매 곰탕집'이 있다. 대구에서 곰탕을 먹기 위해 현풍까지 갔던 기억이 스쳐간다. 현풍에는

임진왜란 때 허녀의 이야기가 전해진다. 허녀(許女)는 겁탈하려 드는 왜병을 피해 나무를 끌어안고 있었다. 성난 왜병은 허녀의 두 팔과 다리를 잘라놓고 갔다. 그 후 허녀는 입산하여 입으로 바느질을 하여 만다라 수를 놓고, 입에 붓을 물어 수백 권을 사경(寫經)하여 산사나 서당에서 인성교육의 화신으로 우러름을 받았다고 한다.

『택리지』에는 "현풍은 한훤당 김굉필의 고향이다. 강을 끼었고 또 바다와 가까워서 생선, 소금과 배로 통상하는 이익이 있으니 또한 번화한 좋은 곳이다. 한양 역관들이 여기에 많이 머물면서 많은 재물로 왜인과 장사를 통하여 이익을 얻는다."라고 기록되어 있다. 강 건너 낙동강변에 위치한 구지면 도동리에는 동방오현으로 추앙받는 한훤당 김굉필을 모신 도동서원이 있다. 김굉필은 조선 초기의 문신으로, 김종직의 문하에 들어가 『소학』을 배우기 시작한 때부터 『소학』에 심취하여 스스로를 '소학동자'라고 일컬었다. 『소학』을 공부하고 『소학』에 따라 처신한 『소학』의 화신이었던 그는 30세가 넘은 뒤에야 다른 책을 접했다고 한다. 학문적으로 정몽주, 길재, 김숙자, 김종직으로 이어지는 유학사의 전통을 계승한 김굉필은 1498년 무오사화가 일어나자 김종직의 문도로서 붕당을 만들었다는 죄목으로 장 80대를 맞고 평안도 희천으로 유배를 갔다가 2년 뒤 순천으로 이배되었다. 유배지에서도 학문 연구와 후진 양성에 힘썼는데, 희천에서 조광조를 제자로 받아들여 학문을 전수하여 우리나라 유학사의 맥을 잇는 계기를 마련했다. 1504년 갑자사화가 일어나자 극형에 처해졌다가 중종반정으로 신원이 이루어짐에 따라 도승지에 추증되었고, 자손은 관직에 등용되는 혜택을 받았다. 조광조를 비롯한 제자들의 정치적 성장으로 그의 업적은 크게 부각되었으며, 사림파의 개혁정치가 추진되면서 우의정에 추증되었다.

지금은 사라져버린 도동 나루터를 지나니 물결 따라 빈 배만 무심히 흔들리며 매여 있는 옛 개포 나루터가 나온다. 개포나루는 팔만대장경과 인연이 있다. 강화도에 있던 팔만대장경이 인천을 거쳐 부산으로 옮겨진 뒤, 낙동강 물길을 따라 이곳 개포나루에 도착한 뒤 합천 해인사로 옮겨졌다. 그 당시 영남지방의 승려 1000여 명이 머리에 경판을 이고 줄을 지어서 해인사로 날랐다고 한다. 지금은 나루터의 흔적조차 찾아볼 수 없고 무심한 강물만이 흘러간다.

한참을 달리다가 12km에 이르는 청룡산 M.T.B 임도길로 들어선다. 꼬불꼬불 한적한 비포장 산길을 올라간다. 이해인 수녀가 '이름만 불러도 희망이 생기고 바라만 보아도 위로가 되는 산'이라며 산을 노래했건만, 자전거를 타고 올라가는 산은 이름을 불러도, 바라보아도 희망과 위로보다는 힘들다는 생각이 앞선다. 내려서 끌고 간다. 점점 더 깊은 산중으로 들어간다. 어디로 연결된 것일까. 인적 없는 낯선 산길에 왠지 산짐승이나 나오지 않을까 하는 생각이 스쳐간다. 카프카는 "세상은 도처에 위험이 깔려 있다."고 말했다.

바람이 시원하다. 울창한 나무 사이사이 낙동강을 바라보며 땀 흘리며 올라간다. 인간은 위험을 무릅쓰고 가장 높은 곳을 오른다. 누군가는 거대한 산을 오르고 그 산을 정복했다고 할지 모르지만, 그는 수많은 방문객의 하나에 불과하다. 산은 결코 정복당했다고 생각하지 않는다. 산과 나, 둘이 하나가 된다. 두려움도 고통도 없다. 홀로 가는 산길, 눈앞에 펼쳐진 하늘과 바람과 산과 강, 넉넉한 천하의 주인이 된다. 인간이란 결국 혼자가 아닌가. 어디를 둘러보아도 또 다른 나는 없다. 나 홀로 낯선 산길을, 낯선 시간을 달려간다. 그 누가 이 멋을 알 수 있겠는가. 얼어붙었다가 땀에 녹은 붉은 얼굴이 신선하다. 자아도취에 취해 미소 짓는다. 오르락내리락하며 청룡산 정상에 위치한 청운각 정자에 도착한다. 정자에 앉아서 왕안석의 노래를 듣는다.

종일토록 산을 봐도 산은 싫지가 않아

산을 사서 그곳에서 늙어가리라.

산에 핀 꽃 다 져도 산은 그대로이고

산골 물 흘러가는데도 산은 마냥 한가롭구나.

내려다보이는 낙동강의 전경이 탄성을 자아낸다. 산정의 그림자 강물에 거꾸로 비치고, 구름이 변화무쌍을 자랑하며 흘러간다. 구름은 누구를 위하여 가고, 강물은 누구를 위하여 흘러가는가. 어디로 어디로 흘러가는가. 오래오래 한가함은 잠시의 한가함보다 낫다기에, 흐르는 강물 따라 세월 따라 오늘도 먼 길 흘러 흘러 간다.

낙동강은 태백에서부터 골골이 흘러 내를 이루고, 강을 이루어 예까지 흘러왔다. 강을 젖줄로 삼아 살아가는 생명들의 혼과 사연과 애환을 강물에 담아 흘러왔다. 아아, 낙동강! 너는 내 핏줄 속에 흐르는 강물이어라. 붉다 못해 푸르른 핏물이어라. 감각이 앞서지 않는 지식이 무슨 의미란 말인가. 눈으로 보고 손으로 만지고 코로 호흡하고 혀로 맛보고 마음으로 느끼고 싶다. 산 위에서 바라보는 푸른 하늘, 푸른 강물, 강 위에 휘어진 갈대들을 볼 수 있어 행복하고, 만질 수 있어 즐겁고, 호흡하고 맛보고 느끼고 달릴 수 있어서 기쁜 날들이다.

여유도 잠시, 길을 재촉한다. 이정표가 없으니 거리가 얼마나 남았는지 알 수가 없다. 숲이 우거진 산길을 달리고 또 달려간다. '이것은 아닌데' 하는 생각이 스쳐간다. 그렇다. 마음속에 자리 잡은 불안감이 한가함을 빼앗아가 버렸다. 불안감을 버린다. 속도가 느려지고 갑자기 새소리 바람소리가 들려온다. 마음의 소리가 들린다. 다시 하늘이 보이고 숲이 보인다. 새로운 세상이 전개

된다. 마음이란 놈의 장난이었다. 일체유심조다. 깊은 산속 비포장 숲길을 두 바퀴로 달려간다는 기쁨이 밀려온다. 우리 국토의 65%는 산림이다. 산은 우리 삶의 터전이자 생명보존의 원천이다. 언제나 맑은 물과 깨끗한 공기, 아름다운 경관을 제공하고 새와 짐승들의 보금자리가 된다. 산림이 저장하고 있는 물의 양은 180억 톤에 이른다. 전국의 9개 다목적댐 저수량의 1.6배에 달하는 거대한 녹색댐이다. 산은 ha당 16톤의 탄산가스를 흡수하고 12톤의 산소를 배출하여, 1ha의 산림에서 45명이 1년간 숨 쉴 수 있는 산소를 배출한다. 또한 숲은 햇볕을 막아주고 태양 복사열을 차단하여 시원하게 한다. 숲이 1년 동안 베푸는 혜택은 국민 총생산의 10% 상당이며 1인당 78만 원이라고 한다. 삼림욕은 녹음이 짙은 숲에 들어가 그 향기(피톤치드)를 마시거나 피부에 접촉시키고, 아울러 맑은 공기 숲에서 아름다운 경관과 어우러져 심신 안정을 가져오게 하는 자연건강법이다. 피톤치드는 식물이 자라는 과정에서 자신을 보호하기 위하여 발산하는 방향(살충, 살균) 물질로 혈압강하, 강장, 거담, 이뇨 등에 효과가 있다.

가파른 하산 길을 조심조심 내려와 들꽃마을을 지나고 답곡리, 봉산리를 지나니 우곡교가 보인다. 다리 건너는 의병장 곽재우의 묘소가 있는 대암리다. 곽재우의 묘에는 아버지와 할아버지, 증조부와 아들들의 묘소가 함께 있는데, 어느 것이 정확히 곽재우의 묘인지 모른다는 설이 있다.

합천군 덕곡면으로 들어선다. 옛날 옛적의 율지 나루는 사라지고 율지교가 세워져 있다. 이순신 장군의 자취가 서린 초계군 지역이었던 율지 나루는 전국의 장꾼들과 보부상이 몰려들어 큰 장터를 형성한, 낙동강 유역의 포구 중 가장 번성했던 포구의 하나였다. 또한 양반들의 온갖 위선과 비리를 폭로하는 가면극인 오광대놀이가 이곳 율지나루에서 시작되었다. 초계에는 임진왜란 당시 충무공 이순신의 백의종군(白衣從軍) 길이 있다. 1597년 이순신은 모함을 받아 투옥되었다가 특사로 풀려난 뒤 모친상을 치를 겨를도 없이 백의종군의 길을 떠나게 되었다. 초계를 지나며 쓴 『난중일기』 7월 초 열흘에는 "스스로 정을 억제하면서 통곡하며 지냈다. 내가 무슨 죄를 지었기에 어머님의 장례도 직접 모시지 못하고 이 지경에 이르렀단 말인가."라고 기록하고 있다.

인종 원년인 1545년에 태어난 이순신은 23세 때 훈련원 별과시험에 응시했으나 낙마하여 실패했고, 1576년 32세라는 늦은 나이에 비로소 무과에 급제했으니, 29명 중 12등이었다. 그를 합격시킨 이는 십만 양병을 주장한 율곡 이이였다. 참으로 탁월한 선견지명이었다. 그 해 종9품직으로 함경도에서 관직생활을 시작했으나 벼슬길은 순탄치 않았다. 송백(松柏)은 서리를 당해야 그 푸르름을 안다고 했던가. 이순신은 약 22년의 벼슬살이에서 세 번의 파직과 두 번의 백의종군 처분을 받는다. 함경도 조산보 만호(지금의 대령)로 근무할 당시와, 1597년 1월 가토 기요마사를 잡으라는 선조의 명령을 따르지 않아 통제사에서 파직된 후다. 한 달여 의금부에 갇혀 신문을 받다가, 이곳 초계의 도원수 권율 밑에서 백의종군하라는 처분을 받는다. 그리고 그해 8월 삼도수군통제사로 복귀한다. 이어서 조정에서 수군을 없애려 하자 "신에게는 아직 12척이나 되는 배가 있습니다(尙有十二)!"라는 장계를 올리고 기적 같은 명량대첩을 이루어 낸다.

백의종군이란 계급이나 직책 없이(白衣) 군무에 종사한다(從軍)는 뜻이다. 본인이 자발적으로 하는 것이 아니라 조선시대 무인들에게 내리는 처벌의 하나였다. 무과 과거 급제자의 신분은 유지시킨 채 계급이나 직책만 박탈한 상태에서 군무에 종사시키는 처벌로, 이후 다시 공을 세우면 관직을 회복시켜주겠다는 뜻이 내포되어 있는 선의의 처벌이었다. 백의종군 처분을 받은 사람은 많지만 백의종군 하면 유독 이순신을 떠올리는 것은, 백의종군 때 보여준 그의 나라 사랑과 백성 사랑 때문이다. 보통사람 같으면 치욕과 모욕이라 생각하고 자포자기했을 텐데, 이순신은 억울한 처벌을 받아도 언제나 그것을 받아들이며 나라와 백성을 위하여 주어진 일에 최선을 다했다.

정치인들은 흔히 국면 전환을 꾀하거나 불리한 상황을 반전하고자 할 때 "백의종군하겠다."고들 한다. 이는 본래의 의미와 다르다. 백의종군은 자발적으로 하는 게 아니라 처벌이다. 당당하게 하는 것이 아니라 죄인 된 심정으로 하는 것이다. 또한 모든 것을 버리고 혼자 숨어버리거나 가만히 있는 것이 아니라, 자리나 지위에 상관없이 나라와 국민을 위해 혼신의 힘을 바치는 것이다. 백의종군이란 말을 함부로 쓰는 정치인들은 그 뜻을 제대로 인식해야 한다.

이순신은 1588년 종6품 정읍 현감으로 봉직하던 중 그의 강력한 후원자인 유성룡의 천거로 정3품직인 전라 좌수사로 특진되었는데, 이때가 임진왜란이 일어나기 1년 전이었다. 이는 우리 민족의 행운이었다. 유성룡이 이순신과 권율을 특진시키지 않았다면 풍전등화의 위기를 어찌 극복할 수 있었겠는가. 10년이나 되는 세월을 무관이 되기 위해 노력했고, 약한 체력에 늘 병마에 시달리며 가난한 집안을 걱정해야 했던 그가 포기하지 않고 조선의 장수가 된 것은 다행이고 정말 고마운 일이었다. 필사즉생(必死卽生) 필생즉사(必生卽死)의 의기에 찬 목소리가 전장을 휩쓸며 풍전등화의 위기 속에서 나라를 구할 수 있었다. 이순신은 구국의 영웅이요 불세출의 대장부였다.

단재 신채호는 영국의 넬슨보다 이순신이 위대하다고 했다. 무적의 나폴레옹 군을 격파한 영국의 영웅이자 세계적으로 유명한 해군 제독 넬슨보다 이순신이 위대한 이유는 무엇일까. 그것은 넬슨이 국가적인 대대적인 지원을 받았던 반면, 이순신은 전혀 그렇지 못한 상황에서 혁혁한 전공을 세웠기 때문이다. 이순신은 무인(武人)이면서 거북선을 만든 발명가요, 문(文)과 서(書)에 뛰어난 예술인이며, 글씨는 천하의 명필이었다. 이순신의 아버지 이정은 네 아들의 이름을 항렬인 '신(臣)'자를 돌림으로 하여, 맏이는 고대 중국 삼황(三皇)의 한 사람인 복희씨(伏羲氏)에서 본뜬 희신(羲臣), 둘째는 오제(五帝)의 한 사람인 요(堯)임금에서 본떠 요신(堯臣)이라 했고, 순신(舜臣)은 순(舜)임금에서, 아우 우신(禹臣)은 하(夏) 왕조의 시조인 우(禹)임금에서 따왔다. 삼황오제는 중국의 신화와 고대사의 전설적인 인물이었으니, 하급 무관직인 아버지는 아들들이 전설적인 인물로 살아주기를 바라는 소망을 담았을 것이다.

퇴계 이황은 제자 이덕홍에게 "너는 너의 이름의 뜻을 알고 있느냐?" 하고 물었다. 이덕홍이 "저는 모릅니다."라고 답하자 이황은 "덕자는 행을 따르고 곧음을 따르고 마음을 따르는 것이니, 곧 '곧은 마음을 행한다.'는 말이다. 옛사람은 이름을 지을 때에 반드시 그 사람에게 관계를 주는 것이다. 너도 이름을 본받아라."라고 말했다. 사람은 저마다 이름을 가진 꽃이다. 저마다 다른 모습을 가지고 다른 향기를 내뿜는 꽃이다. 세월은 가고 꽃은 시든다. 아직 지지 않은 꽃이라면 마음껏 이름에 걸맞은 절정의 순간을 향유해야 한다. 비단옷 아끼지 말고 그대 젊은 날 꽃다운 시절을 아끼라고 하지 않았는가. 명돌(明乭)이란 이름의 꽃이 내뿜는 향기를 향유하는 절정의 시절을 달려간다.

두 바퀴로 마음 가볍게 강변길을 달린다. 내 앞에 펼쳐진 세상, 건강하고 자유롭게 달려간다. 일렁이는 잔물결을 바라보며 입가에 환히 미소 짓는다. 생텍쥐페리는 "인간은 장애물과 겨룰 때 비로소 자신을 발견한다."라고 말한다. 영화 '오만과 편견'에서는 "과거의 기억이 그대에게 기쁨을 줄 때에만 과거를 생각하라."고 한다. 슬픈 과거는 현재의 행복을 오히려 배가시킨다. 정지된 시간인 과거에 연연하며 살 일이 아니라, 과거의 흔적을 토양으로 삼아 현재의 원동력으로 삼고 미래의 꿈을 형상화한다. 찬바람이 볼을 스쳐가고 생을 찬미하는 이슬이 맺힌다. 불평도 불만도 불안도 모두 벗어버리고 앞에 길게 뻗어 있는 열린 길로 기운차고 흐뭇하게 달려간다. 바이런은 "인간이여! 미소와 눈물 사이에서 방황하는 시계추여!"라고 말한다. 미소와 눈물 사이에서 방황하는 나그네 인생길에 세상의 모든 짐들 내려놓고 마음의 길을 달려간다.

합천에는 삼국시대인 565년 신라가 백제의 침공을 막기 위해 매봉산(90m) 정상에 자연지형을 이용하여 축성한 토성이 있다. 지금은 성이 거의 훼손되고 성벽 30m와 방책로, 건무지 등이 남아 있지만, 고구려, 신라, 백제가 자웅을 겨루던 삼국시대의 역사를 고스란히 간직하고 있다. 합천 남쪽의 삼가는 남명 조식의 고향이다. 퇴계 이황과 쌍벽을 이룬 조식은 과거공부보다 경사와 제자백가를 두루 섭렵하면서 학문의 폭을 넓혔다. 남강의 지류 중 하나인 지리산 천왕봉 법계사와 대원사 골짜기를 흘러내려온 덕천강을 따라 오르면 남명 조식을 모신 덕천서원이 있다. 남명은 "내가 한평생 간직한 장기가 있다면 그것은 책을 읽는 것뿐이다. 그러한 내가 성리를 논변한다면 어찌 남에게 뒤지겠는가?" 하고 자부했으며, "큰 거리를 노닐면서 금은보화를 보고 값을 논하다가 하나도 자기 것으로 하지 못한다면, 이는 한 마리의 생선을 사들고 돌아옴만 못하다. 학자들이 성리를 크게 떠들기만 하고 자기 것으로 하지 못한다면 이와 무엇이 다르겠는가?"라고 하며 책을 많이 읽고 떠들어도 얻는 것이 없다면 헛것임을 경고했다. 또한 "학문을 넓게 배우되, 이를 자기 것으로 소화해서 그것에 힘입어 자신의 경지를 높이고, 그 높은 경지에서 모든 사물을 환히 내려다보는 고명이 있어야 행함이 도에 어긋나지 않고 세상에 쓰임이 이롭지 않은 것이 없다."라고 했다. 남명은 여러 차례 벼슬을 제수 받았지만 끝내 나아가지 않고 백면서생으로 살았다.

조식의 수제자 정인홍은 광해군 2년(1610) 이른바 5현(五賢)이라 불리던 김굉필, 정여창, 조광조, 이언적, 이황이 문묘에 종사하자 스승인 조식이 제외된 것에 불만을 품었다. 그리하여 이황과 이언적을 벼슬을 탐하여 조정에 나아간 변변치 못한 인물로 매도하고 조식을 찬양하는 상소를 올리자, 남인과 서인은 물론 팔도 유생들로부터 탄핵을 받는 등 큰 파문을 일으켰다. 정인홍은 광해군 4년에 우의정이 되었고, 다음 해에 계축옥사를 일으켜 영창대군을 제거하고 좌의정에 올랐으며, 1618년 인목대비 유폐사건에 가담하여 영의정에 올랐다. 대북의 영수로서 1품의 관직을 지닌 채 고향인 합천으로 돌아와 세 차례 사직소를 올렸으나 받아들여지지 않자 사람들은 그를 산림정승이라 불렀다. 1623년 인조반정이 일어나자 정인홍은 참형되고 가산도 적몰되었으며, 끝내 신원되지 못했다. 『민족문화대백과사전』에는 그를 "강경한 지조, 강려한 성품 그리고 지나치게 경의를 내세우는 행동으로 좌충우돌하는 대인관계를 맺어 많은 물의를 일으켰다."라고 기록하고 있다. 정인홍의 죽음은 그의 죽음으로 끝나지 않았다. 그의 고향인 합천은 역적이 태어난 땅, 즉 반역향이 되어 군에서 현으로 강등되었고, 합천 지역에 고향을 둔 선비들은 그 뒤 수십 년 간 과거를 보지 못하게 되었다.

적포교까지 가야 하는 일정이라 갈 길은 멀고 시간은 빠르게 흘러간다. 1억 4천만 년 된 우포늪의 상징인 따오기 모양을 한 합천 창녕보를 지난다. 강변길을 따라 달리던 자전거 길은 황강이 낙동강에 합류하는 청덕교를 지나고 청덕 수변 생태공원을 달려서 다시 낙동강으로 돌아온다. 날은 어두워지고 서둘러 밤이 찾아온다. 마음이 바빠지니 서둘러 달려간다. 고개가 길을 더디게 만들어 나그네의 애를 태운다. 밤길을 따라 달리니 지나가는 자동차가 위험천만이다. 멀리 불빛이 보인다. 드디어 적포교에 도착했다. 적포교 앞 삼거리 주변을 둘러본다. 시골이라 모텔이 없을까 염려했는데 안도의 숨을 쉰다. 춥고, 배고프고, 지친 몸을 이끌고 모텔 방에 들어서니 내 집마냥 편안하다. 샤워를 하고 몸을 녹인 후에 민생고를 해결할 것인가 생각하다가 그냥 식당으로 향한다. 따뜻한 찌개로 속을 풀고 몸을 녹이는데, 식사하던 두 아저씨가 쳐다보다가 말을 걸어온다. 4대강 자전거 국토 종주를 한다고 하니 자신들은 개인택시 기사라면서, 주변에는 밤에 대형 공사 차량들이 많이 다니므로 절대 밤길을 다니지 말라고 주의를 준다. "도시 같으면 차에 사람이 부딪히면 병원으로 후송을 해주지만, 인적 없는 시골 밤길에서는 오히려 더 끔찍한 일을 당할 수 있다."고 한다. 식사를 하고 나오자 다시 찬바람이 몰아친다. 낯선 시골 밤하늘에 별들이 빛난다. 숙소로 향하는 지친 나그네의 발걸음이 밤의 적막을 깨트린다.

5. 처녀 뱃사공

강물이 흘러간다. 세월이 흘러간다. 살아 있는 존재는 세상이라는 강물을 헤쳐 나간다. 내 마음도 흘러 흘러 미지의 세계로 나아간다. 강물은 내가 떠난 뒤에도 아랑곳하지 않고 억겁의 세월 동안 쉬지 않고 흘러간다. 모든 생명 있는 것들은 결국 죽음으로 흘러간다. 화무십일홍(花無十日紅)이요 권불십년(權不十年)이다. 천년만년 산다 한들 영원한 시간에 비추어보면 눈 깜짝할 사이에 지나지 않는다. 소동파는 "인생여정 발걸음은 나는 새가 쌓인 눈을 밟는 것과 같다."고 노래한다. 눈 쌓인 흙 위에 우연히 발자국을 남기지만, 해가 뜨면 발자국은 사라지고 그 새는 동으로 갔는지 서로 갔는지 알 수가 없다. 누구나 금세 왔다가 금세 사라져야 하는 운명을 타고났다. 왕성한 것은 반드시 쇠락하고, 만남은 헤어짐으로 귀결된다. 젊음은 오래지 않는다. 불꽃같은 젊은 시절 마음껏 생의 찬미를 불러야 한다. 피었다가 지는 꽃들 사이를 날아다니며 자유를 즐기는 나비와 같이 인생도 잠시 인연의 노정에서 만나고 헤어지는 회자정리의 길이다. 행복과 불행은 하나의 문을 쓴다. 행복이 오면 불행이 오고, 불행이 오면 이어서 행복이 온다. 슬프다고 너무 슬퍼하지 말며, 좋다고 너무 좋아하지 말 일이다. 길흉화복은 항상 순환한다. 계절이 순환하듯 인간사 모든 것은 돌고 돈다. 영원한 행복도 영원한 불행도 없다. 운이 좋으면 불운에 대비하고, 불운하면 희망으로 극복한다. 과거는 과거로 묻어두어야 한다. 과거에 연연하여 과거를 추억하며 그 불만과 슬픔으로 현실을 덮는 어리석음을 저질러서는 안 된다. 앙드레 지드는 "과거의 행복은 완전히 잊어버려. 망각으로부터 새로운 창조는 시작되지."라고 한다. 거친 풍랑은 유능한 뱃사공을 만들고 시련은 삶을 단련시켜준다. 사막이 아름다운 것은 어딘가에 오아시스가 있기 때문이다. 거친 풍랑이나 황량한 사막에서 굴하지 않는 용기가 필요하다. 공자는 물에서 용을 만나 두려워하지 않는 것은 어부의 용기요, 산에서 호랑이를 만나서 두려워하지 않는 것은 사냥꾼의 용기요, 시련이 와도 흔들리지 않는 것은 군자의 용기라고 한다. 베토벤은 "훌륭한 인간의 두드러진 특징은 쓰라린 환경을 이겼다는 것"이라고 한다. 성공한 사람들 주변에는 항상 훌륭한 역할 모델이나 멘토가 있다. 인생을 살면서 누구에게나 시련과 좌절과 고난의 시기가 있다. 그때 피할 수 없다면 당당히 즐겨라 하고 말해주는 멘토가 있어야 한다. 세상을 보는 삶의 지혜를 배워야 한다. 위대한 스승 자연의 길을 간다.

아침 일찍 식사를 하고 한적한 강변길을 따라 길을 나선다. 바람은 차갑지만 햇살이 눈부시다. 산새들의 울음소리, 흐르는 강물소리, 바람에 흔들리는 나뭇잎소리를 듣고 호흡하며 고요한 아침의 낙동강을 따라 자연의 넉넉한 품 속을 달려간다. 인간은 자연의 주인이 아니라 자연에서 나서 자연과 더불어 살다가 자연으로 돌아가는 자연의 한 조각이다. 자연이 살면 인간도 살고, 자연이 죽으면 인간도 죽는다. 자연과 분리되어 인간 중심으로 자연을 바라보는 것이 아니라 자연속의 인간, 자연과 공존하는 인간으로 바라보아야 한다. 인간 중심주의가 아닌 자연과의 조화, 나아가 생명에 기반을 둔 생명의 정의를 구현하는 새로운 관계를 모색해야 한다.

적포교 건너 멀지 않은 곳에 1997년 자연생태계 보호구역으로 지정된 국내

최대의 자연 늪인 우포늪이 있다. 늪은 습지다. 물에 젖어 있는 땅으로 '물도 아니고 뭍도 아닌 지역'이 늪이고 습지다. 늪은 강을 따라 흘러온 흙이 쌓이고 풀이 돋아 형성된다. 강과 육지의 완충지대로 침수와 복원을 반복하면서 강을 정화하고 물의 양과 흐름을 조절하는 자연 방파제다. 또한 새들을 비롯하여 다양한 야생동물들을 살아가게 하는 생명의 보고다. 수변 습지의 수초 하나하나는 끈질긴 생명력으로 살아남아 생태계를 지키고 보호하며 수질을 정화한다.

1억 4천만 년 태고의 신비를 간직한 우포늪은 창녕군 대합면의 사지포, 이방면의 목포늪과 쪽지벌, 유어면의 우포늪으로 이루어져 있는데, 이를 총칭하여 우포늪이라고 한다. 멸종 위기 종으로 지정된 가시연꽃 등 340여 종의 식물과 담수조류 등이 살고 있어, 1998년 3월 국내 환경단체들의 노력으로 세계적인 습지보호 조약인 람사르 협약에 의해 국제 보호습지로 지정되었다. 우포늪 생태 복원의 상징인 우포따오기와 야생화가 들꽃의 향연을 펼치며 낙동강 제5경으로 불린다. 람사르 협약의 습지 요건은 자연적이든 인공적이든, 영구적이든 일시적이든, 물이 고여 있든 흘러가든, 담수이든 소금기가 조금 있는 염수이든, 간조시(물이 완전히 빠져 있을 때) 물의 깊이가 6m 이하인 지역을 말한다. 종주가 끝난 후 다시 찾은 저녁노을이 비치는 우포늪 자전거 길은 아름답고 환상적이었다.

길은 이제 의령으로 접어든다. 천하의 명당, 하늘이 낳은 부자마을 의령은 북쪽으로는 산을 두르고 남쪽으로는 들판과 강을 끼고 있어, 풍수지리에서는 훌륭한 명당자리로 보아 부자가 많이 나온다는 속설이 전해져온다. 그래서인지 삼성그룹을 창업한 이병철 회장과 엘지 그룹을 창업한 구자경 회장 등이 이곳에서 태어났다. 정암 나루는 임진왜란 때 의병장 곽재우가 왜군을 크게 무찌른 곳이다. 1552년 의령에서 태어난 곽재우는 남명 조식의 외손녀와 결혼하고 35세 때 과거에 합격했으나 벼슬에 나아가지 않고 고향에서 지냈다. 40세 때 임진왜란이 일어나자 집안의 하인 열세 명과 함께 의병을 일으켜 본격적으로 의병을 모았다. 항상 붉은 옷을 입고 전투에 임했으므로 홍의장군이라 불렀다. 정유재란 이후 당쟁에 휘말린 조정에 상소를 올려 나라를 바로잡으려 애썼지만 뜻이 받아들여지지 않자 벼슬에서 물러나고, 그 뒤 여러 차례 벼슬을 내렸지만 이순신이 죄 없이 잡혀오고 절친한 사이인 김덕령이 억울하게 죽는 등 일련의 사태를 보고 "고양이는 쥐만 잡으면 할 일이 없다."라고 하고는 도천면 우강리에서 한적한 삶을 보내다가 생을 마감했다.

제방 길을 따라 난 자전거 길을 시원스럽게 달리다가 가파른 우회도로를 따라 박진고개 산길을 올라간다. 구불구불 자전거를 끌고 땀을 흘리며 올라간다. 정상에 만들어진 자전거 길 쉼터에서 지친 몸을 쉬게 한다. 멀리서 산 아래로 흘러오는 낙동강 줄기가 펼치는 파노라마는 산과 물이 어우러지는 한 폭의 그림이다. 산은 더욱 기이하고 물은 더욱 맑다. 옛 사람들은 "산이 얼마나 아름다웠으면 돌아보는 산길이 가인(佳人)을 이별하는 것 같아서 열 걸음에 아홉 번을 돌아보았다. 그것은 종교와 시를 잉태하고 있었다." 하고 산을 예찬한다. 또 "산은 책 읽는 것과 같다. 술 마시는 것과 같다."고 하며 산 그림자 길게 드리운 산길을 가며 행복해 한다. 풍광을 만나서 환호하고, 사람을 만나서 마음의 문을 활짝 열 수 있다면 얼마나 좋을까.

공자는 "지자요수(知者樂水), 인자요산(仁者樂山), 지자동(知者動), 인자정(仁者靜), 지자락(知者樂) 인자수(仁者壽)."라고 한다. 어진 자는 만고부동(萬古不動)의 산을 좋아하고, 지혜로운 자는 쉬지 않고 흐르는 물을 좋아하며, 지혜로운 자는 생을 즐기고, 어진 자는 수분지족하여 장수한다는 의미다. 제자가 묻는다. "어진 자는 어찌하여 산을 좋아합니까?" "산이란 만민이 우러러보는 대상이다. 초목이 그곳에서 나서 자라고, 만물이 뿌리를 내리고 자라며, 새들이 모여들고 짐승이 쉬어간다. 사방 사람들은 그곳에 가서 이익을 취하며, 구름과 바람이 불어일고 천지의 중간에 우뚝 서 있다. 천지는 이로써 이루어지고 국가는 이로써 안녕을 얻는다. 그래서 어진 사람은 산을 좋아한다."

"지혜로운 자는 어찌하여 물을 좋아하는 것입니까?" "물이란 순리를 따라 흐르되 작은 빈틈도 놓치지 않고 적셔드니 이는 마치 지혜를 갖춘 자와 같고, 움직이면서 아래로 흘러가니 이는 예를 갖춘 자와 같으며, 어떤 깊은 곳도 머뭇거림 없이 밟고 들어가니 이는 용기를 가진 자와 같고, 막혀서 갇히게 되면 고요히 맑아지니 이는 천명을 아는 자와 같으며, 험하고 먼 길을 거쳐 흐르면서도 마침내 남을 허물어뜨리는 법이 없으니 이는 덕을 가진 자와 같다. 천지는 이를 통해 이루어지고, 만물은 이로써 살아가며, 나라는 이로써 안녕을 얻고, 만사는 이로써 평안해지며, 풍물은 이로써 바르게 되는 것이다. 이 때문에 지혜로운 자는 물을 좋아한다."

천천히 산길을 넘어간다. 산속에 사는 사람을 신선(神仙)이라고 한다. 깊은 산의 봉우리에는 호연지기(浩然之氣)가 있다. 맹자는 '인간이 가질 수 있는 최고의 경지, 탁 트이고 완전한 자유인의 경지'를 호연지기라고 했다. 산은 호연지기를 가르쳐준다. 산에는 기기괴괴(奇奇怪怪)한 바위가 있고 울울창창(鬱鬱蒼蒼)한 숲이 있다. 온갖 나무와 풀이 있고, 온갖 새와 짐승들이 있다. 산은 명상의 장소요 수행의 도장이다. 산은 인간의 위대한 스승이다. 산의 맑고 싱싱한 공기는 심신을 강화시키고 영혼을 정화시킨다. 숲이 우거진 산에 있으면 "숲속에서 대지를 잘 돌보라. 우리는 대지를 조상들로부터 물려받은 것이 아니다. 우리의 아이들로부터 잠시 빌린 것이다."라고 하는 오래된 인디언 격언이 들려온다.

삼거리 갈림길에서 박진교를 향해 시원스런 바람을 맞으며 내리막길을 달려간다. 박진고개 지역은 한국전쟁 당시 낙동강 전선의 최후 방어선으로 박진지구 전투의 전적을 기리기 위해 박진 전쟁기념관이 건립되어 있다. 1950년 8월부터 10월까지의 치열한 전투 끝에 아군이 승리함으로써 최후 방어선인 낙동강을 건너 결국 인천 상륙작전의 성공과 함께 압록강까지 진격할 수 있는 결정적인 계기가 된 전투가 박진지구 전투다. 옛날 박진나루가 있던 자리에 들어선 박진교를 건너고 우측 제방에 조성된 강변길을 달려간다. 솟대가 하늘을 향해 숭고한 모습으로 솟아 있다. 시멘트로 포장된 제방을 따라 청아지마을과 영아지마을을 향해 간다. 느닷없이 막다른 길이다. 절벽 아래 아무리 봐도 강물만 출렁일 뿐 길이 없다. 지도를 펼쳐든다. 4대강 종주 자전거 길이 완성되었다는 뉴스만 믿고, 지도가 없었다면 큰 낭패를 당할 뻔했다. 국토 종주 도보여행을 하며 애용한 지도책이 이번에도 위용을 과시한다. 먼 옛날 인간들은 밤하늘에 빛나는 별을 바라보며 나아갈 길을 읽었다. 태양이 빛나는 별이 없는 시간 종이 위의 길은 고마웠다. 고산자 김정호(?~1866)는 지도를 만들기 위해 수많은 고난과 역경을 겪으면서 주유천하를 하여 우리 국토의 정보를 체계화하고 집대성한 선각자였다. 대동여지도를 완성하여 흥선대원군에게 바쳤다가, 그 정밀함에 놀란 조정대신들에 의해 국가 기밀을 누설했다는 죄목으로 옥사했다니, 얼마나 안타까운 일인가.

강을 끼고 있는 하늘 아래 산골 첫 동네 영아지 마을회관 앞에서 머뭇거린다. 순간 할머니 한 분이 집에서 나오신다. 할머니는 손짓 발짓으로 산길을 가르쳐주신다. 아지리 사람들이 남지장 보러 가던 길, 소 팔고 돼지 끌고 넘던 길, 개나 다닐 정도의 길이라 하여 개비리라고 불렸던 창녕의 명소 청아지 영아지의 개비리길, 도초산 임도길을 들어간다. 입구에 대나무가 군락을 이룬다. 깎아지른 절벽 위에 올라 푸른 하늘과 푸른 물결을 바라본다. 새들의 노랫소리를 들으며 숲길에서 두 발로 걷다가 두 바퀴를 굴리며 타다가를 반복한다. 콘크리트와 흙길로 된 오르막 2km를 정도를 오르자 하늘 아래 정상이 나온다. 바람 소리만 들려오는 아무도 없는 개비리 산길 능선을 따라간다. 아래에서 펼쳐지는 낙동강을 바라보며 이마에 흐르는 땀을 식힌다. 대나무 숲 사이로 폐허가 된 빈집이 적막을 더한다. 내리막길을 따라 울창한 숲길을 벗어나자 남지장 가는 길 2.2km가 마무리되고 저 멀리 남강이 낙동강으로 흘러들어온다. 남강은 경상남도를 흐르는 낙동강의 유서 깊은 지류다. 함양군 서상면의 남덕유산(1,503m) 자락에서 발원하여 서하면으로 흘러 남계천으로 불리다가, 산청과 함양, 남원의 물이 합쳐지고 남강댐을 지나면서부터 남강으로 불린다. 남강은 진주의 촉석루를 지나 남쪽을 휘감아 돈 뒤 창녕군 남지읍 용산리 창진에서 낙동강으로 들어가다 문익점의 면화 시배지인 단성에서 덕천강을 합친다.

진주 남강변의 촉석루는 남원의 광한루, 밀양의 영남루와 함께 우리나라 3대 누각의 하나다. 임진왜란 3대 대첩 중의 하나인 진주성 싸움의 현장이다. 왜군은 전라도로 들어가기 위해 진주성을 공략했다. 1592년 10월 5일부터의 한 달 간의 진주성 1차 전투에서 경상우도 순찰사였던 김성일은 각지서 지원군을 요청했고, 곽재우, 정기룡 등을 비롯한 영남 의병들과 최경회 등이 거느린 전라도 의병이 합세하여 적을 무찔렀다. 왜군은 지난번 패배를 설욕하고 명나라와의 강화에 유리한 고지를 선점하기 위해 진주를 다시 공격해왔다. 1593년 진주성 2차 전투였다. 성은 허물어지고 진주목사 김시민은 적탄에 맞아 장렬하게 전사했다. 의병장 김천일, 최경회 등은 남강 푸른 물에 몸을 던져 자결했다. 최경회가 죽자 그와 부부의 연을 맺었던 주논개는 열 손가락에 반지를 끼고 적장 게야무라 로쿠스케를 껴안은 채 촉석루 아래 바위에서 남강에 뛰어들어 생을 마쳤다. 그래서 이 바위는 의암(義嵓)이 되었다. 논개는 진주의 관기(官妓)가 아니라 최경회 장군의 두 번째 부인이었다. 조위는 촉석루 아래를 흐르는 남강을 두고 '촉석강'이라는 시를 지었다.

누각 아래에는 백 길의 맑은 강
거울 같은 물결 위 가로지르는 고운 배
햇살은 모든 집에 드리운 발그림자 흔들고
바람 따라 피리 소리가 십 리 밖을 들려오네.
절벽엔 아른아른 산 아지랑이 피어오르고
물결이 일렁거려 높다란 성을 움직이네.
가까운 속세의 길에 머리를 돌리나니
가벼이 뜬 한 마리 갈매기 부러워라.

남강은 의령을 지나 함안으로 흘러서 낙동강으로 합류한다. 합류 지점의 강줄기를 따라 산길로 내려가면 경치 좋은 절벽 위에 인조 때 건립된 합강정이 있다. 의령에서 흘러온 남강은 함안의 악양루(岳陽樓)에서 '처녀뱃사공' 노래비를 새기고 반구정을 지나 합강정에서 낙동강의 품에 안긴다. 조선 후기에 각 읍에서 편찬한 읍지를 모아 책으로 엮은 전국 읍지인 『여지도서』에서는 함안 지역의 형승을 다음과 같이 기록하고 있다.

"낙동강과 풍탄진이 고을의 북쪽을 가로지르고, 여항산과 파산이 고을의 남쪽에 버티고 있다. 동쪽은 합포로 이어지고 서쪽은 의춘(의령)의 봉우리와 언덕에 닿아 서로 잇따르며, 낮고 습한 들녘이 넓게 펼쳐져 있다. 『신증동국여지승람』에는 함안 땅이 '예로부터 물이 거꾸로 흐르는 땅'이라고 실려 있으며, 이는 우리나라 지형이 모두 남강이 있는 서북쪽으로 흘렀다. 그래서 고려 때 함안 땅은 임금이 거주하는 북쪽으로 거슬러 올라가는 배역의 땅이라 하여 홀대를 받았다."

함안의 법수면에 위치한 악양루에 오른다. 흐르는 강물과 제방 넓은 들의 전망이 좋아 중국의 3대 누각 등왕각·황학루와 더불어 동정호 악양루의 이름을 따왔다는 악양루다. 섬진강이 흐르고 대하소설 『토지』의 무대인 평사리는 하동의 악양면에 있다. 중국의 악양과 닮았다고 해서 붙여진 지명으로, 악양루와 동정호 등 소상 팔경의 이름도 그대로 옮겼다. 지리산 인근에서 보기 드문 너른 평지도 이곳 악양에선 낯선 모습이 아니다. "거지가 악양에 들어와 한 집에 한 끼씩 1년을 얻어먹어도 몇 집이 남는다."는 우스갯소리가 있을 정도로 풍요와 여유가 가득한 곳이다. '처녀뱃사공 노래비'에서 바람결에 노래가 들려온다.

낙동강 강바람이 치마폭을 스치면
군인 간 오라버니 소식이 오네
큰 애기 사공이면 누가 뭐라나
늙으신 부모님을 내가 모시고

에헤야 데헤야

노를 저어라 삿대를 저어라

석양이 비치는 나루터에서 김삿갓이 처녀뱃사공의 나룻배를 타고 가다가 장난기가 발동하여 농을 건다. "여보 마누라! 노 좀 잘 저으소." 처녀뱃사공이 놀라 펄쩍 뛰며, "어째서 내가 댁의 마누라요?" 김삿갓, "내가 당신 배를 탔으니 댁은 내 마누라지!" 이윽고 배가 강 건너편에 닿자 처녀뱃사공은 김삿갓을 내려주고 돌아오며, "내 새끼야! 잘 가라." 한다. 김삿갓, "내가 왜 당신 새끼인가?" 하자 처녀뱃사공, "내 뱃속에서 나왔으니 내 새끼지!"라고 한다. 김삿갓은 껄껄껄 웃으며 길을 간다. 해학의 옛 이야기를 떠올리며 한적한 함안 땅을 달려간다. 함안은 아라가야의 터였으나 신라 법흥왕에 의하여 멸망한 뒤 신라의 영토가 되었다. 칠원면 낙동강변에 있는 이름난 정자 경양대에서 이첨(1345~1405)이 나그네를 위해 노래한다.

강 위에 가을빛이 맑고 그윽한데
원융(元戎, 우두머리)이 한가한 날에 배를 띄웠다.
물은 쪽빛이고 모래는 눈 같으며
산은 병풍이며 술은 기름 같다.
석벽은 아침저녁 물결에 깎이고
피리소리는 고금의 시름을 깨뜨린다.
이 중에 네 가지 일이 모두 다 흠 없으니
흠뻑 취하여 촛불 잡고 논들 어떠리.

6. 힐링 송 '아리랑'

영아지, 창아지 마을을 지나고 개비리 산길을 넘어 내리막길을 바람의 속도로 시원스럽게 달려간다. 남지교로 향하는 한적한 농로와 시골 마을을 통과한다. 자전거 길을 달리다가 자동차와 함께 달려간다. 자동차가 빠르게 앞서 나간다. 가장 느린 자가 가장 빠른 여행자라 했건만, 자전거에 비교하면 여유가 없다. 주변의 풍경을 보면서 감상을 느낄 즈음이면 다음 장면으로 넘어간다. 자동차 운전자는 보고 잊고 보고 잊고, 기억과 망각을 되풀이한다. 풍경은 스쳐간다. 보는 순간 잊힌다. 마치 마취를 당한 듯 최면 상태에 빠진다. 그리고 수십 킬로미터, 수백 킬로미터를 달린다. 반면에 자전거 타는 사람은 전신의 감각을 열어놓고 매 순간 주위와 발밑에서 벌어지는 상황들을 살핀다. 두 바퀴를 굴리면서 자신이 거쳐가는 땅 위의 숱한 이야기들을 두루두루 기억한다. 길 위에서 만나는 숱한 사연은 여행의 멋이요 맛이다. 평탄한 길, 질곡의 길 위에서 살아가는 삶은 또 다른 여행이다. 정신은 여행길 위에서 풍성한 열매처럼 익어간다. 길에서 만나는 모든 체험은 스승이다. 사람도 숲도 새소리도 흐르는 강물도 모두가 한 권의 훌륭한 책 속의 주인공이다. 순간순간은 시간과 공간으로 인쇄된 책장이며, 새로운 길을 가는 것은 책장을 넘기는 일이다. 나는 그 책을 읽는 것이 좋다. 여행을 하면서 진정 홀로임을 알고, 내가 살아 있음을 느낀다. 아우렐리우스는 "육체가 밖으로 나간다는 것은 밖으로 나간다는 단순한 사실이 고결함, 성실함, 강건한 위엄을 보여주는 확실한 지표이기 때문이다."라고 한다.

세간에 '영혼을 팔지 않았다'는 말이 유행한다. 영혼을 팔지 않았다는 것은 원칙과 도리를 지켰다는 의미다. 파우스트는 평생 나쁜 일이라고는 한 적 없이 선하게 지적으로만 살아왔고, 세상이 부러워하는 모든 것을 이루었으나 행복하지 않았다. 악마 메피스토에게 영혼을 팔고난 파우스트는 무책임한 사랑도 하고, 질투에 사로잡히기도 하고, 분노에 사로잡혀 진흙탕 같은 삶을 산다. 하지만 파우스트는 그 이전투구의 삶을 살면서 삶은 누리는 자의 것이며 그것이 지혜의 결론임을 고백한다. 선은 무엇이고 악은 무엇인가. 악마 메피스토에게 넘길 영혼의 가격은 얼마일까? 어떻게 아름답고 고결한 길만 갈 수 있을까? 원치 않아도 튕겨오는 흙탕물에 더럽힐 수밖에 없을 수도 있다. 알고도 뛰어들지만 때로는 피하려 해도 세상은 흙탕물을 튕긴다. 영혼을 팔아버려 비록 이제 더 이상 순결하지 않다고 할지라도, 순결하기보다는 차라리 마음이 인도하는 편력의 길을 간다. 길 위에 얼굴을 묻고 평안히 잠이 든다.

사람들과 차량이 붐비는 남지읍의 '3대째 가마솥 추어탕' 집에서 점심식사를 하면서 막걸리 한 병을 곁들인다. 한잔 술은 여행길의 흥취를 돋운다. 징검다리도 넓게 보여 두려움 없이 건널 수 있게 하고, 어두운 산길도 공포심을 이겨낼 수 있게 한다. 험한 인생길에 망각과 위로, 자신감과 열정을 준다. 여행길을 떠난 퇴계 이황의 이야기다. 제자의 집을 찾아 산길을 가는데 길이 몹시 험했다. 말고삐를 잔뜩 잡고 조심하는 마음을 놓지 않았다. 돌아올 때에는 술이 거나하게 취해서 갈 때의 그 험하던 길을 아주 잊어버리고 마치 탄탄한 큰 길을 가듯 했다. 그리고 "마음을 잡고 놓음이란 참으로 무서운 일이 아닐 수 없다."라고 했다. 20세기 영국 시의 거장 예이츠는 '음주가'를 부르며 아름다워 실

눈 뜨고 봐야 하는 이 세상을 노래한다.

사랑은 눈으로 들어오고
술은 입으로 들어오네.
우리가 늙어서 죽기 전에
알게 될 진실은 이것뿐
잔 들어 입에 가져가며
그대 보고 한숨짓네.

두 눈을 크게 뜨고 아름다운 이 세상을 마음껏 호흡한다. 화왕산 남쪽 옥천사 터가 있는 도천면을 지나고 길곡면을 지나간다. 인근의 영산면에는 고려 공민왕과 개혁정치를 펼치다가 희생된 신돈이 태어났다. 신돈의 어머니는 옥천사의 노비였다. 당시에는 부모 중 한 쪽이 종이면 그 자식도 종으로 삼았다. 어려서 승려가 되었지만 천한 신분으로 다른 승려들과 가까이하지 못했다. 신돈은 노비의 아들로 태어나 성장하면서 고난의 세월을 겪는 가운데 자신의 처지를 비관하기는커녕 언젠가 꽃 피울 그날을 위해 스스로를 갈고 닦았다. 그리고 공민왕의 전폭적인 지지로 종교와 정치를 아우르는 최고의 권력을 잡았다. 하지만 기득권 세력의 반발과 "선생은 나를 구하고 나는 선생을 구할 것입니다. 죽고 삶을 같이할 것이며, 다른 사람의 말에 미혹됨이 없을 것을 부처님과 하늘이 증명할 것이오."라고 손수 맹세의 글을 써준 공민왕의 배신으로 1371년 수원의 유배지에서 죽었다. 6년여에 걸친 신돈의 개혁은 비록 실패로 돌아갔지만, 그만큼 민중을 사랑하고 민중의 고통과 그 해결에 관심을 두고 중생구제를 위해 현실적이면서도 구체적인 제도를 만든 권력자는 없었다는 관점에서 오늘날 신돈에 대한 재평가가 이루어지고 있다.

리더(leader)는 남들이 가지 않은 길을 가는 것이다. 팔로워(follower)는 남들과 함께 박수치면서 가면 된다. 하지만 리더의 길은 아직 가지 않은 새로운 길을 헤치며 나아가야 한다. 뜻이 다른 사람들은 이해를 시키면서, 때로는 버리며 가야 한다. 그리고 모든 책임을 저야 한다. 그 길은 외로운 길이다. 노자의 "부드러운 것이 강한 것을 이긴다." "물러서는 것이 전진하는 것이다."라는 말은 2만 5천 리 대장정을 한 모택동의 유격 전술전법인 "적이 공격해오면 달아난다. 적이 쉬고 있으면 괴롭힌다. 적이 후퇴하면 쫓아간다."로 나타났다. 한때 '물태우'라고 조롱하듯이 회자되던 대통령의 리더십도 역사의 물결 속에 '물처럼 유연한 리더십'으로 물 흐르듯 재평가되고 있다. 『명심보감』에서는 "사람의 성품은 물과 같아서 물이 한 번 기울어지면 가히 돌이킬 수 없고 성품이 한 번 놓여지면 바로잡을 수 없을 것이니, 물을 잡으려면 반드시 둑을 쌓음으로써 되고, 성품을 옳게 하려면 반드시 예법을 지킴으로써 되느니라."라고 한다. 강은 깨끗한 물을 원한다. 인체의 혈관 또한 깨끗한 물을 원한다. 육체와 정신 속에 흘러내리는 물을 정화시키는 여행자의 길, 스스로를 끌어가는 리더의 길을 달려간다.

화왕산의 불길이 글 읽는 선비의 모습이 되어 작은 시골마을 창녕을 환히 밝힌다. 가야의 땅 창녕을 두고 조선시대 이지강은 "생각 밖의 조그만 고을에서 음악소리와 글 외우는 소리가 들리니, 모름지기 조정에서 문화를 숭상함을 알겠도다."라고 했다. 창녕의 진산인 화왕산(花王山, 757m)은 낙동강과 밀양강에 둘러싸여 있으며, 산 정상 부근에는 화왕산성과 목마산성이 있다. 억새축제가 열리는 낙동강 제4경 화왕산은 '불의 제왕'이란 이름처럼 가을이면 억새의 불꽃으로, 봄이면 진달래의 불꽃으로 활활 타오른다. 화왕산성은 폐성되었던 것을 임진왜란 때 홍의장군 곽재우가 개수하여, 의병과 선비들 900여 명을 모아 왜군과 맞섰다. 곽재우는 임진왜란 때 세운 공을 인정받아 경상 좌방어사로 재직하던 중 정유재란이 일어나자 화왕산성에서 왜구 수천 명을 무찔렀다.

부곡온천이 있는 부곡면을 지나간다. 한때 부곡하와이, 부곡관광호텔이 들어서며 관광버스가 줄을 이은 온천으로 명성을 떨쳤지만, 이제는 흐르는 세월 속에 과거의 영광은 사라져버렸다. 이 골 저 골의 물길을 합류한 낙동강은 최 하류에 위치한 창녕 함안보를 지나면서 바다처럼 드넓어진다. 낙동강에 건설된 8개의 보 중에서 마지막인 창녕 함안보를 지나면 임해진(臨海津)을 만나게 된다. 이름 그대로 내륙 깊숙이 들어온 바다는 1987년 낙동강 하굿둑과 함께 막혔지만 사람들의 삶의 터전이 된 곳이다. 임해진을 지난 길을 따라 아름다운 낙동강을 가로지르는 본포대교를 건너 창원 땅에 들어섰다. 멀지 않은 곳에 철새들의 낙원 주남저수지가 있다. 주남저수지에는 낙동강 하구에 비교될 정도로 수많은 철새들이 찾아왔지만, 개발 바람을 타고 저수지 인근에 고층 아파트들이 들어서고 철새들이 서식하던 갈대밭이 불태워지면서 찾아오던 철새들의 수는 점점 줄어들었다. 을숙도 개발로 주남저수지를 찾아온 철새들은 다시 서산 간척지로, 혹은 금강 하굿둑으로 옮겨간 것이다.

강 건너편은 밀양시 수산리로서 수산제라는 저수지가 있어 김제의 벽골제, 제천의 의림지와 더불어 삼한시대의 3대 저수지로 알려져 있다. 수산나루가 있던 곳에 길게 수산대교가 놓여 있다. 수산나루는 옛날 밀양과 김해를 잇는 교통의 요지로서 수운을 이용한 화물의 집산지 역할을 했다. 삼랑진 나루와 경쟁관계를 형성하며 발전했으나 1956년 수산대교가 완성되면서 그 기능을 상실했다.

낙동강 자전거 길은 창원 땅을 지나고 김해로 들어선다. 인근에는 노무현 대통령의 생가가 있는 봉하마을과 부엉이바위가 있다. 길이 정식으로 개통된 후에는 남지에서 삼랑진읍 삼랑리 배수 펌프장 앞까지 낙동강 제방과 밀양강 제방으로 다닌다. 하지만 지금은 임시개통의 험난한 여정이다. 한적한 자전거 도로를 달리며 낙동강 칠백 리를 가슴에 품는다. 칠백 리 굽이굽이 흐르는 강물 따라 민초들의 삶의 뿌리를 느끼며, 그 품속에서 때로는 웃고 때로는 울며 그렇게 그렇게 살아온 사람들과 함께 옛 추억을 노래한다. 이제는 함께 새 시대의 희망을 노래한다. 유연한 곡선미를 자랑하며 온몸이 늘 아름다운 여인인 칠백 리 낙동강을 바라보며 달려간다. 눈 맛이 상큼하다. 우회도로 산길을 넘어서니 경전선 철길이 보인다. 한적한 시골 도로가에 자전거를 세워두고 잠시 휴식을 취하며 소변을 본다. 때마침 기차가 정면으로 달려온다. '이런 낭패가……' 얼른 허리춤을 추스른다. 불의의 습격으로 겸연쩍은 미소를 머금은 채 달려간다. 도로를 가로질러 세워진 '4대강 종주 자전거 길 환영'이란 현수막이 바람에 펄럭이며 반겨준다. 드디어 강 건너 밀양시 삼랑진이 보이고, 밀양강이 아리랑을 부르며 낙동강에 합류한다.

밀양은 '정선아리랑', '진도아리랑'과 더불어 3대 아리랑으로 알려진 '밀양아리랑'의 고장이다. 밀양아리랑이 무뚝뚝하고 남성적이라면, 진도아리랑은 흥청거리고 신명나며 기교성이 두드러지고, 정선아리랑은 잔잔한 흐름 속에 소박하면서도 여인의 한숨과 서글픔을 지니고 있다. 정선아리랑은 진도아리랑이나 밀양아리랑과 비교하여 볼 때 느리고 단조롭게 불린다. 그것은 이들보다 장식음이 발달되어 있지 않고 최고음과 최저음의 차이가 적어 선율의 변화가 크지 않기 때문이다. 민족의 얼이 있고 숨결이 어려 있는 아리랑은 이외에도 지방에 따라 해주아리랑, 강원도아리랑 등 다양한 아리랑이 있으며, 아리랑마다 가사와 곡조에 차이가 있다.

아리랑은 한민족의 대표적인 민요다. 2012년 12월 5일, 아리랑은 유네스코 인류 무형문화 유산에 등재되어 명실 공히 대한민국을 상징하는 대표적인 문화 아이콘이자 국가 브랜드가 되었다. 인류 무형유산 목록에 등재된 유산은 종묘제례, 종묘제례악, 강릉 단오제, 판소리, 강강술래, 처용무, 줄타기, 태견을 비롯해 우리나라 15건, 세계 모두 200여 건이다. 아리랑은 우리 민족의 이동과 더불어 디아스포라 문화를 형성했다. 아리랑은 고향을 떠나 고생하며 살면서 이산애수(離散哀愁)의 아픔을 달래는, 남북한을 아우르는 민족의식을 대표하는 노래다. 해외의 고통 받는 한국인 사이에서는 반드시 아리랑이 탄생했다. 그래서 아리랑은 역사의 거울이다. 1960, 70년대 독일로 간 광원들이 지하 갱도의 중노동 속에서 불렀고, 100여 년 전 하와이로 이민 간 한인들, 멕시코 유카탄 반도와 쿠바까지 유랑자처럼 건너간 한인들과 그 후예들, 그리고 중국과 러시아, 일본, 중앙아시아로 흩어진 700여만 명의 디아스포라들의 피와 혼과 얼에 흘렀던 유전자이기도 하다. 눈물과 애환, 정겨움과 환희가 스며 있어 언제 어디서나 우리 민족을 하나로 만들어주는 아리랑은 정신세계와 문화를 알려주는 이야기다. 원망과 비탄과 한의 노래에서 기쁨과 희망과 사랑의 노래로 승화되어, 소통하고 화해하고 환희에 넘치는 노래이고, 부르는 이의 마음을 치유하고 평화롭게 만드는 힐링 송이다.

밀양강은 경주시 산내면 일부리에서 발원하여 밀양아리랑을 따라 청도 운문사와 밀양의 표충사, 영남루를 지나 수많은 사연을 담고 무적천을 합하고, 동창천이 되었다가 청도천을 합해서 활용강이 되어 상문들을 휘돌고, 밀양시 삼랑진읍을 거쳐 삼랑리에서 낙동강으로 흘러 들어간다. 조선 초기의 문신 성원도는 "넓은 들이 아득하고 평평하기가 바둑판 같은데, 큰 숲이 그 가운데 무성하여 흐리고 맑고 아침 해 뜨고 저무는 사시의 경치가 무궁해서 시로는 다 기록할 수 없고 그림으로도 다 그려낼 수 없으니, 남방의 산수의 신령한 기운이 밀양에 다 모여서 이다락이 껴안고 있구나."라고 했다.

밀양 강변에 자리한 영남 제일루인 영남루는 평양의 부벽루, 진주의 촉석루와 함께 조선의 3대 명루로 일컬어진다. 넓은 절벽 위에 남향으로 지어진 영남루는 우리나라의 전통건물 가운데 두드러지게 크고 웅장한 외관을 갖추고 있으며, 영남루 마당에는 단군의 신위를 비롯하여 조선의 태조와 부여, 신라, 고구려, 백제. 가야 등의 시조, 그리고 고려의 태조 및 발해 태조의 영정과 위패를 모신 천진궁이 있다.

점필재 김종직은 밀양강변에서 태어났다. 영남학파로 꼽히는 그는 고려 말의 큰 유학자인 정몽주와 길재에게 배운 아버지를 이어 유학의 맥을 이루고, 문하에 김굉필, 정여창, 조광조 같은 꼿꼿한 선비들을 배출했다. 높은 벼슬과 깊은 학문에도 불구하고 정쟁에 휘말려 여러 차례 귀양살이를 했다. 세조가 단종에게 왕위를 빼앗은 것을 풍자하여 지은 '조의제문'으로 인하여 연산군 때 유자광, 이극돈 등은 무오사화를 일으켜 김종직의 무덤을 파헤쳐서 송장의 목을 베는 부관참시를 했다. 밀양에는 그의 위패를 모신 예림서원이 있으며, 그의 학문과 공을 기려 세운 크고 작은 서원이 여럿 있다. 또한 밀양에는 임진왜란 때 승병장으로 이름을 높인 사명대사 유정이 태어났다. 13세가 되던 해에 황악산 직지사에 출가하여 18세에 승려들의 과거인 선과에 합격했다. 이후 묘향산 보현사로 들어가 휴정 서산대사에게 3년 간 수도하다가 팔공산, 청량산, 태백산 등을 두루 다니며 선을 닦았다. 1589년 정여립 역모사건에 연루되었다는 모함을 받고 강릉의 옥에 갇혔다가 풀려나기도 했다. 임진왜란이 일어나자 사명대사는 염주 대신 칼을 들고 승병장으로 활약했으며, 평화회담을 열어 일본에 억류되어 있던 조선인들을 구출하기도 했다. 말년에 해인사로 들어가 작은 암자를 짓고 지내다가 66세에 입적했다.

'아리랑' 노래를 흥얼거리며 낙동강 제3경인 삼랑진으로 달려간다. 부산과 대구의 중간에 위치한 삼랑진은 밀양강이 낙동강에 흘러들어 세 갈래(三) 물결(浪)이 일렁이는 나루(津)라는 뜻이다. 밀양의 동남 변에 위치하여 밀양, 양산, 김해 세 고을이 접경을 이루는 곳으로 삼랑진읍 삼랑리는 '밀양강과 낙동강이 합하여 마을을 싸고 흘러간다', '세 갈래의 강물이 부딪쳐서 물결이 거센 곳'이라 하여 삼랑이라 부른다. 세 가지 물길은 낙동강에 밀양강이 합치고, 낙동강을 밀물과 썰물 두 물로 구분했기 때문이다. 청마 유치환은 삼랑진을 두고 노래했다.

태백산 두메에 낙화한 진달래 꽃잎이
흘러흘러 삼랑의 여울목을 떠 내릴 적은
기름진 옛 가락 백리 벌에
노고지리 노래도 저물은 때이라네

낙동강 종주 자전거 길

바람을 타고 달려온 라이더가 삼랑진 철교를 건너고 낙동강역을 지나서 삼랑진에 도착했다. 가야시대에 화물을 보관하는 전초 기지였던 삼랑진은 우리나라 최초의 딸기 재배지로서 매년 4월 초 딸기축제를 연다. 작은 고을 삼랑진을 돌아보며 묵을 곳을 찾는다. 삼랑진역 앞에 서서 여고생에게 부탁하여 사진을 찍는다. 숙소를 정하고 소박한 식당에 들러 공사장 인부들의 시끄러운 소리를 정겹게 들으며 허기진 배를 채운다. 별빛이 시리고 바람결에 강 내음이 실려오는 낯선 삼랑진의 밤이 깊어간다. 쾌락의 궁전 속을 거닐지라도, 초라하지만 내 집만 한 곳이 없다고 하던가. 멀리 두고 온 집이 그리워진다. 바람결에 햇볕 따뜻한 고장 밀양, 삼랑진의 밤에 곤한 여행자의 입안에서 힐링 송 '아리랑'이 흘러나온다.

　아리랑 아리랑 아라리요/ 아리랑 고개를 넘어간다.
　나를 버리고 가시는 님은/ 십리도 못 가서 발병 난다.

　아리랑 아리랑 아라리요/ 아리랑 고개를 넘어간다.
　청천 하늘에 잔별도 많고/ 우리네 가슴엔 꿈도 많다.

7. 시도했고, 도착했다!

강물이 고요히 흘러간다. 강 언덕에 고기를 낚고, 세월을 낚고, 자신을 낚는 낚시꾼이 낚싯대를 드리우고 앉아 있다. 갈대 같은 배를 타고 강물 위를 떠다닌다. 바람에 일렁이는 물결에 실려 이리저리 흘러간다. 어디로 가는가. 어디로 흘러가는가. 어느 한가한 나루에 정박하고 지나온 물길을 바라본다. 흔적이 없다. 그림자도 없다. 모든 것은 물결에 실려 가버렸다. 평화로운 강물 위로 별빛이 비친다. 고운 별빛들이 마음에도 비친다. 강의 안쪽에서 바깥쪽으로 간다. 다시 바깥쪽에서 안쪽으로 흘러들어온다. 배는 자신의 나루에서 멎는다. 밤의 평안에서 깨어나 맑고 시원한 삼랑진의 아침을 맞이한다.

어제 건너온 낙동 인도교를 다시 건너 우회도로를 따라 김해시 생림면 도요 마을로 향한다. 정식 개통 후에는 삼랑진에서 원동역을 거쳐 물금취수장으로 이르는 철도와 함께 달리지만, 오늘은 위험스럽고도 위험스러운 임시개통 길을 가야 한다. 조선 후기 '살 만한 곳으로는 왼쪽에 울산, 오른쪽에 김해'라는 말이 전해지는 김해는 금관가야 또는 금관국으로 불렸으며, 여섯 가야 중에 세력이 가장 컸다. 『삼국유사』의 '가락국기'에는 "여섯 가야의 임금이 될 사람들이 깨어날 황금 알들이 담긴 금합이 하늘에서 내려와 앉은 봉우리가 김해시 구지봉이었다."라고 기록되어 있다. 김해 김씨의 시조가 된 김수로왕은 그 여섯 개의 알 중에서 가장 먼저 깨어났다. 하늘이 내린 황금알에서 태어나 배

필도 역시 하늘이 점지할 것이라 믿어오던 김수로왕은 서기 48년 20여명의 수행원과 함께 붉은 돛을 단 큰 배를 타고 장장 2만5천리의 긴 항해 끝에 찾아온 16살의 현숙한 인도야유타국의 공주 허황옥을 맞이한다. 두 사람은 140여 년을 해로하면서 아들 10명과 딸 2명을 두었는데 둘째와 셋째에게 왕비와 같은 허씨 성을 따르게 하여 그들이 김해 허씨의 시조가 되었다. 이들 가운데 7명은 지리산에 들어가 선불(仙 佛)이 되고 왕후는 157세로 생을 마감한다. 한국의 "국제만남 1호"로 피의 만남이 된 역사적 사건이다. 허황후에 관해서는 재미있는 전설이 전해진다. 금관가야는 김수로왕으로부터 491년 동안 왕국을 지켜오다가, 신라 법흥왕 때인 532년 신라에 병합되었다. 인도에서 건너온 허왕후의 여근은 김수로왕의 남근에 못지않게 크기로 유명했다. 어느 날 잔치가 열렸는데 까는 자리가 마땅치 않아 허 왕후는 자기의 거대한 음문을 자리 대신 깔았다. 잔치가 무르익어 갈 무렵에 한 손님이 실수로 뜨거운 국물을 자리에 엎질렀다. 왕후는 비명을 지를 뻔했으나 꾹 참았다. 그때 왕후의 여근에는 흉터가 생겼는데, 그래서 지금도 김해 허씨의 후손들은 여근 위에 점이 있다고 전해진다.

시골마을 강변길을 시원스럽게 달리다가 우회도로 산길을 오른다. 낙동강 종주는 우회도로 산길을 하루에도 몇 번씩 넘어야 한다. 고개를 오르다가 지도와는 다른 강변을 향하는 신설 도로가 있어 갈등을 겪는다. 혹시 여기서부터는 우회도로를 이용하지 않아도 되는 강변 자전거 길을 만들었을 수도 있다는 기대감에 신천지로 방향을 틀었다. 땀을 흘리며 열심히 고개 마루에 올라서자, 강 건너편 삼랑진이 한 폭의 그림같이 한눈에 보인다. 상쾌했다. 기분 좋게 내리막길을 달려가서 강변에 섰다. 삼랑진을 건너편에 두고 바라보는 낙동강 경치에 감탄한다. 강변길을 따라가니 낙동강 공사 구간이라 큰 트럭이

오간다. 다시 한참을 달리다가 보니 아뿔싸! 막다른 길이다. 길은 산이 가로막고 그 앞에는 강이 흐른다. 더 이상 나아갈 수 없다. 다시 돌아선다. 일말의 기대감은 무너지고 오던 길을 되돌아가야 한다는 허허로운 낭패감이 밀려온다. 하지만 그래서 이렇게 멋진 경관을 구경하지 않았느냐며 자위한다.

나르치스와 골드문트, 이성과 감성, 어느 쪽이 더 삶을 좌우하는 것일까? 감성은 어디에서 비롯되는 것일까? 뇌일까, 심장일까? 감정의 저장고가 뇌냐 심장이냐 하는 끊임없는 논쟁은 뇌의 승리로 일단락됐다. 감각기관을 통해 자극이 도착하면 뇌는 상황에 따라 희로애락을 구별해 그에 맞는 화학적 물질을 온몸으로 전하는데 이것이 '감정'이라는 것이다. 사랑에 빠진 사람이 얼굴이 화끈거리고 가슴이 벌렁벌렁하고 손이 떨리는 것은 아드레날린의 작용이며, 연인과 손끝만 스쳐도 온몸이 짜릿한 것은 '애무 호르몬'이라 불리는 옥시토신이 폭포처럼 쏟아지기 때문이다. 그래서 뇌는 '화학 공장'이며 '감정'은 이 공장에서 만들어지는 '분자'다. 극적인 감정은 여행의 운치를 더욱 극대화한다.

길을 되돌아 고갯마루를 힘겹게 올라간다. 길가 집에서 개들이 낯선 이방인을 경계하며 일제히 소리 지른다. 원래의 삼거리에 와서 지도상의 우회도로를 따라 산길을 힘들게 올라간다. 무척산 관광지다. 다시 도요고개를 오르고 내리며 지나가는 차량들이 내뿜는 매연을 마시며 위험스럽고 힘겹게 달려간다. 이것이 무슨 4대강 국토 종주 자전거 길이란 말인가 하는 불평이 저절로 나온다. 꿈도 낭만도 아닌 위험천만한, 목숨을 건 엉터리 국토 종주 자전거 길 드라이브다. 힘들게 고갯마루에 올라 내리막길에서는 속도를 내어 달리며 불편한 마음의 찌꺼기를 날려버린다. 드디어 다시 낙동강이 보인다. 강 건너편이 양산시 원동면의 원동역이다. 낙동강 정비사업 공사가 한창 진행 중이다. 강변도로를 달리는데 자전거 길이라고는 없다. 낙동강 공사를 하고 있는 덤프트럭이나 큰 물류 차들이 빠른 속도로 달려가고, 도로는 깊게 파여 울퉁불퉁 위험하기 그지없다. 목숨을 걸고 하는 낙동강 종주 자전거 길이다. 이렇게 해놓고 자전거 도로를 임시 개통했다고 하다니 참으로 한심스럽다. 위험스런 구간을 빨리 벗어나기 위해 정말 위험스럽고 힘겹게 달리고 또 달린다.

매리취수장 앞을 달려간다. 부산 지역 수돗물의 65%를 담당하고 있다. 강 건너 양산의 물금취수장은 낙동강 수계 중 가장 하류에 있으며 부산 지역 식수의 25%를 담당한다. 두 취수장이 부산 사람들이 마시는 물의 90%를 공급한다. 생명은 물에서 시작된다. 물은 모든 생명의 근원이다. 인체의 70%, 혈액의 83%, 세포의 90% 이상이 물이다. 건강한 물은 생명체를 건강하게 한다. 건강한 육체를 유지하려면 건강한 혈액이 흘러야 하고, 건강한 혈액에는 건강한 물이 필수적이다. 몸속의 물을 어떤 물로 채워주고 갈아주느냐는 건강 유지에 필연적으로 소중하다. 세계적으로 유명한 건강하게 장수하는 지방 사람들의 공통된 비결은 물과 공기다. 허준은 "의원이 약을 달일 때 제일 먼저 살펴야 할 것은 물"이라고 했다. 같은 약이라도 어떤 물로 약을 달이느냐에 따라 약효가 다르다는 것이다. 좋은 물과 좋은 공기를 마시며 자연과 더불어 사는 삶은 신선도 부러워한다.

물금은 낙동강에 자리 잡은 모든 나루가 폐쇄되었을 때 폐쇄되지 않았다고 해서, '금하지 않는다'는 뜻의 물금이라 불린다. 물금에는 낙동강 제2경인 임경대가 있다. 임경대는 오봉산 제1봉의 칠 부 능선에 있는 바위 봉우리로, 그 앞을 흐르는 낙동강물이 거울(鏡)처럼 맑게 흐르는 곳에 임(臨)해 있는 누대(樓臺)라는 말이다. 임경대에서 바라보는 물줄기와 낙조는 보는 이로 하여금 탄성을 자아내게 하고, 바람이 불면 나지막이 이는 갈대의 노래가 들린다. 깎아지른 바위 언덕 아래로 내려다보면 맑고 푸른 물결이, 강 건너에는 산과 들이 그림

처럼 앉아 있다. 경관이 수려하여 고운(孤雲) 최치원이 즐겨 놀던 곳으로 벽에
는 최치원의 시가 새겨져 있다. 천년 세월너머 최치원의 마음을 느껴본다.

뫼 뿌리 웅긋중긋 강물은 넘실넘실
집과 산 거울인 양 마주 비치는데
돛단배 바람 타고 어디로 가버렸나
나는 새 문득 자취 없이 사라지듯

천하의 인재도 세상의 운수에 한계를 느끼자 벼슬을 버리고 수려한 산천을
찾아 시를 읊으며 풍찬노숙하면서 방랑했다. 고운의 시에 차운하여 고려 명종
때의 문신 김극기가 노래한다.

맑은 물 거울 같아 푸른 물결 조용한데
물가 외딴마을 봉우리를 등졌네.
한 조각배에서는 어부들 노래 소리
버들 숲 깊은 곳엔 인적이 드무네.

최치원은 어지러운 정국을 떠나 합천 가야산으로 향하던 길에 해운대를 지
나다가 바다의 구름이 환상적인 풍경에 심취해 자신의 호 '해운(海雲)'을 따서
그 지역 지명을 '해운대'라고 붙였다고 한다. 동백섬 남쪽 절벽에는 최치원이
직접 새겼다는 '海雲臺' 석각이 남아 있으며, 언덕에는 최치원의 동상과 시비
가 있다. 이러한 인연으로 해운대 구와 최치원이 벼슬을 하며 '토 황소격문'을
지었던 중국의 양주 시는 자매결연을 맺었다.
강 건너 양산천이 낙동강으로 접어든다. 낙동강을 낀 양산의 영축산 자락

에는 삼보사찰 중 불보사찰인 통도사가 자리 잡고 있다. 통도사는 석가의 사리를 모신 만큼 따로 부처의 형상을 모시지 않는다. 신라 선덕여왕 15년(646)에 세워진 통도사에서 신앙의 정수가 되는 것은 사리탑과 사리탑이 있는 금강계단이다. 계단이란 불가에서 지켜야 할 계율을 일러주는 곳이다. 『삼국유사』에 따르면, 통도사를 세운 자장율사가 보름마다 한 번씩 금강계단에서 계율을 강의했는데, 그에게 계율을 받기 위해 전국의 스님들이 구름처럼 몰려들었다고 한다.

대동면을 지나면서 차도를 벗어나 드디어 강둑길을 따라 자전거 길을 달려간다. 길 아닌 길을 떠나서 가야 할 길에 들어선 기쁨이 스쳐간다. 낙동강을 가로지르는 양산대교를 지나간다. 건너편 부산시 북구의 금곡동이 보이고 화명동이 보인다. 화명대교를 지나자 낙동강이 서 낙동강으로 갈려나간다. 배가 고파온다. 부산과 경남을 잇는 구포대교를 건너 구포역으로 간다. 구포역 앞에 가서 추억의 돼지국밥에 막걸리를 곁들인다. 큰형이 살던 구포에 오면 가끔 맛보던 돼지국밥이다. 구포대교를 다시 건너온다. 낙동강이 넉넉한 품으로 소리 없이 유유히 흘러간다. 시원스레 펼쳐진 강둑길을 바람을 가르며 천천히 여유롭게 달린다.

김해의 동쪽을 흐르는 낙동강 삼각주에는 명지도가 있어서 예로부터 소금이 유명했다. 낙동강 하구에 만들어진 대저동, 강동동, 명지동 같은 삼각주는 낙동강이 만들어낸 기름진 평야다. 낙동강 삼각주에 대한 첫 기록은 『신증동국여지승람』에 "명지도는 김해부 남쪽 40리 지점에 있으며 그 둘레는 17리이고 큰 비, 큰 가뭄, 큰 바람이 있기 전에는 반드시 천둥소리나 북소리, 종소리 같은 소리를 내며 우는 섬이다."라고 했는데, 이는 무성한 갈대가 바람에 부대껴 내는 소리를 두고 이른 것이다.

인천에서 시작하여 멀리 종착지 부산까지 달려왔다. 부산이 오늘날 나라 안에서 제2의 도시로 발전하게 된 역사는 아주 짧다. 1876년 강화도조약으로 개항할 당시 인구는 약 3,300명이었으나, 개항 후 1925년 경남 도청이 진주에서 부산으로 옮겨오고, 1950년 한국전쟁이 일어나면서 피난민이 몰려와 인구가 급속도로 늘어난 것이다. 현재 부산의 중심지구인 남포동, 광복동 일대는 그 당시 바다였다. 부산이라는 이름은 『세종실록지리지』에 부산포로 기록상에 처음 나타난다. 당시의 부는 지금의 가마 부(釜)가 아니라, 넉넉할 부(富)를 써서 부산이었다.

황지연못에서부터 굽이굽이 달려온 낙동강은 이곳 부산에서 남해바다로 들어가며 강으로서의 생명을 마감한다. 1300리를 달려오면서 수많은 나라와 생명들이 태어나고 자라고 죽는 것을 보면서, 강을 끼고 존재하는 모든 것들에게 생명의 원천이 되면서 유유히 흘러온 낙동강은 이곳에서 바다로 들어간다. 누가 흥하든 쇠하든, 일어서든 쓰러지든, 그들에게 미소 지으며 무심히 흘러온 낙동강은 그냥 낙동강으로서 생을 마감하고 남쪽바다에 안긴다.

너무나 평온하다. 낙동강을 따라 하구의 삼각주인 을숙도를 향해 간다. 천천히 달려간다. 강물 따라 직선으로 쭉 뻗은 길 끝이 아득하다. 드디어 멀리 낙동강 종주 자전거 길의 종착지인 낙동강 하굿둑과 을숙도가 보인다. 창공을 수놓은 아름다운 철새의 군무가 반겨준다. 낙동강 제1경인 을숙도는 낙동강 하구에 토사가 퇴적되어 형성된 하중도(河中島)로 면적이 서울의 여의도와 비슷한 70만 평이다. 갈대와 수초가 무성하고 어패류가 풍부하여 철새들의 천국으로서, 한때는 동양 최대의 철새 도래지였다. 만조 때마다 밀려드는 바닷물이 하구에서 40km나 떨어진 삼랑진까지 올라가면서 부산 시민들이 먹는 물금취수장을 거쳐 가기 때문에, 1987년 부산시 사하구 하단동과 강서구 명지동을 가로지르는 물막이 댐인 둑이 을숙도에 건설되었다. 수돗물에 바닷물이 섞였기 때문에 식수에 어려움을 겪게 되자 둑을 만든 것이다. 하굿둑이 건설되자 짠물이 섞이지 않은 수돗물이 확보되어 물 사정은 좋아졌지만, 흐르던 물이 고이게 되면서 강은 오염되고, 생태계에 이상이 생기면서 동양 최대의 철새 도래지로 명성이 높았던 을숙도에는 찾아오던 철새들과 각종 물고기가 확연히 줄어들었다. 이어 쓰레기 매립장이 들어서자 낙동강은 '낙똥강'이라고까지 불리게 되었다.

　낙동강 종주 자전거 길의 대미를 장식하는 멋과 여유, 낭만이 깃든 강변 둑길을 달리며 마무리의 성취감을 만끽한다. 지공 김의암의 '을숙도 풍경'이 다가온다.

서릿발 치는 강 언덕

풀솜보다 더 고운 구름발로 오색물감 풀어내

누군가의 솜씨인가 하늘 명화(名畵) 띄운다.

끼룩끼룩 날개 짓

춤추며 눈길은 눈 끝으로

만 리를 에워오는 가슴은 강물에 탄다.

긴 눈썹 강물에 찍고 쏟아내는 피울음

저리도 간절하고 애절한 사연 누가 와서 듣는가.

하늘 귀도 내려와 아픈 가슴 도닥인다.

물속 누각구름 자취 없이 사라지고

노란 둔덕 섶다리 위 등 검은 게 한 마리

하얀 입 거품 물고 눈만 깜박인다.

무심도 슬픔인가 허공 잡고 우는 새여

달빛은 뭇 별을 껴안고 잠들지 못한다.

출렁이는 밤은 강물 달래고

갈대꽃은 하얗게 눈물지었다.

드디어 표지석이 보인다. '철새 도래지 乙淑島'다. '새가 많고 물이 맑은 섬'이
란 의미다. 다리에 섰다. 호수같이 고요한 낙동강을 바라보고 건너편 남쪽 바
다를 바라본다. 다리 입구에 서서 위용을 자랑하는 백수의 왕 사자석을 어루
만져본다. 을숙도 철새 탐조대를 향한다. 하늘 높이 떼 지어 겨울 철새들이 날
고 있다. 추운 고장을 찾아다니는 철새들에게서 추운 겨울이면 길 떠나는 딱
한 내 모습이 겹쳐진다. 좋아서 떠나는 여행에 후회는 없다. 깃털 달린 영혼의

소유자들이 유랑의 무리를 이루며 한 곳에 머물지 못하는 것은, 다른 고장에 대한 향수뿐만이 아니라 마음이나 몸이나 끊임없이 떠돌아 다녀야 하는 체질 때문이다. 우주의 본질이 움직임일진대 떠돌아다니는 것은 우주의 이치에 합당한 것일 테다. 잠시도 한 모양으로 머무르지 않고 움직이는 것, 날아가는 것이 삶이다. 을숙도에 철새들이 날아간다. 시인 윤후명의 '철새'가 날아간다.

철새들 乙乙乙 날아간다.
乙乙乙
어디서 왔다가 어디로 가는지
모른다고 고개를 숙여야 한다.
그러나 乙乙乙
고개를 들고 날개를 친다.
모름이 곧 앎이니
날아갈 뿐이니
삶이 곧 낢이니
날개를 친다.
너는 어느 땅에 붙박여 있는가.
묻는 상형 문자 乙乙乙
음역하여 내 삶에 숨을 불어넣는다.
을을을을을을을을을을을을을을~~의
소리글자 날개

을숙도에 '을을을을을~~' 소리를 내며 乙떼가 날아간다. 날갯짓을 하며 날아간다. 바람결에 '철새는 날아가고' 운율이 들려온다. "구름도 잃어버린 작은 새야 고향도 잃었나 가여운 새야 친구도 멀리 떠나버리고 혼자만 남았나 가여운 새야 저 멀리 훨훨 날아가거라 고향을 찾아서 보고픈 친구 찾아 날아라 저 멀리 저 멀리 날아가거라.”

해는 매일 각도를 달리해 뜬다. 아침 풍경도 거기에 따라 변모한다. 그 미세한 차이를 느끼는 자체가 삶의 여행이다. 인생은 여행이다. 여행은 되돌아올 것을 염두에 두고 떠난다. 그렇지 않으면 떠남이다. 방황이다. 인생이란 여행은 다시 돌아간다. 그 끝에는 죽음이 기다리고 있다. 흙에서 시작한 여행이 흙으로 돌아간다. 인생이 삶이면, 죽음은 삶의 반대편에 서 있다. 인생이란 여행, 그 마지막 여행은 죽음의 여행이다. 죽음은 인생 건너편에서 떠나는 또 다른 여행의 시작이다. 알지 못하는 세상으로, 미지의 세상으로 떠나는 여행이다. 여행 중 잠에서 깨어나 여기가 어딘가, 내가 왜 집이 아닌 이 자리에 있는가 할 때면 집이 그리워지고 엄청난 고립감이 찾아온다. 죽음의 여행도 준비를 해야 한다. 어디로 가는지 알지 못하는 여행을 떠나면서 준비 없이 떠나면 불안하다. 준비가 많을수록 여행의 가치는 높아진다. 누구도 살아서는 이 세상을 떠날 수 없다. 누구나 가야 하는 여행이 죽음의 여행이다. 두려움으로 그 여행을 떠나는 것은 준비가 부족하기 때문이다. 어쩌면 아예 준비를 하지 않았기 때문이다. 죽음이란 여행, 삶의 마지막 여행을 어떻게 준비해야 할까. 그 답은 '보람된 삶' '후회 없는 생'일 것이다. 죽음은 삶을 비추는 거울이다. 죽음이란 여행의 최고의 준비는 삶이란 여행을 충실히 하는 것이다. 인생은 여행이다. 아름다운 죽음을 준비하는 여행이다. 그래서 삶의 끝에서 돌아보는 '죽음학'은 아름다운 삶의 길잡이다.

더 이상 갈 수 없는 낙동강의 끝에 섰다. 을숙도 전망대에 올라 지나온 여정을 회상한다. 낙조를 배경으로 갈매기 날아가는 정서진 서해의 파도소리가 들려온다. 아라서해 갑문에서 아라한강 갑문에 이르는 세찬 바람 속의 아라바람길 21km를 시작으로 아라한강 갑문에서 팔당대교까지 한강 종주길 56km, 팔당대교에서 탄금대까지 남한강 종주길 132km, 탄금대에서 상풍교를 가는 새재 자전거 길 100km, 상풍교에서 낙동강 하굿둑까지 324km를 달려왔다.

태백에서 1300리를 달려온 낙동강의 시작과 끝을 바라본다. 그리고 다시 남쪽바다에서 시작하여 먼 바다로 나아가는 낙동강을 환송한다. "잘 가거라, 낙동강아! 그리고 먼 훗날 윤회하여 우리 다시 만나자." 작별을 고한다.

낙동강을 따라 한 사내가 달려온다. 차가운 강바람과 추위에 퉁퉁 얼어붙은 얼굴의 행복한 수행자가 보인다. 고통스런 표정 속에 평화의 기운이 느껴진다. "시도하지 않는다면 실패도 없다. 목표를 향한 내면의 허약성을 이겨낼 때 내면의 조절은 있을 수 없으며, 극복하지 못할 장애물도 없다."는 앨버트 하버드의 말처럼, 나그네는 시도했고, 드디어 도착했다.

06

금강 종주 자전거 길

1. 비단강을 달린다!

　어느 날, 장자와 혜시가 호수의 다리 위를 거닐었다. 이때 물속에서 물고기가 꼬리를 흔들며 헤엄치는 것을 보고 장자가 "피라미들이 물속에서 자유롭게 헤엄치고 있으니 분명 물고기들이 즐거워하고 있는 것이오."라고 말했다. 이에 혜시는 "당신은 물고기가 아닌데, 어떻게 물고기가 즐거운지 안단 말이오?"라고 물었다. 그러자 장자는 "당신은 내가 아닌데 내가 물고기의 즐거움을 아는지 모르는지 어떻게 안단 말이오?"라고 반문했다. 이에 혜시는 "물론 나는 당신이 아니기 때문에 당신을 알지 못하오. 그러나 당신 역시 근본이 물고기가 아니니 물고기가 즐거운지 아닌지 절대 알 수 없소."라고 말했다. 장자는 혜시의 말에 수긍하면서 "우리 다시 본래의 질문으로 돌아가 봅시다. 당신은 내가 어떻게 물고기의 즐거움을 알 수 있겠느냐고 물었소. 이것은 당신이 내가 물고기의 즐거움을 안다는 것을 이미 알고 있으면서 나에게 한 질문이오. 나는 호수의 다리 위에서 매우 즐겁기 때문에 물고기가 즐겁다는 것을 알 수 있소."

장자의 작호간상(作濠間想)이다. 라이더는 길 위를 질주하고, 물고기는 물을 만나 헤엄치고, 새는 바람을 타고 날아오른다. 물고기는 물을 얻어 헤엄을 치지만 물을 잊고, 새는 바람을 타고 날건만 바람이 있음을 모른다. 그리고 자연의 즐거움을 얻는다. 즐거움은 모든 감정을 잊게 만들고, 속세의 피곤함을 멀리하게 해주며, 물욕을 버릴 수 있게 해준다. 물아일여(物我一如)! 사물과 내가 하나가 되면 모든 물욕에 얽매이지 않고 마음의 자유를 얻어 즐거움이 저절로 일어난다. 아는 것보다 좋아하는 것이 좋고, 좋아하는 것보다 즐기는 것이 좋다. 지호락(知好樂)이다. 물을 만난 물고기같이, 창공을 날아다니는 새와 같이, 자전거와 하나가 되어 두 바퀴를 굴리며 이제 금강 종주 자전거 길에 섰다.

비단강이라 불리는 금강(錦江)을 따라 만들어진 146km 자전거 길은 대청댐에서 출발하여 미호천과 합류하는 합강 공원을 지나고 세종보와 공주보, 백제보와 강경포구를 거쳐 신성리 갈대밭을 지나서, 서천과 군산의 금강 하굿둑에서 마무리한다. 대청댐에서 금강 하굿둑으로 가는 길은 코스가 평이하고, 우회도로와 산이 없어서 4대강 국토 종주길 가운데 가장 쉽다. 금강 자전거 길을 따라 천오백 년 전 백제의 고도를 향하여 시간여행을 달려간다. 금강에는 빼어난 자연환경이 있고 백제의 찬란한 역사와 문화가 호흡하고 있다. 금강 하류는 오래 전부터 전라도와 충청도의 경계를 이룬다. 전라도를 호남지방이라고 부르는 것은 금강의 옛 이름인 호강(湖江), 곧 지금의 금강 남쪽이라는 뜻에서 나온 것이다. 영남지방은 죽령과 조령의 남쪽이란 의미요, 영동은 대관령의 동쪽, 영서는 대관령의 서쪽을 일컫는 것과 같은 맥락이다. 백제시대 호남평야의 젖줄로서 수도를 끼고 문화의 중심지를 이루었으며, 일본에 백제 문화를 전하는 컬처 로드(culture road) 역할을 했던 금강 물줄기를 따라 두 바퀴를 굴리며 온몸으로 춤을 춘다.

대청호를 조망하는 전망대의 팔각정에서 푸른 하늘 아래 펼쳐진 푸른 산과 푸른 호수를 바라본다. 호수 건너편 대청댐 광장에는 오가는 사람들의 모습이 보인다. 국토 종주 자전거 여행 미션 때문일까? 대청호를 찾은 여느 때와 달리 경관이 유난히 아름답게 느껴진다. 전망대에서 내려와 대청댐을 향해 달려간다. 찬바람이 폐부까지 스며든다. 다리 아래로 흘러가는 1월의 금강 물길이 시원스럽게 펼쳐진다. 대청댐 광장에 올라 병풍처럼 둘러싼 호수 주변을 둘러보고 물 박물관에서 물을 공부한다. 대청호 안내판에는 "1980년 4대강 유역 종합개발 계획의 일환으로 대청댐이 준공되어 만들어졌으며, 호수 길이가 80km, 저수량 15억 톤으로 소양호(29억), 충주호(27억 5천만) 다음으로 세 번째 큰 규모의 인공호수"라고 기록되어 있다.

호수는 땅이 우묵하게 들어가 물이 괴어 있는 곳으로, 못이나 늪보다 훨씬 넓고 깊은 곳을 일컫는다. 세계 최대의 호수는 유럽과 아시아의 경계로 불리는 카스피 해다. 바다로 불리지만 남북이 1,208km에 이르며 그 안에 섬이 50여 개가 있는 바다 같은 호수다. 카스피 해는 이스라엘과 요르단에 걸쳐 있는 사해와 같이 호수이면서 짠물이다. 사해는 지구상에서 가장 낮은 호수다. 이스라엘과 요르단에 걸쳐 있는 염호(鹽湖)로 호수 면이 해면보다 395m나 낮다. 염분이 해수의 5배인 200% 정도로 물고기도 살지 못하여 '사해(死海)'라는 이름이 붙었다. 사람이 물에 들어가면 그냥 둥둥 떠서 물 위에 뜬 채로 신문도 읽을 수 있다. 요르단 강이 갈릴리 호수의 북쪽에서 흘러들어 남쪽으로 나와 사해로 흘러들지만, 물이 빠져나가는 곳은 없고 유입량과 같은 증발이 일어난다. 갈릴리 호수의 바닥에 있는 지하 온천의 염분이 요르단 강에 의해 사해로 운반된다. 사해 주변은 고대문명, 특히 초대 기독교가 발생, 발전한 곳으로 유명하며, 구약성경에도 '소금의 바다' 등의 이름으로 나온다. 서안(西岸)에는 '사해사본(死海寫本)'이 발견된 쿰란동굴과 로마군이 멸망시킨 유대인의 마사다 성채 유적 등이 있다.

세상 이야기 중에서 진귀한 기록에는 누구나 관심이 많다. 세계에서 가장 높은 곳에 위치한 호수는 티티카카 호수다. 하늘과 땅의 중간에 있는 푸른 티티카카 호수는 페루와 볼리비아의 안데스 고원에 형성된, '동력으로 움직이는 배가 다닐 수 있는' 지구상에서 가장 높은 곳에 있다. 표면의 표고는 3,810m, 면적은 8,300㎢에 달하고, 평균 수심은 약 281m로 남미에서 가장 큰 담수호다. 부근의 안데스 산맥에서 흘러 들어오는 20개 이상의 강이 모여 이루어지며, 어류가 많이 서식하여 이곳 주민들의 중요한 생활터전을 이루고 있다. 적도상의 안데스 고원에 위치하므로 일 년 내내 서늘하다. 고대로부터 성스러운 호수, 신비스러운 호수로 여겨져온 티티카카 호수는 잉카제국 초대 황제인 망코 카파크가 그의 여동생 마마 오크료와 함께 강림한 곳이라고 전해진다. 고대 잉카인들은 티티카카 호수와 호수 연안에 자리 잡은 푸노로부터 잉카의 기운이 시작되고, 여기가 태양신이 기원한 곳이라고 믿어왔다. 페루를 여행하면서 옛 잉카제국의 수도였던 쿠스코와 '엘 콘도 파사'의 마추픽추를 돌아보았지만, 인근의 티티카카 호수를 찾지 못해 아쉬웠다.

세계에서 가장 깊고 가장 오래된 호수는 바이칼 호이다. 2,500만 년이라는 가장 오래된 역사와 1,742m라는 세계에서 가장 깊은 수심을 자랑하는 바이칼 호는 시베리아 남동쪽에 있는 초승달 모양의 호수로, 남북 길이 636km, 평균 너비 48km, 최장 너비 80km, 둘레 2,200km로서 면적이 남한 땅의 3분의 1에 이른다. 호수 안에는 30개가 넘는 섬이 있다. 물밑 40m까지 투명하게 들여다보이는 풍경을 자랑하는 바이칼은 전 세계의 깨끗하고 오염되지 않은 담수의 약 70%를 차지하고, 330여 개의 하천이 흘러들어 단지 앙가라 강으로만 흘러나간다. 타타르 어로 '풍요로운 호수'라는 의미를 가지고 있는 바이칼은 한민족과 몽골족, 그리고 터키족 등 수많은 민족의 시원지로 일컬어진다.

바이칼 호의 알혼 섬은 샤마니즘의 성지로 불리며 한민족의 시원지라고 한다. 불한바위에는 원주민 코리부리야트 족의 탄생 설화가 있다. 코리부리야트 족은 한민족의 유전자와 거의 일치하며 서낭당, 솟대, 장승 등 우리의 무속문화와 비슷한 것이 많다. 또한 알혼 섬에는 인당수가 있어 심청전과 비슷한 전설이 있다. 바이칼을 여행하면서 만난 그들은 한민족과 구별되지 않을 정도로 비슷한 모습이었다. 징기스칸은 1167년 바이칼 호 서부 해안 근처에서 태어났으며, 그의 어머니가 알혼 섬의 동쪽 동 바이칼 바르구진의 토착 몽골족이었다고 한다. 징기스칸은 몽골제국을 건설하며 틈틈이 자신의 고향인 바이칼에 들러 기도와 명상, 휴식을 취할 정도로 이곳을 사랑했으며, 죽은 후에도 알혼 섬에 무덤을 썼다고도 전한다.

세계의 우물인 바이칼은 가장 비극적인 사연이 있는 호수이기도 하다. 1917년 2월, 러시아 혁명이 발발하자 정부의 혁명군(적군)과 러시아의 부활을 노리는 백군이 벌이는 적벽내전이 일어났다. 전쟁은 적군에게 유리하게 전개되고, 거점이 함락된 백군은 시베리아 안쪽으로 이동을 시작했다. 병사들과 귀족, 승려 등 125만 명이 8,000km나 되는 혹한의 시베리아를 죽음의 행군으로 횡단하면서 결국 25만 명이 바이칼 호수에 도착했다. 적군의 추격을 뿌리치기 위해서는 바이칼 호수를 건너야 하는 상황에서 꽁꽁 얼어붙은 영하 70도의 호수를 건너면서, 25만 명은 모두 호수 가운데서 쓰러졌다. 이듬해 봄이 오고 얼음이 녹으면서 25만 명의 동사자 시체는 맑고 투명한 바이칼 호수 아래로 사라졌다.

바이칼 호는 11월 중순부터 얼기 시작해 12월 말이 되면 호수 전체가 거대한 얼음덩이로 변한다. 얼음 두께는 80cm에서 160cm에 이르러, 1월부터는 얼어붙은 호수 위로 교통 표지판이 설치되고 각종 차량들이 운행한다. 얼음이 녹으면 물보라를 일으키며 고깃배가 떠다니고, 어부들은 그날의 필요한 만큼만 고기를 잡는다. 바이칼에서만 잡히는 청어처럼 생긴 오물(omul) 훈제의 별미가 떠오른다.

'시베리아의 진주', '시베리아의 푸른 눈'으로 불리는 아득한 수평선의 바이칼, 맑디맑은 물은 뼛속까지 얼얼하다. 눈이 부시도록 푸른 하늘과 푸른 호수, 하늘과 호수의 경계가 무너지고 꿈과 현실의 경계가 없다. 숨 가쁘게 흘러가는 삶의 일상을 반추하는 공간이자 자신의 모습을 비춰보는 거울, 삶의 짐을 내려놓고 문명의 묵은 때를 벗겨내는 순화의 공간 바이칼에서 강수욕을 즐기던

때가 스쳐간다.

대청호를 출발하여 비단같이 펼쳐진 금강 종주 자전거 길 항로의 닻을 올린다. '도랑물이 소리를 내지 깊은 호수가 소리를 낼까?'라는 북한의 속담과는 달리 고요한 대청호에서 요란스럽게 흘러내리는 물길을 따라 내리막길을 달려간다. 당의 자연파 시인 위응물이 '강물소리 듣고서'를 노래한다.

물의 본성은 고요하고
돌에는 본디 소리가 없는데
어찌하여 둘이 맞부딪치면
온 산에 우레같이 놀라운 소리를 낼까요?

대청호에서 흘러내린 강물은 충청북도와 대전광역시의 경계를 이루다가 부용면 부용리를 지나면서 연기군으로 흘러 들어가며 충청남도를 흐른다. 연기군을 흐른 금강은 조치원 남부 합강리에서 미호천을 합하여 '행복도시'라 불리는 행정중심 복합도시 세종특별시를 지나간다. 초강, 갑천 등 크고 작은 20개의 지류를 합류한 금강은 하류의 부여에서 백마강이라 불리면서 부소산을 끼고 흐르며 낙화암을 만들어 백제 멸망사에 일화를 남긴다. 백제문화의 중심지인 금강은 일본에 백제문화를 전파하는 역할을 하면서 백제의 왕자가 일본의 왕이 되는 대업의 천리 물길을 풀어낸다.

금강의 발원지는 전북 장수의 신무산(896.8m) 뜬봉샘이다. 금강은 장수에서 시작하여 진안, 무주, 금산, 옥천, 영동, 보은, 청원, 세종, 공주, 청양, 부여, 논산, 익산을 거쳐 395km를 흘러내려서, 서천과 군산을 잇는 금강 하굿둑을 통해 서해로 들어간다. 옛날에는 유명한 산이 있는 샘이나 물을 강의 발원지로 보았지만, 오늘날에는 강의 하구로부터 제일 먼 곳을 강의 발원지로 본다. 압록강이나 두만강의 발원지를 백두산 천지로 보거나, 한강의 발원지를 오대산 우통수로 본 것이 예전의 시각이었다. 강의 발원지와 길이는 사실과 다른 것이 많다. 이는 일제강점기에 조선총독부에서 실측 조사한 것을 독립 후 제대로 조사하지 않고 그대로 사용했기 때문이다.

장수의 수분(水分)마을 뒷산인 신무산 계곡을 따라 2.5km 올라가면 금강의 발원천이 되는 뜬봉샘이 있다. 사람에게도 운명의 분수령이 있다면, 물에도 물이 나누어지는 고개, 물의 운명을 가르는 '수분령(水分嶺)'이 있다. 이 고개에 내린 빗물이 어느 방향으로 흐르느냐에 따라 섬진강으로 흘러서 남해로, 혹은 금강으로 흘러서 서해로 가는 운명이 결정된다. 수분마을의 가운데를 흐르는 실개천이 수분들로 흐르다가 한 줄기는 금강으로, 한 줄기는 섬진강으로 흐르기 때문에, 이 마을에 흐르는 실개천이 금강과 섬진강의 최상수원이 된다.

수분마을 앞 안내 표지판에는 '예향천리 장수 마실길' 표시판이 있고 조금 더 올라가면 '금강사랑 물 체험관'이 있다. 금강 물줄기가 발원천에서 서해까지 흘러가는 굽이굽이를 표현해놓은 물 광장을 비롯하여 체험관 주변을 둘러보면, 아직은 이곳을 찾는 사람들의 발길이 뜸하다는 것이 느껴진다. 잘 만들어진 데크를 따라 계곡을 오르면 움막이 있고, 물레방아가 물을 안고 돌아가는 정겨움이 기다린다. 계곡 위에서 금강의 첫 실개천 강태등골을 만난다. 강태등골을 올라가면 길가에 서 있는 어린 자작나무들이 옹기종기 모여 나그네를 쳐다보고 있다. 바람에 몸짓하며 '어디 가세요?' 하고 묻는다. 나무계단을 지나고 산길을 따라 올라가면 안내 표지판이 맞이한다.

"금강의 발원지 뜬봉샘에서 솟아오른 물줄기는 강태등을 지나며 금강의 첫 실개천인 강태등골을 만들었다. 강태등골을 시작으로 1.5km를 흘러 수분천으로 이어지며, 수분천은 5.5km를 흐르며 이웃 실개천들과 합류하여 금강으로 이어진다."

산길을 따라 조금 더 올라가면 깊은 산골의 작은 뜬봉샘이 나타난다. 이곳 샘물에서 금강 천리 물길이 시작된다. 시작은 심히 미약하지만 머나먼 길을 가면서 실개천이 냇물이 되고, 냇물이 강물이 되어서 바다에 이르는 심히 창대한 나중을 이룬다. 뜬봉샘 터에 아름다운 시 한 수가 새겨져 있다.

그저 깊은 산속 옹달샘이었다면
저 홀로 솟아나 저 홀로 말라갔을까.

강물의 발원이 된다는 것은
결국 나눔이겠지.

쉼 없이 흘려보내야

고이지 않고 내어놓아야

시냇물이 되고 강물이 되어

더불어 바다까지 흘러가는 것이겠지.

아주 작은 것이라 해도

나누면서 점점 커가고

설사 고통뿐인 길일지라도 함께 흐르고 흘러

땅을 적시고 생명을 키우며

멀고 먼 바다에 이르는

그게 강물의 사랑인 것이겠지.

옆에는 '금강 발원지 뜬봉샘(飛鳳川)' 표지판이 샘의 유래를 전해준다.

"뜬봉샘은 태조 이성계와 얽힌 설화가 전해져 내려온다. 태조 이성계가 나라를 얻기 위해 전국 명산의 산신으로부터 계시를 받으려고 신무산 중턱에 단을 쌓고 백일기도에 들어갔다. 백 일째 되는 날 새벽, 단에서 조금 떨어진 골짜기에서 무지개가 떠오르더니, 그 무지개를 타고 오색찬란한 봉황이 하늘로 너울너울 떠나가는 것이었다. 봉황이 떠나가는 공중에서 '새 나라를 열라'는 하늘의 계시를 듣고 태조 이성계는 단 옆에 상이암(上耳巖)을 짓고 이곳의 샘물로 제수를 만들어 천제를 모셨다고 한다. 금강은 봉황이 떠올랐다고 해서 이름 붙여진 이곳 뜬봉샘에서 발원하여 충청남북도를 거쳐 서해까지 395km, 약 1,000리 길을 흐른다."

샘 주변을 정성들여 돌로 둘러 쌓아놓고 '금강 천리 물길 여기서부터'라고 돌에 작은 글씨를 새겨놓았다. 샘에는 물을 떠 마실 수 있도록 그릇이 준비되어 있지만 차마 마실 수가 없다. 부유물이 가득하고 벌레들이 떠다닌다. 발원지에서 솟아나는 물을 마시는 기대를 뒤로 하고 발길을 돌린다. 낙동강의 너덜샘과 황지연못, 한강의 검룡소, 영산강의 용소와는 너무나 비교되는 허술한 발원지 주변관리다. 관광객을 맞이하기 위해 물 체험관도 만들어놓지 않았는가.

미미한 옹달샘에서 시작한 물길은 충북과 충남을 거치고 충남과 전북의 도계를 구불구불 이루다가 서천과 군산 사이에서 서해로 흐른다. 상류부는 대전분지, 청주분지, 중류부는 호서평야, 하류부에는 전북평야가 펼쳐져 전국 최고의 쌀 생산지대를 이룬다. 섬진강의 발원지인 마이산(680m)이 있는 진안군으로 흘러 들어가 용담호수를 만들기도 한다. 물길은 무주에서 남대천을 흡수하고 금산을 흐르다가 영동으로 흘러들어가서 양산팔경의 계곡미를 연출하며 송호 관광지를 만든다. 영동을 가로지른 금강은 금강 유원지와 경부고속도로 금강 휴게소에서 쉬어가며 옥천으로 흘러든다. 청산면에서 흘러온 보청천을 흡수한 금강은 장계 관광지를 만들고 군북면, 회남면을 지나서 드디어 대청호로 흘러든다. 신라의 고승 원효대사는 대청호 자리를 가리키며 "이곳에 3개의 커다란 호수가 생기면서 임금 王자의 지형을 만들어 장차 국왕이 거처하게 된다."고 예언했다. 천삼백여 년의 세월이 지난 지금 대청호와 대통령 별장인 청남대가 생기고 행정수도인 세종시가 들어섰으니, 세월을 건너 신비스러운 일이다.

대청댐에서 시작한 3km 자전거 길은 2차선 도로 옆 절벽에 파일을 박고 나무 데크로 설치한 길이다. 달리면서 발 아래로 내려다보는 푸른 강물은 금방이라도 데크 위로 솟아오를 것같이 흘러간다. 강물을 따라 대전 외곽을 돌아

현도교를 건넌 금강 자전거 길은 북쪽으로 방향을 틀어, 청원 땅을 밟으면서 강변길과 우회도로를 번갈아 오가다가, 24km를 지나면서 합강리에서 미호천과 합류해 강폭을 넓힌다. 강이 합류한다고 해서 이름 지어진 합강리에 세워진 합강정에 올라 합강공원을 둘러보며 고요한 아침의 물안개를 음미하는 맛은 일품이다.

강은 하늘에서 내린 비가 바다로 흘러가는 길이다. 대지를 적시던 빗물이 작은 시냇물을 이루고, 시냇물이 모여 강을 이룬다. 육지에서 흘러내리는 모든 실개천들은 강으로 향한다. 강은 큰 물줄기를 이루며 바다로 흘러간다. 금강이 시작되는 뜬봉샘과 금강이 흘러드는 서해, 시작과 끝이 하나가 된다. 사하라 사막은 작은 모래 하나하나로 이루어져 있다. 강물은 한 방울의 물들이 이루어놓은 기적이다. 밤하늘에 빛나는 은하수는 별 하나하나가 모여 이루어졌다. 티끌이 모여 태산을 이룬다. 자전거를 탄 나그네는 두 바퀴를 굴리며 한 걸음 한 걸음 강을 따라 흘러간다. 그리고 그 길은 바다에 이른다. 물고기는 물을 만나 헤엄치고, 새는 바람을 타고 날아오른다. 모든 존재는 어디에서 와서 어디로 가는 걸까. 인간은 어디에서 와서 어디로 가는 걸까. 적막한 어둠속에서 밤하늘을 처다보면 한 줄기 은은한 빛 은하수가 물길의 근원임을 뽐낸다.

2. 유토피아를 찾아서

　　미호천이 흘러드는 금강 제1경 합강공원의 정자에 올라 두 물길이 만나 하나가 되는 광경을 지켜본다. 멀리 군산과 서천 앞바다에서 소금과 해산물을 실은 황포돛배가 금강을 거슬러 올라오는 한 폭의 옛 그림이 스쳐간다. 연기군의 남쪽을 흐르는 금강은 비록 구간은 짧지만 금강의 여덟 정자 중 합강정과 독락정이 위치할 정도로 경치가 수려하고, 인근의 동면 송룡리에는 서양화가 장욱진(1917~1990) 화백의 고향이 있다. 장욱진은 주로 소, 강아지, 까치, 나무, 구름, 해와 달, 그리고 사랑하는 가족과 초가집 등 정겨운 시골풍경을 작품에 담았다. 합강공원에는 초화원 및 초지 군락을 조성하고 고수부지 숲과 초지 군락 등을 만들어 수변 경관을 보여준다. 미호천을 껴안은 금강은 그 품을 키운 채 넉넉하게 천상병 시인의 '강물'이 되어 흘러간다.

강물이 모두 바다로 흐르는 까닭은

언덕에 서서

내가

온종일 울었다는 그 까닭만은 아니다.

밤새

언덕에 서서

해바라기처럼, 그리움에 피던

그 까닭만은 아니다.

언덕에 서서

내가

짐승처럼 서러움에 울고 있는 그 까닭은

강물이 모두 바다로만 흐르는 그 까닭만은 아니다.

  무덤 앞에서 울고 있는 사람을 보고 죽음과 삶의 허무를 노래한 시 '강물'은 강은 이승이요, 바다는 저승이라고 한다. 강물은 바다로 흐르지만, 바다는 강으로 흐르지 않는다. 모든 사람은 강이 바다로 흘러가듯 죽음으로 간다. '개똥밭에 굴러도 이승이 낫다'고 한다. 이왕 사는 것이라면 잘살아야 한다. 잘산다는 것은 무엇인가? 소크라테스는 '잘산다는 것은 아름답게 사는 것, 의롭게 사는 것과 매한가지'라고 한다. 공자는 평생의 목표를 좋은 정치의 실현에 두었다. 장년에는 천하를 주유하며 자신의 식견을 받아줄 주인을 직접 찾아다녔지만 만나지 못했고, 소위 사람들이 꿈꾸는 부귀공명 어느 하나 이루지 못했다. 그런데도 공자는 만세의 사표가 되는 인물이다. 칠십 평생 아무것도 이루지 못했지만 꿈을 꾸고 포기하지 않는 삶을 살았다. 하급무사의 사생아로 태어나서, 젊은 날 창고지기인 하급관리를 했고, 지천명의 나이를 넘겨 가장 높이 오른 관직이 요즘으로 치면 4급 공무원쯤 되는 하대부에 불과했다. 당시 공경대부들이 보기에는 무모한 몽상가였다. 스승의 품에서 떠나가는 제자들과의 갈등과 반목, 들끓는 분노와 좌절, 상갓집 개라는 비아냥거림을 들으며 14년을 떠돌던 공자에게는 차가운 현실의 벽이 있었고, 늙고 병든 몸으로 낙향한 그는 세상을 편력하다 귀향해 최후를 맞은 늙은 돈키호테처럼 5년 만에 쓸쓸한 죽음을 맞는다. 지팡이에 몸을 의지한 채 72세의 공자는 최후의 말을 남긴다. "지는 꽃잎처럼 현자는 그렇게 가는구나."

   두 바퀴를 굴리며 유랑하는 군자 공자처럼 현실의 디스토피아로부터 이상 세계의 유토피아를 찾아 달려간다. '천국에 가는 길은 아무 데서나 똑같은 거리'라고 한다. 유토피아든 현실의 천국이든 모두 가슴속 작은 상자 마음에 있다. 모든 사람들은 다 자기 의견이 최선이라고 생각한다. 늙은 까마귀에게는 새끼 까마귀가 가장 예뻐 보이고, 고슴도치도 자기 새끼가 가장 예뻐 보인다. 모두들 자기의 눈으로 세상을 본다. 인생의 성공은 자기만족이다. 안분지족, 수분지족하면 행복하다. 어제는 역사, 내일은 신비, 오늘은 선물이다. 사람의 일생에 있어서 가장 소중한 세 가지 금은 물질의 황제 '황금'과 생명의 필수물 '소금', 그리고 남은 생의 첫날이자 어제 죽은 자들이 가장 부러워하는 '지금'이라고 한다. 소금과 황금같이 소중한 지금을 소중히 여겨야 한다.

   법정스님은 "행복의 척도는 필요한 것을 얼마나 많이 갖고 있는가에 있지 않다. 불필요한 것으로부터 얼마나 벗어나 있는가에 있다. 무소유란 아무것도 갖지 않는다는 것이 아니다. 궁색한 빈털터리가 되는 것이 아니다. 무소유란 아무것도 갖지 않는 것이 아니라, 불필요한 것을 갖지 않는다는 것이다."라고 한다. 단순하게 살아야 한다. 언제든지 떠날 수 있도록 주변을 단순하게 정리하고 살아야 한다. 시간을 단순화시키면 삶이 단순해진다. 시간을 능동적으로 다루어서, 시간의 노예가 아니라 시간의 주인이 되어야 한다. 같은 일을 반복하여 시간을 허비하지 말고, 자주 '아니오!'라고 말함으로써 관계를 단순화하고 부담에서 벗어나야 한다. 세상 걱정 다 짊어지고 갈 수 없다. 단순화해야 한다. 그러자면 가끔은 잠적해야 한다. 바람의 길을 따라 달려가는, 버리고 비우고 침묵하는 자신만의 시간을 가져야 한다. 머릿속의 서랍에 소중한 것들을 차곡차곡 정리해두었다가 세월이 지난 어느 날 끄집어내보면 추억이 되어 다가온다. 추하고 더럽고 악하고 짐승 같은 삶이었을지라도, 그것 또한 자신의 인생이다. 소중한 나날들이 세월 속에 흘러가고 있다. 추억은 생각의 보석이다. 소중한 것은 좋은 것만이 아니다. 부끄럽고 슬픈 이야기도 성장의 거름이 되었다면 소중하다. 가버린 세월이 그리워진다.

정자에서 내려와 버드나무숲이 드넓게 펼쳐진 강변의 평탄한 길을 달려간다. 금강 푸른 물결과 강바람만이 반겨주고, 오가는 사람이 없는 독무대, 나홀로의 향연을 즐긴다. 멀리 세종시의 첫 마을 아파트가 보인다. 금강의 첫 번째 보인 세종보를 지나간다. 한글의 독창성과 측우기의 과학성, 연기군의 상징인 제비와 금강 물결의 패턴을 상징하는 구조로서 생동적인 형상을 이루도록 하여 문화와 자연이 어우러진다. 세종보를 중심으로 세종공원이 조성되어 도심에 휴식을 제공할 수 있는 생활공간이 조성되었다.

국무총리실을 비롯해 36개 정부 부처가 이전하는 행정중심 복합도시, 아직은 도시의 제반 기능이 부족하지만, 세종대왕이 함께하는 대한민국에서 제일 행복한 도시가 되리라는 믿음으로 신세계를 향하여 꿈을 안고 사람들이 밀려든다. 금강 자전거 길을 중심으로 도심 전역이 간선, 지선이 그물망처럼 설계된 도시는 자전거를 타고 이동할 수 있는 400km가 연결돼 자전거 천국이 될 전망이다. 세종시는 아직 아무도 살아보지 않은 새로운 도시, 때 묻지 않은 신도시다. 천당 밑에 분당이라는 신도시의 첫 입주민으로 살아온 17년여의 날들을 돌아보며, 이제 지나간 삶은 모두 뒤로 하고 하얀 백지장에 글을 써내려가듯 남은 인생을 하나하나 설계하고 꾸미면서 세종시에서 새롭게 시작한다면 신선하리라는 욕심 어린 동경을 해본다.

세종보를 지나고 국도변을 따라 조성된 위험한 길을 달려간다. 백제의 숨결이 느껴지는, 과거와 현재가 공존하는 백제의 두 번째 수도 공주로 진입한다. 고대국가의 기틀을 다지는 과정에서 잦은 영토분쟁으로 영락을 거듭하던 백제는 도읍을 이전하며 한성기, 웅진기, 사비기를 통해 새로운 역사를 써내려 갔다. 백제가 건국 때부터 웅진으로 천도하기 전인 한성기(BC 18~AD 475)는 하남 위례성에 수도를 두고 있었던 500년간의 시기를 일컫는다. 서기 475년 장수왕이 백제를 침략하여 도읍지인 위례성을 불태우고 개로왕을 살해하자 문주왕은 웅진으로 천도한다. '웅진기'는 문주왕이 수도인 한성을 버리고 웅진으로 천도한 후 사비로 천도하기까지 60여 년간의 시기이며, '사비기'는 성왕 16년(538)에 국력을 재정비하여 사비, 곧 부여로 이전하여 중흥기를 맞이하고 멸망하기까지이다. 이 시기 백제는 관제를 정비하고 중국의 남조 및 일본과의 문화교류를 확대하는 등 대내외적으로 국가적 자신감을 회복하고 나라의 발전을 꾀하던 시기이다.

석장리 선사 유적지가 원시의 친근한 모습으로 반겨준다. 구석기시대의 집터, 화덕 등이 발굴된 석장리 박물관이 과거와 현재의 조화를 이룬다. 선사시대란 문자 발명 이전의 시대로 문헌의 기록이 없는 역사가 기록되기 전 시대를 말한다. 문헌기록은 철기시대 이후에 등장하기에 선사시대는 그 이전을 말하며, 도구 사용에 따라 구석기시대와 신석기시대, 청동기시대로 분류한다. 구석기시대는 인류문화의 시초부터 시작해 1만 년 전에 이르기까지 원초 단계의 시기를 말한다. 도구를 사용하는 인간이라는 뜻의 호모에렉투스가 타제석기(뗀석기)를 사용하기 시작한다. 타제석기는 땅 위의 큰 돌에 돌을 부딪치거나 뾰족하고 단단한 도구로 날을 떼어내어 날카롭게 만든 돌화살촉과 돌창, 돌호미 등이 있다. 돌칼은 동물 가죽을 벗기거나 자르는 데 사용했다. 돌과 돌을 부딪쳐 불을 일으키기도 했다. 구석기의 시작은 250만 년 전으로 추정하지만, 한반도에는 주로 큰 강가나 물줄기 언저리를 중심으로 90여 유적이 발굴되어 70만 년 전으로 추정한다. 타제석기와 동물의 뼈나 뿔로 만든 도구로 사냥과 채집 생활을 하면서 옷은 동물의 가죽을 걸쳐 입었다. 무리를 지어 생활했기에 무리 중에서 경험이 많고 지혜로운 사람이 지도자가 되었다. 그러나 권력을 가지지는 못했으며, 모든 사람이 평등한 공동체적 생활을 했다.

지금으로부터 약 1만 년 전인 신석기시대는 마제석기(간석기)를 사용하면서 시작되었다. 정착생활과 농경, 목축이 시작되고 물가에 움집을 짓고 토기를 사용했다. 인류가 식량을 생산할 수 있게 되면서 자연에 대한 의존에서 벗어나 이용, 개발할 수 있는 단계로까지 발전했다. 그래서 이 시기를 '인류의 위대한 생산혁명'이라고 한다.

청동기시대는 문화권마다 다르다. 그리스에서는 기원전 3,000년경부터, 한반도에는 대략 기원전 10세기경에 시작된 것으로 추정하며, 청동으로 도구를 만들어 사용하여 문명을 꽃피우던 시기이다. 청동기시대에 들어서 생산도구의 발전과 다양화에 힘입어 농경과 목축의 비약적인 발전이 이루어지고, 잉여 생산물이 생겨나며, 그로 인해 계급이 발생하게 되었다. 모두가 가난했던 원시 공산사회를 지나 사유재산 제도가 생겨난 것이다. 거석문화의 일종인 고인돌은 '지상이나 지하의 무덤방 위에 거대한 덮개돌을 덮은 선사시대의 무덤'이고, 선돌은 선사시대 거석 기념물의 하나로서 자연석 또는 가공한 기둥 모양의 돌을 땅 위에 세운 것을 말한다.

석장리 선사 유적지를 지나자마자 다시 금강 둔치로 내려가서 달린다. 공주대교 아래를 지난 자전거 길은 금강교를 건너기 위해 둔치에서 차도로 올라온다. 다리 앞에는 낯선 짐승이 기다리고 있다. 돌로 만든 동물상인 석수(石獸)

다. 석수는 궁전이나 무덤 앞에 세워두거나 무덤 안에 놓아둠으로써 악령을 내쫓고 무덤을 수호하고자 하는 신앙적 성격을 띤 상상의 동물이다. 무령왕릉에서 처음 출토되었고, 통로 가운데에서 밖을 향하여 놓여 있었던 국보 제162호다. 국보의 지정번호는 가치의 높고 낮음을 표시한 것이 아니라 지정된 순서를 나타낸다. 국보는 목조건물, 석조물, 전적, 서적 회화 등 역사적 학술적 예술적 가치가 커서 보물로 지정할 만한 것 중에서 제작 연대가 오래되고 그 시대를 대표할 만한 작품이다. 국보 제1호는 숭례문, 제2호는 탑골공원의 원각사지 십층석탑, 제3호는 북한산 진흥왕 순수비, 제4호는 여주 고달사지 승탑, 제5호는 보은 법주사 쌍사자 석등으로 이어지며, 2013년 7월 현재 지정된 국보는 317호에 이른다.

공주 시내를 가로지르는 금강철교를 건너 공산성을 향한다. 1933년 건설한 금강철교는 압록강 철교, 한강 철교, 낙동강 철교와 함께 한국을 대표하는 4대 철교의 하나로서, 한강 이남에서 가장 긴 다리이며 기차가 다니지 않는다. 보행자와 자전거, 일방통행 자동차도로가 된 금강교를 천천히 달려가며 한 폭의 그림같이 과거와 현재가 어우러진 공산성과 금강에 드리워진 공산성의 그림자를 바라본다. 자전거를 끌고 공산성 꼭대기 공산정(公山亭)에 올라서서 유유히 흘러가는 금강과 공주 시가지, 무령왕의 능산리 고분 등 백제의 고도 공주의 과거와 현재의 전경을 한눈에 내려다본다. 아름다운 금강의 낙조와 야경을 맛볼 수 있는 공산성은 무령왕의 아들인 성왕이 538년 부여 사비성으로 천도할 때까지 64년 동안 왕도를 지킨 천혜의 요새였다. 본래 토성이었으나 인조 때 석성으로 개축된 공산성에는 4개의 성문과 7개의 누각, 그리고 옛 왕궁으로 추정되는 터가 남아 있어 백제의 숨결이 생생하게 느껴진다. 서문으로 들어가서 성벽을 타고 금강을 바라보며 내려오는 길은 공산성에서 백제의 옛 정취를 느끼기에 가장 알맞은 곳이다. 웅진성 수문병 근무 교대식이 열리는 금서루는 1500여 년 전 백제시대로 돌아가는 시간의 문이다. 공산성 입구에는 공주를 상징하는 곰으로 만들어진 웅진탑이 서 있고, 옆에는 고운 최치원의 자취가 시비로 새겨져 있다.

금대(襟帶)의 강과 산은
그림처럼 아름답고
아아! 지금은 병란(兵亂)도
사라져 고요하네.

음산한 바람 홀연 불어
거친 물결 일으키니
아직도 생각난다. 그때
그 싸움터의 북소리

흔히 백제는 멸망한 비운의 나라라는 생각만 앞세울 뿐 성숙한 문화를 이룩한 데 대해서는 무관심했다. 고구려나 신라, 고려와 조선이 망한 것은 마찬가지인데, 경주나 한양에 대해서는 옛 왕도의 영광을 되새기는 노력을 하면서 백제의 부여와 공주, 하남과 하북의 위례성에 대해서는 소홀했다. 다산 정약용은 "위례성은 백제 시조의 수도"라고 한 다음 "위례라는 말은 방언으로 대개 사방을 둘러싼 큰 울타리를 뜻한다. 목책을 세워 큰 울타리를 만들었기 때문에 위례라고 불렀다."라고 말한다. 하지만 기원전 18년 이래 찬란한 문화를 꽃피운 백제의 역사 678년 중 약 70%의 기간을 지낸 하남 위례성의 정확한 위치조차 확인할 수 없어 학자들간의 주장이 서로 엇갈리는 현실이다. 고구려는

BC 37년 동명성왕 주몽 이래 28대 보장왕까지 705년, 신라는 BC 57년 박혁거세 이래 56대 경순왕까지 992년, 고려는 918년 왕건 이래 1392년 34대 공양왕까지 475년을 자랑한다. 백제는 BC 18년 온조왕부터 31대 의자왕까지 678년의 역사를 자랑하는 고대왕국이다. 이는 조선의 1392년 이성계부터 1910년 27대 순조까지 519년, 조선왕조보다 159년 많은 역사를 자랑하는 왕국이다. 또한 서울은 조선의 수도이기 이전에 1,400여 년 앞선 백제의 수도였다. 백제는 서울과 공주, 부여로 수도를 옮기면서 곳곳에 뛰어난 기술과 문화의 자취를 남겼다. 20세기 위대한 고고학적 발굴이라는 무령왕릉, 금속공예 작품의 최고라고 할 만한 금동대향로, 익산 미륵사지 석탑에서 발견된 사리엄장구 등은 백제가 작은 나라가 아니라 큰 나라임을 입증하고 있다. 백제는 동북아시아 최고의 선진문물을 가진 문화강국으로 한반도는 물론 일본 열도와 중국대륙까지 진출한 고대국가였던 것이다.

공주는 도시 전체가 노천 박물관이나 다름없는 백제의 두 번째 수도였다. 한강 유역의 백제는 잦은 전란으로 인하여 위례성에서 산성으로 일시 피했다가 다시 복귀하는 일을 반복하다가, 결국 장수왕에게 밀려 남하했다. 두 번째로 선택한 수도 역시 강변이었으니 바로 금강이었다. 금강변에 자리한 공주의 당시 이름은 웅진, 곧 곰나루였다. 곰나루는 금강의 남쪽에 있다. 북쪽의 고구려의 침입에 대한 1차적인 방어선이 되고, 남으로 토착세력을 밀고 갈 거점으로서 백제는 금강의 남쪽에 자리를 잡았다. 금강은 여러 모로 한강과 비슷하다. 강이 동에서 서로 흐르면서 넓은 들판을 가로질러 황해로 흘러 들어가는 것이 비슷하고, 강의 발원은 남과 북의 산에서 두 갈래로 시작하여 알뜰살뜰 냇물을 모아 서로 오래도록 에두르고 휘돌아 흐르다가 마침내 한강은 양평의 두물머리 양수리에서, 금강은 조치원 합강리에서 미호천과 어우러져 강다운 강이 된다. 또한 한강변의 서울, 금강변의 공주를 택하여 도읍으로 삼았기에 금강은 공주와 함께 역사의 전면에 부상했다.

공주 태화산에는 백범 김구 선생의 발자취가 있는 마곡사가 있다. 마곡사에는 명상과 사색을 하며 걷는 호젓한 소나무 숲길인 '솔바람길'과 '백범 명상길' 19km가 조성되어 있다. 백범은 20세였던 1896년 명성황후 시해에 가담한 일본인 장교 쓰치다를 처단하고 붙잡혔다가, 22세였던 1898년 인천 형무소에서 탈옥하여 일제의 눈을 피해 가을부터 이듬해 봄까지 마곡사에서 은거를 위해 출가했다. 당시 은거한 후 사색하며 걷던 길이 '백범 명상길'이다. 유학자에서 동학교도로, 동학교도에서 걸시승(乞詩僧)으로, 걸시승에서 기독교인으로 변모해가는 진지하고 치열한 사상 역정의 백범이 평소 애송하던 서산대사 휴정의 선시다.

눈 오는 벌판을 가로질러 걸어갈 때
발걸음을 함부로 하지 말라
오늘 내가 남긴 자국은
뒷사람의 길이 되느니

공산성을 출발한 자전거 길은 도심을 지나면서 이내 공주의 자랑 박세리의 발자취가 새겨진 공주 문예회관 건너편 무령왕릉이 자리한 송산리 고분군에 도착한다. 1971년 백제 무령왕과 왕비의 무덤이라는 지석이 발견되면서, 백제의 화려한 문화가 시공을 뛰어넘어 세상에 그 모습을 드러내며 전 세계 고고학계를 흥분시켰다. 무령왕릉의 발견은 심증으로만 말해지던 백제의 뛰어난 문화와 미학을 실물로 증명해준 세기의 위대한 발견이었다. 무령왕릉의 가장 큰 의의는 수많은 삼국시대 고분 중 묻힌 사람이 누구인지를 확실하게 아는 첫 번째 왕릉이라는 사실이다. 경주의 155개 고분이나 고구려의 고분 중에는 묻힌 사람이 누구인지를 알 수가 없다. 따라서 무령왕릉의 출토품은 백제뿐만 아니라 신라와 고구려, 나아가 일본 유물의 편년을 삼는 기준이 되었다. 무령왕릉은 1,300년 간 땅 속에 묻혔던 백제의 역사를 지상으로 끌어올렸다. 하지만 무령왕릉이 위대한 것은 그 내부구조와 출토 유물에 있는 것인데, 지금 송산리 고분을 찾아가는 관람객은 아무것도 볼 수 없다. 내부구조는 들어갈 수 없으니 못 보고, 출토 유물은 다시 백제의 역사가 살아 있는 공간인 공주 국립박물관으로 가야 볼 수 있기 때문이다.

무령왕릉이 있는 송산리 고분공원 아래쪽 금강변, 공주 시내를 관통하여 흘러내려오는 제민천이 금강과 만나는 곳이 곰나루, 곧 고마나루다. 공주는 옛날에는 고마나루라고 부르고 한자로 웅진(熊津)이라고 적었다. 그래서 일본에서는 지금도 웅진이라고 쓰고 고마나루라고 발음한다. 웅진은 나중에 다시 웅주 혹은 곰주라고도 불렸는데, 고려 초(940) 전국의 지명을 한자식으로 바꾸면서 곰주를 공주(公州)로 고친 것이 오늘에 이른 것이다. 곰나루에는 천년이나 전해오는 애틋하고도 슬픈 전설이 있다. 이는 금강변 고마나루 솔밭에서 발견된 '돌곰'을 모신 곰사당 앞마당 웅신단비(熊神壇碑)에 미려한 문체로 새겨져 있다.

금강의 물이 남동편으로 휘어 돌고

여미산 올려다 뵈는 한갓진 나루터

공주의 옛 사연 자욱하게 서린 곳

입에서 입으로 그냥 전하여온

애틋한 이야기

아득한 옛날 한 남자

큰 암곰에게 몸이 붙들리어

어느덧 애기까지 얻게 된다.

허나 남자는 강을 건너버리고

하늘이 무너져 내린 암곰

자식과 함께 강물에 몸을 던진다.

여긴 물살의 흐름이 달라지는 곳이어서

배는 자주 엎어지곤 했다.

곰의 원혼 탓일까 하고

사람들은 해마다 정성을 드렸는데

그 연원 멀리 백제에까지 걸친다.

공주의 옛 이름은 웅진, 고마나루

그 이름 여기에 아직 있어

백제 때 숨결을 남기고 있다.

비문의 찬술자는 공주사범대학교(현 공주대학교) 백제문화연구소다. 어떤 사
람이 산에 들어갔다가 암곰에게 잡혀 곰의 남편이 되어 자식까지 낳고 살았으

나, 두고 온 가족이 그리워서 탈출하여 나루에서 배를 타고 건너오니, 뒤따라오던 암곰이 돌아오라고 울부짖다가 자식까지 죽이고 저도 물에 빠져 죽었다는 내용이다. 이야기가 널리 퍼져 백제 왕의 귀에까지 들어가고, 왕은 감찰사에게 연미산 맞은편 마을에 소나무가 많은 작은 사당을 짓게 하여 여러 번의 제사를 지내게 했다.

공주시는 14km 길이의 '고마 나루 명승길'을 만들고 고마 나루 솔밭에서 공주보, 고마 선착장을 중심으로 전통적 금강 모습을 재현한 문화체험 공간을 조성했다. 공주보는 무령왕을 상징하는 봉황이 금강을 지키는 형상으로 길이가 280m이다. 봉황의 머리와 힘찬 날갯짓, 그리고 여의주처럼 생긴 교량 조형물 및 낙하 분수를 이용한 봉황의 날개와 꼬리 형상은 조명으로 단장한 밤에보면 가히 환상적이다.

서거정은 시 '공주 십경(十景)'에서 공주를 둘러싸고 있는 조선시대 봉수대가 있었던 월성산의 가을 홍취를 '가을바람 한들한들 강 물결 이는데/ 앞산 뒷산에 단풍잎도 많구나./ 등산임수 솟는 홍취타락보다 더 진한데/ 십천의 아름다운 술 금잔으로 따르며/ 국화를 가득 꽂으니 사모가 기울어지네./ 술을 고래같이 마시고 시를 무지개같이 토하기를 어찌 사양하리오.(후략)' 하고 노래한다. 금강 물결은 과거에서 미래로 소리 없이 흐르고, 고마 나루 바람결에 백제의 숨결이 밀려온다.

3. 백제의 숨결

공주보 아래 금강 둔치를 달려간다. 금강 자전거 길은 백제 보까지 직선과 곡선이 어우러지며 약 20km 구간 거침없이 펼쳐진다. 금강 물줄기는 직선으로 흐르지만, 자전거 길은 드넓은 둔치의 시원한 강바람을 헤치며 직선과 곡선의 묘미를 함께 느끼게 한다. 산다는 것은 꿈을 꾸는 것이다. 현명하게 산다는 것은 즐겁게 꿈을 꾼다는 것이다. 4대강 국토 종주의 즐거운 꿈이 금강에서 영글어간다. '자연과 시간과 인내는 3대 의사'라고 하던가. 인생은 숱한 작은 인연들로 아름답다. 두 바퀴를 굴리며 금강을 누비는 자전거 타기의 묘미를 만끽한다.

자전거는 녹색성장 사회를 구현하고 개인의 건강과 행복을 실현하는 수단이다. 체력을 유지, 증진시킬 수 있는 가장 경제적이고 효과적인 운동의 하나인 자전거 타기는 하체의 큰 근육을 주로 사용하는 운동으로, 하체의 근력 및 근 지구력 향상과 심폐 지구력을 향상시킨다. 비교적 먼 거리를 다양한 코스와 지형을 달리기 때문에 지루하지 않고 관절에 부담을 주지 않기에 하체 근력이나 관절이 약한 사람, 골다공증이나 비만인 사람에게도 효과적인 운동이며 남녀노소 누구나 가능하다. 일상의 인연을 잠시 뒤로 하고 자전거를 타고 달려 나가면, 낯선 자연과 낯선 시간 속에서 새로운 만남과 인내의 한계를 맛본다. 마음의 병을 치유하며 열정의 샘에서 새로운 흥취를 느낀다. 정열은 강과도 같이 흘러간다. 작은 고깃배가 물결에 출렁인다. 얕은 것은 소리를 내지만, 깊은 것은 침묵을 지킨다.

　두 바퀴를 굴려 달려온 길은 드디어 부여 땅 백제보에 이른다. '금강하구언 71km'라는 표식이 반갑게 다가온다. 자전거 길 바닥에는 '백제를 달린다'라는 글귀가 적혀 있다. 그렇다. 나는 백제를 달리고 있다. 금강을 좌우로 내려다보며 계백장군을 형상화한 백제보에 섰다. 계백장군이 백마강을 바라보듯 백제보에서 계백장군이 되어 백마강을 바라본다. 백제보는 백마강을 지키기 위해 돌아온 계백장군, 곧 '계백위환(階伯衛還)'을 테마로 말을 타고 백마강을 바라보는 계백장군의 모습을 형상화했다.

　백마강은 부여군 규암면 호암리의 천정대에서 낙화암, 구드래 나루, 규암 나루를 거쳐 세도면 반조원리에 이르는 약 16km 길이의 물줄기로, 금강의 다른 이름이다. 『삼국사기』에는 백강으로 기록되어 있으며, 백제의 도읍이 공주에서 부여로 옮겨온 사비시대(538~660)에 신라, 당나라, 일본, 서역과 문물교류를 했던 길목이었다. 백마(白馬)는 '큰 나라'라는 뜻으로, 백마강은 '큰 나라가 있는 강'을 의미한다.

　계백장군의 오천 결사대가 황산벌을 달리는 말발굽 소리가 들려온다. 황산벌은 논산시 연산면 일대를 차지하는 넓은 들판이다. 전투에 앞서 계백장군은 "옛날 월 왕 구천은 오천 명으로 오 왕 부차의 70만 대군을 무찔렀다. 오늘 마땅히 각자 분전해 승리를 거두어 나라의 은혜에 보답하라."고 하며 병사들을 격려했다. 신라 김유신의 5만 군사와 맞서 네 차례나 격파했지만, 결국 중과부적으로 패하고 계백은 장렬히 전사했다.

　7세기 중반 백제의 의자왕은 고구려와 화친하여 대야성을 비롯한 신라의

40여 성을 공격했고, 643년에는 고구려와 공모하여 당항성을 공격했다. 계속되는 백제의 공격에 신라는 당과 군사동맹을 맺었다. 660년 소정방은 13만의 대군을 이끌고 산동 반도에서 황해를 건너 백마강 북안에 상륙하고, 신라군은 탄현을 넘어 황산으로 밀려왔다. 이에 백제의 용장 계백도 결사대 5천 명을 이끌고 황산의 험조한 곳을 택하여 진을 치고 신라군을 맞았다. 이때 계백은 나라의 위태로움을 미리 알아차리고 출전에 앞서 "살아서 적의 노비가 되느니 차라리 죽음만 못하다." 하여 처자를 모두 죽이고 싸움에 임했다. 계백은 후대인들에게 충절의 표본으로 높이 칭송을 받았지만, 처자를 죽인 행동은 난폭하고 잔인무도하다고도 했다.

백제 무왕의 뒤를 이은 의자왕은 초기에는 문신인 성충, 홍수, 무신인 계백, 윤충 등을 등용하여 선정을 베푸는 한편, 신라를 공격하여 전과를 거두기도 했다. 그러나 지나친 외정과 사치스런 향락에 빠지면서 성충, 홍수 등 인재를 배척하고 국정은 문란해졌다. 660년(의자왕 20년)에 마침내 부여와 사비성이 나당 연합군에 포위되자 태자와 함께 웅진성에 피신했으나 끝내 항복했다. 기원전 18년에 건국하여 31왕 678년 만에 결국 멸망했다. 신라 무열왕과 소정방에게 술을 따르는 치욕적인 항복의 예를 치른 의자왕은 네 왕자, 신하 93명, 백성 12,870명과 함께 당의 장안으로 포로로 잡혀가 굴욕을 당하다가 병사하여 낙양의 북망산에 묻혔다.

의자왕은 낙화암에서 스스로 몸을 던져 죽었다는 삼천궁녀의 이야기로 잘못 평가된 비운의 왕이다. 15세기 말에 시인들이 부여에 와서 읊조린 시구 가운데 삼천궁녀가 들어 있었는데, 훗날 의자왕은 들도 보도 못 한 삼천궁녀와 엮여져 부패, 타락한 왕으로 매도된 것이다. 『삼국사기』에는 의자왕을 효성과 형제애가 지극하여 해동증자(海東曾子)라 일컬었다. 해동은 우리나라를 뜻하고,

증자는 공자의 제자로 하루에 세 번 자신을 성찰하는 일일삼성(一日三省), 효성이 지극한 증자를 묘사하는 증삼살인(曾參殺人)의 주인공으로, 성인 축에 드는 인물로 평가했다.

단재 신채호는 역대 왕들 중에서도 빼어나게 영명했던 의자왕이 치세 15년부터 갑자기 왜 사치와 향락을 일삼고 주색의 여흥에 탐닉하게 되었을까 하는 이유에 대해, 절세미녀 무당인 금화를 이용한 미인계를 통해 김춘추와 김유신이 술책을 부린 것으로 파악하고 있다. 성충과 흥수는 지극한 충간을 했으나, 오히려 흥수는 전남 장흥으로 유배를 가고 성충은 하옥되었다. 성충은 감옥에서 곧 있을 병화에 대한 대책을 상소하고 숨을 거두었으니, 곡기를 끊은 지 28일 만이었다. 성충은 오래도록 백제인의 가슴에 한과 아쉬움과 경모의 대상으로 남았다. 부여의 충렬사와 삼충사(三忠祠)에는 성충·흥수·계백의 영전에 향불이 타고 있다.

백제의 역사 속에는 두 백제가 있다. 고구려왕 주몽이 세운 한성백제와 비류가 세운 웅진백제다. 그들이 정한 첫 도읍지는 위례성과 미추홀(인천)이었다. 그 후 두 백제는 활발한 해상활동과 중국, 일본에 분국을 둔 큰 나라로 성장했으나, 광개토대왕의 침공으로 400년 동안 존속하던 비류백제가 먼저 멸망했다. 그때 일본 열도로 건너가 새로운 망명 정권을 세운 왕이 바로 백제계 혈통을 가진 일본 천왕가의 시조 오진이다.

일본 역사에서 천왕은 하늘에서 내려온 천손이며 그 혈통이 한 번도 단절된 적이 없다고 한다. 천왕가의 제1왕조는 가야 세력인 스진 왕조이며, 제2왕조는 백제에서 건너간 오진 왕조가 혁명으로 이룬다. 이때부터 천왕가는 백제계의 혈통으로 이어지며, 이후 오진 왕조가 5대에 걸쳐 약 100년간 세력을 지켜가다가, 왕대가 끊어지자 백제에서 왕자 곤지를 데려다가 제3왕조 게이타이

천왕이 된다. 그는 현재 일본 오사카에 있는 아스카베 신사의 신주로 모셔져 있다.

2001년 아키히토 천왕은 『속일본기』라는 일본 정사에 입각해 자신의 몸에 백제 무령왕의 피가 흐르고 있다는 사실을 발표했다. 자신의 68세 생일 기자회견에서 "칸무 천왕의 생모가 백제 무령왕의 자손이라고 『속일본기』에 기록돼 있는 사실에 한국과의 깊은 인연을 느낀다."고 언급한 것이다. 백제 무령왕의 손자 화을계의 딸인 고야 신립이 칸무 천왕(781~806)을 낳은 백제 출신의 왕비이며, 아키히토는 그 후손인 것이다. 칸무 천왕은 나라에서 교토로 수도를 천도해 1,200년 교토시대의 막을 열었다.

서기 663년 8월 백제와 왜국 연합, 신라와 당 연합이 벌인 동아시아 최대의 국제해전인 백강전투는 백제 최후의 전투로서 신라의 삼국통일을 완성하는 결정적 사건으로 기록되었다. 왜국은 이 전투에 전함 1,000척과 2만 7천여 명의 군사를 보냈다. 백강 전투에서 다시 패배하고 최후의 요새였던 주류성마저 함락된 이후 부흥 백제국은 완전히 사라지고, 백제의 귀족과 유민들은 대부분 왜국으로 망명했다. 720년 완성된 일본의 가장 오래된 정사인 『일본서기』에는 "백제의 이름도 오늘로서 다했다. 조상의 묘가 있는 고향땅에 어찌 다시 돌아갈 수 있으리오."라는 기록이 자세히 남아 있다. 이때 백제인들이 현해탄을 건너 도착한 곳은 오사카 '난바항'이었다. 오사카는 이미 4세기부터 백제인의 발길이 본격적으로 이어진 곳으로, 5세기 비류백제 멸망 후 천황가 제2왕조를 열었던 오진왕의 왕실도 오사카에 있었다. 오사카의 번화가 도톤보리는 1615년에 완성된 도톤보리 운하공사를 직접 지휘한 지역 최고위 행정관인 백제 왕족의 후손 나리야스 도톤의 이름에서 유래됐다. 19세기까지 '백제군' '백제촌'이라는 지명이 있을 정도로 오사카에는 백제인들이 자리 잡고 있었다. 578년에 창업해 현존하는, 세계에서 가장 오래된 기업으로 1,400여 년의 역사를 지닌 오사카의 고건축(전통 목조건축) 전문회사인 '곤고구미'는 백제에서 건너 간 건축 기술자 유중광의 가문으로, 40대째 가업을 이어오고 있다. 일본에는 여전히 백제인의 뜨거운 피가 흐르고 있다.

백제의 마지막 123년간의 도읍지로 백제문화를 찬란하게 꽃피웠던 부여에 대하여 육당 최남선은 『삼도고적순례』'에서 이렇게 논했다.

"평양에를 가면 인자한 어머니의 품속에 드는 것 같고 경주에 가면 친한 친 구를 대하는 것 같으며, 평양에서는 무엇인가 장쾌한 생각이 나고 경주에서는 저절로 화창한 기운이 듭니다. ……얌전하고 존존하고 또 아리땁기도 한 것이 부여입니다. 적막할 대로 적막하여 표리로 다 적막한 것이 부여입니다. ……거 기에서는 평양과 같은 큰 시가를 보지 못하고 경주와 같은 풍부한 유물들을 대할 수 없음이 부여를 더욱 쓸쓸히 느끼게 합니다만, 부여의 지형으로부터 백제의 전 역사를 연결하는 갖가지 사실 전체가 한 덩어리의 쓸쓸함, 곧 적막 으로 우리의 눈과 마음에 비추임을 앙탈할 수 없습니다. 사탕은 달 것이요, 소 금은 짤 것이요, 역사의 자취는 쓸쓸할 것이라고 값을 정한다면, 이러한 의미 에서 고적다운 고적은 아마도 우리 부여라고 할 것입니다."

육당은 부여에 대한 사랑의 예찬을 늘어놓으며, 삼도 고적을 심리적으로 나 눈다면 "고구려는 의지적이고 신라는 이성적임에 비해, 백제는 서정적이며 더 나아가 관능적이고 촉감적인 고적의 주인이 될 것"이라고 했다. 그래서 "보드 랍고 훗훗하고 정답고 알뜰한 맛은 부여 아닌 다른 옛 도읍에서는 도무지 얻 어 맛볼 수 없는 것"이라고 찬미했다.

부여는 백마강을 천연의 참호로 삼고 부소산을 진산으로 하여 겹겹의 산 성을 쌓아 남쪽 기슭에 왕궁이 자리 잡았다. 부여의 진산인 부소산은 해발

106m밖에 안 되는 낮은 산이지만 북쪽으로는 백마강이 둘러있고 남쪽으로는 들판이 전개되어, 피난살이나 다름없던 공주 시절에 일찍부터 새 도읍지로 봐두었다가 성왕이 마침내 천도했다. 지금 부소산성으로 들어가는 정문 일대가 왕궁지로 추정되는 곳이다. 왕궁을 기준으로 해서 남쪽으로 육좌평 관가가 펼쳐지고, 그 남쪽으로는 정림사, 또 그 남쪽으로는 민가, 다시 남쪽으로는 궁남지가 자로 잰 듯 반듯하게 전개됐다. 그리고 부소산성에서 두 팔을 뻗어 부여 읍내를 끌어안는 형상으로 나성이 둘러져 있었으니, 강과 산성과 집들이 어우러진 당시 부여는 참으로 아늑하면서도 질서 있는 도성이었음을 미루어 짐작할 수 있다. 그러나 지금 왕궁 터는 사라진 지 오래고, 나성은 다 허물어져 끊어진 잔편을 찾기 바쁘다. 지금 부여에 가서 만날 수 있는 백제 유적은 정림사 오층석탑과 궁남지, 옛 영화를 보여주는 부소산, 쓸쓸한 백마강과 낙화암이다. 부소산 산책길을 걸으며 굽이치는 백마강과 부여 읍내, 그 너머 산과 들판을 바라보면 1,300여 년 전의 백제 고도를 맛볼 수 있다.

규암면에는 백제의 정경을 짐작해볼 수 있는 백제 역사문화 재현단지가 있다. 백제 무왕과 선화공주가 거닐었던 부여의 궁남지에는 천년의 세월이 지났지만 때가 되면 여전히 연꽃이 핀다. 정림사지 오층석탑은 아직도 부여 사람들과 함께하고 있다. 그 옛날 사비성을 지키던 그 모습 그대로 불국토를 이루려던 이 세상을 바라보고 있다. 금강에서 백마강으로 이름이 바뀌는 백마강 서쪽에 위치한 산 정상의 바위 천정대에서는 여전히 백제의 재상을 선출할 때 후보자 3~4명의 이름을 써서 상자에 넣어 보관했다가, 훗날 상자를 개봉해 그 이름에 하늘의 낙점이 찍혀 있는 사람을 재상으로 삼았다는 이야기가 전해진다.

잃어버린 왕국으로 흘러온 기나긴 세월, 그러나 유유히 흐르는 백마강 줄기에는 백제의 혼이 녹아 있고, 곳곳에 스며든 백제의 숨결은 역사의 맥을 따라 이어지고 있다. 백마강변 나성에는 숙명적으로 백제를 사랑할 수밖에 없는 부여가 낳은 민족시인 신동엽의 '산에 언덕에'가 시비에 새겨져 있다.

그리운 그의 얼굴 다시 찾을 수 없어도
화사한 그의 꽃
산에 언덕에 피어날지어이.

그리운 그의 노래 다시 들을 수 없어도
맑은 그 숨결
들에 숲속에 살아갈지어이.
(중략)
그리운 그의 모습 다시 찾을 수 없어도
울고 간 그의 영혼

들에 언덕에 피어날지어이.

백제보에서 시원하게 펼쳐진 백마강을 따라 달린다. 백제가 역사 속으로 사라지던 660년 부소산성의 고함과 고란사의 종소리가 들려온다. 백마강교에 이르자 '금강하구언 62km' 표식이 길을 막는다. 백마강교 아래로 흐르는 백마강의 물결은 과연 백제의 흥망성쇠를 기억할까. 흐르는 물에 두 번 발을 담글수는 없지만, 백마강을 바라보는 사람들의 마음에 백제의 역사가 있다면 백마강 또한 오롯이 그날을 기억하고 있을 것이다.

『삼국유사』는 백마강을 내려다보는 부소산의 낙화암(落花岩)에 대하여, 백제의 사직이 무너지던 날 백제 여인들이 적군에게 잡혀 치욕스런 삶을 이어가기보다는 충절을 지키기 위해 스스로 몸을 던진 곳으로 기록하고 있다. 훗날 그 모습을 바위 위에서 꽃이 날리는 것에 비유하여 낙화암이라 부르게 되었다. 백마강에서 바라보면 붉은 바위를 볼 수 있는데, 당시 백제 여인들의 붉은 핏자국이 바위에 물든 것이라는 전설이 있으며, 송시열의 글씨로 전하는 '낙화암'이 새겨져 있다.

낙화암 정상부에는 흐르는 세월을 안고 천년송이 솟아 있고, 소동파가 해주에 귀양 가 있을 적에 성 밖의 서호를 보고 지은 '강금수사백화주(江錦水榭百花州)'라는 시에서 취했다는 이름의 정자 백화정(百花亭)에는 슬픈 백제의 전설과 부여 외곽을 감싸고 도는 백마강, 주변 산들의 풍광이 어우러지며 역사의 비감을 느끼게 한다. 어느 누가 지었는지 백마강과 함께한 '천년송(千年松)'을 읊은 시가 걸려 있다.

남부여국 사비성에 뿌리 내렸네.
칠백년 백제역사 오롯이 숨 쉬는 곳

낙화암 절벽 위에 떨어져 오롯이 움튼 생명

비바람 눈서리 다 머금고

백마강 너와 함께 천년을 보냈구나.

세월도 잊은 그 빛깔 늘 푸르름은

님 향한 일편단심 궁녀들의 혼이런가.

백화정 찾은 길손 천년송 그 마음

백화정에서 바라보는 금강, 황포돛배가 떠 있는 백마강은 금강 줄기에서 가히 제일의 절경이라 할 것이다. 한반도 13정맥의 끝은 대개 바다가 되는데, 금남정맥은 마지막 봉우리인 부소산 조룡대에 이르러 금강의 다른 이름인 백마강에서 끝난다. 전라북도 무주의 주화산에서 뻗어 내린 금남정맥의 마지막 봉우리 부소산(106m)은 부소산성과 영월대지, 영일루, 송월대지, 낙화암, 백화정, 고란사, 삼충사 등 많은 사적지와 문화재를 가지고 있다.

두 바퀴를 굴리며 백마강 물결 위에서 흐르는 세월을 만나고 백제 문화단지와 부소산성, 낙화암과 고란사, 정림사지 오층석탑을 둘러본 유랑자는 한적하고 아름다운 강변길 구드래 지구를 달려가고, 고란사와 낙화암의 슬픈 망국의 역사를 안고 구드래 관광지를 지난 강물은 백제대교 아래를 흘러간다. 구드래에는 소정방의 전설이 전해진다. 꿈에 백발 도인이 나타나 백제를 칠 수 있는 묘책을 알려주었는데, 첫 번째는 치고 빠지는 작전으로 백제군을 지치게 하고, 두 번째는 백마를 낚싯대에 꿰어 미끼로 사용하여 금강을 지키는 용을 낚아올려 죽이라는 것이었다. 소정방은 백발도인의 말을 그대로 따라서 승리했는데, 용이 죽은 뒤 살이 썩는 냄새가 진동하여 코로 숨을 쉴 수가 없어서 사람들은 이 마을을 '구린내' 또는 '구리내'라고 했다고도 한다.

구드레에서 출항한 황포돛배가 금강을 황금빛으로 물들이며 흘러간다. 구드레는 '대왕진(大王津)'이란 뜻으로 백제의 왕이 배를 타고 강 건너편 왕흥사를 오가던 나루였다. 구드레 나루는 1980년대 초 금강 하굿둑 공사가 시작되기 전까지 주막과 기생집이 즐비했으나, 지금은 고란사를 잇는 유람선 선착장으로 이용되고 있으며, 주변은 낙화암과 부소산성 등 백제 유적을 활용한 다양한 축제공간과 더불어 둔치 숲을 조성하여 테마 초지 군락을 만들었다.

하늘과 바람, 물결과 강변의 버드나무 숲을 벗 삼아 금강 자전거 길을 달려간다. 아름다운 자연은 누리는 자의 것, 멀리 부여 외산면 만수산 무량사(無量寺)에서 입적한 김시습이 바람을 타고 다가온다. 조선 최고의 아웃사이더로서 나라 구석구석을 떠돌아다니던 방랑자 김시습이 생의 마지막으로 찾아든 곳이 무량사였다. '목숨을 셀 수 없고 지혜를 셀 수 없다'는 무량은 극락정토라는 뜻을 가지고 있다. 김시습은 죽을 때 화장하지 말 것을 당부했는데, 절 옆에 묻었다가 3년 후 장사를 지내려고 관을 열어보니 안색이 생시와 다름없었다고 한다. 사람들은 그가 부처가 된 것이라 믿어 그의 유해를 불교식으로 다비를 했고, 거기서 나온 사리를 모아 부도를 세웠다. 김시습은 생후 8개월에 글 뜻을 알았고, 5세에는 세종의 총애를 받으며 후일 중용하리라는 약속과 함께 비단을 하사받았다. 21세에 과거준비로 삼각산 중흥사에서 공부하던 중 수양대군이 단종을 몰아내고 왕이 된 소식을 듣자, 그 길로 삭발하고 중이 되어 방랑의 길을 떠났다. 산천을 방랑하던 1456년 6월 폐위된 단종 복위 거사가 실패로 끝나고 성삼문 등 사육신이 죽임을 당하자, 승려 복장을 한 김시습이 형장에 나타나 그들의 시신을 한강 남쪽 노량진의 언덕배기에 묻어주었다.

　조선의 모든 곳을 방랑한 김시습이 가장 살 만한 곳으로 여기고 사랑했던 곳은 경주의 금오산이었기에 최초의 한문소설 『금오신화』를 남겼다. 율곡은 김시습의 이론을 두고 "마음은 유학이요, 자취는 불교로다."라고 했다. 시습은 『논어』 '학이편'의 '학이시습지면 불역열호아'에서 따왔다. 방랑하며 세상의 허무함을 글을 지어 읊다가 다시 환속하여 농사짓고 결혼도 하고 벼슬에도 나아가려 했으나, 현실의 모순에 불만을 품고 다시 은둔과 방랑을 거듭하다 59세를 일기로 무량사에서 생을 마쳤다. 그의 생애는 어린 시절을 빼놓고는 일생 동안 가시밭길뿐이었다. 그는 자신이 선택한 길을 한 번도 굽히지 않고 묵묵히 걸어가며 살았다. 선조는 율곡을 시켜 김시습의 전기를 쓰게 했다. 율곡이 지은 『김시습전』에 나오는 김시습이다.

　"사람 된 품이 얼굴이 못 생겼고 키는 작으나, 호매영발하고 간솔하여 위의가 있으며 경직하며 남의 허물을 용서하지 않았다. 따라서 시세에 격상하여 울분과 불평을 참지 못했다. 세상을 따라 저항할 수 없음을 스스로 알고 몸을 돌보지 아니한 채 방외로 방랑하게 되어, 우리나라 산천지에 발자취가 미치지 않은 곳이 없었다. 명승을 만나면 그곳에 자리 잡고, 고도에 등람하면 반드시 여러 날을 머무르면서 슬픈 노래를 그치지 않고 불렀다. 김시습은 음악가요 조각가였다. 산문(山門)을 옮겨 다닐 때마다 그 산에서 자란 나무로 금(琴)통을 만들고 그 산에서 자란 짐승 심줄로 슬(瑟)을 삼아 삼현금(三絃琴)을 만들어 타 그 산에서만 나는 소리를 즐겼다. 편벽된 성질을 지녀 가난하여도 남에게 빌리지 않고 남이 주어도 받지를 않았던 김시습은 평생 2,200여 수의 시를 지어 남겼는데 대부분 자연과 한(恨)이었다."

그림자는 돌아다봤자 외로울 따름이고

갈림길에서 눈물을 흘렸던 것은 길이 막혔던 탓이고

삶이란 그날그날 주어지는 것이었고

살아생전의 희비애락은 물결 같은 것이었노라고

　백마강이 흐르는 백제의 마지막 역사의 현장을 따라, 자신의 천재성을 알면서 세상에 뜻을 펼치지 못하고 가보지 않은 나라 안 산천이 없었던 방랑자 고운 최치원과 매월당 김시습, 난고 김삿갓 등 선인들의 모습이 흘러간다.

4. 철새는 날아가고

중국 최고의 방랑자는 이태백(701~762)이다. 시선(詩仙) 이백은 백제와 고구려를 멸망시켰던 당 고종의 황후이자 중국 최초의 여황제가 된 측천무후 치세 말엽에 출생했다. 부유한 가정에서 태어나 소년 시절부터 탁월한 문재를 발휘한 이백은 의협심이 강한 호방한 성격에 뛰어난 검술도 익히고 있어, 문무를 겸비한 사나이였다. 이백은 거의 평생을 방랑하며 살았다. 하지만 이는 단순한 방랑이 아닌 대붕의 비상, 정신의 자유를 찾기 위한 방랑이었다. 궁정시인이었던 그는 양귀비의 참언으로 궁에서 추방되고, 채석강에서 술을 마시다 물속에 비친 달을 잡으려고 강에 뛰어들어 신선이 되었다는 전설이 있지만, 62세 때 방랑길에 친척집에서 병사했다.

이백은 현실에서 근심을 잊고 즐거움을 찾는 방법으로 방랑하며 달을 사랑하고 술을 마셨다. 비록 신선의 세계에서 금단을 복용하고 장생불사하고 싶은 이상적인 생각을 가지지 않은 것은 아니지만, 그것은 불가능한 이상이었다. 이백은 하늘에서 귀양 온 신선으로, 이 세상에 머무는 동안 주중선(酒中仙)이 되고자 노력한 시인이었다. '월하독작(月下獨酌)' 4수 중 최고로 꼽히는 1수다.

꽃 사이의 한 병 술을
혼자 마시는데 친구라곤 없네

잔 들어 밝은 달 맞이하니

그림자 이루어 세 사람이 되었네

달은 본디 술 마실 줄 모르고

그림자는 다만 내 몸을 따라다닐 뿐이네

잠시나마 달과 그림자를 데리고

봄철에 마음껏 놀아보세

내가 노래하니 달이 어정이고

내가 춤추니 그림자는 멋대로이네

취하지 않을 때는 함께 서로 즐기다가

취한 뒤에는 각기 서로 흩어지네

영원히 무정의 교유를 맺어

아득한 은하수를 두고 서로 기약하네

    인생은 꿈과 같다. 꿈속엔 인생이 담겨 있다. 사람들의 마음에 있는 꿈은 제각기 다르다. 가는 길이 다르고 걷는 걸음걸이가 다르기 때문이다. 꿈속에는 기쁨도 슬픔도, 즐거움도 걱정도 있다. 꿈이 차야 삶이 아름답다. 가슴에 꿈이 차야 역동적인 삶을 살 수 있다. 영혼에 꿈을 채워야 진정한 삶의 의미를 알 수 있다. 높이 나는 새가 멀리 본다. 먹기 위해서가 아니라 살기 위해 날아야 한다. 더 높이 더 멀리 더 빠르게 더 멋있게 날기 위해 피와 땀과 눈물을 흘려야 한다. 그러면 자신이 꿈꾸었던 새로운 하늘, 새로운 땅에 이른다. 인생의 가장 큰 위험은 배짱이 없는 것이다. 배짱으로 살아야 한다. 모험을 떠나야 한다. 풍랑을 두려워 말아야 한다. 주위를 밝히는 촛불이 되려면 제 몸을 녹여야 한다. 정처 없는 낙엽은 어디든 갈 수 있다. 낙엽은 말을 하지 않는다. 침묵의 몸짓으로 자신을 드러낸다. "역사를 모르는 민족에게는 미래가 없다."

고 단재 신채호는 말한다. 망국의 한을 품고 흘러가는 역사의 물결 속에 백제의 영웅들을 노래하며 강경을 향해 달려간다. 남자는 시간과 공간의 세계를 경험해야 한다. 꿈을 채우기 위해, 가슴과 영혼에 꿈을 가득 채우기 위해 낯선 거리를 달리고 또 달린다. 주어진 오늘 하루도 치열하게 달린다.

달릴수록 강폭이 넓어지는 금강은 갈대밭 위로 철새가 날아오르는 강경포구에 이르면 바다처럼 넓어진다. 옥녀봉이 내려다보는 강변 포구에 이르자 옛 강변 포구를 테마로 하여 나루터, 수변무대 등의 이벤트 공간과 함께 녹지 벨트를 통해 풍요로운 생태 경관이 조성되어 있다. '2011 강경 발효젓갈 축제'라는 대형 아치가 반겨준다.

강경포구는 금강의 관문으로 일찍부터 수운이 발달했다. 조선 중기 중국의 무역선들이 비단과 소금을 싣고 들어오고 구한말에 객주가 등장하면서 강경은 서해 최대 수산물 시장이 되었으며, 특히 일제가 경제수탈의 전초기지로서 갑문을 만들며 강경은 최고의 번성기를 누렸다. 그러나 평양시장, 대구시장과 함께 전국 3대 시장의 하나로 손꼽히던 강경시장은 경부선과 호남선이 개통되면서 쇠락의 길을 걷는다.

강경에는 젓갈 축제가 열린다. 1970년대 뜻있는 상인들이 개발한 저 염도의 젓갈로 강경은 전국 최고의 젓갈 시장으로 거듭났다. 강경의 젓갈은 수백 개 점포에서 전국 젓갈 유통량의 65%를 차지한다. 젓갈 골목을 배회하다 보면, 1900년대 은행이나 관공서로 사용하던 붉은 벽돌건물은 젓갈 창고로 변해서 마치 과거로 시간여행을 하는 것 같은 착각을 일으킨다. 강경고등학교(구 강경여자중고등학교) 교문 앞에는 '본교는 스승의 날 발원지입니다'라는 표식이 서 있다.

1963년 강경여자중고등학교 교내 청소년 적십자에서 보은 행사로 처음 시작하여 스승의 은덕에 감사하고 존경하는 풍토가 전국적으로 확산되었고, 이후 스승을 존경하는 마음으로 1965년 세종대왕 탄신일인 5월 15일을 스승의 날로 정했다. 교권을 존중하고 교원의 사기 진작과 사회적 지위 향상을 위하여 제정한 스승의 날이 오늘에 이르렀다. 인생성공단십백(人生成功單十百)이라 한다. 백 권의 소중한 책, 열 명의 진실한 친구, 한 분의 존경하는 스승이 있으면 성공한 인생이란다. 강진 유배지에서 정약용을 만난 황상(1788~1863)은 참 스승인 다산을 회상하며 글을 남긴다.

"다산 선생님께서는 나에게 문사를 닦도록 권했는데, 나는 머뭇머뭇 부끄러운 표정을 지으며 '저는 세 가지 부족한 점이 있습니다. 첫째로 둔하고, 둘째로 막혀 있고, 셋째로 미욱합니다.'라고 했다. 선생님께서는 '공부하는 자에게 큰 병통이 세 가지 있는데, 너는 하나도 해당되는 것이 없구나. 첫째 외우기를 빨리하면 그 폐단은 소홀한 데 있으며, 둘째 글짓기에 빠르면 그 폐단은 부실한 데 있고, 셋째 이해를 빨리하면 그 폐단은 거친 데 있다. 무릇 둔하면서 파고드는 자는 그 구멍이 넓어지며, 막혔다가 소통이 되면 그 흐름이 툭 트이고, 미욱한 것을 닦아내면 그 빛이 윤택하게 되는 법이다. 파는 것을 어떻게 하느냐? 부지런하면 되고, 소통은 어떻게 하느냐? 부지런하면 되고, 닦기는 어떻게 하느냐? 역시 부지런하면 된다. 이 부지런함을 어떻게 다할 수 있느냐? 마음가짐을 확고히 하는 것이다.' 나는 나이 열다섯 아동이었는데 마음에 새기고 뼛속 깊이 새겨 행여 잊을까 두려워했다. 그때로부터 지금까지 61년이 되었는데, 간혹 책을 놓고 쟁기를 잡으면서도 계속해서 마음속에 간직하고 있다."

다산 정약용은 유배지 강진에서 아직 학문이 무엇인지를 모르는 어린 황상을 제자로 맞이하여 인간적인 격려와 함께 스승으로서 참다운 삶의 깨우침을 주는 말로 어린 제자를 이끈다. 이후 황상은 스승으로부터 들은 부지런하면 된다는 삼근계(三勤戒)를 평생 삶의 좌우명으로 삼고 실천한다. 다산이 해배된 후 남양주로 돌아가서 세상을 하직하자, 황상은 강진에서 남양주까지 스승의 무덤을 찾아 한겨울에 발을 싸매고 천리 먼 길을 여러 차례 다녀간다. 예순여섯 살에 이미 15년 전에 돌아가신 스승을 꿈에서 만나 잠에서 깬 뒤 스승에 대한 그리움을 적은 황상의 '몽곡(夢哭)'이라는 시다.

간밤에 스승님 꿈꾸었는데
나비 되어 예전 모습 모셨다네.
마음이 기쁜 줄을 알지 못했고
여느 때 모시던 것과 다름없었네.
(후략)

강경포구에서 황산대교를 향해 출발하면 돌산꼭대기가 내려다보는 강둑에 산뜻하고 웅장한 배가 한척 떠 있다. 강경이 젓갈의 도시임을 나타내는 '강경 맛깔젓' 상표가 디자인된 강경 젓갈 전시관이다. 전시관 앞에는 논산이 고향인 소설가 박범신을 기리기 위해 '강경을 사랑하는 사람들의 모임'에서 정성을 모아 건립한 문학비가 서 있다. 문학비에는 강경과 익산을 배경으로 한 박범신이 만해문학상을 수상한 장편소설 『더러운 책상』의 일부가 새겨져 있다.

"아, 금강! 백제의 고도 공주 부여를 지나온 황톳물이 낮은 포복으로 쓸고 내려와 ㄹ자(乎)로 휘돌며 이윽고 강경포구를 자애롭게 쓰다듬는다. 강물은 여한이 없다. 질펀한 갈대밭을 좌우로 거느린 채 나바우 성당 솔숲을 건드릴 듯 흘러가고 말면 영영 돌아오지 않는다. 광활한 성동 벌판도 그곳에선 손금처럼 내려다보인다. 일찍이 동학군 십만 명이 파죽지세 우금치로 나아가기 전 진을 쳤다는 벌판을 한눈에 품어 안으면 가슴에선 모닥불이 타오른다. 강과 벌판은 잘 어우러져 가름 없이 한 통속이다. 운무 속으로 쑥 물러앉아 멀리 계룡산 서기와 합장한 야트막한 산들의 연접도 보기 좋다. 갈대밭에 날아오른 새 떼들이 연방 옥녀봉과 돌산꼭대기를 차고 넘는다. 안개 낀 날의 새벽 강은 더욱 웅숭깊고 찰지다."

작가 박범신은 데뷔하고 만 40년이 되는 2013년 40번째 장편소설 "소금"을 이 곳 강경과 익산 주변을 무대로 썼다. 화해가 아니라 가족을 버리고 끝내 가출하는 이 시대의 아버지에 대한 슬프고도 가슴 아픈 이야기였다

강경포구를 벗어나서 달리던 길은 황산대교 남단에서 중국에서 조선으로 들어오는 김대건 신부 일행이 정박한 성역인 익산의 나바우 성지까지 일직선으로 이어지는 4.3km의 강둑길을 달린다.

김정호의 『대동지지』에는 백제시대 익산에 대한 기록이 남아 있다. 오늘날의 익산인 "금마가 백제의 별도였다."는 것이다. 별도란 왕의 거처를 둔 곳으로 때에 따라 수도로 바뀔 수 있는 곳이다. 백제시대 익산은 군사 요충지였다. 무왕은 역사상 신라를 가장 많이 공격한 왕으로 잃어버린 한강 유역을 되찾기 위해 무려 12번이나 신라를 공격했다. 이런 군사 요충지에 639년 백제 무왕은 국가 총력을 기울여 역사상 최대 사찰인 익산 미륵사를 창건했다. 백제는 우리 역사상 최초로 석탑을 만든 나라다. 미륵사탑은 순수하게 돌만으로 만든

최초의 석탑이다. 탑은 인간의 힘으로 결코 오를 수 없는 하늘에 닿고픈 강한 열망이 담긴 건축물이다. 불교의 이상세계인 극락에 도달하고픈 깊은 염원이 담겨 있다. 백제는 부침 많은 역사를 이어오는 와중에 불교에 의지해 마침내 지상에 부처님의 나라라는 이상세계를 건설하고자 했다. 불교에서 미륵은 희망을 의미한다. 백성들에게 현세에서 모든 것이 끝나는 것이 아니라, 누구든지 공덕을 쌓으면 내세에서 더 나은 삶을 누릴 수 있다는 희망을 주는 종교이다. 백제 미륵사는 나라의 힘을 대내외에 과시하고 백성들을 하나로 결집시키는 정신적인 전당의 역할을 했던 것이다. 백제는 익산을 중심으로 부처님의 나라, 불국토를 꿈꾸었던 것이다.

고려에서 조선 후기까지 세곡을 관장하던 성당창이 있던 성당포구를 지나면서 금강자전거 길은 금강 하굿둑의 군산 방면에서 마무리할 것인지, 아니면 서천 방면에서 마무리할 것인지를 결정해야 한다. 영화 '공동경비구역 JSA'의 무대가 되었던 신성리 갈대밭을 떠올리며 자연스럽게 서천 방향으로 핸들을 돌린다. 흘러내리는 강물은 다시 부여와 서천을 지나는 충청남도와 익산과 군산의 전라북도 사이의 경계를 이룬다. 시원한 바람을 맞으며 강둑길로 난 자전거 길을 달려간다. 먼 데 둑 위에 사람들이 모여 있다. 신성리 갈대밭을 찾아온 관광객들이다. 자전거로 4대강 국토 종주를 하며 처음으로 길에서 만나는 많은 사람들이다. 신성리 갈대밭에 당도하자 '금강2경 신성리 갈대밭'이라는 표지석이 반겨준다. 영화 촬영지이자 철새와 더불어 갈대밭 체험 등으로 유명한 신성리 갈대밭 주변에 생태습지, 관찰 데크, 고수부지 숲과 더불어 자전거 쉼터 공간이 조성되어 있다. 드넓은 갈대밭이 펼쳐지고 멀리 금강이 흘러가는 벌판에 추운 날씨에도 사람들의 발걸음이 붐빈다. 자전거에서 내려 관광객이 되어 사람들 틈에서 갈대밭을 조망한다. 길이 1km, 폭200m의 7만여

평에 달하는 신성리 갈대밭의 거대한 갈대들의 너울은 보는 이를 압도한다. 서천군은 신성리 갈대밭 2km 전방의 체험학교 갈숲마을에서 자전거 50대를 비치하고 무료로 자전거를 빌려준다.

자전거에 돌아와서 보니 흙에 범벅된 자전거가 가련한 모습으로 울타리에 기대고 서 있다. 전율이 느껴져 온다. 아라 뱃길에서 시작하여 한강을 달리고 이화령을 넘어 낙동강을, 그리고 이제 금강의 끝이 닿는 이곳 신성리 갈대밭까지 80kg 가까운 내 육신과 40여kg가 넘는 괴나리봇짐을 싣고 달려온 자전거의 충직함이 참으로 대견스럽다. "친구! 고마워!!"라고 하며 먼 길을 함께 달려온 친구에 대한 경의를 표하고 친환경 흙길을 나선다.

황량한 강변 벌판의 갈대들이 소리 내며 이리저리 바람에 날린다. 쉬어가라고 기러기를 부르듯 부르지만, 나그네는 가야 한다. 파스칼은 『팡세』의 서두에서 "인간은 자연 가운데서 가장 약한 하나의 갈대에 불과하다. 그러나 그것은 생각하는 갈대이다."라고 했다. 성경에는 상한 갈대가 나온다. 갈대는 바람에 잘 흔들리는 속성에 의해 흔히 연약한 인간에 대해서 사용한다. 인간은 광대무변한 대자연 가운데 한 개의 갈대와 같이 가냘픈 존재에 지나지 않으나 우주를 포용할 수 있는 위대성을 지니고 있다. 생각하는 갈대란 위대함과 비참함을 함께 지니고 있는 것이다. 모순된 양극을 공유하는 인간 존재와 그 밑바닥으로부터 싹트는 불안을 상징하고 있다. 데카르트(1596~1650)는 "나는 생각한다. 그러므로 존재한다."라고 했다.

갈대들이 세찬 바람을 맞으며 비명을 지른다. 무리를 지어 하늘 높이 날고 있는 겨울 철새들의 울음소리가 끼룩끼룩 꾸욱꾸욱 다양하게 들려온다. 바람결에 갈대가 춤추듯 날아간다. 바람이 부는 대로 흔들리는 갈대는 연약해 보이지만 부러지지 않는 유연성을 가지고 있다. 부드러움으로 강한 바람을 비켜간다. 부드러움이 강함을 이기는 이치다. 물은 부드럽고 아래로 흐르는 겸허한 자세를 유지한다. 하지만 그 속성은 불을 이길 정도로 강렬하다. 이빨처럼 강한 것은 먼저 없어지고, 혀처럼 약하고 부드러운 것은 오래 남는다. 인간은 자연 속의 연약한 갈대이다. 그러나 자연에 순응하는 결코 부러지지 않는 부드러운 갈대이다.

갈대나 억새는 짚과 같이 초가지붕의 재료다. 갈대는 습지나 물가에 자라며, 억새는 주로 산기슭이나 언덕, 그리고 들녘이나 길가에 서식한다. 강기슭이나 호수 주변에 함께 서식하는 경우도 있다. 갈대와 억새의 구분은, 끝부분이 두툼하게 뭉쳐 있으면 갈대이고, 뭉친 듯 보여도 자세히 보면 가늘게 흩어져 있는 것이 억새다. 갈대는 잎은 길고 끝이 뾰족하며 줄기는 단단하고 속이 비어 있고 키가 큰 편이다. 억새는 마디가 있으나 줄기가 가늘고 하얀 꽃이 핀다. 대수롭지 않게 생각한 상대에게서 뜻밖의 손해를 볼 때 사용하는 '억새에 자지 베었다'는 속담처럼, 억새는 줄기가 억새고 질기며 잎 가장자리에 날카로운 갈고리 모양의 가시가 많이 있어 손을 베기 쉽다. 10월이 되면 민둥산, 명성산, 신불산, 간월산, 천관산, 화왕산 등 하늘공원에서 억새들이 춤을 추며 향연을 펼친다.

갈대밭을 지나면서 길은 비포장 친환경 제방 흙길이다. 어릴 적 시골에서 자전거를 타고 달리던 추억이 새록새록 떠오른다. 나보다 네 살 어린 아우가 자전거를 먼저 배웠다. 시골 장터에서 자전거를 배운다고 비틀거리다가 넘어지고, 넘어지면 다시 일어나서 달리던, 옷에 묻은 흙은 털어도 털어도 먼지투

성이가 되어 엄마한테 미안하기만 한 그 시절이었다. 울퉁불퉁한 흙길이라 엉덩이가 아파왔지만 순간적으로 내뿜는 비명소리도 즐겁다. 바라보는 강폭이 마치 바다와 같이 넓고, 물결은 바람결에 파도를 일으킨다. 금강 하굿둑이 점점 다가온다. 서해안 고속도로 금강대교가 멀리 모습을 나타낸다. 겨울 철새들이 하늘을 빼곡하게 채우며 무리를 지어 드넓은 금강을 자유로이 비행한다. 날개를 가지고 어디론지 날고 싶어 하는 천상병 시인의 기도가 들려온다.

날개를 가지고 싶다
어디론지 날 수 있는
날개를 가지고 싶다
왜 하느님은 사람에게
날개를 안 다셨는지 모르겠다.
내같이 가난한 놈은
여행이라고는 신혼여행뿐이었는데
나는 어디론지 가고 싶다.
날개가 있으면 소원성취다.
하느님이여
날개를 주소서 주소서……

금강대교와 금강 철새 탐조대를 거쳐 금강 하굿둑까지는 겨울 철새들의 도래지이다. 시베리아의 혹독한 추위를 피해 10월 중순부터 충남 서산의 천수만으로 이동한겨울 철새는 11월 초부터 수천 마리씩 무리를 지어 금강 하구로 날아들어 겨울을 난 후 2월에 시베리아로 떠난다. 가창오리를 비롯해 큰고니, 기러기, 청둥오리 등 40여 종, 50여만 마리 이상의 철새들이 해질녘에 왕국을 건설한 금강의 수면 위로 떠오르는 군무는 보는 이를 압도하는, 세상에서 가장 경이로운 진풍경을 연출한다. 겉으로는 그저 아름다워만 보이는 겨울 철새들의 군무는 사실 여러 요소가 치밀하게 계산된 배열이다. 추운 날씨에 먼 여행을 가야 하는 철새들은 암컷과 수컷, 건강한 개체와 허약한 개체 등 다양한 개체 사이에서의 배려와 협동이 필요하다. 이는 사람을 포함한 자연 생태계 모두에게 적용되는 논리이기도 하다. 먹구름처럼 새카만 가창오리 군단이 서천과 군산을 오가며 날아오르다가 금강 둑 너머로 일순간 사라진다. 여러 사람이 무리지어 추는 춤을 군무(群舞)라 한다. 종종 겨울 철새의 비행을 표현하는 데 쓰인다. 기러기들은 선두에 선 개체 양 옆에 나머지가 V자 편대로 줄을 지어 꽁, 꽁 하는 소리를 내어 서로 격려하며 에너지를 절약하면서 장거리를 여행한다. 이러한 모습은 단순한 자연현상을 넘어 감동을 주는 예술이기에 군무라는 표현이 어울린다.

금강 종주 자전거 길

금강대교를 지난 페달에는 점점 힘이 빠져나간다. 대청댐에서 달려온 146km 질주로 힘이 빠진 것인가, 아니면 이제 금강 종주 자전거 길 마무리를 해야 하는 아쉬움에서일까. 기대와 설렘으로 시작한 금강 종주의 대장정은 강을 따라 형성되었던 찬란한 역사와 문화, 그리고 치열하게 살아온 근, 현대사를 바라보면서 이제 드넓은 금강호의 품에서 아름다운 미래로 승화시킨다. 드디어 금강 철새 탐조대, 그리고 금강 하굿둑이다. 그리고 금강 종주 자전거 길의 대장정은 막을 내렸다. 하지만 강 건너편에 있는 군산 방면에서 바라보는 금강호의 모습을 보기 위해 금강 하굿둑을 건너간다. 배가 고프다. 지치고 힘이 든다. 다리를 건너서 평화롭고 여유로운 고장 군산 땅에 들어섰다. 군산항은 일제강점기 암울했던 시절 우리 민족이 겪어야 했던 아픈 상처를 안고 있는 슬픈 항구다. 옛 항구를 중심으로 1930년대 모습이 남아 있는 일제에 의해 발전하고, 일제의 문화가 잔존하는 도시다.

하굿둑을 건너자 금강호 표석에 여의주를 품은 용이 반겨준다. '대청댐 146km'를 알리는 표지판을 따라 금강 하류에서 상류로 역류하며 다시 금강 종주 자전거 길을 달려간다. 수변 경관이 아름답고 천혜의 자연조건을 갖춘 철새의 주요한 월동지인 금강 습지생태공원을 지나간다. 도로 건너편에는 금강 철새 조망대가 금강호를 내려다보고 있다. 매년 11월 하순이면 군산 세계 철새축제가 열리는 금강 철새 조망대는 금강호를 배경으로 하는 국내 최대 철새 도래지 전망대로 조류공원, 철새 신체 탐험관, 부화 체험관 등이 있다. 탐조여행의 적기는 주로 해질 무렵이다. 금강을 막아 만든 하굿둑과 수확을 끝

낸 강 옆의 넓은 들판에는 겨울을 나기 위해 날아든 철새들이 보금자리를 틀
었다. 겨울 군산의 백미는 파란 하늘을 수놓는 금강 하구에 모여드는 철새들
의 날갯짓이다. 띠를 이루며 떼를 지어 날아오르는 철새의 대형은 진경산수화
요 자연의 교향곡이다. 특히 서해안의 붉은 낙조와 어우러지는 하늘과 물과
새가 만들어 낸 명장면은 최고의 예술이다. 수천, 수만 마리의 새가 한꺼번에
날아올라 장관을 이루며 군무를 추면서도 새들끼리 충돌하는 경우는 거의
없다. 물고기 떼가 바다를 새카맣게 수놓으며 이동하는 장면 역시 그렇다. 어
떻게 그 많은 개체가 서로 부딪히지 않으면서 일정한 궤도를 이동할 수 있을
까. 무질서한 생물집단이 이뤄내는 이러한 질서화된 운동을 '군집현상'이라고
부르고, 그 군집운동의 핵심은 '자율성'에 있다고 한다. 인간은 어머니 격인 자
연에서 영감을 얻고 배운 것을 기반으로 하여 새로운 문명의 혁신을 일으킨
다. 탄생한 지 50억 년이나 되는 지구에서 수백만 년에 불과한 인간의 역사는
지극히 짧기에, 인간이 자연을 스승으로 배우고 의지하는 건 오히려 자연스럽
다. 자연을 지배하거나 개조하는 데 익숙한 사회에서 자연을 베끼고 모방하
는, 농업혁명이나 산업혁명과는 다른 '생체모방 혁명'이 일어나고 있다.

고요한 바다와 같은 물길을 따
라 철새들이 비행하는 금강대교
아래 갈대섬과 나포뜰을 지나 달
려간다. 석양이 비치는 뒤쪽을 힐
끗힐끗 돌아보며 달리다가 10km
지점에 이르자 나무 데크로 만든
자전거 길이 휴식공간을 갖춘 채 물 위에 떠 있다. 강 건너 서천에서 비치는
태양과 저녁노을, 불그레한 수면 위에 철새들의 무리가 어우러져 환상의 비경

을 연출한다. 바다는 태양의 빛을 받아 반짝인다. 바다와 태양, 그들은 얼마나 오랜 세월을 이렇게 함께 호흡을 나누며 지내왔을까. 50억 년 전에 태어나 쉬지 않고 돌아가는 태양은 지구에서 1억 4천 9백 45km 떨어져 있는 섭씨 6천 도의 발광체다. 지구의 1백 30만 배 체적(體積)을 가진 영원한 불덩어리이기에 바닷물도 빛이 나고, 노을도 빛이 나고, 달도 빛이 난다. 태양이 연출하는 일출과 낙조는 아름답고 장엄하다. 빛의 화신(化神)이요 열의 상징인 태양을 바라보면, 어두웠던 마음이 밝아지고 힘들고 고달픈 인생이 위로 받는다. 태양이 사라지고 온 천지가 암흑으로 변하면 약한 자는 더욱 두려워지고 슬픈 자는 그 깊이를 더한다. 그래서 태양은 태양신으로 숭상 받아온 경이로운 존재다. 금강에서 바라보는 오늘의 태양은 일상과 달리 특별하게 느껴지고, 힘겹게 달려온 하루의 성취감이 진한 감동으로 다가온다. 비단물결 위에 서서히 어둠이 밀려오고, 금강대교 가로등 불빛이 낮의 태양을 대신한다. 새는 하늘을 날고 물고기는 물속을 헤엄치고 인간은 땅 위를 달린다. 겨울 철새와 금강 물고기,

그리고 나는 금강의 하늘 아래서 물아일체가 되어 긴 여정을 마무리한다. 어둔 하늘에서 철새들이 '철새는 날아가고' 가락에 맞춰 날갯짓하며 어디론가 날아간다. 알을 깨기 위해 투쟁하는 새와 같이 껍질을 벗기기 위해 나그네는 끊임없이 낯선 길을 달려간다.

07

영산강 종주 자전거 길

1. 나무도 풀도 아닌 것이

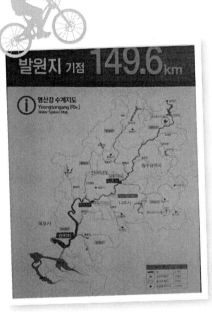

길을 떠난 나그네는 내 것이 별로 없다. 모두가 타인의 것이다. 잠시 빌려서 잠을 자고 길을 간다. 뗏목을 타고 강을 건넜으면 뗏목은 두고 가야 한다. 나그네는 짐이 많으면 먼 길을 가기가 힘이 든다. 구름에 달 가듯이 여유롭게 가자면 몸도 마음도 다이어트를 하고 보따리의 짐도 가볍게 하고 길을 나서야 한다. 옛사람들은 잠시 맡았기에 임자(任者)라고 했다. 가벼우면 마음껏 하늘을 쳐다보고 산을 넘고 물을 건너며 아름다운 이 세상을 볼 수 있고 즐길 수 있다. 채워지지 않는 욕망의 길이 아닌 버림의 길을 간다. 생사윤회의 근본 요인인 탐욕, 분수 밖의 욕구를 버리는 무소유의 길을 간다. "눈앞의 현실적인 욕망 속에 진정한 자신을 잊어버린다면, 이는 흐린 물을 보느라 맑은 물을 잊어버린 것과 같다."는 장자의 소리가 들려온다. 몸도 마음도 가볍게 하여, 삿갓을 눌러 쓰고 괴나리봇짐을 멘 나그네가 되어 짚신 발로 두 바퀴를 굴리며 유랑의 길을 떠나간다. 고독한 방랑자를 위하여 베드로시안이

'그런 길은 없다'고 노래한다.

아무리 어둡고 험난한 길이라도

나 이전에

누군가는 이 길을 지나갔을 것이고

아무리 가파른 고갯길이라도

나 이전에

누군가는 이 길을 통과했을 것이다.

아무도 걸어본 적이 없는

그런 길은 없다.

어둡고 험난한 이 세월이

비슷한 여행을 하는

모든 사람들에게

도움과 위로를 줄 수 있기를

짐이 많으면 길 떠날 때 거북하다. 그러나 세면도구에 책 한 권, 연필과 메모지 하나, 그리고 비상식량은 필수다. 여행을 떠나는 사람들은 꾸미는 것이 다르다. 짐을 꾸리는 것도 다르다. 가는 길도 다르고, 그 짐의 무게도 다르다. 하나 같은 것이 있다면 모두들 떠난다는 것이다. 외로이 나 혼자만 힘들고 험한 길을 가는 것이 아니라, 내가 겪고 있는 이 시련이 누군가는 벌써 지나간 길이다. 영산강으로 가는 방랑의 길에 온 세상이 환호한다.

공자는 하루의 계획은 새벽에 있고, 한 해의 계획은 봄에 있고, 일생의 계획은 어린 시절에 있다고 한다. 씨 뿌려 김매어 거름 주고, 꽃 피어 열매 맺고 풍성한 수확을 올리기 위해서는 농부의 계획이 필요하듯 여행도 마찬가지다. 목표를 향해 나아가는 코스와 일정이 있다. 자동차를 운전하는 것도, 인생 항로를 가는 것도 목적지와 길을 알고 가면 쉽다. 세네카는 "목표라는 항구를 모르는 사람에게 순풍은 불지 않는다."고 한다. 누구에게나 삶이라는 여정을 가면서 목표도 계획도 없이 방황하던 때가 있다. 목표를 향한 욕망의 의지를 불태울 때 미래의 삶은 달라진다. 강한 자기욕망이 동기부여가 되어 보다 나은 내일을 창조한다. 과도하게 탐닉하지만 않는다면 욕망은 삶에 의욕과 활기를 제공하는 원천이 된다. 수행자가 아니라면 욕망의 과도한 억제는 오히려 생기 없는 무미건조한 삶을 초래할 수 있다. 음식에 소금을 집어넣으면 간이 맞아 맛있게 먹을 수 있지만, 소금에 음식을 넣으면 짜서 먹을 수가 없다. 인간의 욕망도 마찬가지다. 삶 속에 욕망을 넣어야지, 욕망 속에 삶을 집어넣으면 안 된다. 삶 속에 가미된 적당한 욕망은 인생의 조미료다. 오늘도, 먼 훗날도 '아름다운 인생'이었노라 노래하기 위해 설한풍 몰아치는 혹한의 계절에 4대강 국토 종주를 끝마친 멋있는 모습을 상상하며 영산강으로 달려간다.

영산강은 전남 담양군 용면 용연리에 있는 추월산 자락의 용소에서 발원하여 장성, 광주를 흘러 나주와 영산포에서 제법 큰 강이 되어 함평, 무안, 영암, 목포 등지를 흘러 서해로 들어간다. 황룡강, 지석천, 고막원천 등 지류를 합하여 흐르는 남도에서 시작되어 남도에서 끝나는 남도다운 강, 영산강은 남도의 젖줄이다. 국토 종주 영산강 자전거 길은 담양호에서 출발하여 메타세쿼이아 길, 담양 대나무숲길을 지나서 나주의 승촌보와 영산포를 지나고, 죽산보와 무안느러지 관람 전망대를 거쳐 영산강 하굿둑에 이르는 133km 구간이다.

여명의 아침, 담양호에서 출발지점을 찾는다. 방향표시도 없고, 자전거 도로도 없다. 마침 차를 세우고 내리는 사람들에게 물으니 모르겠단다. 아무래도 차량이 다니는 도로변을 따라 내려가야 할 것으로 생각되어, 담양호를 뒤로 하고 내리막길을 달려간다. 삼거리에 멈춰 서서 다시 생각에 잠긴다. 어디로 가야 하나? 20여 미터 떨어진 곳에 식당이 보인다. 아침 시간인데도 사람들이 붐빈다. 들어가서 길을 물어보니 식당 바로 옆에 자전거 길이 있다고 가르쳐준다. 나와서 보니 식당을 끼고 잘 포장된 자전거 도로가 놓여 있다. 표시판 하나만 있으면 좋으련만 생각하며 나지막하고 고요한 시골 강둑길을 달린다. 갈수기처럼 바짝 여윈 작은 하천이 흐르고 메마른 풀잎들이 바람에 흔들리는 제방 둑길을 달려간다. 영산강! 영산강 자전거 길 종주가 시작되었다.

전날 오후 담양에 내려와서 영산강 발원지인 추월산 자락의 용면 가마골 용소를 찾아갔다. 발원지의 관리사무소에서는 입장 시간이 지났으니 다음날 오라고 했지만, 다음날에는 이른 아침부터 자전거 종주를 시작해야 하므로 잠시 다녀올 것을 부탁했다. 그러자 "더 이상 올라가면 안 되고 발원지인 용소까지만 빨리 다녀오라."고 허락한다. 세찬 겨울바람이 불어오는 눈이 쌓인 계곡에 가는 물소리가 들린다. 설레는 마음을 안고 빠른 걸음으로 계곡을 올라간다. 용추산의 여러 깊은 계곡에서 흘러내리는 실개울이 모여들어 호남의 젖줄 용소를 이룬다. 시원한 물줄기가 환호하며 반겨준다. 장관이다. 용이 지나가며 바위를 뚫고 솟아올랐다는 용소(龍沼)의 전설과 '영산강의 시원 용소'라는 표석이 영산강의 뿌리를 지킨다.

가마골은 용면 용연리에 소재한 용추봉(523m)을 중심으로 사방 약 4km에 이르고, 예전에 그릇을 굽던 가마가 많은 데서 유래된 이름이다. 울창한 숲 사이의 계곡과 맑은 물, 기암괴석이 수려한 경관을 이루고, 용소와 용연 제1, 2 폭포와 함께 명소를 이룬다. 가마골로 향하는 길은 왼쪽으로는 산을 끼고 오른쪽으로는 그림 같은 담양호의 풍경이 펼쳐진다. '영산강 시원-가마골'이라는 표지판을 보면서 가마골 안으로 들어가면 사이사이로 맑디맑은 계곡이 흐르고 시원스레 하얀 포말을 일으켜 쏟아지는 20여m의 폭포, 그리고 그 아래로 형성된 신비스런 못, 용이 지나가며 바위를 뚫고 솟았다는 전설이 전해지는 용소를 만난다. 그래서인지 깎아내린 암반이 마치 용이 꿈틀거리며 지나간 듯 자국을 나타내 보이고 있다. 폭포의 물줄기는 중간에서 암반에 걸려 힘차게 공중으로 오른 뒤 암반 밑으로 떨어진다. 가파른 계단을 올라 위쪽에 설치해놓은 시원정에서 용소를 감상하면, 사방이 병풍처럼 둘러싸인 골짜기 속에서 신비스런 용소의 기운을 느낀다. 용소에서 흘러내린 물길은 담양댐에 이르러 용트림을 하며 영산강 줄기 먼 길 가는 나그네의 내공을 기른다. '전망 좋은 곳'이란 푯말이 서 있는 언덕에서 영산강 최상류 저수지인 짙푸른 담양호를 바라본다.

강을 함께 쓰는 나라들의 물을 둘러싼 갈등은 끊이질 않고 있다. 20세기 이후는 가히 물과의 전쟁시대다. 유프라테스 강은 터키 북부 내륙에서 발원하여 시리아와 이라크를 거쳐 페르시아 만으로 흘러들어가는 중동지역 최대의 강이다. 강 상류 지역에 있는 터키는 건조한 남부지역에 물을 공급해서 농경지로 바꾸기 위해 댐을 22개 세우고 9개의 수력발전소를 세웠다. 시리아와 이라크는 말라버린 강바닥을 바라보며 댐을 세워 10년 동안 물을 저장했는데도 댐을 다 채우지 못했다. 같은 이슬람 국가여서 아직 물 전쟁이 일어나지 않았지만, 세 나라는 신경을 곤두세우고 있다. 1967년 중동에서 일어난 6일 전쟁은 요르단 강의 물 때문에 일어난 전쟁이었다. 요르단 강은 시리아, 레바논, 이스라엘, 요르단 등의 나라를 가로지른 뒤 갈릴리호를 지나 사해로 빠져나간다. 이스라엘이 요르단 강과 갈릴리호가 내려다보이는 골란고원에서 이 지역 국가들의 생명수인 갈릴리호의 물을 끌어다 농사를 짓자, 주변 아랍국들은 이를 저지하기 위해 요르단 강으로 흘러드는 야무르크 강을 막는 댐을 건설했다. 이스라엘은 건설 중인 댐을 파괴하고 단 6일 동안의 전쟁에서 승리하여 요르단 강을 차지했다.

이집트 문명의 발상지인 나일 강은 아프리카 대륙 적도 부근에서 시작해서 50여 개의 나라를 지나 하류에 있는 이집트를 통해 지중해로 빠져나간다. 상류에 있는 에티오피아가 사막을 농경지로 바꾸기 위해 댐을 세우려는 계획을 발표했다. 상류에 댐이 생기면 이집트로 오는 물이 8.5%가 줄어들기 때문에 이집트는 전쟁을 불사하는 강공책으로 댐 건설을 중단시켰다. 오늘날 전 세계 인구의 약 40%가 식수난과 농업, 산업용수난을 겪고 있다. 그런 가운데 방글라데시는 홍수 피해가 큰 나라로, 해마다 우기에 내린 비로 수만 명의 이재민이 생명과 재산을 잃는다.

사우디아라비아는 물이 부족해서 바닷물을 담수로 바꿔 식수와 생활용수로 사용한다. 육지에 건설된 최초의 해수 담수화 시설은 1560년에 튀니지에서 세워져 오늘날 계속 늘어나고 있는데, 무려 8,000개가 넘는다. 우리나라에도 상습적으로 물 부족을 겪는 홍도, 우도 등 섬 지역 주민들에게 생활용수를 공급하기 위해 44개의 해수 담수화 시설이 가동되고 있다. 세계는 점점 물 사용량이 느는데 수자원은 고갈되어가고 있어서, 선진국들은 신비한 태고의 물 덩어리인 오염되지 않은 남극과 북극의 빙산을 이용하는 연구를 계속하고 있다. 빙산은 바닷물이 얼어서 만들어지는 게 아니라 눈이 쌓여서 만들어지는 것으로, 빙하가 밀려오다 바다에 다다랐을 때 떨어져 나와 바다에 산처럼 떠 있는 얼음 덩어리이다. 사우디아라비아는 물을 얻기 위해 국가 차원에서 대형 선박을 이용해 빙산을 해안까지 끌어오는 계획을 세웠으나 끌고 오는 것에서부터 녹지 않게 하는 방법, 보관할 곳 등 많은 문제에 부딪혀 실행에 옮기지 못했다.

남도의 젖줄 영산강을 따라 사계절 뛰어난 풍광을 자랑하는 담양의 진산 추월산(731m)을 바라보며 달려간다. 인근의 금성산성과 함께 임진왜란 때 치열한 격전지였던 추월산은 전라남도 기념물 제4호이자 5대 명산 가운데 하나로 꼽힌다. 실개천처럼 흘러내리는 물가에 메마른 풀잎들이 바람에 흔들리는 시골길 벌판을 지나서 금성면 원율리에 이른다. 대한민국에서 가장 아름답고 멋있는 메타세쿼이아 가로수길이 반겨준다. '1박2일 담양 촬영지'라는 표지판이 붙어 있다. 동화 속 같은 가로수 풍경이 아름다운 모습을 뽐낸다. 담양군청까지 8.5km 구간에 1,500여 그루가 터널을 이루는 이등변 삼각형의 메타세쿼이아 길, 영화나 CF의 무대로 자주 등장해서 보았던 모습이다. 사람들은 이 길을 찾아 이국적이고 환상적인 풍경을 감상하면서 메타세쿼이아에서 뿜어져 나오는 특유의 향기에 매료된다. 메타세쿼이아는 원래 중국이 그 산지이나 미국으로 건너가면서 개량되었다. 담양에서는 1970년대 초 가로수 조성사업 시범가로로 지정되면서, 다른 지역으로 가야 할 메타세쿼이아 묘목이 잘못 배달되어 심은 것이 지금은 하늘을 덮고 있는 울창한 가로수로 자랐다. 당시 흔한 수종이 아닌 데다 값비싼 나무라 담양군에서 돌려보내지 않고 얼른 심어버렸다고 한다. 배달사고로 탄생한 메타세쿼이아 길이 2002년 산림청과 생명의 숲 가꾸기 국민운동본부가 선정한 '가장 아름다운 거리 숲'이 되었다.

　인적 없는 메타세쿼이아 가로수 길 자전거 드라이브는 환상적이다. 천천히 페달을 밟으며 나아가는 길가에 간간이 자전거 통행금지 표시가 있다. 하지 말라는 짓이 재미있다고 하던가. 가로수 길이 끝나는 지점에 관리인으로 보이는 사람들이 청소하기 위해 나온다. 얼른 인사를 건네며 선수를 친다. "안녕하세요, 참 좋습니다." 한 아저씨가 웃으면서, "여기는 자전거 타시면 안 되는데요."라고 한다. "네, 알겠습니다." 메타세쿼이아 길을 벗어나자 이내 관방제림이 나타난다. 천연기념물 제366호인 관방제림은 담양읍을 흐르는 영산강 상류를 따라 남안의 제방에 소재한 풍치림으로, 영산강 상류인 담양천의 물길을 다스리기 위해 성이성 부사가 제방을 축조하고 나무를 심었고, 그 뒤 황종림 부사가 관방제를 수축하여 수재를 방비하고 식수했다고 한다. 2004년 '아름다운 숲 전국대회'에서 대상을 수상한 관방제림은 담양천의 홍수 피해를 막기 위해 제방을 쌓고 나무를 심은 인공림이다. 300년 이상 된 건평나무, 팽나무, 이팝나무, 엄나무 등이 2km에 걸쳐 주변 환경과 어우러지며 장관을 연출하고 있다. 메타세쿼이아 가로수처럼 질서정연하지 않은 소박함이 운치가 있다.

관방제림 건너편 성인산 자락에는 울창한 초록빛 대나무가 하늘을 찌르며 향기를 풍기는 16만㎡에 달하는 죽녹원이 있다. 운수대통 길, 죽마고우 길, 사랑이 변치 않는 길 등 산책로가 대나무 숲 사이로 총 2.2km 형성되어 있다. 산책길 돌계단을 하나씩 밟고 오르면서 사이사이로 불어오는 바람 속에 속을 비운 대나무의 무욕과 곧은 심성을 느끼면 무더운 여름 최적의 피서지가 된다. 물과 돌, 대나무와 소나무, 그리고 달을 벗으로 하여 '오우가'를 지은 고산 윤선도(1587~1671)의 대나무 칭송이 들려온다.

나무도 아닌 것이 풀도 아닌 것이
곧기는 어찌 그리 곧고 속은 어이 비었는가
저렇게 사시에 푸르니 그를 좋아하노라

담양에는 전국 대나무 밭의 4분의 1 정도가 있다. 대나무는 십장생(十長生)의 하나로 매화와 난초, 국화와 더불어 사군자(四君子)로 불린다. 사군자는 각 식물의 장점을 살려 군자, 즉 덕과 학식을 갖춘 사람의 인품에 비유하여 부른다. 봄을 알리는 꽃 중에 선비들이 가장 좋아한 꽃은 매화다. 매화는 추운 겨울을 이겨내고 가장 먼저 꽃을 피우고 봄을 알려주기에 사군자의 첫머리에 온다. 추위가 미처 가시기도 전에 새하얀 꽃망울부터 터뜨려 마음을 설레게 한 매화를 두고 선비들은 사회를 이끌어갈 지도자로 보았다. 퇴계 이황은 특히 매화를 좋아하여 운명하기 직전에도 "저 매화에게 물을 주라."는 말을 남겼다. 난초는 여름날 깊은 산속에서도 은은한 향기를 내뿜고, 국화는 늦은 가을 겨울의 문턱에서 찬바람을 이겨내고 마지막으로 꽃을 피운다. 대나무는 모든 식물의 잎이 떨어진 한겨울에도 푸르름을 잃지 않고 꿋꿋한 기개를 내보인다. 그래서 선비들은 옛날부터 정원의 한쪽에 대나무를 심어 그 성품을 본받으며 살았다. 대나무는 아름다움, 강인성, 그리고 높은 실용성 때문에 일찍부터 생활과 예술에 불가결의 존재였다. 대나무의 매력은 마디에 있다. 마디는 힘이다. 마디는 바람에 흔들리지 않고 지탱할 수 있도록 땅을 붙잡아준다. 마디가 형성될 때 대나무는 성장을 잠시 멈추었다가 다시 쑥쑥 자란다. 사람도 마음의 마디가 필요하다. 마디를 만들기 위해 잠시 침묵의 시간, 명상의 시간, 삶의 여백을 가질 필요가 있다. 먼 길을 가자면 쉬어가는 마디가 있어야 한다. 가는 길이 험하고 멀다고 느껴질 때 침묵과 열정은 즐거운 도반이 된다.

"이런들 어떠하리 저런들 어떠하리~", "이 몸이 죽고 죽어 일백 번 고쳐 죽어~." '하여가'와 '단심가'를 나누고 이방원과 헤어진 정몽주, 조영규의 철퇴를 맞고 무참하게 쓰러진 그 다리의 이름은 선지교였다. 정몽주가 죽은 후 선지교에는 비가 와도 핏자국이 씻기지 않았으며, 다리 아래서는 돌 틈으로 새파란 대나무가 솟아나왔다. 대처럼 꿋꿋하고 푸른 정몽주의 절개를 뜻하는 것만 같아서 사람들은 선지교를 '선죽교(善竹橋)'라 불렀다고 전해지며, 아직까지도 바위에 핏자국이 배어 있다고 한다. 명성황후의 조카인 충정공 민영환은 을사늑약이 체결되자 죽음으로써 소신을 관철시키기 위해 고종과 2천만 동포에게 보내는 유서 '결고동포(決告同胞)'를 남기고 할복자결을 결행했다. 매천 황현은 그 모습을 "칼이 워낙 작아서 한번 찔러서 뜻을 이루지 못하자, 피가 칼자루에 묻어 잘 쥐어지지 않으므로 벽에 닦고 또 닦고 하여 남은 흔적이 있었다."라고 기록했다. 민영환이 순국한 지 8개월이 지난 후, 집 마루 틈으로 푸른 대나무가 솟아올랐다. 순절 당시 입었던 혈의(血衣)를 봉안해둔 마루에서 민영환의 나이와 같은 45개의 잎사귀를 피운 대나무가 솟아오르고, 이는 장안의 화제가 되었다. 일제(日帝)는 대나무를 뽑아버렸고, 이를 고이 보관한 부인은 훗날 고려대 박물관에 기증했다. 사람들은 그 청죽(靑竹)을 정몽주가 순절한 선죽교의 대나무에 얽힌 전설과 비교하여 혈죽(血竹)이라 불렀다. 600여 년의 세월을 건너 정몽주와 민영환은 용인에 이웃하여 묻혀 있다. 청나라의 군인이자 학자인 대회가 누구나 마음을 비우고 뿌리를 다져나가면 출중한 인물이 될 수 있다며 대나무를 예찬한다.

비 온 뒤 대나무 쑥쑥 자라고
바람 부니 대나무 산들거리네.
속 비었고 뿌리 굳으니
이제 곧 하늘까지 닿으리라.

2. 가사문학의 산실

체육공원이 조성된 담양 읍내의 강변길을 달리면서 명성이 자자한 뚝방 국수 거리 옆을 지난다. 식사를 하기에는 아직 이른 시간이라 아쉬움이 스쳐간다. 전라도 하면 맛의 고장으로 잘 알려져 있듯이 담양에도 손꼽히는 요리로 '담양 10미'가 있다. 담양 하면 제일 먼저 떠오르는 떡갈비, 대나무로 유명한 담양답게 죽통밥, 죽순요리 등이 거기에 포함된다. 선비의 기상과 사림의 정신이 살아 있는 고장, 사시사철 대나무의 푸른 정기를 머금은 대숲 맑은 생태도시, 남도의 멋과 맛이 시작되는 문화의 고장 담양은 전국에서 밤하늘이 가장 아름다우며 깨끗한 자연환경을 지닌 살기 좋은 청정도시, 정철과 송순의 자취가 있는 가사문학의 산실이자 전통문화의 도시이다.

시냇물 같은 소박한 영산강을 따라 서서히 담양 읍내를 벗어나 한적한 길을 따라간다. 바람을 등지고 가는 호젓한 영산강 길이 좋다고 생각한 것도 잠시 호사다마인가. 길은 다시 우회하고 매서운 바람이 몰아쳐 절로 웃음이 난다. 좋다고 해서 너무 좋아하지 말고 슬프다고 해서 너무 슬퍼할 일이 아니라는 생각이 새삼 밀려온다. "이대로 저대로 바람 부는 대로 물결치는 대로 살라." 하는 김삿갓의 '죽시(竹詩)'가 작은 물줄기 영산강을 따라 소리 없이 흘러간다.

此竹彼竹化去竹　風打之竹浪打竹

飯飯粥粥生此竹　是是非非付彼竹

賓客接對家勢竹　市井賣買歲月竹

萬事不如吾心竹　然然然世過然竹

이대로 저대로 돼가는 대로

바람 부는 대로 물결치는 대로

밥이면 밥 죽이면 죽 이대로 살고

옳으면 옳고 그르면 그르고 저대로 맡기세나.

손님 접대는 가세대로 하고

시정매매는 시세대로 하는 거네.

만사가 내 마음대로 같지 않으니

그렇고 그런 세상 그런대로 지내세나.

영산강을 따라 뻗은 둑길을 달려간다. 읍내를 벗어나고 봉산면 습지를 지나간다. 멀리 창창한 죽림이 우거진 제월봉 벼랑 위에 면앙정이 보인다. 송순 (1493~1582)이 벼슬을 그만두고 고향으로 내려와 후학을 기르며 한가롭게 여생을 보낸 정자다. '면앙정(俛仰亭)'이란 맹자의 "허리를 구부리니 땅이요, 우러러보니 하늘이라." 하는 대목에서 따온 것으로, "하늘을 우러러 부끄럽지 않고 사람에게 굽어도 부끄럽지 않다."고 다짐하면서 송순이 지은 이름이다. 수백 년 아름드리 참나무의 노거수들이 자태를 뽐내고 있는 면앙정에서 바라보는 넓은 평야와 들녘 저편의 금성산, 추월산, 병풍산 등의 산줄기들은 아름다운 전원을 이루는 절경이다.

송순은 김안로 일파가 세력을 잡고 조정을 좌지우지하자 극간하다가 미움

을 사게 되어 마흔한 살에 벼슬을 버리고 고향으로 돌아와 면앙정을 짓고 자신의 호로 삼았다. 이후 중종이 김안로 일당에게 사약을 내리면서 송순은 다시 중앙의 벼슬길에 나아갔다. '여러 무리에게 해를 입으면서도 한 번만의 귀양살이로 평생을 지낸 분'이라는 칭송을 받을 정도로 원만했던 송순은 77세에야 벼슬에서 물러나 면앙정으로 돌아왔다. 이후에도 선조의 부름을 받았지만 14년 동안 면앙정을 오르내리면서 가야금을 타고 시를 읊으며 풍류를 즐기면서 유유자적한 삶을 누리다가 90세로 세상을 떠났다. 정철은 송순이 죽자 "조정에 있는 60여 년을 대로(大路)로만 따랐다."고 흠모했으며, 퇴계 이황은 그를 일러 "하늘이 낸 완인(完人)"이라고 했다.

송순의 삶은 벼슬을 얻어 관직에 나간 경우를 제외하면 대개는 고향인 담양, 그것도 면앙정을 중심으로 이루어졌다. 송순은 면앙정에서 거대한 문학을 꽃피웠으며, 그 주위로 모여든 김인후, 고경명, 정철, 임제, 양산보, 김성원, 기대승 등 문인들은 이후 호남 문학을 찬란하게 꽃피우게 된다. 면앙정은 송순이 죽은 이후에도 문인들이 찾아와서 시를 짓고 학문을 연마하면서 호남 가

단의 중심 무대가 된다. 송순이 32세 때 매입해두었던 땅에 면앙정을 짓고 지은 시 '면앙정'이다.

　백리 안의 여러 산이 평야를 에워싼 곳
　시내 가까이에 겨우 초옥을 만들었네.
　벼슬길 벗어난 자유로운 이 몸
　갈매기와 더불어 좋은 짝을 이루었네.

　담양은 가사문학의 산실이다. 가사는 시조와 더불어 한국 고시가의 대표적 장르이다. 발생 시기는 대체로 나옹화상(1320~1376)이 지었다는 '서왕가'를 효시로 보며, 정극인의 '상춘곡' 이후 조선시대 사대부 층에 의해 폭넓게 향유되면서 시가문학의 중심으로 자리 잡았다. 강호 자연생활을 비롯하여 명승지 유람, 유배의 체험, 유교적 이념의 설파 등을 주요 내용으로 삼았다. 송순과 정철은 이런 시기에 '면앙정가', '성산별곡', '사미인곡', '속미인곡', '관동별곡'을 통해 가사의 절정을 구가했다. 담양에서 최초로 지어진 이서의 '낙지가(樂志歌)'를 필두로 600여 년 동안 담양의 가사문학은 끊임없이 지속되었다.

　담양에는 영산강 자전거 길과 연결된 '담양 오방길'이 있으며, 그 중 양산보의 소쇄원, 송강 정철의 지실마을, 한국가사문학관, 식영정으로 이어지는 '가사문학 누정길'은 자연과 문학이 하나 되는 선비의 길이라 일컫는다. 가사문학의 주요 무대가 된 일동 삼승지는 소쇄원, 환벽당, 식영정을 일컬으며, 낙향한 선비들이 모여들어 자연을 벗 삼으며 시문을 뽐낸 곳이다.

　남면 지곡리에는 광주호를 곁에 두고 한국가사문학관이 있어 가사문학의 전승, 보존, 발전을 이어가고 있고 인근에는 양산보의 별서정원인 소쇄원이 있다. 소쇄원은 양산보가 은사인 정암 조광조가 기묘사화로 능주로 유배되어 사약을 마시고 세상을 떠나게 되자, 출세의 뜻을 버리고 자연 속에 묻혀 살기 위하여 꾸민 정원이다. 소쇄원의 '소쇄'는 '깨끗하고 시원함'을 의미하는 말이다. 소쇄원은 좌우의 언덕에 철따라 꽃이 피고 인공폭포가 있어 자연과 인공이 오묘하게 조화를 이루는 신선의 경지와 같은 분위기를 자아낸다. 양산보는 소쇄원을 매우 아껴서 "절대로 남에게 팔지 말 것이며, 하나도 상함이 없게 할 것이며, 어리석은 후손에게는 물려주지도 말라."는 유언을 남겼다.

조선시대에 행세하는 양반들은 집을 세 채 갖고 있었다. 우선 한양에 경택, 혹은 경저가 있었다. 벼슬을 하려면 궁궐이 있는 한양에 거주할 수 있는 집을 가지고 있어야 했다. 경택은 공직을 수행하기 위한 공간으로, 집 크기는 보통 30~50칸 정도의 규모가 많았다. 지방에도 집이 있었는데, 주로 자기 고향에 있는 집으로 향제라고 불렀다. 주로 조상에게 물려받은 집으로 벼슬에서 물러나면 낙향하여 거주하는 집이었다. 또 하나의 집은 별서였다. 말하자면 별장으로 산자락이나 계곡물이 흐르는 곳에 아담한 규모의 정자를 가진 집이다. 벼슬할 때는 경택에 머물고, 벼슬에서 물러나면 향제에서 살고, 머리 아플 때는 별서에 가서 쉬었다. 소쇄원은 별서의 대표적인 형태이나 규모가 있는 장급 별서이다. 벼슬을 아예 단념하고 평생 눌러 살 것을 결심하고 조성한 공간이기 때문이다. 일제강점기에 왕조시대 건축 제한이 풀리면서 서울 시내 중심가에 경택의 편리성과 별서의 산속 같은 분위기를 합친 규모의 집들이 들어섰는데, 끝에는 '장(莊)'자가 붙었으니, 바로 이승만의 돈암장, 이화장, 김구의 경교장, 박헌영의 혜화장, 김규식의 삼청장 등이다.

담양호가 한눈에 보이는 성산 끝자락에는 그림자도 쉬어가는 정자라는 의미의 식영정이 있다. 송강 정철은 이곳 식영정과 환벽당, 송강정 등 성산 일대의 미려한 자연경관을 벗 삼으며 '성산별곡'을 창작했었다. '성산별곡'은 계절에 따라 변화하는 성산 주변의 풍경과 그 속에서 노니는 서하당 주인 김성원의 풍류를 그린 것이다. 또한 송강은 이곳을 무대로 하여 송순, 김윤제, 김인후, 기대승 등 명현들을 만나 그들에게서 학문과 시를 배웠다. 정철, 고경명, 임억령, 김성원은 식영정의 사선(四仙)으로 불린다.

식영정 아래 위치한 광주호는 담양군 고서면과 남면, 광주시 북구에 걸쳐 있는 호수로, 이 호수의 주변은 정철이 '성산별곡' 등을 집대성한 곳이다. 건너편에는 환벽당이 있다. 환벽당은 나주 목사를 지낸 김윤제(1501~1572)가 낙향하여 창건하고 육영에 힘쓰던 곳으로, 그의 제자 가운데 대표적 인물이 정철이다. 조부의 묘가 있는 고향 담양에 내려와 살던 14살의 정철이 순천에 사는 형을 만나려고 길을 가는 도중에 환벽당 앞을 지나게 되었다. 때마침 김윤제가 환벽당에서 낮잠을 자고 있었는데, 꿈에 용 한 마리가 물에서 노는 것을 보고 깨어 용소로 내려가 보니 한 소년이 목욕을 하고 있었고, 소년이 영특하여 데려다 학문을 닦게 했다는 것이다. 환벽당 바로 위에는 임진왜란 당시 고경명, 곽재우 등과 함께 혁혁한 공을 세웠으나 이몽학의 난으로 모함 받아 억울하게 옥사한 의병장 김덕령(1567~1596)의 혼을 위로하기 위하여 후손들이 지은 취가정이 있다.

임진왜란이 끝난 후 선조와 조정은 의병들의 공이 컸다는 것은 관군의 역할이 미미했다는 것을 인정하는 것이기에 정치적으로 큰 부담이 되었다. 여기에 의병장들의 공을 시기하는 무리들의 입김이 작용하면서 많은 전쟁 영웅들이 비참한 최후를 맞이했다. 1594년(선조27) 죽임당한 의병장 이산겸은 그 첫 희생자였다. 이산겸은 토정 이지함의 서자로, 송유진 반란의 주모자로 억울하게 처벌되었다. 김덕령은 희생된 의병장 가운데 가장 거물이었다. 그는 의병 항쟁에 뛰어들면서 다음과 같은 시를 읊었다.

거문고와 노래 이것은 영웅의 일이 아니고
칼춤으로 모름지기 옥장(玉帳)에서 놀 것이다.
다른 날 난이 평정되어 칼을 씻고 돌아온 뒤에
강호에 낚시질하는 외에 다시 무엇을 구하리.

전란이 끝난 뒤 한가로이 낚시질이나 해야 할 김덕령을 기다린 것은 뜻밖에 모함이었다. 이몽학의 모반에 연루됐다는 죄목으로 체포되었다. 이몽학의 난은 임진왜란 기간 중인 1596년 충청도에서 일어난 반란이다. 서얼 출신으로 부친에게 박대를 받고 쫓겨나 충청도 일대를 방랑하던 이몽학은 승려, 노비 등을 규합해 충청도 홍산에서 난을 일으켜 수령의 악정을 폭로하고, 안민정국의 구호를 내세워 한때 백성의 지지를 받으며 세력을 떨쳤으나, 권율 등 관군의 추격으로 대오가 와해되었다. 이몽학은 논산에서 관군의 선무공작으로 부하들에게 피살되었다. 난이 끝난 후 체포된 반란군 병사가 의병장들이 반란군에 연루되었다고 무고함으로써 김덕령, 최담경, 곽재우, 고언백 등이 체포되어 취조를 받았다. 결국 김덕령과 최담경은 고문으로 목숨을 잃었다. 관운장의 용력과 제갈량의 지략을 갖추었다며 극찬 받던 김덕령은 선조에게 무죄를 주장했으나 받아들여지지 않자, 선조에게 "다만 신이 모집한 용사 최담경 등이 죄 없이 옥에 갇혀 있으니 원컨대 죽이지 말고 쓰도록 하소서." 하며 간청했지만, 모두 고문으로 죽음을 당한다. 광주 사직공원의 비에 새겨진 김덕령의 옥중 시다.

춘산에 불이 나니 못다 핀 꽃 다 불붙는다.

저 뫼 저 불은 끌 물이나 있거니와

이 몸에 내 없는 불 일어나니 끌 물 없어 하노라.

봄 동산에 불이 나니 미처 피지 못한 꽃이 다 타죽는구나.

저 산의 저 불은 끌 수 있는 물이나 있지만은,

내 몸에는 연기도 없는 불이 타고 있으니 끌 물이 없어 안타깝구나.

정쟁으로 인하여 희생되기보다는 스스로의 의지에 따라 목숨을 내놓았다는 이순신의 자살설은 억울하게 죽은 김덕령의 이야기에서 비롯된다. 조선 숙종 때 판서를 지낸 이민서(1633~1688)는 임진왜란 당시 의병장으로 활약하다 모함을 받아 숨진 김덕령(1567~1596)을 기리는 평전 『김장군전』을 썼다. 그 중 한 대목에서 "이순신은 바야흐로 적과 싸울 때 면주하여 스스로 탄환을 맞고 죽었다."라고 썼던 것이다. 이순신의 자살설은 면주(免胄)에서 비롯된다. 면주는 '갑옷과 투구를 벗다' 또는 '갑옷을 벗다'로 풀이한다. 그전까지의 전투에서는 갑옷과 투구를 벗은 적이 없던 이순신이 왜 마지막 전투에서, 그것도 추운 겨울바다에서 면주를 했을까? 조정과의 불화, 당쟁의 결과 모함이나 모략을 받아 원하지 않는 죽음을 죽을 수 있기에 생사에 초연했던 장군은 목숨을 내놓았다는 것이다. 1598년 11월 19일 새벽 2시경 노량 앞바다 관음포에서 삼도수군통제사 이순신은 일본 수군의 조총에 맞아 숨졌다. 이 전투에서 일본군은 패퇴했고 임진왜란은 막을 내렸다.

이순신 장군과 닮은 영국 넬슨 제독의 자살설이 있다. 넬슨은 평소 명예로운 죽음을 찬미했다. 이순신 장군이 "적에게 내 죽음을 알리지 말라."라는 명언을 남겼듯이 47세의 지중해 함대 사령관 넬슨은 "이제 나는 여한이 없다.

내 의무를 다하게 해준 신께 감사드린다."라고 하면서 1805년 10월 21일 스페인 서남해안 트라팔가르 해전에서 최후를 맞이했다. 두 사람은 전쟁을 종결짓는 마지막 일전에 함대에서 필요 이상의 모험적 전술을 강행했다는 공통점이 있다. 하지만 넬슨은 평소 영웅적 이미지 손상에 대한 두려움이 있었고, 불륜 관계였던 에마 해밀턴과의 소문이 있었으며, 병사들에겐 따뜻한 상관이었지만 상관에겐 순종적이지 않았다고 한다.

러일전쟁 승리의 영웅인 연합함대 사령관 도고 헤이하치로는 영국 언론과 회견을 하는 자리에서 한 기자가 "당신은 영국의 넬슨 제독에 비견될 만한 인물입니다."라고 하자, "넬슨은 적하고 비슷한 수의 함대로 이겼지만, 나는 발틱 함대의 3분의 1 정도의 전력으로 이겼다."라고 말했다. 그러자 기자는 "이순신 장군에 비하면 어떻습니까?"라고 하자, "나는 그분과는 비교가 되지 않는다." 라고 말했다. 공교롭게도 도고가 가장 숭배한 인물은 이순신 장군이었다. 도고는 항상 임진왜란의 영웅 이순신 장군을 연구했으며, 이순신 장군을 보면서 자괴감에 빠졌다고 한다.

담양군 고서면 원강리에 있는 송강정은 정철이 동인들의 탄핵을 받아 대사헌을 그만두고 돌아와 초막을 짓고 살던 곳으로, 우의정으로 다시 조정에 나가기까지 4년 동안 머물면서 '사미인곡' '속미인곡'을 비롯한 여러 작품을 남긴 곳이다. 정철은 박인로, 윤선도와 함께 한국 고전문학사에서 3대 시인이며 가사문학에 있어서 일인자로 평가받고 있다. 반면에 16세기 후반의 그의 정치적인 역경은 파란만장했다. 어린 시절 형과 매형의 처참한 죽음, 아버지의 귀양 생활로 불우했던 그는 그 영향으로 술을 마시면 폭음을 했고, 조정에 들어가서도 대낮에 공무를 볼 때 술에 취해 사모가 한 쪽으로 비스듬히 기울어지는 일이 흔했다고 한다. 부친이 유배에서 풀려나자 담양의 창평으로 온 송강은 27세로 과거에 장원급제하기까지 약 10여 년간 창평의 아름다운 자연 속에서 뛰어난 스승들을 만나 심신을 단련하고 학문에 몰두하면서 정신적인 안정을 찾게 된다. 친구인 율곡이 분당의 조정을 포기하고 낙향하자, 송강도 40세인 1575년에 창평으로 내려왔다. 여러 번 창평으로 낙향한 시절이 정치적으로는 울분을 달래는 실의의 나날이었지만, 이 기간 동안에 술과 풍류를 즐기고 자연을 벗하며 '성산별곡'을 비롯한 많은 문학작품을 창작했던 것이다. 정철은 할 말이 있으면 반드시 해야 했고, 사람의 허물을 보면 아무리 가까운 사람이라도 조금의 용서함도 없었으며, 화를 입더라도 앞장서 싸우기를 불사하는 성격이었으니, 그의 삶은 파란의 연속이었다. 57세인 1592년 4월 임진왜란이 일어나자 임금은 피난길에 유배지에 있는 송강을 방면하여 불렀다. 평양에서 임금을 모시던 송강은 이듬해 사은사로 명나라에 갔다. 그러나 "명나라 조정에 왜군이 이미 물러갔다는 거짓보고를 올렸다."라는 동인의 모함을 받아 사직하고 강화도 송정촌에 머무르게 된다. 송강은 울분과 가난으로 병을 얻어 추운 겨울인 12월에 둘째 아들이 지켜보는 가운데 쓸쓸히 숨을 거두었다. 그의 나이 58세, 달팽이 뿔 위에서 부귀공명을 추구하며 자연을 벗 삼던 실로 파란만장한 생을 마감했다.

송강은 벽이 있는 위인이었다. 벽이 없는 사람은 버림받은 사람이라고 할 수 있다. 벽(癖)은 '굳어져서 고치기 어려운 버릇, 무엇인가를 치우치게 즐기는 병'이라는 의미이다. 질병과 치우침으로 구성되어 편벽된 병을 앓는다는 의미다. 고독하게 새로운 세계를 개척하고 전문적 기예를 익히는 일은 오직 이와 같이 벽을 가진 사람만이 가능하다. 사람들은 저마다 벽이 있다. 내게도 벽이 있으니 방랑벽이다. 어디론가 멀리 낯선 곳으로 떠나고 싶은 병, 방랑벽은 오늘의 나를 있게 했다. 산으로, 바다로, 끊임없이 길 위로 나를 내몬 방랑벽은 도전이었고, 해방이었고, 탈출이었고, 성취였고, 의미였고, 시작이었고, 끝이었고, 나를 내 삶의 주인으로 살도록 한 전부였다. 치열한 삶의 거리에서 은둔자의 모습을 그리는 마음을 담은 송강의 시다.

숨어 살 계획 이미 정해져
세모에는 내 장차 떠나가리라.
항상 원하기는 물고기 되어
깊은 물 밑에 잠기고 싶다.

송강이 머물렀던 창평의 삼지내 마을은 아시아 최초의 슬로시티(Slow City)이다. 3.6km 길이의 멋스럽고 아름다운 옛 돌담길에 둘러싸여 있어 마을은 운치가 있고 정감이 있다. 슬로시티는 '속도의 구속에서 벗어나 느림과 여유를 추구하는 도시'라는 의미로 1999년 이탈리아 해발 500~700m 산간지대에 있는 작은 시골이 발상지다. 글자 그대로 '빨리'가 아닌 '느림'을 지향하는 전 세계적인 캠페인이다. 옛날 방식으로 올리브기름을 짜고 스파게티를 만들며 포도주를 발효시킨다. 공해나 쓰레기 발생이 적고 각종 첨가물도 없는 슬로푸드가 생산된다.

슬로시티는 2012년 6월 기준으로 25개국 150개로 확대 지정되어 있다. 슬로시티가 되면 이내 관광명소가 된다. 인증을 받으려면 인구가 5만 명을 넘지 않아야 되고 자연 생태계가 철저히 보전돼야 한다. 유기농 지역 특산물도 있어야 하고, 대형마트나 패스트푸드점도 없어야 하는 등 조건이 꽤 까다롭다. 일본은 20개 도시씩 두 번이나 신청했지만, 한 곳도 지정받지 못했다. 반면 우리나라는 2007년 말 아시아 최초로 신안군 증도와 담양군 창평면, 장흥군 유치면, 완도군 청산도, 하동군 악양면, 예산군 대흥면과 응봉면 전주 한옥마을 등 10곳이 슬로시티 인증을 받았다. 창평에는 슬로시티 달팽이 시장이 열린다. 느리게 가는 달팽이를 보면 참으로 더디고 답답해 보인다. 하지만 달팽이에게는 가장 합리적인 속도이다.

사업(BUSINESS='BUSY+NESS')은 바쁘고 빠른 것이라는 의미를 내포하고 있다. 그러나 요즘은 그러한 통념도 차츰 변해가는 추세다. 이제 삶의 풍성함은 자기 발밑의 소중한 것을 찾아내는 데서 비롯된다. 인도 속담에 '너무 멀리 보는 사람은 자신 앞에 펼쳐진 초원을 보지 못한다.'고 한다. 그러자면 느림을 즐길 수 있는 여유가 있어야 한다. 느림을 즐기기 위해서는 많은 것들이 뒷받침되어 줘야 한다. 느림의 멋을 즐기기 위해, 느림의 여유를 망각하지 않기 위해 더욱 부지런히 하루하루를 살아가야 한다. 조금씩 천천히 끊임없이 나아가며, 낭만이 있고 여유가 있고, 꿈이 있는 느림보 달팽이가 되어야 한다.

다친 달팽이를 보거든 섣불리 도우려고 나서지 말라.
스스로 궁지에서 벗어날 것이다.
성급한 도움이 그를 화나게 하거나
그를 다치게 할 수 있다.

하늘의 여러 별자리 가운데서
제자리를 벗어난 별을 보거든 별에게
충고하지 말고 참아라.

별에게 그만한 이유가 있을 거라고 생각하라.
더 빨리 흐르라고 강물의 등을 떠밀지 말라.
강물은 나름대로 최선을 다하고 있는 것이다.

프랑스의 시인이자 영화감독 장 루슬로의 시다. 생각은 말을, 말은 행동을, 행동은 습관을, 습관은 품성을, 품성은 인격을, 인격은 운명을 만든다. 남명 조식은 "착하게 되는 것도 습성에서 말미암고, 악하게 되는 것도 습성에서 말미암는다. 발전하는 사람이 되느냐 퇴보하는 사람이 되느냐 하는 것도 발 한 걸음 내딛는 사이의 일이다."라고 한다. 천태만상 걸음걸이의 습관이 운명을 만든다면 걸음걸이의 습관을 잘 들여야 한다. 사람의 걸음걸이는 천차만별 각 양각색(各樣各色)이다. 세련되고 당찬 걸음이 있고, 패배자의 걸음걸이가 있다. 갈 길 잃어 방황하는 걸음걸이와 목표를 향해 힘차게 나아가는 걸음걸이는 다르다. 걸음걸이는 하루아침에 이루어진 것이 아니니 곧 인생의 반영이라 할 수 있다. 자신의 걸음걸이를 보는 것은 자신의 인생을 보는 것과 같다. 자신이 내딛는 한 걸음 한 걸음이 인생을 만드는 과정이라 생각하면 함부로 내딛을 수가 없다. 제대로 걷는 한 걸음이 인생이 된다면, 오직 그것에만 집중하여 당당하고 의연하게 발걸음을 내딛을 일이다.

달팽이가 되어 생의 여로를 여유롭게 걸어간다. 맞바람을 헤치며 달리는 두 바퀴에는 힘이 들어가고 활력이 넘친다. 순풍이 불어온다. 다시 느긋하게 간다. 천천히, 아주 천천히 '슬로우 슬로우' 하며 간다. 스쳐가는 시간과 공간을 눈으로 보고 마음으로 느낀다. 온몸으로 자연을 노래하는 나그네의 입안에서 흥얼거림이 나온다. 새로운 세계가 보인다. "올라갈 때 못 본 그 꽃 내려올 때 보았네."라는 시인의 노래처럼 치열할 때 보지 못한 일들이 여유와 함께 달려온다. 한겨울의 세찬 바람을 안고 흘러가는 강물을 따라 달려가는 나그네 길, 영산강 시원지 담양을 벗어난다.

3. 엄마야 누나야

담양 습지의 대숲을 따라 흐른 자전거 길은 북광주 IC 이정 표를 바라보며 광주로 들어서고, 영산강은 잠시 극락강으로 이름을 바꾼다. 조선시대 근처에 있던 나루의 극락원이라는 여각에서 유래했다고도 하고, 풍영정에서 바라본 시원스런 강의 모습이 이승이 아닌 극락의 모습이라는 시인묵객들의 비유에서 극랑강이라 유래했다고도 한다. 광신대교 건너편 풍영정에는 극락강을 오르내리며 소금을 팔던 강원도 총각과 양가집 규수 장씨 처녀의 애절한 사연이 전한다.

남의 눈을 피해 견우와 직녀처럼 1년에 한번 만나 사랑을 나누며 죽어도 서로 헤어지지 않기로 약조를 했지만, 소금장수 총각의 종적이 끊어지고 3년, 기다리던 장씨 처녀는 부모의 명을 거역하지 못하고 시집을 가고 말았다. 4년이 되어 찾아온 총각은 이를 알고 한 서린 눈물을 흘리며 돌아가고, 뒤늦게 이를 안 장 여인은 밤마다 언덕에서 총각이 떠나간 극락강을 바라보며 울다가 이승을 떠났다. 그 자리에 한 그루 괴목이 자라고, 장 여인이 죽어 괴목이 된 자리가 풍영정이라 전한다.

라인 강에는 슬프지만 아름다운 로렐라이의 전설이 이어온다. 로렐라이는 황금빛 머리카락, 고운 목소리가 매력적인 아름다운 소녀였다. 이웃 마을에 살던 한 소년을 사랑했는데, 전쟁이 일어나자 소년은 배를 타고 전쟁터로 가버렸다. 로렐라이는 매일같이 언덕 위에 올라 라인 강을 바라보며 소년이 돌아오기를 기다렸다. 그러던 어느 날 소년이 탄 배가 드디어 강을 따라 마을로 들어오고, 로렐라이는 너무나 기쁜 마음으로 그 모습을 지켜보고 있었는데, 갑자기 강물에 소용돌이가 일어나면서 소년이 탄 배가 산산이 부서져 침몰하고 말았다. 로렐라이는 말할 수 없는 슬픔에 잠겨 결국 강으로 뛰어내려 스스로 목숨을 끊고 말았다. 로렐라이가 죽은 후, 그녀가 죽은 장소에서는 수많은 배들이 암초에 걸리거나 물살에 휩쓸려 침몰하는 사고가 발생했다. 뱃사공들의 말에 의하면, 저녁 무렵에 배를 타고 지나갈 때마다 로렐라이 언덕 위에서 아름다운 소녀가 노래를 부르는데, 일렁이는 황금빛 머리카락과 매혹적인 고운 목소리에 홀려 정신을 놓쳐서 사고를 일으킨다는 것이었다. 신비로운 이야기는 몇 백 년이 지난 지금까지도 전설로 남아 수많은 시와 노래로 만들어졌다. 하이네의 시에 곡을 붙여 만든 '로렐라이'라는 민요는 우리나라 음악 교과서에도 실렸을 만큼 잘 알려진 곡이다.

치평동에서 지류인 광주천을 넉넉하게 끌어안은 영산강은 산고수장(山高水長)이란 말대로 미륵천, 서창천, 송정천, 도호천을 받아들인다. 산이 높고자 하면 한 줌의 흙도 아끼고, 물이 길고자 하면 한 방울의 물도 소중히 여겨야 한다. 사람이 수하가 많은 큰사람이 되고자 하면 이런저런 사람들을 가리는 것이 아니라, 3천 명의 식객을 거느리는 맹상군의 계명구도(鷄鳴狗盜) 고사처럼 다양하게 포용할 줄 알아야 한다. 서창교 아래를 지나고 서창평야를 지나간다. 장성군에서 흘러내려오는 황룡강과 송대동에서 몸을 합하여 큰 물줄기를 이루고, 드디어 본격적인 영산강이 되어 흘러내린다. 소나무 정자가 있어 지어진 이름 송강 나루터를 지나간다.

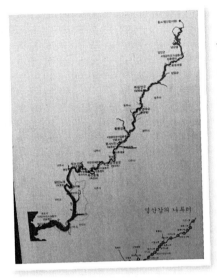
영산강의 나투머

영산강의 발원지가 황룡강이라는 견해도 있다. 지형도 실측에 따르면 가마골 용소보다 3km 더 긴 것으로 알려진 담양 월산면 용흥리 병풍산 북쪽의 용흥사 골짜기인 쪽재골이 발원지라고 주장한다. 하지만 건설교통부에서 발간한 『하천편람』에는 영산강 본류가 용추산 용소에서 발원한다고 했다. 발원지는 길이만으로 할 것이 아니라 유역의 면적, 유량, 유역에 미치는 영향 등을 고려하여 결정해야 한다는 것이다. 영산강 본류는 황룡강보다 유로의 길이는 약간 짧지만, 유역 면적과 유량이 넓고 풍부하며 비교적 넓은 평야가 발달되어 있고, 광주시, 담양군, 장성군의 일부를 포함하여 많은 인구가 거주하는 용소에서 흐르는 강을 본류로 보아야 한다는 견해이다.

송대동에서부터 더욱 풍요로워진 영산강은 빛고을 광주(光州)의 젖줄이 되어 시가지를 관통한다. 사람들이 여유롭고 한가한 모습으로 휴식을 취하며 운동을 한다. 모처럼 자전거 여행에서 많은 사람들과 마주친다. 강 건너 멀리 광주의 진산인 국립공원 무등산(1,187m)이 보인다. 높이를 헤아릴 수 없고 견줄 만한 상대가 없으며 등급을 매기려야 매길 수가 없는 무등산(無等山)이다. 절대 평등의 깨달음, 완전한 평등을 의미하는 '무등등'을 말한 『반야심경』의 대목에서 유래되었다고 한다. 무등산 정상은 '정상 3대'라 불리는 천왕봉, 지왕봉, 인왕봉 3개의 바위봉으로 이루어져 있다. 빼어난 경관으로 예로부터 시인묵객들의 발길이 끊일 날이 없었으며, 육당 최남선은 "세계적으로 이름난 금강산에도 부분적으로는 여기에 비길 경승이 없으며, 특히 서석대는 마치 해금강의 한 쪽을 산 위에 올려놓은 것 같다."고 찬탄했다.

광주는 1986년 나주에 있던 전남 도청이 옮겨오기 전까지만 해도 나주의 행정 그늘에 묻혀 있었다. 백제시대에는 무진주로 불리다가 통일신라시대에는 무주로 불렸다. 광주라는 지금의 이름을 갖게 된 것은 고려 태조 때인 940년부터였다. 나주가 고려 태조의 처가가 있었던 곳이고 광주는 한때 후백제 견훤이 머물렀던 도읍이기 때문에, 고려시대의 광주는 나주에 밀릴 수밖에 없었다. 그러나 조선시대에 이르러서는 그 인구가 나주에 버금가는 큰 고을이 되었다.

역사적으로 광주에는 민란이 자주 일어났다. 중앙 정부와의 거리가 멀어 지방 관리의 과중한 수탈과 탐학이 있었기 때문이다. 민란을 일으키는 백성이었으니 국난을 당했을 때는 목숨을 아끼지 않았다. 1894년 조병갑의 폭정에 시달리다 전봉준이 고부에서 일으킨 동학 농민운동 당시에도 광주 사람 4,000여 명이 가담했다. 동학은 경북 월성의 최제우가 일으키고, 그가 대구에서 처형된 뒤 해월 최시형에 의해 전라도에 활짝 핀, 단순한 종교가 아닌 사회 개혁 운동이었다. 동학 농민운동은 광주 지역의 의병운동과 항일운동으로 이어졌으며, 1919년 3.1운동과 1929년의 광주 학생운동에서 그 절정을 이루었다. 그리고 1980년의 5.18 민주화 운동은 우리 역사에서 찾아보기 힘든 거대한 사건이었다.

빛고을을 지난 영산강은 흘러 흘러 나주평야에 들어서기 직전에 나주 쌀알을 형상화한 디자인이 돋보이는 승촌보를 만난다. 승촌보의 전망대에서 휴식을 취하며 멀리 광주의 무등산, 영암의 월출산, 나주의 금성산을 바라본다. 나주로 들어선 영산강은 동산평야를 이루고, 나주시 금천면 원곡리에서 남평의 주천이자 영산강의 지류 중 세 번째로 큰 지석강을 합하여 큰 물줄기를 이룬다. 길이 53.5km인 지석강은 화순군 쌍봉리 예치와 신풍리 화학산에서 발원하여 능주면을 지나면서 충신천이라 불리고, 서쪽으로 방향을 바꾸면서 화순천과 합류하여 화순평야와 남평평야 등의 주요 산지에 물을 대는 역할을 하면서 남평에 이르러, 대초천과 다시 합류하여 영산강으로 흘러든다. 남평을 흐르는 지석강은 서산리의 드들산 밑을 흐르며 절경을 이루어 드들강 유원지를 조성하고, 광주 일원의 유원지로 개발되어 여름에 많은 사람들의 휴식처가 되고 있다. 드들강 푸른 솔숲 끝자락에는 김소월의 시에 남평 출신 월북 작곡가 안정현이 작곡한 노래비가 세워져 있다.

엄마야 누나야 강변 살자
뜰에는 반짝이는 금모랫빛,
뒷문 밖에는 갈잎의 노래,
엄마야 누나야 강변 살자

고창 상갑리 일대의 고인돌 군과 강화 부근의 고인돌 등과 함께 2002년 세계 문화유산으로 등록되어 관광지로 부상한 화순군 도곡면과 춘양면 일대를 지난 지석강은 능주면에 접어들면서 한천을 합한 뒤 읍내 동쪽에 있는 정자인 영벽정에 이른다.

능주면 남정리에는 조선 중기의 대학자였던 정암 조광조(1482~~1519)가 기묘사화 때 유배 와서 사약을 받았던 유허지가 있다. 성리학만이 사회적 모순을 해결하고 새 시대를 이끌어갈 이념이라고 확신한 실천주의자 조광조는 열일곱 살에 평안도로 귀양 온 '소학군자(小學君子)' 김굉필에게서 성리학을 배웠다. 개혁의 동반자였던 중종의 사림 견제와 중종반정 때 공을 세운 훈구 척신

파의 반발로 기묘사화가 일어나고, 조광조의 급진 개혁정책은 실패로 끝났다. 사약을 받고 죽은 조광조의 시신을 양팽손(1488~1545)이 은밀히 거두어 지금의 서원터에 가매장했다가 이듬해 용인으로 이장했다. 양팽손은 조광조와 함께 생원시에 합격하고 이후 갑과에 급제하여 버슬을 하다가, 조광조가 능주로 유배를 가자 그를 위해 항소하다가 사직하고 고향으로 돌아와, 유배 중인 조광조를 찾아다니며 위로하고 서로 경론을 논했다. 양팽손이 58세로 죽자, 조광조가 배향된 한천면의 죽수서원과 용인의 심곡서원에 함께 배향되었다. 훗날 이이는 조광조에 대해 "자질과 재주가 뛰어났음에도 불구하고 학문이 부족한 상태에서 정치 일선에 나아가 개혁을 급진적으로 추진하다가 결국 실패하고 말았다."고 평가했다.

반정으로 연산군을 몰아내고 임금의 자리에 오른 중종은 정국공신이라는 기득권 세력의 눈치를 살피는 데 급급하던 차에, 도학 정치사상을 지닌 조광조를 만나 "정암은 과인의 스승이로세."라며 총애했다. 정몽주의 위패를 문묘에 배향하고 현량과를 시행하는 과거제도를 개혁하면서 조광조는 파격적인 승차를 거듭하게 되고, 신진사류들에게는 영웅이지만 기득권 세력에게는 원수가 되었다. 소격서를 혁파하면서 기득권 세력과의 대립과 갈등이 극한 양상에 이르고, 신진사류들의 정국공신들의 훈작을 삭제하는 주장이 대두되면서, 중종은 젊은 대간들의 주청과 강요에 기력이 쇠진해 있던 터라 조광조 일당을 치죄하겠다는 밀지를 내리게 된다. 결국 '주초위왕(走肖爲王)' 사건으로 신진사류의 씨를 말리는 기묘사화가 일어나고, 조광조는 유배지 능주에서 중종이 내린 사약을 받고 서른여덟 살의 극적인 삶을 마감했다. 사약을 마시기 직전에 남긴 풍운아 조광조의 시다.

임금을 어버이처럼 사랑했고

나라를 내 집처럼 근심했네.

해가 아래 세상을 굽어보니

붉은 충정 밝게 비추어주리.

곡고화과(曲高和寡)라, 가락이 고상하면 화답이 적다. 곡조의 수준이 높으면 이해하는 사람이 적다. 문장이 어려우면 이해하는 사람이 적어 글을 읽는 사람이 드물다. 초나라 왕과 송옥의 대화에 나오는 이야기다. 어떤 가수가 길에서 노래를 부른다. 아주 쉬운 통속적인 노래를 부르자 주위 사람 대부분이 알아듣고 따라 부른다. 점차 고상한 노래를 부를수록 화답하는 사람이 적어진다. 봉황은 푸른 하늘을 등에 지고 구름 위까지 오르는데, 동네 울타리를 나는 참새가 어찌 하늘 높음을 알겠으며, 곤이라는 큰 물고기를 어항 속 작은 물고기가 어찌 알겠는가. 선비 중에도 그렇고, 삶 또한 그렇다. 곧은 나무는 먼저 베인다. 못 생긴 나무가 산을 지킨다. 물맛이 좋은 샘물은 먼저 마른다. 실실허허가 아닌 허허실실이다.

화순에는 두 개의 큰 강이 있는데 하나는 지석강이고, 다른 하나는 동복의 적벽강이다. 화순의 동복면은 김삿갓이라 불리는 천재 방랑시인 난고 김병연이 57세로 최후를 맞이한 곳이다. 김삿갓은 주유천하를 하다가 이곳에 이르러 적벽강의 아름다움에 취하여 머물렀다. 조상을 능멸하여 과거에 급제하고 부끄러움에 하늘을 볼 수 없다 하여 삿갓을 쓰고, 세상에 대한 회한과 허무로 정처 없이 조선 팔도를 헤매며 이곳 화순 땅까지 온 김삿갓. 그는 고을 망루인 협선루에 아침부터 올라 진종일 주변 정경을 둘러보며 세상사의 덧없음과 자연의 아름다움을 노래하며 비감한 심정으로 해질녘까지 그곳을 떠날 줄 모른다.

군루에 아침 일찍 올라 진종일 돌아갈 줄 몰랐네.

석양빛은 가을이 이르려 함인지 긴 바람이 불어가더니

동산에 달이 솟아오는구나.

창원 정씨 집의 사랑채에서 다사다난한 생을 마감한 김삿갓은 사람들이 마을 동편 동뫼에서 초장했고, 3년 뒤 둘째 아들 익균에 의해 영월군 김삿갓면 와석리 싸리골 현재의 묘소로 이장했다. 동복에는 지금도 초장한 흔적이 남아 있으며 '시선난고 김병연김삿갓종명초분유적지'라고 새겨진 표석이 쓸쓸히 맞이한다.

지석강은 다시 유곡천을 합한 뒤 남평읍에서 대초천을 만나는데, 대초천 줄기에 강물이 흘러드는 나주호가 있고, 멀지 않은 도암면 대초리에는 불가사의한 절인 운주사가 있다. 운주사(雲舟寺)의 주(舟)자에는 물방울 같은 중생이 모여 바다를 만들고, 세계라는 배가 그 중생의 바다에 비로소 뜨고, 역사는 중생의 바다에 의해 떠밀려가는 것이라는 깊은 뜻이 담겨 있다. 천불산 기슭에 위치한 운주사는 현재 석불 93구와 석탑 21기밖에 없지만, 『동국여지승람』에는 돌로 된 석불석탑이 각각 1천구씩, 천불천탑이 있었던 사찰로 유명하다. 운주사 초입에는 9층 석탑을 비롯하여 7층, 5층, 원형의 탑들이 마치 기러기 떼처럼 솟아 있고 좌우측의 산에도 여러 탑들이 우뚝우뚝 솟아 있어 신비로운 모습을 연출한다. 운주사의 불상이 하나같이 못 생긴 이유는 죽은 다음에 가게 될 극락정토에 당시의 서민들이 자기의 모습과 닮은 형상을 조각했기 때문이라고 한다.

　운주사의 창건 설화로는 화순과 이웃한 영암 출신의 도선국사와 관련된 풍수비보설이 있다. 천불천탑이 세워진 운주사 일대는 장길산을 비롯하여 반란을 일으킨 천민과 노예들이 개벽세상과 신분해방을 꿈꾸며 미륵신앙을 염원했던 곳이다. 운주사 뒷산에는 말발굽 모양의 흔적들이 찍힌 바위들이 있는데, 민담에 따르면 세상의 악을 더 이상 방치할 수 없다고 판단한 신들이 절을 세워 용화세계를 이루기 위해 말을 타고 하늘에서 내려와 이 바위에서 절을 세울 일을 의논했으며, 그때 신들의 말발굽이 그 바위에 찍혔다고 한다. 어느 학승이 영조 19년에 간행한 『도선국사실록』에는 다음과 같은 글이 기록되어 있다.

　우리나라의 지형은 떠가는 배와 같으니 태백산, 금강산은 그 뱃머리이고, 월출산과 영주산은 그 배꼬리이다. 부안의 변산은 그 키이며, 영남의 지리산은 그 삿대이고, 능주의 운주는 그 뱃구레이다. 배가 물에 뜨려면 물건으로 뱃구레를 눌러주고 앞뒤에 키와 삿대가 있어 그 가는 것을 억눌러줘야 한다. 그런 연유에야 솟구쳐 엎어지는 것을 면하고 돌아올 수 있다. 이에 사당과 불상을 건립하여 그것을 진압하게 되었다. 특히 운주사 아래로 서리서리 구부러져 내려와 솟구친 곳에 따로 천불천탑을 설치해놓은 것은 그것으로 뱃구레를 채우려는 것이고, 금강산과 월출산에 더욱 정성을 들여 절을 지은 것도 그것으로써 머리와 꼬리를 무겁게 하려는 것이었다.

　운주사에는 산 정상에서 아래로 머리를 두고 누워 있는 두 미륵, 와형석조여래불이 있다. 전설에 의하면 세상이 바르지 못하여 거꾸로 처박혀 있는데,

이 미륵이 일어나는 날 세상이 바로서리라고 한다. 또한 운주사의 돌부처들은 이 지역 사람들이 남편이 바람을 피우거나 부부 사이에 아이가 없거나 몹쓸 병에 걸렸을 때, 미륵불의 코를 빻아서 가루로 만들어 먹으면 원하는 일이 이루어진다는 속설로 인하여 코가 성할 날이 없었다고 한다.

탄수화물을 연료로 태워 온기를 내뿜으며 두 바퀴로 달리는 나그네가 부지런히 앞으로 나간다. 차가운 강바람이 길을 가로막고, 가난한 창자에서는 아우성이 들려온다. 산행을 할 때면 가끔 끼니때를 놓친 적이 있다. 그때 배고픔 속에서 살아 있다는 희열을 느끼곤 했다. 장자는 "궁할 땐 궁함을 즐길 줄 알고, 통하면 통함을 즐길 줄 알아야 한다."고 말한다.

어느 날 장자는 제자 인저와 20년 만에 만났다. 옛 일을 회상하던 중 장자는 인저에게 "너와 같이 있을 때 무슨 말을 했는지 다 잊었구나. 그 가운데 명심하고 있는 한 마디 말만 해보아라."라고 하자, 인저는 "명심한 말이 어디 열 마디 백 마디에 그치겠습니까. 스승님과 헤어져 궁핍 속을 살아가는 데 가장 도움이 되었던 말은 궁역락 통역락(窮亦樂 通亦樂)이었습니다."라고 대답한다.

지석천의 물길을 합하여 폭을 넓힌 영산강은 나주 시내를 따라 흐르며 강 건너 넓은 나주평야를 만든다. 나주는 진산인 금성산(451m)의 정기를 한껏 호흡하여 영산강가에 광활하고 비옥한 나주평야를 뽑아냈다. 나주는 전라도에서 끝없이 펼쳐진 평야의 중심지에 있다.

전라도는 전주와 나주를 합친 말인데, 이에서 보듯이 나주는 전주 다음으로 큰 고을이었다. 한반도 서남부에 위치하고 있으며, 전라남도의 중앙부에 자리하고 있다. 나주의 동쪽은 산악지대로서 화순군과 경계를 이루고, 서쪽은 고막천을 경계로 함평군과 경계를 이룬다. 또한 남쪽은 영암군과, 북쪽은 광주시 광산구와 경계를 이룬다. 지석강, 광주천, 극락강, 황룡강이 합류하는 영산강은 나주의 중앙을 북동에서 남서로 횡으로 흐르고, 나주는 영산강을 젖줄로 넓게 분포된 나주평야로 인해 전라남도 제1의 곡창지대가 된다. 나주평야에 은색가루를 뿌려놓은 것처럼 배꽃이 한꺼번에 필 무렵이면, 낮에는 '백문이 불여일찍(?)'이라 배밭에서 사진 찍기 대회가 열리고, 밝은 달밤에는 배꽃의 그윽한 향기에 젖어 절로 다정가(多情歌)를 노래한다.

이화에 월백하고 은한(銀漢)이 삼경인제
일지춘심(一枝春心)을 자규야 알랴마는
다정도 병 인양하여 잠 못 이뤄 하노라

나주는 곡창 호남의 상징으로, 예로부터 '천년고도 목사고을'이라 불리며 교통, 군사, 행정의 중심지였다. 1417(태종7)년에 창건된 나주향교는 서울의 문묘, 장수향교, 강릉향교와 더불어 가장 큰 규모이고 향교 건물의 원형이다. 나주는 쌀, 면화, 누에고치의 생산지로 유명하여 예로부터 삼백이라 일컬어졌다. 신라 때 금성이라 불렀으나 견훤의 후백제 땅을 후고구려 궁예의 휘하에 있던 왕건이 빼앗고 이를 나주로 고쳤다. 『택리지』에는 "나주는 노령 아래에 있는 한 도회인데, 북쪽에는 금성산이 있고 남쪽으로는 영산강이 임했다. 고을 관아의 판세가 한양과 비슷하여 예부터 높은 벼슬을 지낸 사람이 많다."라고 기록하고 있다. 나주를 한양과 닮았다 하여 작은 서울이란 뜻으로 '소경'(小京)

이라고 했다. 한양의 진산이 삼각산이라면 나주의 진산은 금성산이요, 서울의 강이 한강이라면 나주의 강은 영산강이고, 또 한양에는 청계천이 흐른다면 나주에는 나주천이 흐르고 있기 때문이다.

서거정은 『동국여지승람』에서 "나주는 전라도에서 가장 커서 땅이 넓고 만물이 번성한다. 또한 벼가 많이 나고 바닷가라서 물산이 풍부하며 전라도의 조세가 모이는 곳이라 상인들이 이곳저곳에서 몰려든다."고 한다. 나주로 유배를 왔던 정도전은 나주와 관련하여 "사람들이 순박하여 다른 생각 없이 농업에 힘씀을 업으로 한다."라고 했으며 삼봉집에는 나주사람들을 칭송하는 글을 남겼다.

날씨가 좋은 날 바다 건너 한라산이 보인다는 금성산(451m)은 나주의 서북쪽에 위치해 있다. 금성산 아래 율정점은 다산 정약용과 형 정약전의 발길이 스쳐간 곳이다. 1801년 11월의 차가운 아침, 황사영 백서사건으로 유배 길에 올라 율정점에 도착한 형제는 율정 삼거리 주막에서 정약전은 흑산도로, 정약용은 강진으로 헤어지며 피눈물을 흘렸다. 이는 다시는 만날 수 없는 형제의 마지막 이별이었다. 다산은 그때의 심정을 이렇게 기록했다.

띠로 이은 가게 집 새벽 등잔불의 푸르스름함이 꺼지려 해서
잠자리에서 일어나 샛별을 바라보니 이별할 일 참담하기만 하다.
그리운 정 가슴에 품은 채 묵묵히 두 사람 할 말을 잃어
억지로 말을 꺼내니 목이 메어 오열만 터지는구나……

정약전은 흑산도에서 학문에 몰두하지 못하고 섬 주민들과 어울려 술을 마시며 지냈다. 1814년 동생의 유배가 풀릴 것이라는 소식을 듣고 동생이 찾아오리라 기다리다가 1816년 흑산도에서 병들어 죽었다. 정약전은 나름대로 학

문에 정진해서 당시로서는 파격적인 '소나무 벌채를 금지하지 말고 나무 심는 것을 장려하자'는 소나무 정책에 대한 '송정사의'(松政私議)를 저술하고, 흑산도 근해의 수산 생물을 실제로 조사, 채집, 분류하여 종류별로 명칭, 분포, 형태, 습성과 그 이용에 이르기까지 자세히 기록한 우리나라 최초의 수산학 관계 서적으로『자산어보(玆山魚譜)』를 기록했으며, 그 외에도 여러 편의 글을 남겼다. 1807년 강진에 살던 다산은 형 약전이 흑산도에서 보낸 편지를 받았다.

살아서는 증오한 율정점이여!
문 앞에는 갈림길이 놓여 있었네.
본래가 한 뿌리에서 태어났지만
흩날려 떨어져간 꽃잎 같구나.

넓게 펼쳐진 나주평야를 비롯한 영산강가의 논밭들은 영산호를 막기 전에는 매년 장마 때마다 수해를 입었다. 오죽했으면 '광산 큰 애기 오줌만 싸도 물이 넘친다.'고 했을까. 나주평야 가운데를 흐르는 영산강은 하상이 높아 거의 매년 범람과 침수가 반복되었다. 그러나 나주호, 장성호, 담양호, 광주호 등 대형 농업용 저수지의 건설과 영산강 유역 종합개발 사업으로 하구에 하구언을 축조하여 그 피해가 줄어들게 되었다.

승촌보를 지나 영산포 등대를 향해 한적한 자전거 길을 달려간다. 약 11km를 달리고 또 달리자 멀리 영산포가 시야에 나타난다. 홍어 거리의 삭힌 홍어 냄새가 바람결에 실려와 시장한 나그네의 창자를 자극한다.

4. 침묵의 포구

중국 후한시대 맹민이라는 사람이 있었다. 등에 지고 가던 옹기가 깨졌지만 뒤도 돌아보지 않고 길을 간다. 옆에서 보는 사람이 "한 번 정도는 돌아봐야 하는 것 아닌가?"라고 했다. 맹민은 "이미 깨져서 아무 소용 없는데 돌아보면 무엇 하나."라고 말한다. 지나간 일은 가차 없이, 미련 없이 잊어버리라는 이야기다. 과거에 얽매여서는 안 된다. 뒤돌아보면 아쉬워지고, 아쉬워지면 아프고 그리워진다. 방금 지나온 발걸음도 잊어버리고 다음 발걸음에 힘을 쏟아야 한다. 과거를 잊고 미래를 향해 전진해야 한다. 스티브 잡스는 "뒤를 돌아보는 일은 여기서 중단하자. 중요한 건 내일이다. 어제 일어난 일들을 걱정하느니 차라리 내일을 발명해 나가도록 하자."라고 말한다.

니체는 "운명을 사랑하라."고 했다. 자신에게 주어진 운명을 거부하지 않고 스스로 극복해 나갈 때 운명과 맞설 힘을 얻는다. 피할 수 없는 운명이라면 그저 체념하거나 순응할 것이 아니라, 받아들이고 맞서야만 행복을 만들 수 있다. '이것 또한 지나가리라.' '이번 일도 하나의 추억이 될 것이다. 이번 고난은 이제까지 겪은 수많은 고난 중의 하나에 불과하다.'라고 외쳐야 한다. 사서 하는 고생길, 즐거운 마음으로 달려간다.

강변 저류지를 지나면서 오가는 차량들 소음 속에 우리나라 최초로 바다가 아닌 강에 세워진 근대 문화유산 영산포 등대를 만난다. 등대는 등불 빛을 밝혀 비추는 항로 표지 시설이다. 바닷가나 섬 같은 곳에 탑 모양으로 높이 세워 밤에 다니는 배에 목표나 뱃길, 위험한 곳 따위를 알려준다. 옛날에는 항로변의 섬이나 산에서 봉화를 올려 등대 역할을 하다가, 구한말 인천항에 처음 서양식 등대가 건설되었다. 국토 최남단에는 마라도 등대가 있고, 최북단에는 고성의 대진 등대가 있다. 어둠 속에서 등대의 불빛이 배가 가는 길을 밝혀준다면, 희망은 방황하는 어두운 삶을 밝혀주는 등대다. 등대는 희망의 빛을 내뿜는다. 길을 떠나지 않는 배는 등대가 필요 없다. 삶의 길을 가지 않는 자에게는 희망이란 등대가 필요 없다. 먼 길을 가는 나그네에게 등대는 희망이요, 도전이요, 성취요, 사랑이요, 용서요, 애환이요, 고독이요, 슬픔이요, 밤하늘의 별빛이요, 삶의 예찬이다.

일제는 호남선 철도 개통 이듬해인 1915년 영산강 뱃길이 번성했던 영산포에 등대를 설치해 곡창지대인 호남지역 수탈의 거점으로 삼았다. 내륙 깊숙한 곳에 설치된 유일한 등대인 영산포 등대는 강의 수위 측정에도 쓰였다. 목포에서 영산포를 오르내리던 배는 거룻배 같은 소형 무동력선으로 열여덟 시간쯤 걸렸다. 영산포는 1977년까지 배가 다니던 포구였으나, 국토개발 계획에 의해 1979년 완성된 영산강 하굿둑 공사로 뱃길이 끊기고 몰락의 길을 걸어 지금은 등대의 불빛마저 꺼져버렸다. 물안개 피어오르는 영산포는 고요한 침묵의 포구가 되었다.

영산포는 영산강 유역의 기름지고 넓은 들판인 문평, 함평 등지에서 나는 물산과 바다에서 오는 물자 교역의 중심지였다. 목포에서 영산포까지 48km 구간은 무안, 영암, 해남과 다도해 섬들의 수운에 이용되어 고려시대부터 영산포에 조창이 설치되어 물자 수송의 중심지가 되었다. 전라도 남부의 쌀은 이곳을 통해 수운을 이용하여 다른 지방으로 수송되었다. 통일신라 때 나주의 이름이 금성이었기 때문에 영산강을 금천(錦川) 또는 금강(錦江)이라 했고 나루터는 금강진이라 했다. 고려 말에는 영강이란 이름으로 불리다가 공민왕 때 왜구가 극성을 부리자 공도정책에 의해 신안군 영산도 사람들이 왜구의 침탈을 피하여 나주 근처의 포구로 옮겨와 개척한 영산포의 이름을 따라 영산강으로 바뀌었다고 한다. 지금도 신안군 흑산면에는 영산도가 있으며, 다른 견해로는 흑산도 옆에 영산홍이 많이 피는 영산도라는 섬이 있었는데, 흑산도 사람들이 나주에 와서 살면서 고향 생각에 강의 이름을 영산강, 나루의 이름을 영산포라고 했다고도 한다. 영산강 유역 전체를 공식적으로 영산강이라고 부른 때는 조선 후기 개항과 더불어 외국 배들의 출입이 잦아들어 지도에 표기하면서이다. 조선시대 강진이나 해남, 완도나 제주를 가기 위해서는 꼭 영산강을 건너야 했다. 그 당시 영산포에서 한양으로 가는 데는 영조 때 편찬된 『여지도서』에 실린 기록에 "3월에 짐을 꾸려 출발하여 나주 영산포로부터 충청도 원산진 앞바다, 경기 김포 앞바다를 거쳐 서강에 이르는데 스무날 가는 거리이다."라고 한다. 영산포는 나주읍보다 먼저 면에서 읍으로 승격되었지만, 1981년 나주와 영산포를 합쳐 금성시로 부르다가, 나주시로 개명하여 오늘에 이르고 있다. 김종직은 영산포를 두고 다음과 같이 노래했다.

붉은 뱃전 검은 돛대가 파도에 가득하고
작달막한 집 마을마다 노적거리가 높구나.
백만 섬 영산 창고의 배가 있으니
금년에는 백성의 고혈을 빤다고 말하지 마소.

영산교를 건너 홍어의 거리에서 점심 식사를 하기 위해 멈춰 섰다. 사람들이 붐볐던 홍어 1번지의 모습은 4대강 개발의 여파로 자전거 도로가 시원하게 자리하고 예전과는 판이하게 달라졌다. 애탕으로 얼어붙은 속을 풀고, 삭힌 홍어 냄새로 기를 돋운다. 홍어는 겨울철에 가장 맛이 좋은데 흑산도 홍어를 제일로 친다. '역겨워야 완성되는 역설의 미학'이라 불리며 자연 발효되어 코를 찌르는 독특한 맛을 내는 홍어는 알칼리성 음식이라 웰빙 식품으로 인기가 높다. 영산포 홍어의 유명세는 예전 흑산도에서 영산포까지 오는 15일 전후의 뱃길에 냉동시설이 전혀 없던 시절 자연 발효된 삭힌 홍어의 별미 때문이다. 홍어는 암컷이 맛있고 비싸기 때문에 어부들은 수컷은 잡자마자 성기를 잘랐다. 그래서 억울할 때 "만만한 게 홍어 좆이라더니, 내가 홍어 좆이냐?"라고 흥분한다. 홍어의 맛은 코가 으뜸이고 다음으로 날개, 꼬리, 살 순이다. 홍어회와 돼지고기, 삭힌 김치로 삼합을 이루어 하나의 입안에서 세 가지의 맛을 느끼며 막걸리까지 곁들이면 일품이다. 거기다가 홍어의 애를 보리 싹과 함께 넣고 끓인 겨울의 홍어애탕은 별미로 맛이 깊고 시원하다.

나주는 영산포 홍어와 더불어 맑은 국물에 넘쳐나는 남도의 인심을 맛볼 수 있는 나주 곰탕과 구진포 장어가 3대 별미로 꼽히는 고장이다. 나주읍성 안의 나주 곰탕거리는 닷새 장을 찾는 장돌뱅이들과 인근 고을에서 장을 보러 나온 백성들에게 국밥을 팔던 것이 효시가 되어 지금까지 성업 중이다. 흔히 곰탕 국물은 뿌연 색이지만, 나주 곰탕은 소의 뼈 대신 양지나 사태 등 고기 위주로 국물을 내기 때문에 국물이 맑고 달고 시원하다. 영산강 열두 구비 중 아홉 번째 구비라 해서 불리는 구진포는 바닷물과 민물이 교차하는 곳으로 민물장어가 많이 잡혔다. 영산강 하굿둑이 생기면서 바닷물이 막혀 구진포 장어는 보기 힘들어졌지만, 특유의 조리법은 여전히 그 명성을 자랑한다.

맛과 멋이 흐르는 남도의 물길 따라 휘도는 마음속의 영산강을 두 바퀴로 찾아와서 시원한 강바람을 맞으며 즐거워한다. 영산강 제5경 '금성상운(金城祥雲)' 표석 옆에 서서 차가운 강바람을 맞는다. 종주가 끝난 후 다시 찾은 이곳에는 죽산보에서 옮겨온 황포돛배 선착장이 외로이 사람의 발길을 기다리고 있었다.

등대가 마주 보이는 우물가에 버드나무 한 그루가 가지를 늘어뜨리고 영산강을 바라보고 있다. 고려 태조 왕건은 영산강을 거슬러 오르다 바가지에 버들잎 하나를 띄워 건네는 빨래하던 처녀를 만났다. 목이 마른 왕건이 영산포 완사천 우물에서 물을 청하자 처녀는 급히 마시면 체할까 버들잎을 띄운 것이다. 나주에 10여 년간 머물면서 왕건은 나주지방의 토호였던 우물가의 처녀 오다련의 딸을 아내로 맞고, 훗날 그녀는 2대 임금 혜종의 어머니 장화왕후가 된다.

왕건은 일종의 정략결혼으로 나라 곳곳에서 토호의 딸 28명과 혼인을 맺고 25남 9녀의 자녀를 두었다. 왕건과의 인연으로 나주는 9백여 년에 걸쳐 전라남도 일원을 호령했으며, 임금이 태어난 마을이란 뜻으로 '흥룡동(興龍洞)', '어향나주(御鄕羅州)'라는 명칭이 생겼다. 후삼국의 패권을 잡고자 왕건과 견훤이 공방전을 벌였을 때 왕건이 승리한 것을 계기로 나주는 역사의 중앙무대에 등장하게 된 것이다. 983년(성종2)에는 전국의 12목 가운데 하나가 되고, 거란의 2차 침입 때는 일시적으로 피난 왕도가 되었다. 하지만 왕건은 '훈요십조'를 남기며 "차령 이남과 공주강 바깥은 산형과 지세가 등지거나 거꾸로 흐르며 인심 또한 그러하니, 그곳 사람들이 왕후 국척과 혼인하여 국정을 잡으면 변란의 위험이 있고 통합의 원한을 들어 난을 일으킬 것이므로 쓰지 말라."고 했다. 그 뒤 천년 가까운 세월 동안 이른바 호남지방은 반역향으로 낙인 찍혀 사람들은 벼슬길에 오르지 못했다.

영산강 삼백오십 리 길에서 절경 중의 절경으로 손꼽히는 강 건너 상사바 우를 바라보며 달린다. 고려 때의 문장가 김극기는 세월의 무게를 안고 흘러 가는 무심한 영산강을 두고 노래한다.

푸른 강 천만 이랑에 외로운 배 떠 있네.
봉우리 끝에는 붉은 해를 보내고,
바다 밑에서 흰 달 맞이하네.
물가에 가득한 모래 서리 같고,
공중에 연한 물결 눈인 양
고기잡이 젓대 소리 서너 곡조에
갈대 사이 절로 처량하구나.

나그네는 영산강을 따라 드디어 나주시 다시면으로 접어든다. 다시면에 들 어오면서부터 영산강은 소리 없이 흐른다. 삼라만상의 모든 소리를 지녔다는 강물 소리가 침묵으로 말한다. 하굿둑 때문에 흐름을 느낄 수 없다. 흐름을 잃어버린 강은 서서히 침묵의 강, 죽음의 강이 된다. 소리도 없이 강폭 가득히 흐르는 영산강은 지류인 문평천을 합류하며 다시평야를 이룬다. 다시평야에 서 나는 다시 쌀은 호남미의 원산지로 알려져 품질 좋기로 이름이 났는데, '다 시 사람은 좋은 쌀을 먹기 때문에 송장도 무겁다.'는 말이 있을 정도였다. 다시 평야를 비롯한 영산강가의 논밭들은 영산호가 생기기 전에는 범람과 침수를 겪으며 수해를 입기 일쑤였는데, 영산강 하구에 둑을 축조하고 중상류에 댐을 막아 그 피해가 줄어들었다.

　다시면에는 백호 임제가 태어났으며 삼봉 정도전이 유배 왔다. 지나치게 자유분방한 임제는 어느 날 잔칫집에서 거나하게 술에 취해 짝짝이로 신발을 신고 말에 탔다. 그때 하인이 "나으리, 신발을 짝짝이로 신었습니다요!"라고 하자 "예끼 이놈! 길 오른편에서 나를 본 자는 저 사람이 가죽신을 신었다고 할 것이요, 왼편에서 본 자는 나막신을 신었다고 할 터인데, 짝짝이가 무슨 상관이란 말이냐!"라고 나무란다. 임제는 서도 병마사로 임명되어 임지로 부임하는 길에 개성 황진이의 무덤에 찾아가 시조를 지어 바치고 제사를 지내서 임지에 도착하기도 전에 파직을 당했다.

　　청초 우거진 골에 자는 듯 누웠는 듯
　　홍안은 어디 두고 백골만 남았느냐
　　잔 잡아 권할 이 없으니 그를 설워 하노라.

　　산은 옛 산이로되 물은 옛 물이 아니로다.
　　주야로 흐르거든 옛 물이 있을쏘냐.
　　인걸도 물과 같아야 가고 아니 오노매라.

　파직된 임제는 술과 피리와 여인과 벗하며 방랑을 거듭하다가 서른아홉 살에 고향인 회진리에서 죽었다. 작은 나라에서 태어난 것을 늘 한스럽게 생각하던 임제는 운명하면서 유언을 남겼다. "……이같이 못난 나라에 태어나서 죽는 것이 무엇이 아깝겠느냐! 너희들은 내가 죽어도 조금도 슬퍼할 것이 없다. 그러니 내가 죽거든 곡을 하지 마라."

　조선 역사상 가장 뛰어난 인물 가운데 한 사람인 정도전은 친원반명 정책에 반대하다가 고려 말인 1375년 이곳 다시면에서 2년간 귀양살이를 했다. 유배지에서 정치의 부패로 인한 백성들의 참담한 현실을 목격할 수 있었는데, 유배 시절에 지은 시 '사월초하루'에는 그의 심경이 담겨 있다.

산새도 울기를 그치고 지는 꽃이 날리는데
나그네는 돌아가지 못하고 봄만 돌아가는구나.
홀연히 부는 남쪽 바람에 정이 있어
뜰 안의 풀을 무성하게 흩어버리는구나.

1392년 6월 유배지에서 돌아온 정도전은 이성계를 왕으로 추대하고 6년여에 걸쳐 조선 건국의 초석을 다지다가 역사의 라이벌 이방원에 의해 죽음을 맞는다. 조선 건국을 반대했던 정몽주는 이내 복권되어 충신의 표상으로 귀감이 되었지만, 정도전은 역신으로 남아 있다가 대원군 때에야 비로소 복권되었다.

다시면 회진리의 영모정을 출발하여 드라마 '주몽', '일지매', '바람의 나라' 등의 촬영지였던 나주 영상 테마파크를 지나서 영산강 제4경 '죽산춘효(竹山春曉)' 죽산보에 이른다. 수변공원에서 지친 몸을 달래며 휴식을 취한다. 망중한의 여유, 즐거움이다.

죽산보는 나주시 다시면 죽산리에 설치되었으며, 4대강의 16개 보 가운데 유일하게 통선문이 설치된 보이다. 황포돛배가 다닐 수 있도록 통선문이 설치된 죽산보를 지나면 다해포구에 도착한다.

과거 영산강의 교통수단이자 물자 운송수단으로 흑산도 등에서 홍어는 물론 해산물을 실어 나르던 황포돛배가 옛 정취를 담아 30년 만에 비로소 다시 부활해 운항한다. 다해포구 선착장에서 운항하던 황포돛배는 이용객이 적어 나중에 영산포 등대로 옮겨서 운항한다.

흐르는 강물 따라 꾸불꾸불 잘 꾸며진 자전거 도로를 달려가면 노루목 서쪽의 강가의 돌꼬지곶에서 석관정을 만난다. 나주의 12개 정자 중에서는 물론 삼백리 영산강에서도 제일로 치며 그 아름다운 풍경이 낙화암과 비교되는 석관정을 지나간다. 석관정 아래의 영산강은 한 폭의 그림처럼 아름답다. 석관정에는 '나주 제일경'과 '영산강 제일경'이라는 편액이 걸려 있다. 나주는 정자의 고장이다. 현재는 영모정을 비롯해서 30여 개의 정자가 남아 있지만, 조선 시대에는 200여 개의 정자가 있었다. 영산강 물줄기를 내려다보는 정자에는 자연을 벗했던 시인묵객들의 멋과 풍류와 체취가 스며 있다. 찬바람 속에 두 바퀴를 굴리며 석관정을 지난 나그네는 이내 임진왜란 때 이순신 장군이 사람들과 이별했다는 이별바우를 지나며 나주와 이별하고 함평군 학교면 학교리로 접어든다.

5. 승달산과 유달산

불법은 너그럽고 자비롭지만, 한편 인과의 법칙이 적용된다. 업에는 악업과 복업이 있으며, 몸이나 입은 모두 업을 만들 수 있다. 사람들은 업력의 크고 작음에 따라 육도, 곧 극락, 인간, 아수라, 아귀, 축생, 지옥을 윤회한다. 선한 씨앗은 선한 열매를 맺고, 악한 씨앗은 악한 열매를 맺는다. 스처가는 인연들, 살아 있는 생명체는 물론이고 헌 옷가지, 헌 양말 한 짝이라도 소중한 인연으로 여긴다면, 넓은 동정심이 생겨나고 연민의 마음은 맑고 밝은 심성을 주어 삶은 풍요로워지고 마음은 극락이 된다. 그러기에 일상에서 스치고 만나는 인연과 숨결은 신의 음성이다. 신은 특히 자연현상을 통해 계시한다. 신을 발견하는 가장 순수한 장소는 자연이다. 대지는 경전이다. 그 경전 속에는 숲이 있고, 강이 흐르고, 바람이 불고, 새벽의 미명과 한낮의 태양, 저녁의 노을빛, 한밤을 수놓는 하늘 벽에 박힌 반짝이는 보석이 있다. 대지는 모든 생명의 어머니요, 인간들이 뛰어다니는 아늑한 품이다.

신의 목소리가 바람결에 실려 온다. 오르막에서 열정의 땀을 흘리고 내리막에서 관조의 여유를 즐긴다. 스치는 바람과 맑고 푸른 하늘이 환히 미소 짓는다. 하늘을 향해 다정한 눈길로 화답하며 길을 재촉한다. 여행의 묘미는 나를 가두는 마음의 감옥에서 벗어나서 자유롭게 날아다니는 것이다. 바쁘게 살면서 간과해버린 일들이 떠오르고 자신을 좀 더 객관적으로 바라볼 수 있다. 또한 미시적인 안목으로 보았던 일들을 더욱 멀리 볼 수도 있다. 때로는 현미경으로, 때로는 확대경, 망원경으로 자신을 돌아볼 수 있다. 굴레에서 벗어나 자신의 삶을 돌아보는 시간이다. 옛말에 '낯선 곳은 익숙하게 하고, 익숙한 곳은 낯설게 하라.'고 했다. 생각이 어지러이 일어나는 곳은 익숙한 곳에서이고 집지전일(執持專一), 즉 온전히 한 가지만을 붙들어 지키는 것은 낯선 곳에서이다. 익숙한 곳은 타성에 젖어들게 하고, 낯선 곳은 설익어 긴장하게 한다. 가끔은 익숙한 것들과 결별하여 낯선 곳에서 백지상태로 되돌아보는 성찰의 시간이 필요하다. 각성은 노력 없이 안 된다. 방하착(放下着)! 꽉 쥐고 있던 것들을 툭 내려놓아야 자신이 보인다. 낯선 길을 가는 유랑은 삶에 새로운 생기를 불어넣고 삶의 격을 높인다.

시원스레 펼쳐진 자전거 길을 달리다 보니 강으로 유입되는 하천이 길을 가로막아 우회한다. 다시 세찬 바람이 불어온다. 드넓은 벌판의 농로를 따라 우회하여 달리보다 보니 '함평'이라는 작은 표지판에 눈길이 간다. 자전거를 세워놓고 휴식 겸 시원스레 생리현상에 따른 볼일을 본다. 아무도 없는 벌판에 서서 어릴 적 들판이나 강가에서 일을 보던 기억이 스쳐간다. 자연 친화적인 쾌감을 느낀다. 추운 겨울, 볼일을 보자마자 오줌 줄기가 얼어버렸다는 어느 거짓말쟁이의 얘기를 떠올리며 미소 짓는다.

함평은 그 이름에서부터 청정함이 연상되는 고구마 산지이고, 쌀이 좋기로도 유명한 곳이다. '손불면 일대에서 나온 쌀은 경기도 이천 쌀과 안 바꾼다', '함평 쌀밥을 먹은 사람은 상여가 더 무겁다.'고 하듯이 함평은 쌀이 좋고 인접한 무안과 더불어 전국에 널리 알려진 양파 산지다. 2009년 6월에는 임시정부 독립운동 역사관이 신광면에 문을 열었다. 천석꾼 재산을 처분해 임시정부 청사 건물매입 등 독립운동 자금으로 사용했던 김철 선생의 고향에 임시 정부 청사를 복원하여 건립한 것이다.

함평을 두고 조선 전기의 문신 조계생은 "샘 맑고 대나무 길고 바다와 산은 깊은데, 성 곁의 인가는 숲에 반쯤 가렸네."라고 노래했고, 정인지는 "함평은 바다 곁에 있으므로 경비가 해이하지 않고, 토지가 비옥하므로 백성이 많으니 반드시 문무를 겸비한 인재라야 비로소 수령이 될 수 있다."라고 했다.

함평은 나비의 고장이다. 가는 곳마다 나비가 있다. 버스 정류장에도, 고속도로 터널 입구에도 나비가 그려져 있다. 쌀도 나비 쌀이고, 소도 나비 한우이다. 매년 4월 말에서 5월 초에는 지방자치 단체의 축제 중 가장 성공적이라는 함평 나비축제가 열린다. 함평은 일년 중 명절이 세 번이라고 한다. 추석과 설, 그리고 나비축제다. 젊은 군수가 이뤄놓은 '나비의 꿈'은 위대한 기적이라고 한다. 돈도 없고, 사람도 없고, 변변한 특산물도 하나 없는, 그야말로 아무 것도 없는 깡촌에 환골탈태한 기적을 일궈낸 축제이기 때문이다.

나비의 일생은 네 단계로 나누어진다. 알로서 잠을 자는 정지해 있는 시간, 풀잎사귀를 뜯어먹으며 꿈틀거리는 애벌레의 시간, 집을 짓고 들어가 번데기로 잠을 자며 기다리는 시간, 그리고 번데기에서 나와 현란한 날개를 펄럭이며 허공을 날아다니는 유유자적한 시간이다. 나비는 꽃과 꽃 사이를 날아다니면서 어느 꽃에도 해를 입히지 않고 꿀과 향기를 즐긴다. 꽃은 나비에게 꿀과 향기를 제공하고 수정할 수 있도록 도움을 받는다. 꽃과 나비는 서로에게 해를 입히지 않으며 서로를 위해주는 상생의 지혜를 알고 있다. '니 죽고 내 죽고, 니 죽고 내 살고, 내 죽고 니 살고'가 아닌, '니 살고 내 살고'의 더불어 사는 생존모형이다.

"모진 바람 불어오고 휘몰아쳐도 그대는 나를 지켜주는 태양의 사나이~" 대중가요 '꽃과 나비'를 입안으로 흥얼거리며 청산을 찾아가는 나그네가 나비가 된다. 꿈이 현실인지, 현실이 꿈인지 구별이 안 되는 장자의 호접몽(胡蝶夢)을 떠올리며 "나비야 청산 가자 범나비야 너도 가자!"며 함평의 모든 나비를 불러 모은다.

나비야 청산 가자 범나비 너도 가자
가다가 날 저물면 꽃잎에 쉬어 가자
꽃잎이 푸대접하거들랑 나무 밑에 쉬어 가자
나무도 푸대접하면 풀잎에 쉬어 가자

나비야 청산 가자 나하고 청산 가자
가다가 해 저물면 고목에 쉬어 가자
고목이 싫다 하고 뿌리치면 달과 별을 병풍 삼고 풀잎을 자리 삼아
찬 이슬에 자고 가자

사포나루에서 곡창들을 지나온 함평천을 합류한 영산강은 엄다면으로 흘러간다. 멀지 않은 엄다리 제동마을에는 곤재 정개청(1529~1590)을 배향한 지산서원이 있다. 동방의 진유 퇴계 이황과 버금가는 학자라는 칭송을 받았던 정개청은 정여립 모반사건의 국청에서 받은 상처가 악화되어 함경도의 아산보 유배지에서 죽었다. 정개청은 후학을 가르칠 때 "도를 쌓는 것을 부로 삼지 재물로써 부를 삼지 말 것이며, 덕이 성하는 것을 귀로 삼지 벼슬로서 귀를 삼지 말 것이며, 인을 얻음이 영화이지 벼슬이 영화가 아니며, 구차히 이를 얻으려는 것이 욕이지 곤액은 욕이 아니다."라고 한 선비 중의 선비였다.

영산강을 두고 함평과 나주를 오가다가 영흥리를 지나며 드디어 무안 땅 몽탄면 봉산리에 접어든다. 영산강 줄기를 따라 사창리를 지나고, 이산리를

달려가면 몽탄대교를 건너기 전에 무안느러지를 만난다. 느러지는 '물살이 느려진다'는 뜻이다. 나주와 무안을 S자로 흐르는 영산강은 하늘에서 바라보면 한반도 모양으로 돌출된 몽탄면 이산리 땅에 가로막혀 속도가 줄면서 비경을 연출한다. 느러지 관람 전망대에 서면 확 트인 전망과 한반도 모양의 느러지의 황홀경에 취해 두 바퀴가 움직이지 않는다.

무안군 몽탄면과 나주시 동강면을 연결하는 영산강 하류를 몽탄강이라 부른다. 몽탄강에는 왕건과 견훤이 얽힌 전설이 있다. 견훤에게 포위된 왕건의 군사가 몽탄강의 물이 범람하여 빠져나갈 수가 없었는데, 꿈에 백발노인이 나타나 지금 강물이 빠졌으니 강을 건너라고 일러주었고, 포위망을 탈출한 왕건은 매복하여 견훤을 크게 무찔렀다는 전설이다. 그때부터 '현몽을 받아 건넌 여울'이라 하여 꿈여울, 즉 몽탄이라 부르게 되었다고 한다.

무안은 영산강 하구에 자리 잡고 있으며, 백제 때 지명은 물아혜군이었다. 힘쓸 무(務)자와 편안할 안(安)자를 쓰는 무안이란 지명은 '고을 원님이 백성들의 편안한 삶을 위해 힘쓴다'는 뜻이다. 이중환은 무안 사람들에 대해 "주민들은 꾸밈이 없이 수수하며 실속 없는 겉치레는 숭상하지 않는다."라고 했다.

무안의 진산은 승달산이다. 원나라 때 임천사의 승려 원명이 바다를 건너와 이 산에서 풀을 엮어 암자를 만들었다. 그 소식을 들은 임천에 있던 그의 제자 오백 명이 이곳을 찾아와서 함께 도를 통달하여 승달산(僧達山)이라 하게 되었다고 한다. 승달산에는 초의선사(1786~1866)의 이야기가 전한다. 새로 부임한 무안현감이 어느 날 승달산 기슭에서 노루사냥을 한 다음 말을 타고 돌아가다가 앞에 지나가는 중이 깨달음 깊은 초의선사라는 것을 알고 "너 이놈, 승달산 중놈아! '승달(僧達)'이나 제대로 했느냐?"라며 빈정거린다. 마음을 깨끗하게 닦고 중생 제도하는 일을 하느냐는 것이다. 그러자 초의선사가 답한다. "무안 현감놈아! 그래 너는 '무안(務安)'이나 제대로 해놓고 사냥하러 다니느냐?" 하며 백성들을 편안하도록 하는지를 질책했다. 그 말에 눈이 번쩍 뜨인 무안 현감이 말에서 내려 초의선사에게 삼배를 했다고 한다.

초의선사는 어릴 적 물가에서 물놀이를 하다가 익사할 뻔했으나 지나가던 스님이 구해주었다. 16세에 남평 운홍사에 들어가 승려가 되었으며, 수행생활과 함께 차에 대한 조예가 깊었다. 24세 연상인 다산 정약용에게서 유학과 시문을 배우고, 동갑인 추사 김정희와는 평생의 지기로 친교가 깊었다. 차의 중시조, 혹은 차의 성인이라 불리는 초의선사는 모든 것을 구비한 인간이 될 것을 주장하면서 '동다송(東茶頌)'을 지어 다생활의 멋을 노래했다. "눈앞을 가리는 꽃나무들을 쳐내니/ 먼 데 산이 보이네."라는 초의선사의 선시가 눈앞의 유혹을 물리치고 먼 데 큰 세상, 곧 진리를 바라보게 한다.

무안이 무안과 목포로 나누어지기 이전에는 무안 안에 승달산(僧達山)과 유달산(儒達山) 둘이 있었다. 승달산은 스님들이 진리를 깨닫는 산이고, 유달산은 선비들이 진리를 깨닫는 산이었다. 몽탄대교를 건너서 '자전거 하이웨이'로 불리는 둑길을 달려간다. 지평선이 보일 정도로 시야가 확 트인 무안들녘의 약 10km를 영산강과 나란히 하여 무아지경으로 달려간다. 천상병 시인의 '길'이 길에 나타난다.

길은 끝이 없구나.

강에 닿을 때는

다리가 있고 나룻배가 있다.

그리고 항구의 바닷가에 이르면

여객선이 있어서 바다 위를 가게 한다.

길은 막힌 데가 없구나.

가로막는 벽도 없고

하늘만이 푸르고 벗이고

하늘만이 길을 인도한다.

그러니

길은 영원하다.

끝이 없는 영원한 길을 따라 달려간다. 화산백련지가 있는 일로읍 복용리가 멀지 않다. 일로읍은 '품바의 고장'이다. 1930년대에 목포에서 부두 노동자로 일하다가 파업에 참여한 죄로 수배를 받으며 걸인처럼 떠돌던 거지대장 천장근은 걸인 100여 명을 데리고 인심 좋은 일로읍에서 움막을 짓고 구걸을 했다. 이곳 출신 시인이자 극작가인 김시라(1945~2001)는 어린 시절 장터에서 만났던 천장근과 각설이패에 대한 기억을 되살려 1981년 연극 '품바'를 무대에 올렸다.

복용리 회산마을에는 동양 최대의 백련 자생지인 백련지라는 회산 연꽃방죽이 있다. 원래 복룡지였으나 1997년 연꽃 축제를 시작하면서 백련지로 이름이 바뀌었으며, 영산강 하굿둑이 완공되면서 수량이 줄어들어 저수지로서의 기능은 상실했다. 백련지 일대는 원래 갯벌이었는데, 구한말과 일제강점기 때 간척을 통해 육지로 거듭났다. 1955년 저수지 옆에 살던 주민이 백련 12그루를 심으면서 현재 동양 최대의 백련 자생지가 되었다. 10만 평의 백련지에는 해마다 연꽃이 피는 시기인 7월부터 9월까지 100만 송이의 연꽃이 피고진다. 겨울의 회산 백련지에는 흙탕물을 취해 고결한 아름다움으로 승화시켜 피운 연꽃 대신 누런 연줄기와 세찬 바람만이 반겨준다.

연꽃의 종류는 다양하나 대부분 홍련이며, 백련은 극히 희귀할 뿐만 아니라 꽃이 연잎 사이에서 수줍은 듯 피어나기 때문에 더욱 사랑받는다. 인도와 이집트가 원산지인 연꽃은 7월과 9월 사이의 3개월간 피며, 씨 주머니 속에 많은 씨앗을 담고 있어 풍요와 다산을 상징한다. 뿌리는 더러운 흙탕물 속에 두고서 더러움에 물들지 않은 맑은 꽃을 피운다. 송나라 때 유학자 주돈이는 "나는 연을 사랑하나니 연꽃은 진흙 속에서 나지만 더러움에 물들지 않고, 맑은 물결에 씻기어도 요염하지 않으며, 속이 비고 밖이 곧으며, 덩굴지 않고 가지도 없다. 향기는 멀리 갈수록 맑으며, 우뚝 서있는 모습은 멀리서 보아야 참 맛을 느끼게 하니, 연은 꽃 가운데 군자이다."라고 예찬했다.

연꽃은 불교의 상징이다. 부처는 29세에 출가해서 6년의 고행 끝에 35세의 나이로 완전한 깨달음, 확연한 깨침에 이르렀다. 보름달이 밝은 밤, 부처는 보리수 아래 홀로 있었다. 마군이 지나가고 고요한 수면처럼 맑은 마음으로 깊은 선정에 든 부처는 강 건너로 먼동이 트기 시작할 무렵, 무지는 사라지고 앎이 떠오르고 어두움은 사라지고 빛이 떠오르며 '깨친 이' '붓다'가 되었다. 7일 동안 보리수 아래 그대로 앉아 있던 부처는 자신의 깨우침을 다른 사람에게 가르칠지 말지를 생각하며 연꽃을 떠올렸다. 연못에는 세 가지 종류의 연꽃이 있으니, 흙탕물에서 아름답게 피어 자신을 드러내는 꽃, 바람에 따라 흙탕물 표면 위 아래로 나왔다가 잠겼다가 하는 꽃, 아주 흙탕물 아래에 있는 꽃이었다. 사람도 세 종류의 연꽃과 마찬가지로 속세로부터 자유로운 사람, 자유로워지려고 하는 사람, 자유와 진리에는 전혀 관심이 없는 사람이 있음을 보고, 두 번째 부류의 사람에게 자비를 베풀기 위해 가르침의 길을 나섰다.

어느 날 부처는 굶어 죽어가는 한 천한 여인이 입었던 옷을 헌납 받고, 그 옷을 빨아 입고자 인근 못을 향해 걸어갔다. 그런데 부처가 가는 발자국마다 연꽃이 피어났고, 못에 이르러서도 옷을 빨자 연꽃이 피어났다. 그 못이 불성지(佛聖池)며 혜초(704~787) 시절만 해도 그 빨랫돌이 남아 있었다고 한다. 스님들은 이 불성지에서 가사를 그 물에 적셔 입고 연꽃 씨앗을 얻어가는 것이 순례의 절차였으며, 오늘날 아시아의 연꽃 족보는 이때 순례 유학생들에 의해 뿌려졌을 것이라고 한다.

부처는 45년간 중생들에게 가르침을 베풀고 80세에 입멸했다. "내가 간 후에는 내가 말한 가르침이 곧 너희의 스승이 될 것이다. 모든 것은 덧없다. 게을리 하지 말고 부지런히 정진하여라." 제자들에게 남긴 마지막 유언이었다. 부처가 죽은 쿠시나가르의 열반 탑에서 시오 리쯤 남쪽에 불신을 화장한 다비처가 있으며, 벽돌의 대탑이었던 것이 지금은 헐려 붉은 흙이 노출된 야산으로 있다. 사리를 찾는 도굴꾼들이 끊이지 않았던 때가 있었으나, 지금은 순례자들이 성스러운 흙이라 하여 파간다. 또한 순례자들은 부처가 득도했다는 보리수 잎을 갖기 위해 새벽부터 줄을 서고, 그 한 잎이 양 한 마리 값에 거래된다고 한다.

영암 땅을 적시며 흘러온 영암천과 학산천이 몸을 합하여 영산강으로 들어온다. 영산강이 바다처럼 넓어진다. 멀리 가려면 함께 가고 빨리 가려면 혼자 가라 했던가. 멀지 않아 바다를 향해 낸 길을 나서려는 두 물이 합쳐져 하나로 흐른다. 강물은 청탁을 가리지 않고 모든 실개천의 물을 받아들인다. 바다는 낮은 곳에 임하여 자신에게 흘러드는 모든 강물을 받아들여 대양을 이룬다. 다른 사람을 받아들일 수 있는 열린 마음이 있어야 대인(大人)이라 한다. 역사 속에서 이를 가장 잘 실천한 사람 중의 한 명이 『초한지』의 유방이다.

항우와의 싸움에 지친 유방이 진류현이라는 고을에서 쉬어갈 때의 이야기다. 고향 사람인 역이기가 찾아왔지만 유방은 그를 처다보지도 않았다. 그저 비스듬히 누운 상태에서 하녀에게 발을 씻기게 했다. 이를 본 역이기가 분을 참지 못해 버럭 소리를 지르자, 유방은 곧바로 자세를 고치고 일어나 앉았다. "조금 전에는 제가 선생님을 알아보지 못했습니다. 이제 다시 예의를 갖추고 선생님을 뵈오니 저를 용서해주시고 진나라를 물리칠 방법을 알려주십시오."

팽성을 함락시키기 위해 진군할 때 과거 안면이 있던 숙손통과 유학자들이 자신에게 온다는 소리를 들었다. "그들은 꼴도 보기 싫다. 이곳에 와서 쓸데없는 이야기를 하거든 당장 쫓아버려라."라고 말했다. 하지만 참모의 진언에 마음을 바꾼 유방은 숙손통을 만난 후 이렇게 말했다. "선생님을 뵌 지 수년이 흘렀습니다. 그간 잘 계셨습니까. 선생님 말씀에서 큰 교훈을 얻곤 했습니다. 오늘은 어떤 가르침을 주시겠습니까?"

이처럼 유방은 한없이 자신을 낮추며 상대의 말에 귀를 기울이는 모습을 보였다. 비록 타인과 맞지 않는다 하더라도 언제든 그를 받아들일 수 있고 그와 함께 일을 도모할 수 있었다. 열린 마음이 있었기에 역이기라는 든든한 참모를 얻을 수 있었고, 숙손통을 통해 피를 흘리지 않고도 팽성을 접수할 수 있었다. 유방은 역발산기개세의 항우에게 항상 졌지만, 마지막 해하성 전투에서 승리하여 천하를 통일했다. 이는 장량과 한신을 비롯한 탁월한 참모들이 많았기 때문이다.

영산강으로 합류하는 영암천은 영암에서 흘러오고, 영암천의 끝자락에는 월출산이 있다. 월출산의 최고봉은 천황봉(809m)이다. 대체로 영암 쪽은 날카롭고 가파른 돌산이고 강진 쪽은 육산이다. 고려 때의 시인 김극기는 "월출산의 많은 기이한 모습을 실컷 들었거니, 그늘 지어내고 추위와 더위가 서로 알

맞도다. 푸른 낭떠러지와 자색의 골짜기에는 만 떨기가 솟고 첩첩한 봉우리는 하늘을 뚫어 웅장하며 기이함을 자랑하누나."라며 월출산을 노래했다.

월출산은 수많은 기암괴석이 어우러져 있는 악산으로, 이 산자락 밑에서 많은 인재들이 태어났다. 도갑사 근처의 구림마을에서 신라 말 풍수지리학의 원조인 도선 국사가 태어났으며, 일본에 『논어』 열 권과 『천자문』 한 권을 가지고 건너가 학문을 전하고 일본 왕실의 스승이 된 것으로 알려진 백제의 왕인 박사도 도갑사 근처에서 태어났다. 일본에서 왕인은 고대문화 발전에 기여한 성인으로 추앙받고 있으며, 그의 무덤은 오사카와 교토의 중간쯤에 있는 히라카타에 있다. 영암 사람들은 "백제 때는 왕인을, 신라 때는 도선을 낳은 곳이 영암"이라며 자랑한다. 도선은 어린 시절을 도갑사 근처에서 보내고, 신라 말에 국사가 되어 이곳에 절을 다시 짓고 도갑사라고 이름 붙였다고 전한다. 또한 고려 왕건의 정치와 통일 대업을 도운 천재 청년 최지몽이 이 땅에서 나고 자랐다.

영암은 그 이름에 얽힌 전설이 있다. 월출산에는 움직이는 바위 세 개가 있었으며, 그 바위들의 기운으로 산 아래 고을에서 큰 인물이 많이 난다는 이야기가 전해지자 중국 사람들이 와서 몰래 그 바위들을 밀어 떨어뜨렸는데, 그중 한 개가 다시 산을 기어 올라가서 '기어 올라간 신령스런 바위가 있는 곳'이라 하여 산 아래 고을을 영암(靈巖)이라고 했다고 한다.

'달이 뜨는 산' 월출산은 소백산맥이 미처 바나로 향하지 못하고 남도 들판 한가운데 우뚝 멈춰 서서 뿌리를 내린, 산 전체가 하나의 수석 전시장으로 불리는 국립공원이다.

언덕보다 높이 돌출한 지형을 일컬어 '산'이라고 한다. 단군신화가 산에서 시작되는 것을 보면 우리 민족의 발상지가 산이었음을 미루어 알 수 있다. 그래서 태백산이나 마니산 같은 산 정상에 제단을 마련하고 제사를 지냈던 것이다. 우리나라는 1967년 지리산이 최초로 국립공원으로 지정되었고, 설악산은 경주, 계룡산, 한려해상에 이어 1970년 다섯 번째로 지정되었다. 그 뒤를 이어 속리산, 한라산, 내장산, 가야산, 덕유산, 오대산, 주왕산, 태안해안, 다도해상, 북한산, 치악산, 월악산, 소백산, 변산반도, 월출산, 그리고 무등산으로 지금은 21곳이 선정되어 있다. 우리나라 공원법은 자연공원법과 도시공원법으로 나뉘고, 자연공원을 국립공원, 도립공원, 군립공원으로 분류했다. 현재 멸종위기 동식물의 60%가 살고 있는 국립공원은 자연 생태계, 자연 경관과 문화유산을 잘 보전하면서 다음 세대에 물려주자는 것이다. 세계 최초의 국립공원은 1872년에 지정된 미국의 옐로스톤 국립공원으로, 서부의 금을 찾기 위해 나선 탐험대가 옐로스톤의 환상적인 자연 경관을 보고 이를 숨기다가 훗날 주민들과 협력해 국립공원 지정을 추진했다.

월출산 남쪽에는 강진군 성전면이 있고, 서쪽에는 영암군 구림면이 있다. 이 마을들은 신라 때부터 이름난 마을로 서해의 물과 남해의 물이 맞닿는 곳에 위치한다. 한편 제주도로 귀양 가거나 신라에서 당나라로 조공을 갈 때는 당시의 영암군에 속했던 해남군 현산면 초호리와 읍호리 경계에 있는 백방산에서 배를 탔다. 당나라로 가는 최치원도, 일본으로 가는 왕인도 여기서 배를 탔다. 지아비를 기다리는 아내와 가족들은 이 산에서 살면서 무사히 돌아올 것을 빌었는데, 그들이 살았던 방이 100칸이나 되었다고 한다. 그런 연유로 백방산 밑의 마을을 백포라고 불렀으며, 지금은 이별의 바다가 간척지가 되어 포구의 기능이 사라졌다. 그러나 백방산의 나가미라는 절벽에서 기다림에 지친 숱한 여인네들은 정한을 치마폭에 담은 채 뛰어내렸다고 한다. 월출산으로 떠오르는 둥근 달을 바라보며 한 많은 여인들이 님 그리워 노래하는 "영암

아리랑"이 어디선가 희미하게 들려온다.

"달이 뜬다 달이 뜬다/ 영암 고을에 둥근 달이 뜬다/ ……월출산 천왕봉
에 둥근 달이 뜬다. 아리랑 동동 쓰리랑 동동 에헤야 데헤야 어사와 데야/ 달
보는 아리랑 님 보는 아리랑."

6. 목포의 눈물

여행은 열심히 살아온 자신에 대한 배려이다. 빌 게이츠는 1년에 두 번 '생각주간'이란 여행을 떠난다. 빡빡한 일정이 아니라 혼자서 소박한 별장에 머무르며 미래 10년을 위한 비전을 세운다고 한다. 비움을 통해, 시간의 여백을 통해 미래의 쓰임을 발견해낸다. 할 일이 산더미처럼 쌓여 있는데 어떻게 시간을 낸단 말인가. 하지만 계획적으로 의도된 여백은 좀 더 풍성한 일상을 제공한다. 해야 하기에 하는 것은 의무를 행하는 것이다. 때로는 하고 싶은 것을 하며 살아야 한다. 풍요는 비움에서 시작된다. 비우지 않으면 결코 채울 수 없다. 비움은 채움과 충만을 위한 배후 공간이다. 노자는 『도덕경』에서 말한다. "바퀴살 서른 개가 모두 한 개의 바퀴 중앙에 모여 있다. 그러나 모인 자리가 비어 있어 그곳으로부터 수레의 쓰임이 생긴다. 흙으로 그릇을 만들되 그릇의 빈 곳으로부터 그릇의 작용이 일어난다. 문과 창을 내어서 방을 만들지만 그 비어 있는 곳이 방으로 사용된다. 그러므로 '있음'을 이로움이라 하고 '없음'을 쓰임이라고 한다."

비움은 21세기의 화두다. 일상에서 비움이 있어야 한다. 비움은 시간의 여백이다. 여행은 일상에서의 탈출이요 채우기 위한 비움이다. 잠시만이라도 현실로부터의 망명을 선언하는 여유를 가져야 한다. 이제 찾아갈 곳은 복잡한 도심이 아니라 한적하고 여유로운 자연이요 침묵의 공간이다.

일로읍 청호리를 지나고 망월리를 지나며 드디어 목포가 눈앞에 다가온다. 무안에서 바라보는 영산강 하굿둑 아래가 영산강이 서남해안으로 들어가는 항구도시 목포다. 이제는 영산강 종주 자전거 길의 종착지가 가깝다. 산이 길을 가로막는다. 왼쪽에는 주인 없는 작은 배들이 정박하여 물살에 출렁인다. 비포장도로를 따라 자전거 길 공사를 하고 있다. 오른쪽으로 가라는 우회도로 표시판이 보인다. 잠시 자전거를 세워두고 강물에 손을 씻는다. 강변에 고깃배만 떠 있고 어부는 간 곳 없다. 뱃전에서 강물에 손을 담그며 김종삼 시인의 '어부'를 노래한다.

바닷가에 매어둔 작은 고깃배
날마다 출렁거린다.
풍랑에 뒤집힐 때도 있다.
화사한 날을 기다리고 있다.
머얼리 노를 저어 나가서
헤밍웨이의 바다와 노인이 되어서
중얼거리려고

살아온 기적이 살아갈 기적이 된다고
사노라면 많은 기쁨이 있다고.

흙탕길에 더러워진 신발을 닦아내며 달려온 길을 뒤돌아본다. 머나먼 길, 가슴이 뭉클하다. 다시 우회도로를 따라 산길을 넘는다. 산 위에서 바라보는 영산강 줄기가 시야에 훤히 들어온다. 다시 내리막길, 급경사라 위험하다는 생각을 하며 조심스럽게 내려간다. 자전거를 타고 달려오는 젊은이들이 보인다. 사

람구경하기가 어려웠기에 몹시 반가웠다. '영산강 하구언 9.7km' 표지판이 반겨준다. 영산강변을 따라 자전거도로 공사를 하고 있다는 안내판이 붙어 있다. 소댕이 나루를 지나며 청호리 강변길을 따라 질주한다. 바다같이 드넓은 영산호를 달려간다. 전남의 4대 호수로 꼽히는 담양호, 장성호, 나주호, 광주호의 물을 합친 양과 맞먹는 영산호의 물은 호남지방의 농업과 공업 용수로 쓰이며, 남서 해안의 관광명소가 되어 전국 각지에서 많은 관광객이 찾아든다. 드디어 영산팔경 제1경 영산호에 도착했다. '영산석조(榮山夕照)'라고 새겨진 표석과 허형만의 '영산강 저녁노을' 시비가 다정하게 저녁노을을 보며 서 있다.

시월이라 열엿새/ 님 떠난 포구로
꽃 배암 서너 마리/ 시뻘건 헛바닥 날름거리며
영산강, 영산강/ 등허리를 기어오르고 있었습니다.
어디선가 물새 한 마리/ 신들린 몸짓으로
강물 속 깊이깊이 빠져드는데/ 치잣빛 바람소리만
두둥실 두리둥실
이승과 저승을 오르내리고 있었습니다.
휘어이 휘어어이
저승과 이승을 오르내리고 있었습니다.

물새들이 날고 갈대들은 스산한 소리를 내며 매서운 바람에 휘날린다. 저녁 노을 붉게 비추는 영산호를 따라 달려간다. 이승과 저승, 저승과 이승을 오르 내리는 강바람과 바닷바람이 한데 엉켜 길을 막아서 자전거가 나아가지 않는 다. 힘겹게 페달을 밟는다. 마치 내 모습을 흉내 내며 놀리려는 듯 갈매기 한 마리가 바람을 안고 힘겹게 날아간다. 목포에 들어선다. 세찬 바람이 불어오 는 영산호의 황포돛배 유람선이 물결에 출렁인다. 노령산맥의 마지막 봉우리 인 유달산이 내려다보는 항구도시 목포에 도착했다. 목포는 한반도의 서해와 남해를 가르는 '목'에 위치해 있다.

목포라는 지명은 영산강과 서해가 만나는 이곳의 지형이 마치 서해와 남해 를 아우르고 가르는 '길목쟁이'처럼 중요한 구실을 했기 때문이라고 하며, 고 하도가 목하의 집산지라서 이곳에서 생산한 목화를 일본으로 실어 나르는 '목 화의 항구'라는 뜻이라고도 한다. 목포는 1897년 1월 개항되기 이전에는 250 호 미만의 한적한 작은 어촌의 포구였다. 개항이 되자 일제의 식민지 수탈의 거점 항구가 되었고, 사람들이 몰려와 정착하면서 1910년 '목포부'로 고쳐 부 르게 되었다. 이후 1932년에는 무안군 일부 지역을 더하여 인구 6만의 전국 6 대 도시의 하나로 성장했다. 임진왜란 때 이순신 장군은 목포 고하도에서 친 히 수군 진을 설치하여 108일 동안 머물렀으며, 유달산(130m)에는 짚과 섶으 로 둘러 군량미가 산더미같이 쌓인 것처럼 보이도록 위장하여 적을 속였다는 노적봉(露積峯)이 있다. 목포가 큰 항구로 자리 잡게 된 데는 고하도와 배후의 유달산이 자연 방파제 역할을 하고 천시의 심인 신안의 모든 섬들이 세운 공 로가 크다. 목포 앞바다는 섬들의 고향인 신안군이다. 신안 사람들은 해산물 과 농산물을 목포로 보내고, 나아가 자식들을 목포로 유학 보내면서 자기들 이 번 돈을 목포에 바친다.

혹산도를 비롯한 신안의 섬에는 중앙정부에서 보낸 유배객들이 머물렀기에 일찍부터 개화되었다. 목포의 서쪽은 서해, 남쪽은 다도해로, 신안군에 속한 섬은 유인도 72개, 무인도 932개 등 총 1,004개의 섬으로 이루어져 우리나라 섬 전체의 26%에 이르렀으나, 지금은 간척사업으로 800여 개로 줄었다. 섬(ISLAND)은 그린란드보다 작은 규모의 육지로서 물에 둘러싸여 있는 것을 말한다. 바다의 섬은 육도와 양도로 나누어진다. 육도는 일본이나 영국과 같이 육지의 일부가 분리된 섬이며, 양도는 하와이 제도나 아이슬란드처럼 육지와 관계없이 생성된 섬으로서 화산섬이나 산호섬이다. 우리나라 섬 개수는 공식자료에 의하면 유인도 470, 무인도는 2,767개이다.

목포항의 부두에 서면 유토피아를 찾아 푸른 바다 너머 신안의 섬으로 떠나고 싶어진다. 목포에서 쾌속정 파라다이스 호를 타고 달리면 서남쪽 115km 떨어진 섬, 해질녘이면 섬 전체가 붉게 물들어 홍도(紅島)라고 불리는 섬에 도착한다. 한 폭의 동양화를 그대로 옮겨 놓은 아름다운 홍도는 1965년 천연기념물로 지정되어 섬 전체가 천연 보호구역이며 누구나 꼭 한 번은 가고 싶어 하는 섬이다. 홍도의 최고봉인 깃대봉은 한국의 100대 명산으로 독립문, 석화굴 등 해안 절경과 조화를 이루어 수려한 경관을 돋보이게 한다. 해발 365m 깃대봉을 오르면 365일 건강하고 행복하다는 속설이 있어 찾는 이가 많다. 정상에서 바라보면 멀리 흑산도, 태도, 가거도가 보인다. 흑산도와 가거도의 중간지점인 태도는 돌김인 석태가 많이 나는 섬이다.

홍도의 밤이면 노래방에서 가장 애창되는 곡이 '홍도야 울지 마라'고 한다. 하지만 노래 가사의 홍도는 섬이 아닌 조선의 명기(名技) 홍도(1778~1823)로, 상궁으로 있을 때 임금이 내린 별호가 홍도(紅桃)였다. 세습 기생으로 20세에 노래와 춤에서 독보적인 존재로 인정받았고, 고향인 경주에서 기생으로 살다가 45세에 세상을 떠났다.

목포에서 93km 떨어진 흑산도는 홍도, 가거도의 큰형 노릇을 하는 면소재지로서 산과 바다가 푸르다 못해 검게 보인다 하여 붙어진 이름이다. 오랜 세월 풍파를 견디며 간직해온 환상적인 절경이 있고 밤이면 쏟아지는 별빛이 있는 섬이다. 홍어의 고장인 흑산도 여행은 뭍 여행과는 달리 현실에서 벗어나 피안의 세계에 있다고 착각하게 만드는 돌파구이자 휴식처다. 날 저무는 섬의 풍경은 복잡하고 문명에 찌든 현실 세계와는 다른 세계에 와 있다는 안도감과 평화를 준다.

손암 정약전(1758~1816)은 1801년 신유사화 및 황사영 백서사건으로 흑산도로 유배되어 14년 동안 유배생활을 하다가, 인근의 우이도로 옮겨진 뒤 얼마 후 세상을 떠났다. 뭍에서 멀리 떨어진 외딴 섬에서 한국 최고(最古)의 어류학 서인 『자산어보(玆山漁譜)』를 남기고 사촌서당에서 후학을 가르쳤지만, 다시는 뭍으로 돌아갈 수 없다는 절망감에 지쳐 유명을 달리했다. 자산(玆山)은 흑산 (黑山)의 다른 이름이었다. 정약전은 "차마 내 아우에게 바다를 두 번이나 건너 며 나를 보러 오게 할 수는 없지 않은가.'"라는 묘비명에서 보듯이, 나주 율정 점에서 헤어진 아우 정약용을 무척이나 그리워했다.

정약전이 유배생활을 한 사리마을에는 유배 문화공원이 있어 흑산도로 유 배 온 사람들을 기록한 '흑산도 유배인 도표'가 있다. 기록상 확인되는 최초의 흑산도 유배인은 고려 의종 2년(1148) 정수개다. 절해고도의 섬 흑산도는 제주, 거제, 진도 다음가는 네 번째로 빈도수가 높은 유배지였다. 고려시대 이후부 터 '나라에 큰 죄를 지은 죄인'으로 고관대작뿐만 아니라 서민들도 유배를 오 는 곳이었다. 유배인의 생활은 학문적 생활을 영위하기도 했지만 토호처럼 횡 포를 부려 민초들의 생활고를 가중시키는 원망의 대상이 되기도 했다.

조선말기의 애국지사인 면암 최익현(1833~1906)의 유적지에는 '면암최익현선 생유허비'만이 쓸쓸하게 서 있다. 명성황후 일족이 일본과 통상을 논의하자 조약체결의 불가함을 역설하며 강화도조약 체결을 반대하는 상소를 올려 2 년간 흑산도로 위리 안치되었던 최익현은 일신당이라는 서당에 머물면서 학 동들을 가르쳐 섬 문화의 뿌리를 다졌다. 1905년 을사늑약이 체결되자 74세 의 고령으로 의병을 일으켰으나 패해, 대마도로 압송 유배되어 "적이 주는 음 식은 먹을 수 없다."며 단식 끝에 죽었다. 상라봉 전망대 초입에는 어촌과 바 다를 상징하는 조형물 '흑산도 아가씨'가 망망대해를 바라보며 "남몰래 서러운 세월은 가고 물결은 천번만번 밀려오는데 못 견디게 그리운 아득한 저 육지를 바라보다 검게 타버린 검게 타버린 흑산도 아가씨"를 애절하게 부르고 있다.

가거도는 옛날에는 '아름다운 섬'으로 불리다가 지금은 '가히 살 만한 곳'으로 불리게 된 경이롭고 신비로운 섬으로, 목포에서 136km 떨어진 우리나라 최 서남단의 섬이다. 일제강점기에는 소흑산도로 불렸다. 신안군에서 가장 높은 독실산(639m)을 중심으로 서남쪽으로 뻗어있으며, 산세가 높고 섬 전체가 절벽으로 형성되어 웅장하고 기괴한 절경을 이룬다. 증도는 유네스코에서 지정한 생물권 보전지역으로 우리나라 최대의 갯벌 염전이 있으며, "신이 내린 축복의 땅, 인간과 신, 자연이 함께 살아가는 세계적인 슬로시티가 될 것이다."라는 극찬을 받으며 슬로시티로 지정되었다. 김대중 전 대통령의 고향은 신안의 하의도이다.

세상을 위해 할 수 있는 가장 훌륭한 일은 자신을 최대한 실현하는 일이다. 목표는 내가 세우지만, 세워진 목표는 나를 이끈다. 목표가 있으면 성취감을 준다. 하나씩 이루어가는 성취감은 희열을 주고 자긍심과 자족감, 자존감을 준다. 방황하지 않게 하고, 시간을 허비하지 않게 하고, 쉽게 포기하지 않게 한다. 오히려 시련과 역경을 헤치고 나아가는 자신의 건강한 모습에 기뻐한다. 미래를 경영해야 한다. 성공한 자신의 미래의 모습을 상상해보면 지금 무엇을 해야 하는지 알 수 있다. 성공적인 삶을 살자면 미래의 관점에서 현재를 바라볼 수 있어야 한다. 그리고 미래의 관점에서 현재 해야 할 일을 선택해야 한다. 성공한 자신의 모습은 피와 땀과 눈물을 감내하게 한다. 영혼을 세척하는 정열의 눈물은 인간이 뿜어내는 아름다운 보석이다.

대지에 뿌려진 눈물이 모여 실개천과 강을 이루고 소리 없이 흘러 바다로 들어간다. 넓은 세상 보고 싶어 먼 길을 흘러온 영산강이 목포 앞바다에서 넉넉한 서해와 남해의 품으로 들어간다. 신안의 섬들을 적시고 다시 세계로 물결쳐 간다. 어느 날엔가 다시 수증기가 되고 구름이 되어 날리다가, 대지에 비를 뿌리고 냇물이 되고 강물이 되어 영산강 맑은 물길 따라 다시 여기까지 흘러올 것이다.

드디어 영산강 자전거 길의 종착지이자 영산강 물줄기의 종착지 영산강 하굿둑에 도착했다. 2012년 1월 27일 출발, 28일 도착해서 시처럼 그림처럼 펼쳐진 산수화 속으로 달려온 영산강 자전거 길 133km의 대장정도 이제 막을 내린다. 발원지 담양의 용소에서 미미하게 시작된 영산강이 남도의 젖줄이 되어 실개천들을 껴안으며 흘러 목포 앞바다에서 신안의 천사의 섬을 만나 너울너울 춤추며 기쁨을 나눈다. 서해의 아라 뱃길에서 시작한 여정의 종점 목포에서 한강과 낙동강, 금강과 영산강의 이야기를 품은 나그네가 한없는 기쁨에 젖는다. '4대강 자전거 길 국토 종주'라는 목표의 새로운 도전! 강렬한 성취의 욕이 한겨울의 추위와 육체적인 한계를 넘어서 새 역사를 쓰는 순간이다. 새해벽두 인천의 여명이 강변을 따라 길에 연한 길을 달려 목포의 붉게 물드는 저녁노을과 만나 4대강 국토 종주 대항해를 마무리한다. 영산강 하굿둑 위로 차량들이 문명의 소리를 내며 빠른 속도로 달려가고, 유달산에서 울려 퍼지는 '목포의 눈물'이 목포 앞바다를 바라보는 나그네의 심사를 적신다.

사공의 뱃노래 가물거리며/ 삼학도 파도깊이 스며드는데
부두의 새악시 아롱 젖은 옷자락/ 이별의 눈물이야 목포의 설움

삼백 년 원한 품은 노적봉 밑에/ 님 자취 완연하다 애달픈 정조
유달산 바람도 영산강을 안으니/ 님 그려 우는 노래 목포의 노래

4대강 자전거길 종주 대장정

08

낙동강 줄기 안동으로

1. 인생은 종합선물 세트

한겨울의 4대강 국토 종주, 그리고 봄이 지나가고 여름이 왔다. 8월 초 어머니는 83세의 일기로 세상을 떠나셨다. 16세로 시집와서 '돌네 엄마'로서 살아온 한 여인의 긴 삶이 끝이 났다. 어머니를 청산의 아버지 곁에 모셔드리고 8월의 마지막 날 다시 국토 종주 마무리 길을 나섰다. 낙동강 종주 자전거 길 잔여 구간, 상주와 예천의 풍양을 연결하는 상풍교에서 안동댐까지 길이었다. 강을 거슬러 올라 뿌리를 찾아 달린다. 유시유종이다. 만물은 시작이 있고 끝이 있다. 낙동강의 발원지는 황지연못이라고도 하고 너덜샘이라고도 한다. 그러나 둘 다 바다에서 시작한다. 바다는 물의 어머니이며 모든 생명의 고향이다. 태초에 모든 생명은 바다에서 시작됐다. 지난겨울의 눈꽃 대신 무더운 날의 꽃이 피어 있다. 산에도 강에도 들판에도, 육체에도 정신에도 영혼에도 꽃이 피어난다. 꽃잎이 허공에 날린다. 생의 찬미가 들려온다. 집을 나서면 막막하다. 어디로 가야 하나? 하지만 존재의 고향, 내가 태어나고 자란 안동으로 가는 길은 마냥 가볍고 상큼하다. 상풍교 앞에 세워진 조희열 시인의 '운성진(雲成津) 옛터' 시비가 사별

에서 풍양으로 가는 길손에게 인사를 한다.

운성나루가 여기라지요.

나라님께 드릴 세곡 실은 큰 배

하늘같은 백성 먹일 소금 실은 통 배

멋도 싣고 오가던 운성진 옛터가

풍요로움 사뭇 인정으로 배어나

강 건너 풍양까지 향기로 뿌렸나

옛 사벌국 정취 품은 상주 찾는 관문 되어

인정 싣고 오가던 나룻배는 어데 갔나.

상주의 옛 이름 상락 동쪽 흐른다고

상주 지경 이르러 이제 참 강 되었다고

했다나요 그 이름을 낙동강이라고

아는지 모르는지

상풍교 큰 다리는

운성 뱃가 선창에 쌓였던 애환을

가만히 두 팔 벌려 상주 풍양 맞잡고는

영남 적실 꿈에 부푼 강물만 바라보네.

소금도 싣고 멋도 실어 나르던, 이제는 사라져버린 운성 나루터의 옛 정취가 다가온다. 상풍교를 건너서 왼쪽으로 방향을 틀자 '충효의 고장 예천' 현수

막이 바람에 펄럭이고 '4대강 국토 종주 낙동강 자전거 길' 안내판이 맞아준다. 영주는 '선비의 고장'이라 하며 소수서원 옆에 선비촌을 만들었다. 안동은 '정신문화의 수도'라고 한다. 모두가 경북 북부지방에 자리 잡은 유교의 고장들이다.

잘 포장된 둑길을 따라 달려간다. 낙동강을 따라 펼쳐지는 강 건너편 사벌면 퇴강(退江) 마을이 보인다. 이름 그대로 강에서 한 발짝 뒤로 물러서서 관조하며 여유를 보인다. '낙동강 칠백 리 여기서 시작되다.'라고 새겨진 큰 표지석이 아주 작게 보이고, 그 뒤 언덕에는 고풍스런 멋을 풍기는 고딕양식의 퇴강성당이 한 폭의 그림 같다.

잠시 멈추어 영강이 낙동강과 합류하는 두물머리에서 몸짓 커진 낙동강을 바라본다. 한 줌의 흙도 아껴야 높은 산이 된다. 지류를 탓하지 않고 실개천도 포용하는 넉넉함이 있어야 비로소 큰 강이 된다. 육중한 몸이 바람결에 일렁이며 한가로이 움직인다. 다양한 모습으로 변신을 하며 아래로 아래로 겸손히 흘러간다. 각인각색 인간군상 하나도 버릴 사람이 없다는 가르침을 주며 강물은 흘러간다.

　꽃잎에 호랑나비가 앉아서 날갯짓을 한다. 또 한 마리가 날아들어 함께 춤을 춘다. 한참을 바라본다. 상생의 상징, 꽃과 나비다. 나비는 꽃의 꿀을 빨고, 대신 꽃술의 가루를 옮겨준다. 나비는 하늘과 땅 사이, 꽃과 꽃 사이를 오가며 생명을 꽃피우는 사랑의 전달자이다. 트리나 폴러스의『꽃들에게 희망을』은 줄무늬 애벌레와 노랑 애벌레가 나비가 되기까지의 여정을 그린 책이다. 애벌레는 미래의 나비의 모습이지만, 모든 애벌레가 나비가 되지는 않는다. 나비가 되어 아름다운 날개로 날아다니자면 날기를 간절히 소망해야 한다. 줄무늬 애벌레가 천신만고 끝에 탑의 맨 꼭대기에 올랐을 때 만난 것은 조금도 가까워지지 않는 하늘과 더 이상 오를 수 없는 허공, 그리고 그 공간을 훨훨 날아다니는 한 마리 아름다운 나비의 모습이었다. 나비가 땅의 존재에서 하늘을 마음껏 날 수 있는 존재로 변신할 수 있었던 것은 불확실과 두려움을 딛고 용기 있게 일어설 수 있었기 때문이다. 나비는 평생 땅을 배로 기어 다니는 애벌레로서의 죽음을 극복했다. 그래서 나비는 나비가 되었다.

　나비가 날갯짓을 한다. '나비의 날갯짓이 지구 반대편에 태풍을 일으킬 수 있다'는 카오스 이론이 '나비효과'다. 미세한 변화가 나중 어떤 단계에선 큰 차이를 야기한다는 얘기다. 하나를 바꾸면 모든 것이 바뀐다. 과거에 다른 선택을 했다면 현재의 나는 다른 모습으로 존재한다. 현재의 선택은 미래의 내 모습을 바꾼다. 중국의 어느 한 초등학생의 글이다.
　"시간이 화살처럼 어느덧 지나간다. 더 열심히 공부해야겠다. 그러지 않으면 점수가 올라가지 않을 것이고, 점수가 오르지 않으면 부모님께 꾸중을 들을 것이다. 꾸중을 들으면 자신감을 잃게 된다. 그러면 성적이 더 떨어져 대학에 못 들어가게 된다. 대학에 못 가면 좋은 직업을 얻을 수 없고, 돈을 벌 수 없게 된다. 돈을 못 벌면 세금을 못 낸다. 그러면 나라에서 선생님 월급을 주기가 어렵게 된다. 그러면 선생님들은 교육에 전념하지 못하게 되고 나라 발전이 영향을 받게 된다. 나라가 발전하지 못하면 야만 인종으로 퇴화되고, 그리되면 미국은 야만적인 중국이 대규모 살인무기를 보유할 것이라며 전쟁을 일으켜 제3차 세계대전이 촉발될 것이다. 세계대전이 벌어져 힘에 부치게 되면 양국은 핵무기를 사용할 것이다. 핵무기 사용은 지구환경을 파괴해 대기층에 큰 구멍이 생기고 지구 온난화가 급격히 진행될 것이다. 그리 되면 남북극 빙하가 녹을 것이고, 빙하가 녹으면 지구의 수위가 높아지고, 그리 되면 전 인류가 물에 빠져 죽게 될 것이다. 내가 공부하는 것은 전 인류의 생존 안전과 관련돼 있다. 따라서 시험을 잘 보기 위해 남아 있는 며칠을 시험공부에 쏟아부어야 한다. 내가 점수를 잘 받아야 비극이 일어나는 것을 막을 수 있다."

인기척을 느낀 나비는 부끄러운 듯 날아간다. 훼방꾼이 되었다는 미안함을 안고 길을 나선다. 이덕무는 『청장관전서』에서 다정한 친구를 나비와 꽃에 비유하여 "나비가 오면 너무 늦게 온 듯 여기고, 조금 머무르면 안쓰러워하고, 날아가면 못 잊어하는 꽃의 심정"이라고 한다. 김기림의 '바다와 나비'가 자화상이 되어 돌아온다.

아무도 그에게 수심(水深)을 일러준 일이 없기에
흰 나비는 도무지 바다가 무섭지 않다

청무우 밭인가 해서 내려갔다가는
어린 날개가 물결에 절어서

공주처럼 지쳐서 돌아온다.

삼월 달 바다가 꽃이 피지 않아서
나비허리에 새파란 초생달이 시리다.

나비의 심정으로 다시 훨훨 강둑길을 벗어나서 농로와 마을길을 따라 달린다. 길 양편 들판에는 시원한 바람결에 춤추며 설익은 벼들이 부끄러운 듯 고개를 숙이고 가을 햇살을 호흡하고 있다. 20여 일 지나면 추석이다. 그러면 이 들판은 황금빛으로 물들어 농부의 땀과 수고에 보답할 것이다. 나는 어린 시절 시골에서 자란 것을 축복으로 여긴다. 자연과 더불어 시작한 삶에 대한 추억으로 언젠가는 다시 시골로 돌아가고 싶다. '만종'으로 유명한 장 프랑수아 밀레는 대중에게 가장 사랑받는 19세기 프랑스의 화가다. 밀레의 그림은 현대인들의 마음의 고향인 농촌 생활과 농부들의 삶, 땅의 섭리를 가장 솔직하고도 감동적으로 그렸기 때문에 인기가 높다. 밀레가 그린 농촌과 농부는 실재하는 농촌이며 농부다. 밀레는 "나는 진짜 농부입니다. ……나는 파리 사람처럼 우아하게 절을 하는 사람이 아니며, 파리의 응접실을 장식하는 예술가도 아닙니다. 나는 농부로 태어났고 농부로 죽을 겁니다. 나는 언제까지나 땅에 머무를 겁니다."라고 고백한다.

길은 풍양면 우망리를 지나 풍지교에 이른다. 우망리에는 낙동강과 내성천, 그리고 충북 죽월산에서 시작된 금천이 만나는 '한 배 타고 세 물을 건넌다'는 이 시대 마지막 주막인 삼강주막이 있다. 나그네에게 허기를 면하게 해주고 보부상의 숙식처로, 때로는 시인묵객들이 유하는 곳으로 수많은 애환을 지닌 삼강나루의 주막은 한강으로 통하는 물류이동이 많았고, 장날이면 나룻배가

30여 차례나 오갈 만큼 분주했다. 밤이 되면 낯모르는 사람들이 호롱불에 둘러앉아 야담을 나누며 잠을 청했다. 1900년경에 지어진 주막은 1934년의 대홍수로 떠내려가고, 2008년에 복원된 주막이 여행객들을 반가이 맞아준다. 주막의 부엌 입구에는 작자 미상의 '삼강마을'이 걸려 있다.

동에서 낙동강
동북에서 내성천
서북에서 금천
푸르게 하나로 어우르니
낙동강 칠백 리 수를 놓는다.

대구 팔공산 동남으로 이백 리
문경 주흘산 서북으로 일백 리
안동 학가산 동으로 이백 리
산과 강 셋이 모여 정기가 가득하니

청풍자 할아버지 광해에 삼강으로 이름 지어
솟는 기운 대대손손 이어가는 곳
유서 깊은 삼강
그 고명 영원히 빛나리.

삼강나루는 낙동강을 타고 오른 길손이 북행하는 길에 상주 쪽으로 건너던 큰 길목이고, 낙동강 하류에서 거두어들인 공물과 화물이 배에 실려 올라와 문경새재로 넘어갔던 물길의 종착역이었다. 낙동강 물길을 따라 더 올라가면 안동과 강원도 내륙으로 연결된다. 내성천은 봉화 물야면 북쪽 선달산과 옥석산에서 발원하여, 부석사가 자리 잡은 봉황산 자락에서 발원한 낙화암천과 합류하여 다시 남쪽으로 흐르고, 안동 북후면을 지나 예천에서 옥계천과 합하여 남서쪽으로 흐르다가, 용궁면을 거쳐서 영순면에서 남쪽으로 흐른다. 예천을 관통하여 평야를 이루던 내성천은 낙동강에 합류하여 삼강이 합쳐진다. 500m가 넘었다던 삼강나루의 강폭은 안동댐이 건설된 뒤 그 절반으로 줄어들었다. 수량이 줄자 은어도 사라지고, 옛 일을 아는지 모르는지 나룻배를 타고 오는 사람이나 보부상 대신 지금은 승용차를 타고 삼강주막을 찾는 사람들의 발걸음이 그치지 않는다.

낙동강 종주 자전거 길은 삼강주막을 지나지 않고 우회하여 달린다. 낙동강을 종주하는 수많은 라이더들이 주막에서 쉬어가며 옛사람들이 한 배 타고 세 강을 건너던 정취와 애환을 맛볼 수 있으면 좋았을 것을 하는 아쉬움이 밀려온다. 낙동강 종주 자전거 길 '제7경 삼강주막'이라고 선정했으면서도 자전거 길을 만들지 않는 것은 무심일까, 무지일까.

영주의 부석사를 품고 흐르는 낙화암천은 내성천의 제1지류이다. 영주 하면 떠오르는 문화유적은 소수서원과 부석사다. 태백산에서 뻗어온 산줄기 아래 건축사의 고전 무량수전의 부석사(浮石寺)가 있다. 의상대사가 세워 1,300여 년의 역사를 지닌 부석사는 '돌이 떠 있는 듯이 보인다'고 해서 붙여진 이름이다. 부석사 아래가 고향인 친구를 따라 떠 있는 돌 틈 사이를 기어 나오다가 스님에게 주의 받은 일을 생각하면 절로 웃음이 나온다. "수많은 사람들이 부석사에 다녀가지만, 이렇게 돌 틈 사이를 다닐 수 있다는 것을 알고 행하는 사람은 우리밖에 없을 거야!"라고 친구는 자랑한다. 이를 본 한 아주머니 여행객, "사진 찍어 인터넷에 올릴 거예요!" 한다.

당나라에서 돌아와 화엄종을 개창한 의상대사는 서라벌이 아닌 먼 부석사에서부터 안동의 봉정사를 거쳐 서라벌을 향해 사상을 전파해갔다. 석양이 비칠 때 안양루에 올라 바라보는 하늘과 산하는 마치 안양(安養), 곧 극락세계인 듯 장관을 연출하며 온갖 시름을 물리친다. 김삿갓이 안양루에 올라 노래한다.

평생에 여가 없어 이름난 곳 못 왔더니
백수가 된 오늘에야 안양루에 올랐구나.
그림 같은 강산은 동남으로 벌려 있고
천지는 부평 같아 밤낮으로 떠 있구나.

지나간 모든 일이 말 타고 달려온 듯

우주 간에 내 한 몸이 오리마냥 헤엄치네.

백 년 동안 몇 번이나 이런 경치 구경할까

세월은 무정하다 나는 벌써 늙어 있네.

조사당 동쪽 창밑에는 조그만 나무 한 그루가 자라고 있다. 의상대사가 짚고 다니던 지팡이를 꽂으면서 "싱싱하고 시들음을 보고 나의 생사를 알라."고 했다는 선비화(仙扉花)다. 『택리지』에는 "스님들은 잎이 피거나 지는 일이 없어 비선화수(飛仙花樹)라고 한다."라고 전한다. 이 선비화를 보고 이황은 '부석사 비선화시'를 노래한다.

옥같이 빼어난 줄기 절문을 비겼는데

석장이 꽃부리로 화했다고 스님이 일러주네.

지팡이 끝에 원래 조계수가 있어

비와 이슬의 은혜는 조금도 입지 않았네.

소백산 비로봉(1439.5m)에서 흘러내리는 안축의 죽계별곡을 품고 소리만 들어도 가슴이 시원해지는 맑은 물의 죽계천을 따라 둘레길을 따라가면 소수서원이 있다. 주세붕(1495~1554)이 풍기 군수로 있으면서 성리학의 선구자 안향의 영정을 모시고 중국에서 주자가 세운 백록동서원을 본떠 양반자제 교육기관인 백운동서원을 세웠던 것을 후에 풍기 군수로 부임한 이황이 명종으로부터 최초로 '紹修書院'(소수서원)이라는 사액을 받아 오늘에 이르고 있다.

본래 서원은 교육기관이지만, 서원마다 받드는 분이 있어 제사도 중요하게 여긴다. 때문에 서원은 교육공간과 제사공간으로 나뉜다. 조선시대의 사립대학이라 할 수 있는 서원이 탄생하면서 조선 중, 후기에는 많은 인재를 배출해 학문과 정치의 요람이 되는 한편 부패의 온상이 되기도 했다. 관립 교육기관인 향교는 서원이 생기면서부터 사실상 교육 기능을 서원에 내주고 문묘제사를 지내는 곳으로 역할이 줄어들었다. 서원은 특히 경상도에 많이 세워졌다. 중종 때부터 철종 때까지 세워진 417개소 중 40%가 넘는 173개소가 경상도에 집중돼 있었다. 또 전국적으로 200여 곳인 사액서원 가운데 56개소가 경상도에 있었다. 경북 북부지방이 아직도 '추로지향(鄒魯之鄕)', 곧 공자와 맹자의 고향이라 불리는 자부심을 지니고 있는 것은 이러한 내력 때문이다. 대원군은 폐해가 심한 서원을 47개소만 남기고 철폐했다.

소수서원 가는 길에 '청다리'를 만나게 된다. 청다리는 수많은 아이들을 울린 '다리 밑에서 주워 왔다'는 이야기의 진원지이다. 서원에 공부하러 온 젊은 유생들이 뒷바라지하는 종이나 마을 처녀와 정분이 나서 아이를 낳게 되면, 처녀와 짜고 일부러 청다리 밑에 아이를 버리라 해놓고 자기가 우연히 다리를 지나다가 아이를 주운 것처럼 해서 본가로 데려갔다. 그리고는 자기 아이임을 감추고 '다리 밑에서 불쌍한 아이를 주웠다'며 기르게 했다는 것이다.

삼강주막에서 내성천을 따라 회룡포로 가는 10km 가량의 강변길 코스는 멋과 낭만이 있는 길이다. 회룡포는 비경 중의 비경으로 고종 때 의성 사람들이 모여 살아서 의성포라고도 한다. 내성천이 마을 주위를 350도 휘감아 도는 육지 속의 섬마을 회룡포는 조선시대에 주로 귀양지로 이용되었으며, 『정감록』의 '비결서'에서 십승지지로 손꼽혔고, 비록 오지지만 땅이 기름지고 인심이 순후에서 사람이 살기 좋은 곳이라고 했다. 마을 건너편 비룡산의 장안사 뒷길로 3백m쯤 오르면 전망대가 나타나고, 그곳에서 바라보는 물도리동은 신비하기 짝이 없다.

강물이 느닷없이 굽이돌면서 거의 제자리로 돌아오는 물도리동으로 이름난 대표적인 안동 하회마을과 정여립이 의문사한 전북 죽도, 무주의 앞섬에 못지 않게 비경을 자랑하는 곳이 바로 회룡포다. 발판 구멍에서 물이 퐁퐁 솟는다 고 부르는 '뿅뿅다리'를 행여 물에 빠질세라 조심조심 자전거를 끌고 건너서 회룡마을로 들어가면, 마을 주위에 고운 모래밭이 펼쳐지며 산과 강이 태극 모양의 조화를 이루고 있다.

　인적 없는 농로를 달리다가 마을길로 들어서자 난데없이 '똥 공장 건립 결사 반대'라는 현수막이 여기저기 걸려 있고, 10여 명의 시골 할머니와 아주머니들 이 머리에 띠를 두르고 모여 앉았다. 분뇨 처리장 설치로 환경이 훼손된다고 주민들이 집단으로 반대하는 시골풍경이다.

　들판 길을 달려 낡은 다리에서 휴식을 취한다. 새롭게 잘 지어진 다리로는 차량들이 달린다. 온갖 풍상을 겪어 세월의 멋을 느끼게 하는 정겨운 옛 다리 에 멈춰 서서 푸른 하늘, 여유로운 흰 구름을 바라본다. 푸른 물을 바라보고 달려온 길을 바라보고 달려갈 길을 바라본다. 땀에 젖은 이마에 시원한 바람 이 스쳐간다. 바람은 어디서 와서 어디로 가는 걸까. 구름은 어디서 와서 어 디로 가는 걸까. 인생은 어디서 와서 어디로 가는 걸까. 나는 어디서 와서 어 디로 가는 걸까. 인생은 구름 나그네, 운명처럼 다가오는 희노애락애오욕(喜怒 哀樂愛惡慾)의 종합선물 세트를 받고 즐거워하며 길을 간다. 거친 시련과 역경, 사랑과 미움, 즐거움과 기쁨, 모든 것은 오고가는 바람과 구름 같은 것, 주어 진 운명에 울고 웃는다.

　먼 하늘을 바라보던 나그네는 다시 일어나 다리를 건너 둑길을 따라 달린 다. 넓게 펼쳐진 확 트인 들판과 강물이 넘실대는 낙동강 사이 작은 강둑길

좌우에 코스모스가 활짝 피었다. 세상이 멈춰버린 듯 고요하다. 바람의 소리도 없다. 나그네의 호흡과 자전거 소리만이 나지막이 적막을 깨트린다. 시장기가 밀려온다. 둘러봐도 둘러봐도 허허벌판이다. 인가가 보이지 않는다. 달리고 또 달린다. 멀리 차량이 다니는 도로가 보이고, 가까이 가자 자전거 길 안내판에 하회마을이 보인다. 안도감에 피로가 밀려난다. 강변에는 외로운 강태공이 보인다. 고기를 낚는지 세월을 낚는지 홀로 앉아 돌부처마냥 꼼짝 않는 강태공 뒤에 자전거를 세우고 그림 같은 풍경을 감상한다. 80에 벼슬길에 나선 강태공, 기다리고 기다리던 할멈이 조금만 더 기다렸으면 말년의 부귀영화를 함께 누렸을 것을. 엎질러진 물은 다시 담을 수 없다. 강태공의 복수불반분(覆水不返盆) 고사가 끈기 없는 시대와 인심을 탓한다.

얼마 남지 않은 낙동강 종주 자전거 길, 고지가 저기다. 만만치 않은 인생길처럼 만만치 않은 길을 달려왔다. 존재감을 느끼면서 달리는 내 고향 청산으로 가는 길이 재미나고 즐겁다. 종주를 시작한 서해에서부터의 일들이 시간과 공간을 넘어 주마등처럼 스쳐간다. 그리움을 찾아 나선 길이 어느덧 그리움이 된다.

2. 정신문화의 수도

세상을 구성하는 3대 요인인 공간(空間), 시간(時間), 인간(人間)에 고루 사이 간(間)자가 들어간 것은 우연이 아니다. 노신이 철학 공약수라고 한 인간 속의 사이 간(間)은 "사람은 사람과 사이 때문에 인간이며, 겸허하고 사양하는 윤리 도덕의 사이를 두어야지 욕망이나 이해타산만으로 밀착되어 사이가 없으면 인간이 못 된다."라고 했다. 아울러 시간과 공간에도 사이를 두어야 한다. 유목민이 넓은 초원을 이동하며 공간을 살았다면, 정착민은 계절에 따라 농사를 지으며 시간을 살았다. 그래서 유목민은 역사의 기록이 짧고, 시간 속에 살아온 정착민은 역사를 세밀히 기록한다. 패스트푸드나 빼곡하게 들어선 건물 숲에 살다가도 홀연히 길을 떠나 느릿느릿 여유로운 시공을 가졌을 때 삶은 그 맛을 더한다.

영화 '아웃오브아프리카'에서는 아프리카 초원의 별이 빛나는 밤에 모닥불을 피워놓고 연인이 대화를 나누는 장면이 나온다. 원작자인 카렌과 마주 앉은 주인공 로버트 레드포드는 "마사이족은 다른 종족과 달리 그들을 길들일 수 없다. 그들은 감옥에 가두면 죽고 만다. 그들은 현재에 산다. 미래를 생각하지 않는다. 언젠가 풀려나리라는 상상을 하지 못한다. 영원한 현재만이 있으므로 견딜 수 없어 죽고 만다. 그들은 백인들을 상관하지 않는 유일한 부족이다."라고 한다. 케냐 여행에서 찾아간 오늘날 마사이 부족은 전설 속의 위대한 전사가 아닌, 문명의 세계 속으로 달려가고 있다. 알렉산더, 나폴레옹, 히틀러가 정복한 땅을 합친 것보다 더 많은 땅을 정복하고, 로마가 400년 걸려 정복한 땅을 25년 만에 정복한 유목민 징기스칸은 "내 자손들이 비단옷을 입고 벽돌집에 사는 날 내 제국은 망할 것"이라고 했다. 마사이족 마을을 둘러보고 나오는 길에 징기스칸이 스쳐가고 "적은 내 안에 있다. 나를 극복하는 순간, 나는 징기스칸이 되었다."는 그의 고백이 떠올랐다.

가슴은 마음이 들어 있는 상자다. 성 아가다는 젖가슴을 절제당하는 것으로 순교했다. 가슴 안에 자유와 정의, 신앙과 정열이 들어 있기에 가슴을 노출하고 가슴을 절제했다. 가슴이 크다는 것은 포용력을, 가슴을 편다는 것은 희망을, 가슴이 뛴다는 것은 흥분을, 가슴이 벅차다는 것은 감격을 나타낸다. 가슴에 담아야 할 마음이 커야 한다. 넉넉하고 여유로워야 한다. 삶은 지고 이기는 게 아니라, 견디는 것이다. 가지 잘린 나무는 봄, 여름, 가을, 겨울을 지나면서 새로운 가지를 뻗기까지 인내하며 기다렸다. 고통에 대한 가장 올바른 자세는 극복의 자세가 아니라 인내의 자세다. 겨울을 못 견디면 봄이 오지 않는다. 고통이 있다면 사지를 절단당하고도 묵묵히 인내하는 나무를 보며 견뎌야 한다. 나무에서 새로 뻗어 나온 고통의 가지는 바로 인내와 희망의 가지다. 나무가 고통을 견디지 못했다면 봄을 맞지 못했을 것이다.

흘러가는 구름 한 조각이 어린 시절 시냇가에 누워 종달새 노래를 들으며 흘러가는 구름을 바라보던 생각을 일깨운다. 해질녘 길에서 만나던 새소리가 들려온다. 마을이 보인다. 마을 앞 푸른 강물 위로 긴 다리가 보인다. 민생고를 해결하기 위해 식당으로 들어갔다. TV를 켜놓고 잠을 자던 아주머니가 깜짝 놀라 일어난다. 마음씨는 체중에 비례한다던가. 꾹꾹 눌러 담은 밥그릇에서 뚱뚱한 시골 아주머니의 넉넉한 인심을 느낀다. 참새는 방앗간을 그냥 지나치지 않는다지 않는가. "청산으로 가는 길에 나비가 꽃을 피하기 어렵다."는 김삿갓의 시 한 구절이 핑계 삼아 스쳐간다. 김치찌개에 막걸리 한 통을 곁들여 허겁지겁 허기를 면한다. 집 나오면 개고생이 할 만한 여행으로 바뀐다.

여기까지가 예천이고 구담교 다리를 건너면 안동이란다. 든든한 배를 내밀고 여유롭게 출발한다. 다리 가운데서 멈추어 나그네는 안동으로, 낙동강은 예천으로 엇갈려 흘러가는 이별의 의식을 행한다. 흘러가버린 강물은 다시 만날 수 없고 같은 물에 두 번 발을 담글 수는 없다. 돌아올 수 없는 길을 떠나는 강물에게 '안녕'이라 인사를 건네고 반겨주는 안동 땅으로 들어선다. '국토종주 낙동강 자전거 길 여기서부터는 경상북도 안동시입니다.' 하는 안내판이 입구에서 맞아준다. 하회마을이 있는 풍천면에 왔구나 하는 순간 '부용대, 옥연정사, 화천서원'을 알리는 표지판이 서 있다.

종주 자전거 길에서 벗어나 1km 가량 떨어진 부용대를 향한다. '유교문화길'

이라는 이정표가 길을 안내한다. 유교문화길 제1코스는 풍산들길이다. 풍산 들길의 출발점은 남후면 단호리의 낙암정이고, 총 14.5km를 지나서 종점은 풍산의 채화정이다. 낙암정은 소박한 정자로 굽이쳐 흐르는 낙동강과 너른 들판을 한눈에 내려다본다. 채화정 정자 앞 연못에는 방장산(지리산), 봉래산(금강산), 영주산(한라산)을 상징하는 세 개의 섬으로 된 널찍하고 소박한 정원이 있다.

화천서원을 지나서 산길을 올라 부용대에 섰다. 강 건너 한 폭의 그림 같은 하회마을 전경이 보인다. 강에는 나룻배가 사람들을 태우고 부용대 절벽 아래를 지나간다. 손을 흔들어 반가움을 나타낸다. '부용을 내려다보는 언덕'이라는 뜻의 부용대, 연꽃을 뜻하는 부용은 물 위에 떠 있는 한 송이 연꽃, 곧 하회(河回)마을의 나른 이름이다. 낙동강이 마을을 휘돌아 나가는 모습을 한눈에 볼 수 있는 부용대의 허리 부분에는 겸암 류운용의 겸암정사와 아우 서애 류성용의 옥연정사가 있고, 두 정사를 연결하는 우애를 보여주는 '층 길'이 있다. 화천서원에는 겸암을 모신 위패가 있고, 옥연정사는 서애가 『징비록』을 저술한 곳이다.

하회마을은 풍산 류씨가 600여 년간 살아온 한국의 대표적인 동성 마을로, 와가와 초가가 오랜 역사 속에 잘 보존되어 있으며, 2010년 7월 31일 경주 양동마을과 함께 유네스코 세계 유산에 등재된 '한국 정신문화의 수도'이자 안동 문화의 정수이다. 안동에서 서쪽을 향해 가는 낙동강 본류는 태극을 그리며 남후면과 풍천면을 휘감고 나가 평야 지역인 풍산 들을 만들고, 거기서 더 들어간 곳에 하회마을이 있다. 남쪽으로만 흐르던 낙동강이 하회에 이르러 잠시 동북쪽으로 선회하여 큰 원을 그리며 산을 휘감아 안고, 산이 물을 얼싸안는 곳에 터 잡은 곳이 하회마을이다. 긴 타원형 지형에 자리 잡은 마을을 낙동강이 감싸 흐르니, 이러한 자리를 두고 산태극수태극(山太極水太極)이라 하고, 이렇게 물이 돌아 나간다고 해서 '물돌이동' , 한자로는 '하회(河回)'라고 이름 붙였다. 고샅길과 만송정 솔밭길을 걸으면 어린 시절의 정취가 물씬 올라온다.

이중환은 『택리지』에서 "바닷가에 사는 것은 강가에 사는 것만 못하고 강가에 사는 것은 시냇가에 사는 것만 못하다. 대체로 시냇가의 삶은 반드시 큰고개에서 멀지 않아야 한다. 그래야 평시건 난시건 오래 살 수 있다. 그런 계거처(溪居處)로는 영남의 도산과 하회가 제일이다."라며 하회를 제일로 살기 좋은 곳이라고 평한다.

하회마을은 현재 풍산 류씨들이 모여 사는 동족 마을이지만, 처음부터 그러했던 것은 아니다. 하회의 역사를 이르는 말로 "허씨 터전에 안씨 문전에 류씨 배판"이라는 이야기가 있다. 김해 허씨가 처음 마을을 개척하고, 광주 안씨가 뒤이어 일가를 이루었으며, 풍산 류씨는 그 앞에서 잔치판을 벌일 정도로 가문이 흥성하게 되었다는 말이다.

고려 말 하회탈 전설과 함께 전해지는 허씨와 뒤이어 들어온 안씨는 마을 입지로 적당한 화산 기슭에 미리 자리를 잡았고, 류씨는 그곳을 피해 낮은 지역인 지금의 터에 자리를 닦게 되었다. 임진왜란 때의 명재상인 류성룡과 그 형인 류운룡, 아들인 류진 등을 배출하며 인물이 여럿 나자, 마을 중심이 류씨 족으로 옮겨오면서 허씨와 안씨는 점차 세가 약해져 마을을 떠나게 되었고, 18세기 이후에는 오로지 류씨 동족 마을로 남게 되었다.

하회마을에는 두 가지 민속놀이가 전한다. 평민들의 하회별신굿탈놀이와 양반들의 하회선유줄불놀이다. 탈놀이에는 슬픈 이야기가 전해온다. 고려 말엽 허 도령이 탈을 깎기 위해 목욕재개하고 "탈이 다 완성될 때까지 절대로 방문을 열어서는 안 된다."고 했다. 그러나 허 도령을 짝사랑한 마을처녀가 탈이 거의 완성되었을 즈음에 궁금증을 참지 못하여 엿보려고 방문을 살짝 열었다. 그러자 허 도령은 그만 피를 토하며 쓰러져 죽고 말았다. 그때 허 도령이 만들다 만 이매 탈이 아직도 미완인 상태로 전승되고, 방안을 엿본 처녀도 번민하다가 죽으니 마을사람들이 성황신으로 모셔 해마다 제를 올리고, 이때부터 탈놀이가 시작되었다고 한다. 하회별신굿탈놀이는 마을의 안녕과 풍작을 비는 별신굿 행사에 탈을 쓰고 놀이한 것으로, 풍자와 해학적인 내용이 담겨 있다. 탈놀이가 탈을 쓰고 양반을 풍자하는 백성들의 놀이라면, 선유줄불놀이는 달 밝은 밤에 강물에 불꽃을 띄워 밝히고 배를 타고 즐기는 양반들의 놀이다. 양반들은 백성들이 양반을 풍자하는 탈놀이를 할 때 방해는커녕 다양한 후원을 하는 멋과 여유를 보였다. 정임당 류길이 류성룡의 부친인 류중영의 집을 그린 '하회도시'(河回圖詩)다.

　맑고 깊은 낙동강 물 사립문에 들어오려 하고
　천 리에 먼 배들 여기 오기 드물구나.

　조령의 산천은 기후에 통하고
　용궁의 나무는 아지랑이를 안았네.

　땅은 그림붓을 따라와서 다하여 막히고
　사람은 티끌에 매이어 옛 물가를 꿈꾼다.

　한 굽이 뽕나무와 삼 편안한 마을임을 아는데
　무슨 인연으로 신선의 수레를 함께 타고 돌아갈까.

하회마을을 뒤로 하고 부용대에서 내려온다. 낙동강을 우회하는 자전거 길을 따라 풍천면을 지나간다. 안동과 예천의 접경지인 인근에 '2014년 경북도청 이전'을 알리는 표지판이 여기저기 붙어 있다. '안동에 도청이 들어오는구나.' 즐거워하며 하회마을로 들어서는 입구를 지나쳐서 병산서원을 향하여 달리다가, 병산서원을 2km 앞두고 다시 방향을 왼쪽으로 돌려 벌판길을 달린다. 화산 자락의 병산서원이 낙동강을 끼고 나그네의 발길을 붙잡지만, 해지기 전 목적지에 도착하려니 갈 길을 서두른다.

병산서원은 서애 류성룡과 그 아들 류진을 배향한 사액서원으로, 류성룡의 제자인 정경세를 중심으로 한 사림에서 서애의 업적과 학덕을 추모하여 세웠다. 대원군의 서원철폐 때도 건재한 조선시대 5대 서원의 하나이다. 최고의 서원이라고 하는 소수서원과 도산서원, 남명 조식의 덕천서원과 한원당 김굉필의 도동서원과 비교하여, 일각에서는 병산서원이 주변의 경관과 건물이 만대루를 통하여 혼연히 하나가 되는 조화와 통일이 구현되어 한국 서원의 최고봉이라 한다.

오늘날 대한민국이 있기까지의 성장 동력, 경쟁력의 뿌리는 서원이라고도 한다. 반세기란 짧은 시간에 경제와 정치를 비롯해 정보통신 등 모든 분야에서 선진국 반열에 오른 비결은 국민적으로 높은 과열된 향학열, 곧 역사 속에 뿌리내린 교육 인플레였다. 16세기 서원의 역사에서부터 비롯되어 대학생의 80%가 사립대학에서 교육을 받는 우리의 현실을 외국에서는 이해하지 못한다. 사학 전통인 서원, 조선시대 한양에서 높은 관직을 지낸 사회 지도층이 벼슬을 놓게 되면 고향으로 내려가 그 지역 인재들을 육성하던 전통이 있었고, 그런 목적을 위해 서원을 세웠다. 낙향한 선비의 가르침을 받은 후학들은 과거에 응시해서 관직에 등용되고, 서원은 지역발전에 중심적인 역할을 했다. 서원이나 서당의 지식 공동체의 역사가 없었다면……. 서원을 통해서 오늘 우리 경쟁력의 뿌리를 되돌아보게 된다.

　병산이 앞쪽에 병풍처럼 펼쳐진다. 강물이 고요히 흐르는 병산서원은 낙동 강변에서 가장 경치가 뛰어난 서원이다. 자연과 조화를 이룬 병산서원은 주변의 경관을 배경으로 하여 자리 잡은 것이 아니라, 빼어난 경관을 적극적으로 끌어안으며 배치했다는 점에서 탁월성을 보여준다. 건물 낱낱은 만대루를 향하여 포진하고 있다. 병산서원 자리 잡음의 핵심인 만대루에서, 휘돌아가는 낙동강을 사이에 두고 맞은편에 위치한 청천절벽 병산을 바라보면 시간과 공간을 까맣게 잊을 만큼 사람을 취하게 한다.

　안동에는 이황의 제자로서 동문수학한 김성일과 류성룡이 두 명문대가를 이루고 있다. 김성일은 성품이 강직하여 임금 앞에서도 직언을 굽히지 않았고, 외국에 사신을 가서도 머리를 수그림이 없었다. 임진왜란 전에 부사로서 정사 황윤길과 왜국에 다녀온 김성일은 황윤길과는 달리 왜적이 침범해올 기미가 없다고 하여 지금까지도 비난을 받는다. 하지만 정사와 부사가 함께 입을 모아 전쟁의 위험을 강조하면 나라가 혼란에 빠질 것을 염려하여 민심을 안정시키려 일부러 다른 의견을 내었으며, 실제로는 전쟁의 대비에 소홀함이 없도록 역설했다고 한다. 김성일은 임진왜란이 일어나자 각 지방에서 의병을 일으켜 지휘함으로써 큰 공을 세우다가 1593년 진주성 전투에서 목숨을 잃는다.

　이황의 제자들은 1573년 호계서원을 세워 이황을 배향하고 1620년 류성룡과 김성일의 위패를 추가로 배향하였다. 그런데 이황의 왼편(상위)에 누구를 모시느냐에 대해 논란이 벌어졌다. 조정에서 영의정 다음에 좌의정, 우의정 하듯이, 이황의 왼편에 누구를 모시느냐에 따라 서열이 달라지기 때문이었다. 퇴계는 처음 학봉을 보았을 때 "나는 이런 아이는 일찍이 보지 못했다."고 극찬했는데, 서애를 보고 나서는 "하늘이 내린 아이"라고 했다. 둘은 쌍벽을 이루는 수제자였다. 서애 파는 서애의 관직이 영의정에 이르러 학봉보다 높다는 이유로, 학봉 파는 학봉이 서애보다 나이가 네 살이나 많다는 이유로 200여 년에 걸쳐 세 번이나 서열이 문제되어 다툼이 일어났다. 그러자 서애 파는 호계서원과 결별하고 서애를 병산서원에 따로 모셔가게 되었다. 결국 이황은 도산서원에, 학봉은 임천서원에, 서애는 병산서원에 갈라 모시게 되었으니, 이른바 병산서원과 호계서원 사이의 시비라고 해서 '병호시비'(屛虎是非)라고 불렀다. 그 뒤 모실 분을 잃어버린 호계서원은 사당 없이 강당만 남았다가, 안동댐 건설로 서원 자리가 수몰되게 되자 임하면 임하리로 옮겨갔다. 2009년 경북 유형문화재인 호계서원의 사당 복원사업을 추진하면서 400여 년에 걸친 병호시비는 마침표를 찍었다. 퇴계 이황을 중심으로 왼쪽에는 서애를, 오른쪽에는 학봉을 모시기로 양 문중이 전격 합의한 것이다. 이 시비는 의성 김씨와 풍산 류씨의 단순한 두 문중의 시비를 넘어 두 학자의 문하의 대립, 나아가 안동 유림 전체의 시비로 번져 오늘에 이르렀다. 이제 한 쪽의 양보로 안동 사람의 성품을 보여주는 그 시비의 종지부가 찍힌 것이다.

낙동강을 따라 달리던 길은 단호교를 건너기 전에 마애솔숲 문화공원과 마애선사 유적지를 만난다. 마애리는 낙동강이 굽이돌고 아름다운 절벽이 한 폭의 동양화를 연상케 하는 수려한 자연경관을 가진 마을이다. 원래 중국에 있는 아름다운 망천(輞川)과 같다 하여 망천이라 불렀으나, 낙동강변에 바위를 쪼아 만든 부처가 있어서 마애로 바꾸었다. 마을을 감싸 도는 낙동강과 낙동강 최고의 절경으로 손꼽히는 망천절벽을 찾은 수많은 시인묵객들이 아름다운 경관을 노래했다. 마애리 유적은 3~4만 년 전 구석기시대 유물로 낙동강변을 중심으로 사람들이 살았던 흔적이 있어, 마애는 안동의 뿌리가 된다고 할 수 있다.

안동은 염창도사가 BC 57년에 창녕국을 세웠다고 전해지며, 신라 때 고타야군, 고창군으로 불리다가 고려 때 안동부로 승격되면서 처음 안동으로 불렸다. 홍건적의 난으로 피난 온 공민왕을 도와주어 안동대도호부로 승격되고, 조선시대에는 진을 두고 부사가 병마절도사를 겸하도록 하기도 했다. 1963년에 시로 승격되었으며 1995년에 안동시·군이 통합되어 전국에서 가장 넓은 면적(1517.8km²)을 갖게 되었다. 안동은 역사의 향기와 전통의 숨결이 살아 있는 정신문화의 수도로서 유교문화의 본향이며 민속 문화의 보고이자 불교문화를 꽃피운 중심지다. 의와 예를 중시한 옛 선비들의 생활과 정신이 그대로 배어 있고, 동방의 주자로 불리는 이황을 비롯하여 류성룡 등 명현을 많이 배출했으며, 전국에서 가장 많은 서원이 건립되어 학문의 전당으로도 이름 높았다. 그 중 26개소는 아직도 현존하며 봄, 가을 두 차례에 걸쳐 향사를 봉행한다. 안동이라 하면 먼저 양반이 떠오른다. 조선시대에 안동이 사림의 고장으로 자리 잡았고, 그 전통이 아직도 면면히 이어져오고 있기 때문이다. 전해오는 안동 양반 이야기다.

옛날 옛적 안동의 한 총각이 선도 보지 않고 부모의 강요로 결혼을 하게 되었다. 총각은 여자가 반촌 출신이 아니라 민촌 출신인지라 영 맘에도 안 들고 깔보게 되어, 첫날밤 신방에서 색시를 멋지게 골려주려 했다. 한자로 운(韻)을 던져 대구(對句)를 제시하지 못하면 면박을 줄 속셈으로 "청포대하자신노(青袍袋下紫腎怒)"라 했으니 '푸른 도포 허리띠 아래에서 붉은 신이 노했도다.'라는 뜻이었다. 그런데 색시는 뜻밖에도 이를 척 받아서 화답하기를 "홍상과중백합소(紅裳婚中白蛤笑)", 즉 '붉은 치마 고쟁이 속에서 흰 조개가 웃는다.'라고 했다. 총각은 절묘한 대구를 한 여인을 사랑하여 백년해로를 했다고 한다.

후삼국 때 왕건과 견훤은 서로 신라를 차지하려고 외곽을 둘러싼 진주, 상주, 고창을 영결하는 전선에서 치열하게 싸웠다. 당시 공산 전투에서 참패당하고 신숭겸의 도움으로 구사일생 살아난 왕건은 고창으로 도망해왔다. 이때 고창의 토호인 권행, 장길, 김선평이 향군을 이끌고 와서 고창전투를 승리로 이끌었고, 왕건은 여기서 통일의 기틀을 마련하게 되었다. 왕건은 후삼국 통일 후 '동쪽을 안정시켰다(安於大東)'라는 의미로 고장 이름을 안동이라 지어주고 3인의 호족에게 각각 태사 벼슬을 주었다. 그들이 곧 안동 권씨, 안동 장씨, 안동 김씨의 시조가 되었고, 안동에는 이들을 모신 삼태사 묘소가 있다. 안동시청 별관 입구에는 '雄府安東'이라는 공민왕의 친필이 걸려 있어 옛 안동의 위용을 자랑한다. 홍건적을 막는 것을 놀이화한 차전놀이와 노국 공주가 물을 건너지 못하자 부녀자들이 엎드려 건네주었다는 놋다리밟기는 주요 민속놀이로 전승되고 있다.

안동의 옛 이름에는 '영가(永嘉)'가 있다. 영(永)은 '이수(二水)'의 합자로서 '두 물이 만난다'는 뜻이고 '가'(嘉)는 아름답다는 뜻이니, 곧 '두 물이 만나는 아름다운 고장'이라는 말이다. 이는 낙동강 본류와 반변천이 합류하는 지점에 자리 잡은 안동의 지세를 나타내준다. 안동의 지리지인 『영가지』를 편찬한 17세기 권기는 그 서문에 안동의 지세가 "산은 태백으로부터 내려왔고 물은 황지로부터 흘러온 것을 환하게 알 수 있으며, 산천의 빼어남과 인물의 걸특함과 토산의 풍부함과 풍속의 아름다움과 기이한 발자취를 그 지(誌)와 도(圖)로 드러낸다."라고 하며 안동의 자부심을 표현했다. 태백에서 발원하여 흘러내려온 낙동강이 안동댐에서 일단 발길을 멈추고, 영양과 청송에서 모여 내려오는 반변천 물길은 임하댐에서 모이는데, 안동 시내에 이르러 이 두 물줄기가 합쳐져서 낙동강 하구의 바다에 들어가기까지 길고 긴 여정을 시작한다. 태양이 떠오르는 아침 시각, 두 물이 만나는 지점에서 동쪽 하늘을 쳐다보면, 산 너머

물안개 위로 떠오르는 해와 물안개 아래 강물에 비취는 해, 두 해를 동시에 바라보는 아름다움의 극치를 맛볼 수 있다.

　낙동강이 휘감고 흐르는 청량산은 봉화군 명호면과 안동시 도산면에 걸쳐 있는 산이다. 도산서원에서 더 가깝지만, 봉화 사람들은 면적이 더 많이 걸쳐 있어서인지 청량산을 봉화의 산이라고 한다. 봉화는 태백산과 선달산이 강원도와 경상도의 경계를 이루는 능선 아래쪽에 있다. 경북에서 가장 북쪽에 있고 산지의 비율도 가장 많은 첩첩오지의 오롯한 고을이다. 태백산(1,567m), 선달산(1,236m), 각화산(1,177m), 문수산(1,206m), 청량산(840m) 같은 산들이 늘어서 있어 넓은 평야지대는 없다. 닭실마을을 비롯해 청량산과 낙동강 상류는 언제든지 나그네를 환영하는 문화유적의 산실이다. 봉화읍과 춘양읍이 양대 중심인데, 광산이 있어 산간 오지인데도 비교적 일찍 철길이 놓였으니, '억지 춘양'이라는 말은 이곳 춘양에 억지로 철길을 놓았다고 해서 생긴 말이다. 좋은 소나무의 대명사인 '춘양목'은 바로 춘양의 소나무를 이른다.

　구름다리를 건너 산 전체가 기암괴석을 이루는 아름다운 청량산 산행은 사철 뛰어나다. 청량산의 봄은 연한 새순이 돋아나는 싱그러움이 있고, 여름은 더없이 마음을 편안하게 해주는 산길을 걷는 호젓함이, 가을은 곱기로 유명한 단풍이 있으며, 겨울에는 흰 눈이 쌓인 그윽한 맛이 있어 좋다. 663년 원효대사가 창건했다는 청량사와 퇴계 이황이 공부한 곳에 지어진 청량정사가 있고, 고운 최치원과 신라의 명필 김생의 자취가 있다. 퇴계 이황은 청량산인이라는 당호를 지을 만큼 청량산을 좋아했다. 어려서부터 청량산을 드나들며 공부했고 후학들을 모아 강론도 즐겼다. 도산서당을 지을 때도 현재의 도산서당과 이곳을 두고 끝까지 망설였다고 한다. 청량산 입구 큰 돌에는 퇴계 이황이 이곳에 머물며 지은 노래 '청량산가'가 새겨져 있다.

청량산 육육봉을 아는 이는 나와 백구(白鷗)

백구야 날 속이랴 못 믿을손 도화(桃花)로다

도화야 물 따라가지 마라 어주재(魚舟子) 알까 하노라.

청량산 육육봉의 계곡물을 다 받아내어 제법 장한 물살을 이룬 낙동강은 산자락을 타고 유유히 흐르다가 퇴계가 좋아하던 고향 선배 농암 이현보(1467~1555)가 낙향하여 지내던 도산의 부내에서 큰 벼랑을 만나 하얀 분말을 일으키며 흘러간다.

농암은 1512년 부친 이흠을 위해 강기슭에 정자를 짓고 이름을 애일당(愛日堂)이라 했다. 애일당에는 '하루하루를 아끼고 사랑한다.'는 뜻이 있어, 나이 드신 부모를 봉양할 날이 엄마 남지 않았다는 절박한 심정이 담겨 있다. 1533년 햇살 따사로운 가을날, 칠순을 바라보는 백발노인이 색동옷을 곱게 차려입고 아흔이 넘은 부친과 마을 노인들 아홉 명 앞에서 춤을 춘다. 칠순 노인의 재롱에 아흔 노인들은 껄껄 웃으며 즐거워한다. 춤추는 이는 바로 당시 대제학으로 재직 중인 강호문학의 창시자 농암 이현보였다. 이후 '애일당 구로회(九老會)'라는 이름 아래 정기적으로 마을 노인들을 위한 잔치를 열었고, 1569년에는 퇴계 이황도 69세 나이로 참여했다. 애일당 건립 500주년이 되는 2012년, 농암의 17대 종손(60세)이 아들 며느리 손자들이 보는 가운데 안동에 거주하는 80세 이상 노인 150명을 모시고 도산면 종가에서 색동옷을 입고 춤을 추었다. 애일당의 사연이 500년이나 지난 아직도 이어오고 있는 것이다.

농암은 76세에 병을 핑계로 벼슬을 그만두고 고향에 돌아와, 벽에 도연명의 '귀거래사'를 붙이고 한가로이 지내며 자연을 노래했다.

귀거래 귀거래 말뿐이오 간 이 없네.

전원이 장무하니 아니 가고 어찌 할꼬

초당에 청풍명월이 나며 들며 기다리나니

농암의 '못다 부른 나의 귀거래사'가 흐르는 낙동강 물길은 이육사 문학관과 '동방 유학의 성현' 퇴계 이황의 묘소를 지나서 도산서원에 이르러 안동호로 흘러든다. 도산서원은 퇴계 이황을 모신 곳이자 영남사림의 중심이요, 조선 중기 이래 이상사회 건설에 꿈을 꾸었던 많은 사람들을 배출해낸 곳이다. 예전에는 낙동강 곁으로 난 조붓한 길을 통해 선비들이 도산서원을 드나들었지만, 지금은 물속에 잠겨 찾을 길이 없다.

하늘에는 소리 내어 새들이 날아가고 강물은 잔잔히 소리 없이 흐르는 눈앞의 풍광을 바라보며 술 한 잔에 시 한 수를 읊고 있는 퇴계의 모습이 스쳐 간다. 퇴계는 술을 마셔도 취하도록 마시지 않고, 약간 거나하면 그만두었다. 그래도 도연명의 음주 시 20수에 모두 화답한 것으로 보아 술을 즐기기는 꽤 즐겼다고 한다.

퇴계(1501~1570)는 7남 1녀 가운데 막내로 태어났다. 태어난 지 7개월 만에 아버지 이식은 40세로 병을 얻어 세상을 떠났다. 32세에 과부가 된 어머니는 농사와 누에치기로 가족의 생계를 꾸리며, "과부의 자식은 몇 백 배 더 힘써야 조소를 받지 않는다."면서 몸가짐과 행실을 삼가도록 엄하게 훈계했다. 퇴계는 "어머니는 비록 문자는 익히지 않았어도 식견과 사려는 사군자(四君子) 같았다." "나에게 가장 영향을 주신 분은 어머니"라고 술회했다.

조선 성리학의 쌍벽을 이루었던 율곡의 어머니가 신사임당이라면, 퇴계의 어머니는 글을 몰랐다. 율곡이 과거를 아홉 번 보아 모두 장원급제했다면, 퇴계는 27세까지 세 번의 과거를 보았으나 모두 낙방했고, 34세에 비로소 대과에 합격했다. 퇴계는 대기만성 형이었다. 하루는 누가 문밖에서 퇴계를 찾으며, "이 서방!" 하고 불렀다. "누가 부르는구나." 하고 문을 열어보니 늙은 하인이었다. 그러자 퇴계는 "이름을 얻지 못했기에 이런 욕을 당하는구나." 하고 탄식했다. 향시에만 합격해도 '진사님' 혹은 '생원님' 하고 불렀는데, 과거에 합격하지 못했으니 달리 부를 마땅한 호칭이 없기 때문이었다. 퇴계는 당초 과거에 뜻이 없었지만, 어머니와 형의 권고로 가정형편상 어쩔 수 없이 과거의 길로 나섰다. 종3품인 성균관 대사성에 이른 43세부터 벼슬을 그만두고 고향으로 돌아갈 뜻을 품었다. 48세 정월에 단양 군수로 내려가서 9개월간 재직한 다음 10월에 풍기 군수로 자리를 옮겼다. 풍기 군수로 1년을 있다가 49세에 경상도 감사에게 병을 이유로 세 번이나 사직서를 올려도 회답이 없으므로, 더이상 기다리지 않고 12월에 행장을 꾸려 고향 안동으로 떠나버렸다. 허락도 없이 직책을 떠났다 하여 감사로부터 2계급 강등 처분을 받았지만, 개의치 않고 온계리의 토계(兎溪) 서쪽에 거처를 정하고 시냇가에 지은 한서암이란 독서당 속에 파묻혀 독서하며 은퇴생활을 시작했다. 토계의 속명을 퇴계로 고쳐 자기의 호로 삼았다. 퇴(退)는 물러선다는 뜻이니, 벼슬에서 물러남을 의미했다. 50세에 한서암에서 읊은 심정이다.

몸이 물러서니 내 분수에 편안하고
학문이 뒤늦으니 나이 늙어 걱정이네
시내 언덕 위에 거처할 곳 정하고
흐르는 물가에서 날마다 반성해보네

몰려드는 학도들을 감당할 수 없어 도산 남쪽에 서당 터를 잡은 것은 57세 때인 1557년이고, 자리를 옮겨 지금 자리에 완공을 본 때는 61세 때였다. 퇴계는 70세에 세상을 떠났다. 유학자들은 죽음을 매우 엄숙한 일로 생각했다. 비명으로 횡사하거나 요절하는 것, 외지에서 자손이나 친척 없이 외롭게 죽는 것을 불행으로 알았다. 천수가 다하여 자연사하는 것을 가장 이상적으로 알고, 본가의 거실에서 자손들에게 둘러싸여 평안히 죽는 것을 수종정침(壽終正寢)이라 하여 행복하게 여겼다. 특히 죽음에 임하는 태도에는 사람의 인품, 덕행, 학식, 수양의 정도에 따라 여러 가지 형태가 있다고 하여, 죽음에 대하여 그가 어떻게 죽었는가를 주시하고, 위대한 사람일수록 그 죽음에 대해 자세하게 기록해두는 경우가 많았다. 퇴계의 죽음은 유교에서 이상적으로 보는 죽음의 일례라 할 수 있다.

"12월 3일, 자제들에게 명하여 남에게 빌려온 서적들을 모두 반환하라 하고 책을 유실하지 말 것을 당부했다. 12월 4일, 조카 녕에게 유서를 쓸 것을 명했다. 12월 5일, 관을 짜라고 명했다. 12월 7일, 문인 이덕홍에게 명하여 서적을 관리하게 했다. 12월 8일, 아침에 매화에 물을 주라 명했다. 저녁 5시경에 누운 자리를 정돈하라 명하고 부축하여 일으켜 앉히니 조용히 편안하게 돌아가셨다."

선조는 부음을 받고 영의정으로 증작하고, 5년 후에 도산서원을 세워 사액까지 하고 시호를 문순이라 했다. 성현의 말씀을 두려워하고, 자신의 마음을 아직도 스스로 모르고 있다고 솔직히 고백하는 퇴계의 자찬묘비명이다.

나면서 어리석고 자라서는 병도 많아
중간에 어찌하다 학문을 즐겼는데
만년에는 어찌하여 벼슬을 받았던고

학문은 구할수록 더욱 멀어지고

벼슬은 마다해도 더욱더 주어졌네

나가서는 넘어지고 물러서는 곧게 감추니

나라 은혜 부끄럽고 성현 말씀 두렵구나.

산은 높고 또 높으며 물은 깊고 또 깊어라

조화 타고 돌아가니 무얼 다시 구하랴

단양문화 보존회에서는 매년 10월 관기(官妓) 두향의 넋을 기리는 '두향제'를 지낸다. 퇴계는 평생 매화를 끔찍이 애호했는데, 이는 두향이 풍기 군수로 떠나는 퇴계에게 분매 한 그루를 선사한 이후라고 전한다. 풍기 군수로 전근 가자 수절하며 그리워하던 두향은 퇴계가 죽었다는 소식을 듣고 남한강이 흐르는 강선대(降仙臺) 기슭에 묻어달라고 하고 스스로 목숨을 끊었다. 충주댐이 생기면서 퇴계의 후손들이 그 묘소를 찾아내어 단양팔경 가운데 하나인 옥순봉의 맞은편 제비봉에 이장했다. 퇴계의 후손들은 해마다 퇴계의 제향이 끝난 뒤 두향지묘(杜香之墓)라는 묘표가 있는 곳에 가서 제사를 지낸다. 영조 때의 문인 이광려의 '두향시'이다.

외로운 무덤이 국도변에 있어

흩어진 모래에 꽃이 붉게 비추네.

두향의 이름이 사라질 때면

강선대의 바위도 없어지리라.

출렁이는 강물 위로 숱한 사연이 스쳐간다. 안동에서 최초로 사람의 흔적이 있었던 강변마을 마애리를 지나고 단호교를 건너서, 차도를 따라 한적한 우회도로를 달린다. 다시 낙동강으로 들어가는 오미마을 길목에 보호수가 웅장하고 넉넉한 모습으로 서 있다. 스쳐 지나갔다가 다시 돌아온다. 나무 옆집에 사는 아저씨가 마당에서 일을 하다가 "그 길이 낙동강 자전거 길이 맞는데요!"라고 한다. "나무를 둘러보고 가려고요." 하자, "나무가 참 좋았는데 자전거 길 정비한다고 뿌리도 가지도 잘라내고 예전만큼 볼품이 없어졌어요."라고 한다. 사진을 찍으려고 하니, "앞에 있는 나무의 나이는 찍지 마세요. 연도가 틀렸어요." 한다. '수령이 200년'이라고 적혀 있다. "제가 봐도 200년은 훨씬 넘은 것 같은데요." "200년이 뭐예요, 300년도 훨씬 넘었을 거예요." 한다. "이렇게 좋은 나무가 집 옆에 있으니 참 좋으시겠네요." "저도 좋지만 이웃은 물론 심지어 지나가는 사람들도 쉬어가지요." 하며 웃는다.

나무는 긴 세월 사람들과 함께였다. 나무는 그늘 아래 쉬어간 사람들의 이야기를 알고 있다. 또한 구름도 달빛도, 새들도 바람도 쉬어가고, 매미와 벌레들이 자리 잡고 살아간 긴 세월을 알고 있다. 인간과 나무는 계절의 순환 속에서 변해간다. 오래된 나무를 보면 인간보다 아름답다고 여겨진다. 나무는 나이가 들수록 폼 난다. 봄에는 젊게 빛나지만, 겨울이 오면 무성했던 회색으로 머리칼이 벗겨진다. 그리고 대지의 벌판에 서 있다. 젊어서나 늙어서나 빛나게 살아야 한다. 나무는 늙으면 더 황금빛으로 빛나고, 허영을 버리고 벌거벗고 단순하게 살아야 한다고 말한다. 영국 빅토리아 시대의 대표적인 시인 알프레드 테니슨(1809~1892)이 '갈참나무(The Oak)'를 노래한다.

젊어서나 늙어서나
저기 서 있는 갈참나무처럼
당신의 삶을 살아라
봄에는 싱싱하게

금빛으로 빛나라

여름에는 무성하게
그리고, 그리고 나서도
색 바래가는 가을에는
더욱 깨끗한
황금빛으로 살아라

마침내 그의
모든 잎은 떨어지지만
보아라, 줄기와 가지로
우뚝 선
저 벌거벗은 힘을

"아저씨, 행복하세요!" 하고 기분 좋게 자전거에 올라타고 달리기를 잠시, 시골집 담장을 돌아가는 커브에서 순식간에 픽업 차량이 나타났다. 브레이크를 잡음과 동시에 자전거에서 뛰어내려 길바닥에 처박혔다. 급정거한 운전사도 어쩔 줄 몰라 하며 차에서 내렸다. 시멘트 바닥에 스친 무릎과 허벅지의 피부가 벗겨졌다. 정신을 차리고 일어서며, "급커브에서 참으로 위험했네요. 4대강 종주하면서 여태껏 무사고였는데, 처음으로 사고 났습니다. 이 정도라 다행히 괜찮습니다." 하고 길을 나섰다. 아찔한 순간이었다. 강변에 이르러 잠시 가던 길을 멈추고 살펴보니 상처 부위가 쓰려온다. 순간의 방심이었다. 정면충돌을 피한 것만 해도 다행이었다. 천국과 지옥은 찰나였다.

낙동강을 따라가다 우회도로 산길을 넘어간다. 시원한 산바람이 강바람과 벗하며 불어온다. 지상에서는 강줄기가 잘 보이지 않는다. 높은 산에 올라가면 굽이굽이 흐르는 강이 한눈에 들어온다. 한 시대에 속에 들어앉아서는 역사가 어디로 흘러가는지 잘 보이지 않는다. 시간이 지나면 그때 가야 했던 길이 선명하게 눈에 들어온다. 역사에는 가정이 없다고 하던가. 그 어느 누구도 삶 속에서 삶을 온전히 보는 것은 쉽지 않다. 삶을 벗어나서 삶을 보아야 삶이 보인다. 스스로를 객관화시켜 돌아볼 수 있는 시간이 소중하다. 그래서 시간과 공간의 침묵과 여백인 여행이 소중하다.

3. 청산별곡

인간은 세상에 태어나 세권의 책을 쓴다. 이미 쓰인 과거의 책, 지금 쓰고 있는 현재의 책, 앞으로 쓸 미래의 책이다. 쓰인 책을 보면서 미래의 책을 구상한다. 그리고 현재의 책을 써내려간다. 오늘은 어제의 미래다. 오늘은 내일의 과거다. 역사는 시간과 공간, 인간이라는 세 사이(間)의 조화 과정에서 전개되고, 인간의 삶은 시간과 공간이 종횡으로 교차하는 지점에서 움직인다. 생물학적 사람은 세상이란 공간에 태어나는 순간 길을 간다. 그 길 끝에는 청산이 있다. 삶은 청산으로 가는 길이다. 청산은 시작이고 마지막이다. 청산은 삶이고 죽음이다. 청산은 고향이고 어머니다. 청산으로 가는 길은 고향으로 가는 나그네 길이다. 공수래공수거의 흙으로 돌아가는 길이다. 어머니의 품으로 가는 길이다. 자유의 길이요 침묵의 길이다.

낙동강이 크게 굽이쳐 흐르는 남후면 검암리에서 사행하천(蛇行河川)으로 평야지대를 이루면서 낙동강으로 흘러드는 하천이 있다. 미천이다. 어릴 적 추억이 깃든 물길이다. 의성의 옥산면과 사곡면의 경계에서 발원하여 곡류하며 흘러오다가, 내 고향인 일직면 운산(雲山)에 이르면서 여러 굽이를 이루어 모양이 눈썹처럼 되었으므로 그 모양을 따라 미천(眉川)이라 한다. 수영하고 씨름하고, 기마전하고 얼음을 지치며 철따라 동무들과 어울려 뛰어놀던 내가 살아온 젖줄 미천이 낙동강으로 유입되는 장면은 기이하고 신비롭다.

낙동강의 지류인 지방 2급 하천 미천은 나를 키웠다. 미천이란 생명의 뿌리는 추억이란 먹이로 지금도 끝없이 성장을 강요한다. 냇가 잔디에 누워 밤하늘의 별을 세었고, 기적소리 울리며 달리는 밤 열차를 바라보면서 '저 기차는 어디로 갈까?', '이 다음에 어른이 되면 저런 기차를 타고 멀리, 끝까지 가봐야지!' 하는 꿈을 꾸었다. 초등학교 입학하기 전 어느 추운 겨울에는 냇가에서 얼음을 깨트리며 놀다가 미천에 빠져서 죽기 일보 직전, 때마침 빨래하던 어머니가 구해주어 살아나기도 했다. 어머니는 내게 두 번의 생명을 주셨다. 생명(生命)은 생의 명령이다. 의미 있게 잘살라는 명령이다. 두 번의 생명을 주신 어머니는 신앙이고 종교였으며, 그 명령에 따라 열심히 살아야 했다. 청산을 감싸고 흐르는 미천이란 시냇물이 낙동강으로 흘러들어가듯, 시내 안동고등학교에 입학하면서 나의 삶의 공간도 점차 확장되어갔다. 그리고 이제는 세월 따라 세 아들의 아버지로 살아간다. 5형제 가운데 넷째로 태어나서 딸 같은 아들로 살며 다시 아들 3형제를 두었으니, 집안에는 참으로 여자가 귀하다. 아이들이 어릴 때 토요일은 거실에서 모두 함께 자는 날이었다. 그러면 아내는 "오늘도 매운 고추밭에서 자네." 하고, 우리는 모두 웃었다. 바쁜 가운데서도 수요일은 가정의 날로 정해서 일찍 귀가했다. 아이들이 자라자 오히려 아이들이 바빠져서 자연스레 가정의 날은 없어지고, 대신 일요일 저녁은 모두 함께 외식하는 날로 바뀌었다. 대견스런 대학생 두 아들은 제대하고 복학을 했다. 늦둥이 중2는 여전히 귀여운 막내다. 세 아들 모두 나보다 키도 크다. 미천에서 받은 생명의 씨앗이 천당 아래 분당의 탄천에서 새로운 꽃을 피우고 있다.

미천을 지나서 갈림길에 섰다. 우회전을 하면 시골집 청산(靑山)으로 가는 길이요, 좌회전을 하면 낙동강 자전거 길 종점인 안동댐으로 간다. 청산이 더 가까운데도 정든 시골을 뒤로 하고 우회하는 산길을 달려 안동댐으로 간다. 지친 몸을 이끌고 땀을 삘삘 흘리면서 고갯마루에 올라섰다. 힘이 들었지만 끝까지 타고 올라갔다. 이제는 더 이상 올라갈 오르막이 없기에 자전거 여행의 마지막 고행을 즐긴다. 그리고 다시 내리막길을 달린다. 시원스럽게 달려간다. 멀리 낙동강이, 안동 시가지가 보인다. 고진감래(苦盡甘來)라, 진한 쾌감이 바람결에 폐부를 찌른다. 살 만한 세상, 아름다운 인생, 멋진 소풍이다. 인생은 잠시 다녀가는 소풍이다. 배낭에 적당히 먹고 마실 것을 준비하여 산천 경계를 두루 구경하며, 밤이면 천상의 꽃인 별이 빛나는 하늘을 지붕으로 삼고 땅을 침대로 삼아 쉬었다가 가는 인생의 소풍은 참으로 아름답다. 때로는 폭풍우로, 때로는 길을 잃고 방황하지만, 태양은 어김없이 떠올라 길을 안내한다. 그래서 더욱 묘미가 있다. 소풍 길에 먹고 마실 것이 없으면 불편하고 너무 많아도 짐이 된다. 내 배가 주리지 않고, 함께 길을 가는 배고프고 목마른 이들에게 조금이라도 나누어줄 수 있으면 족하다. 사람은 사랑하는 사람에게

뭔가를 베풀 때, 유익하게 할 때 최고의 행복을 느낀다. 인생의 100가지 문제 중에서 99가지 문제의 해답은 돈에 있다고 한다. 『탈무드』에서는 "돈은 악이 아니며 저주도 아니다. 돈은 사람을 축복하는 것이다."라고 한다. 하지만 돈은 자본주의의 꽃이지 인생의 꽃은 아니다. 소풍 길에는 사랑과 감사의 마음이 있어야 행복감을 누릴 수 있다.

 낙동강이 안동 시가지를 휘감고 넉넉하고 푸르른 물결을 이루며 흘러간다. 맑고 깨끗한 거울 같은 물을 가만히 들여다보면 하늘도, 태양도, 구름도, 바람도, 내 얼굴도 보인다. 초원을 보고 "물이 맑으면 갓을 씻고 물이 흐르면 발을 씻으라."고 말하는 어부가 보인다. 혼탁하고 일렁이는 물에서는 사물의 모습을 투영하여 볼 수 없다. 마음이 청결하면 아름다운 모든 것을 비출 수 있지만, 부패된 마음은 흙탕물과 같다. 두 바퀴로 달려온 길 위의 바람결에 세상사 시름을 흘러보내고 나니 혈액 속에 깨끗한 낙동강이 흘러간다. 높이 솟은 안동병원이 모습을 드러낸다. 기분 좋게 강변길을 달린다. 병원 앞 코스모스가 붉은색, 분홍색, 노란색, 하얀색, 형형색색으로 꽃밭을 이루며 피어 있다. 자전거를 세워두고 사진을 찍는다. 웃으며 바람에 흔들리는 예쁜 코스모스를 찍는다. 아아! 카메라에 담긴 모습은 코스모스가 아닌 어머니! 어머니가 웃고 있다. 코스모스가 어머니 되어 웃고 있다. 아직 채 한 달이 지나지 않은 이달 초, 안동병원에서 돌아가신 어머니가 마중을 나왔다. 먼 길 달려온 아들 맞이하러 환한 코스모스가 되어 나오셨다. 어머니 곁에 앉아 부드러운 손길로 어머니를 어루만진다. 보고 싶고 그리운 어머니, 어머니의 온기를 느낀다.

  새재 자전거 길 이화령을 넘어 오를 때 다가온 병마의 그림자는 끝내 어머
니를 데려갔다. 뜨거운 8월, 영원히 가시지 않을 것이라 믿었던 어머니는 가셨
다. 세상 모든 어머니가 죽어도 내 어머니는 죽지 않으리라 생각했다. 하지만
아침이슬, 새벽안개와 같이 스러져 가셨다. 이승에서의 석별이었다. 어머니는
흐르는 세월 속에 부서지고 망가지고 부식되어 한 줌의 흙으로 돌아가셨다.
눈물과 한숨 속에서도 희망의 끈을 놓지 않았던 어머니, 어머니를 잃은 슬픔
에 목 놓아 울었다. 뇌출혈로 쓰러진 지 20여 년, 때로는 "내가 왜 이런 몸이
되었나!" 한탄도 하셨지만, 어머니는 아름답고 평화로우셨다. "젊은 날 가장 불
행한 여인이 늙어서 가장 행복한 할머니가 되었다."라는 시골 이웃 할머니들
의 말씀에 미소 짓던 어머니, 세상의 모든 어머니가 흙으로 돌아가듯 어머니
도 돌아가셨다. 어머니를 잃은 모든 자식들이 애통해 하듯이 나 또한 애통해
했다. 이별하기엔 아직 너무나 뼈에 사무쳤지만, 어머니는 다시 못 올 머나먼
길을 가셨다. 그러나 가슴으로 부르는 그리운 어머니는 영원히 죽지 않는다.
스물한 살에 공무원으로 고향을 떠나서 지나온 30여 년, 한 달에 한 번 이상
은 고향을 찾아 어머니와 함께했다. 서른아홉 살에 안동에 세무사 개업을 준
비하러 갔을 때 어머니는, "니 왜 안동 와서 살라카노! 내 때문에 그라나! 안
된다, 가라! 도시에서 아~들 공부도 시키고 그래야지, 여기 오지 마라!"라고 하
셨다. 지금 내가 가진 모든 풍요와 여유는 그때 어머니께서 주신 선물이었다.
병원에 계시던 어머니는 돌아가시기 열흘 전 고향집에 다녀가셨다. 나는 어머
니가 살아 계시는 동안 2~3년이라도 시골집에서 모시고 살아보겠다는 마음으
로 함께할 새로운 거처를 준비하고 있었으며 완공 단계에 있었다. 현장을 둘
러보신 어머니는 좋아하셨지만, 결국 하룻밤도 함께하시지 못했다. 어머니는

먼 길을 가셨다. 하지만 존재의 고향 어머니는 생과 사를 초월하여 영원한 안식처로 죽는 날까지 마음속에 살아 계신다.

　이 세상에서 가장 아름다운 말은 '어머니'다. 사람이 태어나서 최초로 만나는 사람은 어머니다. 그래서 어머니의 최후에 함께하는 것이 자식의 도리다. 자식은 부모의 거울, 부모가 쏘아올린 화살이다. 내 인생은 어머니가 빚은 작품이었다. 한글도 깨치지 못한 어머니의 교육은 삶에 대한 아픔과 희망, 그 자체였다. 기쁜 날보다 슬픈 날이 많은 어린 시절이었다. 어머니는 꿈을 가르치고 희망을 가르쳤다. 이렇게만 살아서는 안 된다는, 아무리 힘들고 어려워도 포기해서는 안 된다는 이유를 가르쳐주었다. 분골쇄신, 악전고투 끝의 밝은 날을 가슴에 새겨주었다. 성취 욕구로 변화를 추구하고 향상해야 함은 그때마다 어머니가 기뻐하시기 때문이었다. 항상 밝고 건강한 모습을 보여드려야 함은 그때마다 어머니가 편안해 하시기 때문이었다. 생자필멸이요, 회자정리다. 탄생이 만남이면 죽음은 이별이다. 이별의 극치는 죽음이다. 불러도 대답이 없는 영원한 헤어짐이 죽음이다. 죽음은 시간만이 치유해줄 수 있다. 죽음은 누구에게나 예외 없이, 예고 없이 찾아온다. 그러면 어느 날엔가 사랑하는 모든 것을 두고 떠나야 한다. 하루하루 산다는 것은 하루하루 죽음에 가까워지는 것, 죽음은 언제나 삶의 뒤편에 따라다닌다. 삶은 살아가는 동시에 죽어가는 것이다. 피할 수 없고 벗어날 수 없는 죽음, 이왕 죽을 바에야 죽을 준비를 해서 깔끔하게 죽어야 한다. 죽음을 앞둔 최후의 순간, 최소한 죽음에게 당당해야 한다. 인디언이나 바이킹에게 죽음은 전혀 두려운 것이 아니었다. 그들은 단순하고 평온하게 죽음과 만났으며, 명예로운 최후를 맞이하기를 원했다. 전투에서 죽기를 자청했으며, 개인적인 싸움에서 목숨을 잃는 것을 가장 큰 불명예로 여겼다. 인디언들은 집에서 죽음을 맞이할 때 마지막 순간 침대를 집

밖의 마당으로 내어간다. 툭 트인 하늘 아래에서 영혼이 떠나갈 수 있게 하기 위해서였다. 위대한 인디언 전사 태쿰세가 죽음 직전 남긴 명연설이다.

"그대의 가슴속에 죽음이 들어올 수 없는 삶을 살라. 다른 사람의 종교에 대해 논쟁하지 말고 그들의 시각을 존중하라. 그리고 그들 역시 그대의 시각을 존중하게 하라. 그대의 삶을 사랑하고, 그 삶을 완전한 것으로 만들고, 그대의 삶 속에 있는 모든 것들을 아름답게 만들라. 오래 살되 다른 이들을 위해 헌신하는 삶에 목적을 두라. 이 세상을 떠나는 위대한 이별의 순간을 위해 고귀한 죽음의 노래를 준비하라. 낯선 사람일지라도 외딴 곳에서 누군가와 마주치면 한두 마디 인사를 나누라. 모든 사람을 존중하고, 누구에게도 비굴하게 굴지 말라. 자리에서 일어나면 아침 햇빛에 감사하라. 당신이 가진 생명과 힘에 대해, 당신이 먹는 음식, 삶의 즐거움들에 대해 감사하라. 만일 당신이 감사해야 할 아무런 이유를 발견하지 못한다면 그것은 어디까지나 당신 잘못이다. 죽음이 다가왔을 때, 마음속에 죽음에 대한 두려움이 가득한 사람처럼 되지 말라. 슬피 울면서 다른 방식으로 살 수 있도록 조금만 더 시간을 달라고 애원하는 사람이 되지 말라. 그 대신 그대의 죽음의 노래를 부르라. 그리고 집으로 돌아가는 인디언 전사처럼 죽음을 맞이하라."

어머니는 청산의 아버지 곁에 묻히셨다. 나 또한 어느 날 어머니 곁에 묻힐 것이다. 그리고 그때는 백골이 썩어 흙이 되어도 어머니 곁을 떠나지 않을 것이다. 이승에서의 만남 너무나 감사했다. 나의 삶은 어머니가 쏘아올린 화살이었다. 눈물이 흘러 강으로 간다. 끝나지 않는 사모곡을 부르며 어머니, 코스모스와 이별한다. 안동대교를 지나자 영호루가 다가온다. 밀양의 영남루, 진주의 촉석루, 남원의 광한루와 함께 한강 이남의 대표적인 누각이다. 홍건적의 난으로 몽진을 왔던 공민왕이 안동을 잊지 못하여 친필로 '映湖樓' 금자 현판을 써서 보내어 누각에 달았다. 노송과 잡목이 우거진 언덕에 북향으로 자리하여 낙동강을 바라보는 영호루는 수많은 시인묵객들의 발걸음을 사로잡았다. 정도전이 노래한다.

나는 용 하늘에서 희롱 턴 구슬
멀리 영가고을 영호루에 떨어졌네.
밤에 구경할 때 촛불 켤 일 없네
신기한 광채가 물가를 쏘니

임꺽정은 소리나 피리를 잘하는 명인을 납치하여 달밤에 부하들을 모아놓고 연주를 시킴으로써 감정 공감대로 유대를 도모했던 예인대도(藝人大盜)였다. 슈바이처는 노벨 평화상을 탄 신학자이지만 오르간 연주의 대가였고, 처칠 총리는 화가요 소설 '사브로라'를 남긴 작가였다. 파시스트 무솔리니는 '추기경의 연인'이라는 소설을 썼다. 모두 제2문화의 위력을 갖고 있다. 나 또한 언젠가 청산에서, 영호루에서 단소와 대금으로 멋스러운 가락을 날리며 그 옛날을 추억하는 날을 기대하며 달려간다.

날은 저물어가고, 시원한 바람이 불어온다. 영가대교 아래를 지나며 반변천이 낙동강에 몸을 푸는 두물머리를 바라본다. 반변천 다리를 건너 자전거 전용도로에서 차량이 다니는 길로 올라와 안동댐을 향해 달려간다. 임청각을 지나간다. 일제가 의도적으로 중앙선 철로를 놓으면서 행랑채와 부속채가 철거된 임청각은 지금은 50여 칸만 남은 고성 이씨 종택으로, 원래는 아흔아홉 칸이었다. 국보 제16호 신세동 칠층 전탑의 위용을 보면서 낙동강 줄기를 따라 올라간다. 보조댐을 지나간다. 목적지가 가까워진다. 종점에는 안동을 대표하는 향토음식, 별미 중의 별미 헛제삿밥을 파는 음식점들이 있다. 원래 제사를 지낸 후 제삿밥을 먹지만, 안동의 선비들은 글공부를 하다가 배가 출출할 때 제사도 지내지 않고 제삿밥을 밤참으로 먹었다는 데서 헛제삿밥이 유래한다. 그 외에도 안동에는 안동간고등어, 건진국수, 비버리찰떡, 안동찜닭, 안동소주 등의 먹거리가 있다.

야경이 아름답고 달빛이 비치는 다리, 그림 같은 월영교(月映橋)가 펼쳐진다. 국내에서 가장 긴 나무로 만든 인도교다. 새벽안개가 뭉클 피어나는 월영교에는 '원이 엄마의 사부곡'으로 불리는 숭고한 사랑 이야기가 전해진다. 1998년 택지 개발을 하면서 묘지를 이장하던 중 남자의 무덤 속 머리맡에서 한지에 쓰인 편지와 함께 미투리가 발견되었다. 남편이 먼저 세상을 뜨자 부인은 자신의 머리카락을 잘라 한 켤레의 미투리를 만들어 아직 태어나지 않은 복중 아이의 배냇저고리와 함께 남편의 무덤에 묻은 것이다. '원이 아버님께'로 시작되는 편지는 1591년 6월 1일 작성된 것이었다.

"당신 언제나 나에게 둘이 머리 희어지도록 살다가 함께 죽자 하셨지요. 어찌 나를 두고 먼저 가시나요. ……당신을 여의고는 아무리 해도 이승에서 잊을 수 없고 서러운 뜻 한이 없습니다. ……이 편지 자세히 보시고 내 꿈에 와서 당신 모습 자세히 보여주시고 또 말해주세요……."

이 편지가 세상에 공개되었을 때 사람들은 이승과 저승을 잇는 깊은 사랑에 눈물 훔쳤다. 월영교는 아내가 만들었다는 미투리 모양을 담아 지어졌다. 사랑하는 연인과 함께 다리를 건너면 사랑이 이루어지는 마법의 다리라고 한다.

어둠이 밀려올 무렵, 2,500리 4대강 자전거 여행의 종점에 다가선다. 물 박물관 앞에 자리 잡은 낙동강 종주 자전거 길 종착점에 도착했다. '낙동강 종

주 자전거 길 기점(안동)'이란 표석이 반겨준다. 그 길은 낙동강 종주 자전거 길 출발점이었다. 이제 대단원의 막을 내렸다. 아라서해 갑문에서 아라한강 갑문 21km 아라바람길을 달리고, 아라한강 갑문에서 팔당대교 56km 한강 종주 자전거 길을 달렸다. 팔당대교에서 충주 탄금대 132km 남한강 종주 자전거 길을 달리고, 새재를 넘어서 충주 탄금대를 거쳐 상주 상풍교 100km 구간을 달렸다. 그리고 다시 낙동강을 따라 상주 상풍교에서 낙동강 하굿둑 324km 를, 비단강을 따라 대청댐에서 금강 하굿둑 146km를, 영산강을 따라 담양댐 에서 영산강 하굿둑 133km를 달렸다. 4대강 국토 종주 자전거 길 912km를 달리고, 상풍교에서 안동댐까지 85km 구간을 달려서, 자전거로 달리는 국토 대장정 997km를 마무리했다.

　두 발로 두 바퀴를 굴리면서 앞바퀴는 핸들의 뜻을 따르고 뒷바퀴는 앞바 퀴를 따라 일체감을 이루며 위대한 항해를 마무리했다. 여전히 한강도 낙동강 도, 금강도 영산강도 흘러간다. 언제부터인가, 언제까지인가 알 수 없지만 끝없 이 흘러간다. 내가, 사람들이 다녀간 것과는 무관하게 무심하게 바다로 흘러간다. 그들이 태어난 그곳으로 회귀한다. 나도 내 고향 집이 있는 청산으로 돌아간다. 새는 옛 숲을 그리워하고 고기는 옛 못을 생각하듯, 영원한 힘의 샘 고향 청산으로 간다. 방랑의 여정이 아름다운 추억으로 다가온다. 저녁노을이 스러지고 짙어지는 땅거미가 휘감는 산이 다가오고 시냇물이 다가온다. 내 삶의 힘의 원천인 청산이 보이고 미천이 보인다. 청산의 하늘이, 청산의 나무가, 청산의 추억이 보인다. 집 앞을 휘감아 흐르는 아름다운 여인의 눈썹 같은 냇물이 보인다. 하얀 집이 보이고, 대문 밖에서 기다리는 어머니가 보인다. 청산에 도착하자 '청산별곡'이 울려 퍼진다. "살어리 살어리랏다. 청산에 살어리랏다. 머루랑 달래랑 먹고 청산에 살어리랏다. 얄리얄리 얄라셩 얄라리 얄라 얄리얄리 얄라셩 얄라리 얄라." 그리고 짧은 방랑의 끝 청산의 하늘에 어느 비구니의 선시가 그려진다.

종일토록 봄을 찾아 헤맸건만 봄은 보지 못하고
짚신이 닳도록 산 위의 구름만 밟고 다녔네.
지쳐서 돌아와 뜰 안에서 웃고 있는 매화 향기를 맡으니
봄은 여기 매화가지 위에 이미 무르익어 있는 것을.